BASTEI
LÜBBE

JASON DARKS SONDERAUSGABEN IM TASCHENBUCH-PROGRAMM:

73 901 Willkommen in der Hölle
73 902 Zeit der Monster
73 903 In Satans Diensten
73 904 Flüche aus dem Jenseits
73 905 Kämpfer gegen die Hölle
73 906 Dämonenbrut
73 907 Geister, Zombies und Vampire
73 908 Gegen Tod und Teufel
73 909 Alptraum Atlantis
73 910 Im Bann der Schwarzen Magie
73 911 Vampir-Schrecken
73 912 Monster aus dem Schattenreich
73 913 Hexenspuk und Teufelssaat
73 914 Im Reich des Bösen
73 915 Grauen aus der Hölle
73 916 Sarggeflüster
73 917 Im Haus der Angst
73 918 Todesträume
73 919 Das Spiel der Dämonen
73 920 Schreckenswelten
73 921 Nächte des Wahnsinns

JASON DARK

JOHN SINCLAIR

Werwolf-Grauen

Acht spannende Grusel-Abenteuer

BASTEI LÜBBE

BASTEI LÜBBE TASCHENBUCH
Band 73 922

Erste Auflage: November 1999

Lektorat: Rainer Delfs
Titelbild: Maren / Publiderec, Barcelona
Umschlaggestaltung: QuadroGrafik, Bensberg
Satz: Fotosatz Steckstor, Rösrath
Druck und Verarbeitung: 48050
Groupe Hérissey, Évreux, Frankreich
Printed in France
ISBN 3-404-73922-1

Sie finden uns im Internet unter http: / / www.bastei.de
und http: / / www.luebbe.de

Der Preis dieses Bandes versteht sich einschließlich der gesetzlichen Mehrwertsteuer

Inhalt

Die Dämonenkatze

Die Augen starrten Leon Poole an!

Leicht geschlitzt, gefährlich leuchtend, gelblich die Farbe, mit einem grünen Schimmer – Katzenaugen ...

Und sie befanden sich über ihm in dem alten Treppenhaus. Die Katze lauerte auf dem ersten Absatz,

»Hau ab«, knurrte Poole, »sonst mache ich dir Beine!« Er schob seine Schirmmütze in den Nacken und packte die lange Stange mit der Metallgabel fester. Dann stieß er sie vor, in die Dunkelheit hinein und dorthin, wo das Augenpaar leuchtete.

Die Katze fauchte. Die Augen bewegten sich blitzschnell, ein Zeichen, daß die Katze zur Seite wischte. Dann war sie verschwunden. Das Tappen ihrer Pfoten noch – Stille.

»Wer sagt's denn«, murmelte Poole. »Man muß die verdammten Biester nur richtig scheuchen, dann haben sie auch den nötigen Respekt.« Er lachte und machte Licht.

Es war nicht gerade Luxus, was man in dem Haus zu sehen bekam. Doch darauf konnte Poole verzichten. Als Junggeselle fühlte er sich auch da wohl, wo von den Wänden der Verputz blätterte. Zudem wohnte er allein in dem kleinen Zweifamilienhaus. Selbst die Türken waren ausgezogen, weil sie keine Lust mehr hatten, mit einem Mann wie Leon Poole unter einem Dach zu hausen.

Und das hatte seinen Grund.

Leon Poole war Katzenfänger von Beruf. Er strolchte durch die Slums von London, aber auch durch Mayfair und das vornehme Westend. Und er las Katzen auf. Er hatte darin eine sagenhafte Routine entwickelt. Wenn er einmal eine Katze entdeckt hatte, dann war sie auch nicht mehr zu retten. Poole packte sie, warf sie in seinen Wagen und fuhr sie nach Hause, wo er sie in Käfige steckte, die eines Tieres unwürdig waren. Dort fielen die Katzen oft übereinander her, es gab Aggressionen. Ab und zu starb ein Tier, doch das machte Poole nichts aus. Es gab genügend Nachschub.

Und er wurde die Katzen los.

Poole handelte praktisch im Auftrag, denn es waren die großen Chemie-Konzerne, die Poole die Katzen abnahmen, um an ihnen ihre Versuche durchzuführen.

Poole hatte ja schon wenig Gefühl, wenn er die Katzen so unwürdig einsperrte, aber in den Versuchslabors der Chemie-Giganten ging man mit den Tieren noch schlimmer um.

Darüber aber dachte Poole nie nach. Hauptsache, er kassierte sein Geld. Mit schweren Schritten ging er die Stufen hoch, auf der die Katze gesessen hatte, die von ihm verjagt worden war. Hin und wieder verirrte sich eine fremde Katze in dieses Haus, wahrscheinlich wurde sie durch das Schreien der anderen angelockt. So mußte es auch heute gewesen sein, aber auch solche Katzen liefen oft genug in die Fallen des Leon Poole.

Er hatte einige davon aufgestellt. Sie befanden sich auf seinem Grundstück, und von Besuchen dort war kaum eine Katze zurückgekommen. Leon Poole konnte sie alle gebrauchen.

Er schloß seine Wohnungstür auf. Den Fänger, wie er sein Instrument selbst nannte, stellte er an die Wand und betrat den schmalen Flur, in dem es natürlich wie überall in Pooles Wohnbereich nach Katzen roch.

Poole übertrug diesen Geruch auf das Geld, das er für seine Tiere erhielt. Also stinkt Geld doch, pflegte er kichernd zu sagen. Und von seinem Geld konnte er sich auch das Lieblingsgetränk kaufen, von dem er jeden Abend einen kräftigen Schluck zur Brust nahm.

Wodka!

Poole wandte sich nach links und stieß die Tür zum Wohnraum auf. Dort befanden sich sein alter Gaskocher und ein Waschbecken. Die Möbel stammten noch von seinen Eltern und waren nicht gepflegt worden. Entsprechend sahen sie aus.

Eine weitere Tür führte zum Schlafraum, wo Leon Pooles Bett stand. Schlafen wollte er noch nicht. Erst einmal mußte die Flasche geleert werden.

Der billigste Wodka, den der Supermarkt verkaufte, war Leon Pooles Standardgetränk. Den kippte er sich liebend gern hinter die Binde.

Er zog die quietschende Schranktür auf und fand mit zielsicherem Griff die Flasche.

Jetzt leuchteten seine Augen, die ansonsten stumpf und gefühllos blickten. Die Flasche war gut für ihn. Wenn er trank, konnte er das ganze Elend vergessen, denn ein glücklicher Mensch war Leon Poole beileibe nicht. Vom Äußeren her glich er einem Kneipenschläger. Ziemlich breit war er in den Schultern, hochgewachsen, wenig Haare hatte er auf dem Schädel, die restlichen wuchsen lang in den Nacken, so daß sie immer über den Rand der Mütze hinwegschauten. In seinem Gesicht fielen besonders die kleinen, tückischen Augen und der wulstige Mund auf. Am Kinn hatte er einige Narben. Die verdankte er Katzen, deren Krallen doch schärfer gewesen waren, als er angenommen hatte.

Poole ließ sich auf die alte Couch fallen, bei der die Sprungfedern knarrten, als sie sein Gewicht spürten. Dann packte er die Flasche, entkorkte sie und setzte sie an den Mund.

Er trank.

Langsam und genußvoll ließ er den billigen Wodka in seine Kehle rinnen. Ein anderer hätte sich geschüttelt, für Poole war das ein Genuß.

Erst nach über einer Minute stellte er die Flasche ab. Aus seinem Mund quoll eine Schnapsfahne, er stöhnte auf und lehnte sich entspannt zurück.

»Das hat gut getan.«

Poole schloß die Augen. Er dachte darüber nach, daß am nächsten Tag der Wagen vom Chemiewerk kommen würde, um einen Teil der Katzen abzuholen. Der Fahrer brachte einen Teil des Geldes immer gleich mit, das andere wurde überwiesen.

Mit dem Wissen, daß es einen Tag später wieder neues Geld gab, griff Leon Poole zum zweitenmal zur Flasche und setzte sie an, um einen großen Schluck zu nehmen.

Der Wodka hatte noch nicht seine Lippen benetzt, als er die Stimme hörte.

»Poole, Leon Poole!«

Der Katzenfänger erstarrte. Verdammt, da hatte eine Frau gerufen. Das wäre nicht weiter schlimm gewesen, Poole hatte nichts gegen Frauen, nur war die Stimme nicht draußen, sondern in seiner Wohnung aufgeklungen – und zwar im Schlafzimmer.

Auch das wäre sicherlich nicht schlimm gewesen, denn Poole hatte auch nichts gegen Frauen im Schlafzimmer, nur hätte er gern gewußt, wie die andere dorthin gekommen war, denn er hatte sie nicht eingeladen und auch nicht mitgeschleppt.

Dann wieder: »Poole, Leon Poole …«

Dem abgebrühten Katzenfänger wurde es leicht unwohl. Die Stimme hatte nicht etwa zärtlich geklungen, sondern eher lauernd und irgendwie berechnend.

Poole stand auf. Dabei schielte er auf den Hochprozentigen, nahm noch einen kräftigen Zug und stellte die Flasche dann wieder auf den Tisch zurück. Jetzt war er mutig genug. Und sollte sich da tatsächlich ein weibliches Wesen in sein Schlafzimmer verirrt haben, dann wollte er zusehen, daß es nicht so schnell wieder verschwand. Poole kannte da ganz spezielle Tricks, die ihm einige Zuhälter aus Soho beigebracht hatten.

Leon schlich auf die Tür zu.

»Komm nur, komm!« hörte er die Stimme.

Verdammt, aber das war eine andere. Er hatte es genau gehört. Es war nicht die erste, die ihn da gerufen hatte. Sollten sich vielleicht zwei Frauen in sein Schlafzimmer verirrt haben?

Er grinste stärker. Auch mit zweien würde er es aufnehmen. Ein Kinderspiel.

»Er kommt!«

Poole zuckte zusammen. Verflucht, das war eine dritte Frauenstimme, die ihn da gelockt hatte.

Drei Weiber!

Er grinste schief. Der Alkohol wirkte bereits. Drei Frauen, das war irre. Vielleicht hatte ihm da ein Scheich seinen Harem geschickt. Das wäre natürlich Spitze gewesen.

Poole rieb sich die Hände. Und doch blieb ein leichtes Unbehagen zurück. Trotz des genossenen Alkohols war er Realist genug, um zu merken, daß so etwas eigentlich nicht angehen konnte. Nein, das war wirklich nicht normal.

Drei Weiber!

Egal, er würde gleich Bescheid wissen. Leon Poole legte seine Hand auf die Klinke, drückte sie nach unten und stieß mit einem heftigen Ruck die Tür auf.

Die sollten sich wundern.

Zuerst wunderte sich Poole.

Er blieb auf der Türschwelle stehen, und seine Augen wurden langsam groß.

Da waren keine Frauen.

Dafür sah er etwas anderes.

Drei Katzen!

Leon Poole hatte Licht gemacht, damit er sich besser umschauen konnte.

Er sah die Katzen, und er wußte sofort, daß diese drei

nicht aus seiner Sammlung stammten. Nein, die hatte er nie zuvor gesehen, zudem waren es Rassetiere. Soviel verstand Poole inzwischen davon.

Eine hockte auf dem Bett. Sie schaute ihn aus blaßgrünen Augen an, hatte ein rötliches Fell, das wie frisch gekämmt wirkte. Die Vorderpfoten hatte die Katze ausgestreckt. Das Maul war leicht geöffnet, und Poole sah die scharfen Zähne.

Sein Blick wanderte weiter.

Die zweite Katze hatte es sich auf einem Stuhl bequem gemacht. Ihr Körper war dunkel. Er schillerte irgendwie schwarzblond, so seltsam es auch war. Noch nie in seinem Leben hatte Leon Poole so eine Katze gesehen.

Und dann die dritte. Sie saß auf dem Schrank. Pechschwarz, ein richtiger Teufel. Gelb leuchteten die Augen, und Poole wurde das Gefühl nicht los, daß es genau die Katze gewesen war, die er vorhin im Hausflur gesehen hatte.

Alle drei starrten ihn an.

Aber wo, zum Henker, steckten die drei Frauen? Er sah hier nur Katzen, und die konnten ja schlecht sprechen.

»Ich glaub, ich bin besoffen«, murmelte Poole und grinste. »Bilde mir schon Stimmen ein, wo keine sind. So was ist mir noch nie passiert. Der alte Leon Poole wird senil.« Er schüttelte den Kopf, dann wurde sein Blick wieder lauernd. »Aber schlecht seid ihr nicht«, flüsterte er. »Ihr werdet mir sicherlich ein paar Pfund einbringen, wenn ich euch verschachere.«

Es war typisch für Leon Poole, daß er nur an seinen Vorteil dachte und nicht an die Tiere. Jedem normalen Menschen hätte es in der Seele leid getan, diese Katzen zu töten, nicht so Leon Poole. Für das Geld konnte er sich ja wieder Alkohol kaufen.

Er wich zurück, nachdem er seine erste Überraschung verdaut hatte. Im Wohnraum stand der Fänger. Mit ihm würde er die drei Katzen schon kriegen, da war er ganz sicher.

Die Tiere rührten sich nicht. Sie blieben auf ihren Plätzen hocken und verfolgten ihn mit ihren Blicken. Um sich selbst zu beruhigen, pfiff Poole ein Liedchen, als er zurückwich, sich umdrehte und nach seinem Katzenfänger griff, einem Werkzeug, das wie eine Gabel aussah. Er packte die Stange mit beiden Händen, drehte sich um und blieb überrascht stehen.

Die schwarze Katze hatte ihren Platz auf dem Schrank verlassen und war ihm gefolgt. Sie hockte jetzt auf der Schwelle zwischen den beiden Zimmern.

Poole kicherte. »Kommst du freiwillig, du kleines Kätzchen«, flüsterte er. »Ich werde dir ...« Er verstummte, denn der Ausdruck, den er in den Augen des Tieres bemerkt hatte, war irgendwie seltsam.

Die Katze schaute ihn nahezu haßerfüllt an.

Ja, er spürte fast körperlich den Haß, der ihm da entgegenstrahlte. So hatte ihn noch nie in seinem Leben eine Katze angesehen. Das durfte nicht wahr sein, das gab es einfach nicht, das konnte es nicht geben!

Auch die beiden anderen Tiere hatten ihre Plätze verlassen und schlichen auf die schwarze Katze zu. Ihr Fell sträubte sich, die Schwänze standen in die Höhe.

Poole fühlte sich ungemütlich. Die Katzen kamen ihm verdammt seltsam vor, irgendwie aggressiv ...

Dennoch war er sicher, daß er mit ihnen fertig werden würde. Wäre ja gelacht, drei Katzen waren für ihn doch kein Problem. Schließlich war er ein Mensch. Und dazu noch bewaffnet.

»Kommt nur her, ihr kleinen Biester«, flüsterte er. »Ich werde euch schon zeigen, wer hier der Herr ist.« Er kicherte und stieß mit seiner Gabelzange nach der schwarzen Katze. Die wich zurück, was dem Fänger ein Lachen entlockte.

Dabei beging er jedoch den Fehler, sich zu sehr auf die schwarze Katze zu konzentrieren. Die anderen beiden hatten plötzlich freie Bahn, und die nutzten sie aus.

Blitzschnell und lautlos waren sie heran.

Poole erschrak, als er sie plötzlich vor sich sah, und dann stießen sie sich ab.

Sie wuchteten ihre Körper auf den überraschten Fänger zu, und im nächsten Augenblick spürte der Mann die messerscharfen Krallen.

Sein Gesicht war ungedeckt gewesen, weil er mit beiden Händen die unhandliche Fängerstange umfaßt hielt. Und schon hieben ihm die Krallen die ersten Wunden. Plötzlich floß Blut über seine Wangen, zeichneten ein makabres Muster, und bevor er noch irgend etwas unternehmen konnte, sprangen die Katzen schon zu Boden.

Er drehte sich um und ließ die Stange fallen. Poole spürte, wie das Blut über sein Gesicht rann, beide Wangen brannten, und seine Wut wurde angestachelt. Sie entwickelte sich zu einem ungeheuren Haß gegen die Tiere, und er war fest entschlossen, sie zu vernichten. Mit dem Handrücken wischte er über seine blutenden Wangen.

»Wartet!« keuchte er. »Wartet nur, euch werde ich kriegen.« Er duckte sich und drehte sich dabei um die eigene Achse. Aber immer befand sich ein Tier in seinem Rücken, und diesmal war es die schwarze Katze, die dies ausnutzte.

Sie sprang.

Poole spürte den Aufprall, der ihn sogar nach vorn stieß. Die scharfen Krallen zerrissen den Stoff des Baumwollhemds, trafen seinen nackten Rücken und hieben in das Fleisch.

Poole schrie auf.

Er schlug um sich, beide Hände krallten sich in das Fell der Katze, und es gelang ihm, sie von seinem Rücken zu reißen. Bevor er sie gegen die Wand schleudern konnte, hatte die Katze ihren Kopf gedreht und schlug die spitzen Zähne in sein Gelenk.

Poole ließ sie los.

Die rote Katze sprang ihn an. Wieder zielte sie auf sein Gesicht, während die etwas dunklere gegen seinen Körper hechtete. Eine Katze konnte Poole abwehren, die zweite riß dem Tierquäler fast ein Auge aus. Leon Poole war halb blind, Tränen schossen aus seinen Augen und vermischten sich mit dem Blut auf seinem Gesicht. Der Fänger stolperte durch das Zimmer, fiel gegen die Wand und berührte mit seiner Schulter den Lichtschalter.

Es wurde dunkel.

Nur aus dem Schlafzimmer drang noch ein schwacher Schein durch die halb offene Tür, doch der erreichte kaum den Tisch, wo die Wodkaflasche stand.

Poole krachte gegen die Tür. Zu einer kontrollierten Handlung war er nicht mehr fähig. Die Katzen machten ihn fertig. Er hörte ihr gräßliches Fauchen, spürte die Krallen überall an seinem Körper, und seine Kleidung bestand nur noch aus Fetzen. Die Tiere hatten sie in ihrer Wut zerrissen.

Flucht!

Das einzige, was ihm noch helfen konnte, war eine rasche Flucht. In dieser Wohnung konnte er nicht länger bleiben, er mußte weg, sonst war er verloren.

Irgendwie schaffte er es, die Türklinke zu finden. Seine Hand schlug dagegen und klammerte sich fest, als wäre die Klinke der letzte Rettungsanker.

Die Tür schwang auf.

Zwei Katzen hockten auf seinen Schultern. Leon Poole spürte ihr Gewicht rechts und links. Mit erschreckender Deutlichkeit wurde ihm klar, daß die Tiere an seinen Hals wollten, um ihn endgültig zu töten.

Poole stolperte in den dunkleren Flur. Es gelang ihm noch einmal, die Tiere von seinen Schultern zu schleudern. Er hörte, wie sie zu Boden schlugen, und ein wildes Lachen entrang sich seiner Kehle.

Aber da war noch die dritte Katze.

Sie hing auf einmal in seinem Genick, stieß ihn nach vorn, und Poole wankte auf die Treppe zu.

Es war dunkel, er übersah die erste Stufe, stolperte und verlor das Gleichgewicht. Kopfüber fiel Leon Poole die Stufen hinab. Seine gellenden Schreie vermischten sich mit den dumpfen Geräuschen, als er auf die Stufen schlug. Am Ende der Treppe blieb er liegen.

In seinem Schädel zuckten die Schmerzen auf. Er konnte nichts mehr sehen und hörte sich schreien, dazwischen das Fauchen, und dann huschten drei Körper schattengleich die Treppe hinunter.

Poole wollte noch die Hände hochreißen, doch da waren die Katzen bereits über ihm.

Sie nahmen fürchterliche Rache.

Und Leon Poole war erst der Anfang .

Es gibt Feiern, die man besuchen muß. Sie kennen das sicherlich. Wenn ein Mann, mit dem Sie lange zusammengearbeitet haben, ein Jubiläum hat, ist es die Pflicht der Kollegen, bei seiner Party anwesend zu sein.

So war es bei mir auch.

Chiefinspektor Gerald Peters vom Einbruchdezernat feierte sein 25jähriges Dienstjubiläum. Da ich ihn ziemlich gut kannte und wir immer gut zusammengearbeitet hatten, war auch ich eingeladen worden und hatte angenommen.

Die Feier fand nicht in seiner Wohnung statt, sondern in Peters' Stammkneipe.

Dort gab es einen Saal, der groß genug war, um die Gäste zu fassen. Natürlich begegnete ich fast nur Kollegen, und natürlich wurde von der Arbeit gesprochen.

Mich quatschte man ein paarmal schief von der Seite an. Es gab einige Kollegen, die es noch nicht überwunden hatten, daß ich eine Sonderstellung innerhalb des Yard einnahm. Auch deshalb, weil eigentlich nicht sehr viel an die Öffentlichkeit drang, denn die Fälle, die ich zu lösen hatte, sollte man lieber nicht an die große Glocke hängen. Und so war ich den ›normalen‹ Kollegen manchmal ein wenig suspekt. Zudem schaffte es der Alkohol, die Zungen der Männer zu lösen. Gerald Peters war ein Biertrinker, er hatte sich extra deutsches Bier bringen lassen, und davon zwei Fässer.

Ich war schon beim fünften Glas angelangt, hatte aber eine gute Unterlage, denn das Fischbüfett hatte es in sich gehabt. Der geräucherte Aal, der Lachs, all die kleinen Spezialitäten sorgten dafür, daß man doch einiges vertragen konnte.

Viele schimpften auf den Laden und regten sich über das Gangsterunwesen auf, denn auch englische Verbrecher waren keine Gentlemen mehr. Sie hatten sich bewaffnet und gingen eiskalt auf ihr Ziel zu. Dagegen waren die Posträuber von damals direkt Waisenknaben.

Ein dunkelhaariger Mann machte sich an mich heran. »Und Sie jagen Geister und Dämonen?« Seine Stimme klang ziemlich aggressiv. Der Knabe arbeitete irgendwo in der Verwaltung.

Ich blieb freundlich und sagte: »Nein.«

»Wieso?«

»Ich jage keine Dämonen, sondern trinke Bier.« Dabei hielt ich das Glas hoch.

Er verzog die Mundwinkel verächtlich nach unten. »Verarschen kann ich mich alleine.«

»Wie Sie meinen«, erwiderte ich und ließ ihn stehen.

Drei Stunden hielt ich mich schon auf der Feier auf. Es war bald 23 Uhr, und für mich wurde es eigentlich Zeit, nach Hause zu gehen. Zudem war ich ziemlich müde. Ich war erst am Nachmittag aus Deutschland zurückgekommen, wo ich zusammen mit Will Mallmann gegen die Bestien aus dem Geistersumpf gekämpft hatte.

Zum Glück wartete kein neuer Fall auf mich, so daß ich mit ruhigem Gewissen die Party besuchen konnte. Am anderen Tag war ich mit Jane Collins verabredet. Die Detektivin hatte sich für einige Zeit nicht in London aufgehalten, sie war in Paris gewesen, und ich war gespannt, was sie zu berichten hatte. Ein Glas wollte ich noch trinken. Am Faß traf ich mit dem Jubilar zusammen.

»Na, John, du alter Geisterjäger, wie gefällt dir die Feier hier?« Gerald Peters schlug mir so heftig auf die Schulter, daß ich mit dem Bierglas gegen das Faß stieß.

Zum Glück gab es keine Scherben.

»Gut«, erwiderte ich, während ich das Bier beobachtete, das aus dem Hahn in das Glas floß. »Mir gefällt es hier, Gerald. Ist 'ne echt gute Sache.«

»Das freut mich. Weißt du was, John, wir müssen mal wieder abends losziehen und einen zur Brust nehmen. Das war doch früher immer so klasse – oder nicht?«

»Doch.«

»Und warum gehen wir nicht mehr?«

Ich richtete mich auf und schaute auf den Schaum, der kleine Blasen warf. »Hast du noch soviel Zeit wie früher?«

»Nein, verdammt.«

»Eben.«

»Der Job frißt einen auf. Meine Frau will ja, daß ich mich versetzen lasse, aber ich habe keine Lust, den ganzen Tag über hinterm Schreibtisch zu hängen. Ich brauche Action, wenn du verstehst, was ich meine, John.«

»Wem sagst du das?« Ich nahm einen kräftigen Schluck vom gut gekühlten Bier.

»Ich sehe, wir verstehen uns. Viel Spaß noch.« Ich kassierte einen zweiten Schlag auf die Schulter.

Peters war eben etwas rauh, aber herzlich.

Mit dem Bierglas in der Hand wanderte ich durch den Raum und hörte neue Witze, die ich schnell wieder vergaß.

Ich leerte mein Glas. Als ich den letzten Schluck genommen hatte, war es 23 Uhr. Zeit für mich. Ich verabschiedete mich von Peters und bedankte mich für das Essen und den schönen Abend.

Diesmal kassierte ich keinen Schlag auf die Schulter, dafür einen Händedruck, der auch nicht von schlechten Eltern war.

Draußen atmete ich die kühlere Luft ein. Es hatte etwas geregnet, die Straßen glänzten naß.

Mein Bentley stand zu Hause. Ich war mit einem Taxi gekommen und wollte auch mit einem zurückfahren. In London gibt es 80000 Taxis, aber ausgerechnet ich fand keines.

Nun muß ich hinzufügen, daß Gerald Peters in Finsbury wohnte, einem nordwestlich gelegenen Stadtteil von London. Hier kannte ich mich nicht gut aus, wußte aber, wo der Northampton Square lag. Dort wollte ich hin, denn da fand ich sicherlich einen Wagen. Zu Fuß würde ich ungefähr zehn Minuten brauchen.

Die Häuser hier waren älter und auch nicht so in Reih und Glied gebaut worden. Manche hatten einen kleinen Vorgarten, andere standen zwischen zwei leeren Grundstücken als Einzelhäuser, dann sah ich wieder eine Baustelle, ein Lokal oder eine Disco. Ein paar Rocker überholten mich. Die jungen Leute nahmen mit ihren Maschinen die gesamte Straßenbreite ein.

Laternen verbreiteten trübes Licht. Als das Dröhnen der Motoren verklungen war, befand ich mich in der Nähe eines alten Ziegelsteinhauses, das ebenfalls freistand, so daß ich auf das neben dem Haus liegende, verwilderte Grundstück schauen konnte.

Das Unkraut wucherte fast hüfthoch. Es gab dazwischen auch einen Fahrweg, und Reifenspuren, die ich im Licht einer Laterne sah, bewiesen, daß der Weg auch des öfteren benutzt wurde.

Die Schreie trafen urplötzlich mein Gehör.

Sofort blieb ich stehen.

Abermals hörte ich das Schreien.

Grell, zitternd, in Todesangst ausgestoßen!

Vergessen war die Party, denn nun war ich voll da. Ein Mensch in Gefahr, und ich befand mich in seiner Nähe. Da mußte ich helfen.

Zwei Sekunden gab ich mir, um erst einmal die Lage zu sondieren. Die Schreie waren innerhalb des Hauses aufgeklungen, daran gab es nichts zu deuteln.

Aber wo befand sich der Eingang?

Zum Glück stand in der Nähe eine Laterne. Ihr Streulicht fiel so weit, daß es auch die Stelle neben dem Haus beleuchtete, und dort sah ich die Stufen einer Treppe.

Ich lief durch das hohe Unkraut, nahm die Treppe mit einem Satz und stand schon vor der Tür.

Sie war verschlossen.

Aber die Person schrie noch immer.

Es waren schreckliche Angstschreie, die mir eine Gänsehaut über den Rücken jagten. Ich trug meine Beretta bei mir. Das hatte ich mir angewöhnt, auch wenn ich privat unterwegs war. Ich hätte das Schloß zerschießen können, doch Silberkugeln wollte ich nicht opfern, sie waren mir zu wertvoll.

Deshalb ging ich noch einmal zurück, nahm einen gehörigen Anlauf, jagte abermals die Stufen hoch und warf mich mit meinem vollen Gewicht gegen die Tür.

Sie zitterte – und sprang auf.

Es knirschte, als das Holz riß. Ein paar Splitter flogen mir um die Ohren, noch ein Tritt, und ich hatte endgültig freie Bahn. Ich hielt die Beretta bereits in der Hand, als ich mich sofort aus dem helleren Türrechteck wegstahl und mich dicht neben der Tür an die rauhe Wand preßte.

Das Schreien war verstummt. Ein letzter röchelnder Atemzug, der mir durch Mark und Bein ging, dann war es still.

Nein, doch nicht. Ich hörte etwas.

Ein schleifendes Geräusch, ein Fauchen, und dann ein leises Patschen, als würden Tierpfoten über Holz laufen.

Tiere?

Da sah ich die Augen. Sie leuchteten in der Dunkelheit. Es waren drei Paar, und sie befanden sich versetzt voneinander. Es waren keine Menschenaugen. Die hier hatten eine andere Größe. Sie waren klein, schräggestellt und erinnerten mich irgendwie an die Augen von Katzen.

Ja, das war es! Katzen!

Ich wollte meine Bleistiftleuchte hervorholen, um wenigstens etwas sehen zu können, als ich bei dieser Bewegung weiter über die Wand glitt und mit dem Rücken einen Lichtschalter berührte, ihn sogar nach unten kippte.

Es wurde hell.

Zwar war es eine trübe Helligkeit, dennoch sah ich Einzelheiten.

In der Tat, es waren Katzen!

Sie hockten auf der Treppe und starrten mich an. Drei Augenpaare, und ehrlich gesagt, ich fühlte mich plötzlich unwohl unter diesen Blicken. Besonders hell und kalt leuchteten die Augen der schwarzen Katze, bevor sie sich umdrehte und blitzschnell verschwand, ebenso wie ihre beiden anderen Artgenossen.

Dann lief ich zu dem Mann, der auf den vier untersten Stufen der Treppe auf dem Bauch lag.

Seine Kleidung war völlig zerfetzt, und ich sah das Blut, das sogar über die Stufen und die Wand gespritzt war. Ich schluckte hart. Es kostete mich Überwindung, den Mann herumzudrehen.

Der Anblick war fürchterlich.

Nur soviel möchte ich sagen, der Tote hatte keine Augen mehr.

Die Katzen hatten sie ihm ausgekratzt!

Ich fror regelrecht. Vielleicht vor Angst oder vor Entsetzen. Das hier war sehr schlimm.

Hatten die Katzen diesen gräßlichen Mord begangen? Diese Frage schwebte im Raum, doch ich wollte es nicht glauben. Es erschien mir zu unwahrscheinlich.

Katzen killten nicht – normalerweise.

Aber was war schon normal?

Ich zermarterte mir das Gehirn und entschloß mich, nachzusehen, wo sich die Tiere aufhielten. Sie waren nach oben gerannt, also nahm ich den gleichen Weg.

Ich ging vorsichtig. Der rechte Zeigefinger lag am Abzug der Beretta. Ich wollte mich nicht überraschen lassen, denn der Anblick des Toten hatte mir gereicht.

Katzen sind schnell und geschmeidig. Sie konnten mich urplötzlich anfallen, deshalb war ich so auf der Hut. Doch es geschah nichts. Ich erreichte unangefochten die erste Etage, wo ich stehenblieb und die offene Wohnungstür sah.

Auch an ihr klebten einige Blutspritzer, und Blut sah ich auch auf dem Boden.

Himmel, was mußte sich hier für ein schreckliches Drama abgespielt haben?

Ich betrat die Wohnung.

Das Zimmer war ein Wohnraum. Aber jämmerlich eingerichtet. Alte Möbel, bei denen keine einzige Tür gerade, sondern schief in den Angeln hing. Ich blickte über den Tisch mit der fast leeren Wodkaflasche hinweg und konnte das Sofa sehen, aus dem die Sprungfedern hervorlugten.

Alles in allem eine wirklich ärmliche Behausung.

Nur, wo hielten sich die Katzen auf?

Vielleicht im Nebenraum, denn eine zweite Tür stand spaltbreit offen. Auf Zehenspitzen bewegte ich mich voran. Ich hörte kein einziges Geräusch und versuchte auch, möglichst kein Geräusch zu verursachen. Vor der Tür blieb ich stehen.

Ich peilte in das Zimmer hinein, sah nur einen schmalen Ausschnitt und konnte ein Teil des Betts erkennen. Es hatte noch das alte Holzgestell der Jahrhundertwende. Das Oberbett war ebenso zerwühlt wie das Kissen.

Hatte hier vielleicht auch ein Kampf stattgefunden, und würde ich noch einen Toten finden?

Mit der linken Hand stieß ich gegen die Tür, die langsam aufschwang und dabei häßlich knarrte.

Freie Sicht in das Zimmer.

Wie ein Guß eiskalten Wassers traf mich der Schock. Eine zweite Leiche entdeckte ich nicht, sondern das Gegenteil.

Vor mir stand eine Frau.

Und sie war nackt!

Das war wie im Film.

Ich schloß die Augen, öffnete sie wieder und sah immer noch die unbekleidete Frau.

Keine Täuschung.

Niemand von uns sprach.

Mein Blick glitt über ihren schlanken, gut gewachsenen Körper. Ich sah das lange, rötlich blonde Haar und konnte auch erkennen, daß die Farbe echt war. Die Hüften waren wohlgerundet, die Oberschenkel fest, geschmeidig und glatt, der Busen hoch angesetzt. Diese

Frau bot einen so prächtigen Anblick, daß ich regelrecht fasziniert von ihr war.

»Wohnen Sie hier?« fragte ich.

Sie warf mit Schwung das lange Haar zurück und erwiderte nur ausweichend. »Vielleicht.«

»Dann kennen Sie den Mieter oder Besitzer?«

»Ja.«

»Und Sie wissen, was mit ihm geschehen ist?«

»Nein.«

Die Schöne hielt mich zum Narren, das bemerkte ich sofort. »Erzählen Sie mir nichts, der Mann ist tot.«

»Leon Poole?«

»Wenn er so hieß, ja.«

Sie hob die Schultern, und ich sah, wie sich ihr Mund zu einem kleinen Lächeln kräuselte, das jedoch sofort wieder verschwand.

Es war wirklich eine groteske Situation. Da kam ich in ein Haus, sah drei Katzen, fand die Leiche eines Mannes, ging ein Stockwerk höher und begegnete einer unbekleideten Schönen.

Welch einen Sinn ergab das alles?

»Was tun Sie hier?« fragte ich.

Sie lächelte spöttisch und mit einem Schuß Überheblichkeit. »Das gleiche könnte ich Sie fragen, Mister.« Dabei verschränkte sie die Arme vor der Brust, als würde sie erst jetzt ihre Blöße bemerken.

»Ich kann Ihnen auch eine Antwort geben«, erwiderte ich. »Ich habe ein Recht gehabt, in dieses Haus einzudringen, denn erstens hat jemand in Todesangst geschrien, und zweitens bin ich Polizeibeamter.«

»Wirklich?«

»Ja.«

»Das kann jeder sagen, Mister.«

»Ich werde es Ihnen beweisen.« Mein Ausweis überzeugte sie. Die Frau las auch meinen Namen.

»John Sinclair«, sagte sie. »Das ist wirklich interessant.«

Sofort horchte ich auf. »Sie kennen mich?«

»Nein, nein, so war das nicht gemeint. Ich fand nur den Namen so interessant.«

Die log das Blaue vom Himmel herunter. Ich würde sie mitnehmen und weiter verhören, denn erst einmal mußte die Mordkommission Bescheid wissen.

Im Wohnraum hatte ich ein Telefon gesehen. Von dort konnte ich anrufen. »Ziehen Sie sich etwas über, Miss, ich werde meinen Kollegen Bescheid sagen. Ach so, wie heißen Sie eigentlich?«

»Leila.«

»Mehr nicht?«

»Nein.«

Ich verzog die Mundwinkel. Damit kam sie nicht durch.

Die Kollegen würden sehr rasch ihre wahre Identität feststellen, dessen war ich mir sicher.

Ich steckte die Waffe weg und betrat den Wohnraum. Die Tür schloß ich nicht völlig, denn die Frau sollte mir nicht durch die beiden schmalen Fenster entkommen. Sie spielte sowieso eine sehr geheimnisvolle Rolle in diesem teuflischen Reigen.

Ob es ein Fall für mich war, das wußte ich nicht, denn mit Katzen hatte ich bisher noch nichts zu tun gehabt. Ich konnte es mir auch schlecht vorstellen.

Die Nummer der Mordkommission hatte ich im Kopf. Ich wählte die Zahlen herunter und sagte den Kollegen Bescheid, wo sie mich und den Toten finden konnten.

Danach legte ich auf und wollte wieder zurück in den Schlafraum gehen, wo Leila wartete. Hoffentlich hatte sie sich inzwischen etwas übergezogen, denn sonst würde es für mich schwer sein, den Kollegen ihre Blöße glaubhaft zu erklären.

Ich drückte die Tür auf und wollte Leila ansprechen, doch das Wort blieb mir im Hals stecken.

Leila war verschwunden!

Ich starrte in ein leeres Zimmer.

Verdammt, das gab es doch nicht. Bei meinem ersten Eintritt fand ich eine unbekleidete Frau vor, und jetzt war sie auf einmal weg. Hatte ich das alles nur geträumt?

Mein Blick fiel auf die beiden Fenster.

Sie waren geschlossen. Den Weg konnte sie also nicht genommen haben. Welchen dann? Durch den Wohnraum war sie nicht gekommen, da hätte ich sie sehen müssen, nein, sie mußte sich noch im Zimmer aufhalten, es sei denn, die Frau besaß die Gabe, sich unsichtbar zu machen.

Ich durchquerte das Zimmer und öffnete den Schrank. Der Geruch von Mottenkugeln strömte mir entgegen. Ein paar alte Anzüge, fleckige Hemden, Pullover, ein wenig Unterwäsche, mehr fand ich beim besten Willen nicht.

Keine Spur von Leila.

Selten in meinem Leben hatte mich jemand so geleimt wie diese Frau. Wütend hob ich das Oberbett hoch, schaute auch unter dem Kopfkissen nach, doch die Frau schien der Erdboden verschluckt zu haben.

Nicht ein Haar war von ihr zu sehen.

Auch unter dem Bett sah ich nichts. Hätte ich allerdings eine Minute zuvor dorthin geschaut, wäre mir vielleicht etwas aufgefallen, so aber verließ ich den Raum.

Bei einer Zigarette dachte ich nach.

Hin und her überlegte ich, ließ die gesamte Szene noch einmal vor meinem geistigen Auge abrollen, doch eine Lösung fiel mir nicht ein. Ich stand vor einem Rätsel.

Dann verließ ich die Wohnung, machte im Flur Licht und stieg die Treppe hinab. Es war sehr still im Haus, auch von den Katzen hörte und sah ich nichts. Sie mußten sich ebenfalls verkrochen haben.

Ich drückte mich an dem Toten vorbei und gelangte in die Nähe der Haustür, die fast völlig aus den Angeln gerissen war.

Geräusche, die überhaupt nicht in die Stille paßten, schreckten mich hoch.

Da war das häßliche Fauchen, dazu ein nervenaufreibendes Miauen, als würden sich zahlreiche Katzen bewegen.

Und das geschah draußen.

So rasch es ging, verließ ich das Haus, stand auf der Treppe und drehte meinen Kopf nach links.

Meine Augen wurden groß, denn dort zeichneten sich schwach mehrere Gitterkäfige ab, in denen zahlreiche Katzen hockten. Die Türen der Käfige standen offen, und die Tiere sprangen geschmeidig nach draußen. Doch sie rannten nicht weg, sondern blieben zusammen und warteten auf drei bestimmte Exemplare.

Es waren die drei Katzen, die ich im Haus gesehen hatte und die ich für den Mord an Poole verantwortlich machte.

Sie führten die Meute an, die sich wie auf ein geheimes Kommando hin in Bewegung setzte und über das mit Unkraut bewachsene Grundstück lief, wobei sie zwangsläufig auch an mir vorbei mußte.

Sollte ich schießen?

Ich tastete schon nach meiner Pistole, als die drei ersten Katzen verharrten.

Die eine war schwarz, die anderen beiden heller.

Drei Augenpaare fixierten mich.

Wie unter einem Stromstoß zuckte ich zusammen. Eine der beiden helleren Katzen hatte den gleichen Ausdruck in den Augen wie die rotblonde Leila.

Sollten sie und die Katze identisch sein?

Ich wollte noch genauer hinsehen, doch es gelang mir nicht mehr, denn die Tiere setzten sich wieder in Bewegung und verschwanden aus meinem Blickfeld.

Wie viele waren es?

Zwanzig, dreißig? Wie ein Teppich bewegten sie sich über die Straße, dann konnte ich sie nicht mehr sehen, obwohl ich bis zum Gehsteig vorlief.

Ich schüttelte den Kopf. So etwas hatte ich noch nie erlebt. Und ich wurde das Gefühl nicht los, daß sich hier ein Fall für mich, den Geisterjäger, anbahnte.

Nur – was steckte dahinter? Und wieso konnten sich Menschen in Katzen verwandeln, oder hatte ich mich getäuscht? Viele Fragen, auf die ich irgendwann eine Antwort zu finden hoffte.

Meine Überlegungen wurden durch das Erscheinen der Mordkommission unterbrochen. Ihren Leiter kannte ich nicht, er stellte sich mir als Inspektor Simmons vor.

Von mir gehört hatte er schon, und ich begleitete ihn in den Flur, wo der Tote lag.

Simmons wurde blaß, als er den Mann sah. Er war noch nicht lange bei der Polizei, aber dieser Anblick hätte auch alte Hasen geschockt.

»Wer hat das nur getan?« flüsterte er.

»Drei Katzen«, erwiderte ich.

Simmons federte förmlich herum. »Was sagen Sie da, Sinclair? Drei Katzen?«

»Ja.«

»Aber verdammt, das ist nicht drin. Katzen killen nicht.«

»Habe ich bis heute auch gedacht, bis ich eines Besseren belehrt wurde.« Wir machten Platz für den Fotografen, damit er seine Arbeit verrichten konnte.

Simmons strich sich das hellblonde Haar aus der Stirn. »Mordende Katzen, wo gibt es das denn?«

Ich hob die Schultern.

»Oder hängen Sie mit drin, Sinclair? Ich meine, Ihr Ruf ist bekannt. Können wir hier einpacken?«

»Nein.«

»Schade.«

Ich ging nach draußen und atmete ein paarmal tief durch. Wie kamen Katzen dazu, jemanden umzubringen? Indem man sie manipulierte, vielleicht?

Doch wer schaffte so etwas? Das mußte schon ein verbrecherisch genialer Mensch sein, und da gab es eigentlich nur einen, dem ich so etwas zutraute.

Mr. Mondo aus Dr. Tods Mordliga. Nur – ob sich Solo Morasso wirklich mit Katzen abgab, war die große Frage.

Eine Antwort würde ich finden, dessen war ich mir sicher. Allerdings nicht mehr in dieser Nacht, sondern morgen oder in den nächsten Tagen. Simmons brauchte mich nicht mehr, und als ich mich an den Straßenrand stellte, fuhr in der Tat ein Taxi vorbei.

Es nahm mich mit.

In dieser Nacht sollten auch noch andere Menschen mit den Katzen Bekanntschaft machen und konfrontiert werden.

Die Conollys!

Meine Freunde Sheila, Bill und der kleine Johnny, ihr Sohn, wohnten im Londoner Süden in einem Bungalow. Es lag gar nicht lange zurück, da wäre Bill fast von Wozny, dem Würger, umgebracht worden. Wir hatten ihn erst in letzter Sekunde retten können. Dieses gefährliche Abenteuer hatte vor allen Dingen Sheila geschafft, und die Nächte danach hatte sie kaum geschlafen.

Die Zeit heilt alle Wunden, sagt man, und auch Sheila Conolly vergaß den Fall wieder und schlief des Nachts fest. Ihr Mann Bill ebenfalls. Eigentlich hätte das Leben der Conollys wieder völlig normal verlaufen können, hätten sich die Katzen nicht ausgerechnet diese Familie als nächstes Opfer ausgesucht.

Das hatte natürlich seinen Grund. Ihn sollten sie jedoch erst viel, viel später erfahren, als es bereits zu spät war.

Es war eine dieser Sommernächte, wo das Wetter mal wieder verrückt spielte. Am Tag zuvor hatte die Schwüle noch wie eine Glocke über der Stadt gebrütet, dann war die Nacht gekommen und mit ihr der Temperatursturz. Allerdings hatte es kein Gewitter gegeben, sondern nur geregnet. Und durch das Rauschen des Regens war Bill Conolly plötzlich erwacht.

Er schlug die Augen auf und schaute nach rechts, wo die Ziffern der Digitaluhr leuchteten.

Schon eine Stunde nach Mitternacht.

Bill Conolly hatte gerade zwei Stunden geschlafen, mehr war nicht drin gewesen, aber jetzt fühlte er sich, als hätte er einen Tiefschlaf hinter sich.

Frisch und ausgeruht.

Durch das offene Fenster drang eine kühle, aber auch feuchte Luft. Draußen im Garten fiel der Regen auf Zweige und Blätter. Es war ein beruhigendes Gefühl, so etwas zu hören. Normalerweise hätte Bill weitergeschlafen, doch jetzt, wo er schon einmal wach war, stand er auch auf.

Er verspürte plötzlich Durst. Als er auf der Bettkante hockte, drehte er den Kopf und warf einen Blick auf die schlafende Sheila. Sie lag auf der rechten Seite, das Gesicht ihrem Mann zugewandt. Sheila atmete tief und ruhig, das Haar hatte sich gelöst und lag auf dem Kissen ausgebreitet.

Bill bewegte sich vorsichtig. Er wollte Sheila auf keinen Fall wecken, denn sie hatte den Schlaf mehr verdient als er. Johnny war am vergangenen Tag wieder unmöglich gewesen und hatte seine Mutter ganz schön auf Trab gehalten.

Bill schlüpfte in seine Pantoffeln und verließ auf leisen Sohlen den Schlafraum.

Er horchte noch an Johnnys Zimmertür. Von dem Kleinen war nichts zu hören, er schlief tief und fest.

Bill Conolly begab sich in die Küche, wo der große Kühlschrank stand, in dem sich die Getränke befanden. Er öffnete die Tür und ließ seinen Blick über die Flaschen schweifen.

Auf Saft und Mineralwasser hatte er keinen Bock. Am besten löschte noch immer Bier den Durst.

Der Reporter hatte nicht nur große Flaschen zur Auswahl, sondern auch Dosen. Eine öffnete er. Es zischte, als er die Lasche zurückzog. Ein paar Spritzer trafen ihn am Kinn. Bill wischte sie weg, setzte die Dose an die Lippen und trank ein paar lange Züge. Kalt rann das Getränk durch seine Kehle und breitete sich im Magen aus, wobei es Bills Durst löschte.

Das tat gut.

Zur Hälfte trank der Reporter die Dose leer, stellte sie dann ab und schaute aus dem Fenster.

Dunkel lag der Garten vor ihm. Die voll erblühten Büsche, Bäume und Blumen hoben sich schemenhaft vor dem Untergrund ab. Der Rasen wirkte jetzt dunkel, aber ein noch dunklerer Schatten huschte über ihn hinweg.

Bill blickte genauer hin. Er wollte den Schatten mit den Blicken verfolgen, doch das schaffte er nicht mehr, weil er plötzlich verschwunden war.

Ein Tier.

Und noch eins.

Nein, zwei.

Bill hatte zur Dose greifen wollen, doch seine Hand stoppte mitten in der Bewegung.

Er starrte nur in den Garten, der plötzlich von einer regelrechten Invasion heimgesucht wurde. Sie hockten überall.

Auf den Bäumen, in den Büschen, auf dem Rasen, und der Reporter blickte in ihre hellen, fast glühenden Augen.

Da wußte er plötzlich, welche Tiere er vor sich hatte.

Katzen!

Bill schluckte. Wie kamen die hierher? Das war eine regelrechte Invasion. Er konnte sie gar nicht mehr zählen, es wurden noch mehr.

Zwanzig, dreißig ...

»Das gibt es doch nicht«, murmelte er.

Bill war ein Mann, der eigentlich nicht oder kaum an Zufälle glaubte. Auch diese Katzeninvasion war für ihn kein Zufall. Er fragte sich allerdings, was das sollte, denn die Katzen blieben ruhig sitzen. Sie trafen keinerlei Anstalten, das Haus anzugreifen.

Bill erschrak, als eines der Tiere auf die Fensterbank sprang und ihn anstarrte.

Der Reporter wich nicht zurück, sondern starrte zurück.

Sein Blick bohrte sich in die Augen der Katze.

Er sah nicht zum erstenmal so ein Tier. Aber noch nie in seinem Leben hatte er solch einen Ausdruck in den Augen einer Katze gesehen. Der war schon menschlich zu nennen, denn er schleuderte dem Reporter einen regelrechten Haß entgegen.

Bill merkte, daß er schwitzte, und wischte sich über die Stirn. Das durfte doch nicht wahr sein! Ein kalter Schauer rann über seinen Rücken. Bill schüttelte sich.

Die schwarze Katze bemerkte das wohl, sie verzog ihren Mund, und Bill glaubte, das teuflische Lächeln zu sehen.

Wirklich, ein Lächeln!

Dann drehte sich das Tier auf der schmalen Fensterbank und sprang mit einem geschmeidigen Satz in den Garten, wo es nicht mehr zu sehen war.

Bill Conolly spürte, wie sich Angst in ihm ausbreitete.

Er fühlte sich als Gefangener, eingekesselt von Tieren, die es auf ihn und seine Familie abgesehen hatten.

Das war doch nicht echt, nicht normal. Die Katzen mußten einen Grund dafür haben, daß sie sein Grundstück besetzten, irgendein Motiv mußte sie leiten.

Aber welches?

Oder steckte da vielleicht ein Führer, ein Leiter dahinter? War alles ein abgekartetes Spiel, ging es wieder gegen das Team um John Sinclair?

Nur – mit Katzen?

Bill konnte sich das einfach nicht vorstellen, und er schreckte zusammen, als der Türgong anschlug.

Wer schellte da mitten in der Nacht? Die Katzen? Waren sie vielleicht an der Tür hochgesprungen, damit sie ins Haus konnten?

Bill war plötzlich nervös. Hastig verließ er die Küche. Als er auf dem Gang war, klingelte es ein zweites Mal. Der Reporter huschte ins Schlafzimmer, wo Sheila wach geworden war. Sie hockte im Bett und sah ihren Mann fragend an.

»Hat es geschellt?« Ihre Stimme klang verschlafen.

»Ja.« Bill stand schon vor dem Nachttisch, bückte sich und zog die Schublade auf.

»Wer ist das?«

»Weiß ich nicht.« Der Reporter nahm die Pistole heraus, schnappte seinen Morgenmantel, hängte ihn sich über und steckte die mit Silberkugeln geladene Beretta in die rechte Tasche.

»Bill!«

An der Tür drehte sich der Reporter um. »Bleib liegen, Sheila, ich sehe nach.«

Er verschwand.

Neben der Tür befand sich ein Fenster. Es hatte eine Milchglasscheibe. Der Reporter sah, daß die Außenleuchte brannte. In ihrem Schein zeichneten sich die

Umrisse von drei Gestalten ab. Bill glaubte sogar, Frauen dahinter zu erkennen.

Sollte er wirklich öffnen?

»Machen Sie auf«, hörte er tatsächlich eine Frauenstimme. »Wir haben mit Ihnen zu reden.«

Der Reporter weigerte sich nicht länger. Er hoffte nur, daß Asmodina nicht dabei war. Er hatte sein Haus zwar magisch abgesichert, indem er einige Dämonenbanner angebracht hatte, doch Asmodina konnte über so etwas nur lachen.

Bills Herz klopfte schneller, als er nach dem Schlüssel griff und ihn herumdrehte.

Dann öffnete er.

Drei Frauen standen vor ihm.

Und alle drei waren unbekleidet!

Bill Conolly erging es wie mir. Er war überrascht, perplex und glaubte an einen Traum. Er wischte sich über die Augen, doch das Bild verschwand nicht. Da standen in der Tat drei völlig unbekleidete Frauen vor ihm. Eine hatte schwarzes Haar, die zweite blondes und die dritte rötlich schimmernde lange Haare.

Der Reporter schluckte. Die drei Frauen boten wirklich einen erfreulichen Anblick, auch ihre Gesichter waren eine Augenweide, nur die zusammengepreßten Lippen paßten Bill nicht und der Ausdruck in ihren Augen.

Er war kalt, gefühllos …

»Was wollen Sie?« fragte Bill.

»Mit Ihnen reden.«

»Ich wüßte nicht, worüber.«

»Ist Ihre Frau da?« Die Fragen stellte die schwarzhaarige Frau. Sie hatte eine scharf klingende Stimme.

»Ja, sie ist da.«

»Dann holen Sie sie her.«

»Wie käme ich dazu?« Bill Conolly schaltete auf stur. Er blickte über die Schultern der nackten Grazien hinweg und sah, daß sich auch vor dem Haus zahlreiche Katzen auf seinem Grundstück tummelten. Die meisten von ihnen lagen auf dem Boden und beobachteten das Haus. Andere schlichen unhörbar auf und ab. Eine hatte sogar eine Maus gefangen.

»Es wäre besser, wenn Sie Ihre Frau holen«, sagte die Schwarzhaarige wieder.

»Keine Sorge, ich bin schon da.« Hinter Bill ertönte Sheilas Stimme.

Sheila kam tatsächlich, und auch sie blieb überrascht stehen, als sie die drei völlig nackten, fremden Frauen sah. »Was hat das zu bedeuten?« fragte sie.

Bill lachte blechern auf. »Das frage ich mich auch«, erwiderte er. »Aber sie wollen mit dir sprechen.«

»Mit mir?«

»Ja, Mrs. Conolly«, sagte die Schwarzhaarige wieder. »Sie sind es doch, oder?«

»Natürlich bin ich es. Wer denn sonst?«

»Dann hören Sie genau zu, Mrs. Conolly. Wir sind nicht zum Spaß hier, sondern um Sie zu warnen. Stoppen Sie die Versuche!«

»Welche Versuche?«

»Sie sind doch eine Konzernchefin?«

»So kann man das nicht sagen.«

»Aber Sie haben Einfluß?«

»Nein, ich habe die Leitung der Firmen in die Hände von Managern gelegt, ich kann ihnen nicht dazwischenfunken.«

»Trotzdem. Wenn Sie nicht dafür sorgen, daß die Versuche an Katzen gestoppt werden, töten wir Sie. Sie geben Ihnen deshalb fünf Stunden Bedenkzeit, die ab jetzt läuft.« Damit war alles gesagt. Die drei Frauen machten auf dem Absatz kehrt und verschwanden.

Bill und Sheila standen in der Diele und schauten sich an. Die Frau hob die Schultern.

»Verstehst du das?«

Bill schüttelte den Kopf. Ein entschlossener Zug trat auf sein Gesicht. »Die hole ich mir«, sagte er und machte kehrt. Er lief nach draußen, riß seine Pistole hervor, aber von den drei Frauen war nichts mehr zu sehen. Ebensowenig wie von den Katzen. Auch sie hatten ihre Plätze verlassen.

Bill schaute sich um. Nichts deutete mehr daraufhin, daß sie eben Besuch gehabt hatten.

Friedlich lag der Garten im Nieselregen.

Bill steckte die Waffe wieder weg und ging zurück. Er schloß die Tür, hob die Schultern und sagte: »Nichts, Sheila, es ist wirklich nichts mehr zu sehen.«

»Haben wir geträumt?«

»Nein, das war kein Traum.«

»Aber was sollte das?«

»Ich weiß es nicht. Ich weiß nicht, wer die nackten Frauen sind, ich habe sie noch nie zuvor in meinem Leben gesehen. Tut mir leid, Sheila, ich muß passen.«

»Aber das alles muß doch einen Sinn gehabt haben!«

»Hat es auch.«

»Und welchen?«

»Du sollst veranlassen, daß in den Fabriken die Tierversuche gestoppt werden.« Bill schlug sich gegen die Stirn. »Das ist irre, einfach bescheuert. Klar, die Tierversuche sind nicht schön, aber man kann sie doch nicht innerhalb von fünf Stunden stoppen. Das ist ein Eingriff in die Forschung des Unternehmens. Was sich diese Weiber wohl dabei gedacht haben.«

»Wie Tierschützerinnen sahen die drei nicht gerade aus«, bemerkte Sheila.

Bill gab ihr recht. »Dahinter steckt etwas anderes«, sagte er. »Und zwar etwas ganz Bestimmtes.«

»Sollen wir John anrufen?« fragte Sheila zaghaft.

Bill winkte ab. »Nicht um diese Zeit. Der hat seinen Schlaf auch verdient. Und noch ist ja nichts geregelt. Komm, wir legen uns wieder hin.« Bill nahm seine Frau in den Arm. Gemeinsam gingen sie wieder ins Schlafzimmer und begaben sich wieder ins Bett.

Niemand konnte schlafen. Sie lagen da und schauten mit offenen Augen gegen die Decke.

Nach einer Weile sagte Sheila: »Weißt du was, Bill?«

»Nein.«

»Ich habe Angst.«

Der Reporter schwieg. Er bewegte nur seinen Arm nach links und ergriff Sheilas Hand. Eine Antwort gab er nicht, denn wohl war ihm auch nicht zumute ...

Gähnend betrat ich das Büro. Und mit einer kleinen Verspätung von einer halben Stunde. Ich hatte in der vergangenen Nacht einfach nicht lange genug geschlafen und fühlte mich irgendwie kaputt. Mit Suko hatte ich noch kurz über den Fall gesprochen. Der Chinese stand in Bereitschaft, falls ich Hilfe brauchte.

Es schien wieder die Sonne. Zum Glück hatte es sich ein wenig abgekühlt, denn in den letzten zwei Tagen war es furchtbar schwül gewesen. Und das Ende Mai.

Glenda merkte mir an, was mit mir los war. »Wie ein Kämpfer sehen Sie nicht gerade aus«, bemerkte sie.

»Ich fühle mich auch nicht als Tarzan.«

»Was tut man dagegen?«

Ich grinste sie an, hob gleichzeitig die Beine und legte sie auf den Schreibtisch. »Vielleicht einen Schluck von dieser ausgezeichneten Brühe, die Sie Kaffee nennen?«

»Er sei Ihnen gewährt, mein Herr«, erwiderte Glenda und machte einen Knicks.

»Toll!« rief ich und klatschte in die Hände. »Wenn Sie

so weitermachen, können Sie die Hofdame von Lady Di werden.«

»Lieber nicht.«

»Und warum nicht?«

»Dann wäre ja dauernd dieser Charles in meiner Nähe. Und ich habe was gegen zweibeinige Pferde.«

Ich lachte. »Das war hart.«

Glenda Perkins hatte es tatsächlich geschafft, einen Teil meiner Müdigkeit zu vertreiben. Als sie dann den Kaffee brachte, reichte allein der Duft schon aus, um meine Müdigkeit zu vertreiben.

Auch Glendas Anblick war eine Augenweide für mich. Sie trug eine duftige, weißrot gestreifte Bluse mit viel Rüschen und aufgebauschtem Stoff. Von Jane wußte ich, daß so etwas in diesem Jahr in war. Der Leinenrock war beige, und die Schuhe paßten in der Farbe zur Bluse. Ihr schwarzes Haar hatte sie lockig frisiert, und der Hauch von Frische, der sie umwehte, erfaßte auch mich.

Ich bedankte mich für den Kaffee und machte ihr ein Kompliment. »Wie ein bunter Frühlingsstrauß sehen Sie aus, Glenda.«

»Ehrlich?«

»Klar.«

»Das sagen Sie jetzt nur, um irgend etwas zu ...«

»Nein, nein«, erwiderte ich schnell. »Ich meine es wirklich so.«

Meine Sekretärin lachte. »Würden Sie auch so reden, wenn Miss Collins dabei wäre?«

Ich verzog das Gesicht. Da hatte die gute Glenda einen wunden Punkt bei mir getroffen. Jane Collins, die Privatdetektivin, so emanzipiert sie sich auch manchmal gab, war doch ein ziemlich eifersüchtiges kleines Luder. Zwischen ihr und Glenda bestand eine Rivalität, denn Jane wußte genau, welche Wirkung die schwarzhaarige Glenda auf Männer ausübte. Zudem bin ich kein Heiliger, und verheiratet war ich mit Jane Collins auch nicht. Der Arbeitsplatz hatte mich bisher davon abgehalten, näher mit Glenda in Kontakt zu treten, wobei es manchmal auf der Kippe gestanden hatte, das muß ich ehrlich zugeben. Doch Jane würde das irgendwie spitzkriegen, und dann war der Teufel los. Ich mußte schon achtgeben, daß sie nichts über meine Beziehungen zu Nadine Berger, der Filmschauspielerin erfuhr. Bei Nadine hatte ich letztens nicht ›nein‹ sagen können.

»Worüber denken Sie nach, John?« fragte mich Glenda.

»Ach, über einiges.«

»Betrifft das uns?«

Ich schaute sie an. »Ja, auch das.«

Sie lächelte. Traurig, wie mir schien. »Kennen Sie die Geschichte von den beiden Königskindern?«

»Ja, aber ich sehe hier kein tiefes Wasser.«

»Das heißt in diesem Fall Jane Collins.«

Womit Glenda nicht unbedingt unrecht hatte, wie ich eingestehen mußte.

Sie wechselte das Thema. »Was ist eigentlich der Grund für Ihre Müdigkeit, John?«

»Ein Mord, drei Katzen und eine nackte Frau!«

Glenda sah mich an, als wäre ich nicht ganz dicht. Die Antwort war auch blöd, und so erklärte ich ihr, was mir in der vergangenen Nacht widerfahren war.

Aufmerksam hörte meine Sekretärin zu. Als ich geendet hatte, da nickte sie. »Das ist ein Ding.«

»Was?«

»Das mit den Katzen.«

Ich nahm einen Schluck Kaffee. »Da haben Sie wirklich recht, meine Liebe.«

»So meine ich das nicht, John. Ich denke da an etwas anderes.«

»Und an was?«

»Kennen Sie Cat House?«

»Nein. Was ist das? Ein Katzenheim?«

»So ähnlich. Jedenfalls habe ich das im Fernsehen gesehen und auch darüber gelesen.«

Ich war auf einmal sehr interessiert. »Erzählen Sie doch ein wenig über Cat House.«

»Viel weiß ich auch nicht. Ich habe vor einigen Tagen durch Zufall einen Fernsehbericht gesehen, in dem die Leiterin von Cat House sprach. Sie stellte sich als engagierte Tierschützerin vor, die sich gerade der Katzen angenommen hatte, und sie warnte die Menschen regelrecht davor, Katzen zu quälen. Sie sprach vom Seelenleben dieser Tiere und auch davon, daß sie irgendwann einmal zurückschlagen würden, denn auch Katzen wären nicht so wehrlos, wie man denkt.«

Ich nickte. »Das habe ich gemerkt. Hat sie noch mehr gesagt?«

»Ja, sie sprach davon, daß es denen an den Kragen gehen sollte, die schlecht zu Katzen sind. Zum Beispiel den Katzenfängern, den Personen, die Katzen quälen, an ihnen Versuche vornehmen und so weiter. Sie beendete ihre Rede mit dem Hinweis, daß die Zeit der Katzen anbrechen würde und daß sich einige Menschen doch sehr vorsehen sollten.«

»Und sonst war nichts?« wollte ich wissen.

»Nein.«

»Wie hieß denn diese Dame?«

»Das weiß ich nicht mehr. So sehr hat mich die ganze Sache ja nicht interessiert. Aber was haben Sie für einen Eindruck von dieser Frau gehabt?«

Ich grinste. »Sie kam mir zumindest sehr ungewöhnlich vor, wenn ich ehrlich sein soll.«

»Weil sie nackt war?« bemerkte Glenda spitz.

»Auch das. Ihre Figur war übrigens ausgezeichnet.«

»Dann reden wir nicht von derselben Person.«

»Wieso?«

»Die Frau, die im Fernsehen aufgetreten ist, sah ganz anders aus. Sie war älter, bestimmt schon sechzig oder siebzig Jahre alt. Aber sehr energiegeladen, und sie sprach mit einer nahezu keifenden Stimme, die auch haßerfüllt war.«

»Ihre Informationen sind ausgezeichnet, Glenda«, lobte ich meine Sekretärin. »Könnten Sie mir die Adresse von Cat House beschaffen?«

»Selbstverständlich.«

»Danke.« Ich lächelte. »Das ist nett.«

Glenda verschwand im Nebenzimmer, ich trank meine Tasse leer und zündete mir eine Zigarette an. Die Flamme war kaum verloschen, als das Telefon klingelte.

Mit allen möglichen Anrufern hatte ich gerechnet, aber nicht mit Bill Conolly.

»Hast du Sehnsucht?« fragte ich.

»Ja, und wie.«

Ich lachte. »Mal im Ernst, Bill, worum geht es?«

»Uns ist in der vergangenen Nacht etwas Seltsames passiert, John«, erzählte er, und ich hörte sehr aufmerksam zu, was er zu berichten hatte.

»Verstehst du das, John?« fragte er mich.

»Nein, noch nicht.«

»Wieso?«

»Da hatten wir unabhängig voneinander in der vergangenen Nacht beide ein Erlebnis mit Katzen. Auch ich habe mich damit herumschlagen müssen.« Ich berichtete dem Reporter von meinem Abenteuer.

Bill pfiff durch die Zähne. »Die ermorden den Katzenfänger und stellen Sheila ein Ultimatum. Verdammt, wenn das keine Parallelen aufweist.«

»Sehr richtig.«

»Das Ultimatum ist übrigens abgelaufen, John.«

»Hat sich was getan?«

»Nein.«

»Soll ich dir ein paar Beamte rausschicken, die euer Haus bewachen?«

Bill überlegte einen Moment, entschied sich aber dagegen. »Das ist wohl nicht nötig. Wenn die Katzen etwas wollen, dann kommen sie bestimmt in der Dunkelheit.«

»Wie du meinst. Ich sehe mich auf jeden Fall bei dieser Frau um, die das Cat House leitet.«

»Soll ich ...«

Ich wußte, was Bill sagen wollte. Deshalb war ich strikt dagegen. »Nein, du bleibst bei Sheila. Sicher ist sicher.«

»Und du berichtest mir, was es gegeben hat?«

»Klar.« Ich legte auf und drehte mich auf meinem Stuhl um, weil Glenda aus dem Vorzimmer kam und einen Zettel in der rechten Hand schwenkte.

»Hier ist die Adresse.«

»Gute Arbeit«, lobte ich und nahm ihr den Zettel aus der Hand. Sie hatte mir die Adresse aufgeschrieben.

Hosier Lane 5, so lautete die Anschrift.

Ich hatte keine Ahnung, wo sich diese Straße befand.

»Wissen Sie, wo das ist?« fragte ich Glenda.

Sie schüttelte den Kopf.

Es blieb mir nichts anderes übrig, als auf dem Stadtplan nachzuschauen. London ist riesig. Obwohl ich in dieser Stadt geboren bin, kannte ich doch nicht jede Straße und jeden Platz. Das war einfach zu viel.

Aber ich fand die Adresse.

Die Hosier Lane lag zwischen den großen Markthallen und dem General Post Office.

»Dann wissen wir ja Bescheid«, sagte ich.

»Soll ich mitfahren?« fragte Glenda.

»Nein, halten Sie mal die Stellung. Aber kennen Sie nicht jemanden, der eine Katze hat?«

»Nein, warum?«

»Dann hätte ich mir einen besseren Eintritt verschaffen

können.« Ich winkte ab. »Wird auch so klappen. Und wenn Suko anruft, sagen Sie ihm, wo er mich finden kann.«

»Mach ich. Viel Glück.«

»Danke.« Ich schnappte mir mein Jackett und verschwand. Auf die Tierfreundin war ich wirklich gespannt.

Auch Bill Conolly legte den Hörer auf und ging zu Sheila. Er fand sie in der Küche, wo sie Geschirr in die Spülmaschine räumte.

»Und? Was hat John gesagt?«

»Er hatte auch eine Begegnung mit diesen Katzen.«

»Was?«

»Ja.« Bill erzählte, was er erfahren hatte.

Sheila wurde blaß. »Sag bloß, das ist Zufall, Bill?«

»Möglich. Auf jeden Fall wird sich John dahinterklemmen.«

»Und was sagt er zu dem Ultimatum, das man mir gestellt hat?«

»John glaubt ebensowenig daran wie ich. Das heißt, es kann nicht eingehalten werden. Die fünf Stunden sind schließlich vorbei. Ich schätze, daß erst die Dunkelheit hereinbrechen wird, bevor die Katzen kommen.«

Sheila nickte.

Bill fuhr fort. »Bis dahin wissen wir sicherlich mehr. Auch John will sich umsehen und vor allen Dingen diesem Cat House einen Besuch abstatten.«

»Meinst du, daß es da einen Zusammenhang gibt?«

Der Reporter hob die Schultern. »Kann ich nicht sagen, aber man muß jeder Spur nachgehen. Ich bleibe auf jeden Fall hier, damit nichts schiefgehen kann.«

Wie fröstelnd zog Sheila Conolly die Schultern hoch. »Ich habe richtig Angst, Bill. Ich traue mich nicht einmal, einen Blick in den Garten zu werfen, weil ich immer damit rechne, daß überall die Katzen hocken und angreifen werden.«

Bill lachte. »Das ist etwas übertrieben.«

»Ich weiß, aber es ist nun mal so.«

»Warten wir ab. Es hat keinen Sinn, wenn wir uns verrückt machen lassen.«

»Wo steckt eigentlich Johnny?« fragte Sheila.

»In seinem Zimmer.«

»Laß ihn nicht in den Garten.«

»Wo denkst du hin?« Bill stellte sich ans Fenster und warf einen Blick durch die Scheibe. Er suchte die Katzen, sah sie jedoch nicht. Dieser unheimliche Besuch in der vergangenen Nacht erschien ihm jetzt wie ein Alptraum. Nur war es leider kein Traum, das wußte Bill Conolly sehr gut. Eins stimmte ihn allerdings nachdenklich. Das Verhalten der Vögel. Normalerweise hüpften sie auf dem Rasen herum oder veranstalteten Flugrennen dicht über dem Boden. An diesem Tag war das nicht der Fall. Die Vogelschar hielt sich nur in den Bäumen auf. Es schien so, als würden die Tiere genau merken, daß sich etwas Unheimliches ereignet hatte.

»Ich sehe mal nach Johnny«, sagte Bill und wandte sich zur Tür.

Er hatte sie kaum geöffnet, als er das Weinen hörte.

Normalerweise wäre Bill Conolly nicht so erschreckt gewesen, aber die Ereignisse der vergangenen Nacht saßen noch zu tief. Auch Sheila hatte das Weinen gehört und lief hinter ihrem Mann her.

Johnny kam ihnen auf dem Gang entgegen. Er schluchzte laut und herzzerreißend.

Sheila schrie auf, Bill stockte fast der Herzschlag, als er den Kleinen sah, denn über sein Gesicht lief Blut ...

Ich hatte vom Wagen aus noch mit dem Arzt der zuständigen Mordkommission telefoniert, die von mir in der vergangenen Nacht alarmiert worden war. Ein Ergebnis lag jetzt vor. Man hatte sogar noch einen Spezialisten hinzugezogen, der bestätigte, daß die tödlichen Verletzungen durch Katzenbisse und -hiebe verursacht worden waren.

Also waren die Katzen die Mörder von Leon Poole.

Eine schaurige Tatsache, die mir Kopfzerbrechen bereitete. Ich wußte nicht viel über Katzen, konnte die einzelnen Arten nicht auseinanderhalten, aber mir war doch bekannt, daß man sie nicht zähmen konnte, obwohl sie zu den Haustieren gehörten. Da waren Hunde anders. Aber Katzen gehorchten nicht. Sie behielten zudem ihren Raubtiercharakter bei, waren manchmal unberechenbar, und keiner wurde mit ihnen fertig.

Manchmal konnten sie sehr anschmiegsam sein, dann wieder aggressiv. Viele kluge Leute haben nicht umsonst Frauen mit Katzen verglichen. Und manchmal kam mir auch Jane Collins wie eine Katze vor. Sie konnte schnurren, sehr lieb sein, aber auch wieder kratzbürstig. Ich wollte sie noch im Laufe des Tages anrufen, um mich mit ihr zu verabreden.

Ich fuhr immer am Ufer der Themse entlang, über die breite Straße mit dem Namen Victoria Embankment. An der Blackfriars Bridge ordnete ich mich richtig ein und fuhr in Richtung Norden, um auf die Farringdon Road zu gelangen, die westlich an den Markthallen vorbeiführte und ziemlich stark befahren war.

Mir kamen oft Last- und Lieferwagen entgegen, deren Ladeflächen mit Obst- und Gemüsekisten vollbepackt war. Vor den Hallen mußte ich abbiegen. Von dieser Stelle aus konnte ich die großen, flachen Gebäude schon sehen, wie auch eine Schienenverbindung zur Farringdon Station.

Die Hosier Lane fand ich schnell. Hier merkte man den Einfluß der Markthallen nicht. Es war eine ruhige Wohngegend mit alten, zweistöckigen, aber gepflegten Häusern, die allesamt Gärten oder Vorgärten hatten.

Auch das Haus Nummer fünf unterschied sich in nichts von den anderen. Vielleicht war es etwas anders gebaut als die übrigen, und neben dem Haus führte ein Weg auf das hintere Grundstück. An seiner linken Seite war er durch einen Maschendrahtzaun abgegrenzt, durch dessen Lücken das Unkraut vom Nachbarn wucherte.

Ich stoppte meinen Bentley auf dem Weg und stieg aus. Der Eingang befand sich weder vorn noch hinten. Als ich die Tür zuschlug, schaute ein Mann um die Hausecke.

»Fahren Sie Ihren Wagen da weg!« fuhr er mich an.

»Ich bleibe nicht lange.«

»Trotzdem, Sie versperren die Einfahrt.«

Um Ärger aus dem Weg zu gehen, tat ich ihm den Gefallen und setzte zurück. Jetzt war der Knabe zufrieden.

Ich schritt den Weg wieder zurück, bog um die Hausecke und sah zahlreiche Ställe und Käfige. Die Katzen, die sich darin tummelten, waren kaum zu zählen. Hinter dem Grundstück befand sich eine Mauer aus Ziegelsteinen. Davor standen noch zwei Birken, die ziemlich krumm gewachsen waren. Sie bildeten ein Dach aus grünen Blättern.

Der Mann, der mich zuvor angesprochen hatte, stand vor dem Eingang und hatte beide Hände in die Hüften gestützt. Er war ein ziemlicher Klotz, trug Jeans, ein Hemd und eine dünne Lederjacke. Er hatte ein fleischiges Gesicht, eine Halbglatze, und was ihm vorn an Haaren fehlte, wuchs als Koteletten fast bis zu den Mundwinkeln. Es sah aus, als hätte er zwei dunkle Streifen im Gesicht.

Die Frau, die sich öffentlich so engagiert für die Katzen eingesetzt hatte, hieß Rosy Welch.

»Was wollen Sie?« sprach mich der Mann an.

»Ich hätte gern mit Mrs. Welch gesprochen.«

Der Mann schüttelte den Kopf. »Wenn Sie nicht angemeldet sind, hat es gar keinen Zweck.«

»Ich werde trotzdem mit ihr reden«, sagte ich und holte meinen Ausweis hervor. »Scotland Yard.«

Er zuckte zusammen.

»Und?«

»Ich werde ihr Bescheid sagen«, sagte er.

Bevor er sich umdrehen konnte, hielt ich ihn noch einmal zurück, weil ich seinen Namen wissen wollte.

»Ich bin Clive Welch.«

»Der Bruder?«

»Nein, der Sohn.« Damit war für ihn die Sache beendet. Er drehte sich um, öffnete die Tür und verschwand im Innern des Hauses. Mit einem Knall drosch er die Tür wieder zu, damit ich keinen Blick in das Haus werfen konnte. Ich starrte zur Tür.

Und die hatte auch ihre Besonderheit. Es war nicht das Holz, sondern der in der Mitte der Tür befindliche Katzenkopf fiel mir auf. Er war hineingeschnitzt worden, ein Katzengesicht, das irgendwie bösartig aussah.

Ich trat näher heran und sah auch die Worte, die unter dem Kopf standen.

Wenn Yita erscheint, wird die Erde zu dem, was sie schon einmal war. Ein Paradies für Tiere, und die Katzen werden die Herrschaft antreten.

Das war interessant. Ich dachte nach. Den Namen Yita hatte ich noch nie im Leben gehört. Wer nannte sich so? Eine Katze, vielleicht ein Katzendämon?

Letzteres konnte gut möglich sein, denn auch ich hatte von Tierdämonen gehört. Mir selbst waren sie sogar schon begegnet. Apep, die Höllenschlange, oder Chiimal, der Gigant von Atlantis. Und noch etwas fiel mir auf. Über dem Kopf der Katze hatte sich eine Schlange zusammengeringelt.

Die Katze und die Schlange.

Wie paßten sie zusammen?

Ich wollte mich überraschen lassen. Sicherheitshalber trat ich einen Schritt von der Tür zurück. Das war gut so, denn einen Augenblick später riß der Sohn dieser engagierten Katzenstreiterin sie auf. Fast hätte sie mich gestreift. Er grinste. Wahrscheinlich hatte er bemerkt, wie knapp das gewesen war.

»Sie dürfen eintreten«, knurrte er.

»Wie gütig«, erwiderte ich grinsend.

»Wenn Sie von der Presse gewesen wären, hätten wir Sie rausgeschmissen.«

Ich blieb vor ihm stehen. »Haben Sie heute Ihren schlechten Tag, oder sind Sie immer so?«

Er senkte den Blick, und ich ging an ihm vorbei in das Innere das Hauses.

Meine Augen wurden groß, denn ich hatte eine völlig andere Welt betreten. Eine große Halle, wie ich sie nie hinter den Mauern vermutet hätte, nahm mich auf. Die Wände waren mit dunklem Holz getäfelt, der Boden bestand aus großen, quadratischen Steinplatten, die rötlich braun glänzten und in deren Zentrum sich jeweils der Kopf der Katze befand, den ich schon auf der Tür gesehen hatte.

Aber das war nicht alles.

Auch lebende Katzen zählte ich. Sie hockten auf Sitzkissen und in kleinen Sesseln. Sie hatten sich auf einer Kommode verteilt oder lagen einfach auf dem Boden.

Ich zählte schnell nach.

Zwölf waren es.

Und jede Katze sah anders aus.

Einmal schimmerte das Fell rötlich, dann sah ich pechschwarze Katzen, andere hatten ein graues Fell, es gab auch fast weiße, und die Tiere starrten mich aus ihren schrägen Augen an, als wollten sie mich fressen.

Ich fühlte mich unbehaglich unter diesen Blicken. Irgendwie wirkten die Tiere nicht normal, sondern aggressiv, wie Raubtiere, die auf der Lauer liegen und zum Sprung bereit sind.

Über meinen Rücken rann ein Schauer. Es war wirklich kein Vergnügen, sich in dieser Halle zwischen all den Katzen aufzuhalten. Hinzu kam noch das schlechte Licht, mehr ein Dämmer, so daß die Augen noch klarer und heller wirkten.

Hinter mir schloß Clive Welch die Tür.

Von seiner Mutter sah ich nichts. Wo steckte Rosy Welch? Die Frage wurde bald beantwortet, denn mir gegenüber wurde eine Doppeltür geöffnet, und heraus trat sie.

Zum zweitenmal packte mich das Erstaunen.

Rosy Welch war schon eine Erscheinung. Sie hatte pechschwarzes, kurzgeschnittenes Haar und ein glattes Gesicht, das mich selbst irgendwie an eine Katze erinnerte. Die Augen standen leicht schräg. Sie hatten auch keinen normalen Ausdruck, sondern schillerten grünlich wie bei vielen Frauen mit roten Haaren. Bei Asmodina, der Teufelstochter, hatte ich so etwas gesehen.

Rosy Welch trug ein langes Kleid, das mich mehr an ein Gewand erinnerte. Der grüne Stoff war ziemlich dünn und in mehrere Bahnen gelegt worden, damit ihre Haut nicht durchschimmern konnte. Die Hände waren lang und die Finger sehr dünn. Die spitzen Nägel hatten Ähnlichkeit mit den Krallen einer Katze. Zu allem Überfluß hatte die Frau sie rot lackiert, wie auch ihre Zehennägel, die aus den Sandalen schauten.

Diese Frau war mir nicht sympathisch. Genau wie mich die Umgebung überhaupt nicht ansprach.

Dieses Haus mitten in London war wirklich eine eigene Welt für sich.

Drei Schritte vor mir blieb sie stehen. Sofort lösten sich vier Katzen von ihren Plätzen und huschten lautlos auf sie zu, um ihre Herrin einzurahmen.

Sie musterten mich ebenso wie Rosy Welch.

»Guten Tag«, sagte ich, weil mir nichts Besseres einfiel. »Ihr Sohn wird Ihnen sicherlich gesagt haben, wer ich bin.«

»Ja, ein Polizist.« Ihre Stimme klang dünn. Ich mußte mich anstrengen, etwas zu verstehen.

»Richtig, ich bin Polizist. Und zwar komme ich von Scotland Yard. Wären Sie in der Lage, mir ein paar Fragen zu beantworten, Mrs. Welch?«

»Das kommt auf die Fragen an.«

»Sie betreffen Ihre Person. Das hoffe ich wenigstens.«

»Fangen Sie an.«

»Sie haben von dem gräßlichen Mord gehört, der in der vergangenen Nacht passiert ist?«

»Welcher Mord?«

Ich hatte gewußt, daß sie so reagieren würde. »Dann sagt Ihnen der Name Leon Poole nichts?«

»Nein.«

»Er war Katzenfänger.«

Jetzt lächelte die Frau und drehte ihre langen Finger ineinander. »Wenn er wirklich das war, was Sie gesagt haben, dann gönne ich ihm den Tod. Ich freue mich, daß er gestorben ist. Diese Menschen haben kein Recht zu leben.«

»Das ist ein Irrtum. Jeder Mensch hat ein Recht auf Leben. Ebenso wie er ein Recht auf Arbeit hat.«

»Sie müssen diesen Staat verteidigen. Ich denke anders darüber. Das habe ich auch in meiner Sendung der Öffentlichkeit bekanntgegeben.« Sie räusperte sich. »Sonst noch etwas?«

»Ja, ich stehe erst am Anfang.«

»Meine Zeit ist begrenzt.«

»Ich kann Sie auch vorladen lassen, wenn Ihnen das lieber ist, Mrs. Welch.«

»Spielen Sie sich hier nicht so auf«, erwiderte sie. »Das ist mein Haus.«

»Und der Mann in der vergangenen Nacht ist durch einen Angriff der Katzen zu Tode gekommen.«

»Er hat seine gerechte Strafe erhalten.«

»Sie haben ihn zerrissen und seine Augen ausgekratzt«, hielt ich dagegen.

»Das ist typisch für Katzen.«

Dieses Weib war nicht zu packen, deshalb schoß ich ein härteres Geschütz ab. »Ich habe Sie und Ihre Katzen in Verdacht, daß Sie nicht ganz unschuldig an diesem Verbrechen sind.«

»Verbrechen? Das war kein Verbrechen, höchstens eine Bestrafung.«

»Wenn Sie meinen.«

»Nein, Herr Polizist, ich war hier bei meinen Lieblingen und habe an meinem Buch geschrieben. Ich schreibe nämlich über Katzen, müssen Sie wissen.«

»Haben Sie Zeugen?«

»Meinen Sohn.«

»Andere nicht?«

»Nein, mein Mann existiert für mich nicht mehr. Er ist verschwunden. Bei Nacht und Nebel.«

Den Mann konnte ich verdammt gut verstehen. Ich wäre auch nicht bei solch einer Frau geblieben.

»Woher wollen Sie eigentlich wissen, daß es Katzen waren, die diesen Mann bestraft haben?«

»Das ist vom Gerichtsmediziner festgestellt worden.«

»Aha.«

»Zudem war ich in dem Haus, als der Mann starb. Und ich habe noch drei Katzen dort gesehen.«

»Dann hätten Sie die Tiere doch festnehmen können«, hielt mir die Frau spöttisch entgegen.

»Sie verschwanden zu schnell.«

»Ihr Pech. Ich für meinen Teil habe nichts mit dieser Bestrafung zu tun.«

»Gut, ich nehme es zur Kenntnis.«

»Aber Sie glauben mir nicht.«

»Das ist eine andere Sache.«

»Haben Sie sonst noch Fragen, die ich Ihnen beantworten kann?«

Ihr Hohn kannte kaum noch Grenzen. »Ja, ich möchte Sie noch etwas fragen. Wer ist Yita?«

Die Frau sagte nichts. Nur ihre Augen wurden um eine Idee schmaler.

»Sie kennen sie?«

»Ich habe sie gesehen, vielmehr ihr Abbild.«

»Yita hat mit dem Mord nichts zu tun!« behauptete Rosy Welch.

»Das glaube ich nicht.«

»Es steht Ihnen frei.«

»Dann sagen Sie mir, wer Yita ist.« Ich schoß einen Schuß ins Blaue ab. »Ist sie vielleicht ein Dämon?«

Schweigen, aber an den Augen der Frau erkannte ich, daß ich ins Schwarze getroffen hatte. Dieses Katzenabbild mußte irgend etwas mit den Mächten der Finsternis zu tun haben, dessen war ich mir sicher.

»Ich halte das Gespräch für beendet«, erklärte mir die Frau, die sich so gern mit Katzen umgab. »Sie haben mir schon genug meiner kostbaren Zeit gestohlen. Gehen Sie jetzt.«

»Natürlich.« Ich lächelte. »Nur läßt es sich wohl nicht vermeiden, daß ich Sie und Ihre kleinen Lieblinge im Laufe der Ermittlungen noch einmal besuchen werde.«

Darauf gab sie mir keine Antwort.

Ich drehte mich um und schritt zur Tür. Fast körperlich

spürte ich in meinem Rücken die Blicke der Katzen. Sie brannten auf meiner Kleidung. Wohl fühlte ich mich nicht. Denn hinter mir lauerten Feinde. Bei diesem ersten Besuch hatten sie sich noch zurückgehalten. Das würde nicht immer so sein.

Clive war froh, daß er mir die Tür öffnen durfte. Er grinste süffisant.

Ich ging noch nicht hinaus, sondern blieb vor dem Sohn der Katzenliebhaberin stehen.

Sein Grinsen gefror.

Ich aber wollte die Probe aufs Exempel machen, griff unter mein Hemd und holte das Kreuz hervor.

Dabei ließ ich Clive nicht aus den Augen. In seinen Blick stahl sich Unsicherheit, er nagte auf der Unterlippe und wußte nicht, wie er reagieren sollte.

»He, was machen sie da?« rief die Frau und kam näher.

Zu spät.

Ich hatte bereits das geweihte silberne Kruzifix gegen den geschnitzten Katzenkopf gepreßt.

Die Wirkung war enorm.

Plötzlich lebte der Kopf. Er stieß ein Fauchen aus, das mich wirklich an den Laut einer Katze erinnerte. Für einen Moment glühten die Augen dunkelrot, dann erlosch das unheimliche Feuer in ihnen. Beißender Rauch traf mein Gesicht. Clive hämmerte mir seine Pranke auf die Schulter, ich fuhr herum und schoß eine Linke ab.

Sie wühlte sich dicht über der Gürtelschnalle in seinen Leib. Der Mann mit den langen Koteletten riß weit die Augen auf und würgte, wobei er langsam zurückging, die Treppe übersah, stolperte und sich auf seinen Hosenboden setzte.

»Nicht anfassen«, sagte ich scharf.

Dann stand seine Mutter neben mir. Aber sie starrte nicht mich an, sondern den Katzenkopf in der Tür.

Das Abbild war völlig verkohlt!

Wut, Trauer und Haß las ich in ihren Augen. Ein paar dünne Schwaden stiegen noch hoch, das war alles.

»Bestellen Sie Yita einen schönen Gruß«, sagte ich. »Auch Dämonen sind nicht allmächtig.«

Rosy Welch hatte die Hände zu Fäusten geballt. Ihr Gesicht war noch mehr verzerrt. Hinter ihr im Raum fauchten die Katzen. Sie waren kaum zu halten, sondern sprangen von ihren Sitzplätzen und irrten wütend in der Diele umher.

»Das werden Sie bereuen, Bulle!« versprach sie mir. »So leicht mache ich es Ihnen nicht, glauben Sie mir. Mit dieser Tat haben Sie sich die Feindschaft der Katzen zugezogen. Sie haben Yita getroffen. Das bedeutet Tod. Merken Sie sich das!«

»Ich habe es gehört«, erwiderte ich und passierte Clive Welch, der noch immer am Boden hockte und nach Luft schnappte.

Am Haus vorbei ging ich zu meinem Wagen und stieg ein. Ich startete in dem Bewußtsein, daß es nicht der letzte Besuch gewesen war, den ich diesem Haus abgestattet hatte.

An der nächsten Straßenecke kam mir ein Talbot Matra Rancho entgegen, bei dem die hinteren Scheiben der Ladefläche verhängt waren. Aber deshalb fiel er mir nicht auf, auch nicht wegen seiner roten Farbe, die von einem grauen Schmutzfilm überzogen war.

Daß er mir auffiel, hatte einen anderen Grund.

Es war die Frau am Steuer.

Ich kannte sie, und diesmal war sie nicht nackt, meine ›Freundin‹ Leila …

Bill Conolly erhielt einen Stoß gegen die Schulter und fiel fast gegen die Wand, so heftig war Sheila an ihm vorbeigelaufen. Sie breitete die Arme aus, und Johnny warf sich hinein. Er weinte und sprach Worte, die nur mühsam zu verstehen waren.

Bill dachte praktisch. Er holte ein Taschentuch hervor und tupfte das Blut aus dem Gesicht des Kleinen. Jetzt sah er auch die Wunden. Sie befanden sich an der Stirn. Als der besorgte Vater genauer hinsah, erkannte er die langen Kratzer.

Von irgendwelchen Fingernägeln stammten die nicht, das sah er sofort. Ein Tier mußte Johnny die Wunden beigebracht haben. Da kam nur eins in Frage, wenn er sich die Ereignisse mal durch den Kopf gehen ließ.

Eine Katze!

Johnny mußte von einer Katze angegriffen worden sein.

»Jetzt ist ja alles wieder gut«, flüsterte Sheila. »Wir sind bei dir, mein Liebling.«

»Ja, Mummy«, schluchzte Johnny.

»War es eine Katze?« fragte Bill.

Der Kleine blickte seinen Vater aus tränennassen Augen an und nickte heftig.

»Und wo?«

»In – in meinem Zimmer.«

Der Reporter lief los. Er würde es den Katzen zeigen, doch Sheilas Ruf hielt ihn zurück. »Bill, nicht!«

»Doch«, erwiderte er und stieß die Tür auf.

Das Fenster stand offen. Als erstes registrierte Bill Conolly dies. Und das Durcheinander im Zimmer. Die Bauklötze, mit denen Johnny gespielt hatte, waren umgefallen. Das wäre an sich noch kein Grund gewesen, sich Gedanken zu machen, aber die Hälfte des Turms aus Klötzen stand noch, und es sah aus, als wäre jemand vom Fenster aus dagegen gesprungen.

Bill blickte in den Garten.

Sofort zuckte er zurück.

Die Katzen waren wieder da.

Und es waren sicherlich nicht weniger als in der Nacht.

Bill überlegte, während sich die Tiere überhaupt nicht um ihn kümmerten, sondern lautlos über den Rasen schlichen. Ihre Bewegungen glichen denen von Raubtieren.

Der Reporter entschloß sich, nicht mehr länger in seinem Haus zu bleiben. Die Gefahr war zu groß. Und die Forderung der Frau konnte Sheila nicht so ohne weiteres und auf die Schnelle erfüllen, das brauchte Zeit. Deshalb wollte Bill seine Familie in Sicherheit bringen. Vielleicht würde er mit seinen Freunden zurückkehren, aber darüber mußte man erst noch reden.

Er beugte sich noch weiter vor, um das gesamte hinter dem Haus liegende Gelände überblicken zu können.

Nein, von den geheimnisvollen drei Frauen sah er keine Haarspitze. Wahrscheinlich lauerten sie woanders.

Bill wandte sich ab. Er hatte es so eilig, daß er vergaß, das Fenster zu schließen.

Und das war sein Fehler.

Bill sah nicht mehr, wie sich eine schmale Frauengestalt hinter einem Baumstamm löste. Sie hielt etwas in der Hand, was wie eine Keule aussah.

Die Frau erreichte das offene Fenster, als Bill Conolly seine Hand auf die Türklinke legte. Sie schleuderte die massive Holzkeule aus dem Handgelenk.

Bill Conolly wurde voll getroffen. Er spürte noch den heftigen Schlag am Hinterkopf, wurde gegen die Tür geworfen, dann erlosch sein Bewußtsein.

Die Frau aber kletterte ins Zimmer. Diesmal war sie vollständig angekleidet. Sie sah sich um, nickte zufrieden und winkte ihren beiden ›Schwestern‹, die ebenfalls draußen im Garten versteckt gelauert hatten.

Sekunden später näherten sich die Frauen der Tür …

Ich beging nicht den Fehler und stieg sofort auf die Bremse, sondern nahm nur das Gas weg und fuhr langsamer. Im Rückspiegel beobachtete ich den Rancho und nickte zufrieden, als sein linkes Blinklicht zu leuchten begann.

Sein Ziel war klar.

Er wollte zum Cat House.

Ich fuhr an den Straßenrand und stoppte. Längst hatte ich mir einen Plan zurechtgelegt. Einen, der für mich ziemlich risikolos war.

Vorerst wenigstens.

Ich wollte den Bentley hier stehenlassen und zu Fuß zurückgehen. Die sollten sich wundern. Vor allen Dingen diese Rosy Welch, das Katzenweib.

Ich dachte noch mal an die Begegnung mit dem Rancho. Die Blonde hatte nicht allein hinter dem Lenkrad gesessen, bei ihr war noch jemand gewesen.

Dunkelhaarig, glaube ich.

War ja auch egal. Bevor ich loszog, versorgte ich mich aus meinem Einsatzkoffer noch mit Waffen. Ich steckte die magische Kreide ein, den Dolch und die Gemme.

Desteros Schwert konnte ich nicht mitnehmen. Es war einfach zu unhandlich.

Dann machte ich mich auf den Weg.

Sheila Conolly streichelte den Kopf ihres Sohnes. Sanft glitten ihre Hände an den Wangen des Kleinen entlang. Sie flüsterte ihm Worte ins Ohr, um Johnny zu beruhigen.

»Es ist schon gut, mein kleiner Liebling«, sagte sie. »Wir gehen jetzt ins Bad und kleben dir ein Pflaster auf die Stirn. Okay, mein Schatz?«

Johnny zog die Nase hoch und nickte. Der Schock mußte für ihn schlimmer gewesen sein als die Schmerzen, denn er war ja ein Freund der Tiere. Sheila nahm ihren Sohn auf den Arm und ging mit ihm ins Bad, wo sich der Kasten mit den Erste-Hilfe-Sachen befand. Sheila öffnete die rechte Tür und sah das Pflasterspray, das sie nehmen wollte.

Zuvor setzte sie Johnny ab und reinigte seine Wunde mit klarem Wasser.

Der Kleine biß die Zähne zusammen. Er sagte kein Wort und gab keinen Laut von sich, als Sheila dieser Arbeit nachging und anschließend das Pflaster auf die Wunde sprayte.

»So«, sagte sie. »Jetzt wird alles gut.«

Johnny nickte. »Warum war denn die Katze so böse?« fragte er. »Ich wollte nur mit ihr spielen.«

»Das kann ich dir auch nicht sagen, mein Schatz.« Sheila drückte den Kleinen an sich.

»Soll ich dir die böse Katze zeigen, Mummy?«

»Nein, laß mal. Die will ich gar nicht sehen.«

»Aber da war nicht nur eine. Ich habe viele Katzen gesehen, Mummy. Sie saßen alle im Garten.«

Sheila erschrak. Johnny sah nicht, wie seine Mutter blaß wurde. Sheila mußte sofort an das Ultimatum denken, das man ihr gestellt hatte. Sie hatte es nicht eingehalten. Erhielt sie jetzt dafür die Quittung? Waren die Katzen nun zurückgekommen, um sich zu rächen? Wenn ja, dann befanden sie sich in größter Gefahr, und sie, Sheila, war schuld, wenn etwas passierte.

»Komm, mein Schatz«, sagte sie. »Wir wollen mal nach Daddy schauen.«

»Wo ist er denn?«

»In deinem Zimmer.«

»Und dann?« fragte Johnny.

»Fahren wir weg.«

»Zu Onkel John?«

»Vielleicht.« Wir hätten schon gleich in der Nacht flüchten sollen, dachte Sheila. Aber nun ist alles zu spät.

Jetzt haben uns die Katzen, jetzt wissen sie, wo wir sind ...

Sheila faßte Johnny bei der Hand und ging mit ihm zur Tür. So weit sollten die beiden nicht mehr kommen. Plötzlich wurde die Tür aufgestoßen, und Sheila blickte in die Gesichter der drei Frauen, die sie bereits in der Nacht kennengelernt hatte.

Die Weiber standen auf der Schwelle und sagten keinen Ton. Aber ihre Blicke sprachen Bände. Darin las Sheila ihr Schicksal.

Auch Johnny war erschrocken. Plapperte er ansonsten munter drauflos, so drang jetzt kein einziges Wort über seine Lippen. Der Kleine blieb stumm.

Sie maßen sich mit Blicken. Die drei Frauen waren im Gegensatz zur Nacht vollständig angezogen. Sie trugen dunkle Hosen und Pullover. Sheila schaute in ihre Gesichter. Und sie hatte das Gefühl, als wären auch sie irgendwie katzenhaft.

Wenn sie an den Frauen vorbeiblickte, sah sie die zahlreichen Katzen im Flur.

Es waren mindestens zehn.

Aber was war mit Bill? Hatten die drei Frauen ihn vielleicht umgebracht?

Sheila merkte, daß ihr Herz schneller klopfte. Sie hatte eine bohrende Angst um ihren Mann und auch um ihren Sohn. Diese Frauen kannten keine Gnade. Das hatten sie in der Nacht bewiesen, als sie diesen Katzenfänger getötet hatten.

Sheila überwand sich selbst und fragte mit zittriger Stimme: »Was wollen Sie von mir?«

»Kannst du dir das nicht denken?« erwiderte die mit den schwarzen Haaren. »Du hast das Ultimatum verstreichen lassen, das wir dir gestellt hatten.«

Sheila nickte.

»Ja, ich habe es überschritten. Ich hatte eure Warnung

nicht ernst genommen, aber ich werde sofort ans Telefon gehen und anrufen.«

»Dazu ist es zu spät!«

Dieser eine Satz hatte etwas Endgültiges an sich, das merkte Sheila sofort.

Sie zuckte zusammen und suchte nach einem Ausweg. Aber es gab keinen. Wenn es diesen drei Weibern schon gelungen war, ins Haus einzudringen, dann hatten sie sicherlich auch Bill ausgeschaltet.

»Was haben Sie mit meinem Mann gemacht?« flüsterte Sheila, blaß im Gesicht.

»Er liegt im Zimmer seines Sohnes.«

»Ist er – ist er ...« Sheila brachte das Wort nicht heraus.

»Ich weiß es nicht«, erwiderte die Schwarzhaarige. »Es spielt auch keine Rolle mehr. Dich nehmen wir mit, und du wirst deine Strafe erhalten. Yita wartet schon auf dich.«

Heiß jagte es in Sheila hoch. Sie spürte, wie sich Johnny an sie preßte, und sie dachte in diesen schrecklichen Sekunden nur an ihren kleinen Sohn.

»Sie wollen mich töten? Sie wollen dem Kleinen hier die Mutter rauben? Wollen Sie das wirklich?«

»Er wird sich daran gewöhnen. An ihm haben wir kein Interesse, falls dich das beruhigt.«

»Ich will wissen, ob Sie mich töten wollen!«

»Nein, opfern!«

»Das ist das gleiche«, flüsterte Sheila. »Sie sind, Sie ...« Sheila sprach nicht mehr weiter, denn die Schwarzhaarige hatte ihren beiden Komplizinnen einen Wink gegeben.

Die Frauen gingen vor.

Sheila wich zurück. Johnny hielt sie fest. Der Kleine fing wieder an zu weinen. Auch er hatte längst bemerkt, daß diese Frauen Böses im Schilde führten, und die Angst hielt ihn ebenso gepackt wie seine Mutter.

Sheila schob Johnny hinter sich und deckte ihn mit ihrem Körper.

Sie würde Johnny und sich verteidigen, das schwor sie bei allem, was ihr heilig war.

»Du kommst also nicht freiwillig mit«, stellte die Schwarzhaarige fest. »Dann eben anders.« Sie sprang vor.

Bevor sich Sheila wehren konnte, klatschte die Hand der Frau in ihr Gesicht. Der Treffer trieb Sheila auf die Wanne zu, und sie prallte gegen deren Rand.

Johnny begann zu weinen. Er verteidigte seine Mutter, indem er sich gegen die Schwarzhaarige warf. Doch eine andere Frau griff zu und schleuderte Johnny brutal zur Seite.

Der Kleine fiel zu Boden und weinte.

Sheila hatte den Treffer verdaut und suchte nach einer Waffe, mit der sie sich hätte verteidigen können. Doch sie hatte nur ihre Fäuste. Und sie setzte sie auch ein. Sie schlug und trat dabei um sich, traf die Frauen auch, riß sie an den Haaren und hieb ihnen die Hände ins Gesicht. Eine schleuderte sie sogar in die große, ovale Badewanne. Es waren leider immer noch zwei Frauen übrig. Und die waren geschmeidig und schnell, fast wie Katzen.

Gewinnen konnte Sheila nicht, sondern die Entscheidung nur hinausschieben.

So kam es, wie es kommen mußte. Ein Hieb in den Nacken traf sie. Er war mit der Handkante geführt worden und schüttelte Sheila regelrecht durch. Sekundenlang stellte sie sich auf die Zehenspitzen, während sich auf ihrem Gesicht der Schmerz widerspiegelte. Bewußtlos wurde sie nicht, sie war nur paralysiert.

Das nutzten die Weiber aus.

Ein zweiter Hieb traf Sheila Conolly.

Er war mit der gleichen Härte geführt worden wie der erste. Und dem hatte Sheila Conolly nichts mehr entgegenzusetzen. Johnny mußte aus großen Augen zusehen, wie seine Mutter langsam in die Knie brach und neben der Wanne liegenblieb.

Johnny wollte anfangen zu schreien. Doch unter dem gnadenlosen Blick der drei Frauen verstummte er.

Die Schwarzhaarige trat zurück und wischte sich über die Stirn. Ihre Augen leuchteten. »Geschafft«, sagte sie. »War ein verdammt hartes Stück Arbeit.« Sie warf einen Blick auf den kleinen Johnny.

»Lassen wir ihn leben?« fragte die blonde Leila.

»Meinetwegen, er kann ja nichts dafür. Eigentlich ist er gut zu Tieren, er hätte ja sonst die Katzen nicht ins Zimmer gelassen.« Sie lächelte. »Schade für dich, daß deine Mutter nicht so ist, aber wir hatten sie gewarnt. Jetzt hat sie die Folgen selbst zu tragen. Yita will Opfer!«

Johnny hörte die Worte, er verstand sie nicht, sondern schaute die drei Frauen nur groß an. Aus seinen Augen kullerten Tränen, doch das kümmerte die Weiber nicht. Sie hatten nur Interesse für Sheila Conolly. Sie bückten sich und hoben Sheila hoch.

Eine hielt auf die Tür zu.

»Mummy«, weinte der Kleine und wollte hinterher.

Es war die Frau mit den schwarzen Haaren, die Johnny vor die Brust stieß, so daß er zurücktaumelte und zu Boden fiel.

Die Tür wurde zugeschlagen. Von außen drehte sich der Schlüssel im Schloß.

Johnny blieb allein und eingesperrt zurück.

Zuerst spürte Bill Conolly, wie etwas Klebriges in seinen Nacken rann. Dann glaubte er, sein Hinterkopf wäre um ein Dreifaches gewachsen und in ihm hielten sich tausend winzige Männer auf, die mit Hacken und Bohrern darin rumorten.

»Au verdammt«, stöhnte Bill. »Das war ein Hammer.«

Er öffnete die Augen. Vor sich entdeckte er etwas viereckiges Gelbes, mit dem er zunächst nichts anfangen konnte. Als er jedoch ein Auge zukniff, sah er besser.

Das Ding entpuppte sich als Bauklotz. Und der gehörte Johnny, seinem Sohn.

Schlagartig kehrte die Erinnerung zurück. Bill wußte jetzt, wo er sich befand.

In Johnnys Zimmer.

Und hier hatte ihn auch der Hammer getroffen.

Bill dachte nach, so schwer ihm das auch wegen seiner Kopfschmerzen fiel. Er war in das Zimmer des Kleinen gelaufen, hatte das offene Fenster gesehen, die Katzen im Garten, hatte sich umgedreht, und dann hatte ihn der Hammer getroffen.

Am Hinterkopf.

Die Welt um ihn war buchstäblich explodiert. In einem furiosen Wirbel war sie untergegangen, und Bill wußte noch immer nicht, wem er diesen Schlag zu verdanken hatte.

Da mußte jemand draußen im Garten gelauert haben. Ob das diese drei Weiber gewesen waren, die ihnen auch in der Nacht den Besuch abgestattet hatten?

Ja, es gab keine andere Möglichkeit. Und Bill fiel wieder das gesetzte Ultimatum ein. Dabei dachte er sofort an Sheila, die es nicht eingehalten hatte und die sich jetzt höchstwahrscheinlich mit den drei Frauen allein im Haus befand. Johnny zählte in diesem speziellen Fall nicht.

Plötzlich machte sich der Reporter Sorgen um seine Familie. Wenn Sheila und Johnny etwas passiert war, dann …

Bill hatte es plötzlich sehr eilig. Er stützte sich auf, kam auch auf die Beine, da packte ihn der Schwindel und schleuderte ihn wieder zurück. Dabei hatte der Reporter Glück, daß er nicht auf den Boden, sondern auf Johnnys Bett fiel.

Bill hatte sich zuviel zugemutet.

Ein paar Minuten blieb er liegen, atmete tief durch und tastete nach seiner Beule. Sie befand sich am Hinterkopf. Als Bill mit den Fingerspitzen über sie hinwegfuhr, zuckte er zusammen, so sehr schossen die Schmerzen durch seinen Kopf. Dieser Schlag hatte ihn doch mehr mitgenommen, als er zugeben wollte.

Abermals versuchte er es.

Vorsichtig drehte sich der Reporter um, schwang die Beine vom Bett und trat auf.

Er blieb ein paar Sekunden sitzen, preßte die Lippen zusammen und regelte seine Atmung.

Dann startete er abermals einen Versuch.

Diesmal blieb er auf den Beinen. Er visierte die geschlossene Tür an.

Als wären seine Knie mit Pudding gefüllt, so wankte er los. Dabei schwankte Bill von einer Seite auf die andere, aber er hielt sich tapfer und gab nicht nach.

Bill durfte auch nicht schlappmachen, denn die Sorge um Sheila und Johnny trieb ihn voran. Er würde seines Lebens nicht mehr froh werden, wenn den beiden etwas passiert war.

Auf schwankenden Beinen verließ Bill das Kinderzimmer und trat in den Flur.

Hier mußte er sich an die Wand lehnen, weil ihn ein erneuter Schwächeanfall übermannte.

Da hörte er das Weinen.

Dünn klang es an seine Ohren, als wäre es durch irgend etwas gedämpft worden.

Bill kannte das Weinen, und sein Herz klopfte plötzlich wie rasend. Das Blut jagte durch seine Adern, er öffnete den Mund und rief den Namen seines Sohnes.

»Daddy!«

Es gab dem Reporter einen Stich, als er die Antwort des Kleinen vernahm.

Bill hatte auch gehört, von wo sie erklungen war. Aus dem Badezimmer. Dort mußte Johnny stecken.

Sheila vielleicht auch?

Der Gedanke daran beflügelte den Reporter. So rasch er konnte, taumelte er auf die Tür zu. Bill hieb seine Hand auf die Klinke und drückte sie nach unten.

Verschlossen!

Den Fluch, den er ausstoßen wollte, verschluckte Bill im letzten Augenblick, da er den Schlüssel gesehen hatte, der von außen steckte.

Bill schloß auf.

Johnny saß am Boden und weinte. Ansonsten war niemand im Bad zu sehen.

Keine Spur von Sheila!

Bill lief auf seinen Sohn zu, kniete sich vor ihn und umfaßte mit beiden Händen Johnnys Gesicht.

»Daddy«, sagte der Kleine und schlang seine Arme um Vaters Hals. Bill drückte Johnny an sich. Vergessen waren die Schmerzen in seinem Hinterkopf, und Bill fürchtete sich irgendwie vor der Frage, die er seinem Sohn stellen mußte.

Dann faßte er sich ein Herz und drückte Johnny zurück, blickte ihn an und sagte: »Du bist allein hier?«

»Ja.«

»Wo ist Mummy?«

»Die – die haben sie mitgenommen!«

Jetzt war es heraus. Sekundenlang schloß der Reporter die Augen.

Bisher hatte er noch immer eine kleine Hoffnung gehabt, doch die war nun zerstört.

Er spürte Johnnys nasse Wange und hörte dann die dünne Stimme des Kleinen. »Du holst sie doch zurück, Daddy?«

»Ja.«

»Und wann?«

»Ich werde heute noch losfahren und nach ihr suchen.«

»Dann weißt du gar nicht, wo Mummy ist?«

»Nein, aber ich kann es mir denken.«

»Darf ich mit?«

Bill drückte seinen Sohn von sich weg und schüttelte den Kopf. »Nein, Johnny, doch du kannst mir helfen. Willst du das?«

Johnny nickte.

»Dann hör genau zu, mein kleiner Liebling. Wie war das? Wer hat deine Mummy mitgenommen?«

»Drei Frauen. Sie waren sehr böse und haben mich hier eingesperrt.«

Bill nickte. Es war klar, wer hier zugeschlagen hatte. Die drei Weiber, die Bill auch schon in der Nacht gesehen hatte. Das Ultimatum war nicht eingehalten worden, die Katzen schlugen zu.

Eine ganz einfach Rechnung.

Im Augenblick war Johnny das Problem. Bill mußte zusehen, daß er den Kleinen irgendwo unterbrachte. Er verließ mit seinem Sohn das Bad und ging in den Livingroom. Dort rief er die Nummer des Chinesen Suko an.

Der schien neben dem Telefon gelauert zu haben, denn er hob sofort ab.

Bill erklärte ihm die Lage.

Suko war sofort mit dem Plan des Reporters einverstanden. »Dann werden wir John vielleicht in diesem Cat House treffen«, meinte er.

»Ist er denn hingefahren?«

»Ja, das jedenfalls sagte mir Glenda Perkins.«

»Und Shao wird auf den Kleinen achtgeben?« erkundigte sich der Reporter.

»Natürlich tut sie das.«

»Okay, dann kommen wir vorbei.«

Bill hängte auf und wandte sich seinem Sohn zu, der

aber genau aufgepaßt hatte und sagte: »Ich soll bei Tante Shao bleiben, nicht?«

»Ja, mein Schatz.«

»Holst du dann Mummy zurück?«

Bill lächelte zuversichtlich, obwohl es ihm verdammt schwerfiel. »Auch das ...«

Cat House gestaltete sich immer mehr zum Mittelpunkt des Geschehens. Bisher hatte ich nur den Zipfel des Geheimnisschleiers lüften können. Ich wußte längst nicht, was sich in diesem Haus noch verbarg, dessen Mauern so völlig normal aussahen und doch von einer dämonischen Kraft erfüllt waren.

Yita!

Wieder fiel mir der Name ein. Wer war Yita? Ein Dämon? Bestimmt. Vielleicht auch ein Tierdämon, denn wie ich inzwischen aus vielen Mythologien wußte, gab es zahlreiche Tierdämonen. Jedes Tier hatte praktisch einen eigenen Dämon. Was daran Erfindung und was Wahrheit war, wußte ich nicht.

Ich blieb so stehen, daß ich zwar das Haus sehen, aber selbst vom Haus her nicht gesehen werden konnte. So hatte ich das Gebäude gut im Blickfeld.

Der Wagen war in den Weg eingebogen und nicht wieder aufgetaucht. Wahrscheinlich hatten sie ihn auf dem Hof abgestellt. Und es war sicherlich etwas in ihm transportiert worden, was niemand sehen sollte, sonst hätte man nicht die Fenster verhängt.

Ich wußte nicht, was mein Besuch bei der anderen Partei ausgelöst hatte. Jedenfalls würden die Gegner noch mißtrauischer sein, so daß ich nach einer Möglichkeit suchen mußte, ungesehen in das geheimnisvolle Katzenhaus zu gelangen.

Von der Rückseite war es schwer, denn dort standen

die Käfige mit den Katzen. Wie ich die Biester einschätzte, würden sie fauchen, wenn sie mich sahen. Die Bewohner waren dann gewarnt. Blieb noch der Einstieg von der Seite her durch irgendein Fenster oder vom Dach aus.

Für einen Moment spielte ich mit dem Gedanken, Suko anzurufen, verwarf ihn jedoch wieder. Noch traute ich mir zu, das Ding allein zu schaukeln.

Erst wenn ich wirklich keine Chance sah, in das Innere von Cat House vorzustoßen, würde ich dem Chinesen Bescheid geben.

Ich begab mich auf die andere Seite der Straße und nutzte als Deckung einen vorbeifahrenden Lastwagen. Dann überquerte ich die Straße wieder und blieb neben dem Haus stehen. Hier befand sich kein Weg, der zum Garten und damit zu den Katzenkäfigen führte. Das Gelände war frei. Ein Platz, überwuchert mit hohem Unkraut, zwischen dem ich mich verbergen konnte.

Etwa zehn Yards vor mir sah ich die Hauswand. Da gab es kein Fenster, auf das ich so gehofft hatte. Sie war glatt. Stein auf Stein. Meine Chancen sanken auf Null.

Ich ging ein paar Schritte vor und gelangte an einen Zaun, der das Grundstück von Cat House hier an der Seite begrenzte. Es war einfacher Maschendraht, leicht zu überklettern.

Ich sah auch den Wagen. Er stand zwischen der Rückseite des Hauses und den Katzenställen. Niemand befand sich mehr in ihm.

Rasch zuckte ich zurück, als die Tür aufschwang. Clive Welch verließ das Haus. Er trug eine große Tüte in der rechten Hand, die schon mehr einem Sack glich. Clive schleuderte die Tüte über die linke Schulter und marschierte auf die Katzenställe zu. Wahrscheinlich wollte er die Tiere füttern.

Wenn es eine Chance gab, in das Haus einzudringen,

dann nur über den Sohn der Besitzerin. Ich mußte den Mann überwältigen. Sicherlich besaß er einen Schlüssel.

Ein rascher Blick zeigte mir, daß ich nicht beobachtet wurde, und so überkletterte ich schnell den Zaun.

Auf der anderen Seite sprang ich zu Boden und lief auf den abgestellten Rancho zu, um dahinter Deckung zu nehmen. Jetzt konnte man mich auch vom Haus her nicht mehr sehen.

Clive Welch war verschwunden. Er hatte den Stall betreten und die Tür nicht geschlossen. Zur Hälfte stand sie offen.

Diese Käfiganlage erinnerte mich irgendwie an die aufgebauten Kletterwürfel auf Kinderspielplätzen. Sie waren versetzt, ineinander verschachtelt und so hoch, daß ein Mann aufrecht stehen konnte. Nur nach vorn hin waren die Gitter zu sehen, an den Seiten und auch hinten bestanden die Begrenzungen aus Mauern.

Am Haus regte sich nichts. Auch innerhalb war alles ruhig. Das stellte ich mit einem schnellen Blick fest, denn es ließ sich niemand an den Fenstern sehen. Nicht einmal eine Gardine bewegte sich. Die Zeit war also günstig.

Ich huschte durch die offene Tür. Ein Gang nahm mich auf, der zu beiden Seiten von Käfigen flankiert wurde, in denen sich die Katzen befanden. In manchen steckten zwei Tiere, andere wiederum waren nur mit einer Katze besetzt.

Clive Welch sah ich nicht, hörte ihn jedoch sprechen. Er mußte sich links von mir befinden, wo der Gang sowohl nach rechts als auch nach links abzweigte. Geradeaus ging es nicht mehr weiter. Da schaute ich gegen die Mauer.

Sie war durch kleine Fenster unterbrochen, durch die schwacher Lichtschein fiel.

Im Dunkeln brauchte ich mich demnach nicht voranzubewegen.

Ich hörte Clive Welch lachen und mit den Katzen sprechen.

»So, ihre kleinen vierbeinigen Freunde. Jetzt bekommt ihr euer Fressen. Es wird euch bestimmt schmecken.« Er lachte. Dann hörte ich ein Rascheln. Es entstand, wenn Welch in die Tüte griff.

An der Abzweigung blieb ich stehen und warf einen Blick nach links, wo sich Clive Welch befinden mußte.

Er wandte mir den Rücken zu, hatte eine Käfigtür geöffnet und war dabei, Futter zu streuen. Das Zeug sah aus wie der normale Katzenfraß aus der Dose.

Hier roch es nach Katzen. Obwohl alles sehr sauber war – der Steinboden glänzte sogar –, war es jedoch nicht möglich, den Kotgeruch der Katzen wegzubekommen. Da half auch kein Lüften.

Clive Welch sah und hörte mich nicht. So sehr war er mit dem Füttern seiner Lieblinge beschäftigt.

Aber die Katzen bemerkten mich.

Sie hockten zu beiden Seiten des Ganges in ihren Käfigen und starrten mich an.

Ich sah kalte Augen. Manche schimmerten gelb, die anderen grünlich, aber alle waren leicht geschlitzt und von einer nahezu brutalen Klarheit. Etwas komisch war mir doch zumute, als ich diesen Katzenstall durchschritt. Schließlich hatte ich die Tiere in Aktion erlebt und war auch fast Zeuge eines Mordes geworden, den die kleinen Raubtiere verübt hatten.

Wenn mich die Masse der Katzen angriff, sah ich sehr alt aus. Da hatte ich kaum eine Chance.

Aber die machten mir nicht den Eindruck, als würden sie unter einem dämonischen Einfluß stehen. Sie waren normal, das sah ich ihren Blicken an. Diese Katzenaugen zeigten keinen menschlichen Ausdruck wie Haß oder Feindschaft, wenigstens hatte ich das Gefühl, und mir wurde gleich ein wenig wohler.

Irgendwie mußte Clive Welch bemerkt haben, daß etwas nicht stimmte. Vielleicht war es auch das Verhalten der Katzen gewesen, das ihn warnte. Plötzlich fuhr er herum.

Ich befand mich noch zwei Schritte von ihm entfernt. Er erschrak, als er mich sah. Es lief wie ein Stromstoß durch seinen Körper, wobei er seinen Mund aufriß.

»Da bin ich wieder«, sagte ich.

Eine Tür stand offen. Zwei Katzen befanden sich in dem Käfig. Clive hatte die Tiere gerade füttern wollen, war aber von mir gestört worden. Die Katzen kamen bis an den Rand des Käfigs und schauten hervor. Sie drehten ihre Köpfe, so daß sie mich anblicken konnten. Ich sah ihre kalten Augen und fröstelte unwillkürlich. Eine öffnete ihren Mund und gähnte.

»Was wollen Sie denn noch?« zischte Clive Welch. Mit einer Hand hielt er die große Tüte umklammert.

»Das will ich Ihnen sagen. Ich hätte da noch ein paar Fragen, und zudem sind mir einige Dinge aufgefallen, die meine Neugierde geweckt haben.«

»Und welche?«

»Da ist ein Wagen gekommen.«

Ich sah, wie er zusammenzuckte. Dann holte er tief Luft, hob die Schultern und sagte: »Na und?«

»Zufällig sah ich, wer den Wagen gefahren hat. Es war eine Fahrerin. Sie hatte blondes Haar, und genau diese Frau ist mir in der gestrigen Nacht aufgefallen, und zwar dort, wo der Mann von den Katzen ermordet wurde. Verstehen Sie nun, daß ich neugierig geworden bin?«

Er senkte den Blick und starrte auf seine Schuhspitzen. »Ich weiß nicht, wovon Sie reden.«

»Sie lügen schlecht!« stellte ich fest.

»Lassen Sie mich in Ruhe, und verschwinden Sie endlich!« zischte er. »Wenn Sie etwas zu sagen haben, dann meiner Mutter.«

Ich schüttelte den Kopf. »Ich will aber gern von Ihnen wissen, was hier geschieht.«

»Nichts geschieht hier. Wir nehmen herrenlose Katzen auf und füttern sie. Das ist alles.«

»Und Yita?«

»Ich weiß nicht, was das bedeutet.«

»Ist Yita kein Dämon?«

»Hören Sie auf.«

»Ich möchte eine klare Antwort von Ihnen. Seien Sie vernünftig, noch ist es Zeit. Lösen Sie sich von Ihrer Mutter. Sie befindet sich auf einem gefährlichen Weg, der genau in den Abgrund führt. Merken Sie das nicht?«

»Nein!«

»Mr. Welch, ich warne Sie. Ihre Mutter hat sich mit den Mächten der Finsternis verbündet. Das kann nicht gutgehen, und deshalb versuche ich, Sie zu retten!«

»Wie edel«, spottete er. Dann spie er aus. Für mich war es bezeichnend. Er steckte seine Hand wieder in die Tüte und holte weiteres Futter hervor.

Ich rechnete damit, daß er es in den Käfig streuen würde, doch er überraschte mich. Plötzlich drehte er seine Hand und schleuderte mir das Zeug entgegen.

So schnell konnte ich den Kopf nicht zur Seite nehmen. Ich kam zwar noch weg, stieß aber mit dem Ohr gegen einen Käfig, was sehr weh tat. Für Sekunden war ich abgelenkt.

Das nutzte Clive Welch voll aus.

Ich hörte das metallische Klicken, und als ich mir die letzten Krümel aus dem Gesicht wischte, sah ich schon die lange Klinge des Messers. Die Spitze stach nach oben und zielte genau auf mich.

Jetzt wurde es gefährlich.

Sofort wuchtete sich der Kerl vor. Er wollte mir die Klinge von unten nach oben in den Leib ziehen, gleichzeitig sprangen die beiden Katzen, die von ihm gefüttert werden sollten, aus dem Käfig und drückten sich an dem Kerl vorbei.

Ausweichen konnte ich nicht. Nur zurück. Was ich auch tat. Zwei gewaltige Sätze brachten mich aus der unmittelbaren Reichweite der Klinge.

Fast hätte der Kerl das Messer in die Decke gestoßen, so wuchtig war der Stich geführt worden.

Ich konterte.

Mein Tritt war nicht von schlechten Eltern, und er traf Clive Welch dort, wo ihn schon einmal meine Faust erwischt hatte. Welch krümmte sich, ließ die Klinge aber nicht los, sondern verzog nur schmerzerfüllt das Gesicht.

Ich hatte keine Lust, ihn hier zusammenzuschlagen oder mich auf einen langen Kampf einzulassen. Rasch zog ich die Beretta und ließ ihn in die Mündung schauen.

»Alles klar?« fragte ich.

Er holte keuchend Luft. Ich glaubte, so etwas wie ein Nicken zu sehen.

»Dann weg mit dem Messer!«

Er zögerte, hob den Blick und sah den entschlossenen Ausdruck in meinen Augen.

Die Waffe fiel.

Mit der Fußspitze kickte ich sie unter einen Käfig, ohne dabei den Knaben aus den Augen zu lassen.

Tückisch schaute er mich an.

»Drehen Sie sich um!« befahl ich.

Er schüttelte den Kopf.

Dieser Mann war stur. Und ich sah, wie er den Mund öffnete, um einen Warnschrei abzugeben.

Das durfte ich nicht zulassen, denn damit wäre mein gesamter Plan hinfällig gewesen.

Ich schlug zu.

Eigentlich hatte ich seinen Nacken treffen wollen. Da er meinen Befehl nicht befolgen wollte, hieb der Berettalauf gegen seine Stirn und schickte ihn ins Reich der Träume. Er verdrehte die Augen, fiel um und blieb liegen.

Das Hindernis war geschafft. Ich räumte die Tüte zur Seite, bückte mich und durchsuchte ihn. Ein Lächeln stahl sich auf mein Gesicht, als ich fand, was ich vermutet hatte.

Vier Schlüssel. Sie hingen an einem schmalen Bund. Einer würde sicherlich zur Haustür passen. Ich steckte die Schlüssel ein, wandte mich um und verließ die ziemlich ungastliche Stätte.

An der Tür blieb ich stehen, verrenkte den Kopf und blickte an dem parkenden Wagen vorbei.

Niemand ließ sich im Eingang sehen. Das war schon ein großer Pluspunkt.

Rasch lief ich die Strecke zum Haus, überwand die Treppe und stand vor der Tür. Die gefundenen Schlüssel hielt ich noch in der rechten Hand, sah mir das Schloß genau an und verglich es mit den Schlüsseln.

Einer der beiden mittleren mußte passen.

Ich probierte es und hatte Glück. Seidenweich glitt er ins Schloß, und seidenweich konnte ich die Tür aufschließen, die noch immer das verkohlte Gesicht des Katzendämons zeigte.

Sie quietschte nicht, als ich sie aufzog und einen Blick in die jetzt leere Halle warf.

Keine Katze war zu sehen.

Eine Sekunde später hatte ich das Haus betreten und ließ die Tür lautlos ins Schloß fallen.

Ab jetzt stand ich wie unter Strom!

Sheila Conolly wurde wach, als man sie eine Steintreppe hinuntertrug. Jeden Schritt der Trägerinnen spürte sie in ihrem Kopf. Schmerzwellen zuckten durch ihr Gehirn wie Blitze, und sie fing an zu stöhnen. Die Frauen kümmerten sich nicht darum. Sie erreichten das Ende der Treppe und damit einen Gang, wo sie sich nach rechts wandten.

Sheila öffnete die Augen.

Noch nie hatte sie solch einen Kellergang gesehen. Da gab es keine kahlen Mauern oder Wände. Alles war bemalt. Sie sah übergroße Katzenköpfe mit weit aufgerissenen Mäulern und heraushängenden Zungen, die die Tiere dem Betrachter entgegenstreckten. Sie waren so echt gemalt, daß Sheila glaubte, sie würden leben. Innerhalb der Mäuler befanden sich kleine Lampen, die rot glühten und ihren Schein über Sheila und die beiden Frauen warfen, die sie trugen.

Eine dritte Frau ging vor. Sheila hatte sie noch nie gesehen, sie gehörte nicht zu denen, die sie abgeholt hatten. Die Frau war ziemlich klein, trug ein wallendes Gewand und hatte kurzgeschnittenes, dunkles Haar.

Und sie sah noch mehr.

Katzen!

Die Tiere begleiteten sie. Lautlos liefen sie neben ihnen her, drängten sich geschmeidig an den Frauen vorbei, drehten sich dann um, warteten und folgten ihnen wieder, wenn sie passiert worden waren, und begannen das Spiel von vorn.

Sheila gab sich keinen Illusionen hin. Ihre Lage war schlichtweg bescheiden. Sie befand sich in der Gewalt dieser Frauen, die mit den Katzen paktierten, und Sheila fragte sich, ob sie auch so weit gingen, daß sie Menschen töteten.

Ja, sicher. Sie hatten es schon einmal bewiesen, als der Katzenfänger auf grausame Art und Weise umgebracht worden war.

Ein schlimmes Omen, und Sheila mußte ihre Angst regelrecht herunterschlucken.

Der Keller war ausgebaut worden. Man hatte die

Gänge verbreitert und Mauern versetzt, so daß viel Platz gewonnen worden war. Dann erreichten sie ihr Ziel.

Sheila sah eine schwarz lackierte Tür, die in ihrer Mitte deutlich das Abbild eines Katzenkopfes zeigte. Das Maul war aufgerissen, die spitzen Zähne stachen hervor, in den Augen glühte es gefährlich rot.

Ein Abbild des Schreckens und nicht der Schädel einer normalen Katze. Sheila kannte sich aus. Sie wußte, daß dieser Katzenkopf die Darstellung eines Dämons war. So viele Erfahrungen hatte sie im Laufe der Zeit gesammelt, denn nicht zum erstenmal traf sie auf Dämonen.

Diesmal jedoch war es anders. Sie war schon als Druckmittel gegen ihren Mann oder gegen John Sinclair benutzt worden, doch hier wollte man ihr persönlich an den Kragen. Dieser Fall ging eigentlich nur sie etwas an und keinen anderen.

Das war das Schlimme.

Die Frau, die voranging, drückte die Tür auf. Sheila hörte hinter sich Schritte, und dann stand auch die dritte Person vor ihr, die bei der Entführung beteiligt gewesen war. Es war die Rotblonde. Sie hatte den Wagen gefahren.

»Tretet ein, sie erwartet euch!« sagte die Frau, die vorging, und gab den Weg frei.

Sheila wurde in den dahinter liegenden Raum geschafft.

Nein, es war kein Raum. Dieser Ort im Keller glich schon mehr einer Halle. Sie war fast quadratisch und mit großen Fliesen ausgelegt, die Katzenköpfe zeigten. Zahlreiche Tiere hockten in den Quadraten und schauten auf die Frauen, die langsam nach vorn gingen und sich dem Zentrum des hallenartigen Raumes näherten.

Sheilas Augen wurden groß, ihr Herz klopfte schneller, und jeder Schlag dröhnte in der Brust. Was sie sah, war so unglaublich, daß es ihr niemand glauben würde, wenn sie es jemandem erzählte.

Und doch war es eine Tatsache.

Inmitten des Raumes hockte, von zwei hellen Säulenlampen flankiert, eine überdimensionale Katze. Sie war größer als ein Mensch, obwohl sie saß, und sie hatte ihr Maul weit aufgerissen, so daß Sheila die langen, stiftartigen Raubtierzähne erkennen konnte, die sie an das Gebiß eines Tigers erinnerten.

Die Katze saß jedoch nicht auf dem Boden, sondern auf einem Podest. Unter ihr ringelte sich eine armdicke Schlange, deren Maul ebenfalls aufgerissen war und auf die Tür zeigte, wobei die gespaltene Zunge wie zwei Pfeile auf die Eintretenden zielte.

Sheila hatte Angst.

Sogar schreckliche Angst, denn die übergroße Katze konnte man schon nicht mehr als Tier bezeichnen, sondern nur noch als ein gewaltiges Monster.

Und der weit aufgerissene Rachen bewies Sheila, daß dieses Monster bereit war, Menschen zu verschlingen, wenn es zum Leben erwachte.

Trotz ihrer Schmerzen gelang es Sheila, genau hinzuschauen. Sie sah sich die Bestie an und interessierte sich besonders für die Augen. Sie waren wesentlich größer als bei normalen Katzen, und sie leuchteten in einem Gelb, wie Sheila Conolly es noch nie in ihrem Leben gesehen hatte.

Man konnte sich wirklich davor fürchten.

Der jungen Frau rann eine Gänsehaut über den Rücken. Obwohl der Name dieser Riesenkatze noch nicht genannt worden war, wußte Sheila dennoch, daß es sich nur um Yita handeln konnte.

Yita, die Dämonenkatze!

Die menschenverschlingende Bestie!

Sheila hatte Mühe, ihre Tränen zurückzuhalten. Wie ein plötzlicher Stromstoß wurde ihr die Ausweglosigkeit ihrer Lage bewußt. Es war niemand da, der ihr zur Seite stand, der sie retten konnte. Sheila war völlig auf sich allein gestellt.

In einer Welt, die von Feinden beherrscht wurde.

Und Bill?

Sicherlich lag er schwerverletzt in der Wohnung, ebenso wie Johnny. Es war bezeichnend für Sheila, daß sie in dieser Situation an ihren Mann und den Sohn dachte. Selbst wenn ihnen nichts weiter geschehen war, wie sollten sie Sheila in diesem fremden, schrecklichen Haus finden?

Die Trägerinnen stoppten.

Sheila verkrampfte sich, als sie kurzerhand fallen gelassen wurde. Ein heftiger Schmerz zuckte durch ihren Körper, und der Aufprall löste in ihrem malträtierten Kopf kleine Explosionen aus. Für wenige Sekunden trat sie abermals ab.

Als sie dann wieder klar denken und auch sehen konnte, waren die vier Frauen zurückgetreten. Die Anführerin stand dicht vor Yitas offenem Rachen, die Trägerinnen hielten sich bei den Lampen auf, und die letzte Frau stand hinter Sheilas Kopf.

Sie lauerten ...

Sekunden vergingen. Eine Zeitspanne, die zwar kurz war, Sheila aber dennoch sehr lang erschien. Bis die Anführerin – und das mußte Rosy Welch sein – zwischen die Falten ihres Kleides griff und eine Papierrolle hervorholte.

Sie faltete sie auseinander.

Wie im Mittelalter, dachte Sheila, als man den zu Tode Verurteilten das Urteil noch einmal vorlas.

Rosy Welch begann. »Du, Sheila Conolly, bist ausersehen, als erste in einer langen Reihe von Menschen zu sterben, die den Tod zahlreicher Katzen auf dem Gewissen haben. Es hat lange gedauert, wir haben geforscht und gearbeitet, bis es uns endlich gelang, Verbindung mit Yita aufzunehmen. Sie ist die Göttin der Katzen, ein Dämon, der aus seiner Dimension mit ansehen mußte, wie seine Artgenossen gequält, gedemütigt und getötet wurden. Man fing sie ein, ließ sie verhungern oder unternahm Versuche mit ihnen. Mir ist es nun gelungen, einen Schlußstrich unter dieses grausame Werk zu setzen. Ich habe Yita beschworen. Ihr Geist ist aus den fernen Dimensionen zurückgekehrt und hat mich und mein Wirken beflügelt. Es wird kein sinnloses Töten der Tiere mehr geben. Die Katzen schlagen zurück. Mit ihnen mache ich den Anfang. Hunde und andere Tiere werden folgen. Kein Vogel wird mehr in seinem Käfig sitzen, kein Hund mehr im Zwinger elendig verrecken. Die Zeiten sind ein für allemal vorbei. Und wir fangen mit denen an, die sich für diese Taten zu verantworten haben. Du zählst dazu, Sheila Conolly. Und du hast die Chance des Ultimatums nicht genutzt, deshalb wirst du sterben. Als erste, als ein abschreckendes Beispiel, damit auch die anderen sehen, was ihnen noch alles bevorsteht.«

Rosy Welch ließ die Rolle sinken und schaute Sheila Conolly ins Gesicht. Man hatte Bills Frau nicht gefesselt, sie hätte auch so keine Chance gehabt, zu fliehen. Und Sheila, die man direkt angesprochen hatte, wollte auch eine Antwort geben.

»Ich habe keine Katzen getötet«, erwiderte sie mit schwacher Stimme. »Es stimmt, daß Tierversuche auch in meinem ererbten Betrieb stattgefunden haben, aber muß das nicht sein? Jede Forschung hat ihren Preis. Um Menschenleben zu retten, müssen die Präparate doch ausprobiert werden.«

»Und Tiere sind dafür gut genug?« höhnte die Welch.

»Sagen Sie mir eine andere Möglichkeit, und ich werde Anweisung geben, von den Versuchen Abstand zu nehmen.«

»Ja, ich weiß. Nehmt Menschen, ihr verdammten Hyänen. Mit Menschen könnt ihr die Versuche durchführen.«

»Nein.«

Rosy Welch lachte auf. »Da habt ihr Angst, wie? Das glaube ich, an Menschen traut ihr euch nicht heran. Aber an wehrlose Tiere. Es gibt genügend Menschen, die den Tod verdient haben. Schwerverbrecher, Killer, Mörder, aber keine Tiere. Sie sind unschuldig. Sie tun nichts, wenn man sie nicht angreift und sie in Ruhe läßt. Lange genug haben wir das gewissenlose und schändliche Treiben mit ansehen müssen, aber jetzt ist Schluß. Wo Worte nicht helfen, da müssen eben Taten folgen!«

Rosy Welch sprach so überzeugend und deutlich, daß Sheila bewußt wurde, nichts mehr unternehmen zu können.

Diese Frau ließ sich nicht umstimmen – die nicht.

»Und Sie wollen wirklich alle Menschen töten?« fragte Sheila mit erstickt klingender Stimme.

»Nein, alle nicht. Obwohl die meisten es verdient hätten. Wir nehmen uns nur die Tierquäler vor und stellen mit ihnen das gleiche an, was sie den Tieren angetan haben. Sie werden sterben, und mit dir, Sheila Conolly, fangen wir an. Leon Poole zähle ich nicht, er war nur ein kleines, ausführendes Organ, aber du hast die Macht, die Tierversuche zu stoppen. Du stehst dahinter, du kannst noch etwas ändern, aber du hast es nicht getan. Deshalb wirst du sterben. Wir können auch keine Rücksicht auf deine Familie nehmen, denn auch Katzen und Hunde haben Junge. Die Tiertöter haben sie kurzerhand abgeschlachtet, verhungern lassen oder haben sie zertreten, als würden die Tiere keine Schmerzen spüren. Doch sie leiden ebenso wie die Menschen, das glaube mir, Sheila Conolly.«

»Die Polizei wird Ihnen Ihr schändliches Handwerk legen!« rief Sheila verzweifelt.

»Ach, die Polizei! Ich habe keine Angst, denn ich stehe

unter einem großen Schutz. Zudem wird man mich am wenigsten verdächtigen, das glaube mir.«

»Nein, sie sind schon auf deiner Spur!«

Zu Sheilas großer Überraschung nickte die Frau. »Ich weiß es. Ich hatte sogar Besuch, ein Oberinspektor von Scotland Yard war bei mir.«

Eine Hoffnungsflamme schoß siedendheiß in Sheila hoch. Doch sie erlosch nach den nächsten Worten der angeblichen Tierschützerin.

»Er ist wieder gegangen, der gute Oberinspektor. Bei mir hatte er nichts zu melden, ich habe ihn weggeschickt, aber er steht als nächster auf der Liste, denn er hat ein Abbild Yitas zerstört. Dieser Frevel kann nur mit dem Tod bestraft werden. Etwas anderes gibt es nicht für ihn!«

Aber John war hier! sagte sich Sheila in Gedanken. Er hatte Verdacht geschöpft. Sicherlich würde er zurückkehren, nur war es dann nicht schon zu spät?

Sheila bebte und zitterte vor Angst. Gleichzeitig hoffte sie auch, und sie konnte diese Aufwallung von Gefühlen nicht verbergen. Die andere merkte, welch ein innerer Kampf in ihrer Brust tobte.

Sie lachte.

Dann brach das Lachen schlagartig ab. Erst jetzt sah Sheila Conolly die Lampe über der Tür.

In Intervallen glühte sie auf.

Hell, fast blendend, und der Schein mischte sich mit dem roten Licht, so daß er auch von Rosy Welch bemerkt wurde. Die Augen der Frau verengten sich. Plötzlich stand sie unter Spannung. Sie drehte den Kopf und schaute ihre Dienerinnen an.

»Das Signal«, sagte sie.

Die schwarzhaarige Frau trat vor. »Jemand ist in das Haus eingedrungen!«

Hoffnung keimte in Sheila hoch. War dieser Jemand vielleicht John Sinclair?

»Sucht ihn!« befahl Rosy Welch. »Sucht die verdammte Person und tötet sie!«

Die drei Frauen nickten und verschwanden. Kein Laut war zu hören, als sie den Raum verließen. Sie bewegten sich ebenso leise wie die vierbeinigen Katzen.

Rosy Welch aber wandte sich an Sheila Conolly. »Deine Hoffnung ist trügerisch. Wer auch immer in dieses Haus eingedrungen ist, er wird es nicht überleben, glaub mir. Meine Katzen sind dressiert. Aufs Töten dressiert, sie sind stärker als jeder Mensch!« Wieder setzte sie ihr Lachen hinzu, verbeugte sich vor Yita, drehte sich um und verließ die Kellerhalle.

Schwer schlug die Tür hinter ihr zu.

Sheila blieb mit ihrer Angst und den Katzen allein zurück. Denn da waren nicht nur die versteinerte Yita und die Schlange, sondern auch noch die anderen Katzen.

Deren Blicke fühlte Sheila auf ihrem Körper brennen.

Waren die Katzen vielleicht nicht normal? Steckten Dämonen in diesen schlanken Körpern?

Sheila wußte es nicht.

Sie zitterte weiter. Und sie zählte die Katzen, die auf den großen Quadraten saßen.

Sechs waren es.

Als hätte ihnen jemand einen Befehl gegeben, so erhoben sie sich plötzlich, schüttelten ihre Körper und schlichen von allen Seiten auf Sheila Conolly zu …

Ich stand im Haus.

Damit war viel gewonnen, denn von nun an würde ich mich nicht mehr so leicht verjagen lassen.

In der Halle hatte sich etwas verändert. Ich sah keine einzige Katze. Bei meinem ersten Besuch hatten sie noch in den Fliesenquadraten gesessen, nun war die Halle leer.

Ich konzentrierte mich auf Geräusche, horchte nach irgendwelchen Lauten, nach einem Fauchen oder Miauen, doch die Katzen – falls welche in der Nähe lauerten –, taten mir nicht den Gefallen, sich zu melden. Sie blieben stumm.

Ich suchte nach Türen.

Es war eine vergebene Liebesmüh. Nicht eine Tür zweigte von dieser Halle ab. Als ich dicht an den Wänden vorbeiging, sah ich auch den Grund.

Man hatte sie zugemauert.

Dafür entdeckte ich jedoch eine breite Treppe, die in die obere Etage führte.

Immerhin etwas.

Da ich sowieso vorhatte, das Haus zu durchsuchen, kam mir die Treppe wie gerufen.

Sie führte in einem Bogen hoch. Die Stufen bestanden ebenfalls aus dunklem Stein und glänzten, als wären sie mit Öl eingerieben worden. Neben der Treppe hingen Lampen. Sie waren an der Decke der oberen Etage befestigt.

Es waren Kugeln, aber sie brannten nicht. Licht fiel nur sehr wenig in die Halle und damit auch auf die Treppe. Es streute durch die wenigen Fenster unten in der Halle und erreichte kaum das erste Stockwerk.

Den Bogen hatte ich bereits hinter mich gebracht, als ich die Katzen sah.

Augenblicklich blieb ich stehen.

Die Katzen – es waren zwei – lauerten auf der obersten Stufe. Sie mußten ein sehr dunkles Fell haben, denn es schien mir, als würden die Augen in der Luft schweben.

Welche Funktion erfüllten die Katzen? Waren sie Wächter, Aufpasser? Sollten sie niemanden durchlassen?

Ich mußte die Probe aufs Exempel machen. Langsam stieg ich höher. Die Beretta hatte ich nicht gezogen, aber meine Hand befand sich in der Nähe des Jackenausschnitts. Ich konnte die Waffe jederzeit rasch hervorholen.

Die Katzen wichen nicht zur Seite. Sie standen dort wie Statuen und gaben keinen Laut von sich. Kein Miauen, kein Fauchen – nichts.

Noch eine Stufe.

Da wichen sie zurück. In dem Augenblick, als ich den Fuß hob. Die Tiere drückten sich zur Seite, es geschah lautlos.

Sie ließen mich vorbei.

So ganz wohl war mir nicht. Ich hatte nicht gern die Katzen in meinem Rücken. Man hörte nicht, wenn sie sich abstießen, um zu springen. Als ich einen Blick über die Schulter warf, standen sie noch immer dort und blickten mir nach.

Die Augen wirkten wie kalte Leuchtpunkte.

Vor mir lag ein Gang. Es war allerdings mehr eine Diele und führte nicht sehr weit.

Die Umrisse von drei Türen zeichneten sich schattenhaft ab. Rechts von mir führte die Treppe weiter nach oben. Wahrscheinlich endete sie unter dem Dach. Da wollte ich vorerst nicht hin, sondern mich überzeugen, wie es in den Zimmern aussah. Vielleicht entdeckte ich Rosy Welch, denn sie sollte mir einige Fragen beantworten.

Ich öffnete die erste Tür. Durch das Fenster im Raum fiel genügend Licht, so daß ich Einzelheiten erkennen konnte. Ein altes Sofa, ein runder Tisch, ein alter Schrank, zwei Stühle, vergilbte Tapeten und ein Bild, das Yitas Gesicht zeigte. Das Bild hing dem Schrank gegenüber. Es war so gut gemalt worden, daß man meinen konnte, Yita würde leben.

Ich ging weiter.

Die Katzen hockten noch immer auf ihrem Platz und lauerten.

Sie machten mich nicht mehr nervös.

Die anderen beiden Zimmer waren ebenfalls nicht bewohnt. Ich sah keinen Menschen. Weder Rosy Welch noch die drei Frauen, die den Conollys in der Nacht einen Besuch abgestattet hatten.

Es blieb leer und still.

Verdammt, in diesem Haus liefen doch zahlreiche Katzen herum. Wo steckten die denn?

Vielleicht im Keller?

Möglich – nur hatte ich keine Tür entdeckt, die mich nach unten gebracht hätte. Statt dessen krauchte ich hier oben herum und suchte nach meinen Gegnern.

Ich ging wieder zurück und nahm mir den nächsten Teil der Treppe vor.

Die beiden Katzen blieben noch immer sitzen. Nur die eine hob ihre rechte Pfote, wobei es aussah, als wollte sie nach mir schlagen.

Die Treppe wurde schmaler. Ich näherte mich bereits dem Dach und sah schon bald die schrägen Wände.

Als ich den nächsten Absatz erreichte, entdeckte ich noch eine Tür, die wohl zum Speicher führte.

Ich zog sie auf.

Er war ziemlich geräumig, aber auch düster.

Ich ging einen Schritt nach vorn und zuckte zusammen, weil mir etwas gegen das Gesicht gefahren war.

Sofort trat ich wieder zurück und hob den Blick.

Es war der Schwanz einer Katze.

Das Tier selbst hing in einer Schlinge.

Nachträglich überfiel mich der Ekel, denn damit hatte ich nicht gerechnet. Ich zog den Kopf ein, ging wieder vor und tauchte unter der Katze hinweg. Sie mußte schon einige Zeit dort gehangen haben, denn sie befand sich bereits im Zustand der Verwesung.

Und das bei der Katzenfreundin Rosy Welch.

Irgend etwas stimmte hier nicht, dessen war ich mir sicher. Eine Frau, die Katzen so sehr liebte, brauchte sie nicht aufzuhängen, aber das spielte jetzt auch keine Rolle mehr.

Nicht nur die eine Katze hing dort. Ich zählte sieben Tiere, die allesamt von den Balken herabhingen und deren Körper im durch die Tür fallenden Luftzug schaukelten. Bei einer Katze war nur noch das Skelett übrig.

Ich schritt über den Boden. Staub und kleine Steine knirschten unter meinen Sohlen. Durch winzige, schräge Dachfenster fielen Lichtstreifen. Hier hing kein Bild des Katzendämons. Yita hatten ihren Platz woanders gefunden.

Es war schon ein komisches Gefühl für mich, über den Speicher zu gehen und die erhängten Katzen vor Augen zu haben. Zudem stand allerlei Gerümpel herum, aber nichts, was mich auf die Spur der Rosy Welch bringen konnte.

Dann sah ich wieder meine beiden Freundinnen. Die schwarzen Tiere von der Treppe huschten schattengleich auf den Speicher. Zum Glück hatte ich gerade in Richtung Tür geschaut.

Diesmal blieben sie nicht zusammen, sondern trennten sich. Ich hatte das Gefühl, daß mich die Katzen in die Zange nehmen wollten.

Hatten sie ihre Absicht jetzt geändert? Waren Sie mir nun feindlich gesonnen?

Ich sollte mich nicht getäuscht haben. Es war nicht schwer für mich, ihren Weg zu verfolgen, denn die Augen zeigten ihn mir genau an.

Die Katzen drehten auf dem Speicher ihre Runden.

Und dann griff mich die erste an.

Der schwarze Körper wischte durch die Luft. Ich hatte es noch rechtzeitig gesehen und zog den Kopf ein, so daß die Katze an mir vorbeiflog und gegen einen Balken prallte. Sie miaute auf, und dieses Geräusch hörte sich an wie der Schrei eines Menschen.

Schon war die zweite da.

Ich schoß nicht, weil ich mich nicht unbedingt verraten wollte. Mit beiden Händen griff ich zu, spürte sofort ihre Krallen, wie sie ausfuhren und über meine Haut an den Händen kratzten, dann schleuderte ich sie kraftvoll von mir und hatte dabei unwahrscheinliches Glück.

Die Katze flog auf eines der schrägen Fenster zu, zertrümmerte die Scheibe und verschwand in einem Regen von schmutzigen Glasteilen und Splittern.

Jetzt war nur noch eine da.

Die wollte mir an die Kehle.

Mein Faustschlag traf sie am Kopf. Sie schrie klagend auf, klatschte zu Boden und verschwand jaulend.

Das hatte ich geschafft.

Ich wischte mir über die Stirn, und plötzlich hörte ich die spöttische Stimme.

»Kompliment, John Sinclair, Sie sind mit unseren beiden Freundinnen fertig geworden.«

Ich drehte mich um.

An der Tür war die Stimme aufgeklungen, doch da stand niemand. Dafür hörte ich ein Lachen, das mir einen Schauer über den Rücken jagte.

»Suchst du uns, John Sinclair?« höhnte eine Frauenstimme, als das Lachen abbrach.

Die Stimme kannte ich. Sie gehörte der Person, die schon in der Wohnung des toten Katzenfängers zu mir gesprochen hatte. Es war also die nackte Blonde, die sich hier irgendwo in der Nähe aufhielt.

Sehen konnte ich sie nicht, so sehr ich meine Augen auch anstrengte. In Luft aufgelöst haben konnte sie sich auch nicht. Folglich mußte sie irgendwo in der Nähe lauern.

Ich ging zwei Schritte auf die Tür zu.

Plötzlich huschte etwas Helles dicht vor meinen Füßen vorbei. Wieder eine Katze!

Sollten die Rotblonde und die Katze ein- und dieselbe Person sein?

Für mich bestand kein Zweifel mehr. Ich fühlte mich wohler, da ich jetzt wußte, wo ich meinen Gegner zu suchen hatte.

Trotzdem tat ich so, als hätte ich den Plan nicht durchschaut. »Zeig dich, oder bist du feige?« höhnte ich.

»Nein.«

»Dann komm!«

Sie lachte wieder. »Keine Angst, John Sinclair. Du wirst dieses Haus nicht lebend verlassen.«

»Das ist wohl hier der Todesspeicher, wie?«

»Ja.«

»Und warum habt ihr die Katzen aufgehängt? Ich dachte immer, Rosy Welch hätte soviel für die Tiere übrig.«

»Sie paßten nicht zu uns. Sie waren anders in ihrem Wesen. Sie sind aber auch als Warnung für die anderen gedacht, damit niemand ausschert.« Die Katzenfrau lachte. »Zudem wird bald noch jemand sterben, Sinclair.«

»Das ist mir egal.« Ich tat gleichgültig.

»Auch wenn der Jemand Sheila Conolly heißt?«

Verdammt, das war mir natürlich nicht egal. Plötzlich fing ich an zu schwitzen. In meinem Magen hatte sich in Sekundenschnelle ein dicker Kloß gebildet. Sheila hier in der Gewalt dieser vierbeinigen, gefährlichen Bestien?

Das war schlimm.

»Sie ist hier?« Meine Frage klang lauernd.

»Ich sagte es bereits.«

»Und wo?«

Jetzt lachte die Katzenfrau wieder. »Das möchtest du wohl gern wissen. Ich will es dir auch sagen. Während du hier stirbst, wird sie der großen Yita geopfert. Das ist alles.«

»Dann kann ich Yita hier finden?«

»Ja, sie hält sich im Keller auf.«

Nun wußte ich Bescheid, wo Sheila geopfert werden sollte. Okay, mich hielt nichts mehr.

Aber auch die Katze wußte, was sie zu tun hatte. Plötzlich fauchte sie laut auf.

Da erkannte ich, daß sie nicht allein diesen Speicher betreten hatte. Zwei weitere Katzen waren bei ihr. Sie hockten im Gebälk, und ich sah das Leuchten ihrer Augen.

Diese drei Katzen waren die Dienerinnen eines Dämons, und sie waren brutale Mörderinnen, denn sie hatten Leon Poole auf dem Gewissen, dessen Leiche ich entdeckt hatte.

Nun war mir klar, welches Schicksal mir bevorstand …

Sheila Conolly verging fast vor Angst.

Es war noch nichts geschehen, aber gerade dieses nervenzerrüttende Abwarten steigerte ihre Furcht ins Unermeßliche. Sie konnte sich kaum noch beherrschen.

Als sie sich aufsetzte, merkte sie die Schmerzen in ihrem Kopf. Vom Nacken her zogen sie hoch und drangen bis in die letzten Haarspitzen, die ebenfalls noch schmerzten.

Hinzu kam die tödliche Gefahr.

Die sechs Katzen bewegten sich lautlos auf Sheila Conolly zu. Sie kreisten sie ein, und die erste hatte Sheila bereits erreicht. Sehr dicht strich sie an ihrem aufgestützten linken Arm vorbei, berührte ihn, und Sheila spürte die Körperwärme des Tieres. Es bewegte seinen Schwanz und schlug damit leicht gegen Sheilas Arm. Dabei drang ein zufriedenes Schnurren aus seinem Maul.

Die Frau erschauerte. Gleichzeitig atmete sie auf. Es war schon ein Vorteil, daß die Katze sie nicht angefallen hatte, denn sie rechnete wirklich mit dem Allerschlimmsten.

Sheila entspannte sich wieder.

Bis sich ihr die nächste Katze näherte. Sie kam von vorn, blieb stehen und schaute sie an.

Sheila hielt dem Blick nicht lange stand. Sekunden noch, dann mußte sie ihren senken.

Die Katze kletterte über ihr Bein, suchte wieder Kontakt mit dem Körper der Frau und huschte weg.

Dann war die nächste da.

Auch sie glitt auf Sheila zu, und Sheila spürte, wie der Schwanz über ihren Oberschenkel strich. Ein Schauer rann dabei über ihren Körper, und wie fröstelnd zog Sheila Conolly die Schultern hoch.

Alle sechs Katzen berührten sie, nahmen Kontakt mit ihr auf, und Sheila fühlte sich wie auf einem Prüfstand.

Keine der Katzen attackierte sie, wurde bissig oder griff an. Sheila raffte all ihren Mut zusammen und stemmte sich hoch. Sie ging zwei Schritte vor, dann packte sie der Schwindel, und sie mußte sich wieder setzen.

Sie schluchzte auf. Der zweimalige Schlag gegen den Hals hatte ihr doch mehr zugesetzt, als sie zugeben wollte.

Wieder quälte sie sich auf die Beine. Diesmal ging es besser, sie blieb auch stehen, schwankte zwar, aber sie hielt sich.

Das gab ihr neuen Mut.

Sheila peilte auf Yita.

Der Katzendämon, als versteinerte Figur verehrt, starrte sie noch immer aus seinen kalten, gelben, leuchtenden Augen an. Weiterhin war das Maul geöffnet. Die Zähne waren eine einzige Drohung. Sheila sah den Geifer zwischen Ober- und Unterkiefer. Er verband beide Zahnreihen und schien zu Eis erstarrt zu sein.

Sie hatte Angst, große Angst …

Dann fiel ihr Blick auf die Tür.

Sheila wußte nicht, ob Rosy Welch abgeschlossen hatte. Gehört hatte sie nichts, deshalb entstand eine verzweifelte Idee in ihrem Kopf.

Wenn nicht abgeschlossen war, konnte sie die Tür aufreißen und vielleicht fliehen.

Ja, das mußte klappen!

Von diesem Gedanken beflügelt, näherte sich Sheila Conolly auf Zehenspitzen der Tür. Dabei hatte sie sich zur Seite gedreht, so daß sie immer Yita und auch die Katzen im Auge behielt. Weder die versteinerte noch die lebenden Katzen schienen sich um die Gefangene zu kümmern, die sich immer mehr der Tür näherte und nur noch fünf Schritte davon entfernt war.

Sheilas Hoffnung wuchs.

Ihr Herzschlag hatte sich beschleunigt. Es fiel ihr ungeheuer schwer, sich zusammenzureißen. Am liebsten wäre sie auf die Tür zugerannt, doch das hätte die Katzen gewarnt.

Nur ruhig! hämmerte sie sich ein. Verflixt, du mußt ruhig bleiben. Keine Panik.

Noch drei Schritte.

Sheila hielt den Atem an. Groß waren ihre Augen. In dicken Perlen lag der Schweiß auf ihrer Stirn, ihr Mund stand offen. Die Lippen waren spröde und trocken.

Der vorletzte Schritt.

Geschafft!

Dann der letzte …

Sheila jubelte innerlich. Die Tür hatte einen Knauf, keine Klinke. Bills Frau streckte den Arm aus, ihre Fingerspitzen berührten bereits den Knauf.

Da reagierten die Katzen!

Urplötzlich starteten sie.

Und sie waren schnell, verdammt schnell. Sheila sah nur die Schatten, hörte das Fauchen, fuhr herum und wurde angesprungen. Krallen zerfetzten ihren Rock, sie spürte sie wie kleine Messer auf ihrer nackten Haut, fiel noch gegen die Tür und warf sich wieder zurück, hinein in den Raum.

Die Katzen aber nahmen vor der Tür Aufstellung. In einer Reihe ließen sie sich nieder und beobachteten Sheila Conolly mit lauernden Blicken.

Die Frau preßte die Hand gegen den Mund, weil sie einen Schrei ersticken wollte. Das Blut stieg ihr in den Kopf, ihre Beine zitterten. Sheila wußte nicht mehr weiter.

Aber das Grauen hatte noch kein Ende.

Plötzlich hörte sie ein schleifendes Geräusch. Als sie ihren Kopf wandte und auf Yita starrte, quollen ihr die Augen fast aus den Höhlen.

Yita war erwacht und mit ihr die Schlange!

Sie hatten nicht den Porsche genommen, sondern Sukos Harley. »Damit schaffen wir den Londoner Verkehr besser«, hatte Suko argumentiert, und Bill hatte sich gefügt.

Johnny war bei Shao gut aufgehoben, aber nun saß den beiden Männern die Zeit im Nacken.

Jede Sekunde zählte.

»Nimm keine Rücksicht auf Verkehrsregeln« sagte Bill. »Ich zahle alle Strafmandate.«

»Wie du meinst.«

Bill hatte ebenfalls einen Helm aufgesetzt. Er hockte auf dem Sozius und hielt mit beiden Armen Sukos Hüften umschlungen.

Und der Chinese zeigte, wie er fahren konnte. Er beschleunigte, bremste, fand Lücken, huschte hindurch, gab wieder Gas und jagte bei Gelb über die Ampeln. So kamen sie voran.

Suko hatte Licht eingeschaltet, damit man die Maschine besser sah. Aber es gibt Tage, wo sich alles gegen einen Menschen verschwört.

So war es auch heute.

Irgend jemandem paßte es nicht, daß er von einer Harley überholt worden war. Der Jaguar-Fahrer wollte es wissen und setzte sich an den Hinterreifen der Harley.

Kurz vor einer Kreuzung hatte er den Feuerstuhl fast erreicht. Und da passierte es.

Die Ampel sprang schnell um.

Suko bremste.

Der Mann im Jaguar auch. Aber er verringerte zu spät die Geschwindigkeit. Sein Wagen rutschte mit der vorderen Stoßstange gegen die Maschine.

Damit hatten weder Bill noch der Chinese gerechnet. Sie wurden nach vorn gestoßen. Bill verlor als erster den Halt, kippte von der Harley und prallte zu Boden. Er spürte einen harten Schlag am Kopf, der zum Glück vom Helm abgeschwächt wurde, aber zwei Schläge an einem Tag verdaute Bill Conolly nicht.

Für ihn gingen die Lichter aus.

Sheila, das war sein letzter Gedanke.

Er sah auch nicht mehr, daß Suko stöhnend aufstand, humpelte und dann zusammenknickte.

Bill Conolly und Suko waren aus dem Gefecht. Damit sanken die Chancen für Sheilas Rettung gewaltig …

Leicht wollte ich es den dämonischen Katzen nicht machen. Diese Biester – Mischungen zwischen Mensch und Katze – sollten mich kennenlernen. Ich war kein Leon Poole, den man so ohne weiteres überraschen konnte, denn ich war vorgewarnt.

Ich glitt zur Seite, zog die Beretta und auch den geweihten Silberdolch.

Lauernd blieb ich stehen.

Von den Katzen war nichts zu sehen. Ich sah auch nicht das Leuchten der Augen. Die Tiere hatten gelernt und sich gut versteckt, wozu der Speicher zahlreiche Möglichkeiten bot, denn es stand genügend altes Gerümpel herum.

Dann hörte ich eine Stimme. »Töten!« zischte sie. »Wir werden dich töten!«

Leider hatte ich bisher keinen Lichtschalter gefunden. Ihn groß zu suchen hatte auch keinen Sinn, damit wäre ich den Katzen nur entgegengekommen, denn ich hätte nicht mehr so intensiv auf meine Umgebung achten können.

Es blieb also dunkel, dämmrig. Die Katzen, die bei diesen schlechten Lichtverhältnissen gut sehen konnten, hatten alle Vorteile auf ihrer Seite. Aus dem Dunkeln konnten sie mich angreifen, ich sah und hörte sie nicht.

Ich dachte daran, daß es keine normalen Katzen waren, sondern welche dämonischer Art. Und mir fiel ein, daß ich meine magische Kreide bei mir trug.

Ein Versuch kostete nichts.

Ich holte die Kreide hervor, bückte mich und zog um mich herum einen Kreis. Ich beeilte mich dabei, denn die Katzen konnten jeden Moment angreifen.

Als ich mich aufrichtete, erfolgte tatsächlich der Angriff. Ein Katzenkörper wuchtete durch die Luft – es war nicht der schwarze und auch nicht der rotblonde – und wäre in meinem Nacken gelandet, wenn der Ring nicht gehalten hätte!

Er wirkte wie ein Schutzwall.

Plötzlich hörte ich das wilde Jaulen, der Flug wurde mitten in der Luft gebremst, der Körper schüttelte sich und klatschte zu Boden.

Im ersten Augenblick war ich versucht, die Waffe zu ziehen und die Katze zu erschießen, dann brachte ich es doch nicht fertig, als sie jaulend und wimmernd davonkroch. Der magische Schock hatte sie verdammt hart getroffen.

Die Kreide hatte ihren Dienst getan. Ich brauchte jetzt nur noch hier stehenzubleiben, die Beretta zu ziehen und die Katzen der Reihe nach abzuknallen.

Nein, so einfach war es nicht, Freunde. Plötzlich verschwand der magische Kreis. Ich sah noch ein Flimmern, das für ein, zwei Sekunden aufzuckte, dann war es vorbei.

Da war kein magischer Kreis mehr vorhanden.

Es gab hier im Haus eine starke Gegenmagie, und die hatte reagiert. Wahrscheinlich dieser Katzendämon Yita. Seine Kraft war auch hier oben zu spüren.

Die Katzen hatten es nun leichter.

Und sie griffen an.

Diesmal war es die pechschwarze, die mich ansprang. Von der rechten Seite her. Ich hieb mit dem Lauf der Beretta zu, traf sie auch, aber sie ließ nicht locker. Als sie sich überschlagen hatte, jagte sie sofort wieder hoch, und zu ihrer Unterstützung huschte die nächste heran.

Sie wollten töten. Ich hörte das Fauchen und das Schreien und glaubte, den Haß in ihren Augen zu sehen. Jetzt kannte auch ich keine Rücksicht mehr.

Der Dolch fuhr in etwas Weiches, als meine linke Hand vorschnellte. Der Schrei war menschlich zu nennen. Schrill, klagend und erbarmungswürdig.

Die Katze zuckte mit allen vier Pfoten und prallte zu Boden, wo sie auf der Seite liegenblieb – und starb.

Ja, sie verging.

Ihr Fell wurde stumpf und grau, auch dunn, so daß ich die Knochen durchschimmern sah. Sie würde bald nur noch Staub sein.

Ich hatte damit gerechnet, daß sie sich in eine Frau verwandeln würde.

Zum Glück war das nicht eingetreten, so daß ich weniger belastet den beiden anderen kleinen Bestien gegenübertreten konnte.

»Na kommt schon!« rief ich. »Oder hat euch der Tod eurer Freundin so sehr geschockt?«

Sie rührten sich nicht und schienen sich auf dem Speicher versteckt zu haben.

Dann sah ich eine!

Schräg vor und über mir hockte das Biest im Gebälk. Die Augen starrten mich an.

Kalt, gelb und tödlich …

Ich weiß nicht, welcher Teufel mich ritt, als ich mich zur Seite drehte und dabei noch ausholte. Im nächsten Moment wischte der silberne Dolch durch die Luft und traf die Höllenkatze genau zwischen die kalten Augen.

Es war ein voller Erfolg.

Ich hörte sie kreischen, sie zuckte und hieb mit ihren Krallen gegen das Gebälk, dann fiel sie mit einem dumpfen Geräusch zu Boden.

Nur noch ein Gegner.

In Umrissen zeichnete sich der Körper zwei Schritte vor mir ab. Ich lief hin und wollte den Dolch herausziehen. Dabei mußte ich mich bücken. Auf diese Chance hatte die dritte Katze gewartet.

Sie sprang mir in den Nacken!

Es war ein wuchtiger Sprung, in den sie alle Kraft hineingelegt hatte. Und sie hatte mich dabei wirklich überraschen können. Der Aufprall war so heftig, daß er mich nach vorn katapultierte und ich gegen einen Balken stieß. Zum Glück nicht mit dem Kopf, sondern mit der Schulter. Aber ich war für Sekunden aus dem Konzept gebracht worden, was die Katze wohl bezweckt hatte.

Sie hockte noch immer auf meinem Rücken und hatte

sich dort festgekrallt. Ich verzog das Gesicht, als ich knirschende Geräusche hörte, mit denen meine Kleidung riß.

Verdammt, das Biest konnte mir den Rücken aufkratzen. Dagegen mußte ich etwas tun.

Ich richtete mich auf und warf meine Arme nach hinten. Die Hände suchten das Fell des Tieres. Ich wollte es von meinem Rücken reißen, doch die Katze hatte sich so festgekrallt, daß ich es nicht schaffte.

Verdammt auch.

Als ich das Reißen auf meiner Haut spürte, da wußte ich, daß sie mir den Rücken zerkratzt hatte.

Mein Fluch kam wirklich von Herzen, und die Katze wollte höher, um an meinen Nacken zu gelangen.

Die Beretta hatte ich zuvor weggesteckt, der Dolch lag noch am Boden, aber da war noch das Kreuz. Ich riß es unter dem Hemd hervor und schleuderte es nach hinten, über meine Schulter hinweg, wobei die Kette um meinem Hals blieb.

Das Kreuz traf.

Das Schreien der Katze malträtierte meine Ohren, meine Trommelfelle zitterten, der Druck löste sich, und der Körper fiel zu Boden.

Ich drehte mich um.

Das Tier verendete.

Es zuckte ein paarmal mit den Beinen, dann blieb es still liegen. Tief atmete ich ein und mußte husten, als der aufgewirbelte Staub wie eine Wolke in meinen Rachen quoll und sich dort festsetzte.

Drei Katzen waren es gewesen.

Und drei hatte ich erledigt.

Jetzt fühlte ich mich wohler, denn die drei Killertiere lebten nicht mehr. Sie hatten für den Mord an Leon Poole mit ihrem Leben gebüßt.

Auf diesem Speicher hielt mich nichts mehr, deshalb wandte ich mich dem Ausgang zu.

Lauerten dort noch andere Tiere?

Ich schaute die Treppe hinab. Schwach erkannte ich die Stufen. Soviel ich sah, waren sie leer, und das beruhigte mich.

Andererseits hatte ich in diesem Haus wesentlich mehr Katzen gesehen. Wo hatten sich die Biester versteckt?

Wenn sie geschlossen über mich herfielen, konnte ich einpacken, da konnten mir meine Waffen auch nicht mehr helfen. Deshalb war ich sehr vorsichtig, als ich die Treppe hinunter schlich, und hielt auch die Beretta schußbereit.

Keine Katze kam mir entgegen.

Unangefochten erreichte ich die erste Etage. Auch die beiden Wächter sah ich nicht mehr. Die Tiere hatten sich irgendwo verzogen.

Sheila Conolly war in diesem Haus. Wahrscheinlich befand sie sich in großer Gefahr. Sie war mein großes Problem. Zudem mußte ich den Eingang zum Keller finden. Eine Tür hatte ich bisher nicht gesehen.

Der letzte Treppenabsatz lag vor mir. Ich ließ den Treppenbogen hinter mir und blickte in die Halle, wo es noch immer dämmrig war.

Abrupt blieb ich stehen.

Jetzt wußte ich, wo die Katzen waren.

Sie hockten in der Halle.

Und es waren nicht nur zehn, sondern mindestens zwanzig. Und zwischen ihnen stand ihre Herrin.

Rosy Welch!

Die Frau hatte sich nicht umgezogen. Sie trug dieselbe Kleidung wie bei meinem ersten Besuch. Ihr Gesicht war verzerrt, der Mund stand halb offen.

Auf den Wangen schimmerte Schminke, die selbst bei diesem Licht zu erkennen war. Die Augen leuchteten wie die einer Katze, in ihnen sah ich all den Haß, den man einem Menschen wie mir entgegenschleudern konnte.

»Da bist du ja«, sagte sie.

Ich nickte. »Ja, da bin ich. Auch deine drei Höllenkatzen haben mich nicht aufhalten können.«

»Was ist mit ihnen?«

»Sie sind tot!«

Rosy Welch nickte. »Das habe ich mir gedacht, Sinclair. Das habe ich mir wirklich gedacht, aber du irrst dich, wenn du annimmst, gewonnen zu haben. Noch stehe ich hier, und ich habe nicht nur drei Katzen bei mir, sondern zwanzig. Sie warten nur auf einen Befehl von mir. Wenn ich ihn gebe, werden sie dich zerreißen.«

Diese Frau widerlegte die Behauptung, daß man Katzen nicht zähmen kann. Sie hatte es geschafft. Rosy Welch war die große Ausnahme.

Ich veränderte meinen Blickwinkel und sah mir die Katzen an. Sie alle standen sprungbereit, hatten Buckel gemacht, die Schwänze standen in die Höhe.

Sie warteten auf das Zeichen!

»Hat es dir die Sprache verschlagen?« höhnte die Frau.

»Nein«, erwiderte ich. »Mich interessiert nur, wo sich Sheila Conolly befindet.«

Da lachte sie. »Die Frau ist bei Yita. Dort wartet sie auf ihre gerechte Strafe.«

»Yita hockt im Keller?«

»Sehr richtig. Ich merke schon, John Sinclair, du hast viel gelernt in den letzten Minuten.«

»Genug, um euch zu besiegen!« Ich ging vor, und das war auch für Rosy Welch das Zeichen.

Sie spitzte die Lippen und stieß einen Laut aus, der mich an das Fauchen einer Katze erinnerte.

In die Körper der Katzen kam Bewegung.

Sie stießen sich ab und jagten mit gewaltigen Sprüngen auf mich zu. Zwei Katzen waren besonders schnell. Sie hatten am Fuße der Treppe gelauert, kamen drei Stufen vor mir das erste Mal auf und sprangen sofort weiter.

Mein Tritt wuchtete die erste Katze wieder nach unten. Die zweite verbiß sich in meinem Hosenbein, mußte dann jedoch den nächsten Tritt hinnehmen, der ihr ebenfalls zu einer Flugreise verhalf.

Bevor die nächsten Katzen auf mich zuspringen konnten, umfaßte ich das Geländer und jumpte mit einem gewaltigen Satz hinüber.

Ich landete in der Halle.

Geduckt blieb ich einen Moment stehen und schaute mich um. Die Katzen und auch Rosy Welch waren von meiner Aktion überrascht worden. Sie mußten sich erst neu formieren. Die geringe Zeitspanne nutzte ich aus und war mit zwei großen Schritten bei der Frau, bevor sie sich abwenden und flüchten konnte.

Mit dem linken Arm umschlang ich ihren Körper, den rechten hob ich an und preßte ihr die Mündung der Waffe gegen die Schläfe. »Okay!« zischte ich. »Sagen Sie den Tierchen, daß sie sich zurückhalten sollen, sonst sind Sie tot!«

Sie zuckte zusammen und schien dann unter meinem Griff zu Eis zu werden. So sehr versteifte sie sich.

Irgendwie hatten die Katzen gemerkt, daß etwas nicht stimmte, denn sie hüteten sich, mich anzuspringen.

»Wird's bald!« fuhr ich die Frau an.

Sie zögerte noch, und ich mußte den Druck der Mündung verstärken. Da endlich reagierte sie.

»Laßt ihn in Ruhe!«

Wieder zischte sie den Befehl, und die Katzen gehorchten auch sofort. Sie hielten inne.

»So ist es gut«, sagte ich. »Und jetzt werden wir beide gehen.«

»Wohin?«

»Können Sie sich das nicht denken? Natürlich in den

Keller. Ich bin wirklich auf Yita gespannt. Bisher habe ich nur Bilder von ihr gesehen. Ich würde ihr gern guten Tag sagen!«

»Sie wird dich fressen!«

»Das ist mein Problem. Hauptsache, wir sind erst einmal an unserem Ziel. Ich rate Ihnen, keine Dummheiten zu machen. Es könnte sonst böse für Sie enden.«

»Gut, Sinclair.«

»Und schicken Sie die Katzen weg. Ich habe sie nicht gern in meinem Rücken.«

Wieder gab sie einen Befehl.

Die Tiere verstanden und zogen sich zurück. Sie liefen die Treppe hinauf. Dicht nebeneinander, so daß sie für mich wie ein sich bewegender und wallender Teppich aussahen.

Ich lächelte hart.

Einen Teilsieg hatte ich errungen. Es war schon ein Phänomen, wie diese Frau mit den Tieren umgehen konnte. Schade, daß sie auf der anderen Seite stand, sie hätte sehr gut in der Wissenschaft arbeiten können. Umdrehen ließ sie sich wohl nicht, dafür hatte sie sich zu sehr der dämonischen Seite verschrieben.

Als die Halle leer war, nickte ich zufrieden. Den Rücken hatte ich frei, und ich hoffte, daß mir die Katzenbrut nicht folgen würde.

»Und nun zum Keller!« befahl ich.

Sie zögerte noch.

»Machen Sie schon!« Verdammt, mir brannte die Zeit auf den Nägeln. Jede Sekunde konnte über Sheilas Schicksal entscheiden.

Da ging sie vor.

Sie schritt nicht in Richtung Treppe, sondern auf die Wand zu, wo sich keine Tür befand, wie ich sehen konnte.

Und hier sollte es zum Keller gehen?

»Wollen Sie mich auf den Arm nehmen?« fragte ich.

»Nein, du wolltest doch zum Keller!«

Da ließ ich sie gewähren. Ich preßte nicht mehr die Mündung gegen ihren Kopf, sondern hatte die Beretta gesenkt. Sie zielte jetzt auf ihren Rücken, und ich blieb einen Schritt hinter der Frau.

Vor der Wand blieb sie stehen. Ich war gespannt, wie es weiterging, da streckte sie schon den Arm aus und berührte einen Punkt, den wohl nur sie kannte.

Direkt vor uns schwang eine Tür zurück.

Raffiniert gemacht, dachte ich. Der Weg zum Keller lag vor uns, und ich sah die nach unten führende Steintreppe. Im Keller brannte Licht. Die Lampen steckten in den Katzenmäulern, die man auf die Wand gemalt hatte.

»Gehen Sie vor!« befahl ich. »Und keinen Laut, sonst sind Sie tot!«

»Natürlich.«

Rosy Welch ging. Sie überstürzte nichts, schritt bewußt langsam, so daß ich mich gezwungen sah, sie mit dem Waffenlauf anzustoßen, damit sie ihre Füße etwas schneller voreinander setzte.

Das tat sie auch.

Wir ließen die Treppe hinter uns.

»Wo befindet sich Sheila Conolly?« fragte ich.

Auf eine Antwort der Frau konnte ich verzichten. Sie wurde mir bereits gegeben, denn ich hörte die Schreie, die schaurig und dumpf durch den Keller hallten ...

Das Maul klappte zu!

Sheila hörte, wie die Zähne aufeinander schlugen. Die Augen bewegten sich, und die Gier leuchtete in den Pupillen.

Yita hatte ihr Opfer.

Und sie hatte jemanden, der es ihr holte.

Es war die Schlange!

Sheila kannte sich bei diesen Tieren nicht aus, sie wußte nicht, welcher Gattung die Schlange angehörte, sie sah nur, daß sie ungemein kräftig und auch brandgefährlich wirkte. Ein Gegner, den sie einmal umschlungen hatte, war ohne Chance. Er wurde von ihrer Kraft zerquetscht!

Das wußte Sheila, und sie suchte verzweifelt nach einem Ausweg.

Die Schlange bewegte sich.

Sie glitt unter dem Katzenmonster hervor, um freie Bahn zu haben. Sie wollte Sheila.

Trotz ihrer Größe bewegte sich das Tier schnell und geschmeidig voran. Das Maul war aufgerissen. Sheila sah die Giftzähne und auch die gespaltene Zunge, die hervorzüngelte, wieder zurückwich und einen Moment später erneut vorstieß.

Zuerst war Sheila wie erstarrt gewesen, doch nun reagierten ihre Reflexe wieder. Sie lief zur Seite, an den Katzen vorbei, die nach wie vor Wache hielten, damit Sheila nicht durch die Tür fliehen konnte.

Sie rannte nach links.

Ihre Beine zitterten dabei, und sie hatte Mühe, sich überhaupt auf den Füßen zu halten. Mehr stolpernd als gehend erreichte sie die Wand, wo sie sich umdrehte und dem Reptil entgegen starrte.

Die Schlange hatte sich vollständig unter der Dämonenkatze gelöst. Und sie ließ Sheila Conolly nicht aus den Augen.

Mit einer schon tödlich zu nennenden Präzision näherte sie sich dem angsterfüllten Opfer.

Sheila schrie.

Das heißt, sie wollte es, aber nicht einmal ein Krächzen drang aus ihrem Mund. Die heiße Angst hatte ihre Kehle regelrecht zugeschnürt. Verzweifelt suchte sie nach einem Ausweg. Immer wieder sog sich ihr Blick an der Tür fest.

Dort hockten die Katzen.

Sie ließen keinen durch.

Und Yita?

Sie saß auf dem Stein und räkelte sich träge. Dabei sträubte sich das Fell. Yita konnte es kaum erwarten, ihr Opfer in Empfang zu nehmen, aber sie wollte der Schlange Gelegenheit geben, noch ein wenig mit ihm zu spielen.

Das alles begriff Sheila mit einer nahezu brutalen Deutlichkeit. Und dann wagte sie es einfach. Auch wenn die Katzen vor der Tür hockten, sie waren leichter zu besiegen als die verdammte Schlange.

Sheila Conolly startete.

All ihren Mut nahm sie zusammen und schaffte es, der Riesenschlange auszuweichen.

Mit drei Sätzen hatte sie die Tür erreicht.

Da sprangen die Katzen.

Zwei blieben sitzen, vier wuchteten sich auf Sheila Conolly zu, und sie prallten gegen sie, als sich die Frau noch im vollen Lauf befand. Sheila riß die Arme hoch, um ihr Gesicht zu schützen, doch die Katzen sprangen nicht so hoch, sie bissen sich etwa in Hüfthöhe an ihrer Kleidung fest, fauchten, schrien, kreischten und rissen am Stoff, wobei sie Sheila regelrecht durchschüttelten.

Es war ein verzweifelter Kampf. Die Frau wurde zurückgestoßen, und als ein Tier zwischen ihre Beine lief, geriet Sheila Conolly ins Stolpern.

Es kam, wie es kommen mußte.

Sheila fiel zu Boden.

Und damit hatte sie der Schlange alle Möglichkeiten eröffnet. Sheila drehte sich noch herum. Sie sah die Schlange dicht vor sich, und das Maul dieses Tieres erschien ihr noch größer als vorhin.

Sheila registrierte kaum, daß die Katzen über ihren Körper liefen, sie hatte nur Augen für die Schlange. Auf dem Boden liegend wollte sie wegkriechen, wich auch etwas zurück, dann jedoch hatte die Schlange sie erreicht.

Sheila Conolly erlebte den blanken Horror!

Sie traute sich nicht mehr, sich zu bewegen, denn die Katzen hockten auf ihrem Körper und nagelten sie mit ihrem Gewicht am Boden fest. Sobald sie sich bewegte oder auch nur zuckte, begannen die Tiere sofort zu fauchen und rissen ihre Rachen auf, so daß die Zähne blitzten. Deshalb blieb Sheila in dieser Haltung und mußte mit ansehen, wie die Schlange näher und näher kam.

Sie hörte sogar ihr Zischen!

Dann fuhr die Zunge vor, klatschte gegen ihre Stirn, und Sheila schrie vor Wahnsinn und Verzweiflung auf, als sie die klebrige Flüssigkeit spürte, die plötzlich auf ihrer Haut lag.

Man wollte sie quälen, und man schaffte es auch. Die junge Frau verging fast vor Angst und spürte plötzlich den Druck des Schlangenkörpers auf ihrem Körper.

Sheila versteifte vor Grauen und Furcht!

Die Schlange kannte kein Pardon. Sie wickelte sich um den Körper, und Sheila spürte sehr deutlich die Kraft, die in diesem Tierleib steckte.

Die Katzen verschwanden, sie schufen Platz für das gefährliche Reptil, damit es sich um sein Opfer kümmern konnte.

Sheila wurde angehoben.

Zweimal wickelte sich die Schlange um die Frau, so daß Sheila dicht vor ihrem Gesicht das aufgerissene Maul des Reptils sah.

Wenn es jetzt zustieß und seine Zähne in Sheilas Hals bohrte, rettete sie nichts mehr.

Das tat die Schlange nicht. Sie hatte etwas völlig anderes mit Sheila Conolly vor. Sie war hier nicht die Herrin.

Das war Yita, die Dämonenkatze. Die Schlange war nur dafür ausersehen, Yita ihre Opfer zu bringen.

Und diesmal war das Opfer Sheila.

Verzweifelt versuchte die junge Frau, sich zu befreien. Sie umfaßte mit beiden Händen den trockenen, kalten Leib der Schlange, doch es gelang ihr nicht, den Griff zu lösen.

Das Reptil war stärker.

Und es kam seiner Aufgabe nach.

Mit Schrecken erkannte Sheila, daß sie sich immer mehr der dämonischen Katze näherte, die ihr Maul langsam wieder öffnete und dabei ihren Körper träge bewegte.

Nur in den Augen loderte weiterhin die Gier.

Dann hob sie die rechte Pfote und klatschte sie auf den Boden. Wie eine ungeduldige Geste wirkte dies.

Sheilas Angst wurde noch größer.

Die Katzen umschlichen sie. Die Tiere wollten zusehen, wie Yita das Opfer verschlang.

Eine unheimliche Kreatur, hervorgeholt aus den Dimensionen des Schreckens, war bereit, das Opfer anzunehmen.

Sheila schwebte jetzt fast einen Yard über dem Boden, und die Schlange ringelte weiter vor. Sie wollte der Katze das Opfer praktisch ins Maul legen.

Schon traf der Atem Sheilas Gesicht.

Es war ein Gruß aus der Hölle. Heiß, feucht, nach Schwefel und Pestilenz stinkend …

Die Zähne blitzten, die lange Zunge schlug im weit aufgerissenen Maul auf und nieder. Geifer traf Sheilas Haut. Er brannte wie eine gefährliche Säure.

Da drehte Sheila Conolly durch. Als sie noch etwa eine Armlänge von dem Maul der Katze entfernt war, entlud sich all ihre Angst in panischem Schreien …

Und das hatte ich gehört.

Ich stieß die Frau vor mir zur Seite, sah die Tür und den aufgemalten Katzenkopf, dessen Augen rot glühten.

Ich riß die Tür auf.

Sofort sprangen mich zwei Katzen an.

Das war das kleinere Übel, denn mit einem Blick erfaßte ich, in welch einer Gefahr sich Sheila Conolly befand.

Eine Schlange hielt sie umklammert. Und das Tier war dabei, sie in den Rachen der Dämonenkatze zu schleudern.

Zum erstenmal sah ich Yita vor mir. Und auch ich war erschrocken über dieses schaurige Wesen.

Die Beretta hielt ich in der Hand. Ich hörte Sheilas Schreie und durfte keine Sekunde länger zögern, sonst schaffte es die Katze dennoch, ihr Opfer zu verschlingen.

Ich schoß!

Dabei zielte ich auf das verdammte Katzenmaul, aber die Katzen brachten mich aus dem Konzept.

Die Kugel fuhr nicht in das Maul hinein, sondern traf die Schlange. Es war ein Hieb wie mit einem Messer. Plötzlich spritzte eine grüne Fontäne zur Decke und klatschte in dicken Tropfen dagegen, wo sich sofort große Flecken bildeten. Die Schlange sank zusammen, und die nächsten Sekunden dehnten sich zu kleinen Ewigkeiten, obwohl die Zeit ebenso schnell vorbeiging wie sonst auch.

Sheila fiel zu Boden, da die Schlange keinerlei Kraft mehr hatte. Die Katze aber sah sich um ihr Opfer betrogen und reagierte entsprechend. Sie schoß förmlich vom Sockel hoch, während ich auf sie zulaufen wollte, von den kleinen Biestern aber gehindert wurde, denn sie hatten sich in meiner Kleidung verbissen.

Hinter mir schrie Rosy Welch wie eine Wahnsinnige. Eine Katze wollte mir an die Kehle. Mit der freien Hand riß ich sie weg und schleuderte sie in einem wahren Anfall von Wut von mir.

Es war reines Glück, daß ich so genau hatte zielen können. Die Katze verschwand in Yitas weit aufgerissenem Rachen, der in diesem Moment zuklappte, so daß sie von den Zähnen der riesigen Bestie zermalmt wurde.

Ich mußte mich um Sheila kümmern.

Sie lag am Boden, in ihren Augen loderte die Panik, der Schlangenleib lag noch immer um ihrem Körper, doch er hatte keine Kraft mehr.

Meine geweihte Kugel hatte dem Leben der Schlange ein Ende bereitet.

Ich lief auf Sheila zu, trat zwei Katzen so hart aus dem Weg, daß sie sich jaulend überschlugen, und erreichte endlich Bills Frau. Ich riß sie hoch, wand sie aus dem Würgegriff der dämonischen Schlange, zog sie mit und brachte sie in eine Ecke des Kellers, wo sie zitternd stehenblieb.

Als ich mich umdrehte, hörte ich ihren Schrei.

Es war ein Warnschrei. Instinktiv zog ich den Kopf ein und zuckte etwas zur Seite.

Das war mein Glück.

Rosy Welch hatte zugeschlagen. Und die Lampenschale wäre auf meinem Kopf zersplittert, so aber traf sie nur meine Schulter, wo sie ebenfalls zerbrach, jedoch keinen weiteren Schaden mehr anrichten konnte.

Einige Splitter spritzten mir ins Gesicht.

Ich schleuderte meine rechte Faust vor. Der Treffer trieb die verrückte Frau fast quer durch den gesamten Kellerraum. Sie krachte mit dem Rücken gegen die Wand und begann zu wimmern.

Ausgeschaltet war sie nicht, aber immerhin erst einmal aus dem Rennen, so daß ich mich meinem Hauptgegner, der Dämonenkatze Yita, zuwenden konnte.

Dieser Kampf würde mir alles abfordern, das war

gewiß. Sogar die kleinen Katzen hatten sich zurückgezogen, weil sie Yita das Feld überlassen wollten.

Was hatte ich für Waffen?

Kreuz, Beretta, Dolch, Kreide …

Die mußten reichen, um auch Yita zu besiegen. Wieder versuchte ich es mit der magischen Kreide. Ich bückte mich hastig und malte erst einen Halbkreis um Sheila, dann wollte ich mich ebenfalls schützen, doch dagegen hatte Yita etwas.

Sie ließ mir nicht die Zeit. Ich schleuderte die Kreide weg und stellte mich.

Der Kampf begann!

Yita war ein denkendes Monster, wenn ich das mal so sagen darf. Sie griff nicht einfach an, um mich über den Haufen zu rennen, sondern ging geschickter vor.

Die Katze schlich zur Seite.

Obwohl sie ein immenses Gewicht vorweisen konnte, bewegte sie sich lautlos.

Und dann kam der Schlag.

Es war ein gewaltiger Hieb mit dem Schwanz. Ich wurde von ihm überrascht und mußte ihn voll nehmen. Plötzlich drehte ich mich um die eigene Achse und wurde von der Kraft gegen die Wand geschleudert.

Ein dreckiges Lachen erreichte meine Ohren. Rosy Welch hatte es ausgestoßen. Sie sah sich und vor allen Dingen Yita bereits auf der Siegerstraße.

Da hatte ich auch noch ein Wörtchen mitzureden.

Ich war zwar gegen die Mauer geprallt und spürte auch Schmerzen in der Schulter, ansonsten konnte ich mich als voll einsatzfähig bezeichnen. Und ich hielt meine Beretta in der Hand.

Ich duckte mich und feuerte.

Kugel auf Kugel jagte ich aus dem Lauf. Die Silbergeschosse streuten durch den Raum, und der gewaltige Katzenkörper war überhaupt nicht zu verfehlen.

Viermal hieben die geweihten Geschosse in den mächtigen, pechschwarzen Körper.

Yita hatte bereits zum Sprung angesetzt, doch als meine Kugeln sie trafen, zuckte sie bei jedem Einschlag wie unter Stromstößen zusammen, öffnete ihr Maul, und das Fauchen, das sie mir entgegenschleuderte, erinnerte mich an Donnerhall.

War Yita erledigt?

Sekundenlang hatte ich die trügerische Hoffnung, weil sie plötzlich zusammengesackt war und am Boden lag, wobei ihr Körper bebte und sie wild den Kopf von einer Seite zur anderen warf.

Doch Yita gab sich nicht geschlagen.

Sie kam wieder hoch.

Langsam zwar, aber immer noch geschmeidig. Ich sah genau, wo die Kugeln getroffen hatten. Dort quoll eine dunkle Flüssigkeit hervor, die sich langsam ausbreitete und als lange Streifen am Körper der Katze herablief. Da sie pechschwarz war, erkannte ich, daß die Flüssigkeit im Gegensatz dazu grünlich rot schimmerte.

Sie schlich auf mich zu.

Wieder traf mich das Fauchen.

Weit hatte sie das Maul aufgerissen. Diese Bestie war wirklich eine Ausgeburt der Hölle, eine Reinkarnation aller Alpträume, bereit, mich zu verschlingen oder mit den langen tigerhaften Zähnen in Stücke zu reißen.

»Ja!« kreischte Rosy Welch. »Friß ihn! Friß ihn auf, diesen verdammten Bullen!«

Ich stand sprungbereit. Mein Blick bohrte sich in die ungemein kalten, bestialisch funkelnden Augen der Katze.

Würde sie es schaffen?

Dann sprang sie.

Langsamer als sonst, aber immer noch schnell genug. Der riesige Körper wuchtete auf mich zu, ich schoß noch und hechtete erst dann zur Seite, wobei ich sah, daß meine geweihte Silberkugel im Maul der Bestie verschwand.

Sie krachte auf den Boden und fiel genau auf mich.

Ich hatte es wirklich nicht mehr geschafft, mich außer Reichweite zu bringen. Die Dämonenkatze drückte mich mit ihrem gewaltigen Gewicht zu Boden. Sie klemmte mir die Beine ein. So sehr ich mich auch bemühte, ich konnte mich nicht befreien.

Jetzt lagen alle Vorteile auf ihrer Seite.

Zum Glück konnte ich noch meinen Oberkörper bewegen. Ich warf die Beretta weg und sah die grüne Flüssigkeit, die aus der Tiefe des Rachens strömte und über die Zunge der Katze floß, bevor das dämonische Blut an den Zähnen entlangrann und auf mich tropfte.

Mit dem Dolch hieb ich zu.

Von unten her drang die geweihte Klinge durch den Kiefer der Bestie und riß ihn auf.

Die Katze wurde verrückt. Ich schleuderte ihren Körper herum, bevor sie zubeißen und mich verschlingen konnte. Plötzlich war ich wieder frei und taumelte auf die Beine.

Die Katze aber drehte sich auf der Stelle. Wild peitschte ihr gewaltiger Schwanz.

Ich wurde davon nicht getroffen, denn ich brachte mich rechtzeitig genug in Sicherheit. Aber eine andere bekam die Kraft der dämonischen Katze zu spüren.

Rosy Welch!

Es hatte sie nicht mehr auf ihrem Platz gehalten. Sie wollte nicht länger zusehen, sondern in den Kampf eingreifen. Dabei schrie sie und feuerte Yita immer wieder an.

Doch Yita war verletzt und unberechenbar geworden.

Sie unterschied nicht mehr, wer Freund oder Feind war. Sie wollte nur noch das Opfer. Plötzlich hob sich ihr Körper, und bevor ich es verhindern konnte, flog sie auf Rosy zu.

»Neiiinnnnn – aaggrrrhhhh …« Ein schauriger Schrei hallte durch den Keller.

Abrupt verstummte er.

Ich vernahm ein schreckliches Geräusch, während sich die Katze herumdrehte.

Da sah ich es.

Ein Schuh schaute aus ihrem Maul hervor und ein Stück Bein. Mehr war von Rosy Welch nicht zu sehen …

Sie hatte den Wind gesät und Sturm geerntet.

Ich mußte mein Entsetzen buchstäblich herunterschlucken. Vor Grauen begann ich zu zittern, aber ich wollte die Bestie erledigen. Koste es, was es wolle.

Diesmal griff ich sie an.

Ich hechtete auf ihren Rücken. Und ich war schneller, als Yita reagieren konnte.

Diesmal nahm ich weder den Dolch noch die Beretta, sondern das geweihte Kreuz, das aufgeladen war mit der mächtigsten aller Weißen Magien.

Ich preßte es gegen die obere Kopfhälfte der Riesenkatze.

Als hätte sie einen gewaltigen Schlag erhalten, so zuckte es durch ihren Körper. Wo mein Kreuz sie berührt hatte, tanzten plötzlich Flammen über das Fell, die sich in Windeseile ausbreiteten, so daß ich mich von dem Katzenrücken herunterwarf.

Im Nu stand Yita in Flammen.

Noch einmal schaute sie mich an.

Allen Haß der Hölle sah ich in ihren gelben Augen leuchten, während sie noch auf allen vier Beinen stand und von den kalten Flammen der Weißen Magie umlodert wurde. Dann begann sie zu zittern. Ihre Beine gaben nach, und schwer sackte sie zusammen. Auf dem Bauch blieb sie liegen.

Erledigt …

Das Feuer aber brannte weiter. Es änderte nur seine Farbe. Aus dem Gelbrot wurde ein kaltes Blau, und es loderte so lange, bis von Yita nur noch Asche übrig war.

Diese Bestie war ihrem Schicksal nicht entronnen. Ich drehte mich um und ging zu Sheila Conolly. Sie war ohnmächtig geworden.

Die Angst und der Schrecken hatten ihren Tribut gefordert. Sheila war ein Mensch, keine Maschine.

Ich bückte mich, faßte sie unter und hob sie hoch. Fast wäre ich gefallen, denn nun merkte auch ich, wie sehr mich die letzten Minuten in diesem verdammten Keller gefordert hatten.

Ich verließ den Raum des Schreckens und stieg langsam die Treppe hoch …

Die Polizeisirenen hörte ich bereits, als ich die letzten Stufen noch vor mir hatte.

Sekunden später wurde die Außentür aufgestoßen, und zahlreiche Uniformierte stürmten mit gezogenen Waffen ins Haus. Aber nicht nur sie. Auch Bill Conolly und Suko waren bei ihnen.

Als Bill, dessen Kopf ein Verband zierte, mich und seine Frau sah, wurden seine Augen groß.

»Sheila!« schrie er und lief auf uns zu. An seinem Gang erkannte ich, wie schwer es ihm fiel, sich auf den Beinen zu halten.

»Sie ist nur bewußtlos«, sagte ich.

Bill schaute mich an, wollte lächeln, verdrehte dann aber die Augen und sackte doch tatsächlich zusammen.

Da lag der Kerl nun und war bewußtlos.

Suko nahm mir meine menschliche Last ab.

Auch mich packte der Schwindel, aber ich hielt mich gut und ließ mich auf einem Sitzkissen nieder, während sich die Beamten um Bill Conolly und seine Frau kümmerten.

Durch die offene Tür hörte ich das Schreien von Clive Welch. Auf ihn wartete das Gericht.

Die Katzen hatten überlebt. Sie hockten überall herum, völlig harmlos, und putzten sich.

»Eigentlich sind es doch ganz nette Tierchen«, sagte Suko und schlug mir auf die Schulter. »Willst du nicht ein paar adoptieren?«

»Klar, aber nur als Spielzeugkatzen.«

Der Chinese lachte. Dann berichtete er mir, wie es ihnen ergangen war.

»Brauchst du jetzt einen neuen Feuerstuhl?« fragte ich.

»Nein, die Maschine wird repariert.«

Ich verdrehte die Augen. »Dabei dachte ich, du würdest dir endlich mal ein anständiges Motorrad kaufen. Die Harley ist doch viel zu lahm, mein Lieber.«

Wenn Blicke töten könnten – Suko hing eben an seiner Harley. Vielleicht hatte er als Chinese auch etwas gegen Japaner.

Möglich ist alles ...

ENDE

Kampf der schwarzen Engel

Das Unheil kam aus dem Dunkeln!

Ich sah nicht einmal einen Schatten, so finster war es. Dafür spürte ich einen heftigen Schlag im Gesicht, riß instinktiv meine Arme hoch und fühlte zwischen den Fingern etwas Festes, Lederartiges.

Haut!

Aber woher? Was hatte mich da attackiert? Ich torkelte zurück, prallte gegen die rissige Felswand und verfluchte abermals den Umstand, der mich hergebracht hatte.

Das Fauchen des Angreifers kam mir bekannt vor. Ich zog den Kopf ein, und endlich gelang es mir, den Gegner so zu packen, daß ich ihn zu Boden schleudern konnte. Ich hörte noch den Aufprall und wollte sehen, was mich da so hinterrücks überfallen hatte.

An meinem Gürtel hing die Taschenlampe. Ich nahm sie hoch und schaltete sie ein.

Der Strahl traf eine Fledermaus!

Ein Riesentier, wirklich, aber kein Vampir im Sinne meines Berufs. Die Fledermaus verwandelte sich nicht in einen Menschen und umgekehrt. Dafür schwebte sie in die Höhe und huschte davon. Sehr schnell verschwand sie in der Dunkelheit.

Ich wischte mir über die Stirn. Schweißnaß glänzte mein Handrücken. In diesem verdammten Höhlenlabyrinth herrschte eine Luft, die kaum zu atmen war. Sie war stickig, heiß und schwül. Manchmal schien es mir, als wäre sie von giftigen Gasen durchzogen, aber dann hätten mich Myxin und Kara wohl nicht in dieses Höhlensystem geführt. Wo steckten die beiden überhaupt?

Das war die große Frage. Sie waren vorgegangen und dann in der Dunkelheit verschwunden. Jetzt stand ich da mit meiner Weisheit. Zurück konnte ich zwar, aber allein hätte ich niemals aus diesem Labyrinth hinausgefunden. Da brauchte ich schon die Hilfe meiner beiden Partner.

Und dabei hatte ich bisher nicht einmal einen zählbaren Erfolg verbuchen können. Eigentlich wußte ich selbst nicht, warum ich hier in Sizilien steckte, aber Myxin und Kara hatten etwas von schwarzen Engeln und Lichtschwertern gesagt, so daß ich mich entschlossen hatte, sie zu begleiten.

Suko war mit von der Partie. Der konnte auch nichts tun, denn er wartete draußen vor dem Eingang, wo die Junisonne erbarmungslos auf das Gestein brannte und es so aufheizte, daß man darauf hätte Spiegeleier braten können.

In der Höhle war es zwar kühl, dafür jedoch feucht. Irgendwo rann und tropfte immer Wasser. Meine Haare waren naß, die Kleidung klebte mir am Körper, der Boden war uneben, zerklüftet, durchsetzt mit Spalten und Rissen, aus denen es manchmal dampfte und zischte.

Ich mußte mich auf einem unterirdischen Vulkan befinden. Eine andere Erklärung hatte ich nicht. Ich hoffte nur, daß wir unser Ziel bald erreichten, denn eine halbe Stunde turnten wir in diesem unterirdischen Labyrinth bereits herum, ohne daß sich irgend etwas ereignet hätte. Bis eben auf den Angriff der Fledermaus.

Allein war ich ja nicht. Deshalb rief ich die Namen meiner beiden Freunde.

Es hallte wie in einem Dom.

Meine Stimme hörte sich fremd an. Sie wurde als Echo weitergetragen und geisterte durch den gewaltigen unterirdischen Höhlenkomplex, bis sie nicht mehr zu hören war.

Ich erhielt Antwort.

Myxin hatte gerufen, denn die Stimme klang dunkler. »W-e-i-t-e-r ...«

»Spaßvogel!« knurrte ich. Der kleine Magier hatte gut reden. Vor Betreten der Höhle hatte er mir erklärt, daß ich vorsichtig mit dem Licht sein sollte, da die Batterien nicht ewig hielten, und jetzt führte er mich noch tiefer in dieses verdammte unterirdische Labyrinth hinein.

Der Weg war nicht viel breiter als meine Schultern. Danach fiel eine regelrechte Schlucht steil ab. Wenn ich in die Tiefe leuchtete, sah ich zwar das Ende, aber auf dem Grund schimmerte es abwechselnd hell und dunkel. Dort mußte sich Wasser befinden.

Manchmal kickte ich Steine weg, die auf dem Weg lagen und kleine Hindernisse darstellten.

Ich pfiff auf Myxins Warnungen und ließ die Lampe eingeschaltet, als ich weiterging.

Verstecke für diese komischen Fledermäuse gab es genug. Unter der Decke, an den Wänden, eigentlich überall dort, wo das Gestein rissig war und sie sich gut verbergen konnten.

Eine hatte ich aufgeschreckt. Ich sah andere Tiere, wie sie sich festgekrallt hatten und sich auch nicht von dem hellen, tanzenden Lampenschein stören ließen.

Vorsichtig ging ich weiter. Der Weg beschrieb eine Kurve, wurde noch schmaler und führte in die Tiefe.

Bevor ich meinen Weg fortsetzte, leuchtete ich erst einmal. Der Lichtkegel traf auf ein kleines Plateau, einen Vorsprung, der sich wie eine ausgestreckte Zunge über den Abgrund schob. Für einen Moment glaubte ich, Myxin und Kara zu sehen, war mir aber nicht sicher.

Mehr rutschend als gehend schaffte ich die Strecke und atmete auf, als ich den Vorsprung erreicht hatte.

Hier war die Luft noch stickiger und schwüler. Ich schwitzte noch mehr. Die unterirdische Landschaft bereitete mir körperliches Unbehagen. Sie war so fremd, so grausam, so anders ...

Ich spürte die Gefahr.

Meine Nackenhärchen stellten sich hoch, eisige, unsichtbare Finger krochen über meinen Rücken. Bisher hatte ich die Beretta nicht gezogen, doch meine rechte

Hand befand sich nun in der Nähe des Griffs, damit ich die Waffe schnell hervorholen konnte.

Aus der Tiefe drang ein wildes Gurgeln zu mir hoch. Dort schäumte ein unterirdischer Fluß über die Steine und mündete irgendwo in der Tiefe der Höhle.

Ich schmeckte den salzigen Schweiß, als meine Zunge über die Lippen fuhr. Er war mir auch in die Augen geronnen, die sofort anfingen zu brennen.

Der Pfad schlängelte sich an der Wand entlang. Sehr schmal, sehr gefährlich, halsbrecherisch ...

Ich warf einen Blick nach oben.

So hoch wie ein Dom ragte die Höhle auf. Sie war angefüllt mit Schatten, mit düsteren Drohungen, mit einem Unheil, das ich fast körperlich spüren konnte.

Etwas lauerte auf mich.

Ich wurde noch vorsichtiger, aber das nutzte nichts, denn es war bereits aus der Tiefe hervorgestiegen und griff blitzschnell an, bevor ich reagieren konnte.

Diesmal sah ich den Schatten, wie er für einen winzigen Moment den Lichtschein verdunkelte, dann hatte er mich erwischt. Er klatschte von der Stelle gegen mich, schleuderte mich gegen die Wand und wickelte sich blitzartig um meinen Körper.

Eine Schlange!

Verdammt, es war eine Schlange, die aus der Tiefe links neben mir hochgeschossen war und mich umbringen wollte. Daran gab es keinen Zweifel, denn sie hatte sich um meinen Körper gewickelt und drückte erbarmungslos zu. Schlagartig wurde mir die Luft abgeschnürt. Ich riß noch den Mund auf, doch auf meinem Brustkasten schienen Zentnergewichte zu liegen.

Die Lampe ließ ich fallen. Sie brannte am Boden weiter, und in ihrem Lichtstrahl erkannte ich meinen Gegner genauer.

Es war ein Schlangenungeheuer.

Vielleicht halb so groß wie ein ausgewachsener Mensch, dazu schwarz wie die Nacht und irgendwie fettig glänzend. Sie hatte auch ein Maul, einen gefährlichen Schlund, den ich aufgerissen vor mir sah. Bei einer normalen Schlange waren es zwei Giftzähne und eine Zunge, hier aber sah ich ein gefährliches Gebiß von spitz zulaufenden Zähnen vor mir, das bereit war, meinen Hals zu zerbeißen, denn der aufgerissene Rachen befand sich schon dicht vor meinem Gesicht.

Es kam auf Sekunden an, und ich reagierte genau richtig. Die Schlange hatte mich zwar umklammert, aber die Hand mit der Beretta befand sich in einem günstigen Winkel zum Kopf.

Ich feuerte.

Der Schuß klang dreimal so laut in dem gewaltigen Höhlenlabyrinth. Weit rollte das Echo, und die Kugel hieb dich unter dem Kiefer in den Kopf der Schlange.

Das Tier wurde hochgewirbelt. Ich sah, wie ein Teil zerplatzte. Mir flogen Fetzen um die Ohren. Das Silbergeschoß mußte die Schlange förmlich zerrissen haben.

Sie zerfiel.

Plötzlich konnte ich wieder frei atmen. Voller Wut trat ich auf die Überreste dieses gefährlichen Tieres und sah, daß sie zu Staub wurden. Da wurde mir mit letzter Gewißheit klar, daß die Schlange kein natürliches, sondern ein dämonisches Wesen war.

Sofort dachte ich an Apep, die Höllenschlange. Sollten sie und Asmodina hier ihre Hände im Spiel haben? Das war gar nicht so weit hergeholt, denn die Teufelstochter machte nach wie vor Jagd auf Myxin, den kleinen Magier. Sie wollte ihn unbedingt in ihre Gewalt bringen, doch bisher hatten wir es verhindern können.

Ich war gewarnt und wußte, was mir noch alles auf dem gefährlichen Weg bevorstehen konnte.

Fliegende Schlangen!

So etwas hatte ich auch noch nicht erlebt. Wirklich nicht. Die andere Seite überraschte immer wieder mit neuen Variationen des Schreckens.

Myxin und Kara mußten den Schuß gehört haben, aber sie rührten sich nicht. Das machte mich zuerst ärgerlich, gleichzeitig aber auch mißtrauisch, denn unter Umständen war es ihnen gar nicht mehr möglich, einzugreifen. Vielleicht waren sie in eine Falle gelaufen.

Hart biß ich die Zähne zusammen und schritt vorsichtig auf dem schmalen Weg voran.

Die Lampe hatte ich aufgehoben, hielt sie in der linken Hand und leuchtete.

Manchmal trat ich gegen kleinere Steine, die in die Tiefe kollerten und dann ins Wasser klatschten.

Bange Minuten folgten, denn immer war ich darauf gefaßt, von irgendwelchen Schlangen angegriffen zu werden, doch da tat sich zum Glück nichts.

War es wirklich nur eine Schlange gewesen?

Nein, es waren mehrere.

Ich sah sie, als ich um eine Felsecke bog. Da sich das Wasser nicht mehr weit entfernt befand, sah ich sie plötzlich an der Oberfläche.

Sie schwammen in der Strömung, ließen sich treiben, und, verdammt noch mal, sie behielten mich genau im Auge. Manchmal hüpften sie auch aus dem Wasser, dabei erinnerten sie mich an Delphine, und wenn sie dann wieder eintauchten, glitten sie wie Schatten unter der dunklen Wasseroberfläche dahin.

Gefährliche, dämonische Wesen, die es auf mich abgesehen hatten und meinen Weg begleiteten.

Ich wäre vielleicht umgekehrt, wenn ich allein gewesen wäre. So aber dachte ich an Kara und Myxin, die sich nicht gemeldet hatten und sich vielleicht in der Gewalt dieser dämonischen Schlangen befanden. Nein, wenn es eben ging, wollte ich ihnen helfen und zur Seite stehen.

Auch die Schlangen konnten und durften mich dabei nicht aufhalten.

Ich zuckte zusammen, als ein Tier aus dem Wasser schoß, für einen Moment neben mir in der Luft stehenblieb, seinen Rachen aufriß und dann wieder verschwand, wobei sie elegant in das fließende Wasser eintauchte.

Da der Weg weiterhin in die Tiefe führte, war es nur eine Frage der Zeit, wann er die gleiche Höhe mit dem fließenden Wasser erreicht hatte.

Das geschah sehr bald.

Neben mir gurgelte und schäumte das Wasser, das sich in seinem steinigen Bett zu einem regelrechten Fluß gemausert hatte. Ich wurde von einigen Spritzern getroffen und sah, wie das Wasser an den Steinen aufschäumte.

Die hohen Felsen hatte ich schon seit einer Weile im Schein der Lampe bemerkt. Sie bildeten ein regelrechtes Tor, durch das der unterirdische Fluß strömte. Zum Glück befand sich am linken Rand ein schmaler freier Streifen, über den ich trockenen Fußes gehen konnte.

Dann war ich verdammt dicht in der Nähe der Schlangen. Sie brauchten kaum mehr zu springen, um mich packen zu können. Ich zögerte aus verständlichen Gründen.

Es war doch Furcht dabei, denn die Biester hatten mir ihre Gefährlichkeit hinlänglich bewiesen.

Ich versuchte, sie zu zählen, gelangte jedoch zu keinem Resultat. Es waren zu viele.

Manche sprangen hoch, wischten dicht an mir vorbei, klatschten wieder ins Wasser und wurden von der Strömung durch das enge Tor getrieben.

Sie griffen mich nicht an!

Das sah ich als gutes Zeichen. Deshalb riskierte ich es, wand mich, mit dem Rücken am Felsen entlanggleitend, durch das schmale Tor und schaffte es auch unbeschadet.

Hinter dem Tor erwartete mich eine völlig andere Welt. Zwar befand ich mich noch immer in dem Höhlenlabyrinth, aber das fließende Wasser mündete in einen See, wo es auch zur Ruhe kam.

Meine Augen wurden groß, als ich die Szene in mich aufnahm. Ich sah nicht nur den See, sondern auch die Insel darauf. Sie war nicht groß, bestand aus Fels und hatte vielleicht einen Durchmesser von drei Yards.

Auf ihr stand ein Stein. In ihm steckten fast bis zum Heft zwei grünlich schimmernde Schwerter.

Die Lichtschwerter?

Das mußten sie sein, von denen Myxin erzählt hatte, denn sie verbreiteten einen grünen, hellen Schein.

Myxin und Kara sah ich auch.

Sie standen rechts und links neben dem Stein mit den beiden Schwertern. Nur konnten sie sich nicht rühren, denn dafür sorgten die zahlreichen Schlangen, die sich um ihre Körper gewunden hatten ...

In gewissen Wiener Kreisen war Franz Jochem ein Begriff. Die Unterwelt nannte ihn nur den Blitz, denn er tauchte blitzschnell auf und schlug ebenso schnell zu.

Nur durfte man das mit dem Zuschlagen nicht so wörtlich nehmen, denn Franz Jochem hatte noch nie einen Menschen getötet. Er liebte die Lautlosigkeit, war völlig unauffällig, aber der beste Hoteldieb, den die Stadt an der Donau aufzuweisen hatte.

Franz kannte die großen Hotels. Er wußte, wie es im Sacher oder Imperial aussah. Er kannte das Hilton, das Interconti oder das Prinz-Eugen-Hotel. Und da er zudem ein Meister der Maske war, wurde er selten erkannt.

An diesem Tag hatte er sich das Hilton vorgenommen. Der riesige Kasten stand am Stadtpark, hatte eine Direktverbindung zur Schnellbahn und in seiner Ladenstraße zahlreiche Geschäfte, so daß sich oft Fremde in die große Hotelhalle verirrten, ohne daß sie dem Personal auffielen.

Auch der hochgewachsene Mann mit den grauen Haaren und dem gut sitzenden Smoking fiel nicht auf. Die Perücke saß perfekt. Die braune Schminke ließ Franz Jochem wie einen Südländer aussehen, und in seiner eleganten Kleidung fiel er nicht auf, liefen doch zahlreiche Gäste in Abendgarderobe umher, denn die Wiener Oper bereitete sich auf eine festliche Premiere vor.

Man saß in der Halle, nahm noch einen kühlen Drink, sprach miteinander und wartete auf die Taxis.

Franz bewegte sich mit der lässigen Eleganz eines Weltmannes. Eine Hand hielt er in der linken Smokingtasche versenkt, zwischen Zeige- und Mittelfinger der anderen brannte eine Zigarette. Begehrlich glitten seine Blicke über die schmuckbehangenen Hälse der Damen. Was da an Brillanten und Gold funkelte, das war schon ein Vermögen wert. Aus Erfahrung wußte der schnelle Franz, daß die Damen immer viel Schmuck mitbrachten und sich zumeist erst kurz vor Beginn des Weggehens entschieden, was sie überhaupt umlegten. Dann blieben noch zahlreiche Klunkerchen in den Zimmern zurück, weil die Frauen einfach zu faul waren, die wertvollen Gegenstände im Hotelsafe zu deponieren.

An einem solchen Abend fand Franz Jochem wieder reiche Beute. Danach konnte er sich für drei Monate an die Riviera absetzen, in Ruhe die Sonne auf den Bauch scheinen lassen und neue Opfer suchen.

Er schlenderte zu den Lifts.

Zwei Damen begegneten ihm, bei deren Anblick sein Blut anfing zu prickeln. Aber nicht weil ihn die beiden sexuell erregt hätten, sondern wegen des Schmucks, mit dem sie behängt waren. Da kam schon einiges zusammen.

Der Sprache nach waren sie Amerikanerinnen, und

was da um faltige Hälse lag, funkelte und gleißte in einem kalten Feuer, das den Dieb jedoch sehr erhitzte.

Galant trat er zur Seite und verbeugte sich. Die Damen quittierten es mit einem Lächeln, das bei den grell geschminkten Lippen irgendwie verzerrt wirkte.

Die alten Puten müßte man erleichtern, dachte Franz und blieb vor einem der Expreßlifts stehen.

Er war wenige Sekunden später allein in der Kabine, die ihn zum achten Stock hochschoß. Dort stieg er aus und blieb für einen Moment auf dem langen Gang stehen.

Gedämpfte Beleuchtung, ein dicker Teppich, Türen aus Mahagoni. Die gediegene Eleganz des Luxushotels nahm ihn nicht gefangen. Franz dachte vielmehr an seinen Informanten, der ihm diese Etage empfohlen hatte. Willi Pfenghansl, so hieß der Boy, arbeitete in der Zimmerreservierung und kassierte jedesmal seinen Anteil. Zwei Jahre klappte die Zusammenarbeit schon ausgezeichnet.

Er schlenderte durch den leeren Gang. Hier waren die Amerikaner untergebracht, die allesamt eine Europatournee unternahmen, wobei sie für drei Tage in Wien blieben.

Franz Jochem ging bis zur letzten Tür durch und holte sein Besteck hervor. Er, der einmal in seiner Jugend eine Lehre als Feinmechaniker abgeschlossen hatte, stellte seine Instrumente immer selbst her. Es gab in ganz Wien kein Türschloß, das ihm widerstanden hätte, und auch für das Hilton hatte er seine speziellen Schlüssel und Dietrichs.

Kurz schaute er sich das Schloß an. Ein Lächeln huschte über sein Gesicht, als er erkannte, daß es noch immer das gleiche war wie beim letztenmal.

Kein Problem.

Fünf Sekunden brauchte er, dann hatte er das Schloß offen, drückte die Tür auf und stand im Zimmer.

Ein kurzer Rundblick.

Eingerichtet war der Raum wie immer. Das Bett, der kleine Schreibtisch, die Einbauschränke, die Hausbar und das TV-Gerät.

Rasch und routiniert durchsuchte der Dieb das Zimmer. Er fand nichts. Kein Geld, keinen Schmuck.

Hart preßte er die Lippen zusammen, denn Ärger stieg in ihm hoch. Das fing ja gut an. Das erste Zimmer direkt ein Fehlschlag, so etwas mochte er überhaupt nicht.

Blieb das Bad.

Die Tür war nur angelehnt. Auf den leichtesten Druck hin schwang sie nach innen.

Man roch es noch, daß jemand geduscht hatte. Zudem lag der leichte Geruch von Rive Gauche, einem exklusiven Parfüm, in der Luft. Das alles interessierte den Dieb nicht. Wichtig für ihn war der kleine Schmuckkasten, der direkt neben einem Zahnbecher auf der Ablage stand. Der Kasten war offen.

Ein Blick genügte dem Fachmann. Die Perlenkette, die in Samt gebettet im Innern lag, war ein kleines Vermögen wert. Genau das Richtige für den Anfang.

Franz Jochem streckte seinen rechten Arm aus, um die Kette hervorzuholen. Die Bewegung, die er durch einen zufälligen Blick in den Spiegel vernahm, warnte ihn zu spät. Da stand der Hoteldetektiv bereits im Bad.

Jochem kannte ihn. Fred Hoppitzan war ein harter Bursche, der sich auf keinerlei Diskussionen einließ. Er hatte mal bei der Polizei gearbeitet und war dann abgeworben worden. Den konnte man zu nichts überreden.

Fred grinste impertinent. »Sieh an, der Blitz«, sagte er, und sein Grinsen wurde noch breiter. »Ich ahnte doch, daß man dich zu dieser Zeit hier sieht.«

Jochem hob die Hand. »Hallo, Fred«, sagte er.

Gelassen zog Hoppitzan eine Pistole aus der Jackentasche. Es war ein flaches Modell. Jochem kannte die

Marke nicht, aber die Kugel würde ebenso tödlich sein wie aus einem schweren Revolver, wenn sie ihn aus kurzer Distanz traf.

»Das ist dann wohl das vorläufige Ende deiner Laufbahn«, meinte der Hoteldetektiv und grinste weiter. Er hatte seinen Erfolg, denn Jochem war ihm dreimal durch die Lappen gegangen.

»Und was wirfst du mir vor?« fragte der Dieb.

»Klauen, Diebstahl.«

»Habe ich etwas genommen?«

»Du wolltest!«

»Nein, ich wollte mir die Kette nur einmal ansehen. Mehr nicht. Du kannst mich durchsuchen, du wirst nichts bei mir finden. Pech, mein Lieber.«

»Das alles kannst du der Polizei erzählen. Sie wird dich aus dem Verkehr ziehen.«

Franz Jochem verzog das Gesicht. Das Wort Polizei schmeckte ihm überhaupt nicht. Er haßte nichts so sehr wie vergitterte Fenster.

»Wir könnten das Problem ja noch einmal durchdiskutieren«, schlug er deshalb vor.

»Nichts wird diskutiert. Hier tun wir genau das, was ich will«, erwiderte Fred.

»Wenn das so ist.« Der Dieb hob die Schultern.

»Genau so ist es. Und jetzt mach kein Theater und komm mit.«

Franz Jochem nickte. Tief atmete er ein. Er wollte sich in Bewegung setzen, als es geschah. Plötzlich drehte sich alles vor seinen Augen. Das Bad, der Detektiv, alles verschwamm, wurde zu einer grauen Masse, die in einem furiosen Wirbel kreiste. Gleichzeitig waren auch die fremden Gedanken da, die in das Hirn des Diebes strömten.

Er selbst dachte noch: Es geht wieder los! Dann sank er langsam in die Knie.

Er merkte nicht mehr, wie sich Fred Hoppitzan über ihn beugte, denn eine andere Welt hatte ihn gefangengenommen. Eine Welt, die nicht mit den normalen Maßstäben zu messen war, sondern die in einer anderen Zeit, in einer anderen Dimension lag.

Jochems Geist ging auf eine große Wanderschaft, so daß die Gegenwart für ihn plötzlich ausgeschaltet war. Die Sphäre des Schreckens breitete ihren Mantel über ihn aus und erdrückte ihn fast.

Franz Jochem sah einen fremden Körper, eine andere Gestalt. Und doch wußte er, daß er die Gestalt war.

Er war ein schwarzer Engel!

Dunkel gekleidet. Ein enges Trikot umspannte seinen Körper, ein Gesicht, das keines war, sondern nur ein Schatten, und eine seltsame Waffe, die er in der rechten Hand hielt.

Das grüne Schwert!

Wie ein langer Kristall sah die Schneide aus, die vorn spitz zulief wie bei einem normalen Schwert. In der Breitseite der Klinge brach sich das Licht, so daß blitzende Reflexe über das kaum zu erkennende Gesicht des schwarzen Engels glitten.

Und er flog.

Mit einer spielerischen Leichtigkeit glitt er durch die Lüfte. Obwohl er keine Flügel hatte, schien ihn der Aufwind wie auf unsichtbaren Schwingen über das Land zu tragen.

Der echte Franz Jochem aber lag auf dem Boden vor der Wanne, hielt die Augen geschlossen, und sein Gesicht wurde immer bleicher. So bleich, daß sogar die Adern hervortraten und kleine Schweißtropfen wie Perlen auf seinem Gesicht glänzten.

Fred Hoppitzan, der Hoteldetektiv, bekam es mit der Angst zu tun. Er hatte erst wegrennen wollen, um Hilfe zu holen, denn so gut konnte kein Mensch schauspielern.

Doch nun sah er das Gesicht mit der durchscheinenden Haut, und ihm wurde angst und bange. Dieser Mann hatte wirklich etwas, er durfte ihn jetzt nicht allein lassen, denn bis Hilfe kam, konnte er tot sein.

Hoppitzan kannte sich in Erster Hilfe aus. Er hatte mehrere Kurse belegt, fühlte nach Puls- und Herzschlag und konzentrierte sich.

Er spürte den Schlag.

Aber nur schwach – sehr schwach ...

Und er wurde noch schwächer.

»Verdammt«, flüsterte der Detektiv, »das gibt es doch nicht. Das ist irre, Wahnsinn.« Er schluckte ein paarmal. »Mensch, mach keinen Mist, Franz.«

Jochem hörte ihn nicht. Sein Geist schwebte weiter in unendlichen Fernen und Sphären, war zu einem anderen geworden, zu einem schwarzen Engel mit dem gläsernen Schwert.

Hoppitzan aber sprang auf. Er mußte jetzt Hilfe holen. Hier konnte nur noch ein Fachmann helfen. Ein Hotel wie das Hilton hatte natürlich einen Arzt angestellt, der immer abrufbereit war. Hoppitzan rief die Nummer des Mannes an.

Inzwischen erlebte der Geist des Franz Jochem ein völlig anderes Abenteuer.

Er schwebte als schwarzer Engel über eine düstere, zerklüftete Landschaft hinweg, wo es keine Sonne gab, wo sich Tag und Nacht nicht abwechselten, sondern die Zeit in einem ewigen Einerlei verging. Grau in Grau, ein Himmel ohne Sonne, Mond und Sterne, nur hin und wieder brannten weit verteilt auf dem Boden einige Feuer. Schwache, rötlich-gelbe Stellen, sich wie Augen aus der Düsternis der Steinebene abhebend.

Und der schwarze Engel flog weiter. Er glitt tiefer in das unheimliche Land hinein, ein Rastloser, ein Suchender, der sein Ziel unbedingt finden wollte.

Kahle, zerklüftete Berge, deren hohe Felsen eine Wand bildeten, tauchten in der Ferne auf. Sie wirkten wie ein unüberwindliches Hindernis, das aus der kahlen Steppe wuchs.

Der schwarze Engel schwebte lautlos durch die Lüfte. Kein Wind rührte sich. Der Staub auf der Ebene blieb unberührt und wurde nie hochgewirbelt.

Er flog den Bergen zu.

Schon waren sie besser zu erkennen. Wie gewaltige Fühler griffen sie in die Höhe, als wollten sie am ewigen Grau des Himmels kratzen.

Und dann sah er den Punkt.

Er war nur winzig, und er schwebte hoch über den Bergen, wobei er das entgegengesetzte Ziel hatte als der schwarze Engel. Es war klar, irgendwann würden sich die beiden treffen!

Sie sahen sich.

Und sie waren identisch.

Und der andere schwarze Engel trug das grüne Schwert, diese lange Kristallklinge, die ebenso funkelte wie die Waffe des ersten schwarzen Engels.

Ihr Kurs war klar. Er führte sie genau aufeinander zu, wie von Radarstrahlen geleitet.

Nur noch wenige Meter, dann mußten sie aufeinandertreffen. Beide hoben ihre Schwerter, und es sah in diesem Moment so aus, als wären sie Feinde, die sich gegenseitig umbringen wollten. Nur noch eine winzige Distanz, dann …

Zwei grelle Blitze!

Aus dem Nichts entstanden, aber mit einer phantastischen Treffsicherheit. Die Blitze rasten in die Körper der schwarzen Engel hinein, bohrten sich hindurch, und plötzlich waren die Körper verschwunden.

Es gab keine schwarzen Engel mehr.

Leer zeigte sich der Himmel!

Der Flug der Engel, alles nur ein Traum, eine Einbildung, eine Halluzination?

Aber war es dies wirklich?

In Wien hatte der Hoteldetektiv Hoppitzan inzwischen den diensthabenden Arzt nach einigen Schwierigkeiten ans Telefon bekommen und alarmiert. Der Doktor versprach, sofort zu kommen.

Beruhigt legte Hoppitzan auf.

Als er auf den Hörer schaute, sah er, daß seine Hand dunkle Schweißflecken auf dem Kunststoff hinterlassen hatte.

Auch er war nervös, verdammt unruhig sogar. Wenn dieser Franz Jochem starb, dann sah es übel aus. Das gab Ärger. Die ehemaligen Kollegen würden Nachforschungen anstellen, und es würde ihm schwerfallen, es den Leuten begreiflich zu machen, daß er mit der Sache nichts zu tun hatte.

Er schluckte hart und traute sich erst gar nicht in das Bad hinein. Vielleicht war Franz schon tot. In diesen Augenblicken wünschte sich der Hoteldetektiv Hoppitzan inniglich, alles rückgängig machen zu können. Am liebsten hätte er den anderen gar nicht gestellt.

Der Zusammenbruch des Diebs war für ihn grauenhaft gewesen. Dick lag der Schweiß auf seiner Stirn. Er wischte ihn weg, als er vor der Tür stehenblieb. Er hatte sie nicht ganz ins Schloß gedrückt und zögerte noch immer, sie zu öffnen. Das Wissen, unter Umständen einem Toten gegenüberzustehen, schnürte ihm die Kehle zu.

Hoppitzan faßte sich ein Herz, griff nach dem Knauf und zog die Tür auf.

Automatisch fiel sein Blick zu Boden, wo der Tote lag oder liegen mußte, aber da war nichts.

Franz Jochem war verschwunden!

Zwei Sekunden starrte Hoppitzan auf die Fliesen,

deren Muster vor seinen Augen verschwamm, weil sich plötzlich alles um ihn herum drehte.

Wo war die Leiche?

Die konnte doch nicht verschwunden sein! Oder hatte sich Jochem wieder so gut erholt, daß er auf eigenen Beinen das Hotel verlassen hatte? Traf dies zu, dann hätte er durch das Zimmer zur Tür gehen müssen und wäre unweigerlich gesehen worden.

Hoppitzan betrat das Bad. Hinter der Tür existierte ein toter Winkel.

Und dort stand Franz Jochem!

Hoppitzan sah ihn im Spiegel, vielmehr eine Gestalt, und er zuckte zusammen.

Blitzschnell drehte er sich.

Automatisch öffnete sich sein Mund zu einem Schrei, doch der blieb auf halbem Wege stecken, denn Jochem oder der Fremde streckte seinen rechten Arm aus, und die Spitze eines grünen Stabes zitterte dicht vor der Kehle des Mannes.

Stocksteif blieb der Detektiv stehen. Seine Augen wurden groß und immer größer, denn die Gestalt vor ihm hatte nicht die geringste Ähnlichkeit mit Franz Jochem.

Sie war eine andere!

Jede Einzelheit saugte der Detektiv in sich auf. Er sah einen schwarzen, wie verbrannt wirkenden Menschen, der kein Gesicht hatte und eingezwängt in ein enges Trikot zu sein schien.

Und er hielt diesen grünen Stab in der Hand.

»Wer – wer sind Sie?« keuchte Hoppitzan, der sich endlich ein Herz gefaßt hatte.

Er hörte das leise Lachen, und er vernahm die Stimme des Mannes. Da wußte er Bescheid.

Dieser Fremde – das war Franz Jochem!

»Erkennst du mich wirklich nicht?« höhnte der Dieb.

Da nickte der Detektiv.

»Wolltest du mich nicht der Polizei zuführen, Hoppitzan?«

»Ich – ich ...«

»Jetzt hast du Angst«, unterbrach der andere ihn. »Jetzt hast du eine verdammte Angst, aber das kann ich verstehen, denn du mußt auch Angst haben. Das werde ich dir gleich beweisen, mein Lieber.«

Es waren die letzten Worte, die der Hoteldetektiv Hoppitzan in seinem Leben vernahm, denn der schwarze Engel stieß zu.

Die Spitze des Stabes berührte den Hals des Mannes. Sie bohrte sich nicht durch das Fleisch, nein, aber die eine knappe Berührung, die reichte bereits.

Hoppitzan kam nicht einmal mehr dazu, einen Schrei auszustoßen. Er fühlte die Kälte, die die Berührung an seinem Hals auslöste und sich dann in eine mörderische Hitze verwandelte, wobei sie ihn regelrecht verbrannte.

Hoppitzan verging!

Innerhalb von Sekunden lief dieser schreckliche Vorgang ab. Zuerst hüllte ihn ein Feuer ein, das seine Kleidung wegschmolz und auch die Haut verbrannte. Stehend schrumpfte der Mann zusammen. Dann kippte er um.

Eine schwarze, mumienhafte Gestalt, die vor der großen Badewanne liegenblieb. Es war kaum zu fassen, daß dies noch vor wenigen Sekunden ein Mensch gewesen war.

Der schwarze Engel hatte zugeschlagen!

Er war zurückgekehrt in eine Welt, in die er überhaupt nicht hineinpaßte, und er würde den Kampf fortsetzen, das war sicher. Ohne der mumifizierten Leiche noch einen Blick zuzuwerfen, drehte sich der schwarze Engel um und verschwand.

Er verließ das Bad, betrat den Wohnraum und stutzte, denn er hatte ein Geräusch an der Tür gehört.

Jemand kam.

Es war der Arzt, der soeben die Tür aufstieß und das Hotelzimmer betrat.

Der Doktor stand selbst unter Streß, denn bei dem heißen, schwülen Wetter, das wie eine Glocke über Wien lag, waren einige Menschen schlichtweg zusammengebrochen. Er wußte nicht, wo er zuerst anfangen sollte.

Als er das Zimmer betrat, blieb er wie vor eine Wand gelaufen stehen, denn der schwarze Engel starrte ihn an.

»Wer – wer sind Sie denn?« brachte er noch heraus, als der schwarze Engel reagierte.

Sein Schwert zuckte vor.

Und wieder war es die Stelle am Hals, die von der Spitze nur berührt wurde.

Den Arzt hob es auf die Zehenspitzen. Er riß seinen Mund auf, die Zunge quoll hervor, ein letztes Röcheln, dann sackte er langsam in die Knie.

Während er noch fiel, umtanzte ihn das kalte Feuer und verbrannte seine Haut.

Als Mumie kippte er zu Boden, wo er tot liegenblieb.

Der schwarze Engel hatte seinen zweiten Mord innerhalb weniger Minuten begangen.

Er gönnte auch dieser Leiche keinen Blick mehr, sondern drehte sich um.

Drei Schritte benötigte er, um das Fenster zu erreichen. Dann stieß er sich ab.

Die Doppelscheibe zerplatzte mit einem lauten Knall, als der schwarze Engel sie zerstörte. Splitter flogen nach draußen, wo sie an der Fassade entlang zu Boden fielen.

Dann war es vorbei.

Der schwarze Engel verschwand in der einbrechenden Dunkelheit und hinterließ der Polizei als Erbe zwei Tote.

Dieser Fall sollte niemals geklärt werden. Unerledigt wurde er zu den Akten gelegt.

Es war wirklich ein Bild, das mich schockte. Da standen meine beiden Freunde und konnten sich nicht rühren, weil Schlangen ihnen den Leib zusammenpreßten.

Bis zum Hals hatten sie sich um Kara und Myxin gewunden, aber nicht zugedrückt, so daß die beiden noch lebten.

Ich sah es an ihren Augen, deren Blicke starr auf mich gerichtet waren.

Mein Herzschlag hatte sich beschleunigt, denn ich wußte nicht, was ich tun sollte. Ein Sprung auf die Insel, okay, das war zu schaffen, aber dann hatte ich Myxin und Kara noch nicht aus ihrer gefährlichen Situation befreit. Wenn ich mich bewegte, würden auch die Schlangen reagieren und zudrücken. Der Tod der beiden wäre sicher gewesen.

»Könnt ihr reden?« fragte ich.

»Ja«, antwortete Myxin.

»Was soll ich tun?«

»Du bist am Ziel, John Sinclair. Da sind die grünen Schwerter.«

»Und?«

»Nimm sie.«

»Und dann?«

»Nimm sie, bevor es zu spät ist.«

»Aber was ist mit euch?«

»Das darf dich im Augenblick nicht kümmern. Diese grünen Lichtschwerter sind zu gefährlich. In ihnen steckt die Kraft einer grausamen atlantischen Magie. Glaube es mir, John. Du mußt sie an dich nehmen, denn die schwarzen Engel sind bereits unterwegs, um sie in ihren Besitz zu bringen.«

Da war es wieder.

Atlantis!

Seit geraumer Zeit spielte dieser versunkene Kontinent eine immer größere Rolle bei meinen Abenteuern. Ich hatte Chiimal erlebt, den Giganten von Atlantis, ich kannte den Eisernen Engel, ich wußte um die ungeheure Katastrophe, von der dieser Kontinent heimgesucht worden war – und jetzt wieder.

Die schwarzen Engel hatte Myxin erwähnt. Sie mußten meine Feinde sein und standen nicht auf der Seite des Eisernen Engels, wobei ich überlegte, welche Rolle sie spielten. Doch das war im Augenblick egal. Wenn Myxin sagte, daß ich die Schwerter aus dem Fels ziehen sollte, dann mußte ich es tun. Auch wenn die fliegenden Schlangen da waren, denn sie konnte ich mir gut als Hüter dieser Schwerter vorstellen.

»Bitte, John!«

Ich schaute zu Kara.

Und ich sah die Angst auf ihrem Gesicht.

Die Schöne aus dem Totenreich hatte tatsächlich Angst, ein Gefühl, das ich bei ihr überhaupt nicht kannte. Demnach mußte es wirklich um sehr schwerwiegende Dinge gehen.

Ich maß die Entfernung ab.

Die kleine Insel inmitten des Sees war mit einem Sprung zu erreichen. Kein Problem.

Aber dazwischen befanden sich die fliegenden Schlangen. Für sie würde es ein leichtes sein, aus dem Wasser zu schnellen, wenn ich mich in der Luft befand.

Keine guten Aussichten.

Ich stieß mich ab.

Die Beretta hielt ich dabei fest, aber ich brauchte nicht zu schießen, denn ich landete glatt und sicher auf der kleinen Insel inmitten des Sees.

»Jetzt nimm die Schwerter«, sagte Myxin. Seine Stimme klang gepreßt, denn die Schlangen drückten stärker zu.

Wollten sie ihn töten?

»Nimm sie, John!« Der kleine Magier schrie. Er wankte.

Sein Gesicht nahm eine andere Farbe an, das sah ich selbst in dem schwachen grünlichen Licht.

Nein, ich mußte erst ihn retten. Er war wichtiger als die verdammten Schwerter.

Die Schlangen waren schwarzmagischen Ursprungs, und ich hielt ihnen eine starke Waffe der Weißen Magie entgegen.

Mein Kreuz.

Blitzschnell hatte ich es in der Hand und preßte es gegen die Schlangenkörper, die den kleinen Magier umwickelt hielten.

Wie Stromstöße trafen mich die Schläge und schleuderten mich zurück. Die Schlangen zuckten. Sie peitschten, denn sie hatten unter der Berührung stark zu leiden.

Myxin konnte sich nicht mehr halten und fiel zu Boden, während sich die Schlangen auflösten und ich Karas Schreie hörte. So schnell wie möglich eilte ich auf sie zu und fuhr mit dem geweihten Kreuz von oben nach unten über die Schlangenleiber, wobei mein silberner Talisman eine sprühende Spur hinterließ.

Kara torkelte.

Aber sie war befreit, denn die Schlangen lagen zuckend und sich windend auf dem felsigen Boden.

Auch Myxin ging es besser, und ich fand nun die Zeit, die beiden Schwerter aus dem Stein zu ziehen.

Waffen aus Kristall!

So etwas hatte ich noch nicht gesehen. Welch eine Macht mochte in ihnen stecken?

»Schnell, John!« krächzte der kleine Magier. »Beeil dich. Du kommst zu spät!«

Ich verstand die Reaktion des Freundes nicht. Was hatte er nur? Die Schlangen verhielten sich ruhig, schwammen um die kleine Insel herum, die anderen hatte ich erledigt. Jetzt würde es mir keine Mühe mehr bereiten, die Schwerter aus dem Felsen zu ziehen.

Noch ein Schritt trennte mich von meinem Ziel. Die letzte Entfernung schaffte ich nicht mehr, denn ich mußte einsehen, daß ich mich vertan hatte.

Myxin hatte mit seinem Drängen und seinen Warnungen recht gehabt. Der Vorgang wurde mir buchstäblich aus den Händen gerissen. Als ich mit allen zehn Fingern nach den beiden Waffen greifen wollte, da verschwanden die Schwerter plötzlich vor meinen Augen. Ich sah noch ein letztes grünes Flimmern – aus.

Meine Hände griffen ins Leere!

Aus ...

Für einen Augenblick stand ich still. Ich konnte mich nicht mehr rühren, es war wohl der Schock der Enttäuschung, dann vernahm ich Myxins Stöhnen und wandte den Kopf.

Der kleine Magier saß am Boden. »Zu spät«, sagte er mit dumpfer Stimme. »Wir sind zu spät gekommen ...«

»Hätte ich dich sterben lassen sollen?«

Myxin hob die Schultern. Er stand auf und ging zu Kara, der er ebenfalls auf die Füße half. »Es hat keinen Sinn, sich jetzt Vorwürfe zu machen, John. Was geschehen ist, können wir beide nicht mehr ändern. Es tut mir leid.«

»Was ist denn so schlimm?« wollte ich wissen, wobei ich die Lampe einschaltete, denn mit dem Verschwinden der Schwerter war es wieder dunkel geworden.

»Ich wollte versuchen, die Rückkehr der schwarzen Engel zu verhindern«, erklärte mir Myxin. »Das ist mir leider nicht gelungen.«

»Aber stehen sie nicht auf unserer Seite?« fragte ich. »Haben sie nicht mit dem Eisernen Engel Seite an Seite gestritten?«

»Ja und ncin.«

»Das verstehe, wer will.« Langsam wurde ich ungeduldig.

Da mischte sich Kara ein. Ihr Atem ging noch immer schwer. Deutlich zeichnete sich das Heben und Senken ihrer Brust unter dem Stoff des violetten Kleides ab. »Sie sind abtrünnig geworden, John, das ist es. Und sie haben die Zeiten überdauert. Das hätten wir dir eigentlich sagen sollen.«

»Der Meinung bin ich auch.«

»Wir müssen demnach den Tatsachen ins Auge sehen und versuchen, sie zu stellen«, erklärte Myxin.

»Was haben sie vor?«

Der kleine Magier blickte mich an. »Das weiß ich auch nicht, John. Vielleicht werden sie sich Asmodina anschließen, wer weiß das schon. Sie würden gut in die Reihen ihrer Todesengel oder sogar als deren Anführer passen.«

Ich nickte. »Gut, wenn das so ist, müssen wir es verhindern, aber nicht hier in der Höhle.«

»Ja, laßt uns so schnell wie möglich gehen.« Myxin schaute auf die Wasseroberfläche. Dort huschten noch immer die Schlangen um die Insel herum, aber sie verhielten sich friedlich, griffen uns nicht an, denn sie hatten nichts mehr, was sie bewachen mußten.

Die Kristallschwerter waren verschwunden und in die Hände der rechtmäßigen Besitzer übergewechselt.

Davon jedenfalls gingen wir aus.

Ich nickte Myxin und Kara zu. »Kommt, laßt uns gehen. Diese Höhle ist mir zu ungastlich.«

Myxin wollte noch eine Bemerkung loswerden. »Wie heißt das Sprichwort mit dem Krug noch bei euch?«

»Der Krug geht so lange zum Brunnen, bis er bricht.«

»Genau, John. Jetzt ist er zerbrochen.«

Selten habe ich den kleinen Magier so pessimistisch erlebt.

Seit zehn Jahren hatte sich Stuart Walsh der Politik verschrieben. Mit Fleiß, Energie und Ehrgeiz hatte er es tatsächlich geschafft, bis ins Unterhaus zu kommen. Und das war schon was, denn in der Regierung mitzumischen, das schaffte nicht jeder. Dabei war Stuart Walsh erst 37 Jahre alt.

Klar, daß er bei seiner politischen Karriere auf irgend etwas verzichten mußte.

Das war die Ehe.

Aber Walsh gehörte zu den Männern, die einer Ehe beileibe nicht nachtrauerten. Es gab eben zu viele Frauen, die ihm gefielen, und da er ein sehr guter Redner war, machten die Mädchen nie große Schwierigkeiten, wenn er sie in sein kleines Apartment nahe dem Hyde Park abschleppte.

So auch die schwarze Linda.

Stuart hatte die frisch geschiedene Sekretärin während einer Feier aufgegabelt. Sie arbeitete im Außenministerium und war scharf auf Männer.

Genau das richtige für Stuart.

Schon am zweiten Abend führte Stuart die schwarze Linda in seine Wohnung.

Als das Girl inmitten des Zimmers stehenblieb und sich drehte, nickte es.

»Was ist?« fragte Stuart.

Sie deutete auf die Graphiken an den Wänden. »Hübsch hast du es hier, mein Lieber.«

»Aber erst seit du hier bist.«

Linda lachte silberhell und spöttisch zugleich. »Wie vielen Frauen hast du das schon erzählt, mein Lieber?«

»Nur dir.«

»Du lügst phantastisch, mein kleiner Politiker.« Sie preßte sich an ihn und küßte ihn schnell auf den Mund.

Stuart spürte, daß sie unter dem dünnen Kleiderstoff nur ihre Haut trug. Bei der Figur hatte sie wirklich keinen

BH nötig. Sie hatte ihr Hemdblusenkleid so weit aufgeknöpft, daß es schon fast jugendgefährdend war. Und so waren die beiden dann durch die Stadt gegangen, von manch neidischen Männeraugen verfolgt.

Linda deutete auf das Bett. »Essen wir erst, oder machen wir es uns gleich bequem?«

»Ich könnte eine Dusche vertragen.«

Linda nickte. »Dito.«

»Wer zuerst?«

»Ich«, sagte Linda schnell und verschwand durch die schmale Tür zur Dusche.

Stuart wollte ihr erst nach, doch ein plötzlich auftretendes Schwindelgefühl zwang ihn, sich hinzusetzen. Er ließ sich auf die Kante des französischen Betts fallen, wobei er die rote Überdecke zusammendrückte.

Die Kopfschmerzen trafen ihn plötzlich und völlig unvorbereitet. Er stöhnte auf. Nur im Unterbewußtsein hörte er das Rauschen der Dusche. Der Politiker legte sich nach hinten und preßte beide Hände gegen sein Gesicht. Hinter seiner Stirn hämmerte und tuckerte es, gleichzeitig fühlte er ein Ziehen in den Gliedern, und dann drückte langsam die Müdigkeit hoch.

Dieses matte Gefühl, das nicht nur seine Glieder schwer werden ließ, sondern auch seinen Willen ausschaltete, hatte ihn schon zweimal zuvor heimgesucht.

Stuart Walsh war nicht mehr derselbe. Er glaubte, daß etwas anderes von ihm Besitz ergriff. Etwas unglaublich Starkes, Fremdes, Grausames.

Ausgerechnet jetzt, wo er Besuch hatte, denn sonst war es ihm nur passiert, wenn er allein war.

Diesen verdammten Schwindel konnte er auf keinen Fall gebrauchen. Schließlich erwartete Linda etwas von ihm.

Stuart Walsh lag noch immer auf dem Bett. Er war einfach nicht in der Lage, sich zu erheben. Weit hielt er die

Augen geöffnet und sah über sich die breite, viereckige Deckenleuchte mit dem silbernen Metallrahmen. Auch ihre Konturen verschwammen, liefen seltsam auseinander, und Stuart fühlte genau, wie das Fremde von ihm Besitz ergriff. Diesmal stärker als zuvor. Sogar so stark, daß es seinen eigenen Willen völlig ausschaltete.

Das hatte er noch nie erlebt.

Nein, so etwas durfte es nicht geben. Er war doch Stuart Walsh, der Politiker, der ...

Seine Gedankenkette riß. Plötzlich fühlte er sich frei und irgendwie beschwingt, als würde er durch die Lüfte schweben.

Durch die Lüfte?

In der Tat schwebte er. Wobei er im Körper eines anderen steckte. Unter sich sah er ein düsteres, geheimnisvolles Land, dunkel, drohend, und er hielt plötzlich ein Schwert in der Hand, von dem er nicht wußte, woher es gekommen war. Doch er spürte, daß er mit diesem Schwert umgehen konnte, daß die lange, glasähnliche Klinge nur für ihn geschmiedet worden war.

Und er flog und flog ...

Unendlich die Weite des Landes unter ihm. Dann ein Gebirge, noch im Dunst liegend, weil es zu weit entfernt war, aber er flog in gerader Linie darauf zu, weil ihn das Gebirge mit seinen kantigen Felsen und Graten lockte und auch grüßte.

Stuart sah noch mehr.

Ein zweiter Engel schwebte auf ihn zu. Dieser sah ebenso aus wie er. Ein Ebenbild von ihm, und beide hatten sie dasselbe Ziel ...

Inzwischen stand die schöne Linda in der Duschwanne und genoß es, als die harten Strahlen auf ihren Körper prasselten. Sie gab sich dem Gefühl völlig hin und schaute zu, wie die langen Schaumstreifen über ihren Körper flossen.

Linda dachte an ihren neuen Bekannten. Er war zwar kein besonders schöner Mensch und auf irgendeine Weise auch ein wenig konservativ, aber er kannte Gott und die Welt, vor allen Dingen Mitglieder der Regierung, und da erfuhr man so manches. Vielleicht konnte sie ihn auch als eine Art Sprungbrett benutzen, um in noch höhere Kreise zu gelangen. Sie war dafür bereit, das beste zu geben, was sie besaß: ihren Körper.

Das Girl legte den Kopf in den Nacken und hielt ihr Gesicht den Strahlen entgegen. Es tat gut, das Wasser zu spüren, und sie war gespannt, was die nächsten Minuten brachten.

Sie stellte die Dusche ab.

Dampf wölkte durch das Bad. Der Spiegel war ebenso beschlagen wie die Wände, wo die Flüssigkeit schon in langen Bahnen herabrann und auf dem Boden kleine Lachen bildete.

Linda stieg aus der Dusche. Sie nahm die Badekappe ab und schüttelte ihre Haarpracht aus. Nur an den Spitzen waren die Haare ein wenig feucht geworden.

Das Badetuch lag bereit. Es war grün und leider nicht so flauschig, wie Linda es gern gehabt hätte. Es gehörte eben einem Mann. Sie schwang es sich um den Körper und knotete es über der Brust zusammen, wobei das untere Ende bis zu ihren Schenkeln reichte.

So verließ sie das Bad. Linda mußte erst durch die kleine Diele gehen, um in das Wohnzimmer zu gelangen. Im Spiegel prüfte sie ihr Lächeln und fand es verführerisch genug. Alles andere würde schon ihr hinreißender Körper besorgen.

Als sie die Tür aufstieß, erwartete sie von ihrem Liebhaber, daß er ihr im wahrsten Sinne des Wortes in die Arme fliegen würde. Das passierte nicht.

Enttäuschung malte sich auf dem Gesicht der Frau ab. Wo steckte denn Stuart Walsh? Er schien auch nicht in der kleinen Küche zu sein, denn das Mädchen hörte keinerlei diesbezügliche Geräusche.

»Stuart?« rief Linda.

»Hier bin ich!«

Das Girl erschrak, als es die Antwort hörte. Stuart stand rechts von ihr, im toten Winkel der Tür. Sie hatte ihn nicht sehen können. Rasch drehte sie sich um.

Plötzlich glaubte sie, verrückt zu werden. Der Mann vor ihr, das war nicht Stuart Walsh, sondern ein anderer. Ein Gesichtsloser, der einen langen, gläsernen und grün schillernden Stab in der rechten Hand hielt, dessen oberes Ende auf Linda wies.

»Wer – wer sind Sie?« hauchte das Girl, und unwillkürlich drückte es das Badetuch fester vor die Brust.

»Kennst du mich nicht?«

»Aber du bist nicht Stuart.«

»Doch.«

»Nein.« Linda schüttelte den Kopf. »Ich höre zwar seine Stimme, aber du bist es nicht. Was hast du mit Stuart gemacht? Sag es, verdammt. Los, rede!«

»Ich bin Stuart!«

»Nein.«

Die Antwort war ein Schrei und auch der letzte im Leben der schwarzhaarigen Linda, denn die Hand mit dem Schwert zuckte vor, und die Spitze berührte den Hals des Girls.

Es fuhr wie ein Stromstoß durch ihren Körper. Linda stellte sich auf die Zehenspitzen, verkrampfte, wollte schreien, brachte jedoch keinen Laut über die Lippen.

Sie schrumpfte zusammen, wurde schwarz und starb lautlos.

Der schwarze Engel aber nickte. Er konnte keine Rücksicht auf andere nehmen. Ihn interessierte keine Schönheit, es war ihm egal, ob er einen Mann oder eine Frau tötete. Er wollte nur die aus dem Weg räumen, die sich gegen ihn stellten oder ihn aufzuhalten versuchten. Das war alles.

Auch seine Wohnung war ihm egal geworden. Sie war für ihn nicht mehr als ein Fremdkörper. Mit ruhigen Schritten trat er ans Fenster und blickte nach draußen.

Da lag der Hyde Park.

Immer hatte er diesen Blick genossen, jetzt war er ihm gleichgültig.

Er öffnete das Fenster, schwang sich auf die Brüstung, stieß sich ab und verschmolz mit der Dunkelheit.

Der zweite schwarze Engel entschwand in der lauen Sommernacht ...

Die Sonne brannte wirklich mit einer nahezu erbarmungslosen Härte auf das Land nieder. Das merkte auch Suko, der zwischen den aufgeheizten Felsen hockte.

Südwestlich von Palermo steckte Suko in diesem wilden Bergland und behielt den Eingang der Höhle im Auge. Der Chinese war gewissermaßen unsere Rückendeckung und sollte mich, Kara und Myxin vor bösen Überraschungen bewahren.

Bisher hatte sich nicht viel getan. Von seinem Platz aus hatte Suko einen phantastischen Blick hinunter in das Tal, das zum Westen hin von einer schier unüberwindlich erscheinenden Felswand begrenzt wurde, gegenüber jedoch ziemlich offen war. Da stieg das Gelände nur leicht an, und die Menschen aus dem Dorf hatten die von der Natur gegebene Formation dahin genutzt, daß sie versuchten, Wein anzubauen. Es wuchsen aber auch einige Zitronen- und Apfelsinenbäume sowie Tomaten. Die Straße führte durch die Felder aus dem Tal. Sie war nur eine staubige Piste, die sich, wenn es einmal regnete, in eine Schlammbahn verwandelte.

Doch an Regen war nicht zu denken. Fast senkrecht

stand die Junisonne und brannte auf die braunen Felder nieder.

Im Schatten der Felswand lag das Dorf. Es hieß Nareno. Ein kleines Nest mit armen Einwohnern, das Suko überhaupt nicht gesehen hatte, denn sie waren mit dem gemieteten Fiat von Palermo direkt in die Berge gefahren. Auch Menschen sah der Chinese kaum. Niemand arbeitete in dieser Hitze auf den Feldern. Die Einwohner hatten sich in ihre Häuser zurückgezogen, weil es nur dort auszuhalten war. Selbst die Steinbauten schienen sich unter der heißen Sonne noch mehr zu ducken, sie schmiegten sich an die Felswand, als warteten sie darauf, daß die Sonne unterging. Nur einmal hatte Suko einen Mann gesehen. Er hockte auf dem Rücken eines Esels und ritt in die Felder.

Der Fiat stand zwischen den Felsen. Sein Inneres war sicherlich zu einem Brutofen geworden.

Nichts hatte sich bisher getan. Suko wurde ein wenig unruhig, denn seine Freunde waren schon ziemlich lange verschwunden. Am liebsten wäre er hinterhergegangen, aber er dachte an seine Aufgabe und wollte den Platz nicht verlassen.

Zwei Yards weiter lag der Eingang der Höhle. Der Weg dorthin führte steil bergab. Es war ein sehr schmaler Pfad, den mannshohe Felsbrocken markierten. Suko hatte zweimal einen Blick in die Höhle geworfen und festgestellt, daß im Innern zwar keine Sonne brannte, aber die Schwüle und Feuchtigkeit waren auch hier nicht gerade eine Erholung.

Der Chinese hatte sich so klein wie möglich gemacht und auch die schattigste Stelle ausgesucht. Es sah aus, als würde er schlafen, doch das war eine Täuschung, in Wirklichkeit war Suko hellwach. Er achtete auf jedes Geräusch, denn der Chinese besaß eine nahezu unglaubliche Selbstdisziplin.

Einschlafen galt nicht. Dazu war der Fall viel zu rätselhaft.

Suko wußte ebensowenig wie John Sinclair, worum es eigentlich genau ging. Myxin, der Magier, hatte es sehr eilig gehabt, nach Sizilien zu kommen, große Vorbereitungen hatte niemand von ihnen treffen können. Sie mußten sich mit den Tatsachen abfinden.

Es war still auf der halben Höhe des Berges. Auch der Wind wehte nicht mehr. Deshalb hörte Suko das Geräusch sofort.

Es war das Kollern eines Steins.

Schlagartig spannte der Chinese seinen Körper und setzte sich auf. Hatte ein Tier dieses Geräusch verursacht oder ein Mensch? Suko hatte niemand heraufkommen sehen, und so glaubte er eher an ein Tier, das sich in der Nähe befand.

Wieder rollte ein Stein den Berg hinab. Aber diesmal nahm er noch ein anderes Geräusch wahr.

Schritte!

Genau, das waren Schritte in seiner unmittelbaren Nähe.

Suko richtete sich auf. Er konnte es nicht haben, wenn sich jemand anschlich. Wenn es eben ging, wollte er der Mann sein, der die anderen überraschte.

Suko blickte nach vorn, wo der schmale Pfad in die Höhe führte und auf einem Plateau endete, das nicht mehr als eine kleine Felsspalte war.

Niemand war dort zu sehen, und trotzdem hatte der Chinese das Gefühl, beobachtet zu werden.

Er wollte nicht mehr länger an seinem Platz hockenbleiben, sondern ging vor.

Auf halber Strecke sah er den Mann. Er stand plötzlich auf der Felsplatte und schaute von seiner höheren Stellung auf den Chinesen herab.

Mein Freund blieb stehen. Jetzt erkannte er den Mann

auch. Es war der, der zu den Feldern geritten war. Eine Gefahr bedeutete er nicht, dafür war er zu alt und ausgemergelt. Er trug eine alte Jacke und eine staubige Hose. Auf seinem Kopf saß eine Schirmmütze, die Haut war von der Sonne verbrannt, das Gesicht wurde von tiefen Falten zerschnitten, und die Lippen waren kaum zu sehen.

Schweigend starrten sich die beiden unterschiedlichen Männer an. Niemand sprach, und Suko konnte gar nicht den Anfang machen, auch wenn er gewollt hätte, denn er sprach kaum italienisch. Nur ein paar Worte, mehr nicht.

Er grüßte trotzdem.

Der Gruß wurde nicht erwidert, dafür hob der Mann den rechten Arm und ballte die Hand zur Faust. Es war eine Drohgebärde, die Suko genau verstand, und im nächsten Augenblick wurde er von einem Wortschwall überschüttet, von dem er nicht einmal einen Bruchteil verstand, so schnell redete der Mann.

Suko hob beide Hände. »Ist ja schon gut«, sagte er und versuchte ein Lächeln.

Das imponierte dem anderen überhaupt nicht, denn er öffnete die Faust und deutete an Suko vorbei, wobei er auf den Eingang der Höhle wies und den Zeigefinger ausstreckte.

Wieder drang ein Wortschwall über seine Lippen, dann hob er den Arm und zog den Handrücken dicht an seiner Kehle vorbei. Diese Bewegung war international.

Suko verstand sie.

Er wollte etwas erwidern, wenigstens was sagen, doch der Alte machte auf dem Absatz kehrt und ging den Weg zurück, den er gekommen war.

Suko wollte ihm folgen, denn er hatte noch einige Fragen auf dem Herzen, doch hinter sich hörte er Stimmen und Geräusche, und als er sich umdrehte, standen wir im Eingang der Höhle.

Endlich hatten wir es geschafft.

Ich war ziemlich fertig, das mußte ich zugeben, denn der Rückweg hatte sich länger hingezogen, als ich gehofft hatte. Ich streckte den Kopf aus dem Höhleneingang. Die Hitze traf mich wie ein Hammerschlag.

Sie raubte mir den Atem, ich kriegte kaum noch Luft, denn zwischen diesen Felsen stand die Luft, sie bewegte sich überhaupt nicht. Mir wurde sogar schwindlig, rote Kreise tanzten vor meinen Augen, und ich mußte für einen Moment pausieren, was Kara und Myxin Gelegenheit gab, an mir vorbeizukriechen.

Ich folgte ihnen langsamer.

Suko sah uns entgegen. »Glücklich seht ihr nicht gerade aus«, meinte er.

»Kein Wunder, bei dem, was wir hinter uns haben«, erwiderte ich und leckte über meine trockenen Lippen. Überhaupt war mein Mund völlig trocken. Ich hätte zehn Pfund für ein Glas Wasser gegeben.

»Was ist denn geschehen?«

Kara und Myxin berichteten, was wir erlebt hatten. Ich wollte nicht reden, sondern erst einmal wieder zu Kräften kommen, denn ich war verdammt geschlaucht.

Danach war Suko an der Reihe.

Er berichtete von der Warnung des Alten. »Ich habe zwar kein Wort verstanden, aber die Drohung genügt an sich. Leider spreche ich nicht gut genug diese Sprache, ich hätte mich gern näher erkundigt, was geschehen ist, dann aber kamt ihr.«

Ich hatte mich inzwischen wieder so weit erholt, daß ich mich an dem Gespräch beteiligen konnte. »Das kann ich mir vorstellen, daß der Alte eine Warnung ausgesprochen hat. Mir scheint es, daß diese Gegend hier nicht ganz geheuer ist, und den Beweis haben wir ja erhalten.«

Die anderen stimmten zu.

»Und was machen wir jetzt?« fragte Suko.

Myxin runzelte die Stirn. Ein Zeichen, daß er antworten wollte. Der kleine Magier sagte: »Wir müssen uns erst einmal mit einer Niederlage abfinden. Ich wollte, daß wir die Schwerter in Sicherheit bringen, aber wir sind zu spät gekommen. Die beiden schwarzen Engel waren schneller.«

»Sie haben die Dinger doch gar nicht geholt«, warf ich ein.

»Direkt nicht, John, aber sie waren indirekt daran beteiligt. Durch Schwarze Magie. Die Schwerter befinden sich jetzt in ihren Händen, daran gibt es keinen Zweifel.«

»Und das weißt du genau?«

»Natürlich.«

»Was könnten die schwarzen Engel denn vorhaben?«

Myxin hob die Schultern.

»Damals in Atlantis, als sie versuchten, sich gegen ihren Meister, den Eisernen Engel, zu stellen, da wollten sie ihn töten, um bei den Mächten der Finsternis angesehen zu sein. Sie haben es aber nicht geschafft, zudem kam ihnen der Untergang des Kontinents dazwischen, doch wir können mit Sicherheit davon ausgehen, daß sie überlebt haben.«

»Und vielleicht hier in der Nähe sind«, vollendete ich.

»Auch das.«

»Dann müßten die Menschen im Dorf unter Umständen mehr über die Engel wissen«, vermutete Kara.

»Das ist möglich«, gab Myxin zu.

»Sollen wir sie fragen?«

Dafür waren wir alle. Es blieb uns keine andere Möglichkeit. Wir hatten ja nichts in der Hand, sondern wußten nur, daß die Kristallschwerter verschwunden waren, mehr nicht. Sie befanden sich jetzt aller Wahrscheinlichkeit nach in der Hand der schwarzen Engel und würden Unheil anrichten. Und manchmal sind es gerade die Sagen und Legenden dieser einfachen Menschen, die uns auf eine Spur gebracht hatten. Vielleicht war es auch hier so.

»Jede Sekunde, die wir hier herumsitzen, ist vertan«, sagte ich und stieß mich von der Felswand ab, an der ich gelehnt hatte.

Myxin ging voraus.

Der schmale Pfad zur Höhle hatte noch etwas im Schatten gelegen, doch nun trafen uns die Sonnenstrahlen mit einer fast erbarmungslosen Wucht.

Sofort brach mir wieder der Schweiß aus, und als ich Atem holte, da glaubte ich, meine Lungen wären mit flüssiger Glut gefüllt. Im Wagen würde es nicht besser sein.

Schweigend marschierten wir los. Der kleine Bergpfad führte in die Tiefe. Die Felsen kochten jetzt, und die Hitze war ein regelrechter Schock.

Etwa 100 Yards talabwärts mußten wir klettern, dann hatten wir den Wagen erreicht.

Vor uns flimmerte die Luft. Der rote Fiat wirkte wie ein Farbklecks in der braunen Einöde. Man konnte das Gefühl haben, daß die Sonnenstrahlen den Lack wegschmelzen würden.

Ich schloß auf.

Noch heißere Luft drang uns entgegen. Alle Türen öffnete ich und schuf so Durchzug.

Ein paar Minuten warteten wir, bevor wir in dem Wagen Platz nahmen. Nur gut, daß wir keine kurzen Hosen trugen, denn die Sitze hätten unser Fleisch verbrannt.

Auch das Lenkrad war heiß, und vor der Frontscheibe flimmerte die Luft.

Ich fuhr an. Durch die offenen Scheiben drang zwar der Wind, aber er brachte nur Staub mit, keine Kühlung. Die erste Runde hatten wir verloren, und ich war gespannt, wie die zweite ausgehen würde ...

Etwa eine Meile vor Nareno erreichten wir die Straße. Viel besser als der Bergpfad war sie auch nicht. Die vier Reifen rollten über hellen Schotter. Es waren kleine Steine, die unter den Wagen spritzten oder nach den Seiten wegflogen. Die Staubfahne, die der Wagen hinter sich herzog, war meilenweit zu sehen, und sie lag wie eine Wolke in der Luft.

Noch eine Kurve, und wir sahen das Dorf vor uns liegen.

Eine schweigende tote Ansammlung von Häusern. Nicht mal ein Hund lief über die Straße. Zwei Köter sahen wir. Sie lagen dicht an einer Hauswand, wo ein quer hängendes Reklameschild Schatten spendete.

Hier führte die Hauptstraße wieder leicht bergauf. Dicht an dicht standen die Häuser, alte Bauten mit kleinen Fenstern und dicken Mauern, um so wenig Wärme wie möglich einzulassen. Rechts und links führten schmale Gassen ab. Besonders an der linken Seite führten sie steil hoch und wurden mehr als einmal von schmalen Treppen unterbrochen.

Wir trafen keinen Menschen.

Und doch hatte ich das Gefühl, von zahlreichen Augenpaaren beobachtet zu werden. Hinter jeder nicht geschlossenen Luke schienen sie zu lauern, damit ihnen keine unserer Bewegungen entging. Weiter vorn schob sich die Spitze eines Kirchturms über die Hausdächer. Meistens lag die Kirche im Zentrum des Ortes, auch hier war es nicht anders, denn die Straße mündete auf einem großen, mit Kopfsteinen gepflasterten Platz.

Hier wuchsen auch Bäume. Zwei große Platanen spendeten Schatten. Sie wirkten wie eine grüne Insel in dieser Kargheit. Unter den Bäumen standen Bänke, die allerdings jetzt verwaist waren.

Für den Fiat fand ich noch einen einigermaßen schattigen Platz. Wir stiegen aus.

Niemand ließ sich blicken.

»Lebt hier denn keiner?« murmelte ich.

»Die Leute haben Angst«, lautete Myxins Antwort. »Sie wissen Bescheid, was geschehen ist.«

»Woher?«

»Der Alte wird es ihnen gesagt haben.«

»Möglich.«

Ich setzte meine dunkle Brille wieder auf und trat hinaus in die Sonnenglut.

Erst jetzt fiel mir das Haus auf, das unserem Standpunkt direkt gegenüberlag. Es wich sehr von den anderen Häusern ab, denn es war nicht nur größer und hatte einen Vorgarten, der eine einzige blühende Pracht war, sondern es wirkte viel prachtvoller als die übrigen Häuser. Es war zweistöckig und erstrahlte im grellen Weiß der Waschmittelreklame.

Auch an diesem Haus waren die Läden geschlossen, und das Grundstück trennte ein hoher Zaun von der Straße. Er bestand aus Eisenstäben, die oben spitz zuliefen und ebenfalls weiß gestrichen waren. Zum Glück gab es ein Tor, dessen rechter Flügel offenstand.

Italien ist ein Land der Gegensätze. Hier sah ich es wieder einmal. Wahrscheinlich wohnte hier der Bürgermeister oder der örtliche Mafiafürst, von dem ja alle Menschen letzten Endes abhängig waren, obwohl das niemand zugeben wollte. Mit der Mafia hatte ich ebenfalls meine Erfahrungen gesammelt, nicht nur in London, wo der große Costello regierte, sondern auch in Italien selbst. Ich brauchte da nur an Solo Morasso, alias Dr. Tod, zu denken. In den Körper dieses Mafiafürsten von Palermo war die schwarze Seele des Dr. Tod gekrochen, und so war es zu dieser unheilvollen Verbindung gekommen, die mir bisher so viele Schwierigkeiten bereitet hatte.

»Hast du dich entschieden?« fragte Suko.

Ich nickte. »Wir könnten dem Besitzer dieses Prachthauses einen kleinen Besuch abstatten. Er wird sicherlich wissen, was hier vorgeht.«

Damit waren die anderen einverstanden. Auch sie verließen den Schutz der Platane.

Wir kamen nicht weit. Hatte der Ort vorhin noch tot, leer und ausgestorben gewirkt, so kam jetzt Leben in ihn. Die Menschen zeigten sich.

Und sie hatten tatsächlich in ihren Häusern oder Schlupfwinkeln gelauert. Sie warteten darauf, daß wir etwas unternahmen, denn dann konnten sie angreifen.

Suko sah sie zuerst und stieß mich an.

Ich drehte den Kopf.

Wo die Straße hinter dem Platz weiterführte, sah ich die Männer. Es waren Männer jeden Alters, und sie waren bewaffnet.

Fast wirkten die altertümlichen Flinten und Gewehre lächerlich in ihren Händen, aber nicht nur ich wußte, daß sie es nicht waren. Diese sechs Flinten waren sicherlich voll mit Schrot und Kugeln.

Trotz der Wärme lief mir eine Gänsehaut über den Rücken, denn auch von den anderen drei Seiten näherten sie sich uns. Die Männer verließen ihre Häuser, in denen sie gehockt und uns belauert hatten. Knarrend und quietschend wurden alte Holztüren geöffnet, und auch die Seite der Straße, wo wir hergekommen waren, wurde abgesperrt.

Man hatte uns umzingelt!

Ich sagte nichts, sondern atmete vorerst tief durch. Auch Suko sprach kein Wort. Kara und Myxin schwiegen ebenfalls.

Die Männer kamen näher und zogen den Kreis immer enger.

Sie schlossen ihn förmlich um uns, so daß wir uns den Weg schon hätten freikämpfen müssen.

»Sollen wir es versuchen?« fragte Suko.

Ich schüttelte den Kopf. »Noch tun sie uns ja nichts. Ich bin gespannt, was sie wollen.«

Das war ich wirklich, denn ich konnte mir nicht vorstellen, daß man uns töten wollte, ohne irgend etwas zu sagen oder zu erklären.

Als die Männer nur noch etwa drei Schritte von uns entfernt waren, blieben sie stehen.

Ich sah sie mir an.

Finstere, zu allem entschlossene Gesichter. Zusammengepreßte Lippen, Augen, die uns kalt und feindselig musterten. Gewehrmündungen, die auf uns wiesen, keine Spur von Freundlichkeit oder ein Lächeln auf den Gesichtern.

Das waren Feinde.

Und wir waren ihre Feinde.

Es schien sich herumgesprochen zu haben, daß wir die Höhle besucht hatten, jetzt sollten wir sicherlich für das zahlen, was in den Augen dieser Menschen ein Frevel gewesen war.

Das Schweigen machte auch mich nervös, deshalb kramte ich meine Sprachkenntnisse zusammen und redete mit ihnen.

Die Unterhaltung blieb einseitig. Niemand gab Antwort. Die Blicke wurden höchstens noch feindseliger und kälter. Man reagierte auch nicht, als ich bat, den Bürgermeister oder Padrone sprechen zu dürfen.

Fast fünf Minuten standen wir auf dem Marktplatz, ohne daß etwas geschah.

Dann erschien der Padrone.

Zuerst hörten wir die Schritte, wie sie auf dem Kies knirschten. Einen Augenblick später erschien er selbst.

Ihm gehörte tatsächlich das Haus mit dem großen Vorgarten, und schon bald schob sich eine Gestalt durch das Tor.

Er war wirklich ein bemerkenswerter Mann. Ungeheuer fett. Dafür sehr klein, so daß er mich irgendwie an eine Kugel auf zwei Beinen erinnerte. Sein Kopf glich ebenfalls einer Kugel, nur war er nicht blank, sondern wurde von spärlichen schwarzen Haaren bedeckt, die der Mann von links nach rechts quer über den Schädel gekämmt hatte. Er schwitzte stark, und er fächerte sich laufend Luft zu.

Auf den Lippen seines kleinen Mundes glänzte der Speichel.

»Ich bin Don Causio«, sagte er.

Wenn er schon seinen Namen bekanntgab, so stellte ich auch meine Freunde und mich vor.

»Sie kommen nicht aus unserem Land?« fragte er. Erst jetzt fiel mir seine helle Stimme auf.

»Nein!«

»Was wollen Sie dann hier?«

Die Frage hatte kommen müssen. Sollte ich die Wahrheit sagen? Wenn ja, was war damit gewonnen?

Er merkte mein Zögern sehr wohl, denn er lächelte hintergründig. »Sie wollten die schwarzen Engel, nicht wahr?«

»Nein!«

»Lüge!«

»Wir wollten die Schwerter.«

»Das ist das gleiche. Wer den schwarzen Engeln oder den Schwertern etwas antun will, ist ein Frevler. Sie haben uns die Jahrhunderte hindurch beschützt, denn wir haben ihnen eine Heimat gegeben. Hier konnten sie immer zurückkehren und sich ausruhen. Es war für sie ein Hort der Ruhe. Doch nun seid ihr gekommen und habt diese Ruhe gestört. Das können wir nicht hinnehmen, und deshalb werden wir euch bestrafen.«

»Wir haben nichts verbrochen«, erklärte ich.

»Vielleicht nicht in euren Augen, aber in den unseren.«

»Und was habt ihr vor?« fragte ich.

Da lächelte Don Causio. »Wir gar nichts. Denn wir lassen die Engel entscheiden. Sie sollen bestimmen, was mit euch geschieht. Vielleicht werden sie euch töten, vielleicht aber auch nur anketten, so daß ihr elendig verhungert und verdurstet. Es gibt viele Möglichkeiten. Nur das Dorf verlassen könnt ihr nicht mehr. Nichts soll an die Außenwelt dringen, wir werden alles so lassen, wie es war.« Es waren die letzten Worte des Mannes. Don Causio machte kehrt und ging davon. Langsam, mit schlurfenden, etwas steif wirkenden Schritten.

Sekunden geschah nichts. Ich beobachtete diesen Mann, und ich hatte auch längst gemerkt, daß etwas mit meinem Kreuz geschehen war. Es hatte sich erwärmt.

Schwarze Magie war in der Nähe!

Ich ließ meinen Blick wandern. Bisher hatte ich mich mehr für diesen Don Causio interessiert, doch nun schaute ich mir auch die Gesichter der übrigen an.

Auch sie waren seltsam bleich und teigig, als wären diese Menschen keine normalen Personen mehr, sondern Zombies.

Verflucht!

Dieser Gedanke war gar nicht so weit hergeholt. Sollten diese Einwohner tatsächlich lebende Tote sein?

Nein, ich sah, wie sie atmeten. Das waren keine Zombies, sondern nur verblendete Menschen, die sich einem unheilvollen Ritual verschrieben hatten.

Sie wollten uns den schwarzen Engeln opfern, das hatte man uns deutlich genug zu verstehen gegeben. Wir schauten in die Mündungen zahlreicher Gewehre. Dieser Don Causio war verschwunden, er überließ das weitere seinen Leuten. Und die ließen uns keinen Moment aus den Augen. Wir waren zu viert. Eine fünffache Übermacht mindestens stand uns gegenüber. Was tun?

Suko warf mir einen Blick zu.

Ich nickte kaum merklich.

Das war das Zeichen, das auch Myxin und Kara verstanden hatten. Wir würden es versuchen, wir mußten diesen verdammten Kreis sprengen.

Doch es kam anders.

Ganz anders.

Urplötzlich hörten wir ein Brausen in der Luft, und unsere Blicke glitten automatisch in die Höhe.

Da sahen wir sie.

Von zwei Seiten flogen sie heran, und sie waren gewaltig in ihrer Größe, denn sie warfen lange Schatten, als sie über den Marktplatz glitten.

Die, auf die Don Causio so gehofft hatte, waren endlich erschienen.

Die schwarzen Engel!

Der Anblick faszinierte mich.

Die beiden Engel flogen nicht mehr über uns, sondern waren gelandet. Sie standen jetzt auf dem Dach des Hauses, das Don Causio gehörte. Dort wirkten sie wie zwei steinerne Figuren, denn sie hatten ihre Arme erhoben, so daß sich die Sonne in den funkelnden, langen Kristallen der Schwerter spiegelte.

Diese Schwerter, die ich hatte an mich nehmen wollen.

Die Engel hatten keine Gesichter, sondern waren ganz in Schwarz gekleidet. Sie wiesen eine menschliche Form auf, nur ihre Körper waren fast doppelt so groß wie bei einem normalen Menschen. Und wie sie dort standen, wirkten sie wie eine finstere Drohung.

Nicht nur wir sahen unsere Gegner, auch die Menschen aus dem Ort. Kaum hatten die Engel zur Landung angesetzt, da warfen sich die Leute zu Boden und preßten ihre Gesichter gegen die Erde. Furcht, Angst und Demut ließen sie so reagieren.

Wie eine Glocke lastete plötzlich das Schweigen über

dem Platz. Da sprach keiner mehr, da stockte sogar uns der Atem.

Nur Suko blieb gelassen. »Da können wir uns ja die Schwerter zurückholen«, meinte er leise.

»Vorsicht«, warnte Myxin, »die sind gefährlich!«

»Ich weiß.« Suko hob seine rechte Hand. Er wollte die Finger so nahe wie möglich an seine Waffe heranbringen, die er noch nicht sehr lange besaß.

Es war der bewußte Stab, den ihm ein Mönch gegeben hatte. Dieser wiederum hatte ihn von Buddha, dem großen Gelehrten erhalten. Ein Erbe, das nur in die Hand eines Würdigen fallen sollte. Suko war dazu ausersehen, denn wenn er ein bestimmtes Wort rief, dann konnte er die Zeit für fünf Sekunden anhalten. Alle Personen um ihn herum erstarrten zur Bewegungslosigkeit, nur er konnte handeln. Allerdings keinen Gegner töten, sondern nur ausschalten, denn der große Buddha war ein Mann des Friedens gewesen.

»Es wird kaum klappen!« zischte ich. »Die Engel sind zu weit entfernt.«

»Abwarten!«

Ich schaute an Suko vorbei und warf Myxin einen Blick zu. Der kleine Magier hatte sein Gesicht zur Grimasse verzogen, als würde er körperliche Schmerzen erleiden.

»Die Magie!« keuchte er und taumelte. »Sie ist zu stark. Tut was, bitte …«

Zu spät.

Zwei Sekunden zuvor hätten wir es unter Umständen geschafft, doch jetzt nicht mehr.

Die schwarzen Engel reagierten.

Zwei Blitze lösten sich aus den grünen, kristallenen Klingen ihrer Schwerter.

Und sie trafen genau.

Zuerst erwischte es Suko und Myxin. Der kleine Magier erhielt plötzlich einen ungeheuren Schlag, der ihn hart zurückwarf und damit gegen die Körper der knienden Menschen. Myxin konnte sich nicht mehr rechtzeitig fangen, stolperte und fiel rücklings über die Anhänger der schwarzen Engel.

Suko hätte es fast geschafft. Aber wirklich nur fast. Wahrscheinlich berührten seine Fingerspitzen schon den Stab, als auch ihn dieser grüne Strahl mit voller Wucht traf. Der Chinese machte einen regelrechten Sprung, sein Gesicht verzerrte sich, aus dem Mund drang ein dumpfes Röcheln, fast willenlos fuhren die Arme in die Höhe, dann brach auch er zusammen.

Kara wurde das dritte Opfer.

Ein Treffer schüttelte sie durch. Für den Bruchteil einer Sekunde schien sie zu wachsen, dann wurden ihr die Beine unter dem Körper weggerissen, und sie fiel zu Boden.

Auch auf mich raste der Strahl zu. Obwohl er nur dünn war, nahm er doch einen Teil meines Sichtfeldes ein. Ich duckte mich, wollte irgend etwas tun und war doch so hilflos.

Der Strahl raste schräg unter meinem Kinn vorbei und hieb voll in meine Brust.

Unzählige winzige Nadeln schienen meinen Körper zu durchbohren, als ich den Treffer hinnehmen mußte. Für einen Augenblick war ich regelrecht paralysiert, dann spürte ich das gewaltige Brennen vor und auf meiner Brust, wobei es einen winzigen Moment später zu einer regelrechten Entladung kam. Eine grünweiße Aura hüllte mich ein, ich spürte reißende Schmerzen und torkelte nach vorn. Dann gaben meine Knie nach, ich hatte Schwierigkeiten mit dem Gleichgewicht, konnte mich nicht mehr halten und fiel zu Boden.

Zwei, drei Lidschläge lang geschah nichts. Eigentlich hätte jetzt mein Bewußtsein verlöschen müssen, doch das geschah nicht. Ich blieb liegen, zwar geschwächt, aber dennoch klar bei Verstand und Bewußtsein. Der Treffer hatte mich nicht so erwischt wie meine drei Freunde.

Nicht erwischt!

Diese beiden Worte brannten sich regelrecht in meinem Gehirn fest.

Darüber mußte ich mir erst einmal klar werden. Ich lebte und glaubte auch zu wissen, wem ich diesen glücklichen Umstand zu verdanken hatte.

Meinem Kreuz!

Es mußte die Kräfte der Gegenseite so kompensiert oder abgelenkt haben, daß ich bei Bewußtsein geblieben war.

Die Augen hatte ich geschlossen. Jetzt jedoch riß ich sie wieder auf und sah alles klar und deutlich vor mir. Ich stemmte mich auf die Knie, blickte hoch zum Haus, wo die beiden schwarzen Engel verschwunden waren.

Aber die anderen waren noch da.

Meine Freunde.

Suko, Kara und Myxin lagen auf dem Boden. Die drei rührten sich nicht. Ich wußte nicht einmal, ob sie lebten, konnte es auch nicht feststellen, denn die Zeit blieb mir nicht, weil sich die anderen erhoben.

Die Diener der schwarzen Engel hatten ihren Schock überwunden und standen auf. Schneller, als mir lieb war. Als sich die erste Mündung auf mich einpendeln wollte, hob ich mein rechtes Bein und trat zu.

Der Mann überschlug sich mitsamt seiner Waffe, und aus seiner Nase quoll Blut. Ich hatte so hart sein müssen, denn es ging um mein Leben. Mir war nichts Ernstliches geschehen. Ich merkte es daran, daß ich laufen konnte wie immer. Mit gewaltigen Sprüngen überwand ich die erste Distanz. Zwei weitere Männer richteten sich soeben auf. Sie wurden noch von mir gestreift und fielen wieder zurück.

Ich aber hatte längst meinen Fluchtpunkt angepeilt. Es

war die nächste schmale Gasse. Ich rannte, was meine Beine hergaben. Jetzt störte mich auch nicht die Hitze, ich mußte es einfach schaffen.

Die Gasse war noch schmaler, als sie ausgesehen hatte. Fast hätte ich mit der Schulter die Ecke gerammt, im letzten Augenblick konnte ich noch ausweichen und befand mich zwischen den Häusern.

Da krachte der erste Schuß.

Das Projektil war verdammt groß. Es wischte dicht neben meiner Schulter vorbei, hieb in die Hauswand und hinterließ ein faustgroßes Loch.

Dieser Schuß war irgendwie ein Signal gewesen. Das Echo lag noch in der Luft, als bereits das große Geschrei aufbrandete.

Die Hetzjagd auf das Wild hatte begonnen.

Und das Wild war ich!

Die Gasse stieg an. Wie alles rechts und links der Hauptstraße. Sie war nur zum Teil gepflastert, manche Steine hatte man einfach herausgerissen und die Löcher nicht wieder zugeschüttet, so daß ich mich vor diesen Stolperfallen höllisch in acht nehmen mußte.

Zu beiden Seiten standen die Häuser. Schmale, baufällige Gebilde mit inzwischen dunkel gewordenen Fassaden, kleinen Fenstern und auch Balkonen, auf denen kaum zwei Leute Platz fanden.

Zum Glück führte die Gasse nicht in gerader Linie weiter. Sie beschrieb eine weitere Kurve, die mich aus dem Schußfeld meiner Verfolger brachte.

Auch beging ich nicht den Fehler, daß ich mich immer auf einer Linie hielt. Im Gegenteil, ich schlug Haken wie ein Hase, war einmal links, dann wieder rechts, prallte hier gegen die Hauswand, dann dort, stieß mich ab, verlor die Sonnenbrille, duckte mich und hetzte weiter.

Schon nach wenigen Yards merkte ich, wie sehr die Strecke schlauchte. Vor allen Dingen bei diesen Temperaturen, denn in der schmalen Gasse stand die heiße, stickige Luft wie eine Wand.

Ich atmete mit offenem Mund. Meine Beine waren müde, die Strapazen der Höhlentour machten sich doch langsam bemerkbar, aber ich hielt durch, vor allen Dingen dann, als abermals ein Schuß aufpeitschte.

Diesmal sah ich die Kugel nicht, hörte aber den Treffer. Das Geschoß hieb links von mir in die Hauswand, dicht neben einem Fenster. Zwei weitere Schüsse krachten.

Auch die verfehlten mich.

Dann hatte ich den Scheitelpunkt der Kurve erreicht und konnte weiterrennen.

Es war natürlich klar, daß die anderen nie und nimmer aufgeben würden. Meine Freunde waren, auf welche Weise auch immer, kampfunfähig gemacht worden, jetzt gab es praktisch nur noch einen, den sie zu jagen hatten.

Das war ich.

Wo endete die Treppe? Ich warf den Kopf nach hinten und schaute über die Steigung hinweg.

Eine Treppe stach mir ins Auge. Sie war so breit wie die Gasse und führte in zwei Absätzen in die Höhe. Was hinter der Treppe lag, konnte ich nicht erkennen, ich sah nur ein hüfthohes Gitter.

Hinter mir hörte ich die Verfolger. Sie schrien und tobten, feuerten sich gegenseitig an und wollten mich unbedingt in ihre Hände bekommen.

Wenn das so weiterging, dann hatten sie mich auch bald, denn meine Beine wurden immer schwerer.

Rechts und links waren die Türen der Häuser verschlossen. Da existierte kein Durchschlupf. Es war auch nicht weiter tragisch, sicherlich wäre ich nur vom Regen in die Traufe geraten.

Endlich erreichte ich die Treppe. Die Steinstufen, alt

und ausgetreten, waren doch höher, als es den Anschein gehabt hatte. Die erste verfehlte ich halb, stolperte und konnte mich nicht mehr fangen, so daß ich nach vorn fiel. Mit den Händen stützte ich mich ab und zog mir noch rote Schrammen an den Ballen zu.

Aber weiter.

Ich raffte mich hoch – und sah ihn.

Der schwarze Engel stand am Ende der Treppe und hielt sein grünes Kristallschwert stoßbereit.

Ein Wutschrei drang über meine Lippen, als ich mich zur Seite warf und die Beretta zog.

Dann feuerte ich.

Zwei Kugeln jagte ich dieser Gestalt entgegen, wobei ich hoffte, daß sie Wirkung zeigen würden.

Sie taten es nicht.

Wiederum war es das Schwert, das so phantastisch reagierte. Die lange Kristallklinge saugte die Geschosse buchstäblich auf, sie zog sie an wie ein Magnet und schluckte sie einfach.

Ich war geschockt.

Der schwarze Engel lachte.

Hinter mir waren meine Verfolger ruhiger geworden, dafür setzte sich der andere, mächtigere Gegner in Bewegung und kam auf mich zu.

Verzweifelt suchte ich nach einem Ausweg. Zurück konnte ich nicht, dann würden mich die Kugeln der anderen durchbohren. Der Weg nach vorn war ebenfalls versperrt.

Schon einmal hatte mir das Kreuz geholfen. Diesmal holte ich es hervor, behielt es in der rechten Hand, und der schwarze Engel zog sich tatsächlich zurück.

Dem Kreuz hatte er nichts entgegenzusetzen. Dieser Auseinandersetzung wich er aus.

Das gab mir Mut. Gleichzeitig jedoch rechnete ich damit, daß er es von nun an mit anderen Tricks versuchen würde. Aus dem Hinterhalt, wenn ich an nichts Böses mehr dachte. Bei ihm mußte man auf alles gefaßt sein.

Meine Verfolger hatten mitbekommen, was geschehen war. Der Rückzieher des schwarzen Engels bewirkte bei ihnen das Gegenteil. Er spornte sie an.

Als die ersten Schüsse krachten und neben mir eine Kugel ins Pflaster hieb, da wußte ich, was die Stunde geschlagen hatte. Meine Situation wurde noch schlimmer. Wenn ich jetzt nach vorn lief, war mein Rücken deckungslos den Häschern ausgeliefert.

Doch ich sah eine Chance.

Rechts der Treppe, wo die schmutzigen Fassaden der Häuser in den Himmel wuchsen, sah ich neben der Hauswand einen schmalen Weg, der wohl am unteren Ende um die Treppe herumführte. Den mußte ich nehmen.

Ein Sprung brachte mich auf den schmalen Weg. Dabei rammte ich mit der Schulter gegen die Hauswand, doch das war jetzt von zweitrangiger Bedeutung. Erst einmal ging es um mein Leben.

Neben mir befand sich eine schmale braune Tür. Und sie war offen. Bevor ich etwas unternehmen konnte, wurde sie weiter aufgestoßen, und durch den Spalt schob sich ein Arm. Plötzlich krallten sich fünf Finger an meiner Schulter fest, und eine heisere Stimme flüsterte: »Schnell, Signore, schnell!«

Ich überlegte nicht mehr lange, sondern ließ mich in das Haus ziehen.

Zuerst fiel mir die Kühle auf. Sie war eine Wohltat nach der Hitze. Ich atmete tief durch, hatte aber keine Zeit, mich in dem winzigen Raum umzusehen, denn die Frau zog mich weiter. Von ihr sah ich nur den gebeugten Rücken und ein langes, dunkles Kleid, das bis zu den Knöcheln reichte. Um den Kopf hatte sie ein Tuch geschlungen. Sie zog mich in einen zweiten Raum, wo auf einem kleinen Altar mehrere Kerzen brannten. Es roch nach Wachs und Weihwasser.

Ich sah die Öffnung im Boden.

»Da hinunter, Signore!«

Ich zögerte einen Augenblick, doch die Frau schüttelte heftig den Kopf und drängte mich an den Rand. »Bitte, Signore, tun Sie es. Wirklich.«

Hatte ich eine Wahl? Kaum. Ich nickte und suchte die Leiter, über die ich in die Tiefe gehen konnte.

»Sie müssen springen.«

Ich vertraute dem Wort der Frau und sprang in die Dunkelheit. Es war wirklich nicht sehr tief. Als ich aufkam und dabei nach vorn fiel, wurde es über mir bereits wieder dunkel. Die Frau hatte die Klappe auf die Öffnung gelegt.

Im Stockfinstern blieb ich auf dem kühlen, gestampften Lehmboden erst einmal sitzen. Nur äußerst schwach zeichneten sich die Umrisse der Falltür über mir ab.

Ich traute mir jedoch zu, sie mit einem Sprung zu erreichen.

Allmählich nur beruhigte sich mein Atem. Meine gute körperliche Verfassung hatte mich die letzten Minuten überstehen lassen. Und das war gut so.

Ich atmete normal weiter und hielt wenige Sekunden später die Luft wieder an.

Der andere in diesem dunklen Verlies tat es nicht. Deutlich vernahm ich seine Atemzüge.

Eine Gänsehaut rann über meinen Rücken. Da hockte ich in der Dunkelheit, dachte daran, allein zu sein, und war es doch nicht. Ich hatte noch einen Begleiter.

»Hallo?«

Meine Stimme klang leise.

Wieder das Atmen. Diesmal allerdings gemischt mit einem leisen, widerlichen Kichern.

Der oder die Person schien nicht gerade zu meinen Freunden zu gehören.

War ich vom Regen in die Traufe geraten?

Eine zischelnde Stimme. Ich konnte nicht verstehen, was die Person meinte.

Ein mulmiges Gefühl breitete sich in meinem Magen aus. Vor mir in der Dunkelheit konnte jeder hocken. Ein Ghoul, ein Zombie, ein Mensch.

Ich wollte es wissen. Leider hatte ich die große Lampe im Wagen gelassen, so stand mir nur meine Bleistiftleuchte zur Verfügung, die ich jetzt hervorholte.

Ich streckte den Arm in die Richtung aus, wo ich das Geräusch vernommen hatte. Dann schaltete ich die Lampe ein.

Der Strahl bohrte sich durch die Dunkelheit, zerschnitt sie wie mit einem Messer – und traf.

Nein, es war kein Zombie, kein Ghoul, sondern ein Mensch.

Allerdings ein Irrer.

Und er hielt ein gewaltiges zweischneidiges Messer in seiner rechten Hand …

Vier Männer waren als Wachen zurückgeblieben. Sie hatten ihre Gewehre nicht aus den Händen gelegt, sondern sie gesenkt, so daß die Mündungen auf die am Boden liegenden Menschen wiesen.

Das waren Kara, Myxin und Suko.

Regungslos lagen sie auf der staubigen Erde, und die heiße Sonne brannte vom wolkenlosen Himmel auf ihre Rücken nieder. Sie waren nicht tot, nein, der Strahl hatte sie nur gelähmt und in willenlose Werkzeuge der schwarzen Engel verwandelt. Denn diese drei gehörten ihnen allein, die anderen hatten sie nur zu bewachen oder sie den schwarzen Engeln zuzuführen.

Don Causio erschien wieder. Er schwitzte sehr stark und rieb mit einem Tuch über seinen fast kahlen Kopf, um der Transpiration Herr zu werden, was ihm jedoch nicht gelang. Er ging mit kleinen Schritten, sein Fett schwabbelte hin und her, und sein ganzes Gesicht schien dabei in Bewegung zu sein.

Vor den Männern blieb er stehen und atmete kurzatmig. Er hatte sich umgezogen, trug keinen hellen Anzug mehr, sondern ein dunkles Gewand, das sehr weit geschnitten und auch luftdurchlässig war. Es wallte förmlich um seinen voluminösen Körper.

Die Blicke aus den kleinen, tückischen Augen des Mannes wieselten über die drei am Boden liegenden Menschen. Er schaute sie an, dann seine Männer und dann wieder die Regungslosen. Rot lief sein Gesicht an. »Wo ist der vierte? Der mit den blonden Haaren und mit dem ich gesprochen habe?«

»Sie jagen ihn noch.«

»Heißt das, er ist entkommen?«

»Ja, Don Causio. Er konnte dem Strahl des Kristallschwertes widerstehen.«

Causio wurde blaß. »Er konnte ...?« Dann trat er mit dem Fuß auf. »Das gibt es nicht ...«

»Aber wir haben es gesehen, Don Causio.«

»Wer ist stärker als die schwarzen Engel? Kaum jemand, erst recht kein Mensch. Wenn er wirklich den Strahlen getrotzt hat, ist dieser Blonde kein Mensch, sondern ein Dämon.«

»Vielleicht ein Zauberer«, meinte einer.

»Auch das.« Don Causio lächelte. »Ihr wißt genau, was ihr zu tun habt.« Dabei deutete er mit zwei Fingern auf die Regungslosen. »Packt sie und schleift sie in die Folterkammer. Dort werden sie für die schwarzen Engel weichgemacht, und ich bin sicher, daß ihr Schreien auch den anderen anlockt. Wir brauchen ihn kaum noch zu jagen. Er wird von selbst in die Falle laufen, und dann bin mal gespannt, ob er ein wirklich so großer Magier ist.« Don Causio lachte und schlug in beide Hände. Während sich die Männer bückten, um seine Befehle zu befolgen, suchte er den Himmel ab.

Von den schwarzen Engeln sah er nichts mehr. Ihm schien es, als habe der Himmel sie verschluckt. Das jedoch konnte nicht sein. Die schwarzen Engel hätte nur die Hölle genommen …

Der schmale Lichtfinger traf ihn genau zwischen die Augen, als wollte er einen Punkt in die Haut bohren.

Ich sah das Gesicht. Wirres, dunkles Haar, ein wuchernder Bart, bleiche Haut, und dann die Augen mit dem Blick, der mich schaudern ließ.

Ich habe in meinem Leben schon oft Irre gesehen. Dieser Mann hier war irre oder zumindest nicht weit davon entfernt. Er schien nicht mehr zu wissen, was er überhaupt tat, man hatte ihn eingesperrt wie ein Stück Vieh und ihm nur das Messer gegeben.

Er hockte auf alten Säcken, die verfault waren und stanken, denn in diesem verdammten Verlies herrschte ein widerlicher Geruch, der mir fast den Magen umdrehte.

Nein, das war hier menschenunwürdig, das war einfach grauenhaft, womit ich konfrontiert wurde.

Ich schwenkte den Lichtstrahl ein wenig zur Seite, damit der junge Mann nicht geblendet wurde. Ich wollte ihn nicht reizen oder ihn herausfordern, er sollte ruhig bleiben. Obwohl er nicht mehr voll vom Schein getroffen wurde, sah ich doch sein Gesicht. Und ich ließ ihn auch nicht aus den Augen.

Die Hand mit dem Messer hatte sich noch nicht bewegt. Nach wie vor befand sich die Klinge etwa in

Halshöhe. Er trug dieses Messer nicht umsonst, wahrscheinlich tötete er damit.

Menschen?

Ein schrecklicher Gedanke kam mir, eine schlimme Vermutung. Vielleicht waren er und die Frau Komplizen, und sie versorgte ihn mit neuen Opfern.

In dieser kleinen Stadt war alles möglich. Ich rechnete hier mit dem Schlimmsten.

Noch hatte niemand von uns gesprochen. Wir starrten uns nur an, und auch der Bärtige sagte kein Wort.

Dafür ich. »Wer bist du?«

Er zuckte zusammen, als er meine Stimme hörte, und schüttelte den Kopf. Für mich ein Beweis, daß er keine Antwort geben wollte.

Ich versuchte es auf eine andere Art und Weise, streckte meinen Arm aus und reichte ihm die Hand entgegen. »Ich heiße John«, sagte ich mit leiser Stimme.

Er starrte auf meine Hand. Dann hob er den Blick und schaute mich an.

Verdammt, es fiel mir schwer zu lächeln, aber ich tat es.

Und er reagierte auf seine Weise.

Der Irre stach zu.

Ich sah die Bewegung kaum, das Messer blitzte, und im letzten Moment zog ich die Hand weg, so daß die Klinge meine Finger verfehlte und in den harten Lehmboden rammte, wo sie erst einmal steckenblieb. Als der Irre sie herausziehen wollte, traf ihn mein Tritt.

Der Mann gurgelte auf und fiel zurück. Ich hatte Zeit, das Messer an mich zu nehmen.

Der Bärtige war auf dem Rücken liegengeblieben und hielt sich die Schulter. Sein Mund stand offen. Unartikulierte Laute drangen daraus hervor, in seinen Augen flackerte die Angst, da ich jetzt das Messer besaß. Plötzlich verspürte ich Mitleid.

»Es ist gut, mein Freund«, sagte ich. »Ich tue dir nichts.

Du bist vielleicht der Harmloseste hier. Laß uns Freunde sein!«

Er lauschte dem Klang meiner Stimme, als wäre es ein fernes Glockenläuten. Er erwiderte dabei nichts, und als ich meine Hand in die seine legte, da drückte er zu. Für mich ein Zeichen, daß er dennoch begriffen hatte.

Und auf einmal brach der Damm, der seinen Informationsfluß bisher gestoppt hatte. Der junge Mann fing an zu reden. Ein wahrer Wortschwall brach aus ihm hervor. Ich konnte zwar ein wenig Italienisch, verstand allerdings nichts, weil der Junge zu schnell sprach und noch alles dabei durcheinander warf.

Abrupt stockte sein Redefluß. Er drehte den Kopf und schaute nach oben, wobei er sagte: »Da, da ...«

Es wurde etwas heller. Das Licht meiner Lampe vermischte sich mit dem aus der Luke fallenden. Die Frau hatte die Klappe hochgezogen.

Schemenhaft sah ich ihr Gesicht, wie es als bleiches Oval inmitten des Vierecks schimmerte.

Der Irre sprang auf und reckte seine Arme in die Höhe. Immer wieder sagte er: »Mama, Mama ...«

Da wußte ich Bescheid. Das waren Mutter und Sohn. Sie hatte ihr eigen Fleisch und Blut hier im Keller versteckt, wahrscheinlich, weil er zu gefährlich war.

Ich erhob mich. »Wie sieht es aus?« fragte ich die Frau.

»Sie können hoch.«

Das tat ich auch. In den Knien federte ich durch, dann stieß ich mich ab, sprang, und es gelang mir, meine Hände um den Rand der Luke zu klammern. Mit einem Klimmzug zog ich mich hoch, wo ich neben der Frau stehenblieb.

Ich brachte ihr zwiespältige Gefühle entgegen. Einerseits mußte ich ihr dankbar sein, daß sie mich vor den Verfolgern versteckt hatte, andererseits hatte sie mich in eine weitere Lebensgefahr gebracht, denn mit einem bewaffneten Geistesgestörten auf engstem Raum zusammenzuhocken, ist nicht gerade ein Kinderspiel.

»Luigi«, rief sie. »Bleib ruhig. Ich komme gleich zu dir.« Mit diesen Worten schloß sie die Luke wieder.

Ich schwieg und schaute der Frau zu, wie sie sich vor dem primitiven Holztisch niederließ. Ihr Gesicht wurde vom Schein der Kerzen angeleuchtet. Ich erkannte, daß die Frau allerhand mitgemacht hatte. Das Leben hatte sie gezeichnet. Die Runzeln und Falten in ihrem Gesicht wirkten wie eine Landkarte auf der Haut.

Ich zog das Messer und legte es auf die Fensterbank. »Damit hätte mich ihr Sohn fast getötet«, sagte ich.

Sie hob die Schultern.

»Wollten Sie mich umbringen lassen?«

»Nein, Signore.«

»Dann geben Sie Ihrem Luigi auch nicht so eine gefährliche Waffe in die Hand.«

»Er braucht sie.«

»Wofür?«

Sie hob den Kopf. Ihr Mund bestand aus nur zwei dünnen Strichen. Lippen konnte man sie kaum nennen. »Ich gebe ihm zu Essen. Der Junge muß das Fleisch schneiden.«

»Oder andere töten.«

»Nein, das hätte er nicht getan.«

»Ich habe es rechtzeitig verhindern können«, hielt ich ihr entgegen.

»Es tut mir leid. Der Herr wird mir verzeihen.«

Ich wunderte mich, den Namen Gottes in diesem Ort zu hören, wo doch alles auf Schwarze Magie ausgerichtet war. Diese Verwunderung sprach ich auch aus.

Da lachte die Frau auf. »Nein, nicht alle Menschen folgten den schwarzen Engeln. Die Frauen nicht, sie verbergen sich in ihren Häusern und dürfen nur heimlich auf die Straße. Sie wollen mit den beiden Engeln nichts zu tun haben, aber die Männer, die folgen ihnen, die beten sie an.«

»Und Ihr Sohn?« fragte ich.

»Luigi war Künstler in diesem Dorf. Er war beliebt und sehr gottesfürchtig. Dann kamen die schwarzen Engel, und er stellte sich gegen sie. Sie haben sich gerächt und ihm den Verstand genommen. Ich kann mich noch genau an den Tag erinnern. Don Causio kam mit einem Wagen. Es war ein vergitterter Käfig. Dort sah ich meinen Sohn. Er tobte und schrie. Die anderen lachten, als sie die Käfigtür öffneten und mir meinen Sohn einfach vor die Tür warfen wie einen schmutzigen Lappen. Dabei kamen sie sich noch barmherzig vor, weil sie ihn nicht getötet hatten. Aber es wird eine andere Zeit kommen, dessen bin ich mir sicher. Eine Zeit der Rache und der Abrechnung. Dann sollen die anderen erleben, wie es ist, wenn man gedemütigt wird.«

Sie schaute mich an, und ich nickte meine Zustimmung.

»Ich habe eine Kirche gesehen«, sagte ich. »Hat Nareno keinen Pfarrer mehr?«

»Es ist ein noch traurigeres Kapitel«, erwiderte die verhärmte Frau. »Wir haben einen Pfarrer. Auch er lebt noch, aber er kann nichts tun, denn sie haben ihn geblendet!«

Ich zuckte zusammen. Was diese Frau mir da innerhalb von zwei Minuten mitgeteilt hatte, war verdammt schlimm.

Der Pfarrer geblendet, der Künstler geistesgestört. Die schwarzen Engel und ihre Helfershelfer wußten, wie sie sich die Gegner vom Hals schafften.

»Aber er ist normal – oder?« wollte ich wissen.

»Ja, das schon.«

»Dann könnte ich mit ihm sprechen?«

Die Frau schaute mir ins Gesicht. »Was wollen Sie, Fremder? Fliehen Sie, bleiben Sie nicht. Sie können den

Kampf nicht gewinnen. In dieser Stadt gibt es keine Freunde.«

»Ich habe eine Aufgabe zu erfüllen und werde sie auch durchführen«, erwiderte ich.

»Sie sind todesmutig.«

»Kaum. Wenn Sie mir helfen, wird es vielleicht klappen.«

»Wie sollte ich Ihnen helfen? Ich bin eine alte, ausgebrannte Frau, ich kann nichts mehr.«

»Bringen Sie mich mit dem Pfarrer zusammen.«

»Das geht nicht.«

»Und warum nicht?«

»Wir müßten durch das Dorf. Man würde uns sofort sehen, und dann wären wir erledigt. Das kann ich nicht riskieren, weil ich auf meinen Sohn achten muß.«

Das verstand ich gut und sagte es auch der Frau. Danach bat ich sie, mir den direkten Weg zur Kirche oder zum Pfarrhaus zu beschreiben.

»Sie wollen dort hin?«

»Ja.«

»Das ist Ihr Tod.«

»Ich habe Ihnen bereits einmal von meiner Aufgabe berichtet. Ich werde davon nicht abgehen. Zudem befinde ich mich noch auf der Suche nach drei Freunden, die in dieser Stadt gefangengehalten werden. Ich muß alles wagen.«

Die Frau verstand mich. »Vielleicht ist es besser, wenn Sie gehen. Und vielleicht haben Sie Glück.« Dann beschrieb sie mir den kürzesten Weg zur Kirche.

Ich hörte aufmerksam zu. Zum Glück brauchte ich nicht über den Platz zu laufen, sondern konnte mich durch die engen Gassen bewegen. Ich hoffte nur, daß der Pfarrer mehr über die schwarzen Engel und deren Herkunft wußte. Vielleicht konnte er mir dann helfen, sie zu vernichten und ihr grausames Erbe zu zerstören.

»Der Herr möge Ihnen Schutz und Beistand geben«, sagte die Frau zum Abschied. »Ich werde für Sie beten.«

Das sollte sie.

Es gab in Nareno einen großen und einen kleinen Brunnen. Der größere lag im Zentrum, ungefähr dort, wo sich der Marktplatz befand. Da wollte ich nicht hin, denn an diesem Ort hätte man mich zu leicht entdecken können.

Der kleinere Brunnen war für mich so etwas wie ein Fixpunkt. Von der Stelle aus hatte ich es nicht mehr weit bis zu meinem Ziel. Lange wollte ich mich bei dem Pfarrer nicht aufhalten, denn ich wußte auch meine Freunde in Gefahr. Sie befanden sich in den Händen eines gefährlichen Mannes, und den schwarzen Engeln würde es Spaß bereiten, sie zu töten.

Noch immer war das kleine Dorf ein einziger Backofen. Obwohl die Sonne ein wenig weitergewandert war, brannte sie nach wie vor vom wolkenlosen Himmel. In den Gassen tanzte die heiße Luft. Mir brach augenblicklich der Schweiß aus allen Poren, jede Bewegung erforderte eine doppelte Anstrengung.

Wenn ich ein paar Yards gelaufen war, suchte ich jeweils in Hauseingängen Deckung und schaute nach, ob die Luft rein war. Bis jetzt hatte ich Glück gehabt, kein weiterer Verfolger war mir in die Quere gekommen. Unangefochten konnte ich die enge Gasse hinunterlaufen, die mich zum ersten Etappenziel, dem kleinen Brunnen, brachte.

Schon bald sah ich ihn.

Er stand auf einem kleinen Platz, war aus Stein gebaut, rund, und auf der Oberfläche des Wassers schwammen Blätter und Holzstückchen.

Der Brunnen befand sich an einer Gassenkreuzung.

Nicht einmal spielende Kinder hielten sich dort auf, einsam und verlassen stand der Brunnen in der Sonnenglut.

Ich passierte ihn.

Von mir aus gesehen mußte ich die linke Gasse nehmen. Sie führte an die Rückseite der Kirche, wo auch das kleine Pfarrhaus lag. Rasch lief ich den Weg, erreichte die tiefste Stelle des Dorfes und orientierte mich nach rechts, wo eine Zypresse stand. Von ihr hatte die Frau ebenfalls gesprochen. Ich mußte an dem Baum vorbei und sah links von mir eine mannshohe weiße Mauer, die aus unterschiedlich großen Steinen gebaut worden war. Sie umgab den kleinen Friedhof des Dorfes, der sich direkt an das Pfarrgelände anschloß.

Ich wunderte mich, daß mir keiner der Männer über den Weg gelaufen war. Die Häscher hatten sich seltsamerweise sehr zurückgehalten. Sie führten irgend etwas im Schilde, denn daß sie aufgegeben hatten, daran wollte und konnte ich nicht glauben.

Ich ließ auch den Friedhof hinter mir und sah dann die kleine Kirche aufragen.

Auch sie war aus weißen Steinen erbaut, hatte einen viereckigen Turm, der oben mit einigen Fenstern versehen war. Durch eines konnte ich die Glocke sehen.

Die Tür zur Kirche stand offen.

Das wunderte mich ein wenig, denn der Vorplatz war frei. Es kam niemand, um den Gottesdienst zu besuchen. Voll trafen die Sonnenstrahlen die kleinen, hellen Steine auf dem Platz, mit denen er bedeckt war.

Es blieb mir keine andere Möglichkeit. Bevor ich das neben der Kirche stehende Pfarrhaus in Augenschein nahm, wollte ich erst im Gotteshaus nachschauen, ob ich den Pfarrer nicht dort fand.

Ich löste mich aus meiner Deckung und lief hastig über den Platz. Mit einem Sprung überwand ich die Eingangsschwelle und tauchte in das kühle Kirchenschiff.

Die Kirche war ziemlich klein. Deutlich hoben sich vom hellen Boden die dunkelbraunen Bänke ab. Sie waren leer. Niemand saß dort und betete.

Ich wagte mich ein paar Schritte vor und blieb neben einer Säule stehen. Von dieser Stelle aus hatte ich einen guten Blick auf den Altar.

Ich erschrak.

In Geschichtsbüchern hatte ich Bilder von zerstörten Altären gesehen, von geplünderten Klöstern während der Säkularisationszeit, aber in natura hatte sich mir dieses Bild bisher noch nicht geboten.

Hier war dieser Alptraum zur Realität geworden.

Die Gegner der Kirche hatten den Altar brutal zerstört und buchstäblich zerhackt. Auch waren Bilder von den Wänden gerissen worden, es gab kein Kreuz mehr, keinen Tabernakel. Mir kam es vor, als hätten im oberen Kirchenschiff die Vandalen gehaust.

Etwas vereiste in meinem Innern.

Ich bin ein Mensch, der jede Religion respektiert. Den gleichen Respekt brachte ich auch den Religionen der Naturvölker entgegen, und mir wäre es nie in den Sinn gekommen, den Altar oder die Kultstätte irgendeiner fremden Glaubensgemeinschaft zu zerstören. Die, die das hier getan hatten, besaßen keine Moral mehr, sie waren wirklich Gefolgsleute des Bösen, Abkömmlinge der Hölle.

Hart preßte ich die Lippen zusammen. Selbst aus dieser Entfernung war zu sehen, daß die Zerstörung noch nicht lange her sein konnte.

Und wo steckte der Pfarrer?

Plötzlich spürte ich ein drückendes Gefühl in der Magengegend. Ich ahnte die Gefahr, die sich unmittelbar um mich herum verdichtet hatte. Sie lauerte in der Nähe und war bereit, zuzuschlagen.

Und dann hörte ich die Stimmen.

Sie drangen nicht von außen an mein Ohr, sondern erklangen innerhalb der Kirche auf. Aber auch nicht vor mir, sondern über mir, wo sich der Turm befand.

Dort waren Menschen!

Ein paar Schritte ging ich weiter und entdeckte eine schmale Tür, hinter der die Treppe nach oben liegen mußte.

Als ich die Tür aufzog, stellte ich fest, daß ich mit meiner Vermutung richtig gelegen hatte.

Eine Wendeltreppe wand sich durch den Turm in die Höhe. Die Stufen bestanden aus Stein, waren ziemlich hoch und auch eng. Zur linken Hand befand sich ein Geländer aus Schmiedeeisen mit einem schon leicht angerosteten Handlauf.

Ich stieg die Treppe hoch.

Auf Zehenspitzen ging ich, denn niemand sollte hören, daß sich von unten her jemand näherte.

Die Stimmen wurden lauter, je mehr Stufen ich hinter mir ließ. Ein häßliches Lachen drang an meine Ohren und dann eine rauhe Stimme, die das Läuten der Glocke befahl.

Er hatte die Worte kaum ausgesprochen, als es schon geschah. Die Kirchenglocke schlug.

Überlaut hörte ich das Geräusch.

Ich brauchte selbst nicht mehr darauf zu achten, mich leise zu bewegen, das Dröhnen der Kirchenglocke übertönte alles.

Vier Wendel hatte ich hinter mir. In meinem Kopf klangen die Echos der schweren Glockenschläge wider.

Noch ein Wendel, dann mußte ich mein Ziel erreicht haben.

Ich nahm die restlichen Stufen.

Wie vor eine Wand gelaufen blieb ich stehen, denn die Szene, die sich meinen Augen bot, war so grauenhaft und unglaublich, daß sie mein Gehirn gar nicht fassen konnte.

Es waren vier Männer, herzlose Männer, die den Pfarrer am Glockenseil erhängt hatten. Durch sein Gewicht schwang die Glocke hin und her ...

Früher wurde in den unterirdischen Gewölben Wein gelagert. Aber das war lange her. Das Land war längst nicht mehr fruchtbar genug, um soviel Wein abzugeben, daß er lange gelagert und danach verkauft werden konnte.

Don Causios Vorfahren hatten dies frühzeitig genug erkannt und den Weinhandel aufgegeben.

Der Keller aber war geblieben und umfunktioniert worden zu einer Kammer des Schreckens.

Don Causio, der erste Diener der schwarzen Engel, war durch Italien gefahren und hatte das gesammelt, wofür sein Herz schlug.

Folterinstrumente!

Don Causio liebte das Mittelalter mit all seiner Pracht und mit all seinen Schrecken. Schon als kleiner Junge war er von den uralten Folterkammern fasziniert gewesen, und er hatte nie eine Burgführung ausgelassen, wenn sie auch in die Folterkeller führte.

Er wußte um das schreckliche Erbe der Borgias, kannte deren Methoden und hatte sie noch verfeinert und genauer studiert. In dieser Folterkammer erlebten Don Causios Feinde die Hölle.

Hier hatte er Menschen zum Wahnsinn getrieben oder geblendet, denn dieses Reich hatte bisher kein Unbefugter ohne Schaden zu nehmen verlassen können.

Und nun hatte er drei neue Opfer für die Folterkammer.

Zwei Männer und eine Frau!

Gelähmt waren sie durch die starke Magie der schwarzen Engel. Die beiden wußten genau, was sie ihrem Diener schuldig waren und womit sie ihm einen Gefallen erweisen konnten.

Don Causio kicherte, als er die letzten Stufen der alten Steintreppe hinter sich ließ und sein Reich betrat. Er hatte bewußt nichts modernisiert, sondern alles so gelassen, wie seine Vorfahren es erbauten.

Im Keller gab es kein elektrisches Licht, kein fließendes Wasser und keine Lichtschächte.

Hier herrschten die Dunkelheit und das Grauen. Dicke Wände schluckten die Schreie der Menschen, niemand sah und hörte, was tief unter der Erde geschah.

Don Causio machte Licht.

Er hielt eine brennende Fackel in der Hand. Die Flamme tanzte über dickes Pech und verbreitete einen ätzenden Geruch. Don Causio bewegte sich nach links und ging dort an der Wand entlang, wo die dicken Kerzen in eisernen Haltern standen.

Kerze für Kerze zündete er an. Er tat dies mit einer pedantischen Akribie und erfreute sich daran, wenn ein immer größerer Teil des Raumes erhellt wurde.

Andere wären vor Schreck geflohen, aber Don Causio fühlte sich in seinem Element.

Der zuckende Widerschein der Flammen tanzte über die Folterinstrumente. Obwohl sie schon sehr alt waren, hatte Don Causio sie sehr gepflegt und sozusagen auf Hochglanz gebracht. Er hatte die vom Zahn der Zeit zerstörten Teile ausgewechselt und durch neue ersetzt. Da war die Streckbank ebenso in Ordnung wie das Rad oder andere Foltergeräte. In dem Kohlenbecken lag frisches Material, die Tür zur eisernen Jungfrau stand offen. Sie gewährte einen Blick auf die Eisenstifte, die an der Innenseite der Tür angebracht worden waren.

Die Decke des Gewölbes war ziemlich hoch. Auch an ihr waren Haken und Ösen angebracht, durch die Taue und Stahlseile führten, wobei alle ihre bestimmte schreckliche Funktion hatten. Don Causio hatte die Kerzen entzündet und sah sich in seinem Reich um.

Daß er zufrieden war, konnte man seinem Nicken entnehmen, als er die Pechfackel schließlich in einen Halter stellte, wo sie langsam weiterbrannte.

Er seufzte und wischte sich über das Gesicht. Es tat gut zu wissen, daß letzten Endes alles gut verlaufen war. Die schwarzen Engel würden siegen, dafür hatte er gesorgt.

Jetzt fehlte nur noch das Wichtigste. Die drei Fremden, die in dieser Folterkammer den Tod erleiden sollten.

Don Causio stieg die Treppe hoch. Es war das einzige, das er haßte. Diese lange Treppe, die ihm so viele Schwierigkeiten bereitete, denn wegen seiner Körperfülle tat er sich schwer, die Stufen nach oben zu steigen. Er geriet dabei immer außer Atem, doch die Vorfreude auf das, was bevorstand, ließ ihn die Mühe dann sehr schnell wieder vergessen.

Oben blieb er stehen. Die Tür stand offen. Er konnte einen Blick in die große Halle werfen, die die untere Etage dieses prachtvollen Hauses beherbergte.

Der Boden war mit kostbarem Marmor ausgelegt, der auch bei der größten Hitze kühl blieb. Vorhänge dunkelten die Fenster ab, damit gerade noch soviel Licht hereinfiel, um sich orientieren zu können. Die Gefangenen lagen auf dem Boden.

Von den Dorfbewohnern waren sie hereingeschleppt und nebeneinander gelegt worden.

Sie rührten sich nicht.

Hinter ihnen standen die vier Männer, kräftige Burschen.

Don Causio lächelte.

Die Leute gehorchten ihm, und das war gut so. Sie alle waren von ihm abhängig, er hatte dafür gesorgt, daß sie zu Dienern der schwarzen Engel wurden.

»Wo ist der vierte?« fragte Don Causio abermals.

»Wir suchen ihn noch.«

»Was heißt wir?« Causio wurde ärgerlich. »Andere suchen ihn, oder nicht?«

»Ja.«

Don Causio nagte auf seiner Lippe. Er dachte hin und her. Lange wollte er nicht mehr warten, deshalb hatte er sich entschlossen, die drei schon vorher in die Folterkammer zu schaffen. Wenn sie schrien, würde sich der vierte freiwillig zeigen.

»Bringt sie nach unten!« befahl er.

Die Männer nickten und bückten sich. Einer war besonders stark. Er hievte Suko hoch, packte ihn unter den Achseln und schleifte ihn auf die Treppe zu.

Der Chinese war blaß. Sein Gesicht schien eingefroren zu sein. Die Magie der schwarzen Engel hatte ihn sehr hart getroffen.

Wenig später befanden sich die drei Gefangenen in der Kammer.

Don Causio blieb stehen und rieb seine Hände mit den kleinen Wurstfingern. »So«, sagte er. »Jetzt wollen wir mal sehen, wo wir euch hinschaffen.«

Er schaute sich um.

Die Streckbank vielleicht für diesen Chinesen und das Rad für die Frau? Durchaus möglich. Dann blieb noch dieser Kleine mit der grünlich schimmernden Haut. Aus ihm wurde Don Causio überhaupt nicht schlau, er war ein seltsamer Mensch, falls man ihn als Mensch bezeichnen konnte.

Don Causio nickte. Ja, die ersten Überlegungen waren wohl die besten gewesen.

Er gab seinen Männern ein Zeichen, die dies sofort verstanden.

Suko wurde hochgewuchtet. Wenig später lag sein Körper auf der Streckbank. Arme und Beine wurden festgebunden. Die Stricke umschnürten seine Gelenke.

Dann kam Kara an die Reihe. Auch bei ihr hatte sich Don Causio nicht anders entschieden.

Die Schöne aus dem Totenreich wurde auf das Rad gespannt.

Blieb Myxin.

Für ihn hatte Don Causio einen Bottich vorgesehen, in den der kleine Magier gesteckt wurde. Dieser Bottich hatte an den Innenwänden lange Stahlnägel, die durch außen angebrachte Schrauben verstellt werden konnten. In der Mitte befand sich eine Öffnung, damit ein Mensch dort hineinpaßte.

Myxin paßte.

Die Nägel befanden sich so dicht an seinem Körper, daß er sich nicht rühren konnte, ohne sich zu verletzen.

Eine wahrhaft teuflische Methode und von einem Teufel in Menschengestalt erdacht. Don Causio war zufrieden. Und auch die schwarzen Engel würden zufrieden sein, denn er hatte ihnen den Weg geebnet und ihnen die Feinde ausgeliefert. Sollten die Engel sehen, was sie mit ihnen anstellten.

Aber ausprobieren konnte er die Geräte.

Er trat an das Rad. Seine vier Helfer hielten sich im Hintergrund des Gewölbes auf. Sie wußten, was folgen würde, und bisher hatte sich niemand von ihnen eingemischt.

Don Causio wollte das Rad drehen.

Im selben Augenblick hörte er die Glocken läuten. Seine Hand, die schon den Griff berührt hatte, zuckte wieder zurück. Er selbst duckte sich zusammen, legte den Kopf schief und lauschte mit angespannten Sinnen.

Ja, das waren die Kirchenglocken, die um diese Zeit läuteten. Aber weshalb? Das war seit Monaten nicht mehr geschehen. Der Pfarrer konnte es nicht mehr, ihn hatten sie aus dem Weg geschafft. Also mußte etwas anderes dahinterstecken.

Ob dieser Blonde das vielleicht war?

Nur schwach waren die Klänge zu hören, sie glichen einem verwehenden fernen Echo, aber es waren Glocken. Don Causio lauschte ihnen nach. Als sie nicht mehr zu hören waren, wandte er sich wieder dem Rad zu, auf das er die Frau hatte spannen lassen.

Er schaute ihr ins Gesicht.

Diese Frau war eine Schönheit. Ihr Haar schimmerte dunkel wie das Gefieder eines Raben, das Gesicht war ein wenig blaß, die Wangenknochen sprangen etwas vor, die Augen erinnerten Don Causio an zwei dunkle Rotweintrauben. Auch wenn sie sie jetzt geschlossen hielt, bei der ersten Begegnung hatte der Mann die Farbe genau gesehen.

Er dachte daran, daß es eine Frau bei ihm nie lange ausgehalten hatte. Don Causio hatte auch immer nur genommen, nicht gegeben, und den Fehler wollte er nicht einsehen. Für ihn waren die Frauen mehr Sklavinnen als Partnerinnen, es zählte nicht Liebe, sondern Gewalt. Als Causio Kara jetzt sah, da wurde er wieder von dem Gefühl übermannt, die Frau besitzen zu wollen, als sein Eigentum. Und er dachte sofort daran, sie zu zwingen.

Sie trug ein langes, violettes Kleid. Der Stoff war sehr dünn, doch da er in mehreren Bahnen übereinander lag, war er nicht durchsichtig.

Don Causio streckte seine Hand aus. Er sah, daß die schwarzhaarige Frau unter den beiden ersten Stoffbahnen einen Gürtel trug.

Was war der Grund?

Mit spitzen Fingern faßte Don Causio zu und schlug die beiden Lagen auseinander.

Seine Augen wurden groß. Die Frau – und das hatte er bisher nicht bemerkt – versteckte unter dem Kleid eine Waffe.

Ein Schwert!

Es steckte in einer Scheide. Als der Diener des Bösen genauer hinschaute, sah er die Klinge, die aus Gold bestand.

Unwillkürlich stockte sein Atem.

Ein Schwert mit einer goldenen Klinge. So etwas hatte er noch nie gesehen.

Wie kam die Frau daran?

Egal, jetzt befand sie sich in seiner Gewalt, und alles, was ihr gehörte, ging nun in seinen Besitz über. Auch das Schwert mit der goldenen Klinge.

Don Causio schaute genauer hin.

Die Klinge war nicht so breit wie bei einem normalen Schwert, sondern viel schmaler. Sie glich eher der eines Degens.

Das Herz des Mannes klopfte schneller. Dieses Schwert faszinierte ihn noch mehr als seine Trägerin. Er mußte es einfach besitzen. Wie von selbst fand seine Hand den Griff, umklammerte ihn und wollte das Schwert aus der Scheide ziehen.

Da schlug Kara die Augen auf!

Es gibt Szenen, da ist man einfach sprachlos vor Entsetzen und Grauen.

So erging es mir.

Im ersten Moment war ich unfähig zu handeln. Ich starrte auf den Mann, den diese vier Menschen am Glockenseil aufgehängt hatten, und der noch nicht tot war.

Nicht tot!

Ich hörte ihn nicht atmen, dazu war der Glockenklang zu laut, aber ich sah, wie er sein Gesicht bewegte, seinen Mund, die Lippen, wie die Wangen zuckten.

Und da drehte ich durch.

Meine eigene Sicherheit war plötzlich zweitrangig

geworden. Hier ging es um mehr, und ich kam über die Männer wie eine Sturmbö.

Der erste wurde von meinem Faustschlag regelrecht durch die Luft katapultiert und riß einen weiteren um. Dadurch hatte ich freie Bahn und außerdem das Glück, daß der Pfarrer soeben auf mich zuschwang und ich ihn packen konnte.

Mit beiden Händen hielt ich ihn fest, umklammerte dann seinen Rücken und streifte ihm mit der freien rechten Hand die Schlinge über den Kopf. Das alles nahm nicht mehr als drei Sekunden in Anspruch. Ich ließ den Pfarrer zu Boden fallen und sah den dunkelroten Ring an seinem Hals, wo die Schlinge gesessen hatte.

Er hatte sich schräg in die Haut gebrannt und einen Abdruck hinterlassen.

Aber gerade diese Schräge bewies mir, daß die vier Männer keine Fachleute waren, so makaber sich dieser Satz auch anhört. Wären sie es gewesen, dann lebte der Geistliche sicherlich nicht mehr.

Einen Gegner hatte ich ausgeschaltet. Meinen Faustschlag hatte er nicht überstanden. Der Mann war bewußtlos am Boden liegengeblieben und rührte sich nicht.

Drei blieben noch übrig, und die hatten ihre Überraschung nun verdaut. Für sie war ich der Eindringling, der Feind, der ihnen den Lohn ihrer »Arbeit« nahm.

Ein Kampf war nicht mehr zu vermeiden.

Viel Platz hatten wir nicht, denn auf dem Glockenturm herrschte eine ziemliche Enge. Durch die kleinen Fenster fiel genügend Licht, um alles überblicken zu können. Das Holzgestänge der Glocke befand sich über unseren Köpfen, ansonsten waren die Wände glatt und weiß. Es existierten nirgendwo Halterungen oder Griffe, wo ich mich hätte abstützen können.

Die schmale Wendeltreppe begann hinter mir. Zwei

Schritte, mehr Distanz befand sich nicht zwischen ihr und mir.

Die Gegner griffen an.

Sie besaßen zwar Waffen, aber die hatten sie zur Seite gelegt, als sie den Pfarrer hängen wollten. Für mich erwies sich das nun als Vorteil. Ich ließ sie auch gar nicht erst dazu kommen, die Waffen aufzuheben, denn ich zog meine Beretta und führte die Waffe in einem Halbkreis von links nach rechts.

»Va bene, amici, und nun hebt schön die Hände!« Meine Stimme klang scharf und unterstrich die Worte noch.

Ratlos schauten sie sich an.

»Hoch die Pfoten!« schrie ich. Ich rief gegen das langsame Ausschwingen der Glocken an.

Sie gehorchten zögernd. Diese Männer standen zwar unter dämonischem Einfluß, aber gewisse Spielregeln kannten sie noch immer. Sie wußten, daß sich derjenige, der die Waffe in der Hand hielt, in der stärkeren Position befand.

Zwischen den Männern und mir lag der Pfarrer. Er stöhnte und griff sich an den Hals, wo der Strick seine Zeichen hinterlassen hatte. Dort mußte er starke Schmerzen verspüren.

Den Männern Fragen zu stellen hatte keinen Sinn. Erstens hätte mich das zu lange aufgehalten, und zweitens hätten sie sie mir sicherlich nicht beantwortet.

Deshalb hatte ich mich für die einfachste Lösung entschieden. Ich wollte sie ausschalten.

»Umdrehen!«

Sie verstanden den Befehl wohl, aber sie gehorchten nicht, sondern blieben stehen.

Und dann hatte ich Pech.

Jemand kam mir in die Quere, mit dem ich überhaupt nicht gerechnet hatte. Es war der Pfarrer. Eigentlich trug ich die Schuld, denn ich hätte daran denken sollen, daß der Mann geblendet worden war und nichts sehen konnte.

So aber passierte es.

Am Boden liegend tastete der Pfarrer umher, fand auch mein Bein, und bevor ich mich versah, hakten sich seine Finger im Stoff der Hose fest. Ich geriet ins Taumeln und verlor deshalb für wenige Sekunden die Übersicht.

Das war natürlich die Chance für die drei Kerle.

Wie die Geier stürzten sie sich auf mich.

Ich hatte noch mit dem Gleichgewicht zu kämpfen, als ich von zweien gleichzeitig angesprungen wurde und zu Boden fiel. Sie krachten auf mich, und ich spürte ihre Füße, die meinen Leib trafen. Zudem schlug ich auch noch mit dem Hinterkopf gegen den Boden und sah Sterne vor meinen Augen platzen.

Danach ging es mir schlecht.

Die Kerle wußten, wie sie mich fertigmachen konnten. Einer hatte sich auf meine Beine gehockt, der andere saß auf meiner Brust, winkelte jetzt den Arm an und preßte mir das Stück zwischen Handgelenk und Ellbogen gegen die Kehle.

Ich sah noch den dritten, der sich über den blinden Pfarrer gebeugt hatte und ihn hochriß.

Er wollte ihn umbringen!

Was die anderen nicht geschafft hatten, das wollte der dritte nun vollenden und den Pfarrer aufhängen.

Dieses Wissen beschleunigte meine Reaktion und verdoppelte meine Kräfte. Ich mußte diese verdammten Kerle loswerden. Leider kam ich nicht an meine Beretta heran. Sie war mir beim Fall aus den Fingern gerissen worden.

Der Kerl über mir drückte mit aller Kraft gegen meinen Hals. Ich hatte die Augen aufgerissen und starrte in ein schweißfeuchtes Gesicht, in dem ein dichter Bart wuchs.

Aus dem Mund drang mir eklig riechender Atem ins Gesicht. Es roch nach scharfen Gewürzen, faulig und einem Hauch von Knoblauch.

Die rechte Hand bekam ich frei, weil der Typ, der mir auf den Beinen hockte, für einen Augenblick nicht achtgab. Sofort krümmte ich sie und hämmerte sie dem anderen in den Nacken.

Der Schlag wurde durch den Jackenkragen gemildert, trotzdem zuckte der Typ zusammen und verzog das Gesicht.

Ein zweiter Schlag traf ihn. Und ein dritter. Ich war durch die erste Reaktion ermutigt worden.

Der Mann riß seinen Mund noch weiter auf. Er zuckte förmlich hoch, sein Arm verschwand von meiner Kehle, und den nächsten Hieb führte ich mit dem Ellbogen aus.

Die Spitze traf ihn in das Dreieck der Brustgrube.

Eine Sekunde später hatte ich Platz. Der mordwütige Mensch krachte neben mir zu Boden.

Blieb noch der andere.

Er saß weiterhin auf meinen Beinen, aber er hatte plötzlich ein Messer gezogen.

Stoßbereit hielt er die Waffe in der Hand und hieb damit zu, als ich meinen Oberkörper in die Höhe schwang, wobei ich meinen rechten Arm ausstreckte.

Mit der Hand fing ich den herabsausenden Arm ab. Eine Armbreite zitterte die Klinge vor meinem Gesicht. Durch diesen Angriff hatte er auch sein Gewicht verlagert, so daß ich mit dem linken Bein freikam.

Ich zog es unter dem Mann hinweg, winkelte es an und trat zu. Der Tritt traf ihn an der Seite und schleuderte ihn von mir weg zu Boden, wo er sich zusammenkrümmte.

Ich sprang auf.

Trotz dieser langen Beschreibung hatte der Kampf nur Sekunden gedauert. Diese Zeitspanne hatte der dritte Mann zu nutzen gewußt. Er wollte den Auftrag unbedingt ausführen und den Pfarrer erhängen. Fast hatte er ihn soweit.

Der Geistliche war einfach nicht in der Lage, sich zu wehren. Seine Kräfte reichten nicht aus. Er stemmte sich zwar gegen den Boden, doch der Griff des anderen war bedeutend stärker. Der Mann riß ihn kurzerhand mit. Er hatte auch schon die Schlinge gepackt, als ich bei ihm war.

An der Schulter schleuderte ich ihn herum.

Für den Bruchteil einer Sekunde schaute ich in sein überraschtes Gesicht, dann traf ihn eine Linke und eine Rechte hinterher.

Plötzlich spielte er Segelflieger. Verzweifelt ruderte er mit den Armen, wollte sich fangen, torkelte zurück und übersah den Durchgang zur Wendeltreppe.

Er stieß nicht einmal einen Schrei aus, als er die erste Stufe verfehlte. Der Mann verschwand, ich hörte den mehrmaligen Aufprall und das Klatschen, dann war von diesem Kerl nichts mehr zu sehen.

Ich atmete auf.

Langsam drehte ich mich um.

Vier Gegner hatte ich ausgeschaltet. Ein verdammt mühseliges Stück Arbeit. Einer war bewußtlos, die anderen lagen stöhnend am Boden, sie erholten sich nur schwer von den Treffern.

Ich hob die Beretta auf, steckte die Messerklinge in einen Spalt, zertrat sie und kümmerte mich dann um den geblendeten Geistlichen.

Er lehnte zitternd an der Wand, hatte seine Hände gegen die Wangen gepreßt und stöhnte dabei. Fürsorglich legte ich meinen Arm um seine Schultern.

Er spürte die Berührung und zuckte zusammen.

»Keine Angst«, sagte ich zu ihm, »die Gefahr ist gebannt.«

Er lauschte dem Klang meiner Stimme nach und fragte

dann: »Wer sind Sie? Ich kenne Sie nicht. Ich habe Sie noch nie gehört. Sind Sie ein Fremder?«

»Ja.«

»Sie kommen nicht aus diesem Land?«

»Nein, Herr Pfarrer.«

»Und was wollen Sie hier?«

»Den Teufelsspuk beenden.«

Da lachte er bitter auf.

»Das, Signore, wollte ich auch einmal, aber ich war zu schwach. Selbst mit der Hilfe des Herrn habe ich es nicht geschafft, doch seine Wege sind oft sehr rätselhaft und auch weise.«

»Vielleicht können wir es gemeinsam schaffen.«

»Nein, daran glaube ich nicht. Sie sind zu grausam und auch zu stark. Der Teufel hat diese Stadt in Besitz genommen und die Menschen zu seinen Dienern gemacht. Aber ich vergebe ihnen, denn sie wissen ja nicht, was sie tun.«

»Aber Sie wissen, wie alles geschehen ist?« fragte ich.

»Ja, das weiß ich.«

»Würden Sie es mir erzählen?«

Der Pfarrer hob den Kopf und legte ihn gleichzeitig schief. Er schaute mich aus seinen toten Augen an, und dieser Anblick ging mir unter die Haut.

Dann sagte er: »Sie haben das Haus des Herrn entweiht, sie haben es zerstört und alles zerschlagen, aber sie werden den Glauben nicht zerstören. Was Jahrhunderte gehalten hat, das wird auch in den nächsten Jahren Bestand haben. Wir sind die Ecksteine des Glaubens, und wir halten daran fest.«

Es waren starke, mutige Worte. Ich bewunderte den Pfarrer, der in dieser Situation die Kraft und den Mut fand, so zu reden. Ich hätte es nicht geschafft.

»Darf ich Ihren Namen wissen, mein Sohn?«

»John Sinclair.«

»Das klingt englisch.«

»Ich komme auch aus London.«

»Dann hat dich ein weiter Weg zu uns geführt, mein Sohn. Aber wie sagt der Herr? Kein Weg ist zu weit, kein Berg ist zu hoch, und kein Meer ist zu tief, als daß der Retter nicht zu euch kommen könnte. Gehen wir, mein Sohn, durch dich habe ich Mut gefunden, den Weg zu gehen, der vorgezeichnet ist. Der Herr hat mich auf wundersame Weise vor dem Tod gerettet, er wird mich auch weiterhin beschützen.«

Der Pfarrer faltete die Hände. Ein kurzes Gebet drang über seine Lippen.

Bewundernd schaute ich auf den schon älteren Mann mit den schlohweißen Haaren, die wie ein krauser Kranz seinen Kopf umgaben. Trotz der Falten spiegelte sich im Gesicht noch jugendliche Frische. Der Pfarrer gehörte zu den Älteren, die innerlich jung geblieben waren. Man fand immer wieder solche Menschen, und ich hatte jedesmal meine Freude daran. Das beste Beispiel war da wohl meine Freundin Sarah Goldwyn, die Horror-Oma. Was sie allein für eine Energie aufbrachte, war schon sagenhaft.

Bevor wir gingen, hatte ich noch eine Aufgabe zu erledigen.

Einige der Kerle waren mir inzwischen schon zu munter geworden. Mit wohl dosierten Schlägen schickte ich sie ins Reich der Träume.

Das war erledigt.

Dann stiegen wir die Treppe hinunter, wobei ich den Pfarrer am Arm faßte und ihn führte.

Auf halber Höhe lag der, den meine Hiebe die Stufen hinuntergefegt hatten. Im ersten Augenblick hatte ich die Befürchtung, daß er nicht mehr lebte, doch als ich dann genauer hinschaute, stellte ich fest, daß er in tiefer Bewußtlosigkeit lag. Das beruhigte mich sehr, schließlich war dieser Mann kein Dämon, sondern nur ein irregeleiteter Mensch.

Gespannt war ich darauf, was mir der Pfarrer zu berichten hatte. Vielleicht wußte er sogar die Lösung ...

Don Causio erstarrte!

Doch nur für einen Moment. Dann zuckte seine Hand zurück, als hätte sie einen Stromstoß erhalten.

Die Frau hatte die Augen geöffnet!

Unglaublich!

Don Causio war durcheinander. Er wußte aus Erfahrung, daß die Magie der schwarzen Engel so lange anhielt, bis sie selbst erschienen und sie auflösten.

Und diese Frau war stärker.

Causio trat einen Schritt zurück. Er spürte eine Woge in sich hochsteigen und gestand sich selbst ein, daß es die Angst war, die ihn da gepackt hielt. Angst hatte er an sich nie verspürt, er hatte sich immer auf die Engel und deren Schutz verlassen, doch nun mußte er völlig allein mit dem Problem fertig werden, denn auf seine beiden Männer konnte er nicht zählen.

Don Causio schwitzte. Er starrte auf Kara, die zwar aus dem tiefen magischen Schlaf erwacht war, sich dennoch erst zurechtfinden mußte. Sie hatte dabei das Gefühl, daß ihr Körper in Eis gelegen hätte und jetzt langsam auftaute. Bewegen konnte sie sich nicht, aber das hing nicht mit ihrem vergangenen Zustand zusammen, sondern dafür trugen allein die Fesseln die Verantwortung, die sowohl ihre Hand- als auch ihre Fußgelenke umspannten.

Und ihre Lage war äußerst unbequem.

Erst jetzt merkte sie, daß dieser menschliche Satan sie auf ein Folterrad gespannt hatte. Die Stricke schnitten ins Fleisch.

Aus eigener Kraft war es ihr unmöglich, sich zu befreien, dies erkannte sie sehr deutlich.

Der Mann stand vor ihr.

Die Blicke trafen sich, und Kara sah sehr wohl, daß dieser Don Causio durcheinander war. Irgend etwas mußte ihn aus dem Konzept gebracht haben.

»Wer bist du?« fragte Don Causio.

Kara vernahm die Worte und sammelte all ihre Kräfte, um antworten zu können. »Ich heiße Kara, aber den Namen kennst du ja bereits.«

»Ja.« Er wollte noch etwas sagen, holte auch schon Luft, doch er fand wohl nicht die richtigen Worte, nur das Fett in seinem Gesicht geriet in schwingende Bewegungen.

Das gab Kara Zeit, sich in dieser Folterkammer umzusehen. Den Kopf konnte sie ein wenig bewegen, und sie erschrak, als sie erkannte, was dieser Don Causio mit ihren Freunden gemacht hatte.

Myxin steckte in einem Trog. Nur sein Kopf schaute über den Rand hervor. Der Widerschein der Kerzen warf ein wechselndes Spiel von Licht und Schatten über sein Gesicht. Myxin befand sich noch im tiefen magischen Schlaf. Kara sah keine Anzeichen, daß er schnell daraus erwachen würde.

Ein paar Schritte weiter lag Suko.

Ihm ging es nicht besser als ihr oder Myxin. Don Causio hatte ihn auf eine Streckbank gespannt, und diesem Folterinstrument hatte auch ein Kämpfer wie Suko nichts entgegenzusetzen. Causio kannte alle teuflischen Tricks, er spielte und reizte sie voll aus.

Alle Folterinstrumente waren so angeordnet, daß jeder jeden sehen konnte. Wurde der eine gefoltert, mußten die anderen schon die Augen schließen, um nichts mitzubekommen, aber man hörte seine Schreie, und das war ebenso schlimm.

Don Causio hatte sich inzwischen auf die neue Situation eingestellt. Kara sah, wie er sich einen innerlichen Ruck gab und sich seine Gestalt straffte.

Jetzt passiert es, dachte sie!

Don Causio ließ sich Zeit. Nur seine Finger der rechten Hand umklammerten den Hebel des Schwungrades, mit dem er das Rad in Bewegung setzen konnte.

»Hast du Angst?« fragte er.

»Nein.«

»Warum nicht? Jeder Mensch hat Angst gehabt, den ich hier festgebunden habe.«

»Vielleicht bin ich kein Mensch.«

Diese Antwort überraschte Don Causio. Er mußte sie erst einmal verdauen und suchte dann nach einer neuen Formulierung. »Wenn du kein Mensch bist, wer bist du dann?«

»Das herauszufinden überlasse ich dir«, erwiderte Kara und lächelte spöttisch.

Don Causio zuckte zusammen. »Bis jetzt habe ich mich noch zurückgehalten, aber ich brauche nur an diesem Hebel zu ziehen, und das Rad wird sich drehen. Was dann geschieht, kannst du dir ja vorstellen. Dann wird sich herausstellen, ob du ein Mensch bist. Ich höre dich jetzt schon schreien. Ja, ich freue mich auf deine Schreie, denn sie werden den anderen herlocken.«

An John Sinclair hatte Kara natürlich auch gedacht und Hoffnungen auf ihn gesetzt.

Er befand sich als einziger von ihnen noch in Freiheit, und wie sie John kannte, würde er alles daransetzen, um sie zu befreien.

Die Schreie sollten ihn herlocken!

So weit wollte es Kara erst gar nicht kommen lassen. Sie mußte sich etwas einfallen lassen, und wenn es nur ein harter Bluff war, mit dem sie den anderen schockte.

Kara ging davon aus, daß sie allein mehr Widerstandskraft gegen die Magie der schwarzen Engel besaß als die anderen, die nach wie vor bewußtlos dalagen.

Und das sagte sie auch.

»Das war ein Zufall«, erklärte Don Causio. »Du bist nicht stärker als die schwarzen Engel. Sie allein sind die Herrscher, und auch du kannst sie nicht besiegen.«

»Bist du dir da so sicher?«

»Ja.«

»Dann versuch es!«

Don Causio war überrascht. Er schnappte nach Luft. Er konnte nicht begreifen, daß jemand ihn freiwillig aufforderte, mit der Folter zu beginnen.

»Ich widerstehe ihr!« sagte Kara.

»Aber wie?« schrie der Mann. »Wie willst du mir widerstehen? Du bist gefesselt, wehrlos.« Er redete sich in Wut, denn er wollte nicht wahrhaben, daß diese gefesselte Frau ihm unter Umständen widerstehen konnte. So etwas durfte nicht sein, denn es brachte sein schwarzmagisches Weltbild ins Wanken.

Kara war wirklich eine besondere Frau. Sie hatte bereits zweimal gelebt. Einmal in Atlantis, bei ihrem Vater, einem hochbegabten Magier der Weißen Magie. Als er starb, hatte Kara sein Erbe übernommen, zu dem unter anderem das Schwert mit der goldenen Klinge gehörte.

Es sollte von einem Wesen stammen, das sich der ›Seher‹ nannte, doch genau wußte das niemand. Karas Vater starb und ließ seine Tochter in all ihrem Schmerz allein zurück. Der Schmerz war so stark, daß Kara zum Trank des Vergessens griff. Als sie den aus unbekannten Kräutern und Essenzen hergestellten Trank zu sich genommen hatte, löste sich ihre Seele vom Körper und drang ein in das Totenreich. Die Eindrücke, die sie dort gewonnen hatte, waren überwältigend, aber sie sprach nie davon. Sogar ihren Vater hatte sie dort getroffen und wollte für immer bei ihm bleiben, doch der schickte sie wieder weg.

Atlantis verging, auch Kara konnte den Kontinent nicht retten, doch sie überlebte, nahm abermals den Trank des Vergessens und entschwand in eine andere Dimension, wo sie auch blieb. Doch der Trank oder das Elixier der Götter wurde gestohlen. Kara wußte nicht, von wem, und so entschloß sie sich, zurückzukehren und den Trank zu suchen. In dieser Zeit und auf der Erde traf sie mit Myxin, dem Magier, zusammen. Sie kannte ihn von Atlantis her. Dort waren sie erbitterte Feinde gewesen, doch hier schlossen sie Freundschaft und kämpften Seite an Seite.

Myxin wollte Kara helfen, den Trank zu finden, damit sie wieder ihre Ausflüge in die anderen Reiche unternehmen und Erfahrungen sammeln konnte. Sie fanden den Trank nicht, denn inzwischen schien er mehrmals den Besitzer gewechselt zu haben und befand sich nach neuesten Gerüchten in den Händen des Spuks. Ihn dort wegzuholen war so gut wie unmöglich. Dafür war der Spuk ein zu mächtiger Gegner. So blieb Kara als einziges Erbe nur das Schwert mit der goldenen Klinge. Hinzu kamen jedoch die besonderen Fähigkeiten, die sie während ihres langen Lebens in Atlantis entwickelt hatte.

Und letztere wollte oder mußte sie einsetzen.

Don Causio blickte sie an. Lauernd und voller Haß, aber auch Neugierde.

»Schreien will ich dich hören«, flüsterte er, »schreien ...«

Da wußte Kara, daß es soweit war. Sie durfte keine Sekunde mehr zögern, und sie strengte sich an.

Telekinese hieß das Zauberwort!

Sie hatte diese Fähigkeit in Atlantis besessen und hoffte, daß sie nicht verkümmert war.

Sie strengte sich an.

Kraft ihrer Gedanken wollte sie den Gegner bewegen und ihn vielleicht unschädlich machen.

Es war ein schwieriges Unterfangen, denn damals schon hatte Kara die Telekinese nur beherrscht, wenn sie bar jeglicher feindlicher Magie war.

Aber hier?

Ihr Blick brannte sich auf den Mann. In ihrem Kopf rauschte das Blut. Karas Gesicht wurde noch bleicher, noch durchscheinender, die Adern traten weit hervor, als sie den gewaltigen Sturm von Willenskraft und Gedanken auf die Reise schickte.

Er mußte Causio einfach treffen.

Und er traf.

Don Causio hatte den Hebel um eine Winzigkeit bewegen können. Kara spürte noch den Schmerz, das Ziehen im Körper, dann wurde ihre gedankliche Gegenkraft voll wirksam.

Der Mann riß plötzlich die Arme hoch. Als hätte ihn ein Hieb getroffen, so taumelte er zurück.

Er schrie.

Und dann riß ihm die unheimliche Kraft der Telekinese die Beine weg. Sie wurden einfach hochgeschleudert, und Don Causio konnte nichts dagegen tun. Er war Karas Kräften hilflos ausgeliefert.

Plötzlich schwebte er in der Luft. Er schrie dabei. Kara nahm noch einmal ihre telekinetischen Kräfte zusammen, schickte sie auf die Reise, so daß Don Causio, dieser Teufel, den zweiten Ansturm voll hinnehmen mußte.

Als würde er von einem Orkan erfaßt, so schleuderte ihn die Kraft in die Höhe und drosch ihn gegen die Wand. Für einen Moment schien es, als würde er in der Luft stehenbleiben, dann wirkte die Erdanziehung, und er krachte zu Boden.

Stöhnend und wimmernd blieb er liegen. Tränen – weniger vor Schmerz als vor Wut – waren in seine Augen getreten, mit den Fäusten trommelte er auf den Boden, und langsam stemmte er sich hoch.

Auf allen vieren blieb er hocken. Kara konnte ihn aus ihrer Stellung nicht sehen, sie sah aber die beiden anderen Helfer dieses Wahnsinnigen.

Und die schickte Don Causio ins Gefecht.

»Bringt sie um!« schrie er ihnen zu. »Verdammt, bringt sie um! Brecht ihr die Knochen!«

Der Befehl ließ an Deutlichkeit nichts zu wünschen übrig. Die beiden Männer setzten sich in Bewegung.

Die Angst schoß wie eine Flamme in Kara hoch. Sie fürchtete, sich vorhin übernommen zu haben, denn nun brauchte sie noch die Kraft für die beiden anderen. Doch die standen nicht so sehr unter dem Bann der schwarzen Engel, sie waren nicht als die direkten Diener zu bezeichnen, vielleicht konnte sie sie auch noch schaffen.

Die Schöne aus dem Totenreich konzentrierte sich auf die beiden Helfershelfer.

Der gedankliche Ansturm der telekinetischen Energie traf auch die beiden Männer.

Es war ein regelrechter Aufprall, ein Supertreffer. Die beiden erreichten das Folterinstrument nicht. Mitten im Lauf wurden sie gestoppt, kippten wie Puppen durcheinander und fielen zu Boden. Dort bildeten sie ein wirres Knäuel von Körpern, Armen und Beinen.

Kara aber war erledigt. Leer und ausgebrannt fühlte sie sich. Wenn Don Causio weitere Leute ins Gefecht schickte, würde sie denen kaum etwas entgegensetzen können. Zudem waren die Kerle nicht verletzt, sie hätten ohne weiteres noch einen zweiten Anlauf starten können.

Das taten sie nicht.

Im Gegenteil, sie waren bedient. Sie sahen ihren Herrn und Meister wimmernd am Boden hocken, erhielten von ihm auch keinen zweiten Befehl, und so stemmten sie sich hoch und flüchteten taumelnd aus der Folterkammer. Don Causio nahm gar keine Notiz von ihnen, aber Kara atmete auf. Diese Gefahr war gebannt.

Da Causio mit sich selbst zu tun hatte, wollte Kara die Zeit nicht unnütz verstreichen lassen und versuchen, die Fesseln zu lösen.

Karas Haltung war äußerst gespannt. Praktisch an der Grenze der Belastbarkeit, denn dieser Widerling hatte das Rad vor dem telekinetischen Kräfteeinsatz noch drehen können.

Zuerst versuchte Kara, die Hände zu bewegen. Sie waren seitlich am Rad festgebunden, sehr dicht, sehr hart, und sie schaffte es nicht, die Hände aus den Schlaufen zu ziehen. Das Gegenteil trat ein, die Fesseln schnitten noch tiefer.

Als Kara ihre Füße bewegen wollte, machte sie die gleiche Feststellung.

Auch sie saßen fest.

Ihre Hoffnungen sanken.

Und die Freunde waren noch immer bewußtlos. Sie sah Myxins Gesicht über dem Rand des Foltertroges und erkannte sogar die Blässe darin. Seine Haut wirkte längst nicht mehr so grünlich, wie es normalerweise der Fall war.

Don Causio verdaute die Attacke langsam. Er stöhnte nicht mehr, sondern atmete nur noch schwer. Im Licht der Fackeln glänzte sein Gesicht wie eine Speckschwarte.

Nach einem zweimaligen Versuch schaffte er es, auf die Füße zu gelangen.

Etwas wacklig auf den Beinen blieb er stehen und schaute sich um. Sofort fiel sein Blick auf Kara, und er verzog die Mundwinkel, so daß an beiden Seiten Speichel hervorrann.

So wie er dastand, wirkte er wie ein fleischgewordener Teufel.

»Ich krieg dich noch!« keuchte er. »Ich kriege dich, du

verdammte Hexe!« Wieder sprühte Speichel aus seinem Mund, an den Lippen tanzten kleine Bläschen.

Er wollte noch etwas sagen, stockte jedoch und drehte den Kopf, so daß er die Treppe sehen konnte.

Seine Augen wurden groß. Unglauben breitete sich auf seinem Gesicht aus, und dann fing er an zu lachen. Ja, er lachte, und dieses wiehernde Gelächter schallte wie eine schaurige Botschaft aus der Hölle durch die Folterkammer.

»Sie kommen!« kreischte er, tanzte herum und schlug sich vor Vergnügen auf die Schenkel.

Kara ahnte Schlimmes, und ihre Befürchtungen sollten eintreffen, denn Don Causio erhielt Hilfe.

Nicht John Sinclair erschien, wie Kara so gehofft hatte, sondern die beiden Feinde – die schwarzen Engel.

Hatte das Mädchen aus dem Totenreich Don Causio und die Männer mit Hilfe der Telekinese besiegen können, bei den schwarzen Engeln würde sie dies nicht schaffen, die waren stärker …

Ich bewunderte die Sicherheit, mit der sich der Pfarrer bewegte. Seinen Namen hatte ich inzwischen auch erfahren. Er hieß Leone. Oft waren es wirklich die Geistlichen gewesen, die sich auf meine Seite gestellt hatten und längst keine so großen Ignoranten waren, wie sie oft dargestellt wurden. Sie zeigten mehr Verständnis für meine Probleme als Beamte der Polizei.

Wir gingen in die Sakristei der Kirche.

Obwohl der Pfarrer versucht hatte aufzuräumen, konnte ich dennoch sehen, daß die Feinde auch hier gewütet hatten.

Da hing kein Kreuz mehr an der Wand. An einigen Stellen zeigte sie Schäden, die nur von Schlägen mit harten Gegenständen stammen konnten. Auch das einzige

Fenster war zerbrochen. Schräg fiel das Sonnenlicht durch die Öffnung.

»Bitte, nehmen Sie Platz«, bat der Pfarrer.

Um einen runden braunen Tisch gruppierten sich vier Stühle mit Sitzflächen aus Bast. Ich ließ mich nieder, und auch der Geistliche tat es. Er benahm sich so, als wäre er überhaupt nicht behindert. Man konnte merken, daß er sich in diesem Raum oft genug bewegte.

»Wenn Sie ein Glas Wein haben wollen, Signor Sinclair, dann müssen Sie sich beides aus dem Schrank dort an der Tür holen. Schließen Sie den rechten Flügel auf.«

»Danke sehr, ich habe keinen Durst auf Wein. Wenn es vielleicht ein Glas Wasser sein kann ...«

»Natürlich, nehmen Sie nur.«

Wasser fand ich im Nebenraum. Ich wollte wirklich keinen Wein trinken, denn Alkohol bei dieser Wärme wirkte wie ein doppeltes Gift. Zudem brauchte ich meine Kräfte noch.

Ich ließ ein Glas bis zum Rand vollaufen und nahm die ersten Schlucke. Sie erfrischten. Als ich zu Pfarrer Leone zurückkehrte, da lächelte er.

»Was wollen Sie nun genau wissen, Signor Sinclair?«

»Mehr über die schwarzen Engel. Über ihre Entstehung und vielleicht etwas darüber, wie man sie besiegen kann.«

Der Pfarrer nickte und meinte: »Viel Zeit haben Sie nicht, deshalb werde ich versuchen, mich kurz zu fassen. Trotzdem muß ich etwas ausholen, denn der Beginn liegt in der Vergangenheit dieser Landschaft und dieses Dorfes begraben.«

»Das überlasse ich ganz Ihnen«, sagte ich und setzte mich entspannt hin, obwohl ich innerlich fieberte, denn die Sorge um meine Freunde wurde immer stärker und quälender.

Der alte Pfarrer hielt die Augen halb geschlossen. Von

seiner Blindheit war nun nicht mehr viel zu sehen. Er atmete nur flach, als er redete.

»Damals, es ist vielleicht fünf Jahre her, sah es in Nareno ganz anders aus. Wir unterschieden uns in nichts von zahlreichen anderen Dörfern des Landes. Und wenn ich sage in nichts, dann meine ich auch die Herrschaft der Mafia damit. Sie war sehr schlimm, denn die Ehrenwerte Gesellschaft sorgte dafür, daß unsere Bauern auf keinen grünen Zweig kamen. Sie arbeiteten und schufteten, die Berge gaben guten Wein, er wuchs phantastisch auf diesem Boden, aber der Capo kassierte alles. Den Leuten blieb gerade so viel, daß sie existieren konnten. Der Unmut wuchs, doch niemand fand sich, um gegen den Capo anzugehen, denn seine Leute töteten sofort und schnitten den Bedauernswerten die Zungen aus den Mündern. Auch Causio litt unter dem Terror. Er wohnte nicht in diesem prächtigen Haus, das hatte dem Capo gehört. Don Causio lebte in einer bescheidenen Hütte. Des öfteren unternahm er Ausflüge in die Berge, erkundete sie und erforschte auch die Höhlen. Eines Tages kam er zurück und berichtete von den fliegenden Schlangen, die er in einer Höhle gesehen hatte, und von den versteinerten Abbildern zweier Engel. Wir lachten ihn aus, doch Causio ließ sich nicht beirren. Er führte uns zur Höhle. Wir sahen die Engel, und wir holten sie bei Nacht und Nebel hervor.«

Die Rede hatte den Pfarrer angestrengt. Er bat um ein Glas Wasser, das ich ihm gern holte. Nachdem er sich erfrischt hatte, fuhr er fort.

»Wir entdeckten bei den Engeln aber noch mehr. Und zwar eine Steinplatte, auf die ein eng aneinandergefügter Text eingemeißelt war. Ich habe mich immer mit alten Sprachen beschäftigt und konnte dieses uralte Latein lesen. Der Text war eine Warnung. Die Menschen sollten sich vor den schwarzen Engeln hüten, die aus einer anderen Zeit stammten, aus einem Kontinent mit dem Namen Atlantis, wenn ich das jetzt mal so übersetzen darf. Der zweite Teil des Textes befaßte sich mit der Beschwörung dieser Engel. Diejenigen, die sie beschwören, würden die Macht erringen, eine Macht, die aber nicht aus der Hand Gottes stammte, dies hatte ich sofort erkannt und warnte auch meine Mitbürger. Sie wollten nicht hören, denn sie dachten an die Mafia und an den Terror, unter dem sie zu leiden hatten. Besonders Don Causio tat sich hervor. Er überzeugte die anderen gegen meinen Willen und beschwor die beiden schwarzen Engel. Das geschah in einer finsteren Nacht, und die Beschwörung klappte sogar. Die schwarzen Engel wurden lebendig. Voller Demut fragten sie, was Causio befehle. Er bat darum, die Mafia brutal auszurotten. Das geschah auch. Die schwarzen Engel töteten jeden Mafioso. Die Leichen warfen sie in eine finstere Schlucht, wo die Knochen heute in der heißen Sonne bleichen. Dann aber diktierten die Engel ihre Bedingungen. Plötzlich fielen die Menschen hier von einer Sklaverei in die andere. Sie waren jetzt von diesen grausamen Geschöpfen abhängig. Mich blendete man, meinen Küster machte man wahnsinnig, und die Engel suchten sich Don Causio als ersten Diener aus. Die Zeit verging, die Menschen gewöhnten sich an die Herrschaft, aber sie hatten sich verändert. Sie gingen nicht mehr so recht ihrem Tagewerk nach, die Weinberge verkamen, und wenn Fremde in Nareno eintrafen, wurden sie manches Mal getötet.«

»Aber die Engel besaßen keine Waffen«, warf ich ein.

»Nein, Signore. Die Waffen sollten wir ihnen besorgen, doch niemand von uns schaffte es, die Schwerter aus dem Fels zu ziehen. Eine starke Kraft hielt sie fest. Bis zu dem Tag, als die schwarzen Engel endlich zwei Gastkörper fanden, damit sie vollends erstarken konnten. Es waren keine beliebigen Körper, sondern sie suchten nach bestimmten Menschen. Die fanden sie nicht in Nareno, sondern irgendwo auf der Welt. Immer wieder flogen sie weg, und jetzt müssen sie die Körper gefunden haben, denn die Schwerter befinden sich nun in ihrem Besitz.«

Da hatte der Pfarrer recht.

Die Engel hatten sich wirklich die Klingen geholt. Von den beiden Toten in Wien und London hatte ich noch keine Ahnung, für mich stand nur fest, daß die Engel leider sehr stark geworden waren.

»Das ist meine Geschichte, Signor Sinclair. Ich weiß nicht, ob es Ihnen geholfen hat.«

Ich erhob mich. »Das denke ich schon, Hochwürden«, sagte ich und reichte dem Pfarrer die Hand.

»Dann versuchen Sie, den Fluch von uns und dieser Stadt zu nehmen, Signor Sinclair.«

»Das werde ich. Aber wo kann ich die Engel finden?«

»Gehen Sie zu Don Causio. In seinem Haus verbirgt sich das Grauen. Dort werden Sie vielleicht auch die Engel finden. Aber gehen Sie schnell, die Zeit drängt.«

Der Geistliche mahnte nicht umsonst. Ich beeilte mich und verließ die Kirche durch eine Seitenpforte an der Sakristei.

Draußen traf mich abermals die Hitze. Im Innern war es kühl gewesen, hier stand die Luft und flimmerte. Die Sonne war etwas weiter gewandert und blendete nicht mehr, aber wenn ich Atem holte, hatte ich das Gefühl, heiße Luft zu trinken.

Vor mir sah ich eine dichte Hecke aus Rhododendron. Die Blätter zeigten eine Staubschicht. Ich lief an der Hecke entlang und fand ein kleines Tor, das sich teilte. Dahinter lag eine Gasse, die auf die Hauptstraße führte. Keinen Menschen sah ich an der Einmündung. Deshalb lief ich schnell los, drückte mich dicht vor der Hauptstraße an die Wand und schaute um die Ecke.

Nicht weit entfernt sah ich das Haus des Don Causio.

Das große Tor zum Garten stand offen. Es war eine direkte Einladung, der ich nicht widerstehen konnte.

Auf Zehenspitzen huschte ich voran. Mich machte es mißtrauisch, daß niemand auf der Straße zu sehen war. Vielleicht hielten sich Don Causios Schergen auch im Haus auf. Dort würden sie mich sicherlich erwarten.

Ich drehte es hin und her, doch ich sah keinen Ausweg, wie ich der Falle entrinnen sollte. Es gab keine Chance, ich mußte in das Haus.

Nicht sehr eilig schritt ich vor. Ich hielt mich auch nicht mehr in Deckung, sondern ging mitten auf der Straße, wo die Sonne erbarmungslos auf meinen Kopf brannte.

Schritt für Schritt näherte ich mich dem Haus. Kein Geräusch um mich herum.

Hitze und Totenstille – das war alles.

Ich erreichte das Haus. Im blühenden Vorgarten ließen die Blumen ihre Köpfe hängen und verwelkten. Ein betäubender Duft strömte mir entgegen. Er erinnerte mich gleichzeitig an die Vergänglichkeit, an den Moder, an Vergangenheit, den Tod ...

Unter meinen Füßen knirschten die kleinen Steine, das Kreuz hing vor meiner Brust und schien explodieren zu wollen, wenn das Licht der Sonne es traf. Der Schweiß sammelte sich in meinem Nacken. Er rann auch über die Stirn. Tropfen blieben in meinen Augenbrauen hängen. Ich wischte sie weg.

Gern hätte ich jetzt das Schwert bei mir gehabt, das ich Destero abgenommen hatte, aber das lag in London, so leicht war es nicht zu transportieren.

Die Dämonenpeitsche befand sich in Sukos Händen, zusammen mit dem Stab und der Beretta. Ich trug nur das Kreuz, den Dolch und die mit geweihten Silberkugeln geladene Waffe.

Der Weg machte einen Knick, bevor er zum Eingang des Hauses führte. Es war ein regelrechtes Portal, sehr breit und mit Steinsäulen versehen, die das Vordach stützten.

Obwohl sich niemand hatte blicken lassen, wurde ich das Gefühl nicht los, von zahlreichen Augenpaaren beobachtet zu werden. Sie schienen in den Büschen und Hecken zu lauern, und die Blicke brannten sich auf meinem Rücken fest.

Ich warf einen Blick über die Schulter. Bisher hatte ich mich zusammengerissen, jetzt riskierte ich es und sah meine Vermutung bestätigt. Sie beobachteten mich nicht mehr, sondern verließen ihre Deckung. Wie Schatten huschten sie aus den Büschen, und die verwelkten Blüten regneten als bunter Schnee zu Boden.

Die meisten Gesichter kannte ich. Es waren die Leute, die mich auch durch die Stadt gejagt hatten. Ihre Waffen hielten sie noch immer in den Händen, und in den Gesichtern stand finstere Entschlossenheit zu lesen.

Gegen alle zu kämpfen war ein Ding der Unmöglichkeit. Ein zweitesmal würde ich nicht so ein Glück haben, es blieb mir einfach keine Wahl, ich mußte mich den Engeln stellen.

Stufen führten zur Tür hoch. Ich nahm sie. Eine Gänsehaut fühlte ich trotz der Hitze auf meinem Rücken, denn ich wußte die Gewehrmündungen auf meinen Körper gerichtet.

Aus dem Halbdunkel der Halle trat mir Don Causio entgegen. Sein Gesicht wirkte wie ein Ballon, und das Grinsen darauf konnte man mit ruhigem Gewissen als schmierig bezeichnen.

»Willkommen in meinem bescheidenen Heim, Signor Sinclair«, sagte er und deutete eine Verbeugung an. »Sie glauben gar nicht, wie sehr ich auf diesen Augenblick gewartet habe ...«

Das konnte ich mir gut vorstellen, denn schon bei unserer ersten Begegnung war die Todfeindschaft klar gewesen.

Ich blieb stehen.

»So schweigsam?« fragte er mich.

»Was soll ich sagen?«

Er behielt sein Grinsen bei. »Vielleicht Angst zeigen?«

»Vor Ihnen?«

Da zuckte es in seinem schwammigen Gesicht. Für mich ein Beweis, daß der Kerl ziemlich eitel war.

»Deine Arroganz wird dir noch vergehen«, erwiderte er und drohte mir. »Ich werde dir zeigen, was es heißt, sich mit mir und den schwarzen Engeln anzulegen. Sie warten auf dich. Du fehlst in der Reihe, deine Freunde haben wir schon.«

Er duzte mich jetzt. Es war mir egal, doch ich wußte nun, daß Suko, Kara und Myxin noch lebten. Immerhin etwas.

Hinter mir hörte ich Schritte. Causios Helfershelfer hatten die Halle betreten. Wenn ich nach rechts oder links schielte, sah ich die beiden Außenleute, die zusammen mit den anderen einen Halbkreis um mich gebildet hatten.

»Willst du sie sehen oder gleich sterben?« fragte mich Don Causio.

»Wen meinen Sie?«

»Deine Freunde und die schwarzen Engel.«

»Darauf habe ich gewartet, sonst wäre ich nicht gekommen.«

Don Causio machte kehrt.

Dabei geriet sein gesamter speckiger Körper in Bewegung. Überall wabbelte das Fleisch. Er bot wirklich einen widerlichen Anblick.

Don Causio schritt auf die Treppe zu. Bevor er sie erreichte, blieb er jedoch stehen und wandte sich langsam wieder um. Ich merkte es seinem triumphierenden

Gesichtsausdruck an, daß er noch einen Trumpf in der Hinterhand hielt.

Und ihn spielte er aus.

»Das Kreuz, John Sinclair. Man hat mir gesagt, ich soll dir das Kreuz abnehmen. Gib es her!«

Verdammt, das war ein Schlag!

Ich schluckte. »Wenn Sie es haben wollen, dann holen Sie es sich.« In diesem Augenblicken war ich bereit, alles auf eine Karte zu setzen.

Wie auf Kommando knackten hinter meinem Rücken mehrere Gewehrschlösser. Dieses mir durch Mark und Bein gehende Geräusch war Antwort genug, der fette Dämonendiener brauchte gar nichts weiter zu sagen. Ich hob beide Hände, umfaßte die Kette und streifte sie mitsamt dem Kreuz über meinen Kopf.

Er kicherte. »So ist es richtig«, sagte er und rieb sich die Hände. »Wirf es her.«

Der Fette war geschickter, als ich angenommen hatte. Kam er zu dicht an mich heran, bestand für ihn die Gefahr, als Geisel genommen zu werden. Mit dem Gedanken hatte ich in der Tat gespielt. So warf ich ihm das Kreuz zu.

Er öffnete seine rechte Hand und fing das Kreuz auf. Für einen Moment schaute er es sich an, verzog das Gesicht, als hätte er in eine Zitrone gebissen, und ließ das wertvolle Kruzifix in den Falten seines Umhangs verschwinden, wo irgendwo eine Tasche eingenäht war.

Dann schritt er die Treppe hinab.

Ich folgte ihm. Und die anderen blieben bei mir. Zwischen Don Causio, mir und den Männern blieb immer eine Distanz von drei Stufen. Ich rechnete damit, den Geruch von Tod, Blut und Verwesung wahrzunehmen, wurde in dieser Hinsicht jedoch angenehm überrascht. Es roch, als hätte jemand Wein verschüttet.

Die letzte Biegung.

Mein Blick fiel in eine Folterkammer!

Das allein wäre nicht schlimm gewesen, aber ich sah meine Freunde, wie sie auf die schrecklichen Geräte gespannt worden waren.

Kara war auf ein Rad gebunden worden, Myxin steckte in einem Trog, wobei er nur mit dem Kopf hervorschaute, und Suko lag auf der Streckbank.

Bewacht wurden die drei nicht von normalen Menschen, sondern von den schwarzen Engeln!

Geahnt hatte ich es ja, deshalb war die Überraschung nicht so groß. Trotzdem erlitt ich einen Schock. Vor allen Dingen wegen der Ausweglosigkeit der Lage. Und ich begann, mir Vorwürfe zu machen. Ich hätte unter Umständen nach einer anderen Lösung suchen müssen. Aber ich war in die Höhle des Löwen gelaufen, weil mir die Zeit gefehlt hatte. Ich wollte meine Freunde nicht im Stich lassen, hatte Angst um ihr Leben gehabt und mußte nun feststellen, daß sie noch lebten, aber bis auf Kara nicht bei Bewußtsein waren.

Die Schöne aus dem Totenreich hatte den magischen Schock am besten überstanden. Sie sah mich und lächelte mir zu.

Mir gelang es einfach nicht, ihr Lächeln zu erwidern.

Dafür interessierten mich meine Gegner. Die schwarzen Engel hatten sich so aufgebaut, daß sie alles überblicken konnten und natürlich auch die Gefangenen im Auge behielten. Sie standen dort wie Wächter. Übergroße Gestalten, dunkel, gesichtslos und in der jeweils rechten Hand die Schwerter haltend.

Lange, grüne Kristalle, wie ich sie noch nie zuvor im Leben gesehen hatte. Aufgeladen mit atlantischer Magie, gegen die ich kein Mittel wußte.

Der fette Don Causio huschte an mir vorbei, blieb stehen und deutete wie ein Operettentenor auf mich. »Das ist er«, meldete er den schwarzen Engeln. »Und das Kreuz habe ich auch«, fügte er triumphierend hinzu, wobei er gegen seine rechte Hüfte schlug und lachte.

Die Engel schwiegen. Sie fixierten mich nur. Bis einer mich fragte: »Wer bist du?«

Er sprach abgehackt wie ein Computer, und die Worte drangen dumpf aus seinem Kopf. Dabei sah ich keine Öffnung, er hatte ja weder Mund, Nase noch Augen oder Ohren.

Eigentlich konnte ich es als einen kleinen Vorteil ansehen, daß sie erst mit mir reden wollten, deshalb sagte ich noch einmal meinen Namen.

»Den kennen wir. Ich will wissen, welch eine Aufgabe du hast.«

»Man nennt mich den Geisterjäger.«

Sie schwiegen beide. Ob sie etwas mit dem Namen anfangen konnten, war nicht herauszufinden. Dafür wurde mir die nächste Frage gestellt, und wieder war es derselbe Engel, der sprach.

»Du stammst nicht aus Atlantis?«

»Nein!«

»Woher kommst du dann, und wieso kann es sein, daß du mit Myxin verbündet bist?«

»Wir haben uns hier getroffen.«

»Myxin war einmal ein Magier.«

»Das weiß ich«, sagte ich. »Jetzt ist er es auch noch.«

»Nein, John Sinclair. Man hat ihm die Kräfte genommen. Unsere Magie hat ihn buchstäblich zu Boden geschmettert, er kann nicht mehr mächtig sein, und du bist es auch nicht, denn du besitzt nicht mehr dein Kreuz, das dir bisher so großen Schutz geboten hat. Aber Myxin ist ein Feind von uns. Seine Freunde sind unsere Feinde. Deshalb wirst du ebenfalls sterben.«

Die Drohungen waren altbekannt, ich hatte sie schon

so oft gehört und nahm sie gar nicht mehr ernst. Jeder Dämon hatte mir den Tod versprochen, bis heute hatte ich überlebt, aber ich mußte mir immer etwas Besonderes einfallen lassen, um mich aus den lebensgefährlichen Situationen herauswinden zu können. Mit einer Kugel aus der Beretta war es hier nicht getan, das hatte ich bereits erfahren müssen. Ich hatte es hier mit gefährlicheren und mächtigeren Dämonen zu tun, die über geweihte Silberkugeln lachten.

Ich wußte wesentlich mehr als früher, und oftmals konnte ich mein Wissen ausspielen. Das wollte ich auch hier versuchen. »Ihr habt keine Chance«, sagte ich, »denn es ist ebenfalls jemand erwacht, den ihr fürchten müßt. Der Eiserne Engel!«

Ich hatte einen Namen in die Waagschale geworfen, der bei ihnen sicherlich Angst verbreiten mußte. Den Eisernen Engel hatte ich erlebt. Dabei brauchte ich nur an den Kampf gegen Chiimal, das Monster aus Atlantis, zu denken.

Da war der Eiserne Engel zum ersten Mal aufgetaucht und hatte fürchterlich aufgeräumt.

Zum zweiten Mal war er mir in Atlantis begegnet, kurz bevor der Kontinent von den Fluten verschlungen wurde und auch explodierte.

»Du kennst ihn?«

»Ja, sehr gut sogar. Denn ich weiß, daß er auch in dieser Zeit vertreten ist.«

»Wir fürchten ihn nicht«, lautete die Antwort. »Auch wenn er jetzt käme, er würde allein dastehen, wir aber sind zu zweit und haben unsere Lichtschwerter. Nein, damit kannst du uns nicht schrecken. Und wir sind dafür, daß endlich Schluß gemacht wird. Du mußt und wirst als erster sterben, denn du bist der größte Feind. Wir haben die Macht deines Kreuzes erkannt. Wer solch ein Kruzifix trägt, kann kein Schwächling sein.«

Das Lob hätte mich rot werden lassen müssen, doch in meiner Situation war es mir egal.

»Macht ein Ende!« hetzte auch Don Causio. Er war unserer Unterredung gefolgt, ohne ein Wort zu sagen.

Mir war überhaupt nicht wohl zumute, denn die beiden wollten ernst machen.

Erst sollte ich sterben, dann meine Freunde. Als ich an sie dachte, warf ich ihnen unwillkürlich einen Blick zu, und ich bemerkte, wie mir Kara zublinzelte.

Auch sie hatte mithören können, und sie gab mir ein Zeichen. Ich mußte raten, denn verstehen konnte ich nichts. Wahrscheinlich wollte sie, daß ich zu ihr kam.

Sofort überlegte ich mir einen Plan. Innerhalb der nächsten Sekunden mußte mir etwas einfallen, denn die schwarzen Engel traten schon vor.

»Halt«, sagte ich.

Sie stoppten auch.

Die erste Hürde war genommen. »Ich hätte noch eine Bitte.«

»Rede!«

»Bevor ihr mich tötet, möchte ich mich von Kara verabschieden. Wir waren lange zusammen, haben auch Seite an Seite gekämpft. Ich kann einfach nicht so von ihr gehen, das müßt ihr verstehen. Wollt ihr mir den Wunsch erfüllen?«

Jetzt kam es darauf an.

Die schwarzen Engel schauten sich an, wobei sich ihre gesichtslosen Köpfe einander zuwandten. Wahrscheinlich verständigten sie sich durch Telepathie.

Ich zitterte innerlich. Würden sie mir die Erlaubnis erteilen?

Da mischte sich Don Causio ein. »Er hat sicherlich einen Trick vor. Laßt ihn nicht!«

Die schwarzen Engel hörten nicht auf ihn, und das war gut so. Am liebsten wäre ich ja zu Suko gegangen und hätte mir seinen Stab genommen, aber eine Verabschiedung von einem Bewußtlosen hätte mir wohl niemand abgenommen.

Sie entschieden sich.

Und zu meinen Gunsten.

»Du kannst zu ihr«, sagte der wortführende Engel. »Nimm Abschied. Wir geben dir drei Sekunden nach euren Zeitbegriffen.«

»Ich danke euch!«

»Jetzt!« sagte der schwarze Engel.

Und ich ging. Nach wenigen Schritten stand ich vor der Frau.

Kara schaute mir entgegen. Groß waren ihre Augen. Ich beugte mich über sie.

»Mein Schwert!« Die Worte waren nur ein Hauch, aber ich konnte sie verstehen. Ich begriff. Noch ein wenig drehte ich mich nach links, wobei meine rechte Hand in den Falten ihres Gewandes verschwand und ich den Griff der Waffe spürte.

»Schluß!« hörte ich die Stimme.

Im selben Augenblick riß ich das goldene Schwert aus der Scheide und kreiselte herum …

Die schwarzen Engel waren völlig überrascht worden. Sie starrten wie gelähmt auf das Schwert mit der goldenen Klinge, das ich plötzlich in der Hand hielt. Sie hatten sich sicher gefühlt, ihren Triumph auskosten zu können, und nun hatte der angeblich schon Geschlagene sein Schafsfell ausgezogen, und der Wolf war zum Vorschein gekommen.

Ein Wolf, der kämpfen konnte und wollte.

Don Causio und seine Leute hatten ebenfalls erfaßt, was geschehen war. Auch sie mußten ihre Überraschung erst verdauen. Dann war es Causio, der seine Felle wegschwimmen sah und den Männern den Befehl gab zu schießen.

»Knallt ihn ab!« brüllte er. »Schießt ihn nieder, dieses verdammte Schwein!«

Die Gewehre flogen hoch. Mündungen zielten auf mich. Ich sah mich eingekreist, und heiße Angst schoß vom Magen her hoch, setzte sich in meiner Kehle fest und schnürte sie zu.

Würden sie feuern?

Da griffen die beiden Engel an. »Laßt ihn!« sagten sie wie auf Kommando. »Kugeln sind für ihn zu schade. Er soll seinen Spaß haben, wir wollen unseren Spaß haben. John Sinclair soll gegen uns beide antreten, bewaffnet ist er ja.«

Sie fühlten sich so erhaben. Was sollte ich schon gegen die beiden ausrichten? Ich stand allein, hatte zwar ein Schwert, aber sie besaßen die beiden mit Schwarzer Magie geladenen Kristallwaffen, gegen die ich kaum bestehen würde.

In den nächsten Sekunden schossen mir zahlreiche Gedanken durch den Kopf. Wie oft schon hatte ich mich in der letzten Zeit mit einem Schwert als Waffe verteidigen müssen. Manches Mal hatte ich darüber geflucht, doch das war ein vorzügliches Training gewesen. Ich wußte jetzt, wie man eine solche Waffe handhabte.

»Macht Platz!« befahl einer der Engel.

Die Männer verstanden und zogen sich zurück. Auch Don Causio ging bis zur Treppe. Dabei warf er mir Blicke zu, die von Gift und Galle sprühten. Die Entwicklung paßte ihm überhaupt nicht. Er hätte mich am liebsten jetzt schon tot gesehen, schließlich war ich sein größter Feind.

Ich hörte Karas Stimme. »Kämpfe, John!« rief sie. »Setz alles ein, was du hast, dann schaffst du es auch.«

Ich nickte, meine Gegner aber lachten nur. Und dann

griffen sie an. Sie kamen von zwei Seiten, nicht besonders schnell, denn sie waren sich ihrer Sache sicher. Die langen Klingen der Kristallschwerter hielten sie gesenkt, beide zielten auf meinen Körper und würden mich durchbohren, wenn ich nicht achtgab.

Ich drehte mich zur Seite und sah zu, daß ich nicht zwischen sie geriet, sondern sie vor mir hatte. Das gelang mir auch, und dem ersten Schlag konnte ich ausweichen, ein zweiter folgte blitzschnell hinterher. Abermals drehte ich mich zur Seite, und diesmal traf die Klinge die eiserne Jungfrau. Sie hämmerte gegen die halb offenstehende Tür, schlug sie zu und hinterließ einen langen Brandfleck auf dem Metall, das blitzschnell geschmolzen war. Diese Kristallschwerter enthielten eine mörderische Energie, das konnte ich jetzt feststellen. Mit Schaudern dachte ich daran, was wohl geschehen würde, wenn ich getroffen wurde. Die Schwerter würden auch mich buchstäblich verbrennen.

Ich gab höllisch acht. Eine Gelegenheit zum Gegenangriff ließen mir die beiden nicht. Sie waren so schnell und schlugen so hart und kompromißlos zu, daß sich all meine Reaktionen darauf beschränkten, nicht getroffen zu werden.

Ich war allerdings auch realistisch genug, mir einzugestehen, daß es eigentlich nur noch eine Frage der Zeit sein konnte, bis sie mich hatten. In diesem relativ kleinen Folterkeller konnte ich mich nicht richtig bewegen, irgendwann lief ich ihnen in das Schwert hinein.

Mit einem gewagten Sprung entging ich einem nächsten Hieb und krachte dabei mit dem Rücken gegen die Streckbank, auf der mein chinesischer Freund Suko lag. Mit dem linken Ellbogen stieß ich ihm noch gegen die Schulter, und vielleicht war es dieser Zusammenprall gewesen, der meine Idee beflügelte!

Suko hatte noch den Stab!

Er gab ihn normalerweise nie aus der Hand, aber der Stab war – das wußte ich genau – übertragbar. Wenn ich ihn erreichte, hatte ich schon etwas gewonnen.

Die Idee war gerade geboren, als ich sie auch schon ausführte. Ich wußte, wo Suko ihn trug, diese zwei Sekunden mußte ich mir einfach nehmen. Meine Hand glitt in die Innentasche der leichten Jacke, und schon fühlte ich die wertvolle Waffe zwischen den Fingern. Hastig steckte ich sie ein.

Die beiden Engel hatten mich dabei zwar beobachtet, aber sie reagierten nicht darauf. Sie nahmen es hin, und ich sah zu, daß ich von Suko zurückwich und ihn nicht noch durch meine Nähe in Gefahr brachte.

Eine Kristallklinge wischte durch die Luft.

Ich sah praktisch nur das grüne Flimmern und mußte sofort parieren. Das Schwert mit der goldenen Klinge zuckte hoch, und beide Waffen prallten aufeinander.

Ein Blitzstrahl löste sich von dem Kollisionspunkt und irrte durch den Folterkeller.

Für einen winzigen Moment war ich geblendet. Als ich wieder klar sehen konnte, glaubte ich, meinen Augen nicht trauen zu dürfen.

Von der Kristallklinge fehlte ein Stück!

Mein Schwert hatte etwa das obere Drittel abgeschlagen. Es lag am Boden und änderte seine Farbe. Das Grün verschwand, wurde dunkel, und hinterher glaubte ich, vor mir ein Stück Kohle liegen zu sehen.

Der schwarze Engel aber stieß einen fauchenden Laut aus, einen Wutschrei.

Ich wurde mutiger und attackierte ihn.

Die Warnung des Partners erreichte ihn im letzten Moment. Bevor mein Schwert ihn durchbohren konnte, glitt der Engel zur Seite, und ich verfehlte ihn.

Dann wurde es für mich Zeit, zurückzuweichen. Ich warf mich nach links und hetzte auf die Treppe zu. Dort oben oder vielleicht im Freien hatte ich mehr Platz, um kämpfen zu können.

Die Zuschauer hatten sich bis zur Treppe zurückgezogen. Sie schienen mit meiner Aktion nicht gerechnet zu haben. Bevor sie sich überhaupt versahen, war ich mitten unter ihnen, und ich packte Don Causio.

Meine Hand wühlte sich in sein Hemd. Er stieß einen quiekenden Laut aus, wobei er sich aus meinem Griff drehen wollte, doch ich hielt eisern fest.

Dann mußte ich ihn loslassen. Als Geisel konnte ich den Mann nicht nehmen, denn er war zu fett, und ich konnte ihn nicht von der Stelle bewegen. Dafür schleuderte ich ihn dem mir nachstürmenden Engel entgegen, der nicht so schnell ausweichen konnte, so daß er und der Fleischkloß zusammenprallten.

Das gab mir Luft.

Ich jagte mit Riesenschritten die Stufen hoch und war schnell wie selten in meinem Leben.

Aber nicht schnell genug.

Zum Glück ahnte ich die Gefahr und warf einen Blick über die Schulter.

Die schwarzen Engel spielten jetzt die Eigenschaft aus, die mir fehlte.

Sie flogen mir nach.

Es war der Engel, dessen Schwert ich schon um ein Drittel gekappt hatte. Und er war mir verdammt nahe gekommen. Wie ein riesiges schwarzes Ungeheuer erschien er mir, und die Angst schoß wie eine heiße Woge in mir hoch.

Ich griff zum letzten Mittel. Mit der freien Hand riß ich Sukos Stab hervor und schrie das Wort, das allem eine Wende geben konnte.

»Topar!«

Es war ein regelrechter Verzweiflungsschrei, der aus meinem Mund drang. Ich hatte mich dabei geduckt, lag halb auf dem Rücken und spürte die scharfen Kanten der Stufen an meinen Schultern.

Und das Wort wirkte.

Um mich herum veränderte sich die Umgebung. Die Männer, Don Causio und auch die schwarzen Engel erstarrten zu Salzsäulen.

Unbeweglich blieben sie stehen.

Nur ich konnte mich bewegen.

Das war meine große Chance. Fünf Sekunden blieb die Zeit stehen. Diese Spanne mußte ich ausnutzen. Töten durfte ich keinen, das wäre wider Buddhas Willen gewesen und hätte die Wirksamkeit dieser einmaligen Waffe aufgehoben, aber ich konnte meine Gegner ausschalten.

Das tat ich mit Vergnügen.

Abermals trat Karas Schwert in Aktion. Und ich hämmerte mit einem gewaltigen Schlag die Waffe des vor mir stehenden Engels entzwei. Abermals sah ich den Blitz. Er füllte den Treppenaufgang mit seiner blendenden Helligkeit aus, aber das verdammte Schwert meines Gegners hatte ich zerstört.

Er hielt nur noch den Knauf in der Hand.

Um den zweiten Engel konnte ich mich nicht kümmern, denn die Zeit war um.

Die Bewegungsabläufe setzten sich genau da fort, wo sie vorher gestoppt worden waren.

Der schwarze Engel schlug zu.

Doch nur sein Arm raste nach unten, das Schwert hatte ich zerstört. Es lag so eine große Wucht hinter dem Hieb, daß der Engel nach vorn taumelte.

Ich brachte mich mit einem Sprung nach hinten in Sicherheit, sonst hätte mich der Hieb noch getroffen.

Dann gab ich Fersengeld und rannte die restlichen Stufen der Treppe hoch, bis ich die Diele erreichte.

Und dort stoppte ich, als hätte man mir einen Faustschlag versetzt.

Ich war nicht allein dort. Jemand, mit dem ich nicht mehr gerechnet hatte, war erschienen.

Der Eiserne Engel!

Übergroß, wuchtig und wie eine unüberwindlich erscheinende Wand stand er da und hielt sein gewaltiges Schwert in der rechten Hand. Sein Äußeres schimmerte in einem bläulichen Grau, eben wie das Eisen, aus dem er, der große Kämpfer, bestand.

Seine große Zeit hatte er in Atlantis gehabt, doch da mußte er eine Niederlage einstecken. Er hatte den Kontinent nicht retten können. Trotz seiner zahlreichen Warnungen hörten die Menschen nicht auf ihn und gingen ihre eigenen Wege.

Wie auch die schwarzen Engel.

Aber nun war er erschienen, um Rechenschaft zu fordern. Um endlich abzurechnen.

Ich wußte, daß ich von nun an nur noch Statist in diesem Spiel sein würde, und huschte in den Hintergrund der Halle.

Die beiden anderen kamen.

Nur noch einer trug sein Kristallschwert, und der Engel war auch der erste, der die Treppe hinter sich ließ, den Eisernen sah und ebenso überrascht war wie ich.

Er stoppte und traute sich nicht mehr weiter vor.

Hinter ihm blieb der zweite Engel stehen. Die gesichtslosen Köpfe hatten sie dem Eisernen zugewandt, der ein furchtbarer Rächer sein würde.

»Endlich habe ich euch«, sagte er. »Es hat lange genug gedauert, und ihr habt Unheil genug angerichtet. Doch nun werde ich vollenden, wozu mir vor zehntausend Jahren nicht mehr die Zeit blieb. Ich werde euch toten.«

Das wußten auch die schwarzen Engel. Beide zuckten sie zusammen, die Worte hatten sie hart getroffen. Sie verloren auch keine Zeit, denn sie versuchten, der Falle zu entrinnen.

Plötzlich teilten sie sich. Der eine huschte nach links weg, der andere nach rechts. Sie breiteten die Flügel aus und wischten zu beiden Seiten an dem Eisernen vorbei.

Ich rechnete damit, daß sie ihn von hinten anfallen würden, doch sie hatten etwas anderes vor.

Glas klirrte, zwei Scheiben zerplatzten von der Wucht, als die Wesen gegen sie prallten und durch die Öffnungen nach draußen in die Hitze flogen.

Ich rannte schon zur Tür, als mich ein Ruf des Eisernen stoppte.

»Das erledige ich!«

Er breitete seine gewaltigen Flügel aus, drehte sich um und schwebte schnell nach draußen.

Trotzdem wollte ich mir nicht entgehen lassen, wie dieser Kampf endete. Wenig später stand ich vor der Tür und sah die drei Engel in der Luft.

Die beiden schwarzen Engel flohen. Hinter dem Haus war das Dorf sofort zu Ende, der Weg führte jetzt in die Berge, und ich konnte erkennen, wie die Engel zwei gewaltige Felstürme ansteuerten, die sich genau gegenüberstanden.

Dort landeten sie.

Auf einmal waren sie wieder beide bewaffnet. Aus einem Schwert hatten sie zwei gemacht. Der Engel, der noch seine Waffe besaß, brach sie in der Mitte durch und warf das Stück seinem Artgenossen zu. So erwarteten sie ihren Feind, den Eisernen.

Der kam.

Er hatte über den beiden geschwebt, um eine bessere Ausgangsposition zu haben. Die großen Flügel waren weit ausgebreitet, ich sah selbst aus dieser Entfernung die gewaltige Spannbreite, die sogar die Sonne verdunkelte.

Der Engel bot ein phantastisches Bild, das mich an ein Kolossalgemälde erinnerte.

»Die Zeit des Todes ist gekommen!« brüllte er mit einer wahren Stentorstimme. »Was in Atlantis nicht gelungen ist, werde ich hier vollenden!«

Dann griff er an.

Er nahm sich zuerst den von mir aus gesehen linken Engel vor. Er hatte die zweite Hälfte des Schwertes, riß die Waffe hoch und wollte sie dem anfliegenden Eisernen in den Leib rammen. Das mißlang.

Der Eiserne Engel führte sein Schwert wie ein perfekter Könner, ein gewaltiger Streich zuckte auf den Gegner hinab und zerhieb nicht nur die grüne Kristallwaffe, sondern auch den Engel selbst.

Die Schneide teilte ihn in zwei Hälften. Sie kippten nach links und rechts weg, wie Puppen, denen man einen Stoß versetzt hatte. Der Felsen war auf seiner Spitze nicht breit genug, daß sie liegenbleiben konnten. Sie fielen über den Rand hinweg und verschwanden in der Tiefe.

Der andere Engel hatte mit ansehen müssen, was mit seinem Kumpan geschehen war.

Sehr schnell stieß er sich ab, breitete die Flügel aus und jagte in den langsam dunkelblau werdenden Himmel. Ich glaubte nicht daran, daß er noch eine Chance hatte, dem Eisernen zu entkommen.

Und richtig.

Der riesige Engel jagte hinterher, schlug allerdings nicht sofort zu, so daß ich das Gefühl haben konnte, er würde mit ihm Katz und Maus spielen.

Das tat er auch.

Er ließ den anderen sogar kommen, und der schwarze Engel warf sich dem wesentlich stärkeren Gegner mit einem wahren Anfall von Todesmut entgegen.

Plötzlich trafen wieder die Schwerter aufeinander. Abermals sah ich einen Blitz, heller als die Sonne. Ich schloß die Augen, öffnete sie wieder und sah die beiden Gegner dann über meinem Kopf. Dort führte der Eiserne das Schwert mit einer Präzision, wie sie nur Könnern zu eigen ist. Ich hoffte, daß ich niemals im Leben gegen solch einen Gegner antreten mußte.

Ein gewaltiger Schlag.

Obwohl es eigentlich Unsinn war, glaubte ich das Pfeifen der Klinge zu hören und auch den dumpfen Schlag, der danach folgte.

Der Hieb hatte den Kopf vom Rumpf des schwarzen Engels getrennt. Er flog weit durch die Luft, als wäre er von unsichtbaren Händen geschleudert worden, überschlug sich, und ich sah, daß er sich auflöste, bevor er die Felsen erreicht hatte.

Mit dem Körper geschah das gleiche. Er zog schon eine dunkle Fahne hinter sich her, als er zu Boden stürzte.

Die schwarzen Engel existierten nicht mehr. Aber nicht ich hatte sie erledigt, sondern der Eiserne.

Ich winkte dem mächtigen Helfer zu.

Er sah mein Zeichen und winkte zurück. Aber er landete nicht, sondern flog davon. Ich schaute ihm so lange nach, bis er nur noch ein winziger Punkt am wolkenlosen Himmel war.

Dann machte ich kehrt.

Aus dem Keller hörte ich Geschrei. Sofort wurde ich wieder daran erinnert, daß meine Freunde in einer verdammt besch... eidenen Lage steckten. Ich packte das Schwert fester, durchquerte die Halle und rannte mit gewaltigen Sätzen die Stufen hinab.

Auf halber Treppe kamen sie mir entgegen. An der Spitze Don Causio. Panik stand in seinem Gesicht, die der anderen sahen nicht anders aus.

Als Causio mich sah, blieb er stehen. Die anderen

jedoch nahmen auf ihn keine Rücksicht. Sie rannten den Fettkloß einfach um. Bevor ich eingreifen konnte, sah ich ihn stürzen. Er schrie, strampelte mit Armen und Beinen, dann war er verschwunden.

Die Woge brandete nun auf mich zu. Eng drückte ich mich an die Wand. Die Männer wollten von mir nichts, sie flohen nur, kopflos, ratlos. Mit dem Tod der schwarzen Engel war ein Bann von ihnen genommen worden, der lange Zeit gehalten hatte. Jetzt mußten sie sich erst wieder an das normale Leben gewöhnen.

Einer war zurückgeblieben.

Don Causio!

Er lag auf der vorletzten Stufe, gekrümmt, bewegungslos. Ein Blick reichte mir.

Don Causio lebte nicht mehr. Er hatte sich beim Sturz über die Steinstufen das Genick gebrochen. Ich bückte mich und suchte in seiner Kleidung nach. Das Kreuz hatte ich schnell gefunden. Als letzten Dienst drückte ich ihm beide Augen zu, erhob mich und betrat den Keller, wo mich meine Freunde erwarteten.

Myxin und Suko waren nicht mehr bewußtlos, sondern schauten mich aus klaren Augen an.

Ich blieb stehen und grinste. »Wenn man sich schon auf euch verläßt«, sagte ich, »dann ist man verlassen. Ich dachte, ihr wärt mitgekommen, um mich zu unterstützen.«

»Hab ja nicht so eine große Klappe«, erwiderte Suko, »sonst stecken wir dich in die eiserne Jungfrau.«

»Eine normale wäre mir lieber«, gab ich zurück und löste die Fesseln.

Zwei Stunden später verließen wir den Ort. Wir hatten noch mit dem Pfarrer gesprochen. Auch der Geistliche war voller Freude über das Ende der schwarzen Engel. Er würde dafür sorgen, daß in Nareno alles wieder seinen normalen Gang lief.

Auf uns aber wartete die Fahrt nach Palermo. Von dort aus wollten wir nach Rom fliegen und dann nach London.

Kara hatte das Schwert mit der goldenen Klinge wieder an sich genommen. Sie und Myxin waren froh, daß ein unseliges Erbe des alten Atlantis zerstört worden war, wobei sich allerdings die Frage stellte, auf wie viele dieser Erbhinterlassenschaften wir noch treffen würden. Und ob alles so glimpflich abgehen würde wie diese hier, das war noch fraglich …

ENDE

Die Teufels-Dschunke

Hal Pereira rührte seelenruhig den noch flüssigen Beton und grinste dabei wie ein kleiner Teufel.

Monster Manson stand neben ihm, grinste ebenfalls, aber weitaus dümmlicher. Er hielt eine Maschinenpistole in seinen kohlenschaufelgroßen Fäusten.

Der dritte Mann starrte einmal auf den Zementrührer, dann wieder auf Monster Manson, dem das linke Ohr fehlte und dessen Unterlippe gespalten war. Daher auch der Name Monster. Eigentlich hieß er ja Nick, aber niemand nannte ihn so.

Der Bottich mit dem Zement war für den dritten gedacht. Es war kein Weißer, sondern ein Chinese. Seinen richtigen Namen wußte ebenfalls keiner mehr. In der Organisation hieß er nur Chink.

Und Chink sollte sterben!

Ein Tod, wie er in der Mafia einem Verräter zusteht. Man steckte die Beine des Delinquenten in flüssigen Beton, wartete, bis er hart war, und kippte den Mann dann ins Meer.

Spurlos liquidieren, hieß es in der Fachsprache, und der Chinese war nicht der erste, der auf diese Art und Weise ums Leben kam. Denn der große Logan Costello, Mafiaboß und Unterweltskönig von London, schaffte sich seine Gegner immer auf diese Art und Weise vom Hals. Die Themsemündung war ein idealer Ort. Hier achtete niemand darauf, wenn ein kleines Boot über die Wellen tuckerte. Man mußte natürlich genau über die Position der Polizeiboote Bescheid wissen, aber das war kein Problem. Costellos Beziehungen reichten sehr weit.

»Fertig?« fragte Monster Manson.

»Gleich«, antwortete Pereira.

Monster Manson lachte. Dann schaute er den Gefesselten an. Er hockte auf einer schmalen Sitzbank und war wie ein Paket verschnürt. Nicht einmal den kleinen Finger konnte er rühren. »Wie fühlst du dich eigentlich, Chink?«

Der Mann gab keine Antwort. Er hob nur den Kopf. Im blassen Sternenlicht war zu erkennen, daß seine Haut in allen möglichen Farben schimmerte. Der Mann hatte wirklich einiges hinter sich. Er war durch die Verhörmühle der Mafia gegangen. Im Gegensatz zur Polizei wandten diese Verbrecher den Dritten Grad eiskalt an.

Dabei hatte der Chinese einmal zu ihnen gehört. Er war sogar einer der Starkiller gewesen, denn seine Art des lautlosen Tötens mit der Seidenschlinge war in der Organisation sehr gefragt gewesen. Doch als er dann einen Landsmann umbringen sollte, hatte er sich geweigert. Nicht weil Familienbande oder rassisches Zusammengehörigkeitsgefühl ihn daran hinderten, nein, er hatte von einem Fluch gesprochen, der über dem Betreffenden lasten sollte. Und er hatte ihn sogar gewarnt. Irgendwie hatte Costello, der große Boß, davon gehört und sofort seine Konsequenzen gezogen.

Chink mußte sterben!

Hal Pereira richtete sich auf. Mit dem Handrücken wischte er den Schweiß von seiner Stirn. Die Rührerei hatte ihn angestrengt. Er schaute auf seine Uhr.

Kurz vor Mitternacht.

Genau die richtige Zeit, um so einen Job zu erledigen, dachte er und griff zu den Zigaretten. Zweimal wurde die Flamme des Feuerzeugs ausgeblasen, dann brannte der Glimmstengel endlich.

Pereira blies den Rauch in die Luft. Der Wind fuhr durch seine braunen Haare, hob sie an und legte die Stirnglatze frei, die Pereira mit seinen 35 Jahren schon hatte. Er und auch Monster Manson gehörten zum Exekutionskommando der Mafia. Die beiden waren Männer ohne Gewissen, es machte ihnen nichts aus, Menschen zu töten. Zudem wurden sie gut bezahlt.

Die See war ruhig. Den Motor des Bootes hatten die Männer abgestellt und ließen sich nun von der Strömung treiben. Das Meer glich einer dunklen Fläche, auf der hin und wieder weiße Hüte tanzten. Es waren die Schaumkronen der Wellen. In der Ferne schimmerten Lichter. Dort lag eine Fabrik am Ufer der Mündung.

Schiffe waren so gut wie keine unterwegs. Die Männer hatten hier wirklich die Ruhe, die sie für den anstrengenden Job benötigten.

Pereira drehte sich zu Manson um. »Du kannst dich jetzt betätigen, Monster.«

Manson nickte und legte die MPi zur Seite. Er rieb seine dicken Hände, bückte sich und umfaßte den Bottich. Dann kippte er ihn zu sich hin und rollte ihn auf den Delinquenten zu.

Direkt vor den Beinen des Chinesen blieb der Bottich stehen. »Die Füße hoch, Chink!« befahl Monster Manson.

Der Chinese spie ihm ins Gesicht. Damit hatte der Killer nicht gerechnet. Als der Speichel auf seiner Haut klebte, wischte er ihn mit der rechten Hand weg und schlug mit der linken zu.

Der Kopf des Chinesen flog zur Seite, das Gesicht verzerrte sich, und Manson hatte schon wieder ausgeholt, doch ein Zuruf seines Kumpans stoppte ihn.

»Laß es, sonst kriegt er ja nichts mehr mit!«

Monster Manson nickte. »Du hast recht!« keuchte er, bückte sich, packte die gefesselten Beine, hob sie an und stellte sie in den Bottich mit Beton. Ein paar Spritzer trafen die Hose des Killers, doch darum kümmerte er sich nicht. Hauptsache, die Beine steckten fest. Er drückte noch mal auf die Knie, damit er sicher sein konnte, daß die Füße auch den Boden berührten, dann nickte er zufrieden und grinste wieder.

Der Chinese war totenbleich geworden. Auf seiner Stirn schimmerten die kleinen Schweißperlen. Scharf traten seine Wangenknochen hervor, die Lippen bildeten einen Strich, nur in den schmalen Augen steckte Leben. Und dieser Blick versprach den beiden Killern nichts Gutes, er strahlte einen tödlichen Haß aus.

Die beiden Mörder kümmerten sich nicht darum. Der Mann konnte ihnen nicht mehr gefährlich werden.

Dachten sie …

»Ein paar Minuten bleiben dir noch, bis das Zeug hart ist«, sagte Pereira. »Willst du eine Zigarette?«

Kopfschütteln.

»Dann eben nicht.« Pereira grinste dünn und blickte über die Reling hinweg aufs Meer.

Nach zwei Sekunden bereits wandte er sich wieder um, denn der Chinese redete.

»Ihr könnt mich töten«, sagte er, »aber ihr könnt den Fluch nicht aus der Welt schaffen. Ich habe gehört, daß die Teufels-Dschunke unterwegs ist. Meine Brüder haben die Geister der Verfluchten beschworen, und ihr werdet dafür büßen, das könnt ihr mir glauben.«

»Rede keinen Mist«, erwiderte Pereira. »Du hättest den Kerl umlegen sollen und basta.«

»Nein, er ist nicht zu töten.«

Da lachte Pereira. »Jeder ist zu killen. Ich, Monster Manson, und auch du, das wirst du gleich merken.«

»Aber nicht Tschu Wang.«

Pereira lachte. »Und wer ist das?«

»Ein Dämon und ein Mandarin, der seit achthundert Jahren den Geistern des Meeres gehört.«

»Dann soll er auch dort bleiben.«

»Nicht mehr, denn die Bande der Roten Schlange hat ihn beschworen. Und Tschu Wang wird zurückkommen, glaubt es mir. Seine Rache wird euch treffen. Und sie wird schlimmer sein, als ihr es euch überhaupt vorstellen könnt. Es gibt nichts mehr, was euch retten könnte. Ihr seid verloren, ein für allemal.«

»Das Zeug ist jetzt hart«, unterbrach Monster Manson die Rede des Todgeweihten.

Pereira nickte. »Dann werden wir ihn mal von Bord schaffen.« Er wollte sich jedoch selbst überzeugen, bückte sich und prüfte mit den Fingern die Festigkeit der Masse.

»Ja, das geht!«

Als er sich wieder aufrichtete, griff Monster Manson zu. Mit beiden Händen umfaßte er die Schultern des Chinesen, packte ihn sehr hart an und rollte die Schüssel mit dem Zement und dem darin steckenden Chinesen auf die gegenüberliegende Reling zu. Es war die Backbordseite des Schiffes. Dort sollte der Verräter ins Meer gestoßen werden.

Der Chinese richtete seinen Körper noch einmal auf, soweit es die Fesseln erlaubten. Er schaute über das Meer und begann leise zu lachen, was die beiden Killer irritierte.

»Findest du das so spaßig?« fragte Monster Manson.

»Nein, das Sterben ist kein Spaß.«

»Warum lachst du dann?« erkundigte sich Pereira.

»Weil sie schon da ist.«

»Wer ist da?« Pereira hatte sich eine zweite Zigarette angezündet und blies dem Chinesen den Rauch ins Gesicht.

»Die Teufels-Dschunke!« flüsterte der Todgeweihte.

Pereira trat mit dem rechten Fuß auf. »Soll das ein letzter Trick sein, Chink?«

»Nein, es ist keiner. Seht doch selbst. Da hinten, der Schatten über den Wellen. Das ist sie. Und sie kommt näher. Ich habe es gewußt. Tschu Wang hat überlebt. Man kann den Fluch aufheben, die Brüder der Roten Schlange haben es geschafft.« Er lachte wieder, und dieses Lachen ließ selbst die hartgesottenen Killer nervös werden.

»Verdammt, kipp ihn in den Bach!« zischte Pereira.

Monster Manson nickte nur. Er faßte den Chinesen unter und wuchtete ihn mitsamt der mit Zement gefüllten Schale in die Höhe, um ihn über die Reling zu schleudern.

Auf halbem Wege verharrte er. Der Mann rutschte ihm wieder aus dem Griff, und die Schale wuchtete mit einem dumpfen Geräusch auf die Decksplanken.

Hal Pereira wurde wütend. »Verflucht, was ist los?«

»Guck – guck mal nach unten!«

»Wo?«

»Da sind welche.« Monster Manson streckte die Hand aus und deutete über Bord.

Hal Pereira beugte sich vor. Er machte den Hals lang, und seine Augen wurden im nächsten Augenblick groß. Ein unartikuliertes Geräusch drang aus seinem offenen Mund.

Sein Kumpan hatte recht gehabt. Da schwamm wirklich etwas auf der Wasserfläche.

Dinge, die überhaupt nicht hierher paßten, die eher in ein Gruselkabinett gehörten.

Es waren weißgelbe Totenschädel!

Sie schwammen auf dem Wasser, und sie erinnerten Hal Pereira an Korken, so sehr hüpften sie auf und nieder.

Der Killer schluckte. Plötzlich fühlte er sich verdammt unwohl, und als er einen Blick nach rechts warf, wo der Chink und Monster Manson standen, da sah er das wissende Lächeln auf dem Gesicht des Chinesen und die Furcht in den Zügen seines Partners.

Pereira holte tief Luft. »Du weißt was!« schrie er den Todeskandidaten an. »Du weißt mehr, verdammt!« Seine Rechte fuhr vor. Die Finger wühlten sich in den Stoff des Jacketts, und der Killer schüttelte den Chinesen durch.

Monster Manson war zurückgewichen. Er hielt sich

raus, aber seine Angst war unverkennbar. Er traute sich nicht, auf die Wasserfläche zu blicken, sondern starrte krampfhaft auf seine Schuhspitzen und die Decksplanken.

»Was wird hier gespielt? Welche Schau ziehst du hier ab?« keuchte Pereira und schüttelte den anderen noch mehr durch. »Rede, verdammt, was ist das?«

»Tschu Wang ist zurückgekehrt. Ich habe es euch doch gesagt. Die Rote Schlange hat ihn beschw...«

Mit dem Handrücken schlug Pereira dem Mann gegen die Lippen. Die Worte verstummten. Dann wirbelte der Killer herum und fauchte seinen Kumpan an. »Los, über Bord mit ihm!«

»Und die Schädel?«

»Die sind mir scheißegal. Ich will den Chink tot sehen!«

Monster Manson nickte. Sie faßten jetzt gemeinsam an und hievten den Mann hoch. Die Reling benützten sie als Stütze, schoben ihn weiter vor und verlagerten sein Gewicht so, daß sie ihn kippen konnten.

Der Chinese lachte. Er lachte auch noch, als er fiel. Nur als die Wogen über ihm zusammenschlugen, da lachte er nicht mehr.

Wie ein Stein versank er in der Tiefe.

»So«, sagten die beiden Mörder wie aus einem Munde. Dann jedoch verstummten sie.

Hatten sie beim ersten Hinschauen vielleicht noch an eine Täuschung geglaubt, so wurden sie jetzt eines Besseren belehrt. Die schwimmenden Totenschädel hatten sich formiert und einen Kreis um das Boot gebildet, das meldete Monster Manson, als er zur Steuerbordseite lief und dort einen Blick über die Reling warf.

»Sie haben uns eingekreist!« kreischte er. Er drehte sich um, und sein Gesicht war leichenblaß.

Pereira fluchte. »Gib mir deine MPi!«

Monster Manson hörte nicht. Er bibberte nur. Er, der große Killer, hatte plötzlich Angst. Die Worte des Chinesen waren bei ihm auf fruchtbaren Boden gefallen, und die Saat war aufgegangen.

»Her mit der Waffe!«

Nun reagierte Monster Manson. Er hob die Maschinenpistole an und warf sie Hal zu.

Pereira verzog das Gesicht zu einer Grimasse. »Jetzt werden wir doch mal sehen, was an diesen verdammten Schädeln überhaupt dran ist«, knirschte er, wandte sich um und blickte über die Reling.

Da tanzten sie auf dem Wasser. Sie blieben zusammen und bildeten eine lange Reihe. Selbst ein Kleinkind hätte sie mit der Maschinenpistole getroffen. Das war überhaupt keine Kunst.

Pereira kippte die Waffe, so daß die Mündung auf die Wasseroberfläche wies. »Ich werde es euch zeigen«, flüsterte er rauh, glich das Schwanken des Bootes aus, indem er sich breitbeiniger hinstellte, und zog dann den Stecher zurück.

Die Maschinenpistole bewegte sich in seinen Händen. Sie tanzte und vibrierte. Vor der Mündung leuchteten gelbrote Flämmchen auf. Kugel auf Kugel spie die Waffe aus. Die erste Garbe hieb in das Wasser und ließ Fontänen hochsteigen, dann schwenkte Pereira die Waffe, führte sie im Halbkreis von links nach rechts und wollte jetzt die schimmernden Totenschädel wie Kegelpuppen abräumen.

Er traf auch.

Pereira sah, wie die Schädel unter den Einschlägen der Geschosse zuckten und hüpften. Normalerweise hätten sie zersplittert sein müssen, doch das geschah nicht.

Die Kugeln prallten ab!

Pereiras Schreie mischten sich in das Hämmern der Waffe. Er wußte selbst nicht genau, weshalb er schrie.

Vielleicht war es der Streß, der ihn so handeln ließ, aber er schoß, bis das Magazin leer war.

Die Reihe der Schädel hatte sich aufgelöst. Längst bildeten sie keine Front mehr, sie waren durch die Aufprallwucht der Geschosse aus der Formation gerissen worden, aber Hal Pereira hatte sie nicht zerstören können.

Das sah er mit Schrecken!

Die Schädel tanzten und hielten sich weiterhin auf dem Wasser. Wenn Wellen anrollten, wurden sie überspült, hochgehoben und weiterbewegt.

Trotz des nur schwachen Sternenlichts sah Hal Pereira genau die leeren, toten Augenhöhlen der Schädel. Sie schienen ihn anzustarren, und die offenen Mäuler grinsten ihm ins Gesicht, voller Hohn und Spott.

Er drehte sich um.

Monster Manson stand schreckensbleich an Deck. Die großen Mörderhände öffneten und schlossen sich in unregelmäßigen Intervallen. Er war völlig durcheinander.

»Ein neues Magazin!« schrie Pereira.

»Sie sind nicht kaputt?« fragte Manson weinerlich.

»Ach, verflucht, leck mich doch. Gib mir das Magazin, du Dreckskerl!«

Monster Manson reagierte nicht. Pereira sprang vor, lief zum Heck, öffnete eine Klappe und holte aus der Bank ein Reservemagazin hervor, das er sofort in die Waffe schob.

»Okay«, sagte er und knirschte mit den Zähnen. Er warf einen schnellen Blick über die Steuerbordseite.

Auch hier tanzten die Schädel.

Und sie hatten den Kreis enger gezogen. Vorhin befanden sie sich noch drei bis vier Yards vom Schiffsrumpf entfernt, jetzt war die Distanz auf die Hälfte geschrumpft.

»Hol dir auch eine Kanone!« brüllte Pereira seinem

Kumpan zu. Monster Manson nickte. Er hatte sein Entsetzen endlich überwunden, öffnete die Kiste und entnahm ihr die zweite Maschinenpistole, die sich an Bord befand.

Damit lief er zur Steuerbordseite.

Pereira feuerte zum zweitenmal. Die Waffe spie die Geschosse aus. Wieder zuckten und tanzten die Mündungsflammen. Aus spitzem Winkel hieben die Kugeln gegen die Schädel, und abermals gelang es ihnen nicht, sie zu zerstören.

In das Hämmern der Waffe mischte sich der gellende Schrei, den Monster Manson ausgestoßen hatte.

Manson taumelte von der Reling weg. Er hatte die MPi kurzerhand fallen gelassen, dann die Hände halb erhoben, und er zitterte wie das berühmte Espenlaub.

Sein Gesicht zeigte eine kalkige Farbe. »Da – da!« keuchte er und zeigte auf das offene Wasser.

»Was ist denn?«

»Ein – ein Geist!«

Pereira rannte vor. Er prallte gegen die Reling, stützte sich dann ab und schaute auf das Meer.

Dort schimmerten noch immer die Schädel. Aber nicht nur sie tanzten auf dem Wasser. Dicht vor ihnen war ein Kopf aufgetaucht, der eigentlich gar nicht zu sehen sein durfte.

Es war der Kopf des Chinesen!

Der Tote lebte!

Deutlich war es zu sehen, denn die Augen in dem Gesicht bewegten sich und rollten in den Höhlen.

Tote Augen, in die die Strähnen der nassen, pechschwarzen Haare fielen. Kalkig bleich war das Gesicht. Pereira glaubte sogar, einen bläulichen Schimmer darin zu sehen.

Und der Kopf blieb auf der Wasserfläche. Er wurde zwar ein paarmal von Wellen überspült, aber er tauchte immer wieder auf, als grausige Erinnerung eines heimtückischen Mordes.

Pereira gab Laute von sich, die kaum noch etwas Menschliches an sich hatten. Er und sein Kumpan waren mit dem nackten Grauen konfrontiert worden, und keiner von ihnen verkraftete es.

Allen Naturgesetzen zum Trotz war der Schädel wieder aufgetaucht. Der Chinese hätte längst auf dem Meeresgrund liegen müssen, tot, ertrunken. Das schwere Gewicht an seinen Füßen mußte ihn einfach festhalten. Und jetzt war er zu sehen!

Die Maschinenpistole in Pereiras Händen wurde schwer und schwerer. Er konnte sie nicht mehr halten, die Waffe rutschte ab und fiel in die Fluten, wo sie versank.

Wellen rollten heran, klatschten gegen die Bordwand des Bootes und schüttelten es durch. Der Kopf des Toten wurde mit angehoben, seine Lippen bewegten sich, und der Chinese begann zu sprechen.

Als Hal Pereira die Worte hörte, da überflutete ihn das kalte Entsetzen. Mit so etwas hatte er nicht gerechnet, nie in seinem Leben hätte er das für möglich gehalten, aber die Worte waren überdeutlich und nicht zu überhören.

»Ich habe es dir doch gesagt, Hal. Tschu Wang kommt. Der Verfluchte ist da ...«

»Aber du bist tot!« brüllte Pereira zurück, und Speichel sprühte vor seinen Lippen.

»Tschu Wang hat mich geholt!«

»Tschu Wang, Tschu Wang!« schrie Hal Pereira zurück. »Es gibt keinen Tschu Wang. Er soll zum Teufel gehen und du gleich mit, du verdammter Bastard!«

Dann war Manson hinter ihm. Er hieb Pereira die Pranke auf die Schulter und zog ihn herum.

»Wir müssen weg, Hal!« schrie er.

Pereira nickte, traf aber keinerlei Anstalten, irgend etwas in dieser Richtung in die Wege zu leiten.

»Los, den Motor! Laß den Motor an. Dann fliehen wir, Hal!« Monster Manson schrie Pereira die Worte ins Ohr, und endlich erwachte der Zementrührer aus seiner Erstarrung.

»Okay, okay«, sagte er, »jetzt gilt es!« Hal straffte sich, die Panik aus seinen Augen verschwand, und er lief mit raschen Schritten zum Ruderhaus hinüber. Hal mußte den Kopf einziehen, als er den niedrigen Durchlaß passierte. Danach stand er etwas tiefer, schaute durch die breite Frontscheibe und tastete mit einer Hand nach dem Schlüssel, um den Motor anzustellen.

Er kratzte.

Pereira runzelte die Stirn.

Abermals drehte er den Schlüssel, während hinter ihm Monster Manson aufgetaucht war. Der riesenhafte Kerl stand gebückt im offenen Durchlaß und spielte mit der MPi.

Auch der dritte Versuch klappte nicht.

Der Motor, ausgezeichnet in Schuß, sprang einfach nicht an. Es kratzte noch ein paarmal, als hätte jemand Sand hineingestreut.

Und langsam wurde Hal Pereira klar, daß dieses Phänomen keinen natürlichen Ursprung hatte. Irgendeine Kraft mußte einen besonderen Einfluß auf den Motor ausüben, er war doch sonst immer angesprungen.

Hal Pereira drehte sich um und sah Manson an. »Es klappt nicht, verdammt!« flüsterte er.

»Wieso?«

Pereira hob die Schultern.

»Tschu Wang!« flüsterte Monster Manson. »Verflucht, das ist Tschu Wangs Schuld.« Er hob die Faust und hämmerte voller Wut gegen die Verkleidung des Steuerstandes. »Es gibt keine andere Möglichkeit. Dieser Tschu Wang ist an allem schuld.«

Hal Pereira versuchte es noch einmal. Wieder ohne Erfolg. Der Motor blieb einfach stumm, bis auf das widerliche Kratzen, das er von sich gab.

Sie steckten fest, und daran gab es nichts zu rütteln.

»Was machen wir jetzt?« krächzte Monster Manson.

»Nichts«, erwiderte Pereira, »aber sieh mal nach vorn, du Idiot!«

Monster Manson starrte durch die große Scheibe. Er sah das Meer. Wellen, die wogten und weiße Hauben zeigten.

Aber er sah noch mehr.

Ein Schiff!

Kein Dampfer oder Polizeiboot, sondern einen etwas schwerfällig wirkenden Kahn mit einem Segel, das der Wind aufgebläht hatte.

Die Teufels-Dschunke war gekommen!

Die Augen der beiden Männer wurden groß. Sie vergaßen ihre augenblickliche Situation. Sie starrten nur das Schiff an, dessen Kurs vorgezeichnet war und sie allein zum Ziel hatte.

Diese Dschunke war ein Phänomen. Nicht nur pechschwarz präsentierte sie sich, sondern sie hatte auch ein ebenso schwarzes Segel, das jedoch in seiner Mitte einen fahlweißen Totenschädel zeigte, der ebenso aussah wie die Schädel, die das Schiff umtanzten – nur war er wesentlich größer.

Der Schädel schien die Männer höhnisch anzugrinsen, die starr dastanden und zu keiner Bewegung fähig waren.

Er bot auch ein schreckliches Bild, denn wenn der Wind stärker oder schwächer in das Segel blies, dann veränderte der Schädel seine Form. Er wurde mal dicker, fiel zusammen und zeigte auch Falten und Knitter.

Aber eins blieb stets gleich.

Seine Abschreckung, die Pereira und Monster Manson Angst und Schrecken einjagten.

»Er kommt auf uns zu!« flüsterte Monster Manson. »Verdammt, der Kahn will uns rammen.«

Pereira nickte.

»Dann tu doch was!«

»Und was?«

»Wir müssen fliehen, wir müssen ...« Monster Manson verstummte. Er hatte selbst erlebt, daß der Motor des Schiffes nicht ansprang. Sie konnten nicht weg.

»Ich hau trotzdem ab«, sagte Monster Manson.

»Und wo willst du hin?«

»Ich springe in den Teich, verdammt!« Monster Manson hatte die Worte kaum ausgesprochen, da drehte er sich schon auf dem Absatz herum und verschwand.

Hal Pereira zögerte noch. Er zitterte am gesamten Körper. Der Schweiß lag als kalte Schicht auf seiner Haut. So eine Angst hatte er noch nie in seinem Leben verspürt.

Er schaute nach vorn.

Das Schiff wurde von Sekunde zu Sekunde größer, denn ein stetiger Wind blähte das Segel und trieb die geheimnisvolle Dschunke auf das Motorboot zu.

Nein, dagegen hatte Pereira keine Chance. Er überlegte noch zwei Sekunden und tat es seinem Kumpan nach. So rasch es ging, verließ er das Ruderhaus und stürzte auf Deck.

Er hatte kaum den ersten Fuß auf die Planken gesetzt, da hörte er die Schreie.

Sie gellten ihm entgegen, trieben ihm eine Gänsehaut über den Rücken, und es gab nur einen Menschen, der sie ausgestoßen haben konnte.

Monster Manson!

Über die Backbordseite war er ins Wasser gehechtet. Hal Pereira stand einen Atemzug später an der Reling.

Er sah nicht nur Manson, sondern auch den Chinesen.

Chink hielt den riesigen Kerl gepackt. Seine Hände lagen auf Mansons Schultern, wanderten jetzt weiter und preßten ihm den Hals zusammen. Die Schreie erstickten.

Monster Manson schlug noch um sich. Seine Fäuste trafen das Gesicht des ehemaligen Kumpans, Wasser spritzte auf, Wellen rollten heran, dann waren beide nicht mehr zu sehen.

Der lebende Tote hatte Monster Manson unter Wasser und damit in die Tiefe gedrückt.

Hal Pereira stöhnte vor Angst und Grauen. Bisher hatte er nicht an Geister oder ähnliches geglaubt, nun war er eines Besseren belehrt worden.

Er schwankte. Pfeifend saugte er den Atem ein. Sein Blick traf die Schädel, die noch immer auf dem Wasser tanzten und ihn höhnisch angrinsten.

Sie schienen ihn zu locken.

Komm, komm doch her!

»Nein!« keuchte Pereira. »Ich ...«

Dann hörte er das gewaltige Rauschen, als würden Wellenberge auf ihn zuwuchten. Er riß den Kopf herum, seine Augen wurden groß, denn er sah die Dschunke dicht neben dem eigenen Boot.

Übergroß kam ihm das Geisterschiff vor, der Bug hob sich groß wie ein Haus aus dem Wasser, erinnerte ihn an ein alles verschlingendes Ungeheuer, und dann geschah es.

Die Kollision war unvermeidlich.

Der Aufprall,

Krachen, Splittern, das kleinere Boot wurde in die Höhe gehoben, das Segel mit dem Totenkopf darauf schien zu tanzen, die Planken brachen unter Pereiras Füßen weg, Wasser strömte ihm entgegen. Er hörte die gurgelnden, schmatzenden Geräusche, und das war das letzte, was er in seinem Leben wahrnahm.

Die Dschunke und das Meer verschlangen ihn wie zwei gefräßige Raubtiere …

Sizilien lag hinter uns!

Nicht nur der Kampf mit den schwarzen Engeln hatte mich ziemlich mitgenommen, sondern auch die übergroße Hitze, die auf der Insel herrschte. Kara, Myxin, Suko und ich waren in einen regelrechten Brutkessel geraten und hatten wieder einmal einen magischen Rest des versunkenen Kontinents Atlantis zerstört.

In London war es zwar nicht gerade kalt, aber kühl im Vergleich zu Sizilien. Und irgendwo steckte mir besonders das Wetter in den Knochen, denn ich war nicht fähig, am folgenden Tag im Büro zu sitzen und zu arbeiten. Zu groß war die Müdigkeit, die schließlich siegte. Ich fuhr nach Hause, nahm noch einen Drink und fiel praktisch ins Bett, wo ich von einer Sekunde auf die andere einschlief.

Wie ein Toter pennte ich.

Ich träume nicht, ich wurde nicht wach, ich schlief nur, damit mein Körper wieder Kräfte sammeln konnte.

Irgendwann träumte ich doch.

Und es war kein angenehmer Traum, denn etwas schrillte in meinem Kopf, versuchte sich in mein Gehirn zu bohren und den gesunden Schlaf zu unterbrechen.

In meinem Traum dachte ich an einen kleinen Dämon, der mich malträtieren wollte, und versuchte ihn wegzuscheuchen. Das schaffte ich nicht, denn das schrille Geräusch blieb.

Nur allmählich löste ich mich aus den Tiefen des Schlafes.

Mein Geist quälte sich der Oberfläche entgegen, das

Gehirn wurde wieder mit mehr Blut versorgt, und mir gelang es, den ersten klaren Gedanken zu fassen.

Du liegst im Bett, willst schlafen, und jemand läßt es nicht zu. Er will dich ärgern.

Wer ist das?

Das Telefon!

Verdammt, es war dieser moderne Quälgeist, der mich aus den Tiefen des Schlafs gerissen hatte. Kein Dämon, der meinen Kopf malträtiert hatte, sondern das verfluchte Telefon, das ich am liebsten genommen und gegen die Wand gefeuert hätte.

Doch zuerst warf ich einen Blick auf die Uhr.

Zwei Stunden nach Mitternacht. Um diese Zeit soll der Mensch bekanntlich am tiefsten schlafen.

Ich konnte da aus eigener Erfahrung reden. Als hätte ich Blei in den Knochen, so langsam richtete ich mich auf, drehte mich ein wenig nach rechts, und meine Hand fiel schwer auf den Hörer des Apparates.

Es kostete mich Anstrengung, ihn hochzunehmen und ans Ohr zu drücken.

»Was ist?«

»John! Endlich!« hörte ich die Stimme, die mir sehr bekannt vorkam.

Es war Suko.

»Mensch«, schimpfte ich und fuhr mir mit fünf Fingern durch das wirre Haar. »Kannst du dich nicht an normale Zeiten halten, wie es andere auch tun?«

»Tut mir leid, John, aber es ist wichtig.«

»Okay, was gibt es denn so Wichtiges zu melden?«

»Das kann ich dir jetzt nicht sagen. Du mußt schon zu mir kommen.«

»Mach ich.« Ich legte den Hörer auf die Gabel und stemmte mich hoch. Ja, es war wirklich ein Stemmen, denn noch immer steckte die Müdigkeit in meinen Knochen. Sie war wie flüssiges Blei, das durch meinen gesamten Körper strömte und die Adern füllte. Ich fühlte mich in diesen Augenblicken, als hätte ich zuviel getrunken.

Der Weg zum Bad fiel mir schwer, doch als kaltes Wasser über mein Gesicht strömte, ging es mir wieder besser. Zwei Minuten später war ich fit, und abermals eine Minute danach stand ich vor Sukos Wohnungstür und klingelte.

Shao öffnete sehr schnell. Sie mußte in der Diele gestanden haben. Die Chinesin trug einen grünen Morgenmantel, der ihr bis zu den Knöcheln reichte.

»Komm rein, John.«

»Danke.«

Hinter mir schloß Shao die Tür. »Was ist denn eigentlich los?« wollte ich wissen.

»Wir haben Besuch, der dich sicherlich interessieren wird«, erwiderte sie.

»Da bin ich gespannt. Im Wohnraum?«

»Ja.«

Der Besucher war eine Besucherin. Suko und sie saßen sich gegenüber. Sie drehten mir ihre Köpfe zu, als ich das Zimmer betrat.

»Da bist du ja«, sagte mein Freund, stand auf und deutete auf die Frau. »Darf ich dir Mrs. Kan vorstellen?«

Ich nickte lächelnd und sah mir die Frau genauer an. Sie mochte etwa 60 Jahre alt sein, war eine schmale Person mit schmalen Schultern und einem Gesicht, in das das Alter bereits zahlreiche Falten gegraben hatte. Der Blick ihrer Augen sah irgendwie stumpf aus, deprimiert und auch ängstlich. Sie hockte verschüchtert auf der Sesselkante und hatte beide Hände zusammengelegt. Als Fäuste lagen sie auf ihren Oberschenkeln. Das graue Kleid zeigte einen einfachen Schnitt, auch die Jacke war von minderer Qualität, und ihr Haar hatte sie im Nacken zu einem Knoten zusammengebunden.

Ich stellte mich vor und wandte mich dann an meinen chinesischen Freund. »Ist Mrs. Kan zufällig auch mit dir verwandt?«

Die Frage kam nicht von ungefähr, denn Suko hatte auf der gesamten Welt seine Vettern sitzen. Es war schon ungeheuerlich, wen er alles kannte. Da konnte ich mich nur immer wundern.

Er lächelte, bevor er eine Antwort gab. »Mrs. Kan ist kaum mit mir verwandt. Vielleicht eine Tante des siebten Grades. Ich konnte mich nicht einmal direkt an sie erinnern, wofür ich mich jetzt noch entschuldigen will, liebe Mrs. Kan.«

»Es ist schon gut, Suko«, sagte sie leise. »Ich bin nur froh, daß ich dich gefunden habe.«

Ich nahm Platz. Shao blieb im Hintergrund stehen. Eine Weile schwiegen wir, bis ich fragte: »Darf ich nun erfahren, worum es hier eigentlich geht?«

»Ja, das darfst du«, erwiderte Suko und schaute auf die Frau. »Wollen Sie reden?«

Mrs. Kan nickte. »Natürlich.« Sie lehnte sich zurück, schloß die Augen und begann zu sprechen. »Wir leben seit einigen Jahren hier in London, nachdem es in Taiwan nicht mehr auszuhalten war. Viele Nationalchinesen haben wie wir die Heimat verlassen und sind entweder in die Vereinigten Staaten oder nach Europa gegangen. Wir haben uns London ausgesucht, und wir haben aus unserer Heimat natürlich unsere Lebensgewohnheiten und unsere Kultur mitgenommen. Wir sind hier Fremde, aber wir wollten nicht auch noch als Fremde leben. Uns Alten fiel es sowieso schwer in der neuen Umgebung. Ich bin über siebzig, müssen Sie wissen.«

Ich schluckte. Teufel, da hatte ich mich aber verschätzt.

»Den Jungen gelang es schnell, sich zu integrieren, wie man hier immer sagt. Viele fanden sogar Arbeit. Sie waren fleißig und strebsam, einige bauten sich Geschäfte auf, und andere gingen den Weg des Verderbens. Sie gerieten aus der Kontrolle der Familie, fanden den Halt nicht mehr und glitten immer tiefer in den Morast hinein. So auch ein Neffe von mir. Man redete nur hinter vorgehaltener Hand von ihm, weil sich die Familie schämte, mit so einem Sohn belastet zu sein. Mein Neffe arbeitete für einen Verbrecher. Für einen Weißen. Er tötete Menschen in Costellos Auftrag. Das haben wir erfahren. Und wir wissen auch, daß dieser Costello ein König der Unterwelt sein soll.«

Das stimmte wirklich, denn Costello, der größte Mafioso von London, war der führende Kopf. Er beherrschte praktisch den Markt, und er war auch mit mir einige Male aneinandergeraten. Einmal hatte er sogar versucht, die Horror-Oma Sarah Goldwyn und mich zu verbrennen. Wir hatten im letzten Moment entkommen können.

Jetzt wurde der Fall wirklich interessant.

Mrs. Kan fuhr fort.

»Wir haben auf ihn eingeredet, nichts hat bei ihm geholfen. Er war nicht zu belehren. Hin und wieder kam er nach Hause, dann warf er mit dem Geld um sich, und er erweckte den Neid seiner jüngeren Verwandten. Auch unter ihnen gab es böse Menschen. Schon in Taiwan hatten sie sich einer Organisation angeschlossen, die sich Rote Schlange nennt. Diese Bande beschwor und betete die Mächte des Bösen an. Für sie gibt es nur einen Götzen. Tschu Wang, den verfluchten Mandarin. Laut ihrer Aussage soll Tschu Wang nicht tot sein, sondern irgendwann einmal wiederkehren, um grausame Rache an allen zu nehmen. Er will seine Schreckensherrschaft fortsetzen, an der ihn ein Kaiser gehindert hat. Die Bande hatte regen Zulauf. Sie wurde immer stärker, und sie führten die Beschwörungen durch, um Tschu Wang zurückzuholen.«

»Was hat es mit der Roten Schlange auf sich?« fragte ich.

»Der Sage nach soll Tschu Wang halb Mensch und halb Schlange sein, die ihre Opfer verschlingt und nur noch die Totenschädel von ihnen übrigläßt. Aber die Schädel leben. Sie begleiten ihn auf der Teufels-Dschunke, auf die man Tschu Wang verbannt hat, damit er für alle Zeiten über die Meere treibt.«

»Und jetzt ist er wieder aufgetaucht?« erkundigte ich mich.

Mrs. Kan hob die Schultern. »Man weiß es nicht.«

Ich blickte Suko an. »Was hat Costello denn mit diesem Tschu Wang zu tun?«

»Er ist nicht sein Komplize«, erwiderte Suko. »Aber das kann dir Mrs. Kan besser erzählen.«

Die Frau nickte. »Sehr richtig. Wie ich schon erwähnte, hat sich die Bande der Roten Schlange breitgemacht. Und auf irgendeine Art und Weise müssen die Mitglieder dieser Gruppe mit Leuten aus der Costello-Gruppe zusammengestoßen sein, denn es hat zwei Tote auf seiten der Mafiosi gegeben. Man fand ihre Leichen in einem Abwasserkanal. Costello hat aber auch herausgefunden, wer für die Tat verantwortlich war, und er reagierte sofort. Er schickte meinen Neffen, der in der Mafiabande nur immer Chink hieß, los, um die Mörder zur Rechenschaft zu ziehen. Mein Neffe traute sich nicht, die Mitglieder der Roten Schlange zu bestrafen. Er kannte die Traditionen, er wußte um ihre Macht, und er hielt sich vorsichtshalber zurück. Doch das wurde ihm übelgenommen. Es gibt Zeugen, die gesehen haben, wie man meinen Neffen verschleppte und auf ein Boot brachte. Wahrscheinlich ist er jetzt schon tot. Aber damit wurde nichts erreicht. Der Kampf zwischen den beiden Banden wird weitergehen, und es gibt Anzeichen dafür, daß Tschu Wang bereit ist, zurückzukehren. Die Bande der Roten Schlange hat es geschafft, ihn zu beschwören. Er ist ja damals nicht vernichtet, sondern nur verbannt worden. Wenn er wirklich kommt, wird ein blutiger Terror diese Stadt überziehen, und ich möchte Sie bitten, alles zu tun, um diesen Terror zu verhindern. Es würden zu viele Menschen sterben. Vor allen Dingen unschuldige Menschen, was niemand von uns will.«

Da hatte die gute Frau völlig recht. Und es war auch gut gewesen, daß sie sich an uns gewandt hatte.

»Das ist alles, was Sie wissen?« fragte ich.

»Ja.«

Ich strich durch mein Haar. Dabei überlegte ich. Wie es aussah, rollte da eine Woge des Schreckens auf uns zu. Es war nun unsere Aufgabe, sie einzudämmen. Leider hatten wir noch zu wenig Fakten in der Hand. Die Bande der Roten Schlange bestand zwar, aber ich wußte nicht, wo, wie und wann sich die einzelnen Mitglieder trafen. Danach fragte ich Mrs. Kan.

»Ihr Treffpunkt ist der Hafen.«

Ich lächelte. »Der ist groß, Mrs. Kan.«

Sie nickte. »Ich wußte, daß Sie mir so antworten würden, aber was soll ich Ihnen sagen? Mir ist selbst nicht bekannt, wo sich dieser Geheimbund trifft.«

»Sie kennen doch die Mitglieder«, hakte ich nach.

»Die würden sich eher die Zunge abbeißen, als so etwas zuzugeben, Mr. Sinclair.«

Suko nickte bestätigend. Er mußte es wissen. Mein chinesischer Freund hatte seine Erfahrungen, was fernöstliche Geheimbünde anging. Da redete niemand, lieber ging derjenige in den Tod, als daß nur ein Wort über seine Lippen kam.

»Weiß man, daß Sie zu uns gekommen sind?« fragte ich die Frau.

Sie lächelte schmal. »Ich hoffe nicht.«

»Aber sicher sind Sie sich auch nicht?«

»Nein.«

Suko und ich tauschten einen Blick. »Dann wäre es also besser, wenn einer von uns Sie nach Hause begleitet?«

»Vielleicht. Aber das ist nicht nötig. Ich werde mir ein Taxi nehmen und ...«

Ich hatte mich schon längst entschlossen. »Nein, nein, das kommt nicht in Frage. Ich werde mit Ihnen fahren.«

»Und ich ebenfalls«, meldete sich Suko.

Dagegen hatte ich wirklich nichts einzuwenden. »Ich möchte nur noch einige Dinge holen«, sagte ich und stand auf. Suko wußte, was ich damit meinte.

Unbewaffnet ging ich nirgendwo mehr hin. Zu oft hatten mich meine Gegner überraschen können, denn die Mächte der Finsternis lauerten überall.

Das Kreuz hing sowieso um meinen Hals. Ich legte es auch während des Schlafs nie ab.

Es war mir zu unbequem, erst noch das Schulterholster anzulegen, deshalb nahm ich das andere. Es war einfach, es an der linken Seite meines Gürtels zu befestigen. Da fand die mit Silberkugeln geladene Beretta ihren Platz.

Suko und Mrs. Kan standen in der schmalen Diele, als ich die Wohnung meines Freundes betrat. Mrs. Kan hatte ihren Mantel übergestreift. Suko fragte: »Können wir?«

Ich nickte.

»Sie müssen uns nur noch die Adresse angeben«, bat der Chinese seine Landsmännin.

Sie nannte uns die Anschrift. Mrs. Kan wohnte in Finsbury, wo es eine große Chinesensiedlung gab. Es war die Radnor Street. Dort hatte mich zwar selten meine Fahrt hingeführt, aber ich wußte, wie es in dieser Gegend aussah.

»Wie sind Sie denn hergekommen?« fragte ich.

»Mit einem Taxi.«

Mit Mrs. Kan verließ ich die Wohnung, während Shao

zurückblieb und von Suko noch einen Abschiedskuß erhielt.

Mit dem Lift fuhren wir nach unten in die Tiefgarage. »Wissen Sie, Mr. Sinclair«, sagte die Frau leise. »Ich habe eine ungeheure Angst vor den Dingen. Diese Menschen schrecken vor nichts zurück, wobei ich die Bande der Roten Schlange für noch gefährlicher halte als die Mafiosi dieses Logan Costello.«

»Ich glaube, sie sind beide gleich schlimm.«

»Nein, die Mafialeute kann man ausrechnen, die der Roten Schlange nicht.«

Der Lift hielt. »Sie scheinen sich aber sehr gut auszukennen«, sagte ich.

Mrs. Kan lächelte. »Ich habe eine große Familie und Verwandtschaft. Da hört man so einiges.«

»Das kann ich mir vorstellen.«

Der Bentley stand an seinem reservierten Platz. Wir warteten noch auf Suko. Er war uns mit dem zweiten Fahrstuhl gefolgt. Dann stiegen wir ein.

Als wir die Garage verließen, wurde es draußen bereits hell. Ein Grauschimmer lag über den Dächern der Häuser. So ruhig wie um diese Zeit erlebt man die Millionenstadt selten, es war das große Atemholen vor dem frühmorgendlichen Run.

Um zu unserem Ziel zu gelangen, mußten wir quer durch die halbe City. Ich sah zu, daß ich auf die Goswell Road gelangte, die mitten durch Finsbury führte. Die Wagen, die um diese Zeit unterwegs waren und uns entgegenkamen, konnte ich bequem an beiden Händen abzählen.

Bisher hatte ich trotz meines Mißtrauens nicht feststellen können, daß sich Verfolger an den Bentley hängten. Ich blickte mehr als gewöhnlich in den Innen- und Rückspiegel, aber es gab keinen Wagen, der sich auf meine Fährte gesetzt hatte.

Mrs. Kan war während der Fahrt sehr still. Sie hockte im Wagen und sagte keinen Ton. Sie versank förmlich in dem großen Fond, eine stille, schmale Gestalt, die aber von einer starken inneren Kraft erfüllt war.

Irgendwie bewunderte ich diese Frau. Sie hatte das Schweigen gebrochen, sie wollte nicht, daß es ein großes Blutvergießen gab, und hatte durch das Brechen des Schweigens ihr Leben aufs Spiel gesetzt. Das hätte kaum ein Mann getan, deshalb meine Hochachtung vor dieser Person.

Die Häuser dieses Chinesenviertels – es gab in London mehrere davon – gruppierten sich um den Norman Square, eine rechteckige Grünfläche, von der zahlreiche kleine Straßen ausgingen.

Manche hatten keinen Namen. Irgendwie waren sie einfach entstanden, durch das Bauen der kleinen, schmalbrüstigen Häuser, mit denen sich die andersfarbigen Mitbürger zufrieden gaben.

Ich mußte mit der Geschwindigkeit heruntergehen. In dieser Gegend waren die Laternen nicht so zahlreich vertreten wie zuvor, irgendwie wirkte alles düster und wie mit einem geheimnisvollen Schleier umgeben.

»Bitte fahren Sie die nächste Straße rechts«, wies mich die Frau an.

Ich nickte. Ein rascher Blick auf Suko zeigte mir, daß sich der Chinese nicht gerade wohl fühlte. Er saß ziemlich angespannt neben mir. Seine Blicke wieselten durch die Scheibe, er wollte draußen jedes Detail mitbekommen.

»Rechnest du mit Ärger?« flüsterte ich.

Er hob die Schultern.

Die Straße war noch enger als die vorherige. Hier standen sogar noch Holzhäuser. Weiter vorn, so ziemlich am Ende der Straße, brannte eine Laterne. Die helle Kugel erinnerte mich an eine in der Luft schwebende Zitrone.

Der Pfahl der Laterne war überhaupt nicht zu sehen. Er verschwand in der Dunkelheit.

»Halten Sie bitte.« Dünn klang die Stimme an meinen Ohren.

»Wo ist das Haus?«

»Auf der linken Seite.«

An den Gehsteig konnte ich nicht fahren. Es gab ihn kaum. Die Reifen rollten über Kopfsteinpflaster, das zum Teil sogar aufgerissen worden war.

Ich hielt.

Das normale Chinesenviertel, sei es nun in New York oder San Francisco, war prall gefüllt mit einem bunten Treiben und steckte voller Leben. Hier war alles tot. Eine unnatürliche Ruhe lag über dem gesamten Komplex. Man konnte sich regelrecht fürchten.

»Das gefällt mir gar nicht«, murmelte Suko.

»Mir auch nicht«, erwiderte ich und drückte die Wagentür auf. Langsam stieg ich aus und behielt meine rechte Hand in der Nähe der Waffe.

Suko ging um den Bentley herum und öffnete die Fondtür, so daß Mrs. Kan den Wagen verlassen konnte.

Die Frau trat auf mich zu und wollte mir die Hand reichen. »Ich danke Ihnen«, sagte sie.

Mitten in der Bewegung stockte sie. Plötzlich verzerrte sich ihr Gesicht. Sie riß die Augen weit auf, ein gequälter Ausdruck schimmerte in ihren Pupillen, sie begann am gesamten Körper zu zittern und fiel nach vorn.

Mir genau in die Arme.

Ich hielt sie fest und merkte sofort, daß eine Tote in meinen Armen lag. Heimtückisch war sie umgebracht worden. In ihrem Nacken steckte ein Pfeil, dessen Schaft die Form einer roten Schlange aufwies …

Shao konnte nicht gerade behaupten, daß sie der Besuch von Mrs. Kan beruhigt hatte. Das Gegenteil war eingetreten. Die Chinesin verspürte eine seltsame Angst.

Sie war an und für sich keine sehr furchtsame Person, das hatte sie auch schon in ihrer Heimat Hongkong bewiesen, wo sie noch auf der Gegenseite stand und Suko sowie John Sinclair bekämpfte, aber in diesem Fall hier spürte sie doch die nagende Furcht. Sie lag wie ein Druck im Magen und wollte einfach nicht weichen. Dabei sah Shao keinen konkreten Anhaltspunkt für ihre Angst, aber sie ahnte etwas, und sie dachte mit Schrecken an die nahe Zukunft.

Die Worte der Frau hatten sie ziemlich hart getroffen. Mrs. Kan war sehr mutig, das konnte niemand bestreiten, aber Shaos Meinung nach hatte sie sich ein wenig zuviel vorgenommen. Sie hatte die Bande der Roten Schlange verraten, und sollten die Mitglieder das irgendwie herausfinden, dann war Mrs. Kans Leben und auch das ihrer Begleiter keinen Pfifferling mehr wert.

Auch Shao war mit ihr zusammengewesen. Vielleicht kam das Gefühl daher.

Zudem fürchtete sie sich plötzlich, allein in der leeren Wohnung zurückzubleiben. Sicher, Suko war des öfteren nicht da, aber jetzt waren beide weg, denn auch Johns Wohnung stand leer.

Auf dem Sessel sitzen bleiben konnte Shao auch nicht. Sie begann, unruhig im Wohnraum auf- und abzugehen.

Nur ihre Schritte waren zu hören. Aus den um sie herumliegenden Wohnungen drangen keinerlei Laute oder Geräusche. Shao hatte das Gefühl, als wäre sie mutterseelenallein in dem großen Haus.

Sie nahm wieder Platz. Ins Bett gehen und schlafen, das wollte sie nicht. Dazu hatte sie nicht mehr die Kraft und auch nicht die Nerven. Sie wollte so lange warten, bis Suko und John zurück waren. Plötzlich fühlte sie sich in ihrem Morgenmantel deplaziert. Shao ging ins Schlafzimmer, zog den Morgenmantel aus und streifte sich einen locker fallenden Pullover über. Dann stieg sie in die lange Hose, warf das schwarze Haar in den Nacken und wollte in die Küche gehen, um sich etwas zu trinken zu holen.

Auf dem halben Weg blieb sie stehen.

Etwas hatte sie irritiert.

Ein Geräusch.

Aber nicht an der Tür, sondern draußen auf dem Gang. Jetzt identifizierte Shao es auch. Es war die Tür zum Lift. Jemand hatte sie aufgestoßen.

Shao blies ihren Atem schräg gegen die Stirn, wo die Haare anfingen zu flattern. Sie hörte auch die Schritte, als die Person, die den Lift verlassen hatte, über den Flur ging.

Und vor der Tür verstummten sie.

Plötzlich stieg wieder Angst in Shao hoch. Wollte der Besucher zu ihr?

Da, wieder die Schritte. Diesmal entfernten sie sich, und die Chinesin atmete auf. In diesem Haus hatte sie schon viel Schreckliches erlebt. Auf ihrem letzten Geburtstag war sie sogar von Schlangen überfallen worden, und Apep, die Höllenschlange, hatte sich des Hauses bemächtigt.

Erst als Shao die Schritte nicht mehr hörte, schlich sie zur Tür und schaute durch den Spion. Auch davor fürchtete sie sich, denn es hatte schon Leute gegeben, die kurzerhand durch das Guckloch schossen.

Shao kam unverletzt davon.

Sie schaute auf den Flur und sah, daß nur die Notbeleuchtung brannte.

Wie immer in der Nacht. Nichts war anders, nichts deutete auf eine Gefahr hin, und doch war das ungute Gefühl bei der jungen Chinesin geblieben.

Shao wollte sich schon wieder abwenden, als sie abermals ein Geräusch vernahm.

Diesmal waren es keine Schritte, sondern das Geräusch hörte sich zischend an.

Zischen? Gas! Sofort stellte Shao die Verbindung zu Gas her. Sie trat zurück, schaute nach unten, und ihre Blicke glitten dabei über die zweite Hälfte der Tür.

Das Gas mußte von draußen her in die Wohnung eingeleitet werden. Und zwar drang es durch den Türspalt in die Diele. Etwas anderes konnte Shao sich nicht vorstellen.

Sie bückte sich und brachte ihr Gesicht dieser unheimlichen Gasquelle näher.

Der Geruch verstärkte sich.

Für Shao gab es keinen Zweifel mehr, daß das Gas tatsächlich durch den Türspalt strömte. Die Schritte vor der Tür, das kurze Anhalten – diese Zeit mußte der Besucher genutzt haben, um die Ampulle in die richtige Lage zu bringen.

Sie wußte nicht, wie gefährlich das Gas war, ob es sie töten konnte oder nicht, auf jeden Fall war es nicht harmlos. Und sie wußte auch, wer ihr diesen Gruß geschickt hatte.

Die Rote Schlange.

Also hatte sie mit ihrer Befürchtung doch recht gehabt. Die Feinde waren näher, als sie dachte.

Shao wich zurück. Aus der Wohnung kam sie nicht mehr heraus, aber sie konnte die Fenster einschlagen und um Hilfe telefonieren. Das nächste Revier war nicht weit entfernt, die Polizisten mußten sie schützen.

Schützen …

Es fiel ihr schwer, dieses Wort zu denken. Jeder Buchstabe war plötzlich träge. Gleichzeitig zog die Trägheit durch ihren Körper, und die Beine wollten nachgeben und wegknicken. Sie konnte sich kaum noch auf den

Füßen halten, der nächste Schritt bereits wurde zur reinen Qual, und Shao wußte nicht, was sie tun sollte.

Vor sich sah sie noch das hellere Rechteck der offenen Wohnzimmertür. Da mußte sie hindurch, aber bei Shao blieb der Wunsch der Vater des Gedankens.

Nicht einen Zoll weiter schaffte sie es.

Plötzlich gaben ihre Beine nach. Das Gewicht des Körpers war einfach zu schwer. Shao verlor das Gleichgewicht und fiel langsam nach vorn, schlug schwer zu Boden und blieb auf dem Gesicht liegen.

Allerdings wurde sie nicht bewußtlos, und sie bekam jedes Geräusch mit. Sogar ziemlich laut und überdeutlich, als wären ihre Gehörnerven empfindlicher geworden.

Sie vernahm das Kratzen an der Tür, flüsternde Stimmen, dann ein Schaben, und plötzlich sprang das Schloß auf.

Die Tür war offen.

Aber die Entführer oder Gangster zeigten sich noch nicht. Sie blieben draußen und sorgten dafür, daß das Gas abziehen konnte. So vergingen die Minuten. Eine Zeit, in der Shao weiterhin auf dem Boden lag und sich nicht rührte. Doppelt so schwer fühlte sich ihr Körper an. Für kein Geld der Welt wäre sie jetzt aufgestanden, weil sie es einfach nicht mehr konnte.

Dann waren die anderen da.

Shao unterschied sehr genau, daß es sich bei ihnen um zwei Männer handeln mußte. Ihre Schritte waren fest und zielstrebig. Neben Shao blieben sie stehen.

Sie bückten sich.

Kalte Finger berührten ihren Körper, rutschten unter den Pullover und lagen auf der nackten Haut.

Shao wurde herumgedreht.

Zwei Gesichter starrten sie an. Kalte Gesichter, an Masken erinnernd.

Der Schnitt und die Mongolenfalte bewiesen, daß es Chinesen waren, die sie umstanden.

Und sie gehörten zur Bande der Roten Schlange. Das bewies schon das Zeichen auf ihren Stirnen.

Jeweils in der Mitte über den beiden Augen leuchteten als Male zwei blutrote Schlangen!

Wäre Shao im Vollbesitz ihrer Kräfte gewesen, hätte sie vielleicht geschrien, so aber drang kein einziger Laut über ihre Lippen. Die Chinesin blieb stumm und starrte ihre Landsleute an, die sie eingekreist hatten. Denn noch ein dritter war aufgetaucht. Ein ziemlich großer Kerl. Er hatte die Tür geschlossen und stand davor. Auch seine Stirn zierte eine Schlange.

Die Kleidung der Männer war normal. Niemand trug irgendein Gewand oder Pumphose mit den dazugehörigen Jacken.

Sie unterschieden sich bis auf die Schlange in den Gesichtern in nichts von anderen Menschen.

Shao wurde angehoben. Sie hatte sich zwar steif gemacht, aber das nutzte ihr nichts. Wie eine Schaufensterpuppe stellte man sie auf die Beine. Sie wurde festgehalten, denn die Nachwirkungen des Gases spürte sie noch immer, und es würde ihr schwerfallen, sich allein auf den Beinen zu halten.

Die beiden Kerle schoben Shao voran. Es war wirklich ein regelrechtes Schieben, wobei sich die Beine der Chinesin nach einigen Schritten automatisch bewegten.

Sie ging wie eine Puppe.

An der Tür nahm sie der dritte in Empfang, dann wurde Shao in den Flur geführt.

Leer und still lag er vor ihr. Niemand der Hausbewohner ließ sich blicken. Das wäre Shao auch irgendwie nicht recht gewesen, denn hätte sich jemand gegen die Diener der Roten Schlange gestellt, wäre es ihm wohl schlecht ergangen.

Die drei Chinesen schleiften Shao auf den Lift zu, der in die Tiefgarage führte.

Als sich die Tür hinter ihnen schloß, erschien Shao das wie ein endgültiges Abschiedszeichen.

Seltsamerweise hatte sie nicht einmal Herzklopfen vor Angst. Die Wirkung des Gases hielt noch vor.

Sie glitten in die Tiefe.

Shao wurde von den beiden Männern weiterhin festgehalten. Ihre Griffe waren hart, aber nicht schmerzhaft. Die Finger umspannten die Ellbogen der Frau.

Der Lift hielt, und sie konnten die Kabine verlassen. Zuerst trat der dritte Mann heraus. Er blieb zwei Schritte vor der Kabine stehen und sah sich um, ob die Luft rein war.

Sie war es. Niemand befand sich in der Halle. Der Mann drehte sich halb und gab den beiden anderen ein Zeichen, die Shao daraufhin aus dem Lift drängten.

Ein neues Ziel wurde anvisiert.

Es war ein Auto. Ein dunkler Mercedes. Er stand quer mit seiner Längsseite zu einer Reihe von parkenden Wagen und versperrte ihnen den Weg zurück. Um diese Zeit jedoch würde sowieso kaum jemand wegfahren.

Shao mußte in den Fond.

Der dritte Mann übernahm das Steuer, während sich einer neben die Chinesin drückte und der andere auf dem Sitz des Beifahrers Platz nahm. Die Männer zogen die Wagenschläge zu, dann startete der Fahrer. Der Diesel ackerte etwas, stieß dicke Abgaswolken aus und lief dann rund. Langsam setzte er sich in Bewegung.

Shao stellte fest, daß sie sich im hinteren Teil der unterirdischen Halle befanden. John und Suko hatten ihre Fahrzeuge im vorderen Teil stehen, daher hatten sie den Mercedes, falls er schon vorher dagewesen war, nicht gesehen und auch keinen Verdacht geschöpft.

Als Shao diese Gedanken kamen, merkte sie gleichzeitig, daß sich die Wirkung des Gases verflüchtigt hatte. Plötzlich konnte sie wieder klar denken, und sie wurde sich der Gefahr bewußt, in der sie steckte.

Jetzt war auch wieder die Angst da.

Auf einmal wurde ihr bewußt, in welch einer gefährlichen Lage sie steckte. Wieder zog sich ihr Magen zusammen, und eine heiße Welle strömte hoch bis zum Hals, wo sie einen dicken Knoten bildete, so daß Shao kein Wort hervorbrachte.

Der Mercedes rollte auf die Ausfahrt zu. Der Mann am Steuer kannte sich aus, und er schaffte es auch, an der Säule das Tor zu öffnen. Langsam schwang es in die Höhe.

Freie Fahrt.

Rechts neben Shao saß der Bewacher. Da es im Wagen dämmrig war, schien die Schlange auf seinem Gesicht zu glühen. Sie war ein Fanal, ein Markenzeichen.

Shao wollte fragen, wo sie hingebracht werden sollte, aber sie traute sich nicht. Zudem konnte sie kaum den Mund öffnen, die heiße Angst schnürte ihr die Kehle zu.

Wenn jetzt Suko und John hiergewesen wären, dachte sie. Aber sie waren es nicht, sondern weit weg.

Sie schielte nach links.

Dort befand sich ebenfalls eine Tür. Wenn sie sich gegen die Tür warf und den Hebel herumlegte, dann konnte sie den Wagenschlag aufstoßen, nach draußen hechten und um Hilfe schreien. In der herrschenden Stille mußten die Menschen diese Schreie hören.

Der Wagen hielt.

Der Fahrer mußte sich erst orientieren, ob er einbiegen konnte. Im Osten wurde es schon hell. Der graue Streifen schob die Dunkelheit der Nacht immer weiter zurück und tauchte die Straße in ein seltsames Zwielicht.

Da wagte Shao es.

Plötzlich warf sie sich zur Seite, streckte ihre Arme aus,

und die Finger suchten nach dem Türhebel. Das geschah blitzschnell. Sie bekam den Hebel auch zu fassen, doch sie schaffte es nicht, ihn herumzudrücken.

Die Tür war verriegelt!

Das Lachen ihres Aufpassers traf sie wie ein Peitschenschlag. Auf einmal sackte sie zusammen, Tränen wollten aus ihren Augen stürzen, und sie beherrschte sich nur mühsam.

Dann fühlte sie die Finger auf ihrer Schulter. Gleichzeitig fuhr der Wagen an.

»Setz dich wieder!« befahl ihr Bewacher.

Shao richtete sich auf. Die Hand glitt langsam von ihrer Schulter und blieb aber auf der Haut, was bei der Chinesin ein Frösteln verursachte.

»Das hättest du dir sparen können«, sagte der Mann und lachte leise.

Shao hob die Schultern. »Was haben Sie mit mir vor?« fragte sie leise. »Warum entführen Sie mich?«

»Es hat jemand Sehnsucht nach dir.«

»Und wer?«

»Du kennst ihn nicht. Aber du wirst ihn bald kennenlernen, Schwester. Dann gehörst du vielleicht auch zu ihm.« Jetzt lachte der Chinese leise. Er deutete auf seine Stirn. »Siehst du dort das Zeichen?«

»Ja.«

»Das ist die Schlange. Wir sind stolz darauf, ihm dienen zu können.«

»Es gibt Leute, die Tschu Wang vernichten werden!« erklärte Shao fest.

»Du kennst ihn also.«

»Nur seinen Namen.«

»Dann kannst du dich darauf freuen, ihm bald persönlich gegenüberzustehen.«

Der Mann am Steuer drehte sich um. »Rede nicht soviel!« herrschte er den anderen an.

Der nickte.

Bisher hatten sie sich chinesisch unterhalten. In einem Dialekt, den auch Shao verstehen konnte, denn er wurde auch in der Nähe von Hongkong gesprochen.

Der Fahrer beschleunigte. Shao, die hin und wieder aus dem Fenster blickte, bemerkte, daß sie sich dem Hafen näherten. Dann bogen sie jedoch ab und fuhren in östliche Richtung, so daß sie irgendwann die Londoner Stadtgrenze hinter sich lassen mußten und in das Gebiet gelangten, wo zahlreiche Firmen ihren Sitz in der Nähe des Flusses gefunden hatten. Hier kam kaum noch ein Mensch hin. Die Ufer waren verschlammt. Ein paar Meilen weiter standen dann die Bootshäuser, wo sich manch Londoner Bürger einen Wochenendsitz eingerichtet hatte. Um diese Zeit standen die Häuser leer.

Lag da vielleicht ihr Ziel?

Shao kannte die Namen der Straßen nicht mehr, durch die der Wagen fuhr. Nur die Gegend wurde einsamer. Dann bogen sie ab und gelangten auf einen schmalen Weg, der hinunter zum Fluß führte.

In Kurven wand er sich der Themse entgegen. Zum Teil war er mit Asphalt bedeckt, ansonsten wuchsen Grasbüschel aus dem Boden. Rechts lagen einige Gebäude. Das mußte bereits am Ufer der Themse sein, und dann fuhr der Mercedes quer über eine Wiese, um diese Gebäude anzusteuern.

Zwei Minuten später stoppten sie.

»Aussteigen!« Die Stimme von Shaos Bewacher ließ an Deutlichkeit nichts zu wünschen übrig.

Die Chinesin verließ den Wagen. Als sie sich hinstellte, verspürte sie ein leichtes Schwindelgefühl. Überbleibsel der eingeatmeten Gasmenge, die sie doch noch nicht verkraftet hatte, denn auch in den Knien spürte sie ein weiches Gefühl.

Trotzdem riß sie sich zusammen, blickte sich um und

prägte sich Einzelheiten ein. Vor ihr und ziemlich dicht am Ufer befand sich das hohe Holzgebäude, das auf sie wie eine primitive, mit einem Dach versehene Werft aus Holz wirkte, aber ebensogut ein Bootshaus sein konnte. Wahrscheinlich war es das auch.

Sie roch den Fluß. Dieser Geruch war typisch, und sie hörte auch das Rauschen.

Man nahm sie in die Mitte. Die beiden, die nicht gefahren hatten, hielten ihre Arme fest und führten sie auf das Haus zu. Der Fahrer war schon vorgegangen.

Shao ahnte, daß dieser Bau ihr Gefängnis und vielleicht auch ihre Todesstätte werden sollte. Abermals keimte die Angst in ihr hoch, und sie begann zu zittern.

Plötzlich blieben die Männer stehen. Das hatte seinen Grund, denn für den Bruchteil einer Sekunde waren sie von einem hellen Licht gestreift worden.

Scheinwerfer!

Dann wurde es wieder dämmrig. Es gab jedoch keinen Zweifel, daß sich ein Wagen in der Nähe befand.

Zwar rauschte der Fluß, aber die Geräusche des Motors waren trotzdem zu vernehmen.

Die drei Chinesen zischten sich gegenseitig einen Befehl zu. Shao merkte, daß auch sie mit einbezogen wurde. Der Druck der Hände verstärkte sich, jemand trat in ihre Kniekehlen, und sie kippte zu Boden. Ein Schatten fiel über sie, und die Stimme eines Mannes zischte leise an ihrem Ohr: »Liegenbleiben!«

Shao gehorchte. Sie wußte nicht, worum es ging, aber sie wollte sich nichts entgehen lassen.

Vorsichtig drehte sie den Kopf zur Seite.

Shao sah, daß die drei Männer nach vorn huschten. Gleichzeitig teilten sie sich, so daß sich zwischen ihnen eine Distanz von etwa fünf Yards befand.

Das Land fiel zum Ufer hin etwas ab. Wenn Shao zurückschaute, dann blickte sie über ein etwas ansteigendes Gelände. Und dort oben, wo es in eine flachere Ebene überging, da sah sie den Wagen. Er schoß heran, eine schwere Limousine amerikanischen Ursprungs, wurde abgebremst, und vier Türen flogen auf.

Männer erschienen.

Bewaffnete Männer.

Dunkle Anzüge, Hüte auf den Köpfen.

Das war ein Killerkommando der Mafia. Logan Costello hatte es hergeschickt.

Und diese Leute zögerten nicht eine Sekunde. Sie rissen ihre Waffen hoch und begannen zu schießen.

Shao, die Chinesin, erlebte in den nächsten Sekunden einen Kampf, den sie nie in ihrem Leben vergessen sollte …

Auch Suko hatte bemerkt, was geschehen war. Sofort kam seine Warnung. »Vorsichtig, John.«

Ich nahm blitzschnell Deckung, fiel in die Knie, ließ die Frau aber nicht los. Dann, als mich der Bentley nach einer Seite hin abdeckte, legte ich sie vorsichtig zu Boden.

Nein, es war wirklich kein Leben mehr in ihr. Der Pfeil mit dem Schlangenschaft hatte sie auf der Stelle getötet. Zorn und Wut wallten in mir hoch. Was waren das nur für Bestien, die solches fertiggebrachten? Eine Frau zu töten, die harmlos war und keinem etwas zuleide getan hatte, die allein ein Blutvergießen vermeiden wollte.

Schlimm, so etwas …

Aber ich schwor bei dieser Leiche, daß ich die Mörder fassen würde. Koste es, was es wolle.

»Bist du okay, John?« vernahm ich Sukos Stimme. Mein Freund hockte durch den Bentley von mir getrennt auf der gegenüberliegenden Seite

»Ich bin in Ordnung.«

»Siehst du was?«

»Nein.«

Es war auch verdammt schwer, etwas zu erkennen. Die Straße vor mir wurde so gut wie nicht beleuchtet. Die Laterne am Ende war nicht mehr als eine trübe Quelle. Dicht an dicht standen die Häuser. Manche aus Stein, einige aus Holz.

Die Fensterläden waren verrammelt oder nur geschlossen.

Niemand ließ sich blicken.

In dieser Straße lauerte die Angst, das spürte ich mit jeder Faser meines Körpers. Nur zwei parkende Kleinwagen stachen mir ins Auge. Der eine stand nahe der Laterne.

Ich hatte die Beretta gezogen und hielt sie schußbereit in der rechten Hand. Ein reiner Nervenkrieg begann. Irgendwo konnte der heimtückische Killer lauern und wieder zuschlagen.

Hinter mir ein Geräusch.

Ich warf mich zu Boden, rollte mich herum und atmete erleichtert auf, als ich die Katze sah, die dicht an der Hauswand entlangstrich und ein Stück Holz vor sich herschob.

Sie schaute mich an und verschwand.

Von Katzen hatte ich nach dem Abenteuer gegen die Dämonenkatze Yita erst einmal genug.

Nachdem fünf Minuten vergangen waren und sich noch immer nichts getan hatte, mußten wir etwas unternehmen. Zudem schlief mir das rechte Bein ein, denn ich hatte mich wieder hingehockt und stand in einer unbequemen Stellung. Suko horchte auf, als er meinen leisen Pfiff vernahm.

»Sollen wir?« fragte er.

»Ja, hier kleben wir nachher noch fest.«

»Meinen Segen hast du.«

»Und wo wollte Mrs. Kan hin?«

»Das Haus hier an meiner Seite ist es, John. Du mußt dich leider herbemühen.«

»Was tut man nicht alles für einen Freund!«

Ich blieb in der geduckten Haltung, als ich um den Bentley herumschlich und zu Suko ging. Der Chinese hielt seine Waffe ebenfalls in der Hand. Er blieb nie auf der Stelle stehen, sondern drehte sich ein paarmal im Kreis, um Straße und Häuserfront im Auge behalten zu können.

Kein Leben zeigte sich. Die Bewohner schienen sich zu fürchten, vielleicht hatten sie auch Angst, nach draußen zu treten, denn sie hatten sicherlich den Mord an Mrs. Kan beobachtet. Sie kannten die Gegend, und sie wußten, wie man hier reagierte.

Neben Suko blieb ich stehen. Mein Freund spreizte den Daumen ab und deutete auf ein schmalbrüstiges Haus neben uns. »Da hat sie wohl gelebt.«

»Sehen wir uns die Sache mal an«, murmelte ich und verglich gleichzeitig die Entfernung zwischen Haus und dem Platz, wo die Frau gestorben war.

Ja, der heimtückische Pfeil hätte sogar aus dem Haus abgefeuert worden sein können.

»Ich nehme die Frau mit«, sagte ich zu Suko.

Mein Freund war einverstanden. Ich konnte diese tapfere Frau nicht einfach tot auf der Straße liegen lassen.

Ich nahm sie auf, während mir Suko den Rücken deckte. Mrs. Kan war sehr leicht.

Mit der Toten auf den Armen schritt ich abermals um den Wagen herum und näherte mich der Haustür, wo Suko bereits wartete.

Er hatte schon geklopft, aber niemand öffnete. Dann streckte er die Hand aus und drückte gegen die Tür.

Sie schwang auf.

»Wer sagt's denn?« flüsterte mein Partner und schaute in einen schmalen Flur. Seine Hand verschwand nach links und fuhr so lange an der Wand entlang, bis sie einen Lichtschalter gefunden hatte.

Eine trübe Funzel verbreitete ein regelrechtes Totenlicht. Viel konnten wir nicht erkennen, sahen aber den engen Flur und die abzweigenden Türen.

Die erste nahm Suko sich vor.

Er klopfte, und zu unserer Überraschung wurde geöffnet. Ein alter Mann zog sie auf, verbeugte sich und ließ uns eintreten.

Noch die Beretta in der Hand haltend, ging Suko als erster in das Zimmer, das aus einem anderen Erdteil zu stammen schien. Hier war nichts Europäisches mehr zu sehen. Das fing bei den Motiven auf den Tapeten an, ging weiter über die Möbelstücke und endete beim Geruch.

Suko sprach mit dem Mann. Ich konnte sie nicht verstehen, da sie sich in ihrer Heimatsprache unterhielten. Der Alte nickte und deutete auf einen Diwan, hinter dem ein dunkler Vorhang das Zimmer teilte.

»Du kannst sie da ablegen«, sagte Suko.

Ich fragte: »Sind wir denn hier richtig?«

»Scheint so.«

Ich legte Mrs. Kan auf den Diwan. Der Alte stand daneben. Eine magere Gestalt mit Ziegenbart, verschrumpeltem Zitronengesicht und spiegelblanker Glatze, auf der ein kleines Käppi saß, das mit Perlen verziert war. Ich sah es in seinen Augen feucht schimmern, da hatte ich Gewißheit, daß ich hier richtig war.

Ich legte dem Mann die Hand auf die Schulter. Er merkte es nicht, sondern hatte nur Augen für die Tote, die er unverwandt anstarrte. Auf Zehenspitzen ging ich zu Suko.

»Ob er etwas gesehen hat?« flüsterte ich.

»Wenn ja, dann würde er aber nichts sagen.«

»Und warum nicht?«

»Soll er auch sterben?«

»Aber er leidet unter dem Tod seiner Frau. Er müßte doch wollen, daß der oder die Mörder bestraft werden.«

»John, du kennst die Mentalität meiner Landsleute nicht. Da wirst du dich auch nie hineindenken können, ehrlich.«

»Ja, das scheint mir auch so.«

»Und jetzt werden wir den Mann in seinem Schmerz allein lassen und sehen uns im Haus um.«

»Falls die Mörder nicht schon weg sind«, sagte ich.

»Wer weiß.«

Suko sprach so rätselhaft, und dann reagierte er schnell wie ein Panther.

Bevor ich mich versah, war er schon gestartet und raste auf den Vorhang hinter dem Bett zu.

Ein Griff, ein Ruck, der Vorhang schwang auf, und im nächsten Augenblick wurden meine Augen groß.

Ich sah vor mir ein Mitglied der Roten Schlange!

Das Zeichen auf seiner Stirn war nicht zu übersehen. Es glühte wie ein Fanal, als wäre es regelrecht in die Haut gebrannt worden. Bewaffnet war der Typ nicht, jedenfalls hielt er keine Waffen in den Händen.

Er wollte jedoch fliehen.

Suko ließ ihn genau einen Schritt weit kommen. Dann sah ich seine Bewegung, hörte ein Klatschen und in der nächsten Sekunde einen dumpfen Fall.

»So nicht, mein Lieber«, sagte Suko. Er schleifte den Kerl zurück in den Raum, wo wir warteten.

Der Alte kümmerte sich nicht um das Bandenmitglied. Er hatte nur Augen für die Tote. Aber ich wollte ihn mir näher ansehen. Suko hatte ihn nicht bewußtlos geschlagen. Der Typ nahm noch alles wahr, und er konnte auch sprechen.

Suko hievte ihn hoch und warf ihn auf ein Sitzkissen.

Mit dem Rücken knallte der Typ gegen die Wand, da das Kissen dicht davor stand.

»Und jetzt rede!« sagte ich.

Suko stieß mich an. »Laß mal und schau dir lieber die Schlange auf seiner Stirn ...«

Er brauchte nicht erst zu Ende zu reden. Ich sah sowieso, was er damit meinte.

Die Schlange glühte.

Knallrot leuchtete sie uns entgegen. Rechts und links von ihr sahen wir die beiden Augen, die der Mann weit aufgerissen hatte und in denen der Fanatismus leuchtete, zu dem er fähig war.

Der wollte töten, und er würde nichts sagen.

Das Rot der Schlange nahm an Intensität zu. Es strahlte regelrecht ab, wurde noch stärker und übergoß das Gesicht des Mannes mit seinem Schein.

»Weg, John!«

Es war Sukos Schrei, der mich warnte. Trotzdem hätte ich es nicht so schnell geschafft, wenn Sukos Schlag mich nicht zur Seite katapultiert hätte.

Ich flog bis gegen die Wand, und das war mein Glück, denn mit dem Chinesen vor uns geschah etwas Gespenstisches.

Die Schlange löste sich von seiner Stirn. Und sie war plötzlich keine Schlange mehr, sondern ein Pfeil oder ein Mittelding zwischen beidem. Hätte ich noch auf meinem Platz gestanden, dann wäre mir dieses Instrument in die Brust gefahren. So aber wischte es zwischen Suko und mir hindurch und jagte in den Vorhang.

Ich schaute auf den Chinesen und dann auf die Schlange. Der Mann hatte ein regelrechtes Loch in der Stirn. Es zeichnete genau die Umrisse nach, die auch die Schlange hatte.

Es war ein schreckliches Bild, das sich unseren Augen bot, und es lenkte mich für Sekunden ab.

»John, gib acht!« Abermals warnte mich Sukos Stimme.

Ich fuhr herum.

Die Schlange machte sich selbständig. Sie löste sich aus dem Vorhangstoff und nahm wieder Kurs auf uns.

Wieder hatte sie mich als Ziel ausgesucht.

Und jetzt versuchte ich es.

Blitzschnell holte ich mein Kreuz hervor und hielt es schützend vor mein Gesicht, aber so, daß ich noch an dem Kruzifix vorbeischauen konnte.

Nichts geschah!

Die Schlange zielte weiter auf meinen Kopf.

Selten in meinem Leben war ich so schnell zu Boden gegangen.

Der unheimliche Gegenstand wischte über meinen Haarschopf hinweg, prallte gegen die Wand, und da ich meinen Blick in die Höhe richtete, sah ich ihn zum ersten Mal genauer.

Die Schlange hatte sich verändert. Sie war nicht mehr Tier im eigentlichen Sinne, sondern zu einer gefährlichen Waffe geworden, denn dort, wo vorhin der Kopf gesessen hatte, befand sich nun ein Pfeil.

Ein Schuß peitschte.

Suko hatte ihn abgegeben, jedoch gefehlt, so daß die Kugel in die Wand hieb.

Ich rollte mich zur Seite und rief: »Das wird uns nichts nützen. So kriegen wir sie nicht. Auch das Kreuz hat nicht geholfen.«

Diese Schlange entstammte einer anderen Mythologie.

Plötzlich hatte Suko seinen Stab in der Hand. Bevor ich reagieren konnte, schrie er schon das bewußte Wort, das eine Reaktion des Stabes ermöglichte.

»Topar!«

Auf einmal war alles anders. In der näheren Umgebung erstarrte alles sich Bewegende zu Eis. Wenigstens kam es mir so vor. Auch mich durchzuckte eine Kälte, und ich konnte mich nicht mehr bewegen und war nur noch Statist.

Suko hatte die Dämonenpeitsche hervorgeholt.

Und damit schlug er zu.

Bevor die fünf Sekunden, in der die Zeit angehalten wurde, verstrichen waren, hatte er die Schlange schon getroffen.

Es war ein Schlag, der sie zerstörte.

Und als die Zeit vorbei war, da sah ich die Rauchwolke, die dort hochquoll, wo sich die Schlange befunden hatte.

Die Dämonenpeitsche hatte uns gerettet.

Sie war ein Phänomen. Man konnte sie als eine schwarzmagische Waffe bezeichnen. Als eine sehr starke Waffe sogar, denn sie hatte einmal Myxin, dem Magier, gehört, und er hatte sie früher im Reich der Dämonen eingesetzt und war oft Sieger geblieben. Jetzt gehörte die Peitsche uns.

»Das war's«, sagte Suko. Er wollte noch etwas hinzufügen, doch beide wurden wir durch den Schrei abgelenkt.

Der Chinese hatte ihn ausgestoßen. Er, auf dessen Stirn die Schlange gesessen hatte, warf sich plötzlich hoch und preßte beide Hände gegen den Kopf.

Wir sprangen zur Seite, als wir sahen, daß er wie ein Betrunkener im Raum umhertaumelte, dann in die Knie brach und in dieser Stellung hocken blieb.

Noch immer hielt er die Hände gegen seinen Kopf gepreßt. Zwischen seinen Fingern sahen wir es gelblichweiß schimmern.

Ein schrecklicher Verdacht keimte in mir hoch, der Sekunden später bestätigt wurde.

Die Haut auf dem Gesicht des Mannes löste sich auf. Sie fiel zwischen den Fingern zu Boden, und zurück blieb der blanke Skelettschädel. Dann war es vorbei.

Der Mann kippte nach vorn, schlug dumpf auf und rührte sich nicht mehr. Er war tot.

Ich schluckte und schaute Suko an.

Mein Partner hob nur die Schultern. Eine Erklärung wußte er auch nicht. Noch nicht. Ich war allerdings sicher, daß wir bald eine finden würden.

Nur der Schädel des Mannes war vergangen. Der Körper existierte nach wie vor.

Jetzt würde und jetzt mußte der alte Mann reden, der, wie es aussah, von dem ganzen Kampf anscheinend nichts bemerkt hatte. Noch immer hockte er neben dem Bett und starrte auf die tote Frau.

Ich tippte dem Mann auf die Schulter.

Er reagierte gar nicht.

Als ich ihn zum zweitenmal berührte, da wandte er den Kopf und sah mich an.

»Es war Ihre Frau, nicht wahr?« fragte ich.

Er schüttelte den Kopf. »Nein, die Schwester.«

»Und nun ist sie umgebracht worden. Wie mir scheint, haben Sie sehr an Ihrer Schwester gehangen.«

»Das stimmt.«

»Wollen Sie nicht, daß ihr Mörder zur Rechenschaft gezogen wird?«

Er schaute mich an. Sein Blick steckte voller Vertrauen, gleichzeitig jedoch voller Zweifel. Er konnte wohl nicht glauben, daß sich einer gegen den Clan der Roten Schlange stellte.

»Man kann sie nicht bekämpfen. Sie sind zu stark.«

»Einen haben wir getötet.«

Der Alte drehte langsam seinen Kopf. Er schaute auf die Leiche mit dem Skelettschädel und hob die mageren Schultern. »Das ist nur einer, aber es sind so viele.«

»Die wir auch besiegen werden.«

»Nein.«

»Wenn Sie uns helfen, ja.«

»Wer sie verrät, den wird Tschu Wang umbringen«, flüsterte er. »Diese Häuser hier sind fast leer. Die Menschen sind geflohen. Sie haben gehört, daß Tschu Wang schon da ist, deshalb sind sie weggelaufen. Das große Grauen beginnt.«

»Wo finden wir Tschu Wang?«

»Niemand weiß es.«

»Aber Sie wissen, daß er da ist.«

»Ja, die anderen haben es gesagt.«

»Wer sind die anderen?« hakte ich nach.

»Es gibt sie nicht mehr, weil sie die Häuser verlassen haben.«

Jetzt fragte auch Suko. »Wo hat man den Dämon denn beschworen?«

»Im Tempel.«

»Und wo finden wir den?«

Der alte Mann blickte Suko an. »Du willst es wirklich wagen, mein Sohn?«

»Ja, ich muß es.«

»Gut.« Er schaute auf die Tote und nickte. »Ich habe nicht viel zu verlieren, mein Leben hat keinen Sinn mehr. Deshalb werde ich euch sagen, wo ihr ihn finden könnt. Unter diesem Haus hat die Bande der Roten Schlange den Tempel eingerichtet. Ihr müßt in den Keller gehen, dort steht der Altar.«

»Würdest du uns begleiten, alter Mann?« erkundigte sich Suko sehr höflich.

»Wenn ihr es wünscht.«

»Bitte.« Suko half dem Alten hoch. Der Mann ging noch gebeugter als zuvor. Er hatte den Mund fest zusammengekniffen, die Lippen waren kaum zu sehen.

Mit schlurfenden Schritten ging er vor und steuerte die Tür an, die in den Flur führte.

Es war wieder still geworden. Über diesem Haus lastete das Schweigen des Todes. Erst jetzt merkte ich, wie schlecht die Luft war. Auch roch sie anders. Irgendwie süßlich, und sie schien mir auch nach Schwefel zu schmecken.

Wir betraten den Flur. Zur Hälfte war der Boden mit grauen Steinen belegt, die andere Hälfte bestand aus Holz, dessen Dielen sich bogen, als sie unser Gewicht spürten.

Wir gingen an der schmalen Treppe vorbei und auf eine Tür zu, die so niedrig war, daß wir die Köpfe einziehen mußten, um hindurchzutreten.

Der Alte öffnete.

War die Luft in dem Haus schon muffig und irgendwie beißend gewesen, so steigerte sich das nun noch. Aus dem Keller drang uns ein regelrechter Gestank entgegen, bei dem sich unsere Mägen umdrehten. So roch es nicht einmal in einer alten Gruft, und wir machten uns auf das Schlimmste gefaßt, als wir die Holzleiter hinunter in die dunkle Tiefe stiegen.

Ich hatte meine kleine Lampe eingeschaltet, konnte sie aber vergessen, denn Suko, der als erster unten angelangt war, fand einen Lichtschalter.

Ich sprang in den Keller und sah vor mir einen Gang, der so niedrig war, daß ich den Kopf einziehen mußte. Wir schritten durch diese feuchte Enge, und ich atmete nur durch die Nase. Suko machte es mir nach, auch ihn störte der Geruch.

Dann standen wir vor einer zweiflügeligen Holztür. Quer auf das lackierte und mit einer Staubschicht bedeckte Holz war eine knallrote Schlange gemalt worden.

Suko trat die Tür auf.

Wir standen in dem Altarraum.

Es war eine Stätte des Schreckens. Vor uns stand ein gewaltiger Trog. Darin schwamm eine Flüssigkeit, die beim ersten Hinsehen an Blut erinnerte, doch als wir sie genauer untersuchten, stellten wir fest, daß es sich um ein anderes Zeug handeln mußte. Blut konnte es nicht sein, dazu war die Flüssigkeit zu dick.

Ich wandte mich an den alten Mann. »Wissen Sie, was sich in diesem Trog befindet?«

Er nickte.

»Und was?«

Da ging der alte Mann vor. Suko und ich beobachteten ihn, wie er am Rand des Trogs stehenblieb und beide Hände in die Flüssigkeit senkte.

Er schien irgend etwas zu suchen, bewegte seine Arme, beugte sich noch weiter vor und hatte es dann.

Langsam zog er die Arme wieder hervor. Das rote Zeug rann an seinen Händen entlang und tropfte wie Leim ab. Der Gegenstand, den der Alte aus dem Trog hervorholte, mußte sehr schwer sein, und ich hatte plötzlich einen schrecklichen Verdacht, den ich gleich darauf bestätigt sah.

Aus der sirupartigen Flüssigkeit erschien ein Gesicht.

Das Gesicht eines Mannes.

Suko und ich griffen zu, unterstützten den Alten, und gemeinsam zogen wir einen Toten hervor. Und zwar einen Toten, der mir bekannt vorkam. Er gehörte zur Londoner Unterwelt und damit auch zu Logan Costello …

Wenig später lag der Mann neben dem Trog.

Ersparen Sie mir bitte eine Beschreibung. Ich hatte schon viel gesehen, aber das gehörte zu dem Schlimmsten, was mir je unter die Augen gekommen war.

Hart mußte ich schlucken.

Das Gesicht des Mannes war zum Glück noch zu erkennen.

»Er gehörte zu Costello«, sagte ich leise.

Suko nickte. »Deshalb also die Feindschaft.«

Ich wandte mich an den alten Mann. »Was hat man mit ihm gemacht?« fragte ich.

»Er mußte sterben.«

»Und warum?« Meine Stimme klang kratzig.

»Um Tschu Wang beschwören zu können, müssen die alten Riten eingehalten werden«, erklärte er mir.

»Und diese Riten sind so schlimm?«

»Für die heutigen Begriffe ja.«

Ich wandte mich ab. Die Mitglieder der Roten Schlange fanden wir hier unten nicht. Sie hatten sich abgesetzt. Ich fragte den Alten nach dem Grund.

»Sie wollen Tschu Wang begrüßen.«

»Und wo?« hakte ich nach.

»Er kommt mit der Dschunke. Es ist die alte, verfluchte Teufels-Dschunke. So hat es bereits in der Legende gestanden.«

»Sag mir den Ort!«

Da hob der alte Mann die mageren Schultern. »Ich weiß es nicht, denn ich gehöre nicht zu ihnen. Einer ist nur zurückgeblieben. Sie haben gewußt, daß meine Schwester etwas unternehmen wollte. Sie wissen alles. Wirklich.«

»Augenblick mal«, sagte Suko. »Die Rote Schlange hatte also erfahren, wo Mrs. Kan hinwollte?«

»Ja.«

»Und woher?«

»Das kann ich euch nicht sagen. Die Wände hier haben Ohren, um zu hören, und Augen, um zu sehen. Hier ist alles anders.«

Sukos Gesicht nahm eine kalkige Farbe an. Ich ahnte, welche Gedanken ihn beschäftigten. Er dachte an Shao, die wir allein zurückgelassen hatten. Befand sie sich vielleicht in Gefahr?

»Gibt es hier ein Telefon?« fragte ich.

»Nein.«

Aber ich hatte eins im Auto. So schnell wie möglich verließen wir den Keller. Draußen war es inzwischen hell geworden. Trotzdem lag eine nahezu gespenstische Stille über der Straße. Nur vom nahen Park her vernahmen wir leises Vogelgezwitscher.

Ich ließ die Wagentür offen, als ich hinter dem Lenkrad saß und den Hörer abnahm.

Die Verbindung klappte, aber es hob niemand ab. Achtmal ließ ich es läuten, dann hatte ich Gewißheit.

Suko sagte nichts. Wie ein Denkmal stand er neben dem Wagen. Ich tauchte wieder auf.

»Sie ist nicht da«, sagte der Chinese.

Ich nickte.

Tief atmete Suko ein. Dann ballte er die Hand und schlug auf das Autodach. »Und wir werden sie finden«, flüsterte er. »Verdammt, wir holen sie raus. Und wenn es das letzte ist, was ich in meinem Leben tue. Das schwöre ich dir, John.«

Obwohl wir noch keinen Beweis hatten, war doch sicher, daß Shao etwas passiert war. Ich aber rief die Mordkommission an, denn sie hatte erst einmal hier zu tun.

Um Shao würden wir uns danach kümmern, falls es nicht schon zu spät war …

Die Killer aus Costellos Clan trugen Maschinenpistolen und Revolver. Es lag auf der Hand, daß sie von ihrem Boß einen Mordauftrag erhalten hatten. Sie waren eiskalte Profis, in zahlreichen Gangsterschlachten erfahren, und sie zögerten auch keine Sekunde lang, denn die Waffen spien Feuer.

Zwei Killer blieben von dem Wagen gedeckt. Sie schossen mit Revolvern. Die anderen hatten ihre MPis und fühlten sich dementsprechend sicher mit ihren Waffen.

Sie feuerten, während sie liefen.

Das mörderische Stakkato der Schüsse hallte über den freien Platz. Man hätte sich in das Chicago der dreißiger Jahre versetzt fühlen können.

Die Garben rissen den Boden auf, warfen Dreck und Gras hoch und wanderten auf die Diener der roten Schlange zu.

Aber sie erreichten sie nicht.

Bevor sich die Mafiosi eingeschossen hatten, reagierten die anderen. Plötzlich lösten sich von ihren Stirnen die Schlangen, und ehe sich die Gangster versahen, wurden sie getroffen.

Zuerst warf der ganz links stehende Mann die Arme hoch, ließ seine Waffe fallen und griff sich an die Stirn. Er stieß einen gurgelnden Schrei aus, fiel in die Knie und blieb liegen.

Der zweite MPi-Mann feuerte zwar und hätte fast die Chinesin getroffen, denn ganz in ihrer Nähe wühlten sich die Bleihummeln in den Boden, dann aber verstummte auch seine Waffe, als er den harten Schlag über der Nasenwurzel spürte. Er torkelte nach vorn, krachte zu Boden und fiel über seine Waffe.

Regungslos blieb er liegen.

Im nächsten Augenblick geschah etwas Seltsames. Sofort lösten sich die Schlangen von den Stirnen der Opfer, huschten zurück und nahmen wieder ihren angestammten Platz ein.

Zwei Mafiosi blieben übrig.

Die beiden hielten schwere Revolver in den Händen und hatten mit Schrecken feststellen müssen, was mit ihren Kumpanen geschehen war. Für sie, die nur rational dachten, war dies ein unbegreiflicher, nicht erklärbarer Vorgang, in den sie sich überhaupt nicht hineinversetzen konnten.

Sie sahen ihre Freunde am Boden liegen und dachten

nicht mehr daran, den Kampf fortzusetzen. Auf dem Absatz machten sie kehrt und rannten weg.

Furcht, Angst und Panik verliehen ihnen gewaltige Kräfte. So schnell waren sie noch nie in ihrem Leben gelaufen, und die Diener der Roten Schlange ließen sie fliehen.

Das alles hatte auch Shao gesehen. Zuerst war sie entsetzt gewesen, doch nun, als die hautnahe Gefahr gebannt war, dachte sie wieder klarer.

Flucht!

Der Gedanke war wie ein Brandeisen, das sein Zeichen in ihrem Gehirn hinunterließ. Die Chinesen waren abgelenkt, sie achteten momentan nicht auf sie, vielleicht konnte sie es schaffen.

Shao raffte sich auf.

Und dann rannte sie. Sie hatte sich die rechte Seite ausgesucht, ihre Füße stampften über den Boden, das lange Haar wehte als Fahne in ihrem Nacken. Sie wollte nur weg.

Die Chinesen hörten ihre Schritte. Die Mafiosi waren ihnen egal gewesen, nicht das Mädchen.

Abermals schickten sie den lautlosen Tod auf die Reise. Wieder lösten sich die Schlangen von ihren Stirnen, verwandelten sich auf ihrem Flug und wurden zu gefährlichen Dolchen, die Shao nicht hörte, von ihnen jedoch umkreist wurde und sie dann sah.

Sie schrie auf, als sie erkannte, was da mit tödlicher Präzision auf sie zuflog.

Wie vor eine Mauer gelaufen blieb Shao stehen, riß die Hände vors Gesicht und sah die beiden kleinen Schlangendolche, die Kurs auf ihre Stirn nahmen.

Sie konnten sie gar nicht verfehlen ...

Jetzt ist es vorbei, dachte Shao!

Sie rechnete mit ihrem Ende und wartete auf den tödlichen Stoß der beiden Schlangendolche. Ihr Innerstes vereiste, der Körper zog sich zusammen, und sie schaute überrascht auf, als doch nichts geschah.

Sekunden vergingen.

Langsam entkrampfte sich Shao wieder. Ihre Hände sanken herab, sie öffnete die Augen – und sah die beiden gefährlichen Schlangenpfeile. Eine Handbreit vor ihrem Gesicht schwebten sie in der Luft.

Tief atmete Shao ein. Sie wagte nicht, sich zu rühren. Denn wenn sie nur eine Bewegung machte, dann würden die beiden Pfeile zustoßen und sie im Gesicht treffen.

So wartete sie ab.

Nach einer Weile hörte sie Schritte. Den Lauten nach zu urteilen, waren es zwei Personen, die sich in ihrem Rücken näherten und dann hinter ihr stehenblieben, um sie anzusprechen.

»Du wolltest fliehen?«

Shao schwieg.

»Das hätte Tschu Wang aber gar nicht gern gesehen, meine Liebe«, sagte der andere.

»Nein, bestimmt nicht«, mischte sich der erste Sprecher wieder ein.

In Shao stieg es heiß hoch. Vom Magen her breitete sich das Gefühl der Angst aus und wanderte immer weiter. Ja, sie hatte Angst. Diese Menschen, falls es welche waren, würden sie erbarmungslos töten, wenn sie sich nicht fügte. Die Chance zur Flucht war vertan. Shao sah nur noch die Möglichkeit, sich dem Willen der anderen zu unterwerfen. Und damit konnte sie auch Zeit herausschinden. Zeit, die vielleicht einmal wichtig war.

»Ich hoffe, du richtest dich jetzt nach unseren Befehlen«, sagte der erste Sprecher.

Shao schwieg. Sie wagte nicht einmal zu nicken, denn

sie hatte Angst, mit dem Kopf gegen die Spitzen der Schlangenmesser zu stoßen. Dafür schielte sie jedoch nach links und rechts, wo sie die beiden Männer sah.

Sie boten einen wirklich makabren Anblick. Wo die Schlangen in ihren Stirnen gesessen hatten, befanden sich jetzt regelrechte Öffnungen, die haargenau die Umrisse der fliegenden Schlangenmesser aufwiesen. Ein wirklich schlimmes Bild, und Shao rann eine Gänsehaut über den Rücken, als sie es sah.

Dann zogen sich die Dolche zurück.

Das ging blitzschnell. Ohne daß irgendein Befehl erfolgt wäre, verschwanden die gefährlichen Mordinstrumente vor Shaos Augen und nahmen ihre Plätze ein.

Die Chinesin stand auf.

Im nächsten Augenblick spürte sie wieder die harten Finger der Männer um ihre Oberarme. Die Bewacher drehten Shao herum und zwangen sie, in die ursprüngliche Richtung weiterzugehen.

Der dritte Mann war damit beschäftigt, die beiden Toten in den Wagen zu laden. Die Maschinenpistolen warf er hinterher. Dann nahm er selbst im Fahrzeug Platz, startete und fuhr zum Ufer hinunter. Nach einer Weile hörte Shao ein gewaltiges Klatschen. Wasser spritzte fontänengleich hoch, und die Chinesin konnte sich vorstellen, was geschehen war.

Der Mann hatte den Wagen kurzerhand in die Themse gefahren, wo er versinken würde.

Wieder ein Beweis weniger.

Er kehrte zurück. Shao und die beiden Männer trafen mit ihm kurz vor dem Bootshaus zusammen.

Aus der Nähe sah dieses am Wasser liegende Gebäude gar nicht so klein aus. Wenn man genauer nachrechnete, konnte dort eine Hochseeyacht ihren Platz finden.

Es gab auch einen Eingang. Eine Tür, die ebenfalls schwarz gestrichen war und kaum auffiel.

Der dritte Mann öffnete sie, während Shao von den anderen beiden festgehalten wurde.

Ihr Herz klopfte plötzlich schneller. Die Angst hatte sich gesteigert. Sie spürte, daß sie selbst vor einer entscheidenden Wende des Falls stand, daß man ihr unter Umständen sogar die Aufklärung präsentieren würde.

Nur hatte sie nichts davon – sie war eine Gefangene!

Das Tor quietschte, als es geöffnet wurde. Shao warf einen Blick in das Innere des großen Bootshauses.

Übergroß hob sich der Schatten eines seltsam geformten Schiffes ab. Es hatte ein ziemlich breites Heck und auch einen sehr breiten Bug, was Shao genau sehen konnte, denn sie blickte an der Backbordseite des Kahns entlang.

Kein Zweifel, vor ihr dümpelte die Teufels-Dschunke. Taue liefen von Bord aus schräg nach unten und waren mehrmals um zwei Poller gewickelt worden. Nach vorn hin, wo das Schiff herausgleiten mußte, war das Bootshaus geschlossen.

Bis auf die typischen Geräusche war es still. Das Wasser bewegte sich, schlug leise klatschend gegen die Bordwand, und auf der Dschunke knarrten hin und wieder Holz und Takelage.

Das Wasser sah Shao als eine dunkle, etwas unruhige Fläche zu beiden Seiten der Dschunke. Dazwischen jedoch erkannte sie helle, tanzende Flecken. Als die beiden Männer sie vorschoben, sah sie die Flecken genauer.

Es waren Totenschädel!

Unwillkürlich hielt Shao die Luft an. Es war eine makabre Entdeckung. Bis jetzt hatte das Schiff so normal ausgesehen, doch nun wurde ihr bewußt, daß es doch nicht der Fall war. Hier spielten andere Kräfte eine Rolle.

Shao schüttelte sich und preßte die Lippen fest aufeinander. Vor der Backbordseite des Schiffes blieben sie stehen. Etwa in halber Höhe war eine Luke geöffnet, dort hatte man einen Steg herausgeschoben, der seinen zweiten Halt dicht vor Shaos Füßen fand. Auf dem Steg befanden sich waagerechte Erhöhungen, so daß bei der schrägen Ebene die Füße Halt finden konnten.

Bis jetzt hatten die Bewacher kaum ein Wort gesprochen. »Da hoch«, sagte der eine.

Shao blieb nichts anderes übrig, als diesem Befehl Folge zu leisten. Ihre Knie zitterten, als sie den schrägen Steg hinaufschritt. Da es rechts und links kein Geländer gab, mußte sie auf ihr Gleichgewicht achten. Alles lief glatt, und Shao gelangte unversehrt an Deck.

Shao hatte eigentlich erwartet, daß man sie in Empfang nehmen würde. Das war jedoch nicht der Fall. Sie stand auf dem leeren Deck und schaute sich um.

Der Geruch von Seewasser, fauligem Holz und zerfetzter Takelage stieg ihr in die Nase. Gleichzeitig nahm sie noch einen anderen Gestank wahr, der den ersten überdeckte.

Es stank nach Moder und Verwesung.

Shao kannte den Leichengeruch gut, denn sie roch ihn nicht zum erstenmal. Auch in finsteren Grüften und auf alten Friedhöfen war er ihr begegnet.

Sie schauderte.

»Geh weiter«, wurde sie aufgefordert, und eine Hand drückte sie nach rechts.

Shao setzte sich in Bewegung. Sie näherte sich dem großen Hauptsegel, legte den Kopf in den Nacken, sah das schlaffe Segel, aber sie erkannte auch den Totenkopf auf schwarzem Stoff. Er schimmerte fahlgelb, ein Zeichen des Schreckens, das für die Besatzung der Dschunke so wichtig war.

Gab es überhaupt eine Besatzung?

Diese Frage stellte sich Shao. Bisher hatte sie keinen gesehen, weder einen Zombie noch einen weiteren Diener der Roten Schlange. Alles war ruhig geblieben. Auch von dem dritten Typ, der sie begleitet hatte, sah sie nichts mehr.

Wo steckten sie also?

»Bleib stehen!«

Shao gehorchte automatisch, als sie den Befehl vernahm. Jemand ging an ihr vorbei und bückte sich. Shao sah den Deckel, der etwas erhöht auf dem Deck lag und den der Mann jetzt kraftvoll zur Seite schob. Eine offene Luke lag vor der Chinesin.

Sie blickte hinunter.

Dunkelheit ...

Shao fürchtete sich, denn sie nahm an, daß man sie dort hineinstecken und somit in dem Bauch der Dschunke gefangenhalten wollte. Eine Gänsehaut rann über ihren Rücken.

»Spring!« zischte ihr jemand ins Ohr.

Unwillkürlich versteifte Shao den Rücken. Sie wollte nicht, denn sie hatte Angst vor der Dunkelheit.

Das kümmerte die Diener der Roten Schlange nicht. Shao erhielt einen Stoß, schrie erstickt auf und ging nach vorn. Aber da war nichts, was ihr Halt gegeben hätte.

Shao trat ins Leere.

Der rasche Fall riß sie in die Tiefe. Shao riß die Arme hoch, ihre Hände klatschten auf den Rand, wollten sich festkrallen, doch sie rutschten ab.

Die schwarzhaarige Chinesin kippte in die Tiefe.

Bevor sie ihre Angst richtig fassen und in Gedanken umsetzen konnte, war schon alles vorbei. Da hatte sie bereits wieder festen Boden unter den Füßen.

Ein dumpfer Aufprall, das Einsacken in die Knie, und dann rutschten Shaos Hände über den Boden, der sich feucht, schimmlig und klamm anfühlte.

Sie ekelte sich. Bisher hatte sie sich noch tapfer gehalten, doch dieses Loch ohne Fenster raubte ihr den letzten Mut. Aber es sollte noch viel schlimmer kommen.

Zunächst jedoch fiel ein Gegenstand nach unten, der dicht vor ihren Füßen liegenblieb. Shao bückte sich, hob ihn auf und sah mit Verwunderung, daß es sich dabei um eine Taschenlampe handelte. Waren die Diener der Roten Schlange plötzlich menschenfreundlich geworden?

Shao hob den Kopf. Die Taschenlampe ließ sie liegen. Die Gestalt des Mannes zeichnete sich am Rand der Luke ab. Der Kerl hatte sich gebückt. Shao hörte, wie etwas über den Boden schleifte, dann wurde es wieder dunkler.

Schließlich war es finster wie in einem Tunnel. Der Mann an Deck hatte die Luke abgedeckt.

Shao war allein zurückgeblieben. Und nun freute sie sich, daß sie die Lampe hatte. Sie bückte sich und hob sie auf. Ein Druck auf den Knopf, und der helle Schein geisterte durch den Raum, als Shao ihren rechten Arm bewegte.

Sie mußte sich im Lade- oder Stauraum der Dschunke befinden. Und dieser Raum war leer, jedenfalls sah das Mädchen nichts, was sie zu einer Ladung hätte zählen können.

Bisher hatte sie nur die Wände abgeleuchtet. Jetzt senkte sie den Arm mit der Lampe, so daß der gelbe, breite Finger über den Boden glitt.

Plötzlich wurde Shao stocksteif. Etwas in ihrem Innern schien zu Eis zu werden. Shao schüttelte den Kopf, halboffen stand ihr Mund, der Strahl zitterte, und es sah so aus, als würden sich die Gestalten, die vom Lampenlicht getroffen worden waren, bewegen.

Shao konnte das Grauen nicht mehr fassen. Jetzt wußte sie auch, woher dieser schreckliche Geruch kam, der sich auf der Dschunke ausgebreitet hatte.

Ihn hatte sie ihrer schaurigen Entdeckung zu verdanken. Einer Entdeckung, die aus Leichen bestand.

Aber aus Leichen ohne Köpfe!

Bis Shao das richtig begriff, dauerte es einige Sekunden. Dann hatte sie es erfaßt und konnte es nicht verkraften. Sie machte zwei Schritte nach vorn, spürte plötzlich den Schwindel und das Blei in ihren Gliedern und sackte zusammen.

Schwer fiel Shao zu Boden, wo sie ohnmächtig liegenblieb. Der letzte Anblick war zuviel gewesen ...

Mit Suko war in den nächsten Stunden nicht viel anzufangen. Leider konnten wir uns nicht direkt um Shaos Entführung kümmern, weil ich erst das Eintreffen der Mordkommission abwarten mußte. Zudem hatte ich noch Polizisten angefordert, die den Rattenbau mit mir zusammen durchsuchten.

Wir machten die Entdeckung, daß die Häuser praktisch ineinander übergingen. Es gab da Verbindungstüren und Gänge. Wir entdeckten ein geheimes Waffenlager und zwei Opiumhöhlen, aber von den Mitgliedern der Roten Schlange sahen wir nicht einen Hemdzipfel.

Die Bewohner des Viertels schwiegen. Sie hatten Angst, das sah man ihnen deutlich an. Als ich mich nach zwei Stunden mit Sir James Powell, meinem direkten Vorgesetzten, in Verbindung setzte, wurde ich von ihm mit einem negativen Ergebnis konfrontiert, was die Großfahndung nach Shao anging. Sie hatte ich veranlaßt, bevor die Mordkommission eingetroffen war.

»Die Fahndung war ein Stoß ins Leere«, erklärte mir Sir James.

Ich verschluckte nur mühsam einen Fluch.

Suko, der mitgehört hatte, ballte die Hände. In seinem Gesicht zuckte es. Selten hatte ich meinen Freund so erregt gesehen, denn ansonsten konnte sich Suko ausgezeichnet beherrschen.

»Wir lassen die Fahndung jedoch weiterlaufen«, meldete Sir James.

»Das wird nichts helfen«, erwiderte Suko.

Ich drehte ihm mein Gesicht zu. »Besser als nichts.«

»Ist Ihnen denn eine ander Lösung eingefallen?« erkundigte sich der Superintendent.

»Bis jetzt nicht.«

»Aber es muß doch einen Hinweis geben. Fragen Sie die Leute in dieser Gegend.«

»Die schweigen, Sir. Sie haben Angst vor der Roten Schlange. Es ist sogar irgendwie verständlich.«

»Dann wissen Sie also nicht, wohin man Shao unter Umständen hingeschleppt hat?«

»Die Spur führt meines Erachtens auf ein Schiff. Es ist immer die Rede von der Teufels-Dschunke gewesen.«

»Die müßte doch zu finden sein.«

»Sicher.«

»Eine Dschunke ankert ja nicht jeden Tag im Londoner Hafen.«

»Da finden wir sie sicherlich nicht, Sir«, hielt ich meinem Chef entgegen.

»Wo dann?«

»Sie wird sich versteckt halten.«

»Und wo kann sich ein Schiff verstecken? Da kämen an sich nur Bootshäuser in Frage, wenn Sie meine Meinung hören wollen.«

»Ja, das wäre möglich«, gab ich zu.

»Dann werden wir die Fahndung auf Bootshäuser konzentrieren«, erklärte mir Sir James. »Leider gibt es davon sehr viele. Ich werde noch mehr Leute anfordern.«

»Die nichts unternehmen sollen, wenn es ihnen tatsächlich gelingt, die Dschunke zu finden«, sagte ich schnell.

»Das ist klar, John. Wir werden Sie selbstverständlich informieren. Wo kann man Sie erreichen?«

»Das weiß ich noch nicht, Sir. Ich rufe zwischendurch immer mal bei Ihnen an.«

»Gut, ich bin im Büro und organisiere die Fahndung.« Er räusperte sich. »Alles Gute, und sprechen Sie Suko Mut zu.«

»Das mache ich, Sir.«

Der alte Eisenfresser war doch ein Mensch, wie man so schön sagt.

Nur nach außen hin zeigte Sir James die rauhe Schale. Innerlich hatte er einen weichen Kern. Er wußte genau, wie gefährlich unser Job war. Bis jetzt hatte er uns immer den Rücken gedeckt.

»Du hast mitgehört?« wandte ich mich an Suko.

Der Chinese nickte.

»Aber irgend etwas paßt dir nicht – oder?«

Suko lächelte schmal. »Das ist alles gut und schön, was wir hier machen oder nicht machen. Ich für meinen Fall finde uns viel zu inaktiv. Mir paßt es nicht, daß wir hier herumstehen und anderen die Initiative überlassen. Tut mir leid.«

»Mir geht es nicht anders. Aber hast du einen besseren Vorschlag?«

»Vielleicht.«

»Dann raus damit.«

»Wir haben ja noch einen dritten Joker im Spiel. Und das ist Logan Costello. Vielleicht weiß er, wo sich die Dschunke befindet.«

Ich runzelte die Stirn. »Du willst Costello direkt angehen?«

»Nicht angehen. Wir sollten über unsere eigenen Schatten springen und uns mit ihm verbünden.«

Ich knetete mein Kinn. »Das ist ein Vorschlag, der mir nicht gefällt. Ich treibe nicht gern den Teufel mit dem Beelzebub aus.«

»Aber diesmal bleibt uns keine andere Möglichkeit«, erklärte der Chinese.

Wenn ich den Fall noch einmal durchdachte und ihn

hin- und herdrehte, so mußte ich meinem Freund recht geben.

»Einverstanden?« fragte er.

»Costello wird uns seine Killer auf den Hals hetzen.«

»Das glaube ich kaum. Er haßt dich zwar, aber ob er es wagt, dich zu erschießen, ist fraglich. Schließlich hat er mindestens einen Mann verloren, und Killer wachsen nicht nach wie das Gras im Garten. Er wird also ebenfalls daran interessiert sein, daß die Bande der Roten Schlange vernichtet wird.«

Suko redete sehr überzeugend, und er hatte es mittlerweile auch geschafft, mich auf seine Seite zu ziehen. Ich nickte und sagte: »All right, statten wir unserem Freund Costello einen Besuch ab. Und das ohne kugelsichere Weste.«

Mein Freund lächelte nur schief.

Ich aber wollte mir Rückendeckung holen und telefonierte deshalb noch einmal mit meinem Chef.

Sir Powell war nicht begeistert, er warnte, aber er sah ein, daß wir nach jedem Strohhalm greifen mußten. Zum Schluß wünschte er uns viel Glück.

»Begeistert war er nicht«, erklärte ich Suko.

»Kann ich verstehen.«

Bevor wir losfuhren, sprach ich noch mit dem Leiter der Mordkommission. Meine Aussage hatte er protokolliert, und so brauchte er mich nicht mehr.

»Sind wir eigentlich raus?« fragte er mich zum Schluß.

»Wieso?«

»Ihr Ruf ist bekannt, Sinclair. Aber da ist dieser Tote. Er heißt Gambio, wie wir inzwischen festgestellt haben, und er arbeitet für Logan Costello, den Mafioso.«

»Das weiß ich«, erwiderte ich und lächelte schmal. »Wir werden Costello übrigens einen Besuch abstatten.«

»Wann?«

»Jetzt«, sagte ich und lächelte.

»Sind Sie kugelsicher?«

»Vielleicht werde ich es noch.«

»Mann, Sie haben Humor. Ihr Leben möchte ich nicht führen, Sinclair. Wirklich nicht.«

Mir fiel ein alter Kalauer ein. »Wissen Sie, Kollege, das Leben ist wie eine Klobrille.«

»Wieso?«

»Man macht viel durch.«

Nach dieser Antwort ließ ich einen kopfschüttelnden Oberinspektor zurück.

Ich nahm hinter dem Steuer des Bentley Platz. Suko saß schon im Wagen. »Du weißt, wo Costello haust?« fragte er mich.

»Ja.«

»Dann will ich nur hoffen, daß wir ihn antreffen.«

Ein Typ wie Logan Costello besaß natürlich nicht nur eine Wohnung.

Er leistete sich mehrere. Unter anderem zwei Häuser, eins davon an der Küste, und das andere im Londoner Westend gelegen, wo sich die Künstler und solche, die sich für Künstler halten, treffen. Dort war der Grund und Boden sehr teuer. Wer in dieser Ecke wohnte, der gehörte schon zu den Etablierten. Auch von Costello konnte man nicht gerade behaupten, daß er arm wäre. Der hatte Geld wie Heu. Allerdings hatte er das durch Blut und Tränen anderer verdient.

Zwischen Holland und Hyde Park liegt auch der Stadtteil Kensington. Dort mußten wir hin.

Inzwischen war die Zeit so weit fortgeschritten, daß die morgendliche Rush-hour eingesetzt hatte. Die bekamen wir voll mit. Die Fahrt gestaltete sich zu einer wahren Quälerei. In Mayfair ging es dann besser. Und als wir uns auf der breiten Bayswater Road befanden, die die nördliche Grenze des Hyde Parks bildet, atmete ich auf. Ich hoffte auch, daß ich Costello in seinem Palast finden würde. Um diese Zeit arbeitete er noch nicht, da stand er gerade erst auf.

Das Haus des Mafioso lag in Nähe einer Kirche. Wenn Costello aus dem Fenster schaute, konnte er immer den hohen Turm sehen und wurde an seine Sünden erinnert. Doch ein Mann wie er würde sich daraus nichts machen.

Das Haus lag am Ende einer Sackgasse. Rechts der Straße schauten über die große Mauer Baumkronen hinweg. Ich stellte meinen Bentley direkt vor dem Eisentor auf, das auf Rollen lief und mit einer Fernbedienung geöffnet werden konnte.

Als wir die Wagenschläge aufstießen, wurde auch das Tor geöffnet. Sofort rannten zwei Muskelprotze herbei, die uns anschrien. »Weg da, hier könnt ihr nicht parken.« Vor dem Bentley blieben sie stehen und nahmen eine drohende Haltung ein.

»Polizei«, sagte ich zuerst.

Sie grinsten nur.

Als ich Scotland Yard sagte, wurden sie schon vorsichtiger und fragten, was los sei.

»Wir wollen euren Boß, Costello, sprechen.«

»Sind Sie angemeldet?«

Mit dieser Frage löste er eine kleine Explosion bei Suko aus. Plötzlich packte der Chinese zu. Seine Finger drehten das Revers des Kerls, und Suko hob den Mann hoch, als wäre er ein Leichtgewicht. »Wir wollen mit Costello, der Ratte, reden, hast du nicht gehört?«

»Laß ihn, Suko«, sagte ich. »Dieser Gentleman wird uns sicherlich anmelden.«

Suko stellte den Knaben wieder ab.

Der war ziemlich bleich geworden und schlich von dannen. Der andere blieb am Tor stehen.

Der Chinese hob wie entschuldigend die Schultern. »Ich konnte einfach nicht mehr …«

»Schon gut.« Meinen Partner verstand ich sehr gut. Die

Sorge um Shao fraß ihn fast auf. Für Suko lief die Fahndung viel zu langsam ab, aber wir mußten uns an die Spielregeln halten. Auch ich hatte in ähnlichen Situationen wie mein Freund gesteckt und war damals vor Ungeduld fast geplatzt.

Der erste Kerl kam zurück. »Ich weiß Ihren Namen nicht«, sagte er.

»John Sinclair!«

Als er das hörte, wurde er ein wenig blaß. Anscheinend schien es sich herumgesprochen zu haben, daß ich mit Costello nicht gerade auf freundschaftlichem Fuß stand. Er drehte sich um und verschwand zum zweitenmal.

Logan Costello war sowieso ein Problem, denn Dr. Tod hatte auch eine geschäftliche Verbindung zwischen sich und dem Mafioso geschaffen. Solo Morasso nutzte Costello für seine Belange eiskalt aus. Er schob ihn als Strohpuppe vor, und Costello gehorchte, er mußte gehorchen, denn er kannte die Macht dieses Mensch-Dämons. Wer sich gegen Dr. Tod stellte, der wurde eiskalt vernichtet. Das hatten inzwischen schon mehrere Gegner zu spüren bekommen.

Diesmal brauchten wir nicht so lange zu warten. Der Schläger kehrte zurück und meldete, daß sein Boß uns empfangen wollte. »Den Wagen können Sie stehenlassen.« Er war sogar sehr höflich. Wahrscheinlich hatte Costello ihn geimpft.

Wir betraten einen gepflegten Park. Allerdings hatte ich erwartet, das Haus weiter hinten zu sehen. Es stand jedoch relativ dicht an der Grundstücksgrenze, wenn es auch von den hohen Platanen und Eichen verdeckt wurde.

Auch war das Gebäude nicht neu. Ich schätzte sein Alter auf zwanzig Jahre. Ein wuchtiger Bau im Landhausstil, sehr stabil aussehend und auch gepflegt.

Der Eingang war breit, und zu ihm führte eine Treppe hoch. Ein Diener öffnete uns die Tür. Der Knabe mit den langen Koteletten trug tatsächlich Livree.

Ich mußte grinsen.

Schweigend betraten wir die kühle Halle, wo Costello seine historische Waffensammlung präsentierte. Da sahen wir nicht nur Musketen oder Steinschloßpistolen, sondern auch spätmittelalterliche Hieb- und Stichwaffen.

Eine Marmortreppe führte nach oben, und vor der Treppe stand Logan Costello.

Wir musterten uns.

Es waren abschätzende Blicke, denn wir beide wußten, was wir voneinander zu halten hatten. Logan Costello hätte mich liebend gern zur Hölle geschickt, und er wäre von Asmodina oder Dr. Tod auch sicherlich reich belohnt worden, aber er traute sich einfach nicht. Zudem hatte er im Augenblick selbst Probleme, wobei ihm wohl nicht einmal Solo Morasso helfen konnte, deshalb hatte er sich bestimmt bereit erklärt, uns zu empfangen.

Er war noch nicht angezogen, sondern trug einen grünschwarz schillernden Hausmantel aus Seide. Um seinen Hals hatte er ein Tuch gebunden, die Hände hatte er in den Taschen seines Hausmantels vergraben. Hinter uns schloß der Diener sacht die Tür und blieb wie eine Statue stehen. Das stellte ich mit einem schnellen Blick über die Schulter fest.

»Sinclair«, sagte Logan Costello und verzog verächtlich die Mundwinkel. »Was wollen Sie?«

Ich musterte ihn. Vor allen Dingen erkannte ich in den dunklen Augen die Feindschaft. Das Gesicht wirkte etwas aufgeschwemmt, zudem trug er einige Pfunde zu viel mit sich herum, aber er war immer noch der brutale Killerboß, als den ich ihn kannte. Ich mußte daran denken, wie er Lady Sarah und mich hatte verbrennen wollen, und die Wut stieg in mir hoch. Mit Costello hätte ich für mein Leben gern abgerechnet, nur mußte man ihm etwas beweisen, und das war verdammt schwer.

»Ich schätze, wir haben gemeinsame Probleme«, sagte ich.

»Wieso?«

»Was halten Sie von der Roten Schlange?«

Costello fuhr über sein Kinn. Auf der Haut schimmerten bläuliche Bartschatten. »Wovon reden Sie?«

»Von einem Geheimbund, der auch Ihr Feind ist. Das sollten Sie doch wissen.«

»Ich kann mich nicht erinnern.«

»Auch nicht an Gambio?«

»Er arbeitet für mich.«

»Jetzt ist er tot.«

»Jeder muß sterben.«

»Richtig, aber Gambio wurde umgebracht. Und auf eine unfeine Art und Weise. Ich kann mir vorstellen, daß er nicht der einzige ist, der von Ihren Leuten das Zeitliche segnet.«

»Das wäre meine Sorge, nicht Ihre. Sie sollten lieber an den Mord an meinem Bruder denken, Bulle!« Costello lief rot an. Sein Temperament ging mit ihm durch.

»Ennio hat sich selbst erschossen. Es war ein Unfall!« knirschte ich.

»Ach, hören Sie auf.«

Dieser Mann würde mir nie glauben. Es war mir auch egal, und ich kam wieder auf die Rote Schlange zurück. »Dann wissen Sie also nichts von diesem Geheimbund?«

»Nein!«

Neben mir atmete Suko heftig ein und aus. Auch ihm ging das Betragen dieses Mafiafürsten auf die Nerven. Aber er sagte nichts, hatte nur Mühe, sich unter Kontrolle zu halten.

Ich startete einen allerletzten Versuch. »Es wäre wirklich besser, wenn Sie in diesem Fall mit der Polizei zusammenarbeiten, Costello. Ich denke da an Menschen, die noch ihr Leben verlieren könnten. Dr. Tod scheint Ihnen nicht helfen zu können, und ich will keinen Bandenkrieg in London haben.«

Costello hatte seinen Entschluß gefaßt. »All right, Sinclair, das war Ihre Rede. Doch nun will ich Ihnen etwas sagen. Ich weiß nicht, was das alles soll, ob Sie mir eine Falle stellen wollen oder nicht. Einmal habe ich Sie in mein Haus gelassen, doch kommen Sie von nun an nicht mehr zu mir, sonst kann ich für Ihre Sicherheit nicht mehr garantieren. Haben wir uns verstanden?«

»Natürlich.«

»Dann gehen Sie!«

Mit dieser Abfuhr hatte ich eigentlich gerechnet. Costello war auch nur eine winzige Hoffnung gewesen, vergleichbar mit einer Seifenblase, die nun platzte.

Und dann sagte Suko etwas. Er sprach ganz ruhig, aber seine Worte ließen Costello nicht unbeeindruckt. »Sollte ich herausfinden, daß Sie doch etwas mit der Roten Schlange und deren Verbrechen zu tun haben, dann komme ich persönlich zu Ihnen, und auch tausend Leibwächter werden Sie nicht schützen können.«

»War das eine Drohung?«

»Nein, ein Rat!« Suko nickte dem Mann zu und machte auf dem Absatz kehrt.

Er ging zur Tür.

Ich schritt langsamer hinter ihm her, wobei ich Costello noch im Auge behielt. Bei ihm konnte man nie wissen. Er schickte noch einen Fluch auf die Reise, als Suko die Tür öffnete.

Der Schläger in Dieneruniform schaute geflissentlich zur Seite, als ich ihn passierte.

Suko stand bereits draußen.

Auch ich blieb auf der Treppe stehen und schaute in den vor mir liegenden Garten.

Vom Tor her rannten die beiden Gestalten auf das Haus zu. Das heißt, die taumelten mehr, als wären sie erschöpft. Und einer brüllte: »Die Rote Schlange, verdammt, die Rote Schlange hat Ben und Curd gekillt …«

Nach diesen Worten brach der Mann zusammen. Ich aber war wie elektrisiert.

Der Kerl hatte die Rote Schlange erwähnt. Sein Kumpan schien noch eine bessere Kondition zu haben, denn er lief weiter auf die Treppe zu.

Suko und ich rannten ihm entgegen.

Bevor der Mann umkippen konnte, hatte Suko ihn aufgefangen. In den Armen des Chinesen blieb er liegen und atmete schnell, keuchend und heftig. Der Ausdruck in seinen Augen erinnerte an eine Mischung aus Erschöpfung und Angst.

»Lassen Sie den Mann los!« Costellos Stimme peitschte durch den Garten.

Ich drehte mich um.

Der Mafioso stand auf der Treppe und starrte uns finster an. Von zwei Leibwächtern wurde er eingerahmt. Die Hände der Männer befanden sich in verdächtiger Nähe ihrer Waffen.

»Wir werden ihn nicht loslassen!« rief ich zurück. »Dieser Mann wird seine Aussage machen, und auch Sie können mich nicht daran hindern, Costello!«

Meine Antwort hatte die Lage verschärft. Sie stand jetzt wirklich auf des Messers Schneide. Wenn sie zur einen Seite hin kippte, drehte Costello durch. Und er stand dicht davor.

Aber ich wollte auch nicht nachgeben.

Wie würde sich Costello entscheiden?

Er nickte. Dann machte er kehrt und verschwand im Haus. Die beiden Bodyguards blieben draußen.

Das wunderte mich, und auch Suko zeigte sich überrascht. »Verstehst du das, John?«

»Kaum. Ich kann es mir nur damit erklären, daß Costello wirklich Angst vor der Roten Schlange hat, was er begreiflicherweise nicht zugeben kann, aber uns jetzt den Schwarzen Peter in die Schuhe schieben will, damit wir uns um den Fall kümmern.«

»Was ich für meinen Teil gerne tue!«

Das konnte ich mir denken. Suko hatte den Mann zu Boden gleiten lassen. Er lag auf dem Rücken. Sein Atem ging zwar noch immer schnell und heftig, aber er hatte sich so weit beruhigt, daß man mit dem Knaben reden konnte. Äußerliche Verletzungen sahen wir bei ihm nicht.

»Zur Sache«, sagte ich. »Was haben Sie vorhin von der Roten Schlange erzählt?«

Ich erhielt sofort eine Antwort. Wahrscheinlich stand der Knabe noch unter Schock. »Ich habe sie gesehen. Die Hundesöhne haben zwei von uns umgelegt.«

»Erschossen?«

»Nein. Nur durch die Schlangen. Sie lösten sich plötzlich von ihren Stirnen und trafen die anderen mitten in den Kopf. Verdammt, sie waren sofort tot.«

»Ihr seid entkommen?«

»Ja, wir schafften es gerade noch.«

»Wo passierte das denn?«

»Am Fluß!«

Also hatten wir doch mit unserer Vermutung recht gehabt. Vielleicht sogar auf der Dschunke?

»Wo am Fluß?« Suko hielt es nicht mehr aus. Er umfaßte die Schultern des Mannes. »Reden Sie, wo?«

»Ich weiß es nicht genau. Die Gegend kenne ich nicht. Ich bin auch nicht gefahren.«

»War es in London?« hakte ich nach.

»Vielleicht. Auf jeden Fall weit weg.«

»War auch ein Mädchen dabei?« fragte Suko.

»Ja, eine Chinesin.«

Suko verzog das Gesicht und stöhnte auf. Jetzt hatte er den Beweis, daß sich Shao in den Händen der Roten Schlange befand.

»Ist dem Mädchen etwas geschehen?«

Der Mann verzog das Gesicht. »Nein, es konnte noch laufen. Ich – ich habe ja nicht viel gesehen. Wir sind doch ebenfalls weggerannt. Ehrlich.«

»Und wo war das?« mischte ich mich wieder ein. »Erinnern Sie sich. Sie kommen doch aus London.«

»Verdammt, ich bin erst drei Monate hier. Wir sind durch Belgravia gefahren, aber dann viel weiter.«

»Ihr seid am Ufer geblieben?«

»Nein, nur danach hingefahren.«

»Was heißt danach?«

»Als die Fabriken nicht mehr zu sehen waren. Da waren dann die Bootshäuser.«

Ich atmete tief durch. Ein Blick auf Suko bewies mir, daß es ihm nicht anders erging.

Nun wußten wir mehr. Es gab zwar zahlreiche Bootshäuser dort, aber es konnte eigentlich nicht sehr schwer sein, das zu finden, wo man Shao gefangenhielt. Und dort schien sich auch die Dschunke versteckt zu halten, davon war ich überzeugt. Ging man davon aus, daß die Dschunke kein kleines Schiff war, mußte das Bootshaus auch ziemlich groß sein.

Ich erhob mich.

Suko hatte den Mann losgelassen und wischte über seine schweißnasse Stirn. »Das hätten wir«, sagte er.

Uns hielt hier auf dem Grundstück des Mafioso nichts mehr. Unser Platz war nun woanders.

Als ich einen Blick zum Haus zurückwarf, sah ich hinter einer Scheibe im ersten Stock eine Bewegung. Dort stand Logan Costello und beobachtete uns. Ich konnte mir vorstellen, daß er sich ins Fäustchen lachte, was mir überhaupt nicht paßte, denn wir mußten für ihn die Kastanien aus dem Feuer holen.

Doch es ging um Shaos Leben. Und da waren andere Bedenken völlig zweitrangig.

Irgendwann erwachte Shao.

Die Lampe brannte noch immer, aber ihre Leuchtkraft war deutlich schwächer geworden. Daran konnte Shao erkennen, daß sie sicherlich mehr als eine Stunde ohnmächtig gewesen war.

Es schmerzten ihr weder der Kopf noch der Körper, nur vom Magen her stieg ein flaues Gefühl hoch und verursachte in ihrem Kopf einen leichten Schwindel.

Das konnte auch an der schlechten Luft liegen, die sich in diesem Stauraum ausgebreitet hatte.

Shao setzte sich auf. Dabei drehte sie den Kopf und verfolgte mit den Blicken den Verlauf des Lichtstrahls. Die Lampe war zufällig so liegengeblieben, daß ihr Licht auf die grauenerregenden Gestalten fiel, die diesen Laderaum bevölkerten.

Wiederum traf der Anblick Shao wie ein Schlag. Hastig riß sie die Lampe an sich und richtete den Strahl auf die gegenüberliegende Seite, wo er die Wand traf.

Sie wußte nicht, wer diese Opfer waren, aber sie hatte erkannt, daß einige noch nicht so lange hier unten liegen konnten. Die Kleidung sah noch ziemlich neu aus.

Die Chinesin konnte nicht wissen, daß die Diener der Roten Schlange kurzerhand die beiden Mafiosi in den Stauraum geworfen hatten. Und mit ihnen auch den Mann namens Chink, denn seine Funktion war erfüllt. Zudem gehörte er nicht zu ihnen und mußte sterben.

So einfach und brutal waren die Regeln.

Mittlerweile merkte Shao das Schwanken der Dschunke. Sie lag nie ruhig, es war ein leichtes Auf- und Abgleiten, je nachdem, wie sich das Wasser bewegte, das gegen die äußere Bordwand klatschte. Erst jetzt dachte Shao daran, einen Blick auf ihre Uhr zu werfen.

Die Chinesin erschrak.

Es war schon früher Nachmittag. Dann hatte sie doch länger ohnmächtig dagelegen, als sie zuvor angenommen hatte. Sicherlich wurde sie vermißt, und bestimmt würden Suko und John alles tun, um sie zu finden.

Nur war das eine sehr schwierige Sache. Denn woher sollten sie wissen, wo man sie gefangenhielt?

Sie schaltete die Lampe aus, weil sie die restliche Energie der Batterie sparen wollte. Dunkelheit fiel über sie. Und mit der Dunkelheit kamen die Depressionen.

Shao fühlte sich mit einemmal von allen Menschen verlassen. Traurigkeit stieg in ihr hoch und auch Angst.

Am liebsten hätte sie geschrien, und nur mit Mühe konnte sie sich beherrschen.

Sie weinte.

Shao wußte nicht, wie lange sie auf dem feuchten, schimmligen Boden gesessen hatte, schließlich versiegten ihre Tränen. Und dabei hätte sie für ihr Leben gern mit jemandem gesprochen, und wenn es ein Mitglied dieser Bande gewesen wäre.

Da hörte sie das Geräusch.

Es war ein Schaben und gleichzeitig ein Kratzen. In der Stille besonders laut zu vernehmen.

Shao horchte auf.

Zuerst dachte sie an Ratten, aber dann hätte sie bestimmt trippelnde Schritte vernommen. Die Geräusche mußten woanders herstammen, von anderen Personen oder Tieren.

Nur – von wem? Sie befand sich doch völlig allein in diesem verdammten Gefängnis unter Deck.

War sie wirklich allein?

Mit Schrecken wurde ihr klar, daß dem nicht so war. Denn bei ihr befanden sich die Leichen, die Toten, die so grauenerregend aussahen. Sollten die etwa ...?

Auf einmal klopfte ihr Herz schneller. Die Schweißdrüsen begannen zu arbeiten und sonderten ihre Stoffe ab. Das Blut floß schneller durch die Adern und rauschte in Shaos Kopf.

Nebenwirkungen einer heißen Angst.

Shao dachte an die Lampe, die jetzt neben ihr lag. Sie traute sich kaum, sie in die Hand zu nehmen, aber um Gewißheit zu haben, mußte sie sie einschalten.

Schon streckte sie den Arm aus. Mehr aus einem Reflex geboren, als vom Gehirn befohlen.

Die Fingerkuppen glitten über den kühlen Schaft, wanderten weiter und erfaßten den schmalen Kopf, den sie nur hochzuschieben brauchte.

Shao tat es.

Sie hatte es noch nicht gewagt, die Lampe zu drehen. Noch fiel der Lichtstrahl gegen die Wand und malte dort den Kreis. Doch langsam wanderte er nach links. Um so schneller, je stärker Shao ihre Hand bewegte.

Dann hatte er sein Ziel fast erreicht. Die Chinesin brauchte den Arm nur noch zu senken, um zu sehen, ob sie mit ihrer makabren Vermutung recht behalten hatte.

Noch stärker klopfte ihr Herz. Es erinnerte sie an schwere Hammerschläge, die in ihrem Kopf widerhallten.

Leicht zitternd fiel der Strahl nach unten auf den Boden.

Im nächsten Augenblick packte Shao das kalte Entsetzen. Eine der kopflosen Leichen hatte sich an der Wand hochgeschoben und war aufgestanden ...

Sekundenlang geschah gar nichts. Shao war einfach zu geschockt, um reagieren zu können. Sie schrie nicht, sie atmete kaum, sie blieb einfach stumm.

Zu grauenhaft war das Bild.

Der Torso hatte es schwer. Er mußte mit dem Gleichgewicht kämpfen und hatte dabei seine Arme ausgebreitet. Die Beine bewegten sich wie an Fäden hängend, und seine Hände öffneten und schlossen sich krampfhaft.

Er ging vor.

Ein unheimlicher Instinkt schien dem Torso zu verraten, daß ein lebendiger Mensch in der Nähe war.

Der erste Schritt …

Shao zitterte. Noch immer richtete sie die eingeschaltete Lampe auf den Torso. Es war ihr einfach nicht möglich, sie auszuschalten.

Neben dem Torso bewegte sich eine andere kopflose Leiche. Sie schlug ihren Arm zur Seite, der zwischen die Beine des ersten Torso gelangte und diesen zum Stolpern brachte.

Schwer krachte er zu Boden. Er war über die restlichen Leichen gefallen. Die Arme waren ausgestreckt, ebenso die Hände, dann aber zog er sie an seinen Körper, winkelte sie an und stemmte sich auf.

Der Torso richtete sich wieder auf.

Der zweite saß inzwischen und drehte sich um.

Shao konnte sich nicht erklären, wodurch diese kopflosen Wesen gemerkt hatten, daß sich jemand in der Nähe befand. Wahrscheinlich leitete sie ein unheilvoller Trieb.

Dann stand auch der zweite.

Aber er drehte sich im Kreis, während der erste Torso merkte, was geschehen war und wo Shao saß. Auf jeden Fall bewegte er sich weiter auf sie zu.

Die Chinesin hielt es nicht mehr aus. Hatte sie bisher gesessen, so sprang sie jetzt auf und taumelte zur Seite, weil sie von einem plötzlichen Schwindel gepackt wurde, den sie im ersten Moment nicht unter Kontrolle hatte.

Sie fiel gegen die Wand.

Das war zugleich das Ende ihres Fluchtweges. Es gab hier keine Tür, keine Öffnung. Shao war eine Gefangene und würde es bleiben, bis ...

»Nein«, wimmerte sie. »Nein, nein ...«

Das Licht der Lampe zeigte ihr mit brutaler Deutlichkeit, was die lebende kopflose Leiche vorhatte. Die Arme waren so weit erhoben, daß die Hände Shaos Hals finden konnten.

Der zweite Torso befand sich direkt hinter dem ersten. Sollte der es nicht schaffen, würde sich der andere das Opfer holen.

Shao hatte sich mit dem Rücken hart gegen die Wand gepreßt. Sie zitterte am gesamten Leib, und dann konnte sie nicht mehr.

Ein gewaltiger Angstschrei brach aus ihrem Mund, der jedoch abrupt verstummte, als sich die eiskalten Totenklauen um ihren Hals legten ...

Wir saßen wieder im Büro.

Suko paßte dies überhaupt nicht, aber es ging einfach nicht anders. Wir konnten nicht in der Gegend herumrennen und wild drauflos suchen, sondern mußten systematisch vorgehen.

Dazu hatten wir um Unterstützung der River Police gebeten und auch erhalten.

Die Polizei fuhr mit ihren Booten in verstärktem Maße den Fluß ab. Allerdings so, daß es nicht auffiel. Sie durchsuchten keine Bootshäuser, sondern glitten nur in ihrer Nähe vorbei, wobei sie natürlich auf irgendwelche Spuren oder Anzeichen achteten. Jedes außergewöhnliche Ereignis war sofort zu melden. Die Beamten kannten sich sehr gut aus. Sie fuhren die Strecke täglich, und wir hofften darauf, daß ihnen etwas ins Auge stach.

Hin und wieder schaute Sir James bei mir vorbei. Ich konnte nur mit den Schultern zucken.

Der Superintendent verstand und zog sich zurück.

Glenda Perkins, meine Sekretärin, kochte Kaffee. Eine Kanne hatte ich schon leer. Glenda brachte die zweite.

Ich schaute von den Zeichnungen auf und lächelte sie an. »Danke, Sie wissen genau, was ich brauche.«

»Ich hoffe, die Aufmunterung hilft Ihnen, John.«

»Bestimmt.«

Glenda zog sich wieder zurück. Zum Flachsen war uns beiden nicht zumute. Jeder wußte, um was es ging, und wir konzentrierten uns nur auf das eine Ereignis, das hoffentlich bald eintreten würde.

Ich hatte eine Detailkarte vor mir liegen. In ihr war all das eingezeichnet, was für mich wichtig war. Vor allen Dingen die Gegend um den Teil der Themse herum, wo wir das Bootshaus vermuteten.

Suko und ich suchten gemeinsam. Die größten Bootshäuser pickten wir uns heraus. Mit einem Rotstift kreuzte ich sie an. Dann begann ich zu zählen: vierzehn.

»Nicht gerade wenig«, sagte Suko. Er hatte neben mir gestanden, richtete sich auf und bog sein Kreuz durch. »Verdammt, es paßt mir nicht, wenn wir hier untätig herumsitzen und nichts tun können.«

»Frag mich mal.«

Die Zeit verging. Hin und wieder trafen Meldungen der Flußpolizei ein. Sie waren samt und sonders negativ. Unsere Nervosität steigerte sich. Bei jedem Anruf schraken wir zusammen, keimte Hoffnung auf, die Sekunden später wieder zerstört wurde.

Weder eine Spur von der Dschunke nach von Shao oder der Roten Schlange.

Immer öfter schaute ich zum Fenster hin. Die Sonne

sank tiefer. Wir näherten uns dem Abend. Glenda, die schon längst hätte zu Hause sein können, streckte ihren Kopf durch die Tür. »Ich habe etwas zu essen geholt. Möchte einer von Ihnen?«

Suko schüttelte den Kopf. Das war verständlich. Ich nahm jedoch etwas.

Glenda brachte einen kalten Hähnchenschenkel. Nach einigen Bissen legte ich ihn zur Seite. Verflixt, ich konnte nichts essen.

Die Fahndung zeigte noch immer keinen Erfolg. Sir James hatte jedoch angeordnet, auch in der Dunkelheit nicht aufzugeben.

Die Boote sollten weitersuchen.

Vielleicht waren in der Nacht die Chancen größer, die Dschunke zu finden, denn es konnte sehr gut möglich sein, daß sie das Bootshaus dann verließ. Denn was hatten unsere Gegner davon, wenn sie sich da versteckten?

Draußen wurde es dämmrig. Und wir warteten noch immer. Irgendwann sagte Suko: »Ich halte es nicht mehr aus. Ich bleibe nicht länger in diesem Büro. Ich ...«

Das Telefon klingelte.

Wieder der Griff zum Hörer, wieder Hoffnung ...

»Sinclair«, meldete ich mich.

Sir James wollte mich sprechen. Selbst ihm fiel es schwer, seine Erregung zu unterdrücken.

»Es gibt eine Spur«, sagte er.

Ich war wie elektrisiert. »Und?«

»Die Besatzung eines Polizeibootes hat auf der Wasserfläche seltsame helle Gegenstände entdeckt. Als sie näher heranfuhren, identifizierten sie die Gegenstände als Totenschädel.«

Ich schlug mit der Faust auf den Schreibtisch. »Das ist es.« Ich hörte atemlos zu, als Sir James mir den Standort durchgab. »Wir sind schon unterwegs.« Ich schleuderte den Hörer auf die Gabel und sprang auf.

Suko war schon an der Tür. Im Laufen erklärte ich ihm, worum es ging. Er nickte heftig.

Wir fuhren nicht nach unten, sondern ließen uns mit dem Lift hochschießen. Oben auf dem Dach wartete der Hubschrauber. Allerdings ohne Pilot. Diesen Einsatz wollten wir selbst fliegen ...

Shao sank in die Knie.

Diese mörderischen, kalten Totenklauen schnürten ihr die Luft ab. Sie hatte alles vergessen, sie dachte nicht mehr daran, sich zu wehren, eine seltsame Lethargie hatte sie erfaßt.

Die Lampe rutschte ihr aus der Hand. Vor ihren Augen verschwamm die gräßliche Gestalt. Shao selbst wurde von einem wahren Fieber geschüttelt, und als sie endlich gegen diese Monstergestalt schlug, da besaß sie keine Kraft mehr.

Die Luft wurde ihr knapp. Ihr Kopf schien um das Doppelte angeschwollen zu sein. Noch einmal riß sie sich zusammen, und noch einmal sah sie alles klar und deutlich.

Die beiden Gestalten ohne Kopf, die anderen, die auf dem Boden lagen – und das Licht, das plötzlich ihr Gesicht traf.

Dann zuckte die unheimliche Gestalt vor ihr zusammen. Wie ein Stromstoß ging es durch ihren Körper, die Klammer um Shaos Kehle löste sich, und die Hände rutschten an ihrem Körper entlang.

Der Torso schwankte.

Er konnte sich kaum auf den Beinen halten, dann fiel er nach vorn und brach zusammen.

Shao sprang hastig zur Seite, sonst wäre der Rumpf noch gegen sie geprallt.

Das zweite Monster hatte sich abgewandt. Es ging mit

staksigen Schritten wieder zurück, stolperte über die am Boden liegenden anderen Gestalten und blieb liegen.

Shao schnappte nach Luft. Obwohl der Gestank in diesem Verlies kaum auszuhalten war, war die Luft, die sie einatmete, wie der reinste Sauerstoff für sie. Endlich konnte sie wieder ihre Lungen füllen und auch klar sehen.

Sie schaute auf einen Bekannten. Es war der dritte Chinese. Er hatte am Steuer des Wagens gesessen. Licht umspielte seinen Körper. Er stand in einer Wandöffnung genau gegenüber. Und durch die Luft zischte ein kleiner Gegenstand auf ihn zu, der auf der Stirn des Mannes seinen Platz fand.

Es war der Schlangenpfeil. Er hatte das Monster getötet. Und zwar endgültig getötet, denn es lag vor Shaos Füßen und rührte sich nicht mehr.

»Sie – sie hätten mich umgebracht«, flüsterte Shao und schüttelte sich. »Sie ...«

»Komm her!« befahl der andere.

Als Shao nicht sofort gehorchte, wiederholte er seinen Befehl. Diesmal mit wesentlich schärferer Stimme.

Da ging Shao.

Wie in Trance schritt sie voran. Ihre Füße schleiften über den Boden, der Blick war starr geradeaus gerichtet, sie wollte die Kopflosen nicht sehen.

Der Mann ließ sie vorbei.

Shao trat von der Dunkelheit ins helle Licht, das ihre Augen ein wenig blendete. Sie mußte sich erst daran gewöhnen, und als sie sich dann umschaute, da konnte sie sich nur wundern.

Zwischen dem ersten und diesem Raum lagen Welten, was die Ausstattung anging. Ihre Schritte waren nicht mehr zu hören, weil sie auf Teppichen ging. Die Wände waren schwarz gestrichen. Deshalb fielen die aufgemalten roten Schlangen besonders auf. Am Ende des Raumes befand sich eine weitere Tür, die jetzt von dem Chinesen geöffnet wurde, damit Shao weitergehen konnte. Allerdings gestattete der Mann ihr noch keinen Blick in den dahinterliegenden Raum. Er hielt die Tür nur einen Spalt offen.

»Ich habe dich nicht aus lauter Menschenfreundlichkeit gerettet«, erklärte er, »sondern aus einem anderen Grund. Du sollst Tschu Wang, den ehemaligen Mandarin und jetzigen Dämon, kennenlernen. Er will dich sehen, denn schon damals hat er gern hübsche Frauen gehabt. Du wirst ihm allein gehören.«

Shao vernahm die Worte, aber sie begriff ihren Sinn nicht. Sie gingen in ein Ohr hinein, aus dem anderen wieder hinaus.

Der Chinese stieß die Tür noch weiter auf. Jetzt konnte Shao in den Raum blicken.

Es brannte düsteres, rotes Licht. Auf dem Boden lagen kostbare Teppiche. In der Mitte des Raumes jedoch stand ein hochlehniger Stuhl, der schon mehr an eine Sänfte erinnerte. Allerdings hatte sie kein Dach oder Seiten, die man abdecken konnte.

In der Sänfte saß Tschu Wang.

Noch war von ihm nicht viel zu sehen, weil das Licht nur schwach strahlte. Shao mußte näher herangehen, was sie auch tat. Schritt für Schritt bewegte sie sich weiter.

Allmählich schälten sich die Umrisse des Dämons hervor. Und dann blieb Shao stehen. Sie wurde steif wie ein Ladestock und hatte das Gefühl, durchzudrehen.

Was sie sah, raubte ihr fast den Verstand.

Tschu Wang konnte man als Mischung zwischen Mensch und tierischer Kreatur bezeichnen.

Bis zur Hüfte war sein Unterkörper völlig normal. Was dann folgte, war der nackte Horror.

Der Oberkörper war nichts anderes als eine dicke, knallrote Schlange ...

Das war der absolute Wahnsinn!

Etwas anderes fiel Shao nicht ein. So eine grauenhafte Gestalt hatte sie noch nie in ihrem Leben gesehen. Dieser Anblick reichte, um ihre Knie zittern zu lassen, und regelrechter Ekel stieg in ihr hoch. Es kostete sie eine ungewöhnliche Mühe, sich den Oberkörper dieses Dämons anzuschauen.

Sie dachte an Apep, die Höllenschlange. Natürlich war Tschu Wang nicht so groß, aber der Durchmesser des Schlangenleibs konnte mit dem eines Menschen durchaus standhalten.

Es gab keine Arme, es gab keine Finger, aber zwei kleine, tückisch blickende Augen und ein gewaltiges Maul, das Tschu Wang jetzt aufklappte.

Shao erlitt den zweiten Schock.

Noch nie hatte sie solch eine lange, giftgrüne Zunge gesehen, die vorn gespalten war. Sie sah aber auch die beiden Zähne. Spitz stachen sie aus dem oberen Schlangenmaul. Und die Öffnung war so groß, daß Tschu Wang ein Reh oder ein Wildschwein hätte verschlingen können.

Auch einen Menschen …

Das Maul klappte zu. Hinter sich hörte Shao das Geräusch einer sich schließenden Tür. Sie war jetzt von den untoten Kopflosen abgesperrt, doch dies hier war schlimmer.

Tschu Wang saß nicht ruhig. Hin und her wogte der Schlangenkopf, und die seltsam kleinen Augen fixierten Shao mit einer barbarischen Kälte. Sie ließen sie nicht los. Mal zuckte die Schlange vor, dann zog sie sich wieder zurück.

Als Shao zurückwich, da spürte sie plötzlich zwei Hände auf ihrer Schulter.

Es war der Chinese, der sie hereingeführt hatte. Er war noch geblieben und brachte seinen Mund dicht an Shaos Ohr. »Sieh dir sein Maul an. Tschu Wang verschlingt alles, auch Menschen.« Dabei lachte er böse und weidete sich an Shaos Entsetzen.

Mit einem Ruck stieß er sie wieder vor. Die Chinesin taumelte auf den Schlangendämon zu und riß instinktiv die Arme hoch, um ihr Gesicht zu schützen.

Tschu Wang lachte.

Shao schluckte. Zum erstenmal merkte sie, daß dieser Dämon eine Stimme hatte.

Sogar eine menschliche.

»Willkommen in meinem Reich«, sagte Tschu Wang. »Du bist Gast auf der Teufels-Dschunke. Es muß für dich eine Ehre sein!«

Shao schüttelte den Kopf, was bei dem Schlangendämon einen Lachanfall hervorrief. »Meine Diener haben gut gearbeitet. Wie heißt du denn, meine Kleine?«

Shao brachte kein Wort hervor. Dafür nannte der Chinese ihren Namen.

»So, du heißt Shao. Nein, eine Shao habe ich noch nie gehabt, auch damals nicht, bevor man mich und meine Diener auf die Dschunke verbannte. Willst du die Geschichte hören, kleine Shao? Soll ich sie dir erzählen, damit du begreifst?«

Zeit, damit kannst du Zeit gewinnen, dachte Shao, und sie nickte heftig.

Doch Tschu Wang redete noch nicht. Er wandte sich zuerst an seinen Diener. »Ich möchte mit meiner neuen kleinen Freundin allein sein. Du wartest draußen.«

Der Chinese mit der Schlange auf der Stirn nickte, verbeugte sich und verschwand.

Shao und das widerliche Monster blieben allein zurück. Eine grauenvolle Erscheinung mit dem Oberkörper einer Schlange, die sogar sprechen konnte.

Eigentlich gehörte so etwas ins Reich der Märchen oder Fabel, doch in diesem Fall war ein Märchen Wirklichkeit geworden. Und Shao glaubte sich auch zu erinnern. Hatte ihr Vater früher, als sie noch Kind war, nicht die Geschichte von einem verbrecherischen Mandarin erzählt, der an des Kaisers Stelle treten wollte, aber daran gehindert und verflucht worden war?

Ja, das stimmte. Shao erinnerte sich genau. So und nicht anders war es gewesen.

Und dann hörte sie fast die gleiche Geschichte aus dem Maul der Menschenschlange Tschu Wang.

»Ich wollte damals die Macht«, sagte Tschu Wang. »Ich allein. Aber da war noch ein Kaiser, der mir im Wege stand und beim Volk gut angesehen war. Deshalb beschwor ich die Götzen und Dämonen der Finsternis. Meine Anhänger und ich führten die finsteren Rituale durch, wir brachten die Menschenopfer, die nötig waren, um starke Dämonen aus ihrer Einsamkeit zu locken. Es gelang zum Teil. Bevor ich jedoch mächtig werden konnte, griff der Kaiser ein. Er hatte bemerkt, daß sein Stellvertreter gegen ihn intrigierte, und er hatte ein Komplott gegen uns geschmiedet. Wir fielen darauf herein. Eines Nachts, wir hatten uns auf der Teufels-Dschunke versammelt, geschah es. Die Kaisertreuen überfielen uns, nahmen uns gefangen, und es war der Kaiser selbst, der uns noch auf dem Schiff aburteilte. Ich mußte zusehen, wie er meinen Leuten die Köpfe abschlug. Der Kaiser persönlich nahm sein Schwert, und mein Kopf wurde auf den Richtblock gelegt. Weißt du, was geschah, Shao?«

Die Chinesin schüttelte den Kopf.

Da lachte Tschu Wang. »Ich steckte voll mit der Magie des Schlangengottes. Ich vertraute ihm und hatte auch keine Angst, meinen Kopf auf den Richtblock zu legen. Der Kaiser schlug zu. Er köpfte mich mit einem Streich, doch dann endlich reagierte der Schlangengott. Plötzlich wuchs ich nach. Alle konnten sehen, daß mein Kopf zur Seite rollte, aber der Schlangenkörper vom Bauch her hochwuchs. Der Kaiser und seine Getreuen wurden Zeugen, und das Grauen packte sie wie ein gewaltiger Sturmwind. Sie schauten zu, sie konnten nicht anders, als zuschauen, es war wie ein Fluch, der sie auf der Stelle bannte und erst später losließ. Dann aber flohen sie. So schnell, wie es möglich war, verließen sie die Dschunke. Sie sprangen in ihre Boote und ruderten davon. Mich und meine geköpften Getreuen ließen sie auf der Dschunke zurück, die von nun an verflucht war. Wind kam auf, blähte das Segel und trieb uns davon. Die Haut fiel von den Schädeln ab, so daß blanke Knochen zum Vorschein traten. Und diese Schädel sind es, die mich und das Schiff immer begleiten. Wir verschwanden in der Unendlichkeit der Teufelsreiche, wir schwebten zwischen den Zeiten, aber wir waren nicht vernichtet. Der Keim der Roten Schlange lebte weiter. Und es gab im alten China noch Menschen, die an die Rote Schlange glaubten. Viele Geheimbünde hat es im Laufe der Zeit gegeben. Manche sind ausgestorben, andere nicht. Dazu gehörte die Rote Schlange. Jetzt, heute, erlebt sie die Wiederauferstehung. Die Menschen haben sich wieder an sie erinnert, die Rote Schlange ist auferstanden und wird ihren Siegeszug fortsetzen, das ist gewiß. Die Diener haben sich gefunden und zusammengeschlossen, so wie ich damals die Schlange beschworen habe, so beschworen sie mich, und wir kehrten zurück. Meine Getreuen und ich, die Kopflosen, die nicht verwesten, sondern ein untotes, unheilvolles Leben führten.«

Shao hatte zugehört. Sie glaubte Tschu Wang jedes Wort. Das war ja schrecklich, was dieser Dämon ihr da sagte. Sie selbst fühlte sich plötzlich unsagbar klein und hilflos. Erst in den letzten Minuten hatte sie erkannt, wie mächtig dieser Tschu Wang war.

»Und was willst du jetzt?« fragte sie.

»Die Macht. Die Macht über Menschen und Städte. Daß ich in London bin, ist Zufall. Ebensogut hätte die

Beschwörung auch in meiner alten Heimat durchgeführt werden können. Es wäre mir sogar lieber gewesen, aber ich nehme es, wie es kommt. Bald wird es dunkel sein, und dann verläßt die Teufels-Dschunke dieses Bootshaus, um nach London zu fahren. Wir werden an Land gehen und Angst und Schrecken verbreiten. So will es mein Plan, so führe ich ihn durch. Hast du verstanden, kleine Shao?«

Die Chinesin nickte. Ihr lag eine Frage auf der Zunge, sie traute sich aber nicht, sie zu stellen. Statt dessen erriet Tschu Wang ihre Gedanken.

Er lachte. »Ich weiß, was du sagen willst. Und ich werde dir eine Antwort geben, obwohl du die Frage nicht ausgesprochen hast. Du wirst mein Opfer sein. Dich werde ich verschlingen, um noch mehr an Kraft und Stärke zu gewinnen. Hast du verstanden?«

Shao nickte.

»Oder stellst du dich auf meine Seite?«

Sie schwieg.

Da lachte Tschu Wang. »Nein, du wirst dich nicht auf meine Seite stellen, das sehe ich dir an. Deshalb muß ich so reagieren. Dein Tod ist gewiß. Ich weiß nur noch nicht, wann ich dich umbringe.« In den kleinen Schlangenaugen leuchtete es auf, der Oberkörper pendelte hin und her. Er näherte sich der erstarrten Shao, die mit Schrecken auf das aufgerissene Maul schaute und auf die lange Zunge, die aus dem Rachen hervorschoß.

Shao zitterte.

Dann wurde sie gepackt. Bevor sie überhaupt reagieren konnte, hatte sich der Oberkörper um sie gewickelt, und Shao wurde von einer gewaltigen Kraft hochgehoben. Jetzt merkte sie deutlich, wie hilflos sie war. Sie schwebte in der Luft, spürte den Druck des Schlangenleibes, der sich noch mehr wand und drehte, und sah plötzlich das weit aufgerissene Maul dicht vor ihrem Gesicht.

Aus dem Schlund fuhr die Zunge hervor. Giftgrün, gespalten, klebrig. Das merkte Shao, als sie gegen ihr Gesicht klatschte und plötzlich auf ihrer Haut lag.

Sie zuckte, ekelte sich, und ihre Angst, von dem Maul verschlungen zu werden, wurde übermächtig. Plötzlich waren die Schatten da – so schnell, als würde jemand eine Decke über sie stülpen. Tschu Wang und alles andere verschwammen vor ihren Augen, und Shao wurde zum zweitenmal an diesem Tag ohnmächtig.

Tschu Wang paßte das nicht. Er hätte sehr gern noch mit seinem Opfer gespielt. Statt dessen legte er es zu Boden und löste seinen Griff. Dann erhob er sich und schritt durch den Raum, wobei der Oberkörper hin- und herschwang.

Er verließ den Raum durch die Tür, die in die Kammer führte, wo die Geköpften lagen.

Shao blieb allein zurück.

Und irgendwann wurde sie wieder wach.

Da war einiges anders.

Shao befand sich allein in dem Raum. Sie war zwar noch dort, wo sie mit Tschu Wang gesprochen hatte, doch der Thron oder die Sänfte war leer. Der Schlangenköpfige hatte sie allein gelassen.

Shao richtete sich auf. Sie erinnerte sich an das Gespräch mit diesem Dämon, und sofort kehrte auch die Angst zurück. Tschu Wang hatte davon gesprochen, daß die Teufels-Dschunke während der Nacht auslaufen sollte.

Deshalb schaute sie zur Uhr.

Da erschrak sie abermals.

Wenn die Zeiger sie nicht getäuscht hatten, war es bereits Nacht, aber Shao merkte nichts davon, daß die Dschunke Fahrt aufgenommen hatte. Nach wie vor lag sie ziemlich ruhig auf dem Wasser.

Das änderte sich in den nächsten Minuten. Gedämpft

nur drangen Stimmen an ihre Ohren. Sie hörte auch Schritte. Oben auf dem Deck tat sich etwas.

Shao ging zur Seite und legte ihr Ohr gegen die Wand. Sie hoffte, so besser hören zu können. Das war in der Tat der Fall. Die Stimmen wurden deutlicher, aber es gelang ihr nicht, einzelne Worte zu verstehen.

Dafür bewegte sich das Schiff. Es neigte sich leicht nach backbord, das alte Holz ächzte und wimmerte. Wellen liefen an und schlugen klatschend gegen die Bordwand.

Für Shao ab es keinen Zweifel mehr. Tschu Wang hatte sein Versprechen wahr gemacht.

Die Teufels-Dschunke nahm Fahrt auf.

Ihr Kurs: London!

Und plötzlich verspürte Shao wieder Angst ...

Unter uns sahen wir die Lichter der Riesenstadt. London im Dunkeln. Hochbetrieb in Soho. Ein glitzerndes, flimmerndes, buntes Meer aus Glühleuchten, Lichtern und Strahlern. Ein phantastisches Bild, das ich jedoch nur kurz in mir aufnahm, denn Suko und ich hatten andere Sorgen.

Wir mußten die Dschunke stellen.

Ich flog.

Inzwischen hatte ich es gelernt, mit einem Hubschrauber umzugehen. Außerdem bereitete mir das Fliegen großen Spaß. Der von uns benutzte Hubschrauber konnte auch auf dem Wasser landen.

Und gerade das brauchten wir.

Wir flogen nach Südwesten. Unser erstes Ziel war die Themse, der breite Strom, der London teilte. Ausgerüstet waren wir gut. Wir hatten nicht nur unsere magischen Waffen mitgenommen, sondern auch noch Handgranaten.

Das hört sich im ersten Moment schlimm an, aber es war durchaus möglich, daß wir das Schiff in die Luft sprengen mußten. Ich sah keine andere Möglichkeit, es zu zerstören, natürlich erst dann, wenn alle Menschen gerettet waren, die sich darauf befanden. Wen sich dieser Tschu Wang alles als Opfer ausgesucht hatte, wußte ich nicht. Zumindest Shao befand sich in seiner Gewalt. Ihre Befreiung war unser erstes großes Ziel.

Vor allem wollte sich Suko dafür einsetzen. Geduckt hockte er auf dem Sitz des Co-Piloten. Sukos Gesicht war eine Maske.

Ich ahnte, welche Gedanken sich hinter seiner Stirn bewegten, sprach ihn aber nicht an, sondern ließ ihn in Ruhe.

Zudem hatte ich genug damit zu tun, auf die Meldungen zu achten, die mir per Funk durchgegeben wurden.

Die Themse!

Wir erreichten sie etwa in Höhe der Chelsea Bridge und sahen sie als dunkles Band, worüber sich die Brücke wie ein heller Lichtbogen abhob, denn sie wurde bei Dunkelheit von zahlreichen Scheinwerfern erleuchtet.

Auch fahrende Wagen sahen wir. Glitzernde Punkte, die schnell weghuschten.

Ich änderte den Kurs. Jetzt flogen wir in Richtung Westen und hielten uns dicht am Ufer. Belgravia und Chelsea lagen unter uns. Wir konnten den Komplex des Chelsea Royal Hospitals sehen. Mehrere Bauten, zwischen denen es auch einen beleuchteten Hubschrauberlandeplatz gab.

Man rief mich. Quäkend drang die Stimme eines Beamten an meine Ohren, der sich auf dem Polizeiboot befand.

»Keine besonderen Vorkommnisse, Oberinspektor. Die Dschunke hat das Bootshaus noch nicht verlassen.«

»Danke.«

»Wo befinden Sie sich jetzt?«

Ich gab meine ungefähre Position durch.

»Dann müßten wir sie in ungefähr drei Minuten sehen können, Sir!«

»Geben Sie Zeichen?«

»Wir lassen dreimal den Scheinwerfer kurz aufblitzen.«

»Verstanden. Ende.«

Ich konnte mich auf die Kollegen der River Police verlassen. Nicht zum ersten Mal arbeitete ich mit ihnen zusammen. Die Leute von der Flußpolizei hatten sogar mal Tokata in voller Aktion erlebt, als sich Dr. Tod eine neue Helferin ausgesucht hatte – Lady X. Damals waren sie uns alle entkommen, obwohl ich die Hilfe der Flußpolizei in Anspruch genommen und wir unsere Gegner praktisch eingekreist hatten.

Ich hoffte nur, daß dies kein schlechtes Omen für den heutigen Fall war.

»Noch nichts zu sehen«, meldete ich Suko.

Mein Freund nickte. »Habe ich mir gedacht.« Er räusperte sich. »Bleibt es bei dem Plan?«

»Ja.«

Der Plan sah folgendermaßen aus: Wir wollten entweder auf dem Schiff oder auf dem Wasser landen. Beide Möglichkeiten zog ich in Betracht.

Auf der Themse fuhren kaum Schiffe. Nur ab und zu hoben sich Lichter von der Wasserfläche ab.

Dann sah ich es dreimal aufblitzen.

Das Zeichen.

Ich meldete mich über Funk. »Habe verstanden.«

Das Polizeiboot hielt sich bewußt nicht sehr nahe am Bootshaus auf, um keinen Verdacht zu erwecken. Die Beamten waren jedoch mit starken Nachtgläsern ausgerüstet und ließen das Objekt nicht aus den Augen. Dieses Polizeiboot war praktisch der Vorposten, andere befanden sich in der Nähe und warteten nur auf die Einsatzbefehle.

Dann – es waren vielleicht fünf Sekunden vergangen – erhielt ich die Meldung, die mich elektrisierte.

»Objekt verläßt das Bootshaus!«

Jetzt hatten wir es!

Unwillkürlich hielt ich den Atem an. Wir hatten darauf gebaut, daß die Dschunke das Bootshaus verlassen würde und auf den Fluß fuhr. Unser Plan schien aufzugehen. Nun konnten wir das Schiff angreifen. In den nächsten Sekunden flogen wir bereits dicht über dem Wasser.

Suko hatte ich mit zwei Sätzen über die neue Lage informiert. Er nickte und schaute noch angestrengter durch die Scheibe.

Schon traf die nächste Information ein. »Objekt segelt flußaufwärts, der Wind steht ausgesprochen günstig.«

Flußaufwärts also. Das hieß, daß die Dschunke nach London wollte.

»Ziehen uns zurück!«

»Verstanden, Ende«, sagte ich.

Im nächsten Augenblick ging ich noch tiefer. Wir schwebten etwa zwanzig Yards über der Wasseroberfläche. Das Polizeiboot hatte volles Licht gesetzt. Es kam uns entgegen.

Auch wir waren von der Besatzung gesehen worden. Der zuständige Offizier meldete sich über Funk.

»Das Objekt befindet sich etwa fünfhundert Yards flußabwärts. Viel Glück, Oberinspektor.«

»Danke.« Meine Stimme klang leicht kratzig. Ich konzentrierte mich. Plötzlich bemerkte ich den Schweiß auf meiner Stirn, doch mir blieb keine Zeit, mich jetzt noch trüben Gedanken hinzugeben, denn die Entscheidung nahte. Suko, er hatte die schärferen Augen, entdeckte die Dschunke als erster. »Da ist sie«, sagte er.

Mein Partner hatte sich nicht getäuscht. Die Teufels-Dschunke lag tatsächlich unter uns.

Sie war ein monströses Gebilde und hob sich als gewaltiger Schatten von der Wasserfläche ab. Das Segel war gebläht. Wir sahen sogar den hell schimmernden Fleck, und als wir genauer hinschauten, erkannten wir den Totenkopf.

Einen fahlgelben Schädel, der uns wie ein Fanal des Bösen entgegenstrahlte und bald darauf verschwunden war, weil der Sichtwinkel für uns schlechter wurde.

Die Dschunke verschwand hinter uns.

»Drehen«, sagte Suko.

Das hatte ich sowieso vorgehabt und legte die Maschine in eine Schleife. Sie wurde ziemlich eng, und ich hatte für einen Moment Angst, daß wir abschmierten. Dann brachte ich den Hubschrauber wieder unter Kontrolle.

»Wo landen wir?« fragte ich.

Suko erwiderte nichts. Vielleicht hatte er die Frage nicht verstanden. Er schaute aus dem Fenster und versuchte, an Deck der Dschunke etwas zu erkennen.

»He, wo?«

Da drehte sich mein Partner um. »Nicht auf dem Wasser«, knirschte er. »Lande auf Deck!«

Ich schluckte. Der Chinese wollte direkt in die vollen gehen. Okay, meinetwegen.

Es war natürlich wesentlich schwieriger, eine Landung auf dem Deck der Dschunke zu versuchen. Wir hatten wenig Platz, zudem befand sich das Schiff in Fahrt, und die drehenden Rotorblätter konnten leicht in einen hochstehenden Gegenstand geraten.

»Das ist riskant«, sagte ich nach einigem Überlegen.

»Trotzdem.«

Suko wollte alles auf eine Karte setzen. Verständlich, denn die Sorge um Shao trieb ihn voran.

Ich dachte mehr an die Sicherheit, und als wir das Heck der Dschunke sahen, hatte ich das Gefühl, einen Schlag in den Magen zu bekommen.

Das Schiff war verdammt schmal.

Und es war einfach zu wenig Platz an Bord. Zudem schwankte die Dschunke.

Das schaffte ich nie. Ich würde vielleicht landen können, dann wäre es aber eine Bruchlandung gewesen.

Das sah auch Suko. »Das schaffen wir nicht«, bemerkte er und ballte die Hände.

»Dann eben auf dem Wasser!«

»Nein!« Er antwortete schnell, und es klang endgültig.

»Willst du springen?« Ich hatte mir sofort gedacht, was Suko vorhatte.

»Genau.«

Ich blickte meinen Freund kurz an. Sein Gesicht wirkte wie aus Stein gemeißelt und wurde vom grünen Schimmer der Instrumentenbeleuchtung übergossen. Sukos Unternehmen war sehr riskant. Er setzte praktisch sein Leben aufs Spiel.

Ich konnte ihm kaum helfen, denn ich mußte mich um die Maschine kümmern.

»Was ist John?« fragte er.

Ich nickte. »Okay, wenn du es auf dich nehmen willst, dann laß es uns versuchen.«

»Danke.«

Ich lachte freudlos. »Wofür?«

»Daß du mitmachst.«

»Wäre es umgekehrt, würdest du nicht ebenso reagieren?«

»Ja.«

»Na bitte.«

Danach schwiegen wir, denn nun mußten wir uns beide höllisch konzentrieren.

Ich drosselte die Geschwindigkeit, so daß ich nur noch

um eine Idee schneller war als die Dschunke. Fast schien es mir, als würden wir in der Luft stehen. Eine Täuschung nach dem vorherigen schnellen Flug.

Das unheimliche Schiff war nicht beleuchtet. Da brannte kein Licht an Deck, und wir konnten auch nicht sehen, ob sich irgendwelche Gegner dort aufhielten. Wenn ja, hatten sie sich sicherlich versteckt und hielten uns schon längst unter Kontrolle.

Schattenhaft sah ich einige Aufbauten. Der hohe Hauptmast stach natürlich am deutlichsten hervor. Es gab allerdings auch das Ruderhaus, Schanzkleider sowie Auf- und Niedergänge. Ob im Ruderhaus jemand stand, war von unserer Position aus nicht zu erkennen. Es spielte auch keine Rolle mehr, ich mußte jetzt zusehen, daß ich den Vogel ziemlich weit nach unten brachte.

Wir schwebten über dem Deck.

Ich hatte jetzt die Geschwindigkeit des Hubschraubers der der Dschunke angeglichen. Das war ungeheuer schwierig, denn als so erfahren konnte ich mich noch nicht bezeichnen. Die Maschine sackte ein paarmal tiefer, so daß ich befürchtete, sie würde auf die Planken krachen.

Suko stieß den Einstieg auf. Wind drang ins Cockpit und wühlte unsere Haare durch.

»Geh noch etwas tiefer, John!«

Verdammt, Suko verlangte viel von mir.

Ich tat es.

»So ist es gut.«

Das waren seine letzten Worte, denn er hatte den Satz kaum ausgesprochen, da stieß er sich schon ab.

Plötzlich sah ich ihn nicht mehr. Ich konnte auch nicht sehen, wo er gelandet war, denn ich mußte den Hubschrauber höher ziehen, weil der Mast verflixt nahe vor der Kanzel auftauchte.

Sofort stieg die Maschine an.

Ich zog sie nach rechts und schwebte wieder über dem Wasser.

Um Suko aber machte ich mir Sorgen …

Der Chinese ließ sich fallen.

Die Planken schienen auf ihn zuzurasen, und im nächsten Augenblick erfolgte der Aufprall.

Suko war ein trainierter Karatekämpfer. Er wußte, wie man sich zu bewegen hatte. Er rollte seinen Körper zusammen, als er auf die Planken schlug.

Trotzdem trieb ihn die Wucht und Geschwindigkeit noch weiter, und zwar auf die Steuerbordseite zu.

Suko überschlug sich ein paarmal und wurde erst vom Schanzkleid aufgehalten.

Er blieb nicht liegen, sondern sprang auf und wechselte sofort seine Stellung.

Ein Blick über das Deck.

Da war nichts zu sehen. Kein Feind ließ sich blicken, und Suko atmete erst einmal tief durch. Er sah den Hubschrauber wegfliegen und hoffte, daß John das Richtige unternehmen würde, um ihm zu Hilfe zu kommen.

Dann zog er die Dämonenpeitsche hervor. Er schlug einmal einen Kreis, und die drei Riemen glitten hervor. Diese Waffe würde ihm gute Dienste erweisen, das war ihm jetzt schon klar. Und natürlich sein Stab, den ihm der Abt des buddhistischen Klosters übergeben hatte.

Suko hielt sich dicht am Schanzkleid, als er sich weiterbewegte. Er hätte nicht gedacht, daß die alte Dschunke so schaukeln würde. Suko mußte breitbeinig gehen, um das Gleichgewicht halten zu können.

Sein Ziel war das Ruderhaus. Das Schiff mußte gesteuert werden, und mein Partner ging davon aus, daß er im Ruderhaus jemanden finden würde, den er zwingen konnte, ihm weiterzuhelfen.

Als Suko sein Ziel erreichte, machte er die erste Entdeckung, die seinen Plan über den Haufen warf.

Das Ruderhaus war leer.

Er sah das große Steuer mit den alten Griffspeichen, die schon zum Teil verfault waren, aber er sah keinen Steuermann, der das Rad in den Händen hielt.

Die Dschunke segelte von allein.

Schwarze Magie!

Etwas anderes konnte nicht im Spiel sein, das war Suko klar.

Er starrte sekundenlang in das völlig leere Ruderhaus. Das Holz roch faulig, es zeigte Schimmel und war bereits in den Zustand der Verwesung übergegangen.

Hier gab es für ihn nichts zu holen.

Suko drehte sich wieder um. Er wollte das Ruderhaus verlassen und stand schon halb draußen, als er verharrte.

Von dieser erhöhten Stelle aus hatte er einen guten Überblick. Er konnte das Deck sehen, den Hauptmast, und er sah die Gestalten, die unter ihm standen.

Sie waren wie die Schatten aufgetaucht, lautlos. Und jetzt hatten sie ihn.

Suko spürte einen Stich in der Herzgegend, das einzige Zeichen der Überraschung. Wenn er korrekt gezählt hatte, stand er einer fünffachen Übermacht gegenüber. Die Kerle waren nicht mit normalen Waffen bestückt, aber das brauchten sie auch nicht, denn die Schlangen auf ihren Stirnen waren gefährlich genug.

Sie sprachen nicht, sondern standen nur stumm da. Ihre Gesichter waren blasse Flecken in der Dunkelheit, doch auf den Stirnen leuchtete das blutrote Fanal.

Suko vernahm das Knattern des Segels und das Klatschen der Wellen.

Tief atmete er durch.

Ein Kampf war unvermeidlich. Suko wollte sich stellen, und er hatte sich gestellt.

Dann tat er den ersten Schritt.

Im selben Augenblick reagierten seine Gegner.

Plötzlich lösten sich zwei blutrote Schlangen von ihren Stirnen …

Damit konnten sie Suko nicht überraschen. Der Chinese hatte damit gerechnet und reagierte entsprechend. Er duckte sich, ein rascher Sprung nach vorn, und mit seinem vollen Gewicht prallte er auf die Trittstufen der kleinen Treppe.

Das Holz hielt diese Wucht nicht aus und zersplitterte. In einem Trümmerregen landete der Chinese auf dem Deck, doch die beiden Schlangen hatten ihn verfehlt. Sofort spritzten die fünf Kerle auseinander. Sie waren nicht schnell genug für Suko. Die Riemen der Dämonenpeitsche pfiffen durch die Luft, und als erster wurde einer der Kerle getroffen, von dessen Stirn die Schlange gestartet war.

Der Mann schrie auf, torkelte über das Deck und brach zusammen.

Gleichzeitig verging die Schlange, die umgedreht war und auf Sukos Rücken zielte. Als Staubschleier zerfiel sie.

Blitzschnell wechselte der Chinese seine Stellung. Die zweite Schlange hatte ihn schon fast erreicht. Nur durch seine schnelle Reaktion schaffte es Suko, daß sie ihn verfehlte und neben ihm in die Decksplanken hieb.

Sofort schlug Suko zu.

Die drei Riemen trafen voll. Augenblicklich löste sich der Schlangenpfeil auf, und sein Träger stieß einen gellenden Schrei aus, bevor er zusammenbrach.

Noch drei Gegner.

Suko gewann langsam Oberhand.

Doch die drei machten es ihm nicht leicht. Sie hatten

gesehen, was mit ihren Kumpanen geschehen war, und warfen sich in Deckung.

Plötzlich war das Deck leer.

Aber sie lauerten.

Das wußte Suko sehr genau. Er ging geduckt, als er seinen Weg weiter suchte.

Er ging an einem der auf den Planken liegenden Männer vorbei.

Der Diener der Roten Schlange lag auf dem Rücken. Suko blickte ihm ins Gesicht und erkannte sofort, daß ihm nicht mehr zu helfen war. Der Mann lebte nicht mehr. In seiner Stirn befand sich ein Loch, das die Umrisse des Schlangenpfeils aufwies.

Der zweite Mann lag ein paar Schritte weiter. Sein Gesicht konnte Suko nicht sehen, da er ihm den Rücken zuwandte. Doch der Chinese nahm an, auch hier einen Toten vor sich zu haben.

Hastige Schritte.

Suko hörte sie und blieb stehen.

Ein Blick nach links.

Er sah einen der Gegner, der auf den Mast zulief und dahinter Deckung nehmen wollte. Dabei mußte er ziemlich nahe an Suko vorbei, wenn er die Richtung nicht änderte.

Blitzschnell packte Suko ein auf dem Deck liegendes Stück Holz und schleuderte es dem Laufenden gezielt zwischen die Beine. Der Mann fiel hin.

Bevor sich Suko um ihn kümmern konnte, war ein zweiter da. Und er hielt eine Art Knüppel in der Hand. Der Kerl stand etwas erhöht und sprang auf Suko zu. Gleichzeitig löste sich die Schlange von seiner Stirn.

Suko schwebte plötzlich in Lebensgefahr und mußte sich innerhalb eines Sekundenbruchteils entscheiden.

Beide schlugen zu.

Suko mit der Peitsche, der andere mit dem Knüppel.

Und beide trafen.

Der Schlangenpfeil wurde durch die Dämonenpeitsche zerstört. Der Knüppel traf Suko am Hals, an der Schulter und auf der Brust. Er spürte den Schmerz und wurde zurückgeschleudert.

Neben Suko fiel der Knüppel zu Boden. Blitzschnell hob der Chinese ihn auf und schleuderte ihn dem nächsten Gegner entgegen. Es war der, der über das Stück Holz gestolpert war.

Er wurde voll getroffen, bevor er Suko erreicht hatte. Das schwere Wurfgeschoß schleuderte ihn zu Boden, und im nächsten Augenblick war Suko über ihm.

Ein Schlag mit der Peitsche.

Der Schlangendiener riß noch die Arme hoch, doch er konnte nicht vermeiden, daß ihn die Riemen quer über sein Gesicht trafen. Er zuckte noch einmal hoch und verging.

Das waren keine Menschen mehr, sondern Dämonendiener, die nicht mehr menschlich dachten, denn mit dieser Schlange im Hirn hätten sie nicht leben können.

Blieb noch einer.

Suko sah ihn, wie er weglief. Der Kerl wollte mittschiffs verschwinden, blieb noch einmal stehen, bückte sich und starrte dem Chinesen entgegen, der die Verfolgung aufgenommen hatte.

Und dann tappte Suko in die Falle.

Der Schlangendiener war raffiniert. In der Dunkelheit hatte er die Luke aufgezogen, durch die schon Shao gefallen war. Suko sah das Loch zu spät, trat hinein und fiel den kopflosen Untoten genau in die fangbereiten Arme …

Der Hubschrauber dümpelte auf dem Wasser. Ich hatte ihn gelandet und war umgestiegen auf das Polizeiboot.

Sein Kommandant stellte sich als Sergeant Windsor vor. »Haben Sie Befehle, Sir?«

Ich nickte. »Zur Dschunke.«

»Aye, aye, Sir!« Windsor machte kehrt und gab die entsprechenden Anordnungen.

Die Maschinen begannen zu dröhnen.

Eine Welle schob sich wie ein weißer Bart am Bug des Schiffes hoch und zerlief schäumend an den beiden Seiten.

Ich wollte unbedingt an Bord der Dschunke, denn ich konnte Suko nicht allein lassen.

»Scheinwerfer!« rief ich.

Schon strahlten die hellen Lichtfinger auf. Sie glitten über die Wasserfläche, warfen blitzende Reflexe auf die dunkle, wogende Fläche, tasteten sich weiter und rissen die Dschunke aus der Finsternis.

Der Sergeant rief: »Halbe Kraft!«

Der Befehl wurde sofort ausgeführt.

»Längsseits gehen!«

Die Männer verstanden ihr Handwerk wirklich.

Kaum hatte der Sergeant die Worte ausgesprochen, als der Polizeikreuzer schon seinen Bug herumschob und sich im rechten Winkel der langsam dahinschaukelnden Dschunke näherte.

Ich stand am Bug des Schiffes. Mein Herz klopfte ziemlich laut. In meinen Jackentaschen spürte ich das Gewicht der Handgranaten. Sie waren das letzte Mittel, das ich einsetzen wollte.

Ich schaute zur Dschunke, die immer größer wurde, je weiter wir uns ihr näherten. Mein Hals wurde trocken, mein Herzschlag beschleunigte sich. Von Suko hatte ich noch nichts gesehen. Er hätte doch das Licht zumindest entdecken müssen, aber er ließ sich nicht auf Deck blicken. Hatte man ihn ausgeschaltet, oder befand er sich unter Deck?

Viel zu langsam verging die Zeit. Abermals schallten Befehle über Deck, und der Polizeikreuzer drehte so bei, daß er parallel mit der Dschunke fuhr. Die Geschwindigkeit wurde noch stärker gedrosselt.

Plötzlich standen Beamte neben mir. Sie hielten Enterleinen in den Händen, die mit gekrümmten Haken beschwert waren, damit sie sich am Schiffsrumpf festklammern konnten.

»Jetzt!« erklang der Befehl.

Zwei Männer warfen die Haken. Man sah es ihren Bewegungen an, daß sie dies oft geübt hatten. Die Haken flogen durch die Luft, drehten sich und verkeilten sich im Schanzkleid der unheimlichen Dschunke.

Die Männer prüften die Festigkeit.

Alles klar.

»Wollen Sie?« fragte mich Sergeant Windsor.

»In Ordnung, Sir!«

Ich packte das erste Tau. Wie ein Turner schwang ich mich hoch. Meine Hände griffen immer weiter zu und umkrallten das rauhfaserige Seil. Meine Beine pendelten in der Luft. Ich hing jetzt zwischen den beiden Booten über dem Wasser.

Natürlich wurden die Schwankungen der Boote auch auf das Seil übertragen. Nicht nur einmal machte ich unsanft Bekanntschaft mit der Bordwand der Dschunke, aber ich ließ nicht los, sondern hangelte mich weiter voran.

Wenn jetzt oben am Schanzkleid einer der Schlangendiener auftauchte, konnte er mich mühelos ausschalten. Schnell schob ich den Gedanken beiseite und kletterte weiter.

Die letzten Griffe, dann hatte ich die Strecke hinter mich gebracht. Geschafft!

Plötzlich konnte ich aufatmen und schwang mich über das Schanzkleid, um an Bord des Schiffes zu gelangen.

Sofort fiel mir der faulige Geruch auf. Es roch nach altem Holz und Schimmel.

Wo steckten die Gegner?

Ich sah sie nicht, sosehr ich meine Augen auch anstrengte. Nur noch Restlicht fiel von den Scheinwerfern des Polizeibootes über Deck. Es gab mehr Schatten als Licht, und überall im Schatten konnten meine Gegner lauern.

Vorsichtig richtete ich mich auf. Die Beretta hielt ich schußbereit, das Kreuz hing offen vor meiner Brust.

Die Frage war nur, ob mir beides half, denn meine Gegner entstammten einer anderen Mythologie.

Fast wäre ich über einen am Boden liegenden Balken gestolpert. Ich hob ihn auf.

Da hörte ich die Kampfgeräusche. Sie klangen weiter vor mir auf, und ich vernahm auch einen Fluch.

Suko!

Ich lief los.

Drei Schritte weit ließ man mich kommen, dann entdeckte ich den sich bewegenden Schatten links von mir und sah den mörderischen Pfeil, der auf mein Gesicht zielte …

Mit seinem vollen Gewicht fiel Suko in die Tiefe und krachte auf die kopflosen Zombies. Sie hatten den Chinesen auffangen wollen, was ihnen aber nicht gelungen war, denn die Wucht des Aufpralls schleuderte die Monster zu Boden.

Auch Suko fiel. Aber er war schneller auf den Beinen als seine Gegner. Und er war bewaffnet.

Bevor sich die Kopflosen versahen, hatte Suko zugeschlagen. Mit der Dämonenpeitsche erledigte er den ersten Gegner, der beide Arme hochriß, nach hinten kippte und zerfiel, wobei er einen gräßlichen Gestank verbreitete.

Suko grinste hart. Wie ein rächender Engel stand er dort im Halbdunkel und wartete auf den Angriff der Gestalten.

Wieder klatschte es.

Und noch einmal.

Durch die Schläge mit der Peitsche wurden die Untoten durch die Luft geschleudert und krachten dumpf zu Boden.

Suko griff jetzt selbst an. Er kam wie ein Unwetter über sie, legte all seine Wut in die Schläge. Er zerstörte die unseligen Körper und war eingehüllt in eine nach Pestilenz und Schwefel stinkende Wolke.

»Fahrt zur Hölle, Ihr Teufelspack!« knirschte der Chinese und nahm sich den letzten vor.

Der war bis gegen die Wand getorkelt. Aus seinen Schultern ragte der Halsstumpf hervor. Das Fleisch wirkte grau.

Die drei Peitschenriemen klatschten genau auf den Stumpf.

Der Untote ohne Kopf zuckte hoch und brach dann wie vom Blitz gefällt zusammen. Suko wischte über seine Stirn.

Geschafft.

Nur – wo steckte Shao?

Er rief ihren Namen.

Im selben Augenblick erzitterte vor ihm die Wand unter einem heftigen Schlag. Dann brach eine Tür auf, und Suko konnte in den dahinterliegenden Stauraum blicken.

Dort sah er Shao.

Aber sie war nicht allein.

Tschu Wang befand sich bei ihr. Und sein schlangengleicher Oberkörper hielt das Mädchen umklammert, und das weit aufklaffende Maul befand sich dicht vor Shaos Kopf ...

Auf dem Polizeiboot wartete man in fieberhafter Spannung. Sergeant Windsor hatte auch mit den anderen Booten Kontakt aufgenommen und eine Lagemeldung durchgegeben.

Die übrigen Boote hatten sich genähert und einen Ring um die Dschunke gezogen.

Wohl jeder der Männer wäre gern an Bord der Dschunke geklettert, aber sie hatten den Befehl, sich zurückzuhalten, und danach richteten sie sich.

Niemand von ihnen dachte mehr an die Totenschädel, die sie zuvor gesehen hatten. Aber die waren nicht verschwunden, sondern hielten sich nur unter Wasser versteckt.

Jetzt tauchten sie wieder auf.

Es war ein makabres Bild, als einer nach dem anderen aus der dunklen Wasserfläche schoß, auf den Wellen hüpfte und weitergetragen wurde, einem neuen Ziel entgegen.

Dem Polizeiboot!

Die Totenschädel wollten es in Besitz nehmen, und sie schafften es.

An der nicht unter Beobachtung stehenden Seite des Schiffes wuchteten sie sich aus dem Wasser. Mit solcher Kraft und auch so hoch, daß sie die Reling übersprangen.

Dann lagen sie auf Deck.

Zufällig nur wandte einer der Männer den Kopf. Seine Augen wurden groß, als er den Schädel sah, der langsam auf ihn zurollte.

»S – Sir ...«, keuchte er.

Sergeant Windsor drehte sich um.

Auch er wurde von dem Anblick regelrecht getroffen. Das hatte er noch nie gesehen. Totenschädel, die sich bewegten. Unmöglich war so etwas. Und doch eine Tatsache.

»Was – was sollen wir tun, Sir?«

»Schießen Sie!« Auch Windsor riß seine Dienstwaffe hervor, zielte und feuerte.

Die Kugel hieb in den Schädel, aber sie zertrümmerte ihn nicht, sondern sprang ab und fuhr als Querschläger über Deck. Sie prallte gegen einen Eisenpfosten, und die Männer hatten Glück, daß niemand von ihnen verletzt wurde.

Weitere Schüsse peitschten auf.

Schädel wurden getroffen, aber nicht zerstört.

»Das ist Wahnsinn!« kreischte ein noch junger Polizist und schleuderte seine Waffe weg.

Auch den älteren Kollegen steckte die Angst in den Knochen. Sie suchten schon nach Deckungen, einige wirkten auch so, als wollten sie über Bord springen, als ein Ereignis eintrat, das schlagartig alles veränderte.

Die Schädel zerfielen.

Buchstäblich von einer Sekunde zur anderen lösten sie sich auf, zersprangen und wurden zu Staub, der auf den Decksplanken liegenblieb und vom Wind über Bord geweht wurde.

Niemand begriff. Die Männer standen da, schauten sich gegenseitig an und hoben die Schultern.

Dabei war es Suko, der sie gerettet hatte. Durch seine Aktion hatte er die unselige Allianz zwischen den kopflosen Körpern und den Schädeln zerstört.

Die Männer waren gerettet und wußten nicht, wieso.

Die Bewegung war ein reiner Reflex.

Vielleicht hätte ich noch ausweichen können, vielleicht auch nicht. So riß ich gedankenschnell den Arm mit der Holzlatte hoch und hatte wirklich unwahrscheinliches Glück.

Der Schlangendolch hieb in das Holz, bevor er mein Gesicht treffen konnte.

Ich schlug mit der Latte zu.

Und ich traf den Diener der Roten Schlange am Kopf. Er wurde zurückgeschleudert, ruderte mit den Armen und fand sein Gleichgewicht wieder.

Der Schlangendolch steckte noch immer im Holz.

Ich rechnete damit, daß er ihn rein durch gedankliche Kraft lösen konnte, wechselte die Schlagwaffe in die Linke und zog mit der Rechten die Pistole.

»Wag es nicht!« warnte ich ihn.

Da hörte ich die Schüsse. Sie klangen vom Polizeiboot her auf. Auch der Chinese vor mir vernahm sie. Unsicherheit zeichnete sich auf seinem Gesicht ab, das mit dem schlangenartig geformten Loch in der Stirn mehr als makaber aussah. Er wußte nicht, wie er sich verhalten sollte.

Aber ich wußte es.

Zwei Sprünge brachten mich zu ihm. Er riß noch beide Arme hoch, doch er war nicht schnell genug. Mein erster Schlag mit der Waffe zertrümmerte seine Deckung. Der zweite Hieb schickte ihn ins Reich der Träume.

Schwer krachte er auf die Planken und blieb mit ausgestreckten Armen liegen.

Ich aber starrte auf meine Schlagwaffe und die darin steckende Schlange.

Wie sollte ich sie zerstören?

Da fiel mir die Gemme ein. Sie entstammte keiner direkt christlichen Mythologie, besaß jedoch weißmagische Kraft. Zum Glück hatte ich den Stein mitgenommen.

Rasch holte ich das flache Stück hervor, das graugrün schimmerte und auf seiner Oberseite eine Schlange zeigte, die sich selbst in den Schwanz biß.

Der ewige Kreislauf der Welten war damit symbolisiert. Schlange gegen Schlange.

Wer würde siegen?

Ich hielt die Gemme gegen den in der Holzlatte steckenden Schlangendolch. Ein Zischen, ein Funkensprühen und ein Schrei.

Der Bewußtlose fuhr plötzlich hoch, preßte seine Hände gegen die Stirn, blieb für ein, zwei Herzschläge stehen und fiel dann zusammen. Tot blieb er liegen.

Damit hatte ich nicht gerechnet.

Dann erinnerte ich mich wieder an die Schüsse. Sie waren zwar verstummt, trotzdem wollte ich sehen, was auf dem Wasser los gewesen war, und schaute über die Bordwand.

Die Männer standen auf dem Boot. Irgendwie ratlos.

»Alles klar?« rief ich.

»Jetzt schon«, antwortete mir der Sergeant durch ein Megaphon.

Ich war beruhigt. Sorgen jedoch machte ich mir wegen Suko und auch Shao.

Wie mochte es den beiden ergangen sein?

Shaos Gesichtszüge schienen eingefroren zu sein. Suko hatte noch nie solch einen Ausdruck in ihrem Gesicht gesehen, und der bloße Anblick schnitt ihm ins Herz.

Angst, Schrecken und Entsetzen hatten das hübsche Gesicht in eine Maske verwandelt.

Der Chinese blieb stehen. Er wußte genau, daß jeder Schritt den Tod seiner Freundin bedeuten konnte. Und das Risiko wollte er auf keinen Fall eingehen.

Tschu Wang begann zu sprechen.

»Was willst du hier?«

»Dich töten und sie befreien!« erwiderte Suko heiser.

Der Schlangenmensch lachte, wobei er sein Maul noch weiter aufriß. Jetzt paßte sogar ein Mensch hinein. »Sie gehört mir, und mich kannst du nicht töten.«

»O doch, ich werde es dir beweisen!«

»Nichts wirst du!« keifte Tschu Wang. »Du wirst bald zu mir gehören, aber erst nachdem ich sie, deine Freundin, vertilgt habe.« Er lachte häßlich.

Suko blieb fast das Herz stehen. Er schaute in Shaos Gesicht und sah das stumme Flehen in ihren Augen. Sie hatte alle Hoffnungen in Suko gesetzt. Wie sollte er es schaffen, sie nicht zu enttäuschen?

Der Stab!

Das war die einzige Rettung. Ein Überraschungsangriff war nicht möglich, der andere würde vorher zuschnappen. Aber wenn die Zeit angehalten war, konnte es Suko gelingen, innerhalb der fünf Sekunden Shao aus den Armen der Schlange zu winden.

Voll konzentrierte er sich auf die vor ihm liegende schwere Aufgabe. Er vermeinte auch Schüsse zu hören, aber er achtete jetzt nicht mehr darauf. Shao war wichtiger.

Sukos Hand rutschte unter die Jacke. Hoffentlich drehte Tschu Wang jetzt nicht durch.

Nein, er fragte nur: »Willst du mich erschießen?«

»Vielleicht.«

»Du kannst es ja probieren.«

Da hielt Suko den Stab in der Hand. Das bewußte Wort sprang ihm fast von selbst über die Lippen, und in den nächsten Sekunden erstarrten Shao als auch das Monster.

Nur Suko bewegte sich.

Und wie!

Zwei gewaltige Sprünge brachten ihn zu seinem Gegner. Er packte zu, bog den Schlangenkopf mit aller ihm zur Verfügung stehenden Kraft zur Seite und schob seine Arme unter Shaos Achseln.

Dann zog er.

Es war ein verzweifelter Kampf gegen die Zeit und gegen die Kraft, mit der Tschu Wang Shao festhielt. Aber Suko schaffte es. Mit Shao in den Armen taumelte er zurück, und da war die Zeit bereits vorbei.

Tschu Wang bewegte sich wieder.

Blitzschnell ließ Suko seine Freundin zu Boden gleiten. Und dann griff er zum letzten Mittel. Seine Hand fuhr in die Tasche und holte die Handgranate hervor.

Gleichzeitig begann Tschu Wang zu schreien. »Du verdammter Hundesohn! Ich kriege dich doch!«

Suko zog den Stift ab, machte die Handgranate scharf.

Der schlangengleiche Oberkörper Tschu Wangs wuchtete auf den Chinesen zu. Weit klaffte das Maul auf, es wollte Suko regelrecht verschlingen. Der Chinese konnte es gar nicht verfehlen, als er die Handgranate schleuderte.

Er warf das gefährliche Höllenei, das noch gegen den Oberkiefer prallte und dann im Schlund der Schlange verschwand. Tschu Wang bäumte sich auf. Suko wußte nicht, ob er gemerkt hatte, was mit ihm geschehen war, er hechtete zur Seite und warf sich über Shao, damit er sie mit seinem Körper decken konnte.

Im nächsten Augenblick explodierte die Handgranate. Die Detonation hörte sich dumpf an, aber die Druckwelle war mörderisch.

Sie zerfetzte den Leib des Schlangenmenschen, zerriß ihn in mehrere Teile.

Noch eine andere Wirkung hatte die Explosion. Der Boden wurde aufgerissen.

Plötzlich strömte Themsewasser in den Stauraum. Gurgelnd und schäumend schwemmte es sofort um Sukos Füße.

Das war der Zeitpunkt, als ich am Rand der Luke erschien und Sukos Namen schrie.

Der Chinese antwortete mir schwach. »Hier bin ich, John!«

Drei Sekunden später war er da. Mit Shao auf den Armen. Ich sah, daß sie lebte. Mir fiel ein Stein vom Herzen.

»Das Schiff sinkt!« brüllte Suko zu mir hoch.

Ich wußte, was zu tun war. »Reich mir Shao hoch!« schrie ich.

Er tat es. Ich hatte mich hingekniet, streckte meine Arme aus und hielt das zitternde Mädchen fest.

Dann folgte Suko. Er schaffte es mit einem Sprung, während unter ihm das Wasser seinen Weg suchte und immer höher stieg. Die Wucht des strömenden Wassers riß Planken aus der Verankerung und schuf immer mehr Platz, um nachfolgende Fluten hereinzulassen.

Wir hetzten zum Schanzkleid.

»In den Fluß«, sagte Suko und nahm mir Shao ab. Bevor ich mich versah, kletterte er auf die Reling und stieß sich ab.

Ich tat es ihm nach.

Kaltes Themsewasser schlug über mir zusammen. Als ich auftauchte, hingen Suko und Shao schon im Rettungsring, während bereits die beiden Enterleinen gekappt waren.

Ich schwamm aus eigener Kraft auf das Polizeiboot zu und ließ mir an Bord helfen.

Wir entfernten uns von der Dschunke und sahen zu, wie sie langsam versank.

Ein letzter Strudel noch und dann ein paar Planken, die auf der Wasserfläche schwammen.

Der Sergeant erzählte mir die Geschichte von den Totenköpfen und fragte, was ich davon hielte.

»Haben Sie das nicht geträumt?« erkundigte ich mich.

»Auf keinen Fall, Sir.«

»Nehmen Sie trotzdem an, es wäre so gewesen«, erwiderte ich lächelnd, ließ ihn stehen und ging zu Shao und Suko, die bereits auf mich warteten.

Der Sergeant jedoch verstand die Welt nicht mehr. Aber das war sein Problem.

Shao erholte sich schnell von dem Schock. Sie berichtete noch auf dem Boot, was ihr widerfahren war. Und so erfuhren wir die Geschichte dieses teuflischen Mandarins.

Der hätte es wirklich geschafft und in London eine Schreckensherrschaft errichtet. Die Rote Schlange existierte nicht mehr. Geblieben waren unsere anderen Gegner. Und mit denen hatten wir Ärger genug, da brauchten wir nicht noch neue Sekten oder Geheimbünde. Aber das waren mehr Wunschgedanken. In Erfüllung gehen würden sie nie …

ENDE

Museum der Monster

Phil Quentin knirschte mit den Zähnen, schlug mit der Faust gegen das Armaturenbrett und lachte. »Die Bullen haben wir abgehängt«, kicherte er. »Die sitzen in ihren lahmen Mühlen und glotzen dumm. Wenn das keine Schau ist.«

Sein Kumpan lachte nicht. Er mußte sich zu stark konzentrieren, denn er fuhr den flaschengrünen Jaguar. Trotzdem hatte er die Worte vernommen, aber er traute ihnen nicht. Basil Brigg hatte Erfahrung mit der Polizei. So leicht gaben die Leute nicht auf. Vielleicht wollten sie ihnen nur eine Falle stellen.

Verdammt, sie hätten sich nicht auf diesen Wahnsinnsplan einlassen sollen. Doch ein Zurück gab es nicht mehr. Im Kofferraum lagen die Gemälde, und damit hatte es sich.

Zum Glück war die Straße leer. Die Dunkelheit lag über dem Land, und das Fernlicht war eingeschaltet und warf seine helle Lichtflut bis an den Wald, der hinter der Kurve begann.

Quentin lehnte sich zurück. Er griff nach den Zigaretten und klemmte sich ein Stäbchen zwischen die Lippen. »Willst du auch eine?« fragte er.

»Nein.«

Phil Quentin hob die Schultern. Er zündete das Feuerzeug an und schirmte die Flamme zur Fahrerseite hin ab. Der Tabak an der Spitze begann zu glimmen, und Quentin sog den Rauch tief in seine Lungen, bevor er ihn durch die Nase wieder ausströmen ließ. Reste davon verfingen sich in seinem Oberlippenbart.

Endlich ließ der Streß etwas nach. War auch Pech gewesen, daß die Bullen sie erwischt hatten. Nicht einmal beim Einbruch, sondern weil sie zu schnell gefahren waren. Sie hätten anhalten sollen, doch Brigg hatte beschleunigt.

Dann begann die Verfolgungsjagd. Sie dauerte nur

Minuten und war praktisch schon beendet, bevor sie richtig begonnen hatte. Der Jaguar war eben zu schnell.

»Was machen wir?« fragte Quentin. »Fahren wir durch bis Ipswich?«

»Nein.«

»Warum nicht?«

Brigg stieß zischend die Luft aus. »Wie lange bist du eigentlich im Geschäft?«

»Nicht so lange wie du.«

»Das merkt man. Die Bullen haben Funk und werden sich untereinander verständigen. Die warten doch nur darauf, daß wir bis Ipswich fahren. Irgendwo werden sie eine Straßensperre errichten, und dann nützt dir auch der Jaguar nichts mehr.«

»Das sehe ich ein. Aber was hast du vor?«

Der flache Wagen raste durch das Waldstück. Rechts und links standen die Bäume so dicht, daß sie wie eine dunkle Wand aussahen. »Wir werden uns irgendwo verstecken«, sagte Brigg. »Meinetwegen auch übernachten. Den Wagen können wir vielleicht in eine alte Scheune fahren. Morgen sieht dann alles anders aus.«

»Wenn du meinst.« Quentin hörte da ganz auf seinen vier Jahre älteren Komplizen, der seine Erfahrungen bereits gesammelt hatte. Auch in Gefängnissen, denn zweimal hatten sie Brigg bereits erwischt, und er war eingesperrt worden. An die Zeiten wollte er jedoch nicht mehr erinnert werden.

»Und wie heißt das nächste Kaff?« wollte er wissen.

»Sieh mal auf der Karte nach«, knurrte Brigg.

Quentin kramte sie hervor. Er mußte mit dem Gesicht nahe heran, um sie lesen zu können. Colchester hatten sie hinter sich gelassen. Größere Orte ab es hier kaum noch. Da lag Harwich und davor …

Quentin überlegte. »Den nächsten Ort könnten wir nehmen.«

»Wie heißt er?«

»Gilwich.«

»Und?«

»Wie und?«

»Groß, klein, mittel? Stell dich doch nicht so blöd an. Ich will Informationen.«

»Eher klein«, sagte Quentin.

»Also genau richtig für uns Pfarrerssöhne.« Brigg grinste. »Da können sie lange suchen. Wie weit ist es denn noch bis zu diesem reizenden Nest?«

»Sieben Meilen etwa.«

»Eine Minutensache.« Brigg war zufrieden, und Phil Quentin steckte die Karte wieder weg.

Er bewunderte seinen Komplizen. Der behielt die Ruhe und hatte sich auch durch die Polizisten nicht aus dem Gleichgewicht bringen lassen. Nerven wie Drahtseile hatte der. Phil Quentin hoffte, daß er in ein paar Jahren ebenfalls so sein würde wie Brigg.

Basil Brigg beschleunigte. Sie hatten das Waldstück durchfahren. Bretteben lag das Land vor ihnen, nur vom grauen Band der Straße zerschnitten. Nicht ein Licht funkelte vor ihnen. Der Himmel war eine dunkelgraue Fläche. Es wurde gar nicht richtig finster in dieser Nacht, die zu der kürzesten des Jahres gehörte. Hinzu kam noch der zunehmende Mond, der kaum durch Wolken verdeckt war.

Entspannt lehnte sich Phil Quentin zurück. Seine innere Spannung hatte nachgelassen. Er war wieder der alte und spitzte sogar die Lippen, um ein Liedchen zu pfeifen.

Dazu sollte es nicht mehr kommen, denn die beiden Diebe wurden von einem Ereignis überrascht, das sie mit der Wucht eines Keulenschlags traf.

Der Lichtteppich, der ihnen zeigte, daß die Straße frei war, wurde plötzlich durchbrochen.

Ein Schatten erschien. Gewaltig, riesig, monsterhaft.

Aber das war kein Schatten, sondern ein Gegenstand. Ein gewaltiges Monster mit weit aufgerissenem Maul.

»Bremsen!« brüllte Quentin.

Das wußte auch Brigg. Aber selbst er, der Nervenstarke, war von dem Anblick und dem plötzlichen Auftauchen dieses Hindernisses völlig aus dem Gleichgewicht gerissen worden. Er sah das feuerrote Gebilde, einen weit aufgerissenen Rachen, und die heiße Angst stach wie mit Messern in sein Gehirn.

In Bruchteilen von Sekunden mußte er sich entscheiden. Rechts oder links vorbei?

Nein, die Geschwindigkeit war zu hoch. Sie wären mit Vollgas in den Graben gerast.

Dann half nur noch die Radikallösung.

Vollbremsung!

Und das tat Basil Brigg. Sein Fuß wuchtete auf das Bremspedal, trat es bis zum Anschlag durch, die Bremsbacken packten, und die Geschwindigkeit wurde jäh gestoppt.

Beide Männer waren angeschnallt, das war ihr Glück.

Zuerst hörten sie nur das Kreischen der Reifen, dann wuchtete sie die eigene Geschwindigkeit in den Gurt hinein. Sofort wurden sie jedoch wieder zurückgeschleudert, knallten gegen die Kopfstütze und flogen wieder nach vorn. Das alles dauerte höchstens zwei Sekunden, und dann rutschte der Jaguar weg. Er begann sich plötzlich zu drehen, so daß die Männer das Gefühl hatten, in einem Karussell zu sitzen. Dreimal drehte sich der schnelle Flitzer um die eigene Achse, verlor stark an Profil – ein schwarzer Streifen blieb auf dem Straßenbelag zurück –, und eine unsichtbare Kraft schleuderte den Wagen auf den linken Straßenrand zu.

Dort befand sich ein breiter Wassergraben, der in trockenen Zeiten ein Feld bewässern sollte.

Der Jaguar verließ die Straße. Mt der Schnauze kippte er nach vorn. Sie bohrte sich in den Graben hinein, und durch die Fliehkraft stellte sich der Wagen plötzlich aufrecht.

Die beiden Männer wurden im Innern des Fahrzeuges hin- und hergeworfen. Sie fluchten nicht mehr, sie hörten nur das Splittern von Glas und das häßliche Geräusch, mit dem sich das Blech des Wagens verbog. Es war ein regelrechtes Kreischen, das ihnen durch Mark und Bein ging.

Die Frontscheibe platzte weg. Glas flog ihnen entgegen. Schützend rissen sie die Hände vor die Gesichter, und dann stand der Wagen senkrecht. Seine Räder drehten sich weiter, als würden sie von unsichtbaren Händen in Bewegung gehalten.

Ganz langsam kippte er nach vorn.

Es war eine Szene, wie sie in keinem Action-Film besser hätte gedreht werden können. Nur war in diesem Fall alles echt und die beiden Männer keine Stuntmen.

Drei Sekunden später krachte der Wagen auf das Feld.

Er fiel aufs Dach. Die Wucht war enorm. Überrollbügel jedoch verhinderten das Schlimmste. Zwar wurde das Dach eingedrückt, aber nicht zerstört.

Noch einmal bekamen die Männer diese unheimlichen Kräfte zu spüren. Phil Quentin schrie, als sie aufprallten und er das widerliche Knirschen vernahm.

Danach war es still.

Fast zu still.

Drei, vier Sekunden geschah nichts. Dann ertönte Quentins Stimme. »Basil, bist du okay?«

»Ja, verdammt.«

Quentin konnte den Kopf drehen.

Sein Kumpan hing wie er noch im Gurt. Der hatte gehalten. Beide Männer waren wirklich wie durch ein Wunder mit dem Leben davongekommen. Und sie hatten kaum Verletzungen, wenn man von einigen Prellungen absah.

Die Räder rollten langsam aus. Der schöne Jaguar aber war nur noch eine verbeulte Blechkiste, mehr nicht.

»Verdammt, wir müssen hier raus!« keuchte Basil.

»Und wie?«

»Das werden wir sehen. Wenn die Türen nicht verbeult sind, kriegen wir sie auf. Verflucht auch. Warum mußte uns das passieren?«

»Das war keine Polizeisperre«, meinte Quentin.

»Weiß ich selbst.«

»Aber was dann?«

»Keine Ahnung. Wir sind ja nicht dagegen gefahren. Sah aus wie ein riesiger roter Stein oder was weiß ich.«

»Wer sollte den denn auf die Straße geschleppt haben?«

»Frag mich was Leichteres. Außerdem habe ich keine Lust, mir darüber Gedanken zu machen. Ich will hier raus, zum Teufel. Mist, wo ist denn der Gurtverschluß?«

Phil Quentin sagte nichts. Er suchte selbst nach dem Lösemechanismus und schaffte es noch vor seinem Partner, den Gurt zu lösen. Jetzt konnten sich beide freier bewegen.

»Ich versuche es an meiner Seite«, sagte Basil Brigg. Er schimpfte ein paarmal, dann hatte er den Hebel gefunden. Doch die Tür ließ sich nicht öffnen. Sie war eingeklemmt.

»Was ist?«

»Frag nicht so dämlich!« fuhr Brigg seinen Kumpan an. »Ich kriege die Tür nicht auf.«

»Dann versuche ich es an meiner Seite.«

»Wenn du willst.« Die Antwort klang provozierend. Phil Quentin ging dem anderen auf den Wecker.

Und Quentin schaffte es. Es gelang ihm in der Tat, die Tür aufzudrücken. Er mußte sich zwar zweimal dagegen wuchten, was gar nicht so einfach war, aber er schaffte es.

»Okay«, sagte er und kroch aus dem Wagen. Quentin ließ sich kurzerhand fallen und landete auf dem weichen Feld. Plötzlich stöhnte er auf. Erst jetzt merkte er, daß er doch etwas abbekommen hatte. Sein rechtes Bein wollte nicht so, wie er es gern gehabt hätte. Bis zum Oberschenkel wühlte der Schmerz, und Phil Quentin mußte kräftig die Zähne zusammenbeißen.

Basil Brigg erschien. Er schaute von seiner Stellung auf Quentin hinab. »Was ist denn los?«

»Shit, mein Bein.«

»Reiß dich zusammen, Mann.«

»Das sagst du so.«

Basil Brigg sprang. Er landete auf allen vieren und verzog schmerzhaft das Gesicht, denn er spürte, daß es auch ihn erwischt hatte.

Und zwar am linken Arm. Er knickte einfach unter ihm weg, und er hatte das Gefühl, als würden die Sehnen zerspringen, aber er biß die Zähne zusammen.

»Wir müssen weg, Phil!«

Quentin nickte. »Weit kommen wir nicht. Ich kann kaum auftreten.«

»Die paar Meilen wirst du doch noch schaffen.«

»Und die Beute?«

»Müssen wir im Wagen lassen.«

»Das tut mir in der Seele weh. Jetzt haben wir schon mal die Chance, und da wird sie uns wieder kaputtgemacht. So ein Mist, ein verfluchter.« Die beiden Diebe machten sich Sorgen wegen ihrer Beute. An den Unfall dachten sie im Moment nicht und auch nicht an das Ereignis, das ihn ausgelöst hatte.

Doch sie wurden daran erinnert.

Von ihnen unbemerkt, hatte sich eine Gestalt herangeschlichen.

Sie war in Deckung des Wagens geblieben und trat jetzt hervor, als die Diebe verschwinden wollten.

»Ich glaube nicht, daß Sie es bis zum nächsten Dorf schaffen werden, meine Herren«, sagte der Ankömmling und lächelte süffisant ...

Die beiden Diebe schienen zu Eiszapfen zu werden. Auf jeden Fall rührten sie sich nicht.

Bis Quentin nach einer Weile sagte: »Verdammt, die Bullen.«

Der Mann lachte. »Es tut mir leid, aber ich bin kein Bulle.«

Jetzt drehten sich Quentin und Brigg um. Sie hatten erwartet, auf einen Bauern oder Einheimischen zu treffen, doch die Gestalt, die sie vor sich sahen, wirkte so seltsam und fremdartig in dieser Gegend wie ein Skifahrer auf einem Tennisplatz.

Der Mann trug auf dem Kopf einen Zylinder. Darunter war ein hageres Gesicht zu sehen mit einer weit vorspringenden Nase. Auf der Oberlippe wuchs ein schmales Bärtchen. Die Augen funkelten wie kleine Eiskristalle, und zwischen Nase und Mund waren scharfe Falten in die Haut gegraben.

Nicht nur der Zylinder wirkte deplaziert in dieser Umgebung, auch die übrige Kleidung. Der Fremde trug einen altertümlichen Frack, ein Hemd mit hohem steifen Kragen, einen Binder und eine graue Weste. Seine Hände steckten ebenfalls in grauen Handschuhen, und in der Rechten hielt er einen Regenschirm, der eingerollt war und eine abgeflachte Holzspitze hatte.

Basil Brigg hatte sich als erster von seiner Überraschung erholt. Er schüttelte den Kopf, wischte sich über die Augen und sagte das, was auch sein Komplize empfand.

»Ich glaube, ich spinne.«

Der Mann behielt sein Lachen bei. »Ich kann mir denken, daß Sie überrascht sind, meine Herren, denn ich gebe zu, daß mein Auftauchen ein wenig ungewöhnlich ist ...«

»Ungewöhnlich?« kreischte Brigg. »Bekloppt ist das, bescheuert, behämmert ...«

Keiner achtete auf die Augen des seltsamen Fremden. In denen blitzte plötzlich eine gnadenlose Kälte. Das hätte die Männer warnen müssen, doch sie hielten den Fremden für einen dummen Spinner.

»Bitte mäßigen Sie sich, mein Lieber, denn Ihre Lage ist nicht gerade rosig.«

Brigg dachte praktischer. »Wer sind Sie?« fuhr er den Fremden an.

»Sie gestatten, daß ich mich vorstelle?« Der Mann hob die Hand und lüftete seinen Zylinder. »Mein Name ist Peter Halifax.«

»Und?«

»Ich bin der Herr der steinernen Monster.«

Quentin begann plötzlich zu kichern.

»Monster«, sagte er. »Warum sind Sie nicht der Kaiser von China?«

»Den gibt es nicht mehr.«

»Aber den Herrn der Monster, wie?« spottete Basil Brigg.

»Ja, der steht vor Ihnen.«

»Kommen Sie sich nicht selbst lächerlich vor? Wir hatten einen Unfall, befinden uns hier mutterseelenallein auf einem Feld, sind froh, daß wir aus dem Wagen klettern konnten, und dann tauchen Sie auf und erzählen uns was von steinernen Monstern. Soll man da lachen oder weinen? Wahrscheinlich sind Sie aus einer Irrenanstalt ausgebrochen. Hauen Sie ab, Mann. Bisher war es Spaß, aber denken Sie nur nicht, daß wir die Nerven hätten, uns mit

Ihnen hier die ganze Nacht zu unterhalten, Mr. Halifax. Verschwinden Sie endlich.«

»Sie reden dumm, Mister«, erwiderte Peter Halifax gelassen. »Sogar sehr dumm. Überlegen Sie doch mal. Weshalb hatten Sie eigentlich dieses Unglück oder diesen Unfall?« Nach dieser Frage stützte der Mann beide Hände auf den Knauf seines Schirms und legte den Kopf schief.

»Da war ein Hindernis auf der Straße«, erwiderte Quentin.

»Sehr richtig. Und was kann dieses Hindernis wohl gewesen sein?«

»Keine Ahnung.«

»Dann will ich es Ihnen sagen.« Der Mann nahm wieder eine andere Haltung ein. Er hielt den Schirm jetzt mit einer Hand. »Sie sind verunglückt, weil ein Monster ihnen den Weg versperrte, das ist das ganze Problem.«

Basil Brigg, der tatsächlich hatte gehen wollen, blieb weiterhin sitzen.

»Moment mal«, sagte er. »Wie war das? Ein steinernes Monster soll uns den Weg versperrt haben?«

»Ja, das sagte ich.«

»Und das stimmt?«

»Natürlich.«

Brigg und Quentin schauten sich gegenseitig an. Phil hob die Schultern, doch Basil merkte, wie langsam aber sicher die Wut in ihm hochstieg. Er schluckte hart, bevor er den nächsten Satz formulierte. »Dann haben wir Ihnen also unser Unglück zu verdanken.«

»Wie recht Sie haben.«

»Mann, was erlauben Sie sich? Wissen Sie eigentlich, was wir mit Ihnen anstellen werden?«

»Nein. Wahrscheinlich gar nichts. Sie werden keine Gelegenheit dazu haben. Ich kann Ihre Erregung natürlich verstehen, doch ich sah keinen anderen Weg, um für meine Lieblinge das zu besorgen, was sie brauchen. Sie habe ich ausersehen. Ihr Pech.«

Selbst Brigg wurde dieser Mann unheimlich. Das war kein Spinner, der wußte genau, was er wollte. Ein Schauer kroch über Briggs Rücken.

»Was wollen Sie genau von uns?« fragte er heiser.

Peter Halifax gab die Antwort. Und seine Stimme klang dabei wenig verbindlich. »Ich will Sie töten ...«

Erst wollten die beiden Diebe lächeln. Sie hatten auch schon angesetzt, doch dann zerbrach der heitere Gesichtsausdruck wie eine gläserne Kette und machte einem ungläubigen Staunen Platz.

»Was wollen Sie?« fragte Brigg.

»Sie töten.«

»Haben Sie sich da nicht etwas zuviel vorgenommen?«

»Nein, gar nicht.«

Quentin reagierte anders. Er wollte aufstehen und dem anderen an die Kehle, doch ein scharfer Zuruf stoppte ihn. »Bleiben Sie sitzen, Mister!«

Phil Quentin gehorchte verdattert.

Aber Brigg überschwemmte die Wut. »Okay, Mister, bis jetzt habe ich das Spiel mitgemacht, doch nun bin ich es endgültig leid.« Er stützte sich auf seinen gesunden Arm und wollte aufstehen. Der Kerl konnte ihm das nicht verbieten. Und wenn er einmal stand, dann würde dieser Halifax sein blaues Wunder erleben, auch wenn Brigg nur einen Arm gebrauchen konnte.

Soweit kam es nicht.

Bevor sich Brigg in die Höhe gewuchtet hatte, reagierte Halifax. Er bewegte nur seinen rechten Arm. Dadurch wurde der Regenschirm nach vorn gedrückt und schwang gleichzeitig vom Boden hoch. Bevor sich Brigg versah, drückte Peter Halifax auf einen verborgenen

Knopf, und aus dem Schirmende schoß die schmale Klinge eines Messers, deren Spitze dicht vor der Kehle des Diebs zitterte.

Brigg erstarrte.

Halifax stieß blitzschnell zu und zog die Klinge von rechts nach links.

Brigg wollte etwas erwidern, doch seine Stimme erstickte im Blut. Der angebliche Irre hatte ihm die Kehle durchgeschnitten.

Und Phil Quentin war Zeuge gewesen.

Ein Zeuge, der das gar nicht glauben konnte. Er sah, wie sein Kumpan nach vorn sackte und sich auf einmal nicht mehr rührte. Dann kippte er langsam nach links.

Basil ist tot! schrie es in Quentins Gehirn. Und du bist mit dem Killer allein!

Der höfliche Mörder wandte sich an Phil Quentin. »Nun, mein Freund«, sagte er mit leiser Stimme und schwenkte seinen gefährlichen Regenschirm herum.

»Nein – nein!« Quentin bibberte vor Angst. »Bitte, ich …«

Halifax kannte keine Gnade. Das Letzte, was Phil Quentin in seinem Leben sah, war das Blitzen der scharfen Klinge dicht vor seinem Gesicht. Dann merkte er nichts mehr.

Phil Quentin starb auf dieselbe Art und Weise wie sein Freund.

Samstag – Wochenende!

Auch ich konnte ausspannen. Und Jane Collins ebenfalls. Wir hatten uns lange nicht gesehen. Sie hatte einige Fälle zu bearbeiten gehabt, und mich hatte der Weg in der Zwischenzeit sogar nach Deutschland und Sizilien geführt.

Demnach gab es viel zu erzählen.

Janes Anruf erreichte mich am Freitag. Kurz vor Dienstschluß hatten wir vereinbart, ein Wochenende auf dem Lande zu verleben. In der Provinz Suffolk kannte Jane ein kleines Gasthaus, in dem man vorzüglich essen und auch übernachten konnte. Das Haus gehörte zu einem Ort mit dem Namen Gilwich. Davon hatte ich nie gehört, aber Jane war begeistert. Sie hatte Fotos gesehen. Ein Klient war dort gewesen und hatte das Haus in den höchsten Tönen gelobt.

Ich hatte zugestimmt, und so waren wir am Samstagmorgen losgefahren. Hinein in einen herrlichen Sommertag, wo der Himmel noch blau war und von kaum einer Wolke getrübt wurde. Unsere Laune war dementsprechend.

Ich, vergaß Geister, Dämonen, Gespenster und anderes Zeug und dachte nur noch an die beiden vor uns liegenden herrlichen Tage.

Das Haus wurde von einem Schweizer Ehepaar geleitet. So etwas spricht bekanntlich für sich. Gerade was die Gastronomie anging, waren die Schweizer immer noch führend, davon hatte ich mich während einiger Besuche in diesem herrlichen Land überzeugen können.

Obwohl Jane das Haus noch nie gesehen hatte, waren wir beide zufrieden. Man hatte uns ein großes Zimmer gegeben, das, wie das Gebäude selbst, seinen Landhauscharakter nicht verleugnen konnte.

Dunkelbraune Deckenbalken hoben sich deutlich vom Weiß der Deckenfarbe ab. Auch die Einrichtung des Zimmers zeigte einen rustikales Flair. Vor allen Dingen bestach das Zimmer durch Sauberkeit.

»Gut, nicht?« fragte Jane.

Ich nickte, zog die Gardine des großen Fensters zur Seite und blickte auf einen Balkon. »Hier könnte ich länger bleiben.«

»Und warum tun wir es nicht?«

»Weil es gewisse Mächte gibt, die das sehr schamlos ausnutzen würden«, erwiderte ich. »Aber ein oder zwei Tage dranhängen, das ginge schon.«

»Wunderbar.« Ich drehte mich um und wollte etwas sagen, doch Jane war bereits im Bad verschwunden. Ich hatte zuvor einen Blick hineingeworfen. Die blauen Kacheln schimmerten wie das Wasser eines Pools. Auch das Bad war ein Vorbild an Sauberkeit.

»Ich nehme nur eine Dusche und ziehe mich um!« rief Jane.

»Okay.«

Ich öffnete die Doppeltür und trat auf den Balkon. Er lag an der Rückseite des Hauses. Mein Blick fiel auf die Dächer der Garagen. In einer stand der Bentley. Danach begann ein Feld, und weiter hinten verlief die Straße nach Gilwich. Sie würde uns nicht stören. Erstens war sie nicht stark befahren, und zweitens lag sie ziemlich weit vom Haus entfernt.

Ich fand zwei Liegestühle, klappte einen auf, ließ mich darin nieder und drehte mein Gesicht der warmen Sonne zu. Ich schloß die Augen. Es war ein herrliches Gefühl, mal so richtig ausspannen zu können.

Mein Gähnen kam automatisch. Die Beine hatte ich ausgestreckt, und wie von selbst fielen mir die Augen zu.

Ich schreckte auf, als Wasser in mein Gesicht tropfte und ich ein helles Lachen hörte.

»He, du trübe Tasse. Bist du nur mitgefahren, um zu schlafen?«

Ich ruckte hoch.

Neben dem Liegestuhl stand Jane und lächelte. Auf ihrem Körper perlte noch das Wasser. Vor der Brust war das flauschige Badetuch zusammengeknotet.

»Das habe ich gern«, beschwerte sie sich. »Erst mit mir ins Wochenende fahren und dann noch anfangen zu schlafen. Das darf man gar keinem erzählen.«

Ich schielte sie von der Seite her an. »Du hältst mich also für eine trübe Tasse?«

»Ja.«

»Dann kannst du jetzt erleben, wie die trübe Tasse zerspringt, du große Detektivin.«

Bevor Jane reagieren konnte, war ich schon hochgesprungen und hatte sie gepackt.

Sie lachte auf. Meine Hände umfaßten ihre Hüften. Ich hob Jane hoch, trug sie ins Zimmer und warf sie aufs Bett. Sie befand sich noch in der Luft, als sich der Knoten des Badetuchs löste und der Stoff nach beiden Seiten auseinanderfiel.

»Na, wenn das kein Anblick ist«, sagte ich grinsend und ließ meine Blicke über diese wunderbar geformte Hügel- und Tallandschaft wandern.

»Du Lüstling!« rief Jane, wartete jedoch bewußt einige Sekunden, bevor sie den Stoff wieder zusammenklappte und ihre Anatomie meinen Blicken verschloß.

»Das war erst der Anfang!« versprach ich und verschwand ebenfalls im Bad.

Wir hatten eine relativ lange Fahrt hinter uns, und ich wollte mir auch die Müdigkeit aus den Knochen duschen. Der Abend und die folgende Nacht würden sehr lang werden.

Das sollten sie auch. Allerdings auf eine andere Art und Weise, wie ich vermutete. Zu diesem Zeitpunkt ahnte ich allerdings noch nichts davon.

Jane hatte darauf bestanden, daß ich einen leichten Sommeranzug mitnahm. Das wäre stilvoller, wenn wir im Restaurant saßen und speisten. Sie hatte mir extra noch eine Krawatte besorgt, eine von diesen schmalen Dingern, wie man sie früher trug und wie sie jetzt wieder modern waren. Sie hätte die alten Galgenstricke nicht wegwerfen sollen.

Als ich abgetrocknet und mit einem Handtuch um die

Hüften das Zimmer betrat, lag schon alles bereit. Jane stand ausgehfertig nahe der Tür.

Ich bewunderte sie entsprechend, weil jede Frau es gerne hat, wenn man ihr Komplimente macht. Außerdem gefiel mir Jane wirklich. Sie trug einen erbsenfarbenen Rock aus dünnem Antilopenleder, eine weit geschnittene, rosafarbene Seidenbluse und darüber eine Bolerojacke aus dem gleichen Material wie der Rock. Das Haar hatte sie an den Seiten zu jeweils zwei dicken Korkenzieherlocken gedreht und hochgesteckt. Zwei Modeschmuckketten, die in der Farbe mit Rock und Bolero harmonierten, schmückten ihren Hals.

»Prächtig siehst du aus«, sagte ich und nickte.

»Sieh zu, daß du fertig wirst.«

»Warum hast du es denn so eilig?«

»Sonst bist du es doch immer, der treibt.«

Das stimmte auch wieder. Meistens mußte ich auf Jane Collins warten. Heute war es mal ausnahmsweise umgekehrt.

Ich schlüpfte in die Kleidung, band den Strickbinder und zog mein Jackett über.

Doch es fehlte noch etwas.

Die Beretta.

Als ich sie aus dem Koffer holte, verengte Jane Collins die Augen. »Was willst du denn damit?«

»Mitnehmen.«

»Du glaubst doch nicht etwa ...«

Obwohl es unhöflich war, ließ ich sie nicht ausreden. »Ich habe mir angewöhnt, die Waffe immer mitzunehmen. Gebranntes Kind scheut das Feuer.«

»Dann tu, was du nicht lassen kannst.«

Das tat ich auch. Erst als die Waffe in dem bequemen Hüftholster steckte, fühlte ich mich wohler.

»Wir können«, sagte ich.

»Okay.«

Der Flur war nicht sehr lang. Eine Treppe führte nach unten in die Nähe der kleinen Rezeption, wo es dann auch einen Verbindungsgang zum Restaurant gab.

Den nahmen wir.

Ein Boy hielt uns die Tür auf. Begrüßt wurden wir vom Chef persönlich. Er hieß Golbi, war ein hochgewachsener Mensch mit dunklen Haaren und einer sonnenbraunen Haut. Ein Mann, der Wirkung auf Frauen hatte, das merkte ich auch an Janes Lächeln.

»Ich freue mich, Sie bei uns begrüßen zu dürfen«, sagte er. »Haben Sie sich bereits einen Tisch ausgesucht?«

»Nein«, flötete Jane, »das wollten wir eigentlich Ihnen überlassen.«

»Bitte, folgen Sie mir. Sie können Platz nehmen, wo Sie wollen. Es ist noch alles frei.«

»Dann sind wir allein?« fragte Jane.

»Ja, aber nicht lange. Aus Gilwich haben sich einige Herrschaften angemeldet, die bald eintreffen werden.«

Wir nahmen einen Tisch am Fenster, genau zwischen zwei Blumenbänken. Nicht weit von uns entfernt sprudelte ein kleiner Springbrunnen, der mitten im Restaurant stand und praktisch die Verlängerung des Salatbüfetts bildete.

Die Tische waren breit, so daß man die Speisen bequem zu sich nehmen konnte. Wir aßen mit Silberbestecken, und auf den Tischen standen Kerzen. Ein Ober, er trug eine rote Jacke und eine schwarze Hose, zündete die Kerze auf unserem Tisch an.

Dann reichte man uns die Karte.

»Huch«, sagte Jane, als sie das in Leder gebundene Buch aufschlug. »Die haben ja gar keine Preise.«

»Bei dir nicht, aber bei mir.«

»Und wie sind sie?«

»Sie übersteigen bei weitem das Gehalt eines kleinen Polizeibeamten.«

»Dann kannst du ja hinterher spülen.«

»Das machen die Maschinen.«

Jane deutete nach draußen. »Oder den Rasen mähen.«

Ich grinste. »Das schon eher.«

Der Ober erkundigte sich, ob wir zuvor einen Aperitif trinken wollten.

Und wie Jane wollte. Sie bestellte einen Campari-Orange. Ich wählte einen ganz normalen Whisky. Da ich nicht im Dienst war, konnte ich mir einen guten Schluck erlauben.

Die Getränke wurden gebracht, und wir stießen an.

Janes Augen glänzten. »Du glaubst gar nicht, wie froh ich bin, hier sitzen zu können. Wir waren lange nicht mehr aus – oder?«

»Das stimmt.«

»Du hast dich sicherlich inzwischen mit anderen Mädchen vergnügt.«

Als Jane dies sagte, hatte ich Mühe, keinen roten Kopf zu bekommen, denn mir fielen zwar keine großen Sünden ein, aber da war die Sache mit Nadine Berger gewesen. Ich hatte mit ihr übernachtet, und dabei hatten wir uns beide vergessen. Bisher hatte Jane nichts davon erfahren. Ich wollte auch, daß es so blieb.

»Hast du was?« fragte sie spitz.

Ich versuchte ein Lächeln. Es fiel bestimmt nicht gut aus. »Nein, wieso sollte ich etwas haben?«

Bevor Jane nachhaken konnte, »rettete« mich der Ober. Er trat an unseren Tisch und war in Begleitung eines Boys, der einen Wagen vor sich herschob, auf dem Brot und Butter standen.

Der Duft des warmen Weißbrotes stieg in unsere Nasen. Jane entschied sich für Salzbutter, ich nahm Kräuterbutter zum Brot.

Als wir aßen, erschienen die anderen Gäste. Auch sie wurden persönlich begrüßt und zu einem Tisch geleitet.

Es waren zwei Ehepaare, die uns freundlich zunickten, da sie sich in der Nähe niederließen.

»Das ist also die Prominenz von Gilwich«, stellte Jane Collins fest.

Ich zerkaute eine Scheibe Brot. »Sicherlich der Bürgermeister.«

»Und der andere?«

»Keine Ahnung.«

Jane griff zur Karte und blätterte sie langsam durch. Auch ich vertiefte mich in das Studium der Speisen. Da waren allerlei Gaumenfreuden aufgezählt. Flambierte Gerichte, Gegrilltes, Fisch, Fondues und noch einiges mehr.

»Ich weiß gar nicht, was ich bestellen soll«, meinte Jane. »Das sind alles so herrliche Dickmacher.«

»Versuch's doch mal mit Fisch.«

»Auf deine Verantwortung.« Jane bestellte Fisch. Und zwar frischen Salm. Ich hielt mich an ein Steak und aß als Vorspeise nichts. Auch Jane verzichtete darauf, denn sie wollte unbedingt noch ein Dessert zu sich nehmen. Als Getränk nahm Jane einen französischen Weißwein, während ich mich an einem anständigen Bier festhielt. Wein konnte ich nach dem Essen noch trinken.

Mein Steak wurde am Tisch gebraten. Kurz nur, so daß es innen noch rot war. Flambiert wurde es auch, und der Cognac brannte mit einer blassen Flamme.

Jane schaute zu.

»Hättest du auch gern bestellt, wie?« fragte ich sie.

»Nein, das ist mir zu blutig. Ich wundere mich sowieso, daß du dieses Steak so essen kannst. Ist dein Job nicht schlimm genug? Und dann noch das Blut im Fleisch ...«

»Wenigstens einmal im Leben Vampir sein.«

»Schäm dich.«

Wir lachten beide.

Auch Janes Fisch wurde serviert. Er schwamm in einer hellen Soße.

Wir aßen.

Ich hatte gerade das Fleisch angeschnitten und mir das erste Stück zwischen die Zähne geschoben, als ich aus den Augenwinkeln die Bewegung wahrnahm. Jemand trat an den Tisch der Prominenz aus Gilwich. Ich wandte den Kopf und sah einen Polizeibeamten, der sich zu einem grauhaarigen Mann hinabgebeugt hatte und ihm etwas ins Ohr flüsterte.

Ich verstand nicht genau, was der Mann sagte, aber einiges doch. Zudem war ich auch neugierig.

»Sir, Sie müssen sofort kommen.«

»Was ist denn?« fragte der Grauhaarige. Er schien der Polizeigewaltige zu sein.

»Ich kann Ihnen das jetzt nicht sagen. Die Herrschaften würden ...«

»Gut, ich verstehe.« Der Grauhaarige tupfte mit seiner Stoffserviette über die Lippen, warf einen entschuldigenden Blick in die Runde und erhob sich.

Der Polizist zog ihn ein paar Yards zur Seite und redete flüsternd auf ihn ein.

Sie standen jetzt sogar etwas näher bei mir, so daß ich unbewußt mithören konnte.

»Was sagen Sie?« zischte der Grauhaarige.

»Ja, Sir, wir haben zwei Leichen gefunden. Sie waren völlig blutleer ...«

Blutleere Leichen!

Plötzlich schmeckte mir das Filetsteak nicht mehr, obwohl das Fleisch wirklich sehr zart war.

Jane hatte ebenfalls etwas mitbekommen. Strafend schaute sie mich an. »John, wir haben frei. Wir ...«

»Ja, ja, ich weiß. Aber wenn ich durch Zufall hier eine

Chance sehe, irgendwelchen dämonischen Gegnern auf den Leib zu rücken, dann mische ich mich ein. Das Wort blutleer hat ja bereits einiges zu bedeuten.«

»Es muß aber nichts mit Vampiren und Dämonen zu tun haben.«

»Nein, aber kann.«

Jane stocherte mit der Gabel im Fisch herum. Ein Zeichen, daß sie keine Lust mehr hatte, weiterzuessen.

Ich aber schob den Stuhl zurück und stand auf. Der Grauhaarige und der Polizist gingen bereits mit eiligen Schritten dem Ausgang des Restaurants zu. Mr. Golbi stand an der Tür und fragte, was denn, um Himmels willen, geschehen wäre.

»Eine dienstliche Angelegenheit«, erwiderte der Grauhaarige.

»Ist es schlimm?«

»Darüber kann ich nicht reden.«

Ich hatte die drei Männer inzwischen erreicht, wurde auch gesehen, und der Grauhaarige verstummte sofort.

»Kann ich Sie einen Moment sprechen?« mischte ich mich ein.

Der Mann runzelte die Stirn. »Im Prinzip ja, aber ich bin leider durch einen dringenden Fall verhindert. Wenn Sie es später vielleicht noch einmal versuchen würden …«

»Es geht um den Fall.«

Jetzt schauten mich auch der Polizist und der Hotelbesitzer an.

Ich lächelte. »Wenn wir draußen …«

»Natürlich. Entschuldigen Sie.« Der Grauhaarige gab den Weg frei, und wir verließen das Restaurant.

Die Luft war nicht mehr ganz so frisch wie bei unserer Ankunft. Sie hatte an Feuchtigkeit zugenommen, jedoch waren die Temperaturen nicht gesunken. Eine widerliche Schwüle drückte auf die Atemwege.

»Dann darf ich mich zuerst einmal vorstellen«, sagte ich und präsentierte meinen Ausweis. »Ich bin John Sinclair und arbeite bei Scotland Yard.« Der Grauhaarige betrachtete das in eine Hülle eingeschweißte Dokument und las auch den Text, der besagte, daß ich mit besonderen Vollmachten ausgestattet war.

Er gab mir den Ausweis zurück. »Sind Sie dienstlich hier, Mr. Sinclair?«

»Nein, es ist ein privater Besuch. Ich habe nur zufällig gehört, was der Konstabler Ihnen mitgeteilt hat. Es sind wirklich zwei blutleere Leichen gefunden worden?«

Der Polizist nickte.

»Wo?« fragte ich.

»Spaziergänger haben sie in einem Gebüsch gefunden. Einer war Arzt, der hat es sofort gesehen.«

»Kann ich mir die Toten ansehen?«

Der Konstabler warf dem Grauhaarigen einen fragenden Blick zu. Der hatte nichts dagegen und nickte zum Zeichen seines Einverständnisses. Ich erfuhr auch seinen Namen. Er hieß Raymond McDonald, war Bürgermeister und Polizeichef in einem. In den letzten Minuten war er etwas nervös geworden, denn er kaute auf seiner Unterlippe, und seine Augen zuckten ein paarmal.

»Wir können meinen Wagen nehmen«, schlug er vor. »Kommen Sie, Mr. Sinclair.«

Der Polizeichef und ich stiegen in einen blauen Rover. Ich wunderte mich, daß ein kleiner Ort wie Gilwich einen Polizeichef hatte, deshalb fragte ich nach dem Grund.

Es stellte sich heraus, daß Mr. McDonald auch die Polizeigewalt über drei andere Orte ausübte. Man hatte die Dörfer praktisch unter eine Zentrale gestellt.

Der Konstabler fuhr vor. Er hockte in einem Kleinwagen. Der Mini-Cooper war sogar auf dem Dach mit einem Blaulicht versehen.

Als wir am Restaurant vorbeirollten, sah ich Jane Collins am Fenster. Sie schaute uns mit unbewegtem Gesicht nach. Die Detektivin war sauer. Sie hatte sich sehr auf das Wochenende gefreut. Jetzt schien es geplatzt zu sein.

»Ist es weit?« fragte ich.

McDonald schüttelte den Kopf. »Nein, direkt vor dem Dorf beginnt ein Wald. Da liegen die Leichen.«

Etwa fünf Minuten blieben wir auf der Hauptstraße. Dann bogen wir ab. Es war ein schmaler Weg, der zuerst zwei Felder teilte und dann in den Wald führte. Wir fuhren aber nicht hinein, sondern ließen die Wagen stehen. Den Rest gingen wir zu Fuß.

Bevor wir die beiden Toten erreichten, mußten wir uns noch durch Unterholz schlagen.

Der Konstabler ging voran und räumte uns den Weg frei.

Die Toten lagen in einer Mulde.

Es waren zwei Männer. Ich hatte sie noch nie gesehen, mußte aber hart schlucken, als ich erkannte, auf welche Art und Weise sie ums Leben gekommen waren.

Auch der Polizeichef wurde blaß. Der Konstabler hatte sich sowieso abgewendet.

Minutenlang standen wir schweigend um den Tatort. Schließlich sagte McDonald: »Mein Gott, wer kann das nur getan haben? Das ist doch kein Mensch, der so etwas macht ...«

»Doch, es gibt Menschen, denen man dies zutrauen kann.«

»Aber welchen Sinn hat das, Mr. Sinclair?«

Ich hob die Schultern und trat näher an die beiden Toten heran. Sie waren nicht hier in der Mulde umgebracht worden, das sah man sofort. Schleifspuren auf dem Boden zeugten davon, daß der oder die Täter die Toten hierher geschafft hatten. Ihnen fehlte also das Blut. Aber wir sahen keine Spuren. Entweder hatten sie bereits auf dem Weg sämtlichen Lebenssaft verloren, oder aber es gab da jemand, der das Blut der Männer gebrauchen konnte.

Das war natürlich schlimm. Mein erster Gedanke galt einem Vampir. Doch den verwarf ich bald wieder. Vampire bissen in die Halsschlagader, die schnitten ihren Opfern nicht die Kehle durch.

Ich richtete mich wieder auf. Der grauhaarige McDonald fragte mit rauher Stimme: »Was sagen Sie dazu, Mr. Sinclair?«

Ich hob die Schultern. »Es tut mir leid, aber ich kann Ihnen auch keine Erklärung anbieten.«

Der Konstabler hatte noch etwas zu sagen. »Wenn ich dazu etwas bemerken dürfte, Sir ...«

»Bitte, reden Sie.«

»Sie erinnern sich daran, daß wir den zerstörten Jaguar auf dem Feld gefunden haben? Sie wissen auch, wo der Fahrer verschwunden war?«

»Klar.«

»Da man dort auch Blut fand, ist es doch durchaus möglich, daß diese beiden Männer vielleicht den Wagen gefahren haben.«

Der Grauhaarige nickte. »Das ist eine Möglichkeit.«

»Könnten Sie mir das genauer erklären?« fragte ich.

Der Polizeichef nickte. »Selbstverständlich, Mr. Sinclair. Wir haben gestern auf einem Feld in der Nähe einen demolierten Sportwagen gefunden. Von dem Fahrer war keine Spur zu sehen. Wir fanden allerdings Blutflecken neben dem Wagen. Das meiste war schon ins Erdreich gesickert. Der Wagen wurde abgeschleppt, und bei seiner Durchsuchung entdeckten wir wertvolle Bilder im Kofferraum. Alle jedoch ohne Rahmen, den hatten die Diebe hängen lassen. Wie es zu dem Unfall gekommen ist, wissen wir nicht. Vielleicht durch überhöhte Geschwindigkeit.«

Ich nickte.

Das war gut möglich. Diese Straße verleitete zum Rasen, und wenn man sie nicht kannte, wurde man leicht aus der Kurve getragen und auf eines der Felder geschleudert.

Bevor ich ging, untersuchte ich den Fundort und dessen unmittelbare Nähe noch nach Spuren. Ich fand nichts. Nur einige geknickte Zweige und Schleifspuren, die bewiesen, daß man die Leichen in die Mulde geschafft hatte.

Wir gingen wieder zum Wagen zurück. Die Mordkommission mußte den Fall untersuchen. Ich konnte auch nicht viel machen, denn ich kannte die Gegend hier nicht und vor allen Dingen nicht die hier wohnenden Menschen.

Darüber sprach ich auch mit Raymond McDonald. »Haben Sie einen Verdacht, wer vielleicht als Täter in Frage käme?«

»Nein.«

»Sie sagen das sehr bestimmt. Wenn Sie genauer ...«

»Ich *habe* genauer nachgedacht und mir permanent die Frage gestellt, wer es getan haben könnte. Ergebnis gleich Null. Ich traue keinem aus dem Dorf und den Nachbarorten so eine Grausamkeit zu.«

»Man kann für keinen Menschen die Hand ins Feuer legen«, warnte ich den Polizeichef.

»Das stimmt sicherlich. Ich würde sie auch nicht in Schutz nehmen, wenn es um irgendeine Lappalie ginge, aber bei einem Doppelmord sieht die Sache anders aus. Nein, da sehe ich kein Motiv.«

Wir hatten inzwischen die beiden Wagen erreicht und blieben stehen. Die Zeit war weiter fortgeschritten. Die Dämmerung fand ihren Weg über den abendlichen Himmel, der eine seltsame Farbe angenommen hatte, die immer dann erscheint, wenn sich ein Gewitter ankündigt.

»Waren eigentlich Fremde in Gilwich?« erkundigte ich mich.

»Kaum.«

»Wieso?«

»Moment.« Der Polizeichef wandte sich an den Konstabler. »Ist Ihnen etwas aufgefallen?«

»Nein, Sir. Die meisten fahren durch, weil sie zur Küste wollen. Wir liegen noch zu weit weg, um touristisch interessant zu sein.«

»Es gibt also keine Fremden in der Stadt?«

Der Konstabler schüttelte den Kopf.

»Und wie ist es mit der Ausstellung?« fragte Raymond McDonald plötzlich.

»Sie meinen das Museum?«

»Ja.«

Der Konstabler hob die Schultern. »Ich weiß nicht, aber ich traue Mr. Halifax keinen Mord zu. Ehrlich.«

»Was hat es damit auf sich?« wollte ich wissen.

»Nicht viel«, erwiderte der Grauhaarige. »Wir haben zur Zeit eine kleine Ausstellung in Gilwich. Und zwar über indianische Kultur und deren Mythen, Legenden und Sagen. In der vorigen Woche erhielt ich einen Anruf eines gewissen Peter Halifax. Er bat mich, meine Zustimmung für diese Ausstellung zu geben, und ich habe nicht abgelehnt, denn so etwas unterbricht unser Einerlei des Dorflebens.«

»Was wird dort ausgestellt?«

»Alles, was mit nordamerikanischen Indianern zu tun hat. Marterpfähle, Werkzeuge, Haushaltsgeräte und auch Statuen von Göttern und Dämonen.«

Ich hörte genau zu. Besonders die Götter und Dämonen interessierten mich.

»Kann ich die Ausstellung sehen?«

»Natürlich, wenn Sie bis morgen bleiben. Sie wird um neun Uhr eröffnet.«

»Ja, das ist gut.«

Da lächelte McDonald. »Glauben Sie denn im Ernst, daß dieser Peter Halifax etwas mit dem Doppelmord zu tun hat?«

»Man muß jeder Spur nachgehen«, erwiderte ich ausweichend.

»Trotzdem. Ich bin der Meinung, daß dies ein wenig bei den Haaren herbeigezogen ist.«

»Wir werden sehen.«

»Dann können wir zurückfahren?«

Ich hatte nichts dagegen.

Eine Viertelstunde später hielten wir vor dem Restaurant. Jane saß noch am Tisch. Ich winkte ihr von draußen zu und nahm wieder bei ihr Platz.

Raymond McDonald übernahm es, auf die Fragen des Hotelbesitzers zu antworten.

Jane hatte ihren Nachtisch bereits gegessen.

»Eine tolle Feier ist das«, beschwerte sie sich. »Ich habe dein Essen abräumen lassen.«

»Es hätte mir auch nicht mehr geschmeckt.«

»Was ist denn eigentlich los, John?«

»Es hat tatsächlich einen Doppelmord gegeben«, erklärte ich. »In einem Waldstück sind zwei Leichen gefunden worden. Männliche Leichen. Man hat ihnen die Kehlen durchgeschnitten.«

Da wurde Jane blaß. Ich gab ihr eine Zigarette und auch Feuer. Ihre Hand zitterte etwas. »Aber wer macht denn so etwas?« fragte sie flüsternd.

»Keine Ahnung.«

»Fällt das Verbrechen in dein Aufgabengebiet?«

»Das möchte ich ja gerade feststellen.«

»Wann?«

»Heute noch.«

»Ade, Weekend.«

Ich hob die Schultern.

»Es tut mir ehrlich leid, Jane. Aber wenn du die beiden Toten gesehen hättest ...«

»Schon gut, ich verstehe dich. Hast du denn irgendwelche Anhaltspunkte oder Spuren?«

»Kaum.«

»Also doch etwas.«

Ich erzählte Jane von der Wanderausstellung. Sie hörte gespannt zu und drehte die Zigarette zwischen ihren Fingern. »Das ist zumindest sehr seltsam«, sagte sie.

»Finde ich auch. Besonders deshalb, weil der Polizeichef auch von Dämonen sprach.«

»Von echten?«

»Nein, von Statuen.«

»Die aber sehr gefährlich werden können, wenn sie anfangen zu leben.«

»Nun denkst du bereits zu weit«, erwiderte ich.

»Hast du dich nicht mit ähnlichen Gedanken beschäftigt, John?«

»Nein, bisher nicht.«

»Jetzt lügst du.«

Ich lächelte als Antwort.

»Und wie ich dich kenne, willst du auch nicht bis morgen warten, um diesem Peter Halifax einen Besuch abzustatten.«

»Nein.«

»Dann fahre ich mit.«

Ich versuchte erst gar nicht, Jane Collins vom Gegenteil zu überzeugen. Wenn ich ihr schon das Wochenende verdarb, wollte ich sie wenigstens nicht allein lassen.

»Dann laß uns nicht so lange hier hockenbleiben. Nachher ist dieser Halifax nicht mehr zu sprechen, und wir haben das Nachsehen.«

Das war ganz in meinem Sinne. Wir standen auf und verließen das Restaurant. Die Rechnung würden wir später begleichen.

Wir wußten zwar nicht genau, wo das Zelt stand, aber wir würden es sicherlich nicht übersehen. Außerdem konnten wir fragen. Im gemütlichen Tempo rollte ich auf Gilwich zu, und wir sahen einen Ort vor uns, der sehr sauber, sehr nett war und wohl auch nur von netten Menschen bewohnt wurde. Ein Bilderbuchdorf.

Ich fragte einen Jungen nach der Ausstellung.

Er deutete die Hauptstraße hinunter. »Fahren Sie da weiter, dann sehen Sie das Zelt. Aber das ist jetzt geschlossen.«

»Ich weiß. Trotzdem vielen Dank.«

»Willst du diesen Halifax aus dem Bett trommeln?« erkundigte sich Jane.

»Wenn es nicht anders geht, ja.«

»Noch kannst du ihm nichts nachweisen.«

»Nein, ich möchte mir auch nur die Ausstellung ansehen. Vielleicht macht er eine Ausnahme und läßt uns ein.«

»Optimist.«

»Immer.«

Wir hatten die Hauptstraße hinter uns gelassen und schon fast das Ende des Dorfes erreicht. Hier standen nur noch vereinzelte Bauten. Die meisten waren Scheunen oder Schuppen, wo Bauern ihre Geräte abgestellt hatten.

»Da ist das Zelt«, sagte Jane und deutete nach rechts.

In der Tat sahen wir dort die Spitze eines großen Zeltes, die sich in den immer dunkler werdenden Himmel reckte.

Ich suchte nach einem Weg, fand ihn auch und geriet auf eine Art Piste, die zu der großen Wiese führte, wo das Zelt seinen Platz gefunden hatte.

Neben dem Zelt standen zwei Wohnwagen. In einem davon brannte Licht. Es schimmerte hinter den Scheiben. Zumindest schien dieser Halifax noch auf den Beinen zu sein.

Ich stellte den Bentley in Nähe des Zelteingangs ab und konnte beim Aussteigen schon sehen, daß der Eingang geschlossen war. Wenn wir die Ausstellung besuchen wollten, hatten wir Pech.

»Im Wohnwagen«, sagte Jane.

Da wollte ich auch hin.

Es war still geworden. Als auf der weiter entfernten Straße ein Wagen herfuhr, drang das Motorengeräusch überlaut an unsere Ohren.

Ich mußte lächeln, als ich vor Halifax' Behausung stehenblieb.

Er benutzte noch einen der altmodischen Zirkuswagen und hatte nicht umgesattelt auf ein Wohnmobil. Dieser Mann lebte wohl stark mit der Tradition. Ich wurde auf ihn immer gespannter.

Ich ging die drei Holzstufen hoch, die zum Eingang führten. Eine Klingel oder Schelle sah ich nicht, deshalb mußte ich klopfen.

»Moment noch, John«, sagte die Detektivin.

Ich drehte mich zu Jane um.

»Du kannst dem Knaben allein einen Besuch abstatten. Ich möchte mich hier ein wenig umsehen.«

Damit war ich nicht gerade einverstanden, aber Jane hatte ihren Dickkopf. Bevor ich noch etwas erwidern konnte, war sie bereits verschwunden.

Ich klopfte.

Beim erstenmal tat sich nichts.

Erst als ich stärker gegen die Tür schlug, wurde mir geöffnet.

Ich hatte mir Peter Halifax ja als einen seltsamen Vogel vorgestellt.

Doch als er nun vor mir stand, da mußte ich mich doch beherrschen, um ein Lachen zu unterdrücken.

Dieser Mann war eine der komischsten Figuren, die ich je in meinem Leben gesehen hatte.

»Guten Abend«, sagte ich, als ich mich von meiner Überraschung erholt hatte. »Darf ich eintreten?«

»Aber bitte sehr«, erwiderte der Mann und gab den Weg in den Wagen frei ...

Jane Collins hatte sich rasch zurückgezogen. Ihrer Meinung nach reichte es, wenn einer mit Halifax redete. Denn falls der Mann wirklich etwas zu verbergen hatte, war es gut, dieses Geheimnis so rasch wie möglich zu lüften.

An der Längsseite des Wohnwagens blieb Jane Collins stehen und wartete ab, bis John Sinclair im Wagen verschwunden war. Sie nickte zufrieden, als die Tür geschlossen wurde.

Jane überlegte, was sie zuerst untersuchen sollte. Das Zelt oder den zweiten Wohnwagen. Sie entschied sich für den Wohnwagen, weil er in der Nähe stand. Die blonde Detektivin brauchte nur ein paar Schritte zu gehen, dann hatte sie ihr Ziel erreicht. Inzwischen waren die Schatten der Nacht länger geworden und überdeckten wie ein gewaltiges Tuch das Land. Jane preßte sich eng an den Wagen und verschmolz mit dessen Schatten.

Wenn sie den Kopf hob, sah sie rechts und links zwei kleine, viereckige Fenster, hinter denen allerdings kein Licht schimmerte. Zusätzlich waren sie durch Vorhänge verdeckt, so daß Jane auch keinen Blick hineinwerfen konnte.

Es blieb ihr nichts anderes übrig, als ein Ohr gegen die Außenwand des Wagens zu legen.

Sie konzentrierte sich. Jane hatte das rechte Ohr an die Wand gepreßt und hielt sich das linke zu, um noch besser hören zu können. Wenn sich jemand im Wagen befand und diese Person sich bewegte, dann mußte sie sie hören.

Es tat sich nichts. Der Wagen schien leer zu sein. Jane

wollte schon aufgeben, als sie das leise Stöhnen vernahm. Sie zuckte zusammen, denn damit hatte sie nicht gerechnet. Also hielt sich doch jemand im Wagen auf.

Jane Collins hatte Erfahrung genug gesammelt. Sie merkte durchaus, ob jemand vor Schmerzen stöhnte oder ob das Geräusch einen anderen Grund hatte.

Hier stöhnte niemand vor Schmerzen. Zwischendurch vernahm sie auch röchelnde Atemzüge und ein sattes Schmatzen.

Eine kalte Hand schien über Janes Rücken zu streichen, und Furcht keimte in ihr hoch.

Was ging hinter der Wand vor?

Die Neugierde war plötzlich stärker geworden als die Angst. Jane wollte genau wissen, was sich in dem Wohnwagen tat. Deshalb verließ sie ihren Platz und schlich auf Zehenspitzen zur Tür. Auch hier führten drei Holzstufen hinauf. Sie ächzten und knarrten, als sie mit dem Gewicht der Frau belastet wurden.

Vor der Tür blieb Jane stehen und warf noch einen aufmerksamen Blick zurück.

Der Platz lag im Schatten der Dämmerung. Alles verschwamm, wurde zu einem seltsamen Grau, das mit Blicken kaum noch zu durchdringen war. Es schien niemand da zu sein, der sich für Janes Vorhaben interessierte.

Sie streckte ihren Arm aus und legte die Hand auf die Türklinke. Dann drückte sie sie nach unten.

Abgeschlossen.

Wie sie schon angenommen hatte. Nun, es war ein Versuch gewesen, mehr nicht. Jane ging zurück und nahm sich vor, John von diesem Stöhnen zu unterrichten.

Ihr Blick fiel auf das Zelt.

In der Dunkelheit sah es aus wie ein gewaltiger Klotz oder Schatten. Welche Geheimnisse mochten sich hinter der Leinwand verbergen? Janes Neugierde war noch längst nicht gestillt, deshalb schritt sie eilig auf das Zelt zu und stand wenig später in Nähe des Eingangs, der allerdings verschlossen war. Dort hatte das Zelt einen Vorbau, in den auch die Tür eingelassen war. Rechts und links wurde sie von zwei dicken Holzstempeln gehalten.

Abermals hatte die Detektivin Pech. Die Tür war ebenfalls verschlossen.

Nach diesen beiden negativen Ergebnissen hatte sie keine Lust mehr, noch weiter zu suchen, und machte sich auf den Rückweg. Sie wollte mit John Sinclair sprechen und den Wohnwagen kurzerhand betreten. Unbewußt trat Jane Collins leise auf, und vielleicht hörte sie deshalb die Schritte hinter sich.

Sofort blieb sie stehen – und drehte sich noch im selben Augenblick um.

Der Anblick erschreckte sie so sehr, daß sie einen Schrei nicht unterdrücken konnte. Aber er war nur leise gewesen und kaum zu hören.

Vor ihr stand ein Mann.

Aber was für einer.

Ein regelrechter Klotz, ein menschliches Ungeheuer, und in seinem Hosengürtel steckte eine Axt …

Jane Collins riß sich zusammen.

Sie wußte selbst nicht zu sagen, wie sie es schaffte, ein Lächeln auf ihre Lippen zu bringen und die Angst zu unterdrücken.

»Himmel, haben Sie mich erschreckt.«

Der Mann gab keine Antwort. Er stand nur da und stierte die blonde Frau an.

Deren Herz klopfte hoch im Hals.

»Haben Sie hier zu tun?« fragte sie. »Gehören Sie zu Mr. Halifax?«

Keine Reaktion. Nur das Stieren. Und dann trat er vor.

Schritt für Schritt ging er auf Jane Collins zu, die langsam zurückwich und doch auf diesen Unhold hereinfiel.

Plötzlich änderte er seine Taktik, seine Bewegungen wurden geschmeidiger, und blitzschnell hechtete er sich auf Jane zu, wobei er die Arme ausstreckte und sich seine Pranken in Janes Haar verkrallten …

Das Licht drang aus zwei Leuchten an der Wand. Halifax stand genau zwischen den beiden Lichtquellen. Er lächelte auf etwas wissende, hochnäsige Art. Vielleicht täuschte ich mich auch, denn wie er aussah, das war wirklich mehr als ungewöhnlich.

Der Mann trug einen Frack, dazu einen passenden Zylinder auf dem Kopf, eine graue Weste, ein helles Hemd, und sogar Gamaschen sah ich. Die Oberlippe zierte ein Bärtchen, die Augen waren klein, ihr Ausdruck bei den Lichtverhältnissen nicht zu sehen, und seine beiden Hände hatte er auf den Knauf eines Regenschirms gestützt.

Dieser Mann schien noch ein Überbleibsel aus dem vorigen Jahrhundert zu sein. Mit seinem Aussehen paßte er nicht in unsere Zeit. So hatte ich mir immer die Wunderdoktoren im Wilden Westen vorgestellt, jene Männer, die von Stadt zu Stadt zogen und ihre selbst gepanschten Mittelchen verkauften.

Ich betrat einen Innenraum, der auch nicht zu diesem Mann paßte.

Normalerweise hätte man sich das Innere solch eines Wagens ebenso vorgestellt wie ein Wohnzimmer im vorigen Jahrhundert, doch das stimmte nicht. Vor mir sah ich die Einrichtung, die auch in einem Tipi hätte stehen können.

Da waren die Matten als Sitzgelegenheiten. Dazwischen lagen Büffelfelle, und an den Wänden hingen, sehr dekorativ verteilt, all die Gegenstände, nach denen sich ein Junge so sehr sehnt.

Die Friedenspfeife war ebenso vertreten wie Pfeil und Bogen und indianisches Werkzeug. Es gab auch Statuen, Kultgegenstände und Masken, die mit ihrer Scheußlichkeit jeden Betrachter abstießen. Das war das andere Reich der Indianer.

Ich gestand mir selbst ein, daß ich beeindruckt war, und ich war wirklich gespannt, was mir das Zelt noch alles zu bieten hatte.

Mr. Halifax war mir gefolgt. Und er freute sich wohl, daß ich so zustimmend nickte, denn ein stolzes Lächeln überzog sein Gesicht. »Gefällt es Ihnen, Mr. Sinclair?«

»Ja. Ich finde das sehr interessant.« Ich schaute ihn an. »Sie sind also Mr. Halifax?«

»Ja, Sie haben sich sehr gut informiert. Für einen Fremden wissen Sie ausgezeichnet Bescheid.«

»Das haben Polizisten eben so an sich.«

»Sie sind von der Polizei?« erkundigte er sich.

Diesmal hatte ich das Gefühl, daß er mir etwas vorspielen würde. Sicherlich wußte dieser Mann haargenau Bescheid, er tat nur ein wenig dumm.

»Scotland Yard sogar.«

Halifax nickte beeindruckt. »Dann muß es sich ja um wirklich große Dinge handeln, wenn man schon Scotland Yard bemüht.«

Ich schüttelte den Kopf. »Ich bin rein privat hier«, erklärte ich ihm.

»Wirklich?«

»Das heißt, ich war es. Dann wurde ich mit diesem Doppelmord konfrontiert, und da wurde aus dem privaten ein dienstlicher Besuch, Mr. Halifax.«

»Das verstehe ich, Sir. Nur – was suchen Sie bei mir? Halten Sie mich für den Mörder?«

»Nein, eigentlich nicht. Aber ich muß eben jeder Spur

nachgehen. Sie könnten unter Umständen etwas gesehen haben. Zufällig, meine ich.«

»Das wäre in der Tat möglich.« Er räusperte sich und strich über sein Kinn. »Für was brauchen Sie mich denn als Zeugen?«

»Ich will Ihnen sagen, wo die Leichen gefunden wurden.« So gut ich konnte, erklärte ich ihm die Stelle.

Halifax schüttelte den Kopf. »Nein, Sir, da bin ich nie in meinem Leben gewesen. Ich habe nur zweimal diesem netten kleinen Dorf einen Besuch abgestattet, ansonsten muß ich mich um mein Geschäft kümmern.«

»Das sehr gut läuft, wie ich annehme?«

Peter Halifax nickte und schüttelte gleichzeitig den Kopf. »Es könnte besser gehen, aber ich will nicht klagen.«

Ich lächelte. »Ja, so reden die Geschäftsleute im allgemeinen.« Dabei deutete ich in die Runde. »Darf man fragen, was Sie hier eigentlich alles ausstellen?«

»Sie meinen in dem Zelt.«

»Ja. Das interessiert mich sehr, aber leider haben Sie schon geschlossen. Ich hätte es gern besichtigt.«

»Kommen Sie morgen früh, dann führe ich Sie persönlich durch die Ausstellung.«

»Das werde ich auch«, erwiderte ich und schaute mich um. »Sagen Sie, Mr. Halifax, Sie haben da so ein großes Zelt. Was verbergen Sie hinter der Leinwand? Ich meine, haben die Apachen, Comanchen oder Sioux so große Kunstwerke geschaffen, daß sie direkt ein Zelt dafür aufbauen mußten?«

»Nein und ja.«

»Jetzt machen Sie mich neugierig.«

»Ich bin vor allen Dingen daran interessiert, den Menschen hier die Mythologie der Völker näherzubringen. Und da habe ich wirklich Fortschritte erzielt. Es ist mir gelungen, die alten Götter und Statuen aus den heiligen

Stätten wegzuholen und hierher zu schaffen. Prunkstück meiner Ausstellung ist der feuerrote Monstergott Mugur, der schon uralt ist und von zahlreichen Generationen verehrt wurde.«

»Den haben Sie wirklich?« Ich legte bewußt einen großen Zweifel in meine Stimme, weil ich ihn zum Weiterreden animieren wollte.

»Natürlich.«

»Aber wie haben Sie es geschafft, den Indianern den Gott abzunehmen?«

»Ich stamme zwar aus England, genauer gesagt aus Birmingham, aber ich habe weit mehr als die Hälfte meines Lebens in den Vereinigten Staaten verbracht.«

»Bei den Indianern?«

»Auch das. Ich wurde sogar ihr Vertrauter, denn nach meinem Ethnologie-Studium wollte ich meine theoretischen Kenntnisse durch die Praxis erweitern.«

»Mit wem hatten Sie denn Kontakt?«

»Vor allen Dingen mit den alten Menschen. Ich kannte und kenne Medizinmänner, die mich in die Mythologie ihres Volkes einweihten. Wirklich ein außergewöhnliches Gebiet, kann ich Ihnen sagen, Sir.«

»Ja, die Menschen sind noch sehr naturverbunden.«

»Nicht nur das. Wenn sie sich mit diesem Gebiet beschäftigen, werden Sie feststellen, daß die indianische Kultur mit einem Leben gefüllt ist, das man schon als unwahrscheinlich bezeichnen kann. Sie werden mit fremden Gottheiten und Göttern konfrontiert, es gibt Sagen und Legenden, die vielfältiger sind als die griechische Mythologie. Man muß sich nur dafür interessieren.«

»Das glaube ich.« Meine nächste Frage stellte ich so nebenbei, obwohl sie sehr wichtig war. »Es gibt auch Dämonen und andere finstere Gestalten, nehme ich an.«

»Ja, Sir. Die sind sogar in der Überzahl. Das Böse ist

überall vertreten, und gerade das übte auf mich eine nie gekannte Faszination aus.«

»Das kann ich mir vorstellen«, erwiderte ich. »Haben Sie denn selbst an Beschwörungen teilgenommen?«

Seine Augen wurden plötzlich schmal. Die Frage hatte ihn getroffen, trotzdem ließ er sich nichts anmerken und behielt sein verbindliches Lächeln bei. »Ja, daran habe ich auch teilgenommen.«

»Mit Erfolg?«

»Vielleicht.«

»Warum weichen Sie aus?«

»Dieses Gebiet ist noch zu wenig erforscht, um darüber Auskunft zu geben.«

»Sie hatten demnach mit den Dämonen Kontakt.«

»Ich sprach mit den Medizinmännern«, wich Peter Halifax geschickt aus. »Sie gestatten, Sir, daß ich mich wundere. Ich wußte gar nicht, daß sich die Polizei dafür interessiert.«

»Ich muß jeder Spur nachgehen.«

»Dann suchen Sie den Doppelmörder doch bei mir?«

»Das habe ich nicht gesagt. Ich wollte mich nur über Ihre Aufgabe informieren, und so etwas ist legitim.«

»Selbstverständlich, Sir.«

»Es besteht also keine Möglichkeit, ihr kleines Museum zu besichtigen?«

»Morgen früh, Sir.«

»Ich habe ja mehr an jetzt gedacht.«

»Tut mir leid, Sir, aber ich habe alles verschlossen und möchte meine Ruhe haben, denn der hinter mir liegende Tag ist anstrengend genug gewesen.«

»Das verstehe ich.«

»Gute Nacht, Sir«, sagte er, trat zur Seite, streckte den Arm aus und deutete auf die Tür.

Das war deutlich genug. Ich atmete tief aus. Obwohl bei dem Besuch kaum etwas herausgekommen war, hatte er sich für mich doch gelohnt. Der Mann hatte zwar nicht viel gesagt, aber er erwähnte doch die Dämonen und Götter, die von den Indianern angebetet und beschworen wurden.

Der Name Mugur war gefallen. Ich hatte ihn noch nie gehört, aber er schien mir eine Schlüsselfigur in diesem undurchsichtigen Spiel zu sein.

Ich beschloß, auf der Hut zu sein.

Peter Halifax hielt mir die Tür auf. Im Wagen selbst war es warm gewesen. Die etwas kühlere Luft, die durch die Öffnung fuhr, tat mir gut.

»Wir sehen uns dann morgen, Sir«, sagte er zum Abschied und lächelte verbindlich.

»Natürlich«, erwiderte ich nickend.

»Und eine gute Nacht wünsche ich Ihnen noch.«

»Das gleiche für Sie, Sir.«

Als ich meinen rechten Fuß auf die oberste Sprosse setzte, passierte es.

Plötzlich hörte ich den Schrei, der kurz nur aufklang und dann erstickt wurde.

Trotz der Kürze hatte ich ihn identifiziert. Es war ein Frauenschrei gewesen.

Sofort dachte ich an Jane Collins!

Der Schmerz zwang die Detektivin in die Knie. Tränen schossen in ihre Augen, verschleierten ihren Blick, und Jane sah ihren Widersacher nur als gewaltigen Schatten, der über sie fiel und sie zu Boden drückte.

Ihr Gesicht wurde gegen die Erde gepreßt. Jane spürte den Dreck auf den Lippen, und zwischen ihren Zähnen befanden sich plötzlich Grashalme.

Gleichzeitig nahm sie einen Geruch wahr, den sie noch nie zuvor in ihrem Leben gerochen hatte. Es stank nach einer ranzigen Mischung aus altem Fett, scharfen Essenzen und Blut. Verzweifelt stemmte sich die Detektivin gegen den harten Griff, wollte hoch, doch der andere war stärker. Jane mußte unten bleiben.

Schweres Atmen drang an ihre Ohren. Dazwischen vernahm sie unartikulierte Laute, rauhe Töne, vermischt mit Gurgeln, Keuchen und einem schnellen Hecheln.

Die Luft wurde ihr knapp. Sie schaffte es nicht mehr zu atmen, weil ihr Mund voll gegen den Boden gedrückt wurde.

Dann aber riß der andere sie herum. Jane hatte damit nicht gerechnet. Sie vergaß sogar, Luft zu holen und sich zu wehren. Als sie es dann versuchte, war es zu spät.

Da hockte der andere auf ihr.

Und er war schwer. Ein gewaltiger Koloß, vor dem Jane Collins eine wahnsinnige Angst hatte. Zum ersten Mal sah sie ihn aus der Nähe, und sie erschrak.

Vor ihr saß zwar ein Mensch, aber der war ihr ungemein fremd. Sein Oberkörper war bis auf eine Weste nackt. Er verströmte auch den Geruch, der Jane den Magen umdrehte. Das Gesicht war breitflächig. Die Nase wirkte wie plattgeschlagen. Ein Band schmückte die Stirn des Mannes. Es zeigte seltsame Zeichen, die Jane entfernt an germanische Runen erinnerten. Der Mann hatte eine unwahrscheinliche Kraft. Mit einer Hand nur hielt er sie fest. Dicke Muskelstränge schienen die Haut sprengen zu wollen, so deutlich traten sie hervor.

Mit der Linken wurde Jane zu Boden gedrückt, mit der Rechten holte der Mann seine Waffe hervor.

Die Axt hatte eine schmale Klinge, und wo der Stiel in das Metall überging, flatterte ein grünes Band.

Das war keine Axt im eigentlichen Sinne, sondern eine Waffe, wie sie Indianer benutzen.

Ein Tomahawk!

Jane kannte dieses gefährliche Instrument nur aus Büchern und Filmen, sie wußte aber, daß man damit einen Menschen sehr leicht töten konnte, vor allen Dingen, wenn sich die Waffe in der Hand eines Könners befand, und das schien bei ihrem Gegner der Fall zu sein.

Jane bekam Angst.

Sie sah, wie der Kerl vor ihr den Arm hob, riß den Mund auf und wollte schreien.

Nur ein kurzer Laut drang aus ihrer Kehle, dann verstummte er, weil sich eine harte, schwielige Pranke auf ihren Mund legte und ihn verschloß.

Jane spürte den Druck und die Kraft, die dieser unheimliche Mensch besaß. Sie sah das breitflächige Gesicht dicht vor dem ihren und das gefährliche Glitzern in den Augen. Mit Schrecken wurde ihr klar, daß dieser Mensch sie töten wollte, und Jane stemmte sich mit aller Kraft gegen das drohende Schicksal. Mit beiden Händen schlug sie in das Gesicht des Mannes, dabei war es ihr, als hätte sie gegen hartes Leder gedroschen.

Der Kerl zuckte mit keiner Miene, er steckte die Hiebe kurzerhand weg.

Die Detektivin versuchte zu beißen. Sie wollte ihre Zähne in den Handballen des Kerls hacken, aber der Griff war so geschickt angesetzt worden, daß ihr dies nicht gelang. Der breite Ballen preßte ihr die beiden Kiefer auseinander, für Jane Collins blieb keine Chance. Sie mußte einsehen, daß der andere übermächtig war.

Ein böses Grinsen umspielte das breitflächige Gesicht. In den Augen leuchtete ein unheimliches Feuer, und Jane wußte, daß sie dicht vor dem Tod stand.

Da sah sie einen Schatten. Ungemein schnell war er heran. Eine kräftige Hand umklammerte die rechte Schulter des fremdartig aussehenden Gegners und riß ihn herum.

Der Mann fiel auf den Rücken.

Ich war im wirklich allerletzten Moment aufgetaucht und hatte Jane von diesem Unhold befreit. Auch für mich war es eine Überraschung, diesen Gegner zu sehen. In Sekundenschnelle prägte ich mir sein Gesicht ein und stellte fest, daß es sich bei ihm um einen Fremden handelte. Um den Menschen einer anderen Rasse.

Einen Indianer!

Der jetzt blitzschnell auf die Beine kam und mich mit seinem Tomahawk attackierte.

Ich wich zurück.

Der erste Schlag verfehlte mich, den zweiten unterlief ich und rammte meine Schulter gegen die Brust des größeren Kerls. Er geriet ins Wanken, blieb aber auf den Füßen.

Ich winkelte mein rechtes Bein an, das Knie fand sein Ziel und stieß den Kerl zurück.

Somit hatte ich mir Luft verschafft und zog sofort meine Beretta. Ich ließ den anderen in die Mündung blicken und sagte: »Stopp!«

Er hielt tatsächlich inne.

»Waffe weg!« kommandierte ich.

Der Kerl schüttelte den Kopf. Seine pechschwarzen Haare hingen im Nacken und flogen bei dieser Bewegung von rechts nach links.

Da vernahm ich Schritte.

Peter Halifax erschien. Er übersah mit einem Blick die Situation und sagte etwas in einer fremden, kehligen Sprache zu dem Kerl.

Sofort entspannte sich dieser, senkte die Hand mit der Waffe und auch den Kopf.

Ich atmete aus, ging zu Jane und half ihr auf die Beine. Sie war erschöpft, atmete schwer und lehnte sich an mich.

Ein paar Sekunden gab ich ihr und sprach beruhigend auf sie ein. Dann wandte ich mich an Halifax, wobei mein Gesichtsausdruck nicht gerade freundlich war, wie man sich vorstellen kann.

»Sind Sie eigentlich verrückt, diese menschliche Bestie hier frei herumlaufen zu lassen?«

Er hob die Schultern. »Es tut mir leid, Sir.«

»Mehr haben Sie nicht dazu zu sagen?« Ich war sauer und hätte ihn und den Indianer am liebsten hinter Gitter gesetzt.

»Nein, Sir.« Halifax senkte den Blick. »Sie müssen auch mich verstehen. Ich möchte nicht, daß andere Menschen hier herumlaufen und schnüffeln. Die Ausstellung ist bis zum frühen Abend geöffnet, das reicht. Da hat jeder Zeit, sich die ausgestellten Gegenstände anzusehen, die sehr wertvoll und einmalig sind. Ich habe schon erlebt, daß Diebe gekommen sind, um sie zu stehlen, und deshalb habe ich Grobino mitgenommen. Er überwacht die wertvollen Kultgegenstände.«

»Dann ist Grobino der Mann mit dem Tomahawk?«

»Sehr richtig.«

»Es ist verständlich, daß Sie sich vorsehen müssen, Mr. Halifax. Aber nicht auf diese Art und Weise. Grobino hätte meine Bekannte umgebracht, wenn wir nicht eingeschritten wären. Zudem stand es nicht fest, daß Miss Collins in das Zelt wollte. Sie hatte nur keine Lust, Ihnen im Wohnwagen einen Besuch abzustatten. Legen Sie Grobino an die Kette, bevor ich es tue. Diesen einen Rat möchte ich Ihnen geben.«

»Ich werde daran denken, Sir.«

»Hoffentlich.«

»Ist sonst noch etwas?« erkundigte er sich.

»Nein. Was zu bereden war, haben wir bereits getan.«

»Dann darf ich Sie morgen erwarten, Sir?«

»Natürlich.«

»Sie werden Grobino nicht zu sehen bekommen, Sir, das verspreche ich Ihnen. Es tut mir leid, daß er etwas über sein Ziel hinausgeschossen ist.«

»Etwas hinausgeschossen?« spottete Jane. »Das war

die reine Mordabsicht, kann ich Ihnen sagen. Ich möchte Sie sehen, wenn Sie an meiner Stelle gewesen wären.«

»Laß es gut sein, Jane«, sagte ich, legte meine Hand auf ihre Schulter und ging davon.

Die Detektivin wollte sich noch aufregen, doch ich stoppte sie. »Nicht jetzt.«

Wir gingen zum Bentley. Ich startete. Als ich den Wagen wendete und die hellen Lichtspeere der Scheinwerfer über den Platz strichen, wurde auch Peter Halifax davon erfaßt. Er stand vor der Breitseite seines Wohnwagens und hatte beide Hände auf seinen Regenschirmstock gestützt. Ich glaubte für einen Moment, ein Lächeln über sein Gesicht geistern zu sehen.

Jetzt endlich machte sich Jane Luft. »Ich finde es gar nicht gut, daß du hier praktisch einen Rückzieher gemacht hast. Du hättest das verdammte Zelt auseinandernehmen sollen.«

»Nein, das wäre unklug gewesen.«

»Reicht dir der Mordversuch an mir nicht?«

Ich warf Jane einen raschen Blick zu. Sie hatte sich auf dem Beifahrersitz umgedreht und schaute mich herausfordernd an.

»Er reicht mir natürlich, aber ich möchte auf eine andere Art und Weise versuchen, diesen Menschen zu stoppen.«

»Indem du dich morgen im Zeit umsiehst.«

Ich lenkte den Wagen wieder auf die Straße. »Genau.«

»Aber das ist doch lächerlich. Bis dahin hat dieser Typ alle Beweise vernichtet. Und es geht etwas vor. Ich habe aus dem zweiten Wohnwagen seltsame Geräusche gehört. Ein Stöhnen und Schmatzen, da konnte man wirklich Angst bekommen.«

»Ja, ich rechne auch mit schlimmen Dingen.«

»Und dann willst du eine Nacht verstreichen lassen, bevor du dich wieder ...«

»Wer sagt denn Nacht?«

Jane machte »mmh« und fuhr mit fünf Fingern durch ihr schmutziges Haar. »Du läßt also keine Nacht verstreichen.«

»Nein, denn nach Mitternacht beginnt bereits der neue Tag. Und dann bin ich auch im Zelt.«

»Raffiniert, in der Tat.« Jane lachte plötzlich. »Und was mache ich solange?«

»Du bleibst im Hotel, was sonst?«

Nach dieser Antwort warf mir Jane einen Blick zu, der einem Monster zur Ehre gereicht hätte.

Von den anderen wurden sie zumeist ausgelacht, weil sie sich nicht so aktiv an dem allgemeinen Treiben der Dorfjugend beteiligten, sondern lieber für sich bleiben wollten. Außerdem haßten sie es, mit Motorrädern nachts über die einsamen Straßen zu fahren und Menschen zu erschrecken. Sie waren lieber für sich, gingen stundenlang spazieren und diskutierten über die Zukunft.

Ihre Namen: Sandy Field und Ernie Taggart.

Auch an diesem schwülen Abend wollten sie sich wieder treffen. Auf halber Strecke zwischen Gilwich und dem Nachbarort Moorewich, denn dort lebte Sandy.

Sie wollten mit dem Fahrrad kommen. Ernie hatte den Treffpunkt, die alte Eiche, zuerst erreicht, lehnte das Fahrrad gegen den Baumstamm und setzte sich ins Gras, wobei sein Blick in die Ferne gerichtet war und er zuschaute, wie die Dämmerung den Rest des Tageslichtes vertrieb.

Ernie war siebzehn. Ein hochaufgeschossener Junge mit blasser Haut, zahlreichen Sommersprossen im Gesicht und rötlichblonden Haaren. In der Schule gehörte er zu den Besten, war ein regelrechter Bücherwurm und hatte vor, nach seinem Abschluß Bibliothekar zu werden. Er war ruhig und besonnen, aber nicht aufdringlich, was ihm den Ruf bei den anderen eingebracht hatte, feige zu sein.

Das stimmte nicht. Ernie wollte nur von Discoklängen, hartem Rock und den damit zusammenhängenden Vergnügen nichts wissen. Fast jeden Abend wartete er an der Eiche auf seine Freundin, und er war immer eine Viertelstunde früher da, denn er wollte gern mit sich und seinen Gedanken allein sein. Und wie immer zupfte er Grashalme aus dem Boden und warf sie hinter sich.

Die Zeit verstrich. Dann und wann hob Ernie den Kopf und schaute in die Richtung, wo Moorewich lag. Das graue Band der Straße war bereits nicht mehr zu erkennen, es verschwand in der zunehmenden Dunkelheit.

Wenn Sandy kam, sah Ernie zumeist in der Ferne einen hellen Punkt, der auf und nieder tanzte. Es war die Lampe ihres Fahrrades.

Noch war von ihr nichts zu sehen, und so wartete der junge Bursche weiter.

Bis er die Motoren hörte.

Das Geräusch war noch weit entfernt. Es näherte sich aus Richtung Gilwich, und Ernie wußte auch, wer da heranbrauste. Die Horde aus dem Ort, Schulkameraden, Jungen in seinem Alter, die ihr Vergnügen auf die übliche Art und Weise suchten.

Ernie machte sich plötzlich Sorgen. Wahrscheinlich wollten die Typen nach Moorewich, wo es eine Disco gab. Sicherlich würden sie auf dem Weg Sandy treffen, und das paßte ihm überhaupt nicht. Sie hatten Sandy zwar noch nichts angetan, aber ihre Späße waren verdammt rauh gewesen, die sie manchmal trieben.

Aus diesem Grunde verspürte der junge Mann einen leichten Druck im Magen.

Er stand auf.

Längst war das Geräusch der Motorräder lauter

geworden, und auf der Fahrbahn schien plötzlich eine grelle Lichtflut zu explodieren. Die Ausläufer streiften die Eiche allerdings nicht, weil der Baum zu weit von der Straße entfernt stand.

Um so überraschter war der junge Mann, als er von dem grellen Licht voll getroffen wurde.

Die Fahrer drehten ab. Sie verließen die Straße und fuhren quer über das Feld auf Ernie zu, der rasch hinter den Baum trat, damit ihn der Stamm vor dem grellen Licht schützte.

Hatten sie ihn gesehen?

Natürlich, denn er hörte ihre Stimmen durch das Dröhnen der Maschinen. »He, du Streber, wo versteckst du dich?«

Die Frage hatte Rocky, der Anführer, gestellt.

Daß Ernie nicht feige war, bewies er, als er den schützenden Stamm verließ und sich aufrecht hinstellte.

Voll wurde er geblendet.

»Ah, da ist ja unser Goldjunge.«

»Und immer noch allein!« schrie ein anderer.,

»Die Kleine wird ihn bald trösten.« Sie lachten, fuhren um ihn herum und zogen den Kreis der Maschinen immer enger. Ernie Taggart befand sich im Mittelpunkt eines wirbelnden, sich drehenden Infernos aus Lärm, Abgasen und herausgerissenen Grasbüscheln.

Er schloß die Augen, weil das Licht ihn zu sehr blendete.

Praktisch ohne Übergang verstummten die Motoren. Die Maschinen standen still, Lichter verlöschten, und Ernie öffnete wieder seine Augen.

Zuerst konnte er nichts sehen. Aber er wußte, daß sie da waren. Sie hatten die Maschinen angehalten und warteten. Alle trugen sie die übliche schwarze Lederkleidung.

Die Visiere der Helme waren hochgeklappt, darunter

schimmerten die jungen Gesichter bleich, und mancher Mund war zu einem Grinsen verzogen.

Das irritierte den jungen Mann. Die Kerle hatten etwas vor mit ihm. Sie wollten sich bestimmt einen rauhen Spaß machen.

»He, Ernie!« vernahm er wieder Rockys Stimme. »Du sagst ja nichts. Man hört nichts von dir.«

»Ihr redet doch.«

»Junge, du hast aber Mut.«

»Was wollt ihr?«

»Mit euch sprechen, einige Spielchen machen ...«

»Fahrt in die Disco.«

»Die ist nicht mehr in!« kicherte Rocky.

»Wir sind es für euch auch nicht.«

Eine Stimme, noch im Stimmbruch, kiekste. »Da kommt sie, Rocky. Da hinten, das Licht.«

Der Anführer lachte.

Ernie Taggart zuckte zusammen. Er atmete durch die Nase. Der Kloß im Magen wurde dicker. Verflixt, das paßte ihm gar nicht, daß seine Freundin jetzt erschien. Diese Bande vor ihm war zwar längst nicht so schlimm wie die in den Großstädten, aber für ihre Späße hatte Ernie wirklich nicht viel übrig.

Er biß sich auf die Lippe. Dabei drehte er den Kopf etwas nach rechts und schielte in die Richtung, aus der Sandy kommen mußte. Auch er entdeckte das Licht, das auf und nieder hüpfte und dann von der Straße abbog.

Sandy fuhr über das Feld.

Die Möchtegernrocker hatten die Scheinwerfer ihrer Maschinen ausgeschaltet. Nichts warnte das Mädchen, und auch Ernie konnte sie nicht mehr anrufen. Sie war bereits zu nahe. Außerdem wäre es für die Burschen eine Kleinigkeit gewesen, sie mit den schnelleren Maschinen einzuholen.

»Licht an!« zischte Rocky.

Die Kerle folgten dem Befehl augenblicklich. Drei scharfe Strahlen schnitten durch die Dunkelheit und erfaßten das Girl.

Sandy wurde geblendet. Zum Glück fuhr sie nicht so schnell. Sie reagierte instinktiv und trat den Rücktritt. Der Boden war etwas feucht. Auf dem Gras rutschten die Räder, so daß Sandy Mühe hatte, das Rad zu halten.

Dann stand sie.

»He, Süße, komm doch mal rüber!« rief Rocky.

Ernie sah das Gesicht seiner Freundin und las die Angst aus ihren Zügen.

Sandy hatte glattes, braunes Haar, das mit den Spitzen die schmalen Schultern berührte. Die großen Augen in dem Gesicht fielen besonders auf. Sie zeigten eine grünblaue Farbe. Sandy trug eine weiße Bluse und darüber eine dunkelblaue Strickjacke. Die blaue Hose war eng und modisch geschnitten.

»Ernie?« fragte sie mit zitternder Stimme.

»Ich bin hier.«

»Was soll das bedeuten?«

»Das wirst du gleich merken, kleine Sandy«, erwiderte Rocky und lachte.

Da hielt es Ernie Taggart auf seinem Platz nicht mehr aus. Ohne seine Absicht durch irgendeine Reaktion zuvor zu verraten, sprang er nach vorn, glitt zur Seite weg und stellte sich schützend vor Sandy Field. »Niemand rührt sie an!« schrie er.

Brüllendes Gelächter antwortete ihm. Besonders laut lachte Rocky, der hier den Boß spielte. »Hör mal zu, du Spargeltarzan. Wenn wir sie haben wollen, dann kriegen wir sie. Und vorher drehen wir dich durch den Fleischwolf.«

»Haltet euch zurück!« Die Stimme des Jungen überschlug sich. Sandy hatte eine Hand auf seine Schulter gelegt. Ernie spürte, wie sehr sie zitterte.

Aber er würde um sie kämpfen, und wenn sie ihn zusammenschlugen, dann hatte er wenigstens ein reines Gewissen, daß er seine Freundin nicht schmählich im Stich gelassen hatte.

Man ließ ihn nicht mehr dazu kommen, den Gedanken zu vollenden, denn Rocky reagierte. Aus der Dunkelheit flog der Totschläger auf Ernie zu.

Etwas explodierte an Ernies Stirn, er spürte den scharfen Schmerz und merkte, wie seine Knie weich wurden und nachgaben. Er stöhnte und konnte sich nicht mehr halten.

»Ernie!« rief das Girl, als es merkte, was mit ihrem Freund geschah. Die Hand rutschte ab, sie konnte den jungen Mann nicht festhalten, und Ernie fiel zu Boden.

Dort blieb er liegen.

Die Rocker lachten wieder. Sie stiegen von ihren Maschinen und bockten sie auf.

Im Halbkreis kamen sie auf Sandy zu, die plötzlich Atembeschwerden hatte und ihre Hand gegen die Brust preßte.

»Was – was wollt ihr denn von mir?« flüsterte sie. »Bitte, ich habe euch doch nichts getan. Laßt mich. Ich weiß nicht …«

Es war Rocky, der Sandy als erster erreichte. Seine Hände legten sich auf die schmalen Schultern des Mädchens, rutschten dann weiter und blieben auf ihren jungen Brüsten liegen.

Aus einer Handbreit Entfernung schaute Rocky ihr ins Gesicht. »Na, wie gefällt dir das?«

Sandy versteifte unter der provozierenden Berührung. Sie brachte keinen Ton hervor, über ihren Rücken lief eine kalte Gänsehaut.

»Ihr Schweine!« stöhnte der Junge vom Boden her. »Ihr verdammten Schweine.«

»He, hast du auch was zu sagen?« Ohne das Mädchen

loszulassen, drehte Rocky den Kopf. »Macht ihn mal sauer.«

Zwei Burschen warfen sich auf Ernie und drückten ihn mit ihrem Körpergewicht am Boden fest. Einer davon hatte die kieksende Stimme. »Und nun, du Held?« fragte er.

Ernie schwieg.

Er verdrehte die Augen, versuchte etwas zu erkennen, doch das war nicht möglich. Zudem hatte er gräßliche Kopfschmerzen.

Rocky ließ eine Minute verstreichen. Dann meinte er: »Ihr stinkt uns schon lange, und wir wissen, wie feige ihr seid. Aber wir sind ja gerecht. Wir könnten euch jetzt auseinandernehmen, vor allen Dingen die kleine Sandy, und das werden wir vielleicht auch tun, falls ihr nicht auf unseren Vorschlag eingeht.«

Sandy hatte die Worte vernommen, allerdings noch nicht richtig verkraftet.

»Nun?«

»Was ist das für ein Vorschlag« fragte sie mit tonloser Stimme.

»Das hört sich ja schon ganz anders an.« Rocky ließ das Mädchen los, und Sandy atmete auf. Er ging ein paar Schritte zur Seite, blieb neben Ernie stehen und starrte auf ihn hinab.

»Wie fühlst du dich?«

»Wenn ich dich sehe, mies.«

»Dafür müßte ich dir an sich die Schnauze polieren, aber ich bin ein Tierfreund. Du kannst dich bewähren, wie ich dir schon einmal sagte.«

»Was willst du?«

»So einiges.«

»Dann sag den Typen, sie sollen mich loslassen!« knirschte Ernie Taggart.

»Okay, Freunde, laßt ihn.«

»Schade«, meinte der Kiekser, »ich hätte ihn gern in die Mangel genommen.«

Ernie stand auf. Er war um einen Kopf größer als der Kiekser und sagte: »Dich nehme ich in die Mangel, wenn ich dich allein erwische, mein Freund.«

»Keine Drohungen«, zischte Rocky, »sonst ergeht es dir wirklich dreckig.«

»Ach, leck mich.«

Plötzlich hatte Rocky ein Messer in der Hand. Auf Knopfdruck fuhr die Klinge aus dem Schaft und wies mit der Spitze auf Ernies Brust. »Hier spielt die Musik, Meister. Hier und nicht woanders.«

Ernie schluckte. »All right, du hast gewonnen.«

»Sag ich doch.« Rocky ließ die Klinge wieder verschwinden. »So und nun zu eurer Aufgabe. Ihr kennt doch diese Wanderausstellung, nicht wahr?«

Ernie Taggart hatte sich neben seine Freundin gestellt. Die beiden nickten.

»Wart ihr schon drin?«

»Ja.«

»Und habt ihr auch den Aufpasser gesehen? Diesen unheimlichen Typen mit dem Ledergesicht?«

Nicken.

»Er heißt Grobino, wie ich hörte, und er soll verdammt gefährlich sein. Der paßt auch nachts auf, damit keiner einbricht. Und einbrechen sollt ihr. Du, Sandy, und auch unser Superstar Ernie werden in das Zelt einbrechen und dort irgend etwas stehlen, das ihr uns als Beweis liefert. Na, wie ist es?«

»Nein!« rief Sandy. »Das mache ich nicht!«

»Wirklich nicht?«

Sie schüttelte den Kopf.

Rocky spie aus. »Ernie, ich würde der Kleinen an deiner Stelle mal nett zureden. Wenn sie es nämlich nicht macht, könnten wir vergessen, daß wir Kavaliere sind.

Dann wird sie gebumst, aber von allen, wie das in der Bande üblich ist.«

Ernie Taggart versteifte. Das genau hatte er kommen sehen, und er wurde blaß über diese ungeheure Drohung. Ja, er hatte genug über Rocker gelesen. Obwohl diese hier vom Lande kamen und längst nicht so brutal waren wie die Großstadtrocker, würden sie das sicherlich wahr machen, denn auf Sandy hatte so mancher Bursche ein Auge geworfen. Deshalb überwand Ernie sich selbst und sagte: »Okay, wir werden in das verdammte Zelt gehen.«

»Also doch mutig. Ich sag's ja immer. Unser Ernie hat es faustdick.«

»Fragt sich nur wo«, kicherte der Kieksende.

»Halt die Schnauze!« erwiderte Rocky und kam wieder zum Thema. »Aber eins ist sicher, Freunde. Auf den Arm nehmen lassen wir uns nicht. Wir werden dabeisein, wenn ihr das Zelt betretet, und wir warten auch so lange, bis ihr wieder herauskommt. Ist das klar?«

»Ja.«

Ernie hatte die Antwort gegeben. Sandy hatte nichts gesagt, aber er nahm an, auch in ihrem Namen gesprochen zu haben. Das Mädchen klammerte sich nur an ihn, und der junge Mann spürte, wie sich ihre Finger in sein Fleisch bohrten.

»Dann ist ja alles in Butter«, sagte Rocky und winkte Sandy mit dem Zeigefinger zu sich.

»Geh nur!« zischte Ernie.

Mit staksigen Schritten setzte sich Sandy in Bewegung.

Rocky deutete eine Verbeugung an. »Darf ich die Lady bitten, auf meinem bescheidenen Feuerstuhl Platz zu nehmen?«

Ohne den Typ eines Blickes zu würdigen, setzte sich Sandy auf den hinteren Sitz. Ihr Freund mußte auf eine andere Maschine steigen.

Die Landrocker klappten die Visiere wieder zu. Dann starteten sie. Als die Motoren aufbrüllten und das Zittern der Maschinen sich auf die Körper übertrug, hatte Ernie Taggart das Gefühl, sein Kopf würde zerspringen. Der schon abgeklungene Schmerz war wieder voll da. Unter der Schädeldecke schienen tausend kleine Teufelchen zu sitzen.

Fest biß Ernie die Zähne zusammen. Obwohl er sich vorhin mutig gegen die Rocker und vor seine Freundin gestellt hatte, konnte er jetzt ein Gefühl der Angst nicht unterdrücken. Sie waren mit der Schulklasse in dem Zelt gewesen und hatten auch diesen Grobino gesehen, einen Menschen, der viel schrecklicher in seiner Erscheinung wirkte als die Masken.

Ernie fröstelte. Um nicht von der Maschine geschleudert zu werden, umklammerte er die Hüften seines Vordermannes.

Rücksichtslos jagten die Rocker in Richtung Straße. Die schweren Motorräder schleuderten über Unebenheiten am Boden, und jedes Loch in der Wegstrecke, über das die Maschine donnerte, spürte Ernie Taggart in seinem Kopf.

Er war froh, als sie endlich die Straße erreichten und auf dem glatten grauen Band weiterfuhren.

Es ging in Richtung Gilwich. Das Zelt war vor dem Dorf aufgebaut und stand abseits der Straße. Ein Feldweg führte hin, aber den nahmen die Rocker nicht. Sie hielten an dessen Einmündung am Straßenrand und stiegen von ihren Maschinen.

»Den Rest geht ihr zu Fuß«, sagte Rocky. »Wir warten hier und geben euch genau zwei Stunden. Seid ihr dann nicht zurück, folgen wir euch und setzen unsere Drohung in die Tat um.«

Sandy und Ernie hatten verstanden.

Sie faßten sich bei den Händen, kehrten den Rockern

ihre Rücken zu und gingen davon. Bald hatte die Dunkelheit sie verschluckt

Rocky rieb sich die Hände. »Das wird ein Spaß, Kinder«, freute er sich.

Larry, der Besonnenste unter den Rockern, mischte sich ein. »Ich weiß nicht, ob das ein guter Vorschlag von dir gewesen ist.«

Der Anführer fuhr herum. »Wie meinst du das?«

»Nur so, denn ich habe ein verdammt komisches Gefühl.«

»Wie komisch?«

»Ich glaube, daß wir die beiden nicht mehr wiedersehen«, erwiderte der junge Mann ...

Im Hotel hatte ich noch einmal sämtliche Überredungskünste aufwenden müssen, damit Jane dablieb.

Sie versprach es mir dann, wollte aber nicht schwören, was mir Sorgen bereitete. Schließlich kannte ich meine langjährige Freundin gut genug.

Ich fuhr also zum zweitenmal ab. Bevor ich in den Wagen stieg, lief mir der Inhaber des Hotels über den Weg.

»Mr. Sinclair«, sagte er. »Sie wollen so spät noch weg und lassen Ihre charmante Begleiterin allein?«

»Ja, ich muß leider noch etwas erledigen.«

»Gestatten Sie, daß ich der Dame ein wenig Gesellschaft leiste? Ich lade sie an die Bar ein. In allen Ehren natürlich, denn meine Frau freut sich ebenfalls, Miss Collins kennenzulernen. Sie hatte am frühen Abend noch zu tun. Und wenn Sie zurückkehren, sind Sie natürlich ebenfalls eingeladen.«

Himmel, der Knabe redete wie ein Wasserfall. Ich sagte zu allem Ja und Amen, nur damit ich meine Ruhe hatte. Dann endlich fuhr ich ab.

Den Weg hatte ich mir gemerkt. Außerdem war er kaum zu verfehlen. Ich mußte bis zum Dorfende, und dann hatte ich mein Ziel schon fast erreicht.

Unterwegs rauchte ich eine Zigarette. Gern hätte ich noch mehr Waffen dabeigehabt, aber die Dämonenpeitsche und den geheimnisvollen Stab besaß Suko. Ich hatte mich aus dem Koffer eingedeckt und den Dolch sowie die Gemme eingesteckt. Die hatte mir beim letzten Fall gute Dienste geleistet, als es uns im letzten Moment gelungen war, das Einlaufen der Teufels-Dschunke in London zu verhindern.

Ich fuhr sehr langsam und wollte auch nicht mit dem Bentley bis vor das Zelt, sondern ihn am Straßenrand abstellen. Von meinem Vorhaben wußte außer Jane niemand. Die Detektivin würde ihren Mund halten, bei den anderen war ich mir nicht sicher. Zudem konnte die Polizei am anderen Tag offiziell forschen.

Links sah ich einen Weg, der in die Felsen führte. Ich fuhr noch langsamer und schätzte die Breite ab.

Ja, das mußte klappen.

Ich drehte das Lenkrad herum, und der Bentley rollte über den Weg auf das Feld. Nach zehn Yards blieb ich stehen und stieg aus. Ich hatte keine Lust, den Weg über die Straße zu nehmen, sondern folgte dem, auf dem der Wagen stand.

Von der Seite her näherte ich mich meinem Ziel. Da die Nacht relativ klar war, nur hin und wieder wurde der Mond von einigen Wolken verdeckt, erkannte ich auch das große Zelt, das sich mit seinen Umrissen scharf von der Erde abhob.

Wie ein dunkler, drohender Schatten lag es vor mir, und ich fragte mich, welche Geheimnisse sich hinter der Leinwand verbargen.

Fünf Minuten später hatte ich das Zelt erreicht, Einmal umrundete ich es bis zur Hälfte.

Als ich in die Nähe des Eingangs gelangte, konnte ich auch die beiden Wagen sehen. Hinter den Fenstern des ersten Wohnwagens brannte noch Licht.

Demnach war Halifax noch nicht zu Bett gegangen. Aber was tat er noch um diese Zeit?

Meine Neugierde siegte. Abermals bewegte ich mich auf Zehenspitzen voran, duckte mich unter dem Fenster zusammen und schob mich dann langsam in die Höhe.

Leider konnte ich nichts sehen, weil ein Vorhang mir die Sicht nahm. Das war dumm. Doch Jane hatte von einem Stöhnen und Schmatzen berichtet, das aus dem zweiten Wohnwagen zu hören gewesen war. Vielleicht sollte ich dort mal nachsehen?

Die Wagen standen nur ein paar Schritte voneinander getrennt. Schnell hatte ich den zweiten erreicht und blieb vor der Tür stehen, um dann mein Ohr an das Holz zu legen und zu lauschen.

Hinter der Tür war es still. Da stöhnte und schmatzte niemand mehr. Kein Geräusch, das mich hätte mißtrauisch machen können.

Hatte sich Jane geirrt?

Nein, das glaubte ich nicht. Die Detektivin war keine Spinnerin. Wenn sie so etwas sagte, dann hatte sie auch einen konkreten Grund.

Plötzlich hörte ich das Klappen einer Tür.

Sofort zog ich mich zurück, sprang von der Treppe und preßte mich eng gegen die Wand des Wagens.

Ich drehte den Kopf, schaute an der Wand vorbei und sah Peter Halifax, wie er seinen ersten Wagen verließ. Für einen Moment verdunkelte er den aus dem Fenster fallenden Schein. Ich konnte erkennen, daß er noch immer dieselbe Kleidung trug wie vor zwei Stunden. Sein Gang war staksig. Er schlug den Weg zum Zelt ein und war bald in der Dunkelheit verschwunden.

Was wollte er dort?

Ich würde es nicht herausfinden, wenn ich auf dem Fleck stehenblieb, deshalb nahm ich die Verfolgung des seltsamen Vogels auf.

Er bemühte sich nicht, leise zu sein, sondern schritt normal aus. Unter seinen Füßen knirschten kleinere Steine. Gegen größere schlug er mit der Spitze seines Stocks und schleuderte sie zur Seite.

Ich machte mich möglichst klein und ließ immer soviel Zwischenraum, daß er mich auch nicht sehen konnte, wenn er sich blitzschnell umdrehte.

Die Gestalt vor mir war nicht mehr als ein verschwimmender Schatten. Dann hatte Halifax das Zelt erreicht. Ich rechnete damit, daß er zum Eingang gehen würde, doch er drehte zuvor ab, tauchte unter einem Verspannungsseil hinweg und wurde eins mit dem Schatten der Zeltwand.

Ich blieb stehen und dachte darüber nach, was der Knabe wohl vorhaben konnte.

Sehen konnte ich ihn nicht. Dafür hörte ich ihn und bekam mit, daß er mit sich selbst sprach. Manchmal lachte er sogar auf, dann war er wieder zu sehen, und ich zuckte zurück.

Diesmal hielt er etwas in der Hand.

Ich mußte wirklich zweimal hinschauen, um den Gegenstand erkennen zu können.

Es war ein Spaten.

Halifax hatte sich tatsächlich einen Spaten geholt. Es sah ganz so aus, als würde er irgendwo graben wollen. In der rechten Hand hielt er jetzt seinen Schirm und in der linken den Spaten.

Abermals dachte er nicht daran, sich dem Haupteingang zuzuwenden, sondern schritt weiter um das Zelt herum.

Er achtete nicht auf Geräusche, denn Halifax fühlte sich völlig sicher.

Ich schlich wieder hinter ihn her. Wir bewegten uns dicht am Zelt entlang. Da mir die Gegend im Gegensatz zu Halifax fremd war, mußte ich achtgeben, daß ich nicht über die straff gespannten Seilen stolperte. Deshalb lief ich zwischen ihnen und der Zeltwand.

Hier lagen zahlreiche Gegenstände am Boden. Bretter und Kisten, die man wahllos weggeworfen hatte. Ich konnte von Glück reden, daß ich gegen kein Brett trat.

Halifax blieb stehen.

Automatisch stoppte auch ich. Es war ein reiner Reflex. Dann beobachtete ich weiter.

Halifax rammte seinen Schirm in den weichen Boden und packte den Spaten mit beiden Händen. Er stach ihn in die Erde und begann langsam zu graben.

Meine Spannung wuchs.

Was hatte dieser Kerl unter der Erde verborgen? Wollte er eine Leiche hervorholen? Hatte er vielleicht mehrere Menschen auf dem Gewissen? Und waren erst zwei gefunden worden?

Ich rechnete wirklich mit jeder Möglichkeit, und war deshalb überrascht, daß Halifax so schnell an sein Ziel gelangte.

Nein, das war sicherlich keine Leiche, denn die vergrub man normalerweise tiefer.

Halifax stellte den Spaten zur Seite, bückte sich und holte etwas aus dem Loch hervor.

Ich konnte nicht genau erkennen, was es war, dafür befand ich mich zu weit entfernt, aber ich glaubte, daß der Totengräber eine Schale oder einen Trog in den Händen trug.

Den Spaten ließ er stehen, den Schirm jedoch nahm er mit und hängte die Krücke über seinen angewinkelten linken Arm.

Dann ging er vor.

Und er kam genau auf mich zu. Alles ging sehr schnell,

weg konnte ich nicht mehr, er hätte meine Bewegung gesehen.

Im selben Augenblick hörte ich seine geflüsterten Worte: »Mugur«, raunte er, »Blut für Mugur ...«

»Ich habe Angst«, flüsterte das Mädchen und drückte sich eng an ihren um ein Jahr älteren Freund.

Ernie Taggart nickte.

»Das kann ich verstehen, Sandy. Auch mir geht es nicht besonders.«

»Sollen wir nicht einfach verschwinden?«

Taggart schüttelte den Kopf. »Hast du dir auch die Folgen ausgemalt?«

»Die werden das nicht wagen.«

»Und ob sie das wagen, glaub mir.«

»Dann sagen wir eben der Polizei Bescheid. Es gibt genug Schleichwege, die können nicht alles unter Kontrolle haben. Denk doch mal nach, Ernie.«

»Das tue ich auch. Und ich sage dir folgendes: Wenn sie uns heute nicht erwischen sollten, dann geschieht das morgen oder übermorgen. Sie kriegen uns. Um mich habe ich keine Angst. Aber was mit dir geschieht, das ist schlimm.«

»Denen kratze ich die Augen aus!« zischte Sandy.

»Wie denn, wenn man dir ein Messer an die Kehle hält?«

Da senkte Sandy den Kopf und starrte auf ihre Schuhspitzen. Sie sah ein, daß Ernie recht hatte. Deshalb nickte sie.

Der Junge streichelte ihre Wange. »Es ist doch nicht schlimm, Sandy. Wir öffnen jetzt das komische Schloß und bringen die Mutprobe schnell hinter uns.«

»Aber es ist irgendein Haken dabei.«

»Und welcher?«

»Warum gehen die nicht selbst? Die haben doch sonst immer so eine große Klappe.«

»Was weiß ich?«

»Weil sie Angst haben, Ernie. Mit diesen komischen Figuren stimmt was nicht. Wir haben sie doch selbst während der Besichtigung gesehen. Die sahen bei Licht schon schlimm aus. Ich denke mit Schaudern an die widerlichen Masken und Abbildungen der Dämonen. Ich fürchte mich, Ernie.«

Der Junge nickte, ging aber nicht mehr auf Sandys Einwände ein, sondern sah sich das Schloß im Licht des Feuerzeugs an, wobei er die Flamme mit einer Hand abschirmte.

»Und?« fragte Sandy.

»Das müßte zu knacken sein. Ist ganz einfach. Das haben wir in der Schule schon ein paarmal gemacht. Ich brauche nur ein Taschentuch.«

»Was?«

»Ja, ein Taschentuch. Das klemme ich dann zwischen den Bügel. Kräftig reißen und fertig.«

»Wie du meinst.«

Ernie holte das Taschentuch hervor und faltete es auseinander. »Mit einem Handtuch ginge es natürlich besser, aber so klappt das sicherlich auch.« Er rollte das Tuch etwas zusammen und schob beide Enden zwischen den Bügel.

»Und jetzt drück mir die Daumen«, flüsterte er.

Sandy nickte. Sie schaute sich furchtsam um, ob sie nicht von irgendwem belauert wurden, doch da war nichts. Auch von den Rockern sah sie nicht die geringste Spur. Allerdings war Sandy sicher, daß die Typen irgendwo lauerten und nur darauf warteten, daß die beiden kniffen und sich zurückzogen.

Aber da sollten sie sich getäuscht haben.

Ernie hatte beide Enden des Taschentuchs gepackt. Er

holte tief Luft und zog mit aller Kraft daran, um den Bügel aus dem Schloß zu reißen. Beim ersten Versuch schaffte er es nicht und auch nicht beim zweiten. Erst der dritte klappte.

Jetzt war der Weg frei.

Ernie Taggart nickte seiner Freundin zu und raunte: »Wir können, Sandy.«

Sandy bekam wieder Angst, als ihr Freund die Tür aufstieß und sie das Knarren hörte. Sie hielt sich eng an Ernie und legte ihre Hände auf seine Schultern, um ihn zu spüren. Das gab ihr ein wenig Sicherheit.

Der junge Mann blieb stehen. Er drehte den Kopf. Sandys Haar kitzelte seine Wange. »Bleib jetzt ganz ruhig, Darling«, sagte Ernie mit leiser Stimme, »wir schaffen es schon.«

»Ja, ja.«

Beide duckten sich, als sie das Zelt betraten. Sie hatten irgendwie ein schlechtes Gewissen, denn wie sie bei der Führung gehört hatten, beherbergte das sich im Zelt befindliche Museum doch zahlreiche wertvolle Gegenstände.

Und was sollten sie stehlen?

»Bist du drin?« fragte Ernie.

»Ja.« Die Antwort war nur ein Hauch.

Ernie griff an seiner Freundin vorbei, faßte nach dem Griff der Tür und drückte sie wieder zu.

»Jetzt sind wir sicher.«

»Hast du denn eine Lampe?« fragte das Mädchen.

»Klar.«

»Und woher? Du hattest sie doch …«

»Von einem der Typen.« Ernie holte eine flache, jedoch lichtstarke Lampe hervor.

Er knipste sie an und richtete den Strahl gegen den Boden, wo er einen Kreis hinterließ.

Viel war noch nicht zu sehen. Die jungen Leute befanden sich erst am Eingang. Hier waren die Tische aufgebaut, auf denen Dinge standen, die über das Töpferhandwerk der Indianer informierten. Es gab da alte Tonkrüge, Gefäße, Schalen und Behälter. Alle sehr dekorativ bemalt.

Da hatte das Mädchen eine Idee. Sie stieß ihren Freund an und sagte: »Los, laß uns hier einen Krug mitnehmen und den Kerlen ihn als Beweis zeigen. Dann haben wir die Sache hinter uns.«

Ernie schüttelte den Kopf. »Das können wir immer noch.«

»Was heißt das?«

»Später, meine ich.«

»Wieso?«

»Wenn ich schon mal hier bin, will ich mich auch noch kurz umsehen. Wir machen einen kleinen Gang.«

»Nein«, flüsterte Sandy.

Ernie leuchtete sie an. »Und warum nicht?« wollte er wissen. »Hast du Angst?«

»Ja, ich habe Angst.«

»Wovor denn?«

»Vor allem hier.« Sandy blickte sich furchtsam um. »Die ganze Atmosphäre stößt mich ab, und wenn ich an den Kerl denke, der hier den Aufpasser spielt, dann könnte ich direkt zittern.«

»Der ist gar nicht da und liegt bestimmt im Bett.«

»Trotzdem, Ernie!«

Der Junge nickte. »Du kannst ja schon gehen. Warte vor dem Zelt auf mich.«

Das wollte Sandy auch nicht. Sie dachte an das Sprichwort: Mitgegangen, mitgehangen. Und so wollte sie Ernie nicht im Stich lassen, auch wenn es ihr schwerfiel.

»Wo willst du denn hin?« fragte sie.

Die beiden waren schon ein wenig vorgegangen. Ernie ließ sich Zeit mit der Antwort, da er sich erst umsehen wollte.

»Wo stehen denn die komischen Monster?« murmelte er.

Sie hatten es ihm besonders angetan. Schon bei Tageslicht war all ihre Schrecklichkeit irgendwie zu spüren gewesen.

In der Nacht würde sich diese Atmosphäre sicherlich noch verdichten.

Und da wollte er hin?

»Bist du noch ganz dicht?« fragte Sandy.

»Sicher. Ich wollte schon immer mal ein Museum bei Nacht erleben, auch wenn es ein sehr primitives ist.«

»Denk an diesen Wärter.«

»Ach, der schläft.« Ernie hörte nicht mehr auf Sandys Warnungen, sondern ging los.

Sandy blieb für einen Moment stehen und nagte auf ihrer Unterlippe. Sie spielte wirklich noch einmal mit dem Gedanken, das Zelt zu verlassen, dann jedoch dachte sie daran, wie sich ihr Freund für sie eingesetzt hatte, und sie gab sich einen innerlichen Ruck.

»Warte!« rief sie.

Abrupt drehte sich der Junge um. »Nicht so laut«, zischte er.

»Entschuldige.«

Man hatte das Innere des Zeltes unterteilt. Wände aus Spanplatten waren so aufgestellt, daß es regelrechte Gänge gab. Manche standen im rechten Winkel zueinander. Es gab Ecken und Winkel. Die einzelnen Stücke aus dem Land der unbegrenzten Möglichkeiten standen auf Podesten. Zum Teil befanden sie sich sogar hinter Kunststoffglas.

Sahen die Masken und Kultgegenstände bei Tageslicht schon schrecklich aus, so wirkten sie hier in der Dunkelheit beängstigend. Sie waren schaurig anzusehen, vor allen Dingen dann, wenn der Lampenstrahl über sie hinwegzuckte. Da wirkten die grell bemalten Fratzen noch schlimmer, und im sich bewegenden Schein der Lampe sah es so aus, als würden sie ein eigenes Leben führen.

Sandy fürchtete sich.

Besonders angetan hatten es ihr die Augen der Masken. Immer wenn sie nahe davorstand, glaubte sie daran, daß sich die Augen in den Höhlen bewegen würden, aber das war eine Täuschung und lag sicherlich an den dort herrschenden Lichtverhältnissen.

Bis auf ihre eigenen Schritte war es still in dem großen Zelt. Langsam näherten sich die beiden jungen Menschen dem Teil des Zeltes, wo die großen Statuen und Götterbilder der Indianer ausgestellt waren. Hier gab es keine Gänge mehr.

Plötzlich blieb Sandy stehen, denn der Lichtstrahl war auf die erste Statue gefallen.

Furchterregend sah sie aus. In ihrer Form erinnerte sie an einen Marterpfahl. Sie wuchs vor ihnen in die Höhe, war grell angemalt, und die breite Fratze an der Spitze schien die beiden jungen Menschen höhnisch anzugrinsen.

Ernie lachte, als er das Gesicht seiner Freundin sah. »Sag bloß, du hast immer noch Angst?«

Sandy nickte heftig.

»Komm weiter.« Er faßte das Mädchen unter und zog es fort. Beide wandten sich nach rechts, wo in einem Halbkreis graue Figuren aufgebaut waren, die irgendwie nicht zu den anderen passen wollten. Sie sahen eher aus wie Überbleibsel aus der griechischen oder römischen Mythologie. Muskelbepackte Helden. Mal stehend, kniend oder sitzend. Von einem war auch nur der Kopf vorhanden. Er stand auf einer brusthohen Säule.

Das Gesicht zeigte einen klassischen Schnitt. Krauses Haar war genau nachgebildet worden und ebenso ein Bart.

Vor dem Kopf blieben die beiden jungen Leute stehen.

Ernie streckte die Hand aus und streichelte über den Schädel.

Kaum hatten seine Finger den Kopf berührt, da zuckten sie schon zurück.

»Was ist?« fragte Sandy.

Irritiert schüttelte Ernie den Kopf. »Nichts, eigentlich nichts, aber der hat sich so komisch angefühlt, als würde er leben.«

»Unsinn.«

»Ja. Richtig warm war das Gestein.« Jetzt wollte es Sandy genauer wissen. Sie beugte sich vor, schaute in das Gesicht und sah die Augen, die seltsam weiß in den Höhlen schimmerten.

Im nächsten Augenblick fuhr, sie zurück.

Die Augen hatten sich bewegt!

Jetzt war mir klar, was sich in der vergrabenen Schale befand.

Blut!

Automatisch zog ich eine Verbindung und dachte an die beiden blutleeren Leichen. Sollte sich deren Blut vielleicht in der Schale befinden? Das alles schoß mir in Bruchteilen von Sekunden durch den Kopf. Und mir war auch klar, daß mich der Mann entdecken würde, wenn er weiterging und ich stehenblieb.

Eine Chance hatte ich noch.

Ein seitlicher Schritt, der nicht zu hören war, brachte mich dicht an die Zeltwand, mit deren Schatten ich verschmolz.

Zwei Atemzüge später passierte Peter Halifax mich. Er sah mich nicht, denn er schaute auf die mit einem Deckel geschlossene Schale, die er vorsichtig auf den Händen balancierte, damit auch kein Tropfen des kostbaren Lebenssafts verlorenging.

Mir fiel ein Stein vom Herzen, als ich den Rücken des Mannes sah. Der Kelch war an mir vorübergegangen.

Zum Glück …

Ich wartete so lange, bis die Gestalt des Mannes praktisch nur noch ein Schatten war, und löst mich erst dann aus meiner sicheren Deckung. Abermals nahm ich auf Zehenspitzen die Verfolgung auf und hoffte wieder, daß mir das Glück zur Seite stand.

In sicherem Abstand bewegte ich mich hinter dem Mann an der Zeltwand entlang und hatte Glück, daß ich nicht über gespannte Seile oder herumliegende Gegenstände stolperte. Das Ziel des Mannes war mir jetzt schon klar.

Er bewegte sich dem Zelteingang zu.

Schon wenig später sah ich den Schatten des kleinen Vorbaus. Peter Halifax schwenkte herum, ging die paar Yards am Vorbau entlang, und dann hörte ich, wie er einen Fluch ausstieß.

Irgend etwas mußte ihn gestört haben.

Ich blieb stehen.

Dabei rechnete ich sogar damit, daß er zurückkommen würde, doch ich hatte mich getäuscht. Ich nahm das Knarren einer Tür wahr, und im nächsten Augenblick hörte ich nichts mehr.

Peter Halifax mußte das Zelt betreten haben.

Sekunden danach stand auch ich vor dem Eingang, besah mir das Schloß und wußte nun, weshalb der Mann den Fluch ausgestoßen hatte.

Das Schloß war aufgebrochen.

Damit hatte ich nicht gerechnet. Automatisch begann ich, mir Gedanken zu machen. Das Ergebnis fand ich sehr schnell. Vor mir lag der Beweis, daß andere wohl versucht und es auch geschafft hatten, in das Zelt einzubrechen.

Und zwar in dieser Nacht.

Das paßte mir überhaupt nicht in den Kram. Wenn dieser Peter Halifax wirklich sehr gefährlich war – und davon mußte ich nach Lage der Dinge ausgehen –, befanden sich der oder die Einbrecher ebenfalls in Lebensgefahr.

Eine schlechte Ausgangsposition.

Jetzt mußte ich dem Kerl erst recht auf den Fersen bleiben, denn wenn er die Einbrecher überraschte, konnte es zu einer Katastrophe kommen.

Die Tür hatte er nicht völlig geschlossen. Einen Spalt breit stand sie offen.

Er war groß genug, um mich hindurchzulassen, wenn ich mich schmal machte.

Wenig später stand ich im Zelt, huschte sofort zur Seite und blieb an der Innenwand stehen.

Wo steckte der Kerl?

Ich sah ihn nicht, sosehr ich meine Augen auch anstrengte. Aber ich glaubte, im Hintergrund des Ausstellungsraumes einen schwachen Lichtschein zu bemerken.

Der aber bald verschwunden war.

Obwohl noch nichts geschehen war, fühlte ich förmlich die in der Luft liegende Gefahr. Ich kam mir vor wie auf einem Pulverfaß, an dem die Lunte bereits brennt, nur wußte ich nicht, wann die Ladung in die Luft fliegen würde.

An der Tür konnte ich nicht bleiben. Wollte ich irgend etwas retten oder Zeugen beschützen, dann mußte ich mich weiter vorwagen. Auch wenn ich das Risiko einer Entdeckung einging.

Vorsichtig bewegte ich mich auf eine Reihe von langen Tischen zu, die ich nur schattenhaft wahrnahm. Ich konnte allerdings erkennen, daß auf den Tischen einige Gegenstände standen. Beim Näherkommen identifizierte ich sie als Gefäße der unterschiedlichsten Größe.

Ohne irgendwo anzustoßen, umrundete ich den langen Tisch und sah mich einem kleinen Irrgarten gegenüber. Es standen mehrere Gänge zur Verfügung, so daß ich auswählen konnte.

Ich entschied mich für den ersten.

Nach wenigen Schritten befand ich mich bereits in dem Bereich, wo die Masken ausgestellt waren. Es waren zum Teil fratzenhafte Gebilde, die in der Dunkelheit schaurig wirkten. Meine Bleistiftleuchte einzuschalten, traute ich mich nicht. Das Risiko einer Entdeckung wäre zu groß gewesen.

Schon bald hatte ich den Gang durchwandert, erreichte die Abzweigung und blieb stehen, denn ein Geräusch war an meine Ohren gedrungen.

Ein schweres Atmen oder Stöhnen.

Jane hatte von diesem Geräusch berichtet, und mir lief ein kalter Schauer über den Rücken.

Unwillkürlich duckte ich mich, lauschte weiter und stellte fest, daß dieses Stöhnen ganz in meiner Nähe aufklang.

Irgend etwas oder irgend jemand lauerte dort auf mich. Aber wer war der Gegner?

Dieser unheimliche Indianer mit seinem Tomahawk?

Es half nichts, wenn ich lange Überlegungen anstellte, ich wollte es genau wissen.

Meine rechte Hand rutschte in die Hosentasche, fand die Bleistiftlampe, holte sie hervor, und mit einem Knopfdruck schaltete ich sie ein …

Sandy Field erstarrte.

Plötzlich schoß die Angst in ihr hoch. Sie war nicht mehr fähig, sich zu rühren, und sie konnte nicht einmal ihren Freund aufmerksam machen, der bereits zwei Schritte weitergegangen war.

Dann merkte Ernie, daß etwas nicht stimmte, und drehte sich um.

»Komm!« zischte er.

Das Girl blieb stehen und schüttelte den Kopf.

»Was ist denn?«

»Die Augen, Ernie!«

Der Junge kam wieder zurück. »Welche Augen?«

»Die in dem Kopf!«

Ernie hob die Schultern, beugte sich etwas nach vorn und schaute in das Gesicht aus Stein. »Was ist mit den Augen?«

»Sie haben sich bewegt.«

Ernie zuckte hoch und lachte, doch es klang unsicher.

»Wirklich, Ernie, sie haben sich bewegt!«

»Unsinn!« Ernie nahm die Lampe und leuchtete den Kopf jetzt direkt an. »Nichts«, sagte er. »Wirklich nichts.« Er fühlte mit dem Finger nach. »Das sind keine normalen Augen, Sandy, die bestehen aus Stein, du hast dir da etwas eingebildet.«

»Nein.«

Ernie richtete sich wieder auf. »Laß uns weitergehen, Kleines«, schlug er vor.

Da war er bei Sandy an der richtigen Adresse. »Es tut mir leid, aber ich gehe keinen Schritt mehr vor. Wenn ich überhaupt gehe, dann nur noch zurück. Wir nehmen ein Souvenir mit, und damit hat es sich.«

»Hast du die Hosen voll?«

»Nenn es, wie du willst, aber mich kriegst du nicht noch tiefer in das komische Museum hinein.«

Wenn Sandy so sprach, dann ließ sie sich auch nicht mehr umstimmen.

Ernie kannte seine Freundin lange genug. Im Prinzip war er ja selbst froh, daß es so lief, denn so ganz wohl hatte auch er sich nicht gefühlt. Er wollte es nur nicht zugeben.

»Okay«, sagte er, »ich tue dir den Gefallen. Dann gehen wir eben zurück.«

»Das wurde auch Zeit.« Sandy hatte sich bereits umgedreht, doch in der Bewegung stockte sie.

Sie hatte ein Geräusch gehört.

Schritte!

Auch der junge Mann hatte sie vernommen, das war seiner geduckten Haltung anzumerken. Wie eine gespannte Bogensehne stand er dort und lauschte.

»Da ist jemand«, wisperte Sandy.

Ernie nickte nur. Sprechen konnte er nicht. Seine Kehle war wie zugeschnürt. Nervös glitt seine Zungenspitze über die Lippen. Er zwinkerte mit den Augen, weil Schweiß hineingelaufen war. In seinem Magen breitete sich ein drückendes Gefühl aus, es stieg langsam höher bis zur Kehle. Das gleiche Gefühl überfiel ihn immer, wenn eine Prüfung dicht bevorstand, doch das hier war anders. Hier spürte er die Gefahr, die irgendwo vor ihm im Dunkeln lauerte.

»Wir müssen uns verstecken!« Sandy faßte sich als erste ein Herz. »Komm, weg!«

Damit war auch Ernie einverstanden. Beide drehten sich um und erlebten den nächsten Schock.

Die Figuren lebten!

Zuerst war es nur der Kopf, dessen Augen grünlich schillerten, als hätte sie jemand mit einer entsprechenden Flüssigkeit gefüllt. In der grünen Farbe war deutlich die helle Pupille zu erkennen, ein weißes Etwas, das die jungen Menschen starr fixierte.

Wie hypnotisiert starrte Sandy die Augen an, während Ernie seinen Kopf drehte und den Figuren einen Blick zuwarf. Diese grauen, monströsen Gestalten auf den Sockeln, die allesamt ein menschliches Aussehen hatten, streckten ihre Arme vor, und die Hände öffneten und schlossen sich krampfhaft.

Sie sahen so aus, als würden sie jeden Augenblick von ihren Sockeln steigen.

Schrecklich ...

Ernie hatte seine erste Angst überwunden. Er packte Sandy an der Schulter, zog sie an sich und lief mit ihr die ersten zwei Schritte. Weiter kam er nicht, denn hinter ihm fiel ein steinerner Arm nach unten. Das Monster hielt noch etwas in der Hand. Es war ein Stab, der die Form eines Meißels hatte.

Der junge Mann vernahm zwar noch ein Knirschen, mehr allerdings auch nicht.

Dann traf ihn der Schlag.

Es war ein wuchtiger Hieb, der ungebremst gegen seinen Hinterkopf knallte. Ernie kippte nach vorn, riß Sandy dabei mit, fühlte die Schwäche in den Beinen und schaffte es nicht mehr, sich zu halten. Bäuchlings fiel er zu Boden und blieb auf dem Gesicht liegen.

Sandy wußte im ersten Augenblick nicht, was sie davon halten sollte. Sie war unfähig, auch nur einen Ton hervorzubringen, sondern starrte nur auf ihren Freund, der vor ihren Füßen lag.

»Ernie!« hauchte sie. »Mein Gott, Ernie.« Ihr Gesicht verzerrte sich, denn sie hatte die dunkle Flüssigkeit gesehen, die zwischen den Haaren am Hinterkopf hervorquoll.

Die Panik schoß in ihr hoch. Ihr Gesicht verzerrte sich, sie öffnete den Mund, um zu schreien, doch so weit sollte es nicht mehr kommen. Plötzlich war da der andere, und der helle Strahl einer Lampe traf aus kurzer Entfernung ihr Gesicht und blendete sie.

Sandy Field riß beide Arme hoch, spreizte die Hände und hielt sie vors Gesicht.

Jemand lachte leise und bösartig. Einen Herzschlag später hörte sie die zischende Stimme.

»Wer ist mir denn da ins Netz gegangen?«

Der Strahl stach ins Leere. Das heißt, er traf nur eine Spanplattenwand.

Keine Gestalt, kein Gegner, der mich angriff.

Und doch war jemand da. Das hatte ich gehört, und daran glaubte ich fest.

Was tun? Sollte ich selbst angreifen oder warten, bis sich der andere zeigte? Ich entschied mich dafür, meinen Platz zu verlassen.

Ein Blick nach links, der zweite nach rechts. Gleichzeitig leuchtete ich mit der Lampe, und der Strahl glitt ins Leere. Er traf nicht einmal auf ein Hindernis.

Ich holte tief Luft.

Im Augenblick war es wieder still geworden, aber in der Stille lauerte das Verderben. Da war einer, oder da waren sie, die mich killen wollten.

Mein in zahlreichen gefährlichen Situationen geschulter Instinkt warnte mich vor dem Unheimlichen. Unwillkürlich tastete ich nach meinem Kreuz.

Es hatte sich nicht erwärmt!

Und trotzdem konnte das Böse hier lauern, denn wenn ich es tatsächlich mit Gegnern aus der indianischen Mythologie zu tun hatte, würde mir das Kruzifix nicht helfen. Da mußte ich mich auf meine Körperkräfte und meine Geschicklichkeit verlassen.

Schleichende Schritte warnten mich. Sofort zuckte ich herum, denn sie waren in meinem Rücken aufgeklungen.

Wieder nichts.

Verdammt, wollte man mich hier zum Narren halten? Abermals lauschte ich konzentriert. Auf meiner Stirn lagen die Schweißperlen. Die Nackenhaare hatten sich aufgestellt.

Und dann wußte ich Bescheid.

Die Schritte waren weder vor noch hinter mir aufgeklungen, sondern von der Seite.

Hinter der Wand!

Dort lauerte er.

Ich zog die Pistole. Wenn es zu gefährlich wurde, dann mußte ich durch die Wand feuern. Wobei ich hoffte, daß die Silberkugel meinen Gegner wenigstens aufhalten würde, wenn sie ihn höchstwahrscheinlich auch nicht töten konnte.

Plötzlich griff er an.

Er tat es mit Gewalt und Brutalität. Eigentlich hatte ich damit gerechnet, daß er über den schmalen Gang gekommen wäre, aber dieser Gegner brach im wahrsten Sinne des Wortes durch die Wand. Ich hörte noch das Splittern und Krachen, dann fiel die gewaltige Spanplatte auf mich zu.

Weg konnte ich nicht.

Ich riß nur Arme hoch, um mich zu schützen, und warf mich gleichzeitig nach hinten, um dem Aufprall möglichst die Wucht zu nehmen.

Mit dem Rücken fiel ich gegen die andere Wand, die erst verdächtig wackelte und dann, als die andere mich begrub, auch zusammenkrachte.

Der Lärm war immens.

Irgendwo kippte etwas um, ich hörte das Splittern, wurde zu Boden gepreßt und verlor in dem ganzen Durcheinander meine Pistole.

Danach war ich eingeklemmt.

Über mir hockte mein Gegner. Er preßte die Platte auf mich. Eine andere lag unter meinem Rücken, und ich kam mir vor wie das berühmte Sandkorn zwischen den beiden Mühlsteinen.

Bewegen konnte ich mich nicht, das Gewicht über mir war zu stark. Zudem gelang es mir kaum, die Arme anzuwinkeln, und dann wurde das Gewicht ein wenig verlagert.

Plötzlich gab es einen Ruck. Der andere zog die obere Wand ein Stück zur Seite, so daß mein Gesicht freilag.

Jetzt konnte ich ihn sehen.

Es war in der Tat der Unheimliche mit dem Tomahawk. Und er hielt die Waffe bereits in der Hand …

Vorhin bei den Rockern, da hatte Sandy schon Angst gehabt. Doch jetzt war es noch viel schlimmer. Sandy wußte mit erschreckender Deutlichkeit, daß es nun um ihr Leben ging. Dieser Fremde vor ihr kannte kein Erbarmen. Er war ein Teufel, ein wahrer Satan, der letztendlich auch die Schuld daran trug, daß Ernie am Boden lag und sich nicht rührte.

Wieder hörte sie ein Lachen. Diesmal jedoch erklang es wesentlich zufriedener.

»Ja, ja, da habe ich dich endlich, mein kleines Täubchen.«

Der Lichtfinger wanderte nach unten. Wie eine tastende Hand glitt er an ihrem Kopf herab, und Sandy hörte die Stimme des anderen.

»Du kannst die Arme herunternehmen!«

Sie gehorchte.

Geblendet wurde sie nicht mehr. Allerdings gewöhnten sich ihre Augen nur schwer an die Dunkelheit. Ein paarmal mußte sie blinzeln, und sie holte tief Luft.

Den Mann vor sich erkannte sie zwar nicht konturenscharf, sie sah aber doch, daß es sich um den Besitzer des Museums handelte.

Denn als sie mit der Schulklasse hiergewesen waren, da hatte der Kerl genauso ausgesehen, und er hatte auch die gleiche Kleidung getragen. Dieser hohe Zylinder war markant und ein Zeichen für ihn. Auch der Frack und die Weste.

Hinzu kam der Regenschirm. Er hing über seinem linken Arm, und neben sich auf einem freien Podest, da hatte der Mann eine Schale abgestellt, deren Inhalt trotz des auf ihr liegenden Deckels seltsam roch. Irgendwie süßlich.

Sandy erinnerte sich. Sie hatte mal bei einem Metzger eine Schlachtung erlebt. Dort hatte es auch so süßlich gerochen.

Das war Blut gewesen …

Sie warf einen Blick nach unten und sah auf den Hinterkopf ihres Freundes. Die Wunde hatte sich zwar nicht vergrößert, aber das Blut rann weiter hervor und hörte auch nicht auf. Es hatte schon neben dem Kopf eine Lache gebildet.

Ernie mußte unbedingt in ärztliche Behandlung. Doch da ließ das Mädchen sämtliche Hoffnungen fahren. So etwas würde dieser Teufel vor ihr nicht zulassen.

»Vielleicht ist er tot«, sagte Halifax.

Diese Worte waren so leicht dahingesprochen, aber für das junge Mädchen bedeuteten sie etwas Grauenhaftes. Sie waren wie gefährliche Messerstiche, die in ihr Herz drangen und es zum Bluten brachten. Sie krümmte sich, als hätte sie irgendwelche Schmerzen verspürt.

»Warum haben Sie das getan?« flüsterte Sandy. »Warum?«

»Ich habe doch nichts gemacht, meine Kleine.«

»Aber Ihre Monster.«

»Ihr hättet sie und mich nicht stören sollen, das ist alles, meine Liebe. Nun ist es zu spät.«

Sandy holte ein paarmal tief Luft, bevor sie fragte: »Zu spät? Wofür ist es zu spät?«

»Um noch weiterzuleben, meine, Kleine.«

»Das – das sagen Sie doch nur so …«

»Nein, nein, du hast schon richtig gehört. Ich werde dich töten. Ich brauche dich.«

»Aber ich habe Ihnen doch nichts getan«, sagte Sandy mit tonloser Stimme.

»Trotzdem.« Halifax räusperte sich. Das Gespräch war

sehr leise geführt worden und bis zum Eingang der Halle nicht zu hören gewesen, deshalb bekam ich davon auch nichts mit, als ich mich langsam vorwagte.

Halifax nickte. »Bück dich«, befahl er, »und dreh deinen Freund auf den Rücken.«

»Warum?«

»Tu, was ich gesagt habe!«

Da ging Sandy in die Knie. Es tat ihr in der Seele weh, ihren Freund so vor sich liegen zu sehen, aber sie mußte den Anordnungen gehorchen.

Beide Hände legte sie um Ernies Schultern und drehte ihn dann auf den Rücken, wobei sie darauf achtete, daß die Wunde am Kopf nicht zu sehr in Mitleidenschaft gezogen wurde.

Sie sah sein Gesicht.

Blaß wirkte es. Sogar totenblaß, als würde der Sensenmann bereits unsichtbar neben ihm stehen und nur darauf warten, zuschlagen zu können. Sie fühlte nach Ernies Puls.

Er war nur schwach.

Es schien ihr, als wäre es nur eine Frage der Zeit, wann sein Herz endgültig aufhören würde zu schlagen. Angst kroch in ihr hoch, die sich immer mehr steigerte.

»Aufstehen!«

Die nicht mehr verbindlich und freundlich klingende Stimme des Mannes unterbrach ihre Gedanken. Im Zeitlupentempo stand sie auf und unternahm einen letzten Versuch.

»Bitte, lassen Sie uns doch laufen. Ich bitte Sie, Mister. Wir haben Ihnen nichts getan, und dieser Einbruch ...«

»Aha, du gibst also zu, daß es ein Einbruch war?«

»Ja, ich gebe alles zu, wirklich. Alles gebe ich zu. Wir wollten ja auch nicht, aber die anderen ...«

»Welche anderen?«

»Die Rocker. Sie zwangen uns, hier einzubrechen. Wir

sollten etwas aus diesem Museum stehlen, egal, was es war. Nur sollten wir ihnen etwas bringen.«

»Dann sind noch mehr hier?« zischelte Halifax.

»Nein, draußen, weiter entfernt, da lauern sie. Sie warten auf uns.«

»Das geht nicht mehr.«

»Bitte, so ...«

»Kein Wort will ich mehr hören. Es ändert an meinem Entschluß nicht das geringste.«

Halifax wollte ein Ende bereiten. Er ließ den Stock über den Arm rutschen und fing den Griff mit der Hand auf. Dann hob er den Schirm etwas an, drückte auf einen verborgenen Knopf, und plötzlich blitzte am Ende die Klinge auf.

Sandy erschrak.

Da lachte Halifax, trat einen halben Schritt auf das Mädchen zu und konzentrierte sich dabei auf den am Boden liegenden Jungen.

Und er tat es.

Bei Gott, er tat es.

Wieder auf die gleiche Weise wie bei den zwei Dieben. Dabei leuchtete er das Gesicht noch mit der Taschenlampe an.

Sandy erstarrte. Sie war entsetzt. Sie konnte den Ansturm des Grauens nicht mehr fassen, sie begriff einfach nicht, daß ein Mensch zu so etwas fähig war.

»Er ist tot«, sagte Halifax.

Sandy nickte, obwohl sie es gar nicht wollte. Eigentlich wollte sie schreien, aber selbst das klappte nicht. Sie brachte den Mund nicht auf. Jemand schien ihn zugenäht zu haben. Ihr Geist begann sich zu verwirren, und sie glaubte, an Stelle des Mördergesichts die Fratze des Teufels zu sehen.

Halifax stieg über den Toten hinweg. »Ich pflege nie große Umstände zu machen«, erklärte er und trat auf

Sandy zu. »Du weißt, welches Schicksal auch dir bevorsteht?«

Sandy wich zurück. Die Arme hatte sie ausgebreitet, im Gesicht leuchtete die Panik, die Gestalt des Mörders verschwamm vor ihren Augen, dafür jedoch trat die Messerklinge übergroß hervor.

Sie starrte wie hypnotisiert auf diese Klinge und merkte kaum, daß sie mit dem Rücken gegen eine Figur stieß, die ihren weiteren Gang stoppte.

Nur die Klinge starrte sie an. Von ihr tropfte noch Blut.

Halifax hielt seinen mörderischen Regenschirm wie einen Degen in der Hand.

Mehr und mehr näherte sich das gefährliche Instrument dem angststarren Mädchen.

Dann befand es sich dicht vor ihrer Kehle.

»Und nun bist du dran!« flüsterte Halifax.

Im nächsten Augenblick brachen in dem Zelt einige Wände mit großem Getöse zusammen …

Bei mir sah es übel aus. Und nicht nur übel allein, mir erging es verflucht dreckig. Erst jetzt merkte ich, wie schwer der Kerl war, der auf der Platte hockte und mich durch sein Gewicht einklemmte. Zum erstenmal auch sah ich sein Gesicht voll aus der Nähe, und es war eine wilde Physiognomie.

Eine normale Haut konnte ich nicht erkennen. Seine sah wirklich wie altes Leder aus, das man mit irgendeinem Fett eingerieben hatte, um es vor dem Brechen zu bewahren. Trotzdem hatten sich die Falten tief in die Haut gegraben, und die Augen erinnerten mich an dunkle Kugeln, die in den Höhlen lagen und dabei hin- und herrollten.

Der Gesichtsausdruck wirkte auf irgendeine Weise wild und entstellt zugleich, auf jeden Fall sehr fremd und von einer anderen Rasse stammend.

Ja, ich hatte einen Indianer vor mir, einen der Medizinmänner sogar. Er kroch noch weiter vor, denn wenn er zuschlug, wollte er Bewegungsfreiheit haben.

Vor dem verdammten Tomahawk hatte ich Angst. Damit konnte er mir den Schädel spalten, und wenn mir nicht schnell etwas einfiel, war ich verloren.

Flach lag ich auf der Spanplatte. Zudem drückte das Gewicht meines Gegners nicht nur schwer auf meine Brust, sondern auch auf meine Beine. Es gelang mir nicht, sie anzuziehen.

Hart biß ich die Zähne zusammen und versuchte es. Es kostete mich eine ungeheure Anstrengung, doch der Erfolg war in diesem Fall gleich Null.

Ich brachte die Beine einfach nicht hoch.

Dafür hörte ich sein Stöhnen. Ein widerliches Geräusch, vermischt mit einem ekligen Schmatzen. Er bewegte seinen Mund. Moder strömte mir entgegen, so daß ich fast die Gewißheit hatte, es hier mit einem Untoten zu tun zu haben.

Dieser Grobino war kein Mensch mehr. Er hatte vielleicht mal als Mensch gelebt, doch heute nicht mehr.

Abermals kämpfte ich. Und diesmal versuchte ich es mit dem Oberkörper. Ich wollte meine Schultern hochwuchten, konnte mich jedoch nicht mit den Händen abstützen. Das Blut rauschte in meinem Schädel, die Adern traten überdeutlich hervor, und ich schaffte es.

Die Wand hob sich.

Zwar nur ein Stück, aber es reichte. Grobino geriet aus dem Gleichgewicht. Er rollte etwas zur Seite, so daß er nicht mehr dazu kam, sein Beil in meinen Schädel zu schlagen.

Ich kriegte Luft.

Bevor der Kerl es ein zweites Mal versuchte, mußte ich es geschafft haben.

Da spürte ich den Druck in Höhe meiner linken Seite.

Es war der Dolchgriff, der sich in mein Fleisch bohrte. Eine verzweifelte Idee schoß mir durch den Kopf. Vielleicht konnte ich mit dem geweihten Silberdolch etwas ausrichten.

Meine Finger fanden den Griff, und es gelang mir, die Waffe aus der Scheide zu ziehen. Jetzt brauchte ich sie nur noch hochzukanten und durch die Spanplatte zu stoßen.

Abermals wuchtete sich der Medizinmann auf die Platte und stieß dabei schauerliche Töne aus, das mich an das Heulen eines Wolfshundes erinnerte.

Als er fiel, stand die Klinge bereits senkrecht. Ich sah nicht, was geschah, aber ich bekam die Reaktion mit. Plötzlich zuckte Grobino zusammen, sein Gesicht verzerrte sich, und er rollte zur Seite.

Das war meine Chance!

Ich hatte noch einmal sämtliche Kräfte gesammelt und wuchtete meinen Körper nun hoch. Es war wie eine Explosion.

Der Untote wurde in die Höhe geschleudert, schlenkerte mit den Armen und krachte wieder auf die Wand zurück, die jetzt schräg lag, so daß er ins Rutschen geriet.

Ich schleuderte die Wand hoch. Allerdings brachte ich sie nur ein kleines Stück in die Höhe, zum Glück so weit, daß ich darunter hervorkriechen konnte und die Wand mich nicht länger an den Boden preßte.

Hinter mir krachte sie wieder zu Boden.

Jetzt stand ich auf der Wand, unter der leider noch immer meine Beretta lag. Die Pistole hatte ich in der mir zur Verfügung stehenden Zeit nicht so rasch finden können.

Ich stand verflucht wacklig. Meine Knie zitterten. Am liebsten hätte ich mich hingelegt und mich ausgeruht, doch das waren Wunschträume.

Noch existierte der Zombie. Seine Mordabsicht hatte er

längst nicht aufgegeben. Er wollte mich töten, danach richtete sich sein Handeln aus.

Meinen Dolch hatte ich festgehalten. Jetzt hätte ich die Lampe gut gebrauchen können, doch die lag auch unter der Wand. Von irgendwoher hörte ich Stimmen, auch die einer Frau, doch ich konnte mich jetzt nicht darum kümmern, sondern mußte mich auf meinen Gegner konzentrieren.

Der Stich mit dem geweihten Silberdolch hatte ihn zwar nicht getötet, aber dennoch verletzt. Ich erkannte an seinem Bein eine breite, klaffende Wunde, aus der allerdings kein Blut mehr floß. Sie sonderte auch keine Flüssigkeit ab, so daß in mir der Verdacht hochstieg, es mit einer Mumie zu tun zu haben.

Grobino knurrte.

Er sah mich, ich sah ihn. Wir waren Feinde, unversöhnliche Todfeinde, und jeder wollte den anderen vernichten.

Langsam gingen wir aufeinander zu.

Grobino humpelte etwas, doch dann reckte er sich und schritt wieder normal.

Den Tomahawk hielt er in der rechten Hand. So alt dieses Monster auch sein mochte, seine Waffe hatte es gepflegt, die war wie neu. Und es verstand, damit umzugehen.

Die Platte bewegte sich und knirschte unter seinen schweren Tritten. Er schwankte etwas, aber ich ließ mich nicht täuschen. Dieses Wesen war höllisch gefährlich.

Ich blieb stehen.

Rechts hielt ich meinen Dolch. Dabei hatte ich mich so aufgebaut, daß ich breitbeinig stand und so auf der ziemlich unsicheren Unterlage einen einigermaßen Halt hatte.

So erwartete ich den Untoten ...

Jetzt ist es aus!

Der Gedanke wurde zu einem Schrei, der im Hirn des Mädchens seinen Widerhall fand. Sie erwartete den Schnitt an der Kehle, den brennenden, alles verzehrenden Schmerz, doch beides blieb aus.

Sandy hatte in den letzten Sekunden die Augen geschlossen, weil sie das Grauenhafte einfach nicht mit ansehen wollte. Als sie die Augen wieder öffnete, war die Klinge von ihrem Hals verschwunden.

Allerdings nicht der Mann. Der stand nach wie vor vor ihr, nur hatte er sich zur Seite gedreht und schaute in die Richtung, aus der das berstende Geräusch aufgeklungen war.

Etwas war dort umgefallen.

Das begriff auch Sandy trotz ihrer großen Angst. Und sie wuchs in diesen schrecklichen Sekunden über sich selbst hinaus. Sie wußte nicht, wo der Weg nach hinten führte, sie wollte nur raus hier, alles andere interessierte sie nicht.

Mit dem Mute der Verzweiflung warf sie sich nach vorn. Dabei streckte sie die Arme aus und hieb ihre Hände gegen den noch immer am Fleck stehenden Peter Halifax.

Der wurde durch diese Aktion völlig überrascht. Er verlor das Gleichgewicht und fiel hin. Dabei rutschte ihm der Zylinder vom Kopf, tickte mit der Krempe noch auf seine Schulter und rollte zu Boden, wo er liegenblieb.

An und für sich war es eine etwas lächerliche Szene, aber Sandy konnte nicht mehr lachen. Sie sprang über den Mann hinweg, der nach ihr griff, doch Sandy war zu schnell, und er faßte ins Leere.

Dann war das Mädchen vorbei.

Doch Sandy gab nicht acht. Sie war zu sehr in Panik. Voll lief sie gegen eine der Statuen. Das schien eine Signalwirkung gehabt zu haben, denn die Statue streckte die

Arme aus, um das Mädchen zu umfassen. Sandy wußte selbst nicht, wie sie es schaffte, den zupackenden Händen zu entgehen. Auf jeden Fall drehte sie sich um und entging ihnen.

Sandy floh.

Doch auch Halifax hatte sich wieder erholt. Er stand bereits auf den Beinen, hatte seinen Zylinder vom Boden hochgehoben und aufgesetzt.

Sandy war wie ein Schatten.

Halifax aber lachte. »Ich kriege dich doch, du kleines Biest, und dann bist du verloren. Mein Messer wartet.«

Er startete.

Sandy war in ihrer Panik nicht in Richtung Ausgang gelaufen, sondern hatte sich nach rechts gewandt und war so in einen Gang gelangt, wo zahlreiche Ausstellungsstücke standen. Sie passierte große Vasen und Vitrinen und merkte nicht, daß sie sich selbst eine Falle gestellt hatte.

Sandy rannte in eine Sackgasse hinein.

Erst als sie aus dem vollen Lauf gegen die abtrennende Wand prallte, wurde ihr dies drastisch bewußt.

Plötzlich zuckte der Schmerz durch ihren Kopf. Sie riß die Augen auf und sah vor sich die dunkle Fläche, die sich so rauh anfühlte, als ihre Hände darüber glitten.

Sandy warf sich herum.

Da war er schon.

Und er lachte.

Peter Halifax, dieser wahnsinnige Teufel, tauchte am Ende des Ganges auf. Seinen Stockschirm hielt er in der rechten Hand. Wieder wurde das Girl an einen Degen erinnert, denn die Spitze wies genau auf ihre Brust.

»Dich durchbohre ich!« kreischte er und lachte dabei satanisch auf.

Wieder schoß die Angst in Sandy hoch. Doch dazwischen mischte sich auch eine Überlegung. Wenn sie hier stand und nichts tat, würde er sie ermorden. Sie mußte sich wehren.

Wieso Sandy plötzlich eine der Vasen in den Händen hielt, wußte sie auch nicht. Ihr Gehirn hatte wohl reflexartig geschaltet. Auf jeden Fall hielt sie die Vase fest und schleuderte sie in dem Augenblick auf den anstürmenden Halifax zu, als dieser nur noch wenige Schritte von ihr entfernt war. Ausweichen konnte er nicht mehr. Er riß nur noch eine Hand hoch, und so krachte die Vase nicht voll in sein Gesicht, sondern gegen den schützenden Arm.

Sie zerbrach.

Auf einmal war der Mann eingehüllt in eine Anzahl von Scherben und Splittern. Die Wucht des Aufpralls riß ihn nach hinten. Wieder flog der Zylinder von seinem Kopf, und der Kerl selbst stieß ein wütendes Knurren aus.

Doch er war noch nicht geschlagen.

Sandy Field stand stocksteif da und schaute zu, wie er in seiner gebückten Haltung blieb. Er mußte Schmerzen verspüren, denn er preßte die freie Hand gegen sein Gesicht. Als er den Kopf hob, da sah Sandy auch das Blut, das aus mehreren Wunden sickerte.

Aber er war noch nicht erledigt, sondern nur angeschlagen. Und angeschlagene Raubtiere sind meist gefährlicher als normale.

»Ich kriege dich«, flüsterte er, »verdammt, ich kriege dich!« Dabei hob er seinen gefährlichen Stock und wollte sich wieder dem Mädchen nähern.

Die zweite Vase stand ganz in ihrer Nähe, nur auf der anderen Gangseite. Sandy packte sie, hob sie über den Kopf und schmetterte sie nach unten. Gleichzeitig lief sie ihrem Feind entgegen.

Halifax wich aus. Doch er schaffte es nicht mehr, sich völlig in Deckung zu werfen. Die Vase zerbrach zwar nicht auf seinem Kopf, der von schlohweißen Haaren umrahmt war, dafür jedoch auf seiner linken Schulter.

Das Splittern war für Sandys Ohren die reinste Musik. Und sie wollte aufjubeln vor Freude, als sie sah, daß ihr Peiniger und der Mörder ihres Freundes zusammenbrach.

Plötzlich lag er am Boden.

Da kam es über Sandy. »Du Tier!« schrie sie und trat mit dem rechten Fuß zu.

Sie traf Halifax sehr hart. Auf einmal schoß Blut aus seiner Nase, und auch die Lippen platzten auf.

Sandy erschrak.

Mein Gott, was habe ich getan!

Plötzlich hatte sie wieder Angst, wich zurück, und erst jetzt dachte sie daran, an dem am Boden liegenden Mann vorbeizulaufen.

Flieh doch!

Sandy rannte. Mit zwei Sprüngen war sie an dem Mann vorbei, setzte zum dritten an, und das Bein befand sich schon in der Luft, als Halifax reagierte.

Sandy spürte, daß sich etwas um ihr Fußgelenk legte. Es war die Schirmkrücke.

Dann ein Ruck.

Sandy schrie, als sie fiel und mit einem dumpfen Laut zu Boden krachte.

Sie schlug mit dem Kinn auf. Blitze tanzten kaskadenartig vor ihren Augen. Sekundenlang verlor sie die Übersicht, und die Zeit nutzte Halifax aus.

Er warf sich auf den Rücken des Mädchens, und Sandy spürte die kalte Klinge in ihrem Nacken.

»Nein«, flüsterte Halifax, »dich töte ich noch nicht. Du gehörst Mugur ganz allein ...«

Er kam wie eine Rakete.

Ich hatte nicht damit gerechnet, daß dieser Untote so schnell sein würde, und riß im letzten Augenblick mein Bein hoch, so daß die Spitze seinen Waffenarm traf.

Er wurde hochgeschleudert, aber das Wesen ließ den verdammten Tomahawk nicht fallen.

Ich stach mit dem Dolch zu.

Es war eine wilde, unkontrollierte Bewegung. Die Klinge verfehlte ihn. Zwischen Arm und Körper wischte sie hindurch.

Dann mußte ich zurück, denn Grobino griff wieder an. Auch nicht langsamer. Sein rechter Arm sauste von oben nach unten, die Schneide zielte auf meinen Kopf.

Ich ging in den Schlag hinein. Mit dem geweihten Silberdolch und mit beiden Händen.

Diesmal traf ich ihn, und er zuckte auch zurück. Mir aber hätte die Schneide fast noch ein Ohr abrasiert, zum Glück wischte sie daran vorbei.

Grobino schüttelte sich. Jetzt hatte er zwei Verletzungen, doch beide warfen ihn nicht um. Dieser Zombie schien wirklich unverwüstlich zu sein.

Womit sollte ich ihn ausschalten?

Die Gemme!

Rasch nahm ich sie in die Hand. Bevor er einen erneuten Angriff starten konnte, war ich bei ihm und preßte ihm die Gemme gegen das Gesicht. Rasch sprang ich wieder zurück, denn ich wollte nicht von der Schneide erwischt werden.

Grobino schüttelte den Kopf.

Mehr geschah nicht.

Dafür griff er wieder an.

Diesmal wich ich schneller aus, packte eine Kante der auf dem Boden liegenden Wand und wuchtete sie hoch.

Damit hatte Grobino nicht gerechnet. Vor ihm bildete sich eine schiefe Ebene, und er befand sich noch in Bewegung. Auf einmal wurde sein Vorwärtsdrang gestoppt. Er kam die Schräge nicht hinauf, vollführte eine halbe Drehung und stolperte zurück.

Das gab mir Zeit, mich um den untoten Medizinmann zu kümmern. Ich ließ die Wand fallen und jagte auf ihn zu.

Er war durch den Knall, mit dem die Wand auf den Boden prallte, aufgeschreckt worden. Mit fletschendem Gebiß und aus starren Augen sah er mich an.

Die Gemme hatte nichts genutzt, das Messer auch nicht. Vielleicht das Kreuz?

Ich holte es hervor.

Im Dämmer des Raumes schimmerte es als heller Fleck. Grobino sah es genau. Ein normaler Dämon, einer, der keiner fremdartigen Mythologie entstammte, wäre zumindest schon beim Anblick zusammengezuckt. Der Medizinmann schaute nur verwundert.

Damit konnte ich ihn nicht reizen.

Ich steckte das Kreuz wieder ein, bevor es für mich hinderlich wurde.

Jetzt hätte ich gern Desteros Schwert gehabt. Damit wären meine Chancen gestiegen. Aber wer schleppt schon ein Schwert mit, wenn er mit seiner Freundin ins Weekend fährt? Vielleicht hatten das die alten Ritter getan, aber ich war keiner.

Wir belauerten uns.

Grobino schien bemerkt zu haben, daß ich ein gefährlicher Gegner war, denn er griff nicht mehr so ungestüm an.

Eins war sicher. Wenn es jetzt zu einem Kampf kam, dann wurde er bis zur Entscheidung geführt.

Nur – mit welchen Waffen sollte ich ihn besiegen?

Es war ruhig geworden. Nur mein keuchender Atem störte mich etwas. Ein Zeichen, daß der zurückliegende Kampf schwer an meiner Kondition gezehrt hatte.

Ich hörte Stimmen. Zuerst die eines Mannes, dann die einer Frau oder eines Mädchens, so genau war das nicht zu unterscheiden.

Doch die Männerstimme kam mir bekannt vor. Sie gehörte dem Besitzer, Peter Halifax. Demnach befand er sich auch in seinem makabren Museum. Und das Mädchen oder die Frau schien bestimmt nicht freiwillig hier zu sein.

Ich wollte der Auseinandersetzung ein Ende bereiten und lockte Grobino. »Los, komm her, du Bestie. Komm zu mir! Oder traust du dich nicht?«

Er schüttelte den Kopf. Die nackten Arme sahen irgendwie grau aus. Als wären sie aus Stein. Das Gesicht hatte sich nicht verändert. Nach wie vor erinnerte es mich an Leder.

Ich warf den Dolch von der rechten in die linke Handfläche. Dumme Spielereien. Normalerweise ja, ich jedoch wollte durch diese Aktionen meinen Gegner zu einem Angriff verleiten.

Er tat mir auch den Gefallen.

Ich wich zurück.

Diesmal blieb ich jedoch nicht auf der Wand, sondern lief schräg nach hinten, wo ich in die abgeteilten Ausstellungsräume gelangte. Da standen Masken, ich sah Speere und Lanzen. Auch Tomahawks.

Eins davon schnappte ich mir.

Der Zombie vor mir lachte gurgelnd. Ich zielte kurz, hob den rechten Arm und schleuderte die Waffe.

Sie drehte sich ein paarmal in der Luft und traf die Brust des untoten Medizinmannes. Allerdings nicht mit der Klinge, sondern mit dem Stiel.

Nein, Freunde, das war nichts.

Dafür holte ich mir als nächstes einen Speer. Damit konnte ich besser umgehen.

Ich mußte mich beeilen, denn Grobino war mir unangenehm nahe gekommen. Seine Gestalt wuchs als gewaltiger Schatten vor mir in die Höhe. Ich schleuderte den Speer aus der Drehung.

Diesmal traf ich besser.

Die Spitze drang durch die Schulter des Medizinmannes und trat an der anderen Seite wieder hervor.

Hatte ich es geschafft?

Nein, Grobino wurde nur wütend, mehr geschah nicht. Er kümmerte sich überhaupt nicht um den in seiner Schulter steckenden Speer, sondern stampfte weiter auf mich zu.

Breitbeinig, roboterhaft, wie eine nicht zu stoppende Maschine.

Der letzte Vergleich war am besten, denn ich wußte wirklich nicht, wie ich den Untoten stoppen sollte.

Wieder wich ich ein Stück zurück. Diesmal jedoch folgte er mir schneller.

Damit hatte ich nicht gerechnet und wurde überrascht, als er plötzlich den rechten Arm hochriß.

Er schleuderte den Tomahawk.

Es war wirklich eine blitzschnelle Bewegung. Er warf die gefährliche Waffe von oben nach unten und war auf meinen Schädel gezielt.

Irgendwie packte ich es. Vielleicht war es das Leuchten in den Augen des Mannes, das mich reagieren ließ. Auf jeden Fall huschte ich zur Seite und entging der tödlichen Klinge des Tomahawks. Mit ungeheurer Wucht hämmerte die Waffe in die auf der Erde liegenden Holzbohlen. Ein Splitter blieb etwa einen halben Yard vor meinen Füßen stecken.

Grobino schnaufte. Jedenfalls hörte sich das Geräusch wie ein Schnaufen an. Er mußte wohl furchtbar wütend darüber sein, daß er seinen Tomahawk verloren hatte.

Jetzt wollte er es wiederholen.

Mit einem gewaltigen Hechtsprung warf er sich auf

seine Waffe zu. Im Sprung streckte er die Arme aus, doch ich war auch noch da.

Ich empfing ihn mit einem Fußtritt.

Er traf ihn zwischen Hals und Hüfte. Grobino wurde zurückgeschleudert und krachte auf die Bohlen.

Zwei Sekunden später hielt ich seinen Tomahawk in der Hand. Eine verzweifelte Idee durchzuckte meinen Kopf. Wenn all meine Waffen nichts genutzt hatten, dann wollte ich es eben mit seiner eigenen versuchen. Mit dem Tomahawk.

Ich holte aus und wartete noch, bis Grobino halb hoch war. Dann warf ich die Waffe.

Einmal hatte ich üben können und nicht richtig getroffen. Doch jetzt mußte es sein.

Vielleicht hatte ich Glück.

Ich sah kaum, wie die Waffe durch die Luft wischte. Dafür hörte ich den Aufprall.

Dumpf erreichte er meine Ohren.

Grobino, der untote Medizinmann, kippte zurück. Ich hörte sein Röcheln, er fiel auf den Rücken, und ich sah die Waffe.

Der Tomahawk steckte in seiner Brust!

Diesmal hatte ich es geschafft, atmete tief aus und ging auf Grobino zu.

Er war noch nicht erledigt, aber sein unseliges Dasein ging seinem Ende zu. Er versuchte noch, die Waffe aus seinem Körper zu ziehen.

Es gelang ihm nicht mehr.

Auf halbem Wege verließen ihn die Kräfte. Seine Finger erreichten nicht einmal den Griff. Sie rutschten ab, und die Arme fielen schwer zu Boden.

Grobino starb.

Er starb genau den Tod, den zahlreiche Horrorwesen und Dämonen vor ihm gegangen waren.

Grobino löste sich auf.

Sein Körper, nur durch eine böse Kraft gehalten, wurde langsam aber sicher zu Staub. Vor meinen Augen zerfiel er. Was zurückblieb, war nichts als hellgraue Asche.

Ich hatte gesiegt.

Ein paarmal holte ich tief Luft. Dieser letzte Kampf hatte mich verdammt angestrengt, doch es war nur ein Teilsieg gewesen. Noch existierte der Initiator des Ganzen, dieser seltsam angezogene Peter Halifax. Und ihn mußte ich fassen. Zudem befand er sich ganz in meiner Nähe, denn ich hatte seine Stimme gehört.

Bevor ich mich auf die Suche nach ihm begab, wollte ich meine Beretta wiederholen und auch die Lampe. So ungefähr wußte ich, wo ich gelegen hatte.

Abermals wuchtete ich einen Teil der Spanplattenwand hoch, sah meine Bleistiftlampe, die sogar noch brannte, und fand dicht daneben die Beretta.

Beide Teile nahm ich an mich.

Nun fühlte ich mich nicht mehr so »nackt«. Damit ich nicht unnötig durch das Zelt irrte, orientierte ich mich kurz, bevor ich weiterging. Wo hatte ich denn die Stimmen gehört?

Das war weiter hinten gewesen, und von dort vernahm ich auch das Wimmern.

Es war ein Geräusch, das mir durch Mark und Bein schnitt. Ein Mensch befand sich in Lebensgefahr. Ich mußte hin und helfen.

Dieses Museum war ein verdammtes Labyrinth. Ich ging um einige Ecken und erreichte dann erst einen Weg, der mich in den hinteren Teil des Zeltes brachte.

Mit der kleinen Lampe leuchtete ich den Boden ab.

Wie vor eine Wand gelaufen, blieb ich stehen, denn der dünne Schein war auf eine Gestalt gefallen, die am Boden lag. Ich ging näher heran und schaute in ein noch junges Gesicht, das die Blässe des Todes zeigte.

Hart mußte ich schlucken.

Man hatte diesen jungen Menschen auf die gleiche Art und Weise umgebracht wie die beiden Toten, die wir im Wald in der Mulde gefunden hatten.

Dieser Peter Halifax mußte ein wahrer Teufel sein!

Auf einem Sockel sah ich die Schale, die Halifax ausgegraben hatte. Ich öffnete den Deckel und schaute auf das dunkle Blut, mit dem die Schale bis zum Rand gefüllt war.

Dabei achtete ich jedoch nicht auf die um mich herumstehenden Figuren. Warum auch, sie waren aus Stein.

Erst als ich das Knirschen hörte, blickte ich auf und merkte, daß sich auch Steinfiguren bewegen konnten ...

Die Depression überfiel das Mädchen schlagartig.

Sandy blieb auf dem Boden liegen und rührte sich nicht.

Die kalte Klinge berührte noch immer ihren Nacken, sie war eine tödliche Warnung und befahl dem Girl, nur das zu tun, was dieser Mensch hinter ihr wollte.

Sekundenlang geschah nichts. Halifax gab Sandy Zeit, sich mit der veränderten Lage abzufinden. Dann aber sagte er: »Hoch mit dir, mein Täubchen, Mugur wartet nicht gern!« Der Druck verschwand.

Sandy wollte weinen, doch sie hatte keine Tränen. Sie wollte schreien, aber ihre Kehle schien von einem unsichtbaren Band zugeschnürt zu werden.

Irgendwie kam sie auf die Beine. Sie blieb stehen, schwankend, wie ein Grashalm im Wind.

»Umdrehen!«

Sandy kam auch dieser Aufforderung nach. Ihre Blicke blieben sofort an der gefährlichen Messerklinge haften, deren Spitze fast ihre Kehle berührte.

Halifax stand zwei Schritte vor ihr. Den Arm hatte er ausgestreckt, der Mann selbst sah fürchterlich aus. Über sein Gesicht lief Blut. Sandys Attacken hatten ihre Spuren hinterlassen.

»Nur, damit wir uns verstehen«, sagte Halifax flüsternd. »Wenn du eine dumme Bewegung machst, bist du tot!«

»Ja«, hauchte das Girl.

»Und jetzt dreh dich um und geh los. Aber denk daran, ich bleibe mit meinem Messer hinter dir.«

Sandy Field atmete tief aus und gehorchte. Sie wußte, daß sie verspielt hatte. Dieser Teufel würde sie niemals freilassen. Er hatte ihr auch angedeutet, was er mit ihr anstellen wollte.

Das Wort Mugur war gefallen.

Wer war dieser Mugur?

Sandy überlegte trotz ihrer schrecklichen Lage, doch mit dem Namen Mugur konnte sie wirklich nichts anfangen. War es ein Tier, ein Monster?

Sandy wußte es nicht.

Ihre Knie zitterten, als sie sich in Bewegung setzte. Ihr war übel. Am liebsten hätte sie sich hingesetzt und nur geweint.

»Nach links!«

Sandy gehorchte. Der Mann führte sie in den Hintergrund dieses seltsamen Museums. Sandy erinnerte sich, daß sie hier auch schon gewesen war. Gleich mußten sie dort sein, wo sich der Vorhang befand. Bei der ersten Besichtigung hatte Halifax nicht verraten wollen, was sich hinter dem Vorhang befand.

Würde sie es jetzt erfahren?

Der Vorhang war eine dunklere Fläche im Grau des Zeltes. Er bewegte sich leicht, als würden Hände über ihn streichen. Zwei Schritte vor ihm mußte Sandy stehenbleiben.

»Zieh ihn zurück!«

Das Girl hob beide Arme. Ihre Finger krallten sich in

den Stoff und zogen den Vorhang auseinander. Gerade jetzt dachte sie an den Krach, den sie vorhin vernommen hatte. Ob jemand in das Zelt eingedrungen war? Vielleicht einer der Rocker, der es draußen nicht mehr ausgehalten hatte und nachsehen wollte? Wenn ja, dann konnte er sie unter Umständen befreien.

Ihre Gedanken wurden unterbrochen, denn Sandy sah nun, welches Geheimnis sich hinter dem sonst geschlossenen Vorhang verbarg.

»Das ist Mugur!« flüsterte Halifax fast andächtig.

Das Mädchen hob den Blick. Dunkelrotes Licht füllte den Raum hinter dem Vorhang aus. Und Mugur wurde von diesem Licht regelrecht gebadet. Sie konnte ihn genau erkennen.

Mugur war eine Steinfigur. Nicht mehr und auch nicht weniger. Aber sie hatte es in sich.

Feuerrot das Aussehen. Dieses tiefe, flammende Rot schien aus dem Stein zu dringen, der in seiner äußeren Form einem eckigen Träger ähnelte. Allerdings nur im ersten Moment. Wenn man genauer hinschaute, war zu erkennen, daß Mugur eine in den Umrissen menschliche Gestalt hatte. Es waren Beine und auch Arme vorhanden. Sogar einen Kopf konnte das Mädchen erkennen.

Dieser Schädel war in den grellsten Farben angemalt, die auch vom roten Licht nicht überdeckt werden konnten. Vor allen Dingen stach das weiße Maul hervor, das Sandy unwillkürlich an den breit geschminkten Mund eines Clowns erinnerte. Die Nase darüber war nur angedeutet, die Augen nicht zu sehen. Es gab nur zwei tiefe Höhlen. Der gesamte Kopf hatte eine viereckige Form, und die Steinfigur selbst maß in der Höhe etwa drei Yards.

Plötzlich verlöschte das Licht.

Halifax mußte es ausgeschaltet haben, denn er lachte leise.

»Sieh ihn dir genau an, kleines Täubchen«, sagte er, »denn er wird es sein, dem du geopfert wirst.«

Sandy zuckte zusammen.

Ihr Blick blieb starr auf den Stein gerichtet, und da die übrige Umgebung dunkel war, sah sie, daß die Figur von innen schimmerte oder leuchtete.

Sehr deutlich traten rote Linien hervor. Sie erinnerten Sandy an eine Landkarte, auf der zahlreiche Flüsse eingezeichnet waren. Das waren die Adern in diesem Steinkoloß. Und sie waren nicht starr, sie lebten und pulsierten. Sandy erkannte, daß sie mit einer roten Flüssigkeit gefüllt waren, die in einem immerwährenden Kreislauf in Bewegung blieb.

Ein schrecklicher Verdacht stieg in dem Mädchen hoch. Ein Verdacht, der ihr gleich darauf bestätigt wurde.

»Siehst du es?« hechelte Halifax. »Siehst du, wie es pulsiert und atmet?«

»Ja.« Die Antwort glich einem Hauch.

»Das ist Blut, mein Täubchen, Menschenblut.« Halifax lachte, und Sandy rann es eiskalt den Rücken hinab.

Diese Figur wurde mit Menschenblut gefüttert. Welch ein unfaßbares Grauen, das man ihr hier zeigte.

»Auch dein Blut wird Mugur bald trinken, denn er soll stark werden. Sehr groß und stark. Vor zwei Tagen hat er das letzte Blut bekommen. Da war er frei, da lief er auf die Straße, und zwei Männer, die mit ihrem Wagen vorbeikamen, waren seine Opfer. Willst du wissen, woher ich ihn habe, woher er stammt?«

Sandy nickte. Trotz ihrer Angst dachte sie an die Galgenfrist, die ihr blieb, wenn der andere redete.

»Er lag in einem finsteren Canyon begraben. Die Indianer sprachen nur voller Ehrfurcht von Mugur, denn sie selbst hatten Angst vor ihm und seinem Fluch. Er hatte bereits ihre Vorfahren in Angst und Schrecken versetzt, und es gab zahlreiche Stämme, die ihm huldigten. Auch

Medizinmänner holten sich bei ihm Rat. Da war Grobino, der immer zu ihm ging, ihm Opfer brachte und als Dank tief in die Geheimnisse der schrecklichen Magie eingeweiht wurde. Eines Tages jedoch brach der Canyon zusammen. Es hatte eine Naturkatastrophe gegeben. Grobino war gerade bei ihm, so wurden er und Mugur verschüttet. Aber sie waren nicht tot. Sie existierten weiter, zwar unter Tonnen von Gestein verschwunden, doch ihr Geist erfüllte nach wie vor das Denken des Stammes. Dann kamen die großen Kriege. Auch der Stamm in den Bergen blieb nicht verschont. Das Volk wurde ausgerottet. Die, die überlebten, wußten von Mugur. Und sie erzählten seine Geschichte weiter. Mugur blieb in aller Munde. Als ich in die Staaten kam und auf Überreste des Stammes traf, hörte ich auch von ihm und war fasziniert. Ein alter Mann brachte mich dorthin, wo Mugur und Grobino begraben lagen. Ich wollte sie erwecken, besorgte mir Sprengstoff und schaffte es auch. Die Tonnen von Gestein wurden hochgeschleudert. Grobino und Mugur kamen frei, ich war der Sieger, und ich merkte, daß sie nicht tot waren. Aber ich wollte sie nach England schaffen, deshalb sorgte ich dafür, daß meine wissenschaftliche Arbeit anerkannt wurde, so daß man mir gestattete, eine Wanderausstellung durch Europa zu organisieren. In England habe ich angefangen, und ich werde weitergehen. Nach Frankreich, nach Deutschland, nach Italien. Mugurs Spuren kann man nicht mehr löschen. Überall werde ich ihn mit Blut versorgen, damit er stärker und stärker wird. Wenn ich die Ausstellung beende, wird Mugur seine alte Kraft erreicht haben.«

»Sie sind eine Bestie«, flüsterte das Mädchen.

Halifax lachte. Er ließ sich nicht aus dem Konzept bringen. »Was Willst du eigentlich? Du kannst stolz darauf sein, Mugur dein Blut opfern zu können.«

»Ich will es aber nicht.«

»Das ist mir egal. Einen Weg zurück gibt es nicht. Auch das Blut deines Freundes wird Mugur gehören. Da, sieh ihn doch an, schau auf seine Adern. Dann kannst du erkennen, wo und wie das Blut fließt. Er ist zwar aus Stein, aber er lebt, mein Täubchen. Mugur existiert und wird weiterleben.«

Die Worte hatten das Mädchen hart getroffen. Es senkte den Kopf und schluckte. Der Anblick dieses lebenden Steinmonsters war für sie das nackte Grauen.

Dann spürte sie wieder die kalte Klinge in ihrem Nacken. Und sie vernahm Halifax' Stimme. »Nichts, aber auch gar nichts kann mich daran hindern, dich zu töten, mein Täubchen. Dabei weiß ich nicht einmal deinen Namen, aber das spielt keine Rolle. Hauptsache, du hast Blut. Blut ist wichtig.«

»Ich heiße Sandy.«

»Ein hübscher Name. Ich hatte mal eine Freundin, die hieß Sandy.«

»Haben Sie die auch …?«

»Natürlich!«

»O Gott!« stöhnte das Girl. Dieser Kerl hinter ihr war verrückt, wahnsinnig und gleichzeitig ein Teufel.

»So«, sagte er. »Mugur hat lange genug gewartet. Ich will ihn nicht enttäuschen …«

Steinfiguren, die sich bewegten, die mir ans Leben wollten!

Nicht zum erstenmal wurde ich damit konfrontiert, deshalb war mein Schreck auch nicht so groß.

Links von mir befand sich eine Figur, die ein Schwert in der Hand hielt. Soeben fuhr der Arm nach unten, ich sprang zur Seite, und die Waffe verfehlte mich.

Allerdings war ich zu weit gesprungen, so daß ich mich zu nahe an einer anderen Figur befand.

Und die schlug mir ihre Pranke auf die Schulter.

Es war ein Hieb, der mich in die Knie zwang. Ich verzog das Gesicht, schielte nach links und sah Finger, die sich krümmten und langsam zudrücken wollten.

Dagegen hatte ich etwas. Mit einer blitzschnellen Bewegung rutschte ich aus dem Griff, rollte über den Boden und blieb zwischen zwei Sockeln liegen.

Hier hatte ich erst einmal Ruhe.

Die Figuren bewegten sich sehr langsam. Ich konnte ihnen ohne große Mühe ausweichen. Normalerweise hätte ich versucht, sie zu zerstören, aber da war das Wimmern, das ich gehört hatte, und mir war klar, daß sich jemand in großer Gefahr befand.

Ich mußte hier weg.

Die steinernen Monster stellten für mich sowieso ein Rätsel dar, denn sie sahen nicht aus, als wären sie einer indianischen Mythologie entsprungen. Die erinnerten mich eher an griechische Götterstatuen. Es war auch egal, vielleicht konnte mir Halifax eine Antwort geben.

Ich erhob mich wieder. Diese Steinmonster lagen jetzt hinter mir. Frei lag der Weg nach vorn vor mir.

Aber auch düster. Deshalb schaltete ich wieder die Lampe ein und stellte mit Bedauern fest, daß sich die Batterie langsam aber sicher verbrauchte. Lange würde sie nicht mehr brennen.

Hoffentlich hatte ich Peter Halifax bis dann gefunden.

Ich vernahm seine Stimme. Irgendwo vor mir in der Dunkelheit mußte er sich aufhalten und sprechen.

So schnell es ging, lief ich den Weg weiter. Links vor mir befand sich die Zeltwand, und dann traf der Lichtschein meiner Bleistiftleuchte auf ein Hindernis.

Eine Mauer?

Nein, keine Mauer und auch keine Wand, sondern ein dunkler Vorhang, der Falten warf.

Dahinter mußte sich Halifax befinden.

Auf Zehenspitzen näherte ich mich dem Hindernis und versuchte, einen Blick durch irgendeinen Spalt zu werfen.

Den gab es nicht. Wollte ich etwas sehen, mußte ich den Vorhang schon zur Seite ziehen.

Das paßte mir nicht.

Als ich noch überlegte, was ich unternehmen konnte, hörte ich die Stimme des Peter Halifax: »So, Mugur hat lange genug gewartet. Ich will ihn nicht enttäuschen.«

Da packte ich zu und riß den Vorhang auf!

Das Mädchen kannte ich nicht.

Aber ihn.

Halifax stand hinter der Kleinen, hielt seinen Stockschirm in der Hand, und ich sah auch die Klinge, die auf den Hals des Girls gerichtet war.

Plötzlich wußte ich, wie die beiden Männer im Wald ums Leben gekommen waren. Und auch der Junge war auf die gleiche Art und Weise gestorben.

Ich wollte schießen, doch Halifax wandte den Kopf. Er hatte die Bewegung des Vorhangs wahrgenommen, jetzt sah er mich, und seine Augen wurden groß.

Ich schoß nicht, sondern überwand die uns trennende Distanz mit einem Sprung.

Hart warf ich mich gegen ihn.

Peter Halifax wurde zur Seite katapultiert und verlor seinen Zylinder. Und diese Bestie stieß tatsächlich noch zu. Zum Glück jedoch befand er sich bereits in Bewegung, deshalb verfehlte die Klinge den Hals des jungen Mädchens. Sie fetzte nur an der Schulter die Jacke auf.

Halifax prallte zu Boden. Ein wütender Schrei drang aus seinem Mund, während sich Sandy rasch in Sicherheit brachte und durch den Vorhang schlüpfte. Ich sah jedoch ihr Gesicht zwischen dem klaffenden Spalt. Sie lief nicht weg, sondern beobachtete den Kampf.

Ich steckte die Beretta weg und ließ auch meine Bleistiftlampe verschwinden. Für diesen Mann brauchte ich die Waffe nicht. Ihn wollte ich lebend. In der Zelle sollte er für den Rest des Lebens über seine Untaten nachdenken.

Er hockte auf dem Boden und stierte mich an. Den Griff seines gefährlichen Stockschirms hielt er wie im Krampf umklammert.

»Steh auf!« forderte ich ihn auf.

»Bulle!« knirschte er. »Verdammter Bulle. Wie hast du es geschafft, hierher vorzudringen?«

»Dein Medizinmann konnte mich nicht aufhalten. Ich habe ihn dorthin geschickt, wo er hingehört: in die Hölle!«

»Du Schwein, du!«

Ich lächelte kalt und provozierend. »Für Sie werden wir eine Zelle bereithalten. Da können Sie über die Morde nachdenken!«

Er lachte schrill. Sein mit Blut beschmiertes Gesicht verzerrte sich dabei zu einer schrecklichen Grimasse. Er bot wirklich einen schaurigeren Anblick als mancher Dämon.

»Mugur wird dich vernichten!« schrie er mir ins Gesicht. »Er wird auch dein Blut trinken, denn er ist unsterblich! Mich kannst du töten, ihn nicht!«

»Ich werde Sie nicht töten. Ich habe Ihnen doch gesagt, was ich mit Ihnen vorhabe!«

»Keine Zelle wird mich von innen sehen!«

»Das bleibt abzuwarten!«

Er gab mir keine Antwort mehr, sondern sprang hoch. Es war eine schnelle, gleitende Bewegung. Er brauchte kaum seine Arme dazu, um auf die Beine zu gelangen, und sofort fuhr die gefährliche Messerklinge auf meine Brust zu.

Ich drehte mich zur Seite.

Augenblicklich zog Halifax den tödlichen Schirm wieder zurück. Er grinste verzerrt. »Dich kriege ich noch«, versprach er mir und begann, mich zu umkreisen.

Ich war auf der Hut, denn diese wirklich außergewöhnliche Waffe beherrschte er fast perfekt. Er ging damit um wie ein Fechter mit seinem Degen, hielt sie locker und leicht in der rechten Hand, fintierte geschickt und stieß dann, wenn er glaubte, eine Lücke erkannt zu haben, vor.

Immer wieder drehte ich ab.

Seine Attacken wurden heftiger, schneller und auch gefährlicher.

Einmal erwischte er mich. Da schlitzte die Klinge meinen Jackenärmel auf. An diesem Schnitt konnte ich ermessen, wie scharf die Klinge war.

Er lachte wild.

Zwischendurch warf ich einen Blick auf Mugur. Die gewaltige Steinfigur, das Erbe einer indianischen Mythologie, stand nach wie vor auf ihrem Platz und rührte sich nicht. Das Blut floß durch die Adern und ließ hinter dem durchsichtigen Stein ein rotes, reliefartiges Feld erkennen.

Abermals sprang ich zur Seite. Halifax glaubte, seine Chance gesehen zu haben, weil ich nicht auf ihn zu achten schien, doch das war eine Täuschung. Aus den Augenwinkeln hatte ich ihn voll unter Kontrolle gehalten.

Die Spitze klirrte gegen Mugur. Sie war mit sehr großer Wucht dagegen geprallt, rutschte ab, und ich konnte erkennen, wie sie sich verbog.

Damit hatte Halifax nicht gerechnet. Er geriet leicht aus dem Gleichgewicht und war nicht mehr so konzentriert.

Diese Chance nutzte ich aus.

Wie der zuschlagende Rachen einer Klapperschlange, so schnell zuckten meine Hände vor. Ehe sich mein Gegner versah, hatte ich alle zehn Finger dicht oberhalb der

Klinge um den Schirm geschlossen. Ein blitzschnelles Ziehen, ein Ruck, und ich hatte den Schirm.

Aber nicht nur ihn.

Auch Halifax flog mir buchstäblich in die Arme, denn er hatte den Griff nicht loslassen wollen. Plötzlich tauchte er dicht vor mir auf, sein Gesicht verzerrte sich. Als bestünde der Griff des Schirms aus glühendem Eisen, so hastig ließ er los.

Ich lächelte hart.

Plötzlich leuchtete Panik in seinen Augen. Ehe ich mich versah, warf er sich auf dem Absatz herum. Er floh, lief auf den Vorhangspalt zu und vergaß Mugur und seine Absichten völlig.

Ich hätte ihm den Schirm in den Rücken werfen können, aber das wollte ich nicht. Halifax konnte rennen, wie er wollte, ich war immer schneller.

Er kam nicht weit.

Kaum hatte er den Vorhang aufgerissen, als ich einen Schrei hörte und einen klatschenden Schlag.

Halifax taumelte zurück. Er hielt sich sein Gesicht und stöhnte vor Schmerzen.

Das Mädchen folgte ihm. »Mörder!« schrie Sandy. »Du verdammter Mörder!« Sie war zu einer Furie geworden und hielt einen Schuh in der rechten Hand. Damit hatte sie zugeschlagen und genau getroffen. »Ich bringe dich um!« kreischte sie.

Das Mädchen befand sich in einem Rausch. Irgendwie verständlich, wahrscheinlich hatte sie mit ansehen müssen, wie ihr Freund, der junge Mann, gestorben war.

Und doch konnte ich es nicht zulassen. Bevor sie abermals zuschlagen konnte, hielt ich ihren Arm fest.

Sie fuhr herum.

Blitze schienen aus ihren Augen zu schießen, so schaute sie mich an.

»Nein!« sagte ich hart.

Sie öffnete den Mund, wollte sprechen, dann jedoch nickte sie, ließ den Schuh fallen und weinte.

Es war gut so.

Ich wandte mich ab. Gekrümmt stand Halifax da. Seine Arme waren nach unten gesunken, so daß ich ihm voll ins Gesicht schauen konnte. Sein linkes Auge schwoll langsam an.

»Glauben Sie jetzt noch, daß ich es nicht mehr schaffe?«

»Sie werden dich vernichten«, flüsterte er.

»Wer?«

»Die Steinmonster.«

Ich lachte. »Die sind harmlos und viel zu langsam. Nein, Halifax, es ist vorbei.«

Er schüttelte den Kopf.

»Ich habe sie aus einem Museum gestohlen. Denn ich wollte eine Verbindung zwischen Mugur und ihnen schaffen. Es ist mir gelungen, und sie werden mich nicht enttäuschen. Mugur und sie werden meine Pläne vollenden.«

Ich hatte genug gehört. Erst einmal vollendete ich meinen Job. Dazu nahm ich den Regenschirm. Zum erstenmal in seinem Leben machte Peter Halifax wohl mit der Krücke unliebsame Bekanntschaft. Ich schlug damit gegen seine Stirn.

Der Mörder verdrehte die Augen, sackte zusammen und blieb bewußtlos liegen.

Ich drehte mich zu Mugur um.

Genau betrachtete ich die Figur. Dann zog ich die Pistole und feuerte eine Silberkugel gegen sie ab. Wirkungslos. Die Kugel sirrte nur als Querschläger davon.

So war Mugur nicht zu bezwingen. Ich mußte es auf eine andere Art und Weise versuchen. Aber später. Zuerst einmal wollte ich Sandy von diesem Ort des Schreckens wegschaffen.

Ich lud mir den Bewußtlosen auf die Schulter und nahm Sandy an der Hand.

Unangefochten verließen wir das Zelt. Draußen sogen wir die frische Nachtluft tief in unsere Lungen.

Ich verpaßt Peter Halifax Handschellen. Als menschliches Paket legte ich ihn auf dem Rücksitz meines Wagens.

Auf der Fahrt zur Polizei erzählte mir Sandy Field, wie alles gekommen war.

Für das Mädchen war ein Alptraum Wirklichkeit geworden. Ich drückte ihr beide Daumen, daß sie darüber hinwegkam.

Etwa eine Stunde später befand ich mich wieder auf dem Weg zum Zelt.

Ich hatte mit den zuständigen Leuten geredet. Die Mordkommission war längst eingetroffen. Man hatte sich meinen knappen Bericht angehört und vor allen Dingen Halifax in eine Zelle gesteckt. Der Mörder war noch immer bewußtlos.

Um Sandy kümmerten sich ihre Eltern. Sie wollten Ernie Taggarts Eltern den Tod ihres Sohnes so schonend wie möglich beibringen. Mit den Rockern aber würde später abgerechnet. Sie waren in diesen Augenblicken nur Randfiguren.

Mich interessierte Mugur. Noch existierte er. Lange hatte ich überlegt, wie ich ihn vernichten konnte, bis mir die Sprengstoff-Idee kam. Er war durch Sprengstoff erweckt worden, nun sollte er durch Sprengstoff sterben.

Der Polizei von Gilwich war es tatsächlich gelungen, Dynamitstangen aufzutreiben. Und diese hochbrisante Ladung lag nun neben mir. Fünf Stangen, die mußten reichen.

Kaum hatte ich das Dorf verlassen, schienen vor mir

auf der Fahrbahn Explosionen stattzufinden. Grelles Licht blendete mich. Dann vernahm ich das Donnern schwerer Maschinen, und im nächsten Augenblick huschten sie wie Schatten am Bentley vorbei.

Es waren die Rocker. Sie mußten sich auf dem Rückweg befinden. Die Geschwindigkeit, mit der sie fuhren, erinnerte mich schon an eine Flucht.

Nur – wovor flohen sie? Vor Mugur vielleicht? Hatte sich das Monster eventuell in Bewegung gesetzt?

Meine Kehle wurde plötzlich eng. Sollte dies tatsächlich der Fall sein, mußte ich mich noch mehr beeilen.

Ich fuhr schneller.

Insekten tanzten in den breiten Lichtbahnen der Scheinwerfer. Sie waren die einzigen Lebewesen, die ich zu Gesicht bekam.

Dann mußte ich von der Straße ab.

Ich kurbelte am Lenkrad, damit ich den Bentley in die enge Kurve zwang, und die Lichtlanzen wanderten mit. Sie fielen bis auf den Eingang des Zelts, der zerstört war, denn das Monster hatte seine Behausung verlassen.

Ich bremste.

Der Bentley schlingerte auf dem Boden ein Stück weiter und stand. Hastig stieß ich den Wagenschlag auf, schnappte mir die Dynamitstangen und rannte los.

Während ich lief, nahm ich das Bild auf, das sich meinen Augen bot. Mugur hatte das Zelt tatsächlich verlassen. Dieses Steinmonster hatte kurzerhand die Plane zerrissen und war getürmt. Nahe dem Eingang waren nur noch Fetzen vorhanden.

Es wankte auf mich zu.

Plötzlich fühlte ich mich wie ein Zwerg, und ich fragte mich, ob ich es überhaupt schaffen konnte.

Es war schwer, die Nerven unter Kontrolle zu halten. Mein Blick war starr auf das Maul Mugurs gerichtet, denn dort hinein wollte ich die Dynamitstangen schleudern. Es war gar nicht mal leicht zu treffen. Ich bin wirklich kein Artist oder guter Werfer, deshalb mußte ich das übergroße Steinmonster sehr nahe an mich heranlassen, obwohl ich dabei in Gefahr geriet, von ihm zerquetscht zu werden.

Da fiel mir etwas anderes ein. Die Idee setzte ich sofort in die Tat um.

Ich schätzte genau die Geschwindigkeit ab, mit der sich Mugur voranbewegte. Im Geiste zählte ich die Schritte mit, rechnete nach und griff zur ersten Dynamitstange.

Die explosive Ladung wurde von einem Gummiband zusammengehalten. Als ich die Stange in den Händen hielt, steckte ich die anderen in die Jackentasche und holte mein Feuerzeug hervor.

Die Lunte war nicht länger als ein halber Männerarm. Viel Zeit blieb mir nicht, wenn sie brannte.

Mugur stampfte näher. Sehr groß wuchs er vor mir auf, eine schaurige Figur, ein wirkliches Monster, dessen breiter, heller Mund wie von einem Grinsen entstellt wirkte.

Ich schnickte das Feuerzeug an, nahm die erste Dynamitstange und hielt die Lunte an die unruhig flackernde Flamme.

Sofort fing sie Feuer. Funken sprühten, ich hörte das leise Zischen, lief noch zwei Schritte und schleuderte die Dynamitstange etwa drei Yards vor die Füße des herannahenden Monsters.

Dann hetzte ich zur Seite und warf mich auf den Boden, wobei ich beide Arme über meinem Kopf verschränkte.

Zuerst geschah nichts.

Ich zählte im Geiste.

Dreiundzwanzig – vierundzwanzig.

Plötzlich hörte ich das Krachen. Es war ein gewaltiges Geräusch, ein Donner, der an meinen Trommelfellen zerrte. Die Druckwelle fuhr über mich hinweg, und ich wagte es, den Kopf zu heben.

Ich schaute auf eine Wolke von Gras, Dreck und Lehm. Das Zeug war hoch in die Luft geschleudert worden und wurde vom Staub verdeckt, der sich nun langsam zu Boden senkte, so daß ich einen einigermaßen freien Blick hatte.

Mugur lag auf der Erde.

Ich hatte es tatsächlich geschafft.

Mich hielt jetzt nichts mehr, und ich rannte auf die Staubwolke zu, deren Zentrum das steinerne Monster bildete.

Wo die Dynamitstange detoniert war, befand sich ein regelrechter Krater im Boden.

Mugur war halb eingesackt, aber das lebende Steinmonster war nicht tot.

Ich sah weiterhin das Blut durch seine Adern fließen und schaute in den offenen Rachen.

Das Feuerzeug hatte ich nicht losgelassen. Rasch nahm ich die beiden nächsten Stangen und zündete die Lunten an. So schnell es ging, schleuderte ich sie in den offenen Rachen des Monsters und machte mich hastig aus dem Staub, bevor mich sein Arm zerschmettern konnte, denn den rechten hatte das Monster bereits erhoben.

Ich rannte wie ein Verrückter. Fast schaffte ich es bis zum Bentley, dann warf ich mich zu Boden.

Keine Sekunde zu früh.

Die Ladungen gingen hoch, und mit ihnen explodierte das steinerne Monster.

Die Detonation hörte sich wesentlich dumpfer an, doch die Folgen waren enorm.

Mugur wurde in seine Bestandteile zerrissen. Ein Regen aus Steinen flog hoch in die Luft, vermischt mit dem Blut, das durch die Adern gelaufen war.

Sekunden später prasselten die Steine zu Boden. Ich

hörte die wuchtigen Aufschläge und hoffte, daß ich nicht getroffen wurde. Viel zu langsam verrann die Zeit.

Schließlich hielt ich es nicht länger aus und hob den Kopf. Ich schaute dorthin, wo das Monster aus Stein gestanden hatte.

Mugur gab es nicht mehr.

Nur noch Trümmer.

Beruhigt stand ich auf und schaute erschrocken auf den kopfgroßen Brocken, der nur einen Schritt von mir entfernt lag. Wenn der mich getroffen hätte …

Mit schleppenden Schritten näherte ich mich dem Krater. Steine und Staub, Reste von Mugur.

Man würde sie wegfegen …

Das Zelt stand noch. Zwar etwas schief, aber immerhin, ich konnte es betreten.

Mich interessierten die lebenden Steinfiguren. Es gab sie nicht mehr. Als Mugur starb, war das magische Band zwischen ihnen zerrissen.

Meine Füße staksten durch eine dicke Staubschicht.

Wortlos machte ich kehrt.

Jane Collins schlief, als ich zwei Stunden später das gemeinsame Hotelzimmer betrat. Ich durchquerte den Raum auf Zehenspitzen und setzte mich auf die Bettkante.

Draußen würde es bald schon hell werden, und ich wollte noch eine Mütze voll Schlaf nehmen.

Irgendwie schien Jane gemerkt zu haben, daß sich jemand im Zimmer befand. Hinter mir raschelte das Bett, dann richtete sich die Detektivin auf.

»John?« fragte sie mit schlaftrunkener Stimme.

»In Lebensgröße.«

»Daß du auch noch mal kommst, wundert mich.«

»Mich auch.«

»Wo hast du eigentlich gesteckt?« Plötzlich klang ihre Stimme hellwach, und sie schaltete sogar das Licht ein.

»Ja, wo habe ich wohl gesteckt?«

»Los, raus mit der Sprache!«

Ich drehte mich um und zupfte an der Schleife ihres Nachthemds, die über der Schulter lag. »Also, ich war in einem Museum, habe einen untoten indianischen Medizinmann getötet, dazu einen dreifachen Mörder gestellt und hinterher ein wenig mit Dynamit gespielt, um ein Monster in seine Einzelteile zu zerblasen.«

»Aha«, erwiderte Jane, »und das war alles?«

»Reicht das nicht?«

»Du hattest schon mal bessere Ausreden.«

»Wenn du mir nicht glauben willst, frag morgen bei der Polizei nach. Ich bin auf jeden Fall müde.«

»Fröhliches Wochenende«, sagte Jane und drehte sich auf die andere Seite.

So ist das nun mal mit den Frauen. Da kommt man später, wird mit Fragen durchlöchert, und wenn man die Wahrheit sagt, glaubt einem kein Mensch, am wenigsten die eigene Frau.

Und deshalb, Freunde, bleibe ich lieber Junggeselle ...

ENDE

Die Hexe vom Hyde Park

»Und es ist eine verdammte Schande, was in diesem Land geschieht«, rief der Mann, reckte seinen Arm und ballte die Hand. »Irgendwann wird es uns alle treffen, dann bricht die Wirtschaft zusammen. Krawalle, Straßenschlachten, Jugendliche, die keinen Arbeitsplatz haben, der Verfall von Sitte und Moral, all das vereinigt sich zu einem mächtigen Wirbel, der uns irgendwann in das große Chaos stürzen wird. Hört auf meine Worte, Leute, heftet sie euch an die Fahnen, denn jetzt ist es noch möglich. Stürzen wir die Regierung, reißen wir das Steuer herum und denken an die Zeiten, als unser good old England noch eine starke Nation war. Stark, einig und auf der Welt einmalig. Diese Zeiten sollen und müssen zurückkehren. God save the Queen!«

Das waren die letzten gesprochenen Worte des Redners, denn einen Augenblick später begann er, die Nationalhymne anzustimmen.

Er sang sie laut und kräftig, riß seinen Mund weit auf, der Wind fuhr ihm durch das schon lichte Haar und stellte es hoch.

Die Zuhörer grinsten.

Meist waren es die Einheimischen, die sich abwandten und gingen, während die Touristen noch blieben und mit offenem Mund dastanden und lauschten.

Viele hatten wohl in ihren Schulbüchern von den berühmten Speakers im Hyde Park gehört. Hier gab es Ecken, wo jeder seine Meinung sagen konnte, wo er über die Regierung schimpfte, über die Konservativen oder die Linken – egal: Speaker's Corner gab jedem das Recht der freien Meinungsäußerung.

Und daran hatte sich der Mann gehalten. Nicht mehr und nicht weniger.

Er stand auf einer kleinen Kiste und sang noch immer. Ein paar Jugendliche, die in der Nähe auf dem Rasen lagen und sich die Julisonne auf den Bauch scheinen ließen, standen auf. Sie grinsten sich zu, und wie auf Kommando stimmten sie ein Gegenlied an.

Es war die Internationale.

Jetzt lachten die Zuhörer, nur der einsame Sänger nicht. Er brach bei der zweiten Strophe ab und drehte sich wütend um. Als er die Jugendlichen sah, wurde sein Gesicht noch roter. Diesmal nicht vor Anstrengung, sondern vor Ärger. Ja, er ärgerte sich maßlos über diese Bande, die es wagte, gegen ihn anzusingen. Und dann noch mit so einem in seinen Augen Schundlied.

»Euch wird das dreckige Maul noch gestopft!« schrie er. »Wartet nur ab, bald kommt die Zeit, wo ihr reif seid. England wird zu seiner wahren ...« Ein Hustenanfall unterbrach die Rede, was abermals einen Lacher hervorrief. »Verschwindet!« brüllte der Mann, nachdem er dreimal tief Luft geholt hatte. »Haut ab, Mensch!«

Die Jugendlichen klatschten, und die Zuschauer schauten ihnen voller Begeisterung zu.

Es waren Männer und Frauen, Kinder und Alte. Ein gemischtes Publikum, sommerlich angezogen. Viele hatten schon Feierabend, sie wollten jedoch die letzten Sonnenstrahlen genießen und gingen deshalb im Park spazieren.

Keinem fiel die schwarzhaarige junge Frau auf, die sich ebenfalls unter die Zuhörer gemischt hatte. Hätte das Publikum nicht auf den Redner und die Jugendlichen geachtet, so wäre ihnen die junge Frau wahrscheinlich nicht entgangen, denn sie war außergewöhnlich hübsch. Sie hatte einen braunen Teint, dunkle Augen und trug das schwarze Haar sehr lang. Es reichte ihr bis zur Taille. Nur ihre Kleidung war ein wenig seltsam, aber darauf achtete heutzutage auch niemand, denn ein direktes Modediktat gab es ja nicht, vor allen Dingen nicht bei jüngeren Leuten.

Die junge Frau hörte nur zu. Sie lachte nicht. Vielleicht

war sie sogar die einzige, die ernst blieb. Sie schob ihre Hände nur in die Ärmelausschnitte der Bluse, die aus einem groben Leinenstoff bestand und eigentlich heute nicht mehr getragen wurde. Fast schien es, daß die Kleidung uralt war. Der Rock zeigte sogar an verschiedenen Stellen einige Flicken. Bis zu den Waden reichte das Kleidungsstück. Die Beine darunter waren nackt, und die Füße steckten in Sandalen.

Als die Jugendlichen aufhörten zu singen, da sah der Redner seine große Stunde gekommen.

»Da, schaut genau hin. Sie haben aufgegeben. Aber so ist es immer. Erst die große Klappe und dann doch kein Stehvermögen. Ich bin sicher, daß sie noch nie in ihrem Leben gearbeitet haben.«

Einige Zuhörer nickten beifällig. Sie standen jetzt nicht mehr so gedrängt, der Menschenring war lockerer geworden, und so konnte sich die junge Frau an den anderen vorbeimogeln und in die erste Reihe gelangen.

Sie sah zu dem Mann hoch.

Der holte erneut Luft, um einen weiteren Angriff zu starten, als sein Blick zufällig nach unten fiel und das Gesicht der Schwarzhaarigen traf, das sich zu einem Lächeln verzog.

Irritiert zwinkerte der Mann mit den Augen. Was wollte die Kleine? Ihn vielleicht becircen?

Da reagierte das Mädchen. Es griff unter ihre Bluse und holte etwas hervor, was der Redner im ersten Moment nicht erkennen konnte. Es war ein rundlicher Gegenstand, und die Frau hielt ihn mit zwei Händen umfaßt.

»Hier«, sagte sie. »Schau her!«

Der Mann senkte den Kopf.

»Du stehst auf meinem Platz«, erklärte das Mädchen mit sehr ernster Stimme. Sie hatte das Wort kaum ausgesprochen, als sie den Gegenstand auf den Mann zuwarf.

Instinktiv streckte der die Arme aus und fing ihn auf. Plötzlich sah er, was er in der Hand hielt.

Einen Totenschädel!

Seine Gesichtszüge schienen einzufrieren. Es schüttelte ihn durch, als würden Stromstöße durch seinen Körper zucken, und er schrie krächzend auf.

Dann explodierte der Schädel.

Es gab keinen Krach, nur einen puffenden Laut. Es schoß jedoch ein roter Blitz aus dem Schädel hoch, der den Mann schräg in die Brust traf.

Eine Szene wie im Film entstand, als hätte jemand eine rote Fackel angezündet.

Der Mann schrie noch, nur schemenhaft war sein Körper zu erkennen, dann sah man ihn gar nicht mehr.

Der Platz auf der Kiste war leer.

Schon beim ersten Blitz waren die Menschen schreiend davongestoben. Als die zweite Explosion erfolgte, rannte auch der mutige Rest, doch keinem passierte etwas.

Nur den Redner gab es nicht mehr. Verschwunden waren auch der kleine Totenkopf und das schwarzhaarige Mädchen ...

Mit dem Taxi war sie zum Park gefahren, denn an diesem warmen Tag mußte man einfach rausgehen. Und sie hatte keine Lust, in Mayfair spazierenzugehen, denn da sah sie doch immer dieselben Leute, die sie kannte und mit denen sie sich unterhalten mußte, wollte sie nicht unhöflich sein.

Der Hyde Park war groß, niemand fiel ihr dort auf den Wecker, und einen Bekannten konnte sie sich jederzeit aussuchen.

So sah sie die Sache.

Und deshalb ging sie spazieren.

Sie, das war keine geringere als Sarah Goldwyn, Insidern auch unter dem Begriff Horror-Oma bekannt. Am Wellington Museum, wo sich die Grenze zum Green Park befindet, hatte sie das Gelände betreten und sich regelrecht über den Trubel gefreut, der hier herrschte.

Da gingen Frauen mit ihren Kindern spazieren, da schoben die Ehemänner die Kinderwagen vor sich her, da lagen Liebespärchen auf dem Rasen oder spielten Jungen Fußball.

Im Hyde Park konnte jeder tun und lassen, was er wollte. Leider gab es da auch die Dealerszene, und die Horror-Oma sah mit geschultem Blick, wer süchtig war und wer nicht.

Dann preßte sie jedesmal die Lippen fest zusammen. Am liebsten hätte sie die Jugendlichen mitgenommen und in eine Entziehungskur gesteckt, aber das war schlecht möglich.

Unter einer alten Eiche, um deren Stamm eine Bank herumlief, ließ sie sich nieder.

Sarah Goldwyn wollte ein wenig ausruhen, denn es lag noch eine weite Gehstrecke vor ihr.

Sie hatte sich neben ein junges Ehepaar gesetzt, das seinen beiden kleinen Sprößlingen zuschaute, die mit ihren Schaufeln den Boden aufgruben und nach Regenwürmern suchten.

Sarah Goldwyn zählte zwar schon über siebzig Lenze, aber sie hatte oft mehr Energie als manch Zwanzigjährige. Das Leben meisterte sie mit einer wahren Pracht. Finanzielle Sorgen hatte sie keine, denn ihre drei verstorbenen Männer hatten ihr ein beträchtliches Vermögen hinterlassen.

Wichtig war für sie nur ihr Hobby. Und das waren Horror und Krimi.

In ihrem Haus in Mayfair gab es eine sagenhafte Bibliothek, wo all die Romane und populärwissenschaftlichen Bücher über die Gebiete Horror und Krimi standen. Auch Scotland Yard bediente sich hin und wieder ihrer umfangreichen Auswahl.

Sarah Goldwyn war beim Friseur gewesen. Er hatte das graue Haar hochgesteckt und im Nacken zu einem Knoten gebunden. So sah eigentlich ihre typische Frisur aus. Sarah Goldwyn hatte ein schmales Gesicht und gutmütige Augen, die von einem Kranz von Falten umgeben waren.

Lachfältchen, sagte die Horror-Oma immer, denn sie war eine Frau, die gern lachte.

Auch heute war sie nicht ohne ihre Ketten losgezogen. Vierfach hingen sie um ihren Hals, und wenn sie sich bewegte, klirrten sie gegeneinander. Da hingen Perlenketten neben Metallketten. Gerade die Mischung fand die Horror-Oma gut, und sie freute sich, wenn andere über die Ketten den Kopf schüttelten.

Da gab es noch etwas, das von Sarah Goldwyn nicht wegzudenken war. Ihr Stock.

Auf ihn verließ sie sich immer. Er war Hilfe und Stütze zugleich. So mancher Schädel hatte bereits Bekanntschaft mit dem bleigefütterten Knauf gemacht. Sarah hatte den Stock ein paarmal einsetzen müssen. Sei es in der Subway gewesen oder auf einem Bahnhof. Es gab eben einige Typen, die sie als leichtes Opfer ansahen. Hinterher wunderten sich die Knaben dann, wie böse das Erwachen war.

Aber daran dachte die Horror-Oma nicht, als sie auf der Bank saß und den spielenden Kindern zuschaute. Sarah Goldwyn liebte Kinder. Eigene waren ihr verwehrt gewesen, so daß sie sich immer mit anderen hatte zufrieden geben müssen.

Sie schaute ihnen zu, wie sie den Dreck in die Luft warfen und sich darunterstellten.

Die Mutter schimpfte ein wenig, aber das störte die Kleinen nicht. Der Vater las in einem Comic-Heft.

Sarah Goldwyn wollte schon ein Gespräch mit der jungen Frau anfangen, als sie das Heulen von Polizeisirenen hörte. Sofort änderte sich ihr Augenausdruck. So etwas wie Spannung war darin zu lesen. Wenn die Sirenen ertönten, war irgend etwas passiert.

Die Horror-Oma stand auf. Der Wind erfaßte ihr beiges Kleid und ließ den Stoff flattern. Sarah wunderte sich. Zwei Streifenwagen schossen querbeet, sie hielten sich nicht an die Wege und passierten den Baum in etwa zwanzig Yards Entfernung.

Da mußte wirklich etwas Schlimmes geschehen sein, wenn die Polizisten so losrasten.

Sarahs Neugierde steigerte sich noch. Sie drehte sich einmal kurz um, nickte dem Ehepaar zu und ging dorthin, wo die Wagen hingefahren waren.

Zahlreiche Augenpaare starrten dem Fahrzeug nach. Die Räder hatten Staub aufgewirbelt, der wie lange Fahnen in der Luft schwebte. Den Gesprächen der Menschen entnahm Sarah Goldwyn, daß niemand wußte, worum es sich handelte.

Sarah packte den Griff ihres Stockes fester und rückte ihren breitkrempigen Strohhut zurecht, dessen Rand sie dann in die Stirn drückte. So machte die Horror-Oma einen richtig entschlossenen Eindruck. Sie ging nicht schnell, aber auch nicht langsam, dafür sehr zielstrebig. So kam es, daß sie Leute überholte, die zuerst an ihr vorbeigegangen waren. Dann sah sie die Wagen wieder. Sie parkten mitten auf dem Rasen. Die Beamten waren ausgestiegen und standen irgendwie ratlos herum. Einige hoben sogar die Schultern.

Zwei Leute sprachen mit den umstehenden Zuschauern. Sie redeten auf sie ein, erhielten auch Antworten, aber zufrieden schien keiner der Beamten zu sein.

Einer suchte den Boden ab. Er tat dies wie Sherlock Holmes, nur ohne Lupe.

Der Mann hätte Lady Sarah fast umgerannt. Im letzten Augenblick sah er das Hindernis und schaute überrascht auf. Er wollte anfangen zu schimpfen, doch Lady Sarah lächelte so freundlich, daß er die Luft anhielt und nichts sagte.

»Guten Abend«, sagte die Horror-Oma und wollte vorbei.

»Halt, halt!« rief der Polizist. »Haben Sie etwas gesehen, Madam?«

»Einiges.«

»Ja, was denn?« Hoffnung leuchtete in den Augen des Beamten.

»Ich habe gesehen, daß Sie und Ihre Kollegen wie die Verrückten über den schönen Rasen gefahren sind, obwohl meiner Ansicht nach gar kein Grund dafür bestand, denn Sie stehen jetzt ratlos herum und wissen nicht, was ...«

»Seien Sie ruhig. Ich lasse mich von Ihnen nicht auf den Arm nehmen«, schnaufte der Beamte.

»Das hätte ich in meinem Alter auch gar nicht mehr geschafft«, erklärte die Frau.

Der Polizist winkte unwirsch ab und ging weiter. Sarah Goldwyn aber schritt dem Tatort zu, wo gar nichts zu sehen war. Nur eine umgestürzte kleine Bank, wie sie von den Speakers benutzt wurde, war der einzige Hinweis.

Die Horror-Oma spitzte die Ohren. Und sie stellte fest, daß es doch Zeugen eines zumindest sehr ungewöhnlichen Vorfalls gab. Sie näherte sich einer Gruppe von Menschen, die von zwei Polizisten befragt wurden. Alles redete durcheinander, bis der Beamte einen bestimmte. Es war ein Mann im mittleren Alter.

»Also, das war so«, sagte er. »Zuerst redete der Knabe gegen die Regierung, gegen den Krieg, gegen den Verfall von Moral und Sitten ...«

»Kommen Sie zur Sache.«

»Ich bin ja dabei, Officer!«

»Weiter.«

»Und dann sang er die Nationalhymne.« Der Mann grinste. »Ehrlich, er sang.«

»Ja und?«

»Das hörten einige Jugendliche, die in der Nähe auf dem Rasen lagen. Sie standen auf und sangen die Internationale dagegen. Wir haben vielleicht gelacht. Der einzelne Sänger hat sich ungeheuer aufgeregt. Schließlich hörten die Jugendlichen auf, er aber wollte weiterreden. Ein paar Sätze hat er auch geschafft, dann geschah etwas, was ich kaum gesehen habe.«

»Reden Sie.«

»Jemand warf dem Mann etwas zu.«

»Aha«, sagte der Polizist. »Und was war das?«

»Ein Ball.«

Der Beamte schluckte. »Wie sagten Sie?«

»Nein, das war kein Ball«, meldete sich eine Frau im roten Kleid. »Das war ein kleiner Totenschädel.« Jetzt fingen die anderen an zu lachen.

Die Frau wurde sauer. »Ihr verdammten Ignoranten. Ich habe das selbst gesehen. Der Mann fing den Schädel auf, dann gab es eine leise Explosion, einen roten Blitz, der mich blendete, und schließlich war der Kerl verschwunden.«

»Und wer hat diesen Totenkopf geworfen?« wollte der Polizist wissen.

»Das habe ich nicht gesehen.«

»Die spinnt«, meinte ein anderer.

»Wie können Sie das behaupten?«

»Wer schleudert schon Totenköpfe?«

Daraufhin lachten die Umstehenden wieder. Auch der Polizist mußte schmunzeln.

Nur Sarah Goldwyn lachte nicht. Die Sicherheit der

Frau beeindruckte sie irgendwie, und Sarah glaubte ihr. Die hatte bestimmt etwas gesehen. Aber man nahm sie nicht ernst. Schließlich wandte sich die Frau brüsk ab und ging weiter.

Lady Sarah folgte ihr. Die Person interessierte sie. Nach wenigen Yards schon holte die Horror-Oma die Zeugin ein.

»Entschuldigen Sie«, sagte Lady Sarah, »aber kann ich einige Minuten mit Ihnen sprechen?«

»Nein.«

»Warum nicht?«

»Gehören Sie auch zu den Ignoranten?«

»Im Gegenteil, ich glaube Ihnen.«

Die Frau blieb stehen. Sie mochte etwa vierzig sein, hatte schwarz gefärbtes Haar, ein verlebt wirkendes Gesicht und eine ziemlich dralle Figur.

»Was haben Sie denn damit zu tun? Sie in Ihrem Alter?«

»Ich interessiere mich eben für ungewöhnliche Dinge. Und hier ist doch etwas Ungewöhnliches passiert oder nicht?«

»Schon.«

»Sehen Sie.«

»Ich habe ja alles gesagt.«

»Sie haben tatsächlich nicht gesehen, wer diesen Totenschädel geworfen hat?«

»Wirklich nicht.«

»War es ein Mann oder eine Frau?«

»Keine Ahnung.«

»Und der Redner verschwand?«

»Ja doch.«

»Danke für Ihre Auskünfte, Madam. Einen schönen Abend wünsche ich Ihnen noch.«

Sarah Goldwyn wandte sich ab. Sie spürte das Kribbeln in ihren Fingerspitzen. Für sie ein Zeichen, daß mal wieder etwas im Busch war. Irgendwie konnte es sein, daß finstere Mächte ihre Hände im Spiel hatten, davon war Lady Sarah überzeugt.

In den letzten Wochen hatte sie sich zwar einige Horrorfilme angesehen und sie auch als Videokassetten gekauft, um zu Hause die Streifen noch einmal anzuschauen, aber das waren alles Kinostücke, aufgemotzt und publikumsgerecht serviert. Die Wirklichkeit war für Lady Sarah viel spannender. Sie brauchte da nur an ihr letztes Abenteuer zu denken, das sie in den Zombie-Bus geführt hatte.

Sie dachte schon daran, ihren Bekannten John Sinclair zu informieren, ließ es jedoch vorerst bleiben, da sie zu wenig Fakten in den Händen hielt. Sie wollte selbst noch einige Nachforschungen anstellen. Als sie zu den Polizisten zurückkehrte, waren die ebenso ratlos wie zuvor. Sie wußten nicht weiter.

Das mit dem Totenkopf glaubte niemand.

Die Horror-Oma ging weiter. Dabei überlegte sie genau. War dies nur eine einzelne Demonstration gewesen, oder würde sich so etwas wiederholen?

Wenn, ja – wann?

Lady Sarah hoffte, daß es in naher Zukunft geschehen würde. Möglichst dann, wenn sie sich noch im Park befand. Es blieb ja lange hell, der Abend hatte eben erst begonnen.

Sie passierte auch die Stelle, wo die Jugendlichen gesessen und gegen den einzelnen Sänger angebrüllt hatten. Jetzt war der Platz leer. Die jungen Leute hatten sich verzogen. Waren sie vielleicht noch gute Zeugen?

Die Horror-Oma verließ den Rasen und schritt auf dem Weg weiter. Nach wie vor herrschte Trubel im Hyde Park. Keine Angst war bei den Menschen zu spüren, sie vergnügten sich und freuten sich über den warmen Sonnenschein.

Nichts Ungewöhnliches fiel der Horror-Oma auf. Und doch hatte sie das Gefühl, daß irgend etwas in der Luft lag. Hier stimmte was nicht. Das Kribbeln in ihren Fingerspitzen bewies es.

Viele junge Menschen kamen ihr entgegen. Es waren auch Pärchen darunter, luftig gekleidete Mädchen, die sich eng an ihre Freunde schmiegten.

Plötzlich stutzte die Horror-Oma. Ihr war ein Paar aufgefallen, von dem sie einen Teil kannte, den weiblichen.

Die junge Frau hatte pechschwarzes Haar, trug enge weiße Leinenjeans und ein ebenfalls weißes T-Shirt, das deutlich ihre gute Oberweite nachmodellierte.

Die Frau kannte sie doch. Nur der junge Mann war ihr unbekannt.

Auch die Frau hatte Lady Sarah gesehen. Sie blieb stehen.

»Mrs. Goldwyn?« fragte sie.

»Natürlich.«

»Was machen Sie denn hier?«

Sarah schüttelte den Kopf. »Lassen Sie mich überlegen, wo ich Sie hinstecken soll«, erwiderte die Horror-Oma. Dann hellte sich ihr Gesicht auf.

»Ich hab's, Sie sind Glenda Perkins, die Sekretärin von John Sinclair ...«

»Stimmt genau«, sagte die schwarzhaarige Glenda und lachte. »Sie haben ein gutes Gedächtnis, obwohl Sie doch nur einmal in Mr. Sinclairs Büro waren.«

»Das stimmt.«

»Und, Mrs. Goldwyn? Was treibt Sie hierher?«

»Das schöne Wetter.«

Glenda lachte. »Ich dachte schon, es wäre ein Fall.« Sie wandte sich an den Mann an ihrer Seite. »Darf ich Ihnen meinen Begleiter vorstellen. Er heißt Rod Farrington und ist ein Bekannter aus dem Squash-Club.«

»Sie spielen Squash?«

»Man muß ja was für die schlanke Linie tun.«

»Da sagen Sie was.« Sarah Goldwyn reichte dem Mann die Hand. Er gehörte zum Typ Aufreißer. Breit in den Schultern, schmale Hüften, ein ewiges Siegerlächeln und lässig gekleidet. Das hellblonde Haar trug er halblang.

»Ich habe mir heute einen freien Tag genommen«, erklärte Glenda, »das schöne Wetter muß man ausnutzen.«

»Da haben Sie recht.« Lady Sarah legte beide Hände auf den Schirmgriff. »Was macht denn mein junger Freund John Sinclair?«

Als Rod Farrington den Namen hörte, wandte er sich ab und schaute zwei anderen Mädchen nach.

»John ist sauer.«

»Gibt es da einen Grund?«

»Ja, er mußte heute noch einige Berichte schreiben.«

»Und das bei dem Wetter.« Lady Sarah lachte. »Da kann ich mir seine Laune vorstellen.«

»Sollen wir nicht weitergehen?« fragte Glendas Begleiter. »Ich dachte, du hättest Urlaub, aber jetzt redest du vom Betrieb.«

»Sei doch nicht so ungeduldig. Wir kommen noch früh genug zum Essen.«

»Dann will ich Sie auch nicht länger aufhalten«, sagte die alte Dame.

»Kommen Sie doch einfach mit«, schlug Glenda vor. »Rod wird sicherlich nichts dagegen haben – oder?«

»Nein!« knirschte Rodney Farrington und lächelte dabei wie ein hungriger Wolf.

Lady Sarah schüttelte den Kopf. »Nein, euch junge Leute soll man allein lassen. Ich störe nur.«

»Ach woher. Kommen Sie.«

»Und Ihr Begleiter?«

»Wird sich schon mit der neuen Lage abfinden. Ich kenne hier ein nettes Gartenlokal.«

»Gut, ich bin dabei«, erklärte die Horror-Oma kurz entschlossen.

Rod Farrington brummte etwas in seinen nicht vorhandenen Bart, das keiner verstand.

Glenda lächelte mokant. »Paßt es dir nicht, Rod, daß Mrs. Goldwyn uns begleitet?«

»Nein, ich mag keine Altersheime.« Glenda wurde blaß, und Sarah Goldwyn preßte hart die Lippen zusammen. Das war eine Beleidigung.

»Dafür entschuldigst du dich«, sagte Glenda. »Und zwar hier und auf der Stelle.«

»Sehe ich doch gar nicht ein.« Farrington schob seine Sonnenbrille von der Stirn vor die Augen. »Ich verschwinde jetzt. Du kannst ja mit deiner Oma allein weitergehen. Ich dachte, wir wollten uns einen heißen Abend machen, aber so ...«

»Deine Tour kenne ich.«

Farrington breitete beide Arme aus. »Okay, ist ja gut ...«

Dann ging er und lachte dabei.

»Den bin ich los«, stöhnte Glenda.

»Durch meine Schuld.«

»Von Schuld kann man da nicht reden. Ich bin sogar froh darüber, daß er nicht mehr hier ist.«

»Sie haben aber mit ihm Squash gespielt.«

»Das ist auch alles. Und weil das Wetter so schön war, habe ich mich eben zu einem Spaziergang überreden lassen. Kommen Sie, Mrs. Goldwyn, jetzt trinken wir aber einen Schluck. Außerdem habe ich Hunger.« Die beiden altersmäßig so unterschiedlichen Frauen gingen nebeneinander her und steuerten ein Lokal an, wo auch draußen serviert wurde. Fast alle Tische waren besetzt. Schließlich entdeckte Lady Sarah noch einen freien Tisch direkt an der Holzbarriere. Schnell nahmen sie die beiden Stühle in Beschlag.

Zufällig kam der Kellner vorbei, und sie bestellten zweimal Mineralwasser.

»Und das Essen?« fragte Lady Sarah.

»Können wir später bestellen. Ich nehme sowieso nur einen Salat.« Glenda lehnte sich zurück. »Morgen soll es auch so warm werden, und ich sitze im Büro.«

»Wie John Sinclair.«

»Genau.«

»Hat er keinen aktuellen Fall?«

»Nein, soviel ich weiß, nicht.«

Lady Sarah nahm einen Schluck von dem kalten Wasser. »John gefällt Ihnen besser als dieser Farrington, wie?«

»Das stimmt«, gab Glenda zu, wobei sie nicht einmal rot wurde.

»Aber glauben Sie denn, daß jemals etwas daraus wird?«

»Ich habe keine Ahnung. Da ist noch Jane Collins. Sie würde mir die Augen auskratzen.«

»Na ja, so schlimm wird es nicht werden.«

»Ich weiß nicht.« Glenda hob die Schultern. »Aber reden wir von etwas anderem. Wie geht es Ihnen denn so?«

»Wie soll es einer alten Frau schon gehen?«

»Alt?« Glenda lachte. »Jetzt machen Sie mal einen Punkt. Sie sind jünger als die meisten Leute.«

»Keine falschen Komplimente.«

Glenda trank und nickte gleichzeitig. »Ich meine es ehrlich, Mrs. Goldwyn.«

»Dann bedanke ich mich.«

Die nächsten beiden Minuten vergingen schweigend. Glenda hatte die Augen halb geschlossen und ließ sich die Sonne aufs Gesicht scheinen, während Sarah Goldwyn immer noch über den rätselhaften Vorgang nachdachte, der in Speaker's Corner passiert war.

Jemand hatte einen Totenkopf geworfen, und dann verschwand der Mann einfach.

Das war ein Phänomen!

Die Blicke der Horror-Oma glitten über die Rasenfläche, wo einige alte Bäume standen und ihr gewaltiges Astwerk schattenspendend ausbreiteten. Unter den Bäumen saßen ganze Familien. Kinder spielten, lachten, tobten. Alles wirkte völlig normal.

Und doch spürte Lady Sarah wieder das Kribbeln. Da lag was in der Luft, wie sie meinte.

Glenda öffnete die Augen. »Es ist herrlich«, sagte sie. »Man kann so richtig abschalten.«

»Das stimmt.« Lady Sarah schaute wieder zu den Bäumen hin. Da fiel ihr etwas auf.

Ein Mädchen.

Die Horror-Oma warf der am Tisch sitzenden Glenda noch einen schnellen Blick zu, doch die hielt die Augen wieder geschlossen, so daß sich Lady Sarah auf das zweite Girl konzentrieren konnte.

Irgendwie paßte es nicht in den übrigen Rahmen hier. Es trug keine moderne Kleidung, sondern Sachen, die man schon als alt und lumpig bezeichnen könnte. Wie verloren stand es da und hatte den Kopf gesenkt, so daß sein volles schwarzes Haar wie ein Vorhang über das Gesicht fiel und Sarah Goldwyn nichts erkennen konnte.

Wer war dieses Mädchen?

Jetzt ging es langsam vor.

Es war wohl nur die Horror-Oma, die die Kleine beobachtete und auch mitbekam, wie sie den Kopf hob. Die Haare fielen zur Seite.

Das Gesicht schien von einem Bildhauer modelliert worden zu sein, so ebenmäßig war es. Der sonnenbraune Teint paßte dazu, die Bewegungen waren geschmeidig und erinnerten irgendwie an die einer jungen Tänzerin.

Die Unbekannte blieb stehen. Sarah Goldwyn sah sehr

deutlich, wie sie auf die im Gartenrestaurant sitzenden Menschen blickte. Und plötzlich spürte die Horror-Oma auch die Blicke des Mädchens auf sich gerichtet.

Ein seltsames Gefühl überkam sie, und abermals verspürte sie das Kribbeln in den Fingerspitzen.

In diesem Moment öffnete Glenda die Augen. Sie bemerkte, daß Sarah Goldwyn nach links schaute, und drehte ebenfalls den Kopf.

Auch sie sah die Unbekannte.

»Kennen Sie das Mädchen?« fragte Glenda.

»Nein.«

»Komisch«, murmelte Glenda.

»Was ist komisch?«

»Mir ist so, als hätte ich die Schwarzhaarige schon irgendwo einmal gesehen. Ich weiß nur nicht, wo es war. Aber bekannt kommt sie mir vor.« Glenda trank einen Schluck. »Jetzt schaut sie mich genau an.«

»Und?«

Glenda verzog das Gesicht. »Ich weiß nicht ...«

»Was haben Sie denn?«

»Nichts, Mrs. Goldwyn. Es ist schon vorbei. Mir schien es nur so, als hätten soeben fremde Gedanken meine eigenen überdeckt. Doch das war sicherlich eine Täuschung.«

»Vielleicht.«

»Sie sind so ernst«, sagte Glenda.

»Mit dieser Fremden stimmt etwas nicht«, erklärte Sarah Goldwyn in fester Überzeugung.

»Das bilden Sie sich ein.«

»Nein, da bin ich sicher.«

»Und wieso?«

»Ein Gefühl. Ein komisches Gefühl sogar. Man kann vor der Kleinen direkt Angst bekommen.«

»Sie und Angst?«

Sarah Goldwyn blickte ihr Gegenüber sehr ernst an.

»Ja, Glenda. Ich habe Angst. Das Mädchen strahlt etwas Unheimliches aus, das ich nicht begreife.«

»Jetzt kommt sie sogar auf uns zu«, bemerkte Glenda. »Ich glaube, die will etwas von uns.«

Sie hatte nicht gelogen, wie Mrs. Goldwyn schnell feststellte. Das Mädchen kam tatsächlich, und es hatte beide Hände in die weit geschnittenen Ärmel seiner Bluse gesteckt.

Die Unbekannte ging nicht schnell, allerdings sehr zielstrebig. Es würde nicht mehr lange dauern, dann hatte sie ihr Ziel erreicht. Noch drei Schritte trennten sie von dem weißen Gatter, als sie stehenblieb.

Schweigend schaute sie auf Lady Sarah und Glenda Perkins.

»Kennen wir uns?« fragte die Horror-Oma.

»Ihr sitzt falsch«, sagte die Unbekannte.

»Wieso?«

»Das ist mein Platz. Mir hat hier alles gehört. Und jetzt gehört es mir wieder.«

Da begann Glenda zu lachen. »Jetzt machen Sie aber mal einen Punkt. Wenn Sie etwas trinken wollen und kein Geld haben, lade ich Sie gern ein, aber daß wir auf Ihrem Platz sitzen, kann ich nicht glauben. Das hier ist ein öffentliches Lokal, hier kann sich jeder hinsetzen, wo er will.«

»Du irrst!«

Die Fremde sagte dies mit einer so großen Bestimmtheit, daß Glenda irritiert war.

»Wollen Sie uns das nicht genauer erklären, Miss ...« , fragte Sarah Goldwyn.

»Gern.« Sie trat näher. Nach zwei Schritten blieb sie stehen. Dabei starrte sie nur Glenda an. »Dich habe ich gesucht und endlich gefunden«, flüsterte sie.

»Sie haben mich gesucht?« Glenda lächelte ungläubig. »Aber wir kennen uns nicht.«

»Doch.«

»Nein, ich würde mich daran erinnern. Wo haben wir uns denn kennengelernt?«

»Du siehst aus wie sie. Du mußt eine von ihnen sein.«

Sarah Goldwyn mischte sich ein. »Reden Sie doch endlich mal im Klartext, junge Frau. Wir verstehen Sie nicht. Was wollen Sie genau sagen?«

Das Mädchen hob den Arm und streckte den Zeigefinger aus. »Ich will sie.« Der Finger deutete auf Glenda Perkins.

Glenda zog die Stirn kraus. Sie versuchte zu lächeln, doch daraus wurde nichts, das fremde Mädchen vor ihr wirkte unheimlich. Eine wirklich seltsame Person. »Was wollen Sie von mir?«

»Du mußt mitkommen.«

»Wohin?«

»Zu mir.«

Da lachte Glenda. »Ich kann nicht mit dir gehen. Ich weiß nicht einmal, wo du wohnst.«

»Das wirst du schon sehen.«

Lady Sarah war der Unterhaltung bisher schweigend gefolgt. Nun mischte sie sich ein. »Jetzt hören Sie mal zu, mein liebes Kind. Ich weiß nicht, wer Sie sind oder wie Sie heißen. Aber Sie können nicht einfach herkommen und uns stören, dabei seltsame Antworten geben, die keiner versteht, und zudem noch verlangen, daß meine Begleiterin mit Ihnen geht. Das verstößt gegen die guten Sitten.«

»Schade«, sagte das Mädchen. »Ich habe gedacht, Sie wären vernünftiger. Aber so …«

»Wer sind Sie?« fragte Lady Sarah.

»Larissa!«

»Und weiter?«

»Das dürfte reichen.«

Die Horror-Oma und Glenda Perkins schauten sich an.

Beide hoben sie die Schultern. Mit diesem Namen konnten weder Glenda noch Sarah Goldwyn etwas anfangen.

»Ich kenne Sie nicht«, erklärte Glenda. »Bitte lassen Sie uns jetzt allein.«

Larissa schüttelte den Kopf. »Schade, sehr schade. So muß ich zu anderen Mitteln greifen.«

»Und?«

Larissa behielt ihr Lächeln bei, als sie die Hände aus den Blusenärmeln nahm. Nur waren sie nicht leer. Etwas Rundes schimmerte gelblich zwischen ihnen.

Lady Sarah bemerkte es zuerst. »Der Totenschädel!« flüsterte sie.

Da passierte es schon …

Sie kennen das bestimmt. Es gibt Tage im Sommer, wo man überhaupt keine Lust hat, hinter dem Schreibtisch zu sitzen, und ich hockte noch nach Feierabend in meinem Büro, brütete über einigen Berichten und wurde einfach nicht fertig. Da hatte es Glenda besser. Sie hatte kurzerhand einen Urlaubstag genommen, um das schöne Wetter zu genießen. Jane Collins war auch nicht da, sondern tummelte sich irgendwo an der See.

Suko und Shao waren auch nicht zu Hause, sondern irgendwo aufs Land gefahren. Jetzt war es eine Wohltat, mit der Harley durch die Gegend zu brausen.

Nur ich Esel saß hinter meinem Schreibtisch und bekam langsam lange Zähne vor Hunger.

Es wurde Zeit, den knurrenden Magen mit einem kleinen Imbiß zu verwöhnen. Durst hatte ich auch.

Mt einer Verwünschung klappte ich den Schnellhefter zu. Daran würde ich am nächsten Tag weiterarbeiten. Jetzt wollte ich etwas essen. Seufzend griff ich zum leichten Jackett. Es war eine Qual, die Jacke überzustreifen, doch das mußte sein, denn sonst fiel meine Beretta auf, die in einem Holster am Hosengürtel steckte. Und wer zeigt sich schon gern mit einer Waffe in der Öffentlichkeit?

Die Türklinke hielt ich bereits in der Hand, als das Telefon anschlug. Sollte ich oder sollte ich nicht? Beim vierten Klingeln hatte ich mich entschieden.

Für das Pflichtbewußtsein.

Ich nahm den Hörer. Mein »Sinclair« klang nicht gerade begeistert, denn am anderen Leitungsende vernahm ich ein verlegenes Räuspern.

»Oberinspektor Sinclair?« vergewisserte sich der Anrufer.

»Ja.«

»Ich bin Sergeant Bennet, Sir, und möchte Ihnen von einem Vorgang Meldung machen, der uns sehr mysteriös erscheint.«

Ich ließ mich auf der Schreibtischkante nieder. »Schießen Sie los, Sergeant.«

»Die Sache hat sich im Hyde Park abgespielt ...« Dann redete er, und ich lieh ihm mein Ohr. Ein bißchen seltsam war das Ganze schon, was er mir da mitteilte, deshalb fragte ich, als er seinen Bericht beendet hatte: »Sagen Sie mal, Sergeant, Sie selbst waren nicht dabei?«

»Nein.«

»Dann haben Sie sich nur auf die Aussagen von Zeugen verlassen?«

»So ist es, Sir.«

»Und einen Sonnenstich hatten die Leute nicht?«

»Danach sahen sie mir nicht aus, Sir. Ich hätte Sie auch nicht angerufen, wenn nicht diese Anordnung bestehen würde, weil die Sache mir selbst sehr suspekt ist.«

Die Anordnung kannte ich. Sie stammte von Sir James Powell, meinem direkten Vorgesetzten. Sämtliche nicht in den Rahmen passenden Fälle waren augenblicklich seiner Abteilung zu melden, so hatte es der Alte befohlen.

Den Erfolg sah ich jetzt.

»Ich danke Ihnen auf jeden Fall, daß Sie mich informiert haben«, lobte ich Sergeant Bennet.

»Werden Sie sich um den Fall kümmern, Sir?«

Ich schaute auf die Uhr. Ein Abend im Hyde Park – das war keine schlechte Idee. »Ja, ich fahre hin. Wo ist das eigentlich genau passiert?«

Er erklärte mir die Stelle.

»Danke.«

Ob ich nun in einem schwülen Lokal etwas aß oder mich in den Park setzte, das war im Endeffekt egal. So fuhr ich nach unten und ging zum Parkplatz, der an der Rückseite des Yard liegt. Dort stand mein Bentley.

Nein, es war unmöglich, sich sofort in den Wagen zu setzen. Da drinnen war die reinste Hölle. Das Fahrzeug war zwar mit einer Klimaanlage ausgerüstet, aber bis die die Hitze aus dem Fahrzeug vertrieben hatte, würde ich schon durchgeschwitzt sein.

So wartete ich ein paar Minuten. Dann konnte ich auf dem Leder Platz nehmen, ohne mir die Schenkel zu verbrennen.

Sehr weit hatte ich es nicht bis zum Hyde Park. Es gab drei Parks, die praktisch ineinander übergingen. Der St. James Park, der Green Park und der Hyde Park.

Über den Birdcage Walk rollte ich am St. James Park vorbei, passierte Buckingham Palace am Green Park, schlug den Bogen an der Südspitze vorbei und über den Grosvenor Place auf Hyde Park Corner zu.

Die Scheibe an der Fahrerseite hatte ich nach unten fahren lassen. Der schwüle Wind brachte kaum Kühle. Ich sah zu, daß ich für den Bentley einen Parkplatz fand, und bewältigte das letzte Stück auf Schusters Rappen.

Es herrschte noch reger Betrieb. Man konnte meinen, halb London wäre auf den Beinen.

Sehr schnell fand ich die Stelle, wo das seltsame Ereignis geschehen war. Und noch immer standen Menschen herum und diskutierten darüber. Ich fing Gesprächsfetzen auf und hörte Sätze wie:

»Der ist einfach verschwunden.«

»Stimmt, das habe ich auch gesehen.«

»Ich glaube das nicht.«

Und für mich war es auch sehr schwer vorstellbar, obwohl ich in meinem Job eigentlich mit allem rechnen mußte. Ich ging ein paarmal im Kreis und ließ mir die Abendsonne in den Nacken scheinen. Nichts kam dabei heraus. Auch mein Kreuz zeigte keinerlei Reaktionen. Es erwärmte sich nicht.

Sollte hier tatsächlich ein magisches Ereignis stattgefunden haben, so war die Magie jetzt längst verschwunden. Da konnte ich nichts machen.

Leider hatte mir der Sergeant nichts sagen können. Ich lief praktisch ohne Anhaltspunkte umher, doch die sollte ich bekommen. Schon in den nächsten Sekunden, und das auf eine sehr drastische Art und Weise ...

»Vorsicht!« rief Sarah Goldwyn. Ihre Stimme war so laut, daß die Menschen an den Nebentischen aufmerksam wurden.

Die Warnung kam zu spät. Larissa hatte den kleinen Totenkopf bereits geschleudert.

Er flog genau auf Glenda Perkins zu.

Das schwarzhaarige Mädchen hatte sich nicht verrechnet. Glenda reagierte so, wie sie es haben wollte. Instinktiv fing sie den Totenkopf auf und schaute auf ihre Hände.

Der rote Blitz folgte einen Atemzug später. Plötzlich war er da, gleichzeitig erfolgte diese puffende Explosion, und rötlich schimmernder Rauch hüllte Glenda ein.

Sie schrie.

Noch während sie schrie, packte eine gewaltige Druckwelle die an den Nebentischen sitzenden Menschen und schleuderte sie wie Puppen von ihren Stühlen.

Niemand konnte sich mehr halten. Stühle flogen um, die Tische ebenfalls. Dabei wurden sie leergeräumt. Gläser, Flaschen, Teller und Schalen landeten am Boden, wo sie zerbrachen. Auf die Scherben fielen die völlig überraschten Menschen, und bildeten ein wirres Knäuel aus mehreren Körpern.

Sarah Goldwyn fiel nicht. Sie hatte sich instinktiv mit beiden Händen an der Balustrade festgehalten. Zwar spürte auch sie die Einwirkung der Explosion, weil Kräfte an ihrem Körper zerrten, aber sie konnte sich halten.

Und sie sah, was mit Glenda Perkins geschah. Noch immer wurde diese von der roten Wolke umschwebt. Doch ihr Schreien wurde leiser.

Und das hatte einen makabren Grund.

Glenda verschwand!

Ja, sie löste sich buchstäblich vor den Augen der entsetzten Sarah Goldwyn auf. Ihr Körper wurde durchscheinend und war nur noch ein Nebelstreif, bis auch der verweht wurde.

Dann hörte sie das Lachen.

Larissa stand noch immer neben ihr. Ihre Augen glänzten, der Mund war halb geöffnet.

»Ich hole mir alle«, flüsterte sie. »Alle, die dazugehören. Denkt an die Hexe vom Hyde Park. Vergeßt sie nicht, sie kommt zurück, und dann wird es schlimm ...«

Das waren ihre letzten Worte. Danach wurde auch sie zu einem Nebelstreif, der sich verflüchtigte.

Sarah Goldwyn stöhnte auf. Sie schüttelte den Kopf, als könnte sie nichts begreifen. Der Stuhl, auf dem Glenda gesessen hatte, stand noch dort. Er hatte der Explosion wie zum Hohn getrotzt.

Aber Glenda blieb verschwunden, daran ließ sich nichts ändern. Die ersten Menschen erhoben sich wieder. Stöhnend und ächzend kamen sie auf die Beine und befühlten ihre Körper, ob ihnen auch nichts geschehen war.

Es gab keine Verletzten, nur Geschockte.

Man schrie durcheinander, einige verzogen sich, ohne die Rechnung zu bezahlen, und schließlich saß Sarah Goldwyn allein in einem Chaos aus umgestürzten Tischen, Stühlen, Tellern und Gefäßen.

Sie, die schon einiges erlebt und mitgemacht hatte, begriff überhaupt nichts mehr ...

Ich hörte zwar keine Explosion, dafür aber die Schreie der überraschten Menschen. Sie übertönten sogar noch das Stimmengewirr, das mich umschwirrte.

Sofort zuckte mein Kopf herum.

Wenn ich an einigen Bäumen vorbeiblickte, fiel mein Blick auf die Terrasse eines Gartenrestaurants. Und dort waren die Schreie aufgeklungen. Welche Szenen sich im einzelnen da abspielten, war nicht zu erkennen. Ich sah jedoch, daß Menschen die Arme hochrissen und zwischen die Tische oder Stühle fielen.

Jetzt hielt mich nichts mehr. Trotz der Hitze rannte ich mit Riesenschritten los. Menschen kamen mir in wilder Panik entgegen. In ihren Gesichtern las ich die Angst und den Schrecken, den die Menschen empfanden.

Ich mußte einigen Leuten ausweichen, ansonsten hätten sie mich buchstäblich umgerannt.

Keuchend erreichte ich den Ort des Geschehens. Diese kurze Rennstrecke hatte mich verdammt geschafft. Ich war in Schweiß gebadet, fiel fast gegen die Abgrenzung, schaute in das Chaos aus Stühlen und Tischen und sah eine Frau, die ich nie im Leben hier vermutet hätte.

Sarah Goldwyn, die Horror-Oma!

Aufrecht saß sie in all dem Trubel und hatte beide Hände auf den Griff ihres Schirms gelegt.

»John Sinclair«, sagte sie. »Der Himmel schickt Sie, mein Junge!«

Ich schüttelte den Kopf. Reden konnte ich vor Überraschung nicht. Dann wischte ich mir über die Augen.

»Ja, ich bin es wirklich«, sagte sie.

»Was ist los?«

»Sollen wir das hier besprechen?«

»Nein, natürlich nicht.«

Sarah Goldwyn stand auf, stieg mit staksigen Schritten über die Scherben und Möbelstücke und schritt auf ein kleines Tor zu, durch das sie die Terrasse verlassen konnte.

Ich wartete auf sie.

»Es war schlimm«, sagte sie.

»Tote oder Verletzte hat es nicht gegeben – oder?«

»Das nicht, aber jemand ist verschwunden. Eine Person, die Sie gut kennen.«

»Wer?«

»Glenda Perkins.«

Das war der zweite Hammer innerhalb einer Minute. »Was?« keuchte ich. »Sie waren mit Glenda zusammen?«

»Ja.«

»Jetzt verstehe ich überhaupt nichts mehr.«

Die Horror-Oma lächelte. »Das wird sich sehr bald ändern, mein Junge.« Anschließend berichtete sie, was sie bisher erlebt hatte. Ich hörte aufmerksam zu und nickte hin und wieder. Und ich wußte, daß der Sergeant nicht gelogen hatte oder einer Einbildung irgendwelcher Zeugen zum Opfer gefallen war. Alles, auch der erste Fall, mußte sich so abgespielt haben wie der zweite.

Hier war eine ungemein kräftige und gefährliche dämonische Kraft am Werk.

Wie konnten wir sie stoppen?

Ich fragte die Lady noch nach den Worten, die ihr die Hexe gesagt hatte.

Sie überlegte kurz. »Ich hole mir alle. Alle, die dazugehören. Denkt an die Hexe vom Hyde Park oder so ähnlich.«

»Eine nähere Erklärung hat sie nicht abgegeben?«

»Nein, John, die müßten wir schon finden.«

»Wir?«

»Natürlich. Glauben Sie denn im Ernst, daß ich Sie allein lasse? Jetzt habe ich Blut geleckt, wie man so schön sagt. Das ist endlich wieder ein Fall für mich. Im Sommer ist ja meist die Saure-Gurken-Zeit, wie man so schön sagt.«

»Aber leider nicht für Dämonen«, erwiderte ich. »Das haben wir jetzt erlebt.«

Ich hörte die Polizeisirenen. Im Hyde Park selbst gibt es ein Revier. Von dort kamen die Beamten.

»Wollen Sie mit denen sprechen?« fragte Lady Sarah.

»Nicht unbedingt.«

»Was dann?«

»Diese Larissa hat mit ihren Worten doch etwas verraten. Irgendwo muß es eine historische Bindung geben, ein Glied, das die Kette der Geheimnisse schließt.«

»Dann fahren wir doch zu mir, John. Ich kann mich schließlich rühmen, eine der besten Bibliotheken zu besitzen.«

Da hatte sie recht. Die Horror-Oma zeigte sich sehr optimistisch. Ich teilte dieses Gefühl nicht. Die Worte der Hexe hatten an Deutlichkeit nichts zu wünschen übriggelassen.

Und Glenda befand sich in Larissas Gewalt …

Zum erstenmal in ihrem Leben erlebte Glenda Perkins am eigenen Leibe einen Dimensionssprung. Sie sah, wie die Umgebung um sie herum verblaßte, wie die Menschen verschwanden, als würde auf einer Leinwand der Film schwächer und schwächer.

Sie wollte noch die Arme ausstrecken, um nach Sarah Goldwyn zu greifen, doch das gelang ihr nicht mehr.

Die andere Kraft war stärker.

Dann kam die Dunkelheit, das Grauen, die unheimlichen Kräfte, die nicht mehr kontrollierbar waren und an Glenda zerrten. Sie wurde hineingerissen in den gewaltigen Tunnel der Dimensionen, wo die Zeit stillstand und das absolute Nichts herrschte.

Raum und Zeit waren aufgehoben.

Die Vergangenheit wurde zur Gegenwart, Welten verschoben sich, doch davon merkte Glenda nichts.

Sie sah sich völlig allein gelassen in einer unendlichen Leere und Vergessenheit.

Sie hatte auf einmal das Gefühl, ihr Körper wäre in eine Presse geraten, die langsam, aber fortlaufend zugedrückt wurde. Glenda bekam keine Luft mehr, sie wollte schreien, doch nicht ein Laut drang aus ihrem Mund.

Dann kam das, was sie in ihrer Qual erhoffte.

Die Bewußtlosigkeit.

Schlagartig erlosch ihr Denken, und Glenda wußte von nichts mehr. Sie wurde erst wieder wach, als etwas über ihre Wangen strich, das sich anfühlte wie ein dünnes Spinnennetz.

Glenda öffnete die Augen. Vor ihr zuckte ein Schatten zurück, dann vernahm sie ein Kichern.

Du träumst, dachte sie und wollte die Augen wieder schließen, doch die Stimme ließ sie innehalten.

»Schlafen Sie nicht mehr weiter, Miss. Der ewige Schlaf wird sowieso bald kommen. Hihihi …«

Da richtete sich Glenda auf.

Verwirrt schaute sie sich um. Nein, sie befand sich nicht im Bett ihrer Wohnung. Das war auch kein Traum, was sie hier erlebte, sondern Wirklichkeit.

Sie war gefangen.

Gefangen in einer Welt, die sie nicht kannte.

Seltsam, daß sie so denken konnte. So realistisch und auch ohne Angst. Glenda wußte plötzlich, was passiert war, und ihre Gedanken glitten zurück in die Vergangenheit. Sie sah sich mit Sarah Goldwyn am Tisch sitzen, dann war das Mädchen Larissa aufgetaucht. Es hatte seltsame Andeutungen gemacht, und auf einmal war alles anders gewesen.

»Lady Sarah?« Als Glenda den Namen aussprach, ahnte sie, daß sie sich doch noch nicht zurechtfand.

Aus der Düsternis vor ihr antwortete ihr eine Männerstimme. »Ich bin nicht Lady Sarah, sondern heiße Trevor Bingham, schöne Frau.«

»Ich kenne Sie nicht, Mr. Bingham. Mein Gott, was ist überhaupt geschehen?«

»Wir werden uns noch kennenlernen. Warten Sie, ich komme zu Ihnen.«

Der Mann ging nicht, er kroch, denn so hoch, um aufrecht zu stehen, war der Raum nicht.

Jetzt sah Glenda ihn besser. Er war fast doppelt so alt wie sie, hatte nur noch wenig Haare auf dem Kopf und ein rundes Gesicht. Die Ohren standen ab, die Nase war nach oben gebogen, die Augen klein. Er trug eine graue Hose und ein blaues Hemd, auf dem die hellen Hosenträger besonders auffielen.

»Wie kommen Sie hierher, Mr. Bingham?«

Der Mann kroch noch näher. Glenda roch seine unangenehmen Schweißausdünstungen. »Ich weiß es selbst nicht so recht. Ich habe im Hyde Park gestanden …«

»Sie auch?«

»Ja, auf einem Podest. Ich habe lange gebraucht, um

die Rede vorzubereiten, sie mußte fertig werden. Sie wurde auch fertig, und dann passierte es. Da stand diese Frau plötzlich vor mir. Ein tolles Mädchen schaute mich an, lächelte sogar, und sie warf etwas. Einen Totenschädel, den ich auffing.«

»Danach kam der Blitz, nicht?« fragte Glenda.

»Genau. Woher wissen Sie?«

»Ich selbst habe das gleiche erlebt. Auch bei mir erschien das schwarzhaarige Mädchen ...«

»Wissen Sie den Namen?«

»Larissa.«

»Nie gehört.«

»Auch nicht unter dem Begriff Hexe vom Hyde Park?«

»Nein, wirklich nicht.« Der Mann leckte sich Schweißtropfen von den Lippen, und Glenda verzog das Gesicht. Auch sah sie die Angst in den Augen des anderen. Als sie einen Blick auf seine Hände warf, bemerkte sie das heftige Zittern.

»Jetzt sind wir sicher bei ihr«, sagte Glenda.

»Wo meinen Sie?«

»Bei der Hexe.«

Trevor Bingham nickte. »Bestimmt.« Er faßte nach Glendas Schulter. »Irgendwie bewundere ich Sie, meine Liebe. Sie haben einen ungeheuren Mut, ehrlich.«

»Ach, das scheint nur so.«

»Nein, nein, haben Sie keine Angst?«

Doch, sie hatte Angst. Das gab Glenda gern zu. Aber sie wollte dieses Gefühl nicht zeigen. Was nützte es ihr, wenn sie schrie und sich wie eine Tobsüchtige aufführte? Das alles hatte keinen Zweck. Sie mußte sich mit den Tatsachen abfinden. Vielleicht war sie auch deshalb so gelassen, weil sie sich auf die neue Situation noch nicht richtig eingestellt hatte. Glenda begriff sie gar nicht. Man bedrohte sie nicht unmittelbar. Geschah das, würde sie sicherlich anders reagieren.

»Ich warte noch auf Ihre Antwort«, sagte der Mann.

»Meine Angst hält sich in Grenzen.«

Da lachte Bingham. »Sie würden ganz anders reden, wenn sie es wüßten …«

»Wenn ich was wüßte?«

Bingham drehte den Kopf und duckte sich zusammen. Fahrig fuhr er sich über den Mund, bevor er antwortete: »Wenn Sie wüßten, daß Sie nicht mehr lange zu leben haben, Miss …«

Das war wirklich eine makabre Eröffnung. Glenda wußte darauf keine Antwort.

Bingham nickte. »Sehen Sie, jetzt haben Sie Angst.«

»Warum will man mich töten?«

»Sie machen die Hexenprobe.«

Glendas Herz klopfte schneller. »Wer ist sie?«

»Diese Larissa und andere. Glauben Sie nur nicht, daß sie allein ist. Da sind die Schergen, die gefährlichen Henker. Die bringen Sie um, genau wie sie mich umbringen werden. Und da sind die wilden Bestien, die unser Gefängnis bewachen. Hier kommen wir nicht raus, das sage ich Ihnen.«

»Welche Henker, welche Schergen?« Es war ein bißchen viel auf einmal, was Glenda da verkraften mußte.

»Ich habe sie gesehen, sie lauern draußen.« Er streckte den Arm aus und deutete in die Düsternis.

Erst jetzt wurde es der Gefangenen bewußt, daß sie sich ihr eigentliches Gefängnis noch gar nicht angesehen hatte. Sie wußte nur, daß sie sich in einem Verlies befand, das zwar relativ groß, aber nicht sehr hoch war.

Und wo befand sich die Tür?

Glenda richtete sich auf und zuckte sofort zusammen, als sie mit dem Kopf gegen die Decke stieß. Sie bestand aus harten Holzbohlen, sogar Splitter waren vorhanden, die sich in ihrem Haar verfingen. Glenda bewegte sich auf Händen und Füßen in die von Bingham angezeigte Richtung.

Zum ersten Mal sah sie auch die Ritzen in den Wänden, durch die das Dämmerlicht fiel. Es reichte kaum aus, um das Verlies zu erhellen.

Glenda fand die Tür. Sie war sehr niedrig und erinnerte sie an eine Luke.

Das Mädchen fand sogar einen Türgriff. Es geschah aus reiner Routine, daß sie den Griff nach unten drückte. Deshalb war Glenda doppelt überrascht, als sie merkte, daß die Tür nicht verschlossen war. Sie konnte sie aufziehen, wobei ihr das häßliche Kreischen und Knarren der rostigen Angeln schwer auf die Nerven fiel.

Glenda ließ die Tür spaltbreit offen und drehte sich dann zu Bingham um. »Kommen Sie, wir können verschwinden!«

»Nein, nein.«

»Machen Sie schon.«

Bingham wollte nicht. Glenda dachte auch nicht näher darüber nach, sondern öffnete die Tür weiter und warf einen Blick nach draußen.

Sie sah einen dunklen Pfad. Gegenüber stand ein Gebäude, mehr eine Ruine, dahinter schimmerte es dunkel und trotzdem seltsam hell und mit Reflexen. Das war Wasser.

Die junge Frau zögerte keinen Augenblick länger. Wenn Bingham die Chance nicht wahrnehmen wollte, dann bitte. Sie würde dieses ungastliche Verlies auf jeden Fall verlassen.

Glenda zog die Tür bis zum Anschlag auf, streckte ihren Kopf nach draußen und hörte das Geräusch.

Sehen konnte sie die Gefahr nicht, nur hören.

Ein Klatschen, ein wildes Hecheln, dann waren die Bestien schon heran.

Sie lösten sich aus dem Dunkel der Ruine und sprangen auf Glenda zu. Zwei gewaltige Schatten, die man als regelrechte Muskel- und Kraftpakete bezeichnen konnte. Mit zwei Sprüngen überwanden sie die Distanz, Glenda sah die gelben, schräggestellten Augen und dachte sofort an Bluthunde.

Das also waren die Bestien.

Sie zuckte zurück.

Im selben Augenblick spürte sie Binghams Hände um ihre Taille. Der Mann riß sie nach hinten, weg von den menschenfressenden Bestien, die wild aufheulten, sich duckten, mit ihren kräftigen Pfoten scharrten und ihre Köpfe durch die offene Tür steckten.

Glenda hörte das Knurren und Hecheln. Weit hingen die blaßroten Zungen aus den Mäulern. Zähne blitzten wie gefährliche Messer in den Rachen der beiden Bestien.

Trevor Bingham zog Glenda noch weiter zurück. Erst jetzt erfolgte bei ihr die Reaktion. Plötzlich zitterte sie am ganzen Leib. Ihre Zähne klapperten vor Angst aufeinander. Sie fror und schwitzte zur gleichen Zeit und schüttelte wild den Kopf.

Der Mund des Mannes befand sich dicht an ihrem linken Ohr. »Ich habe es Ihnen doch gesagt, wir kommen gegen die nicht an. Die werden Sie zerreißen. Sie sind auf Menschen dressiert. Was das bedeutet, können Sie sich ja denken.«

Glenda nickte stumm. Sie konnte nicht sprechen. Wie zugeschnürt war ihre Kehle.

Anscheinend hatten die Tiere den Befehl, nicht in das Verlies einzudringen, denn sie blieben dort, wo sie standen.

Sie beobachteten nur. Die gnadenlosen gelben Augen waren auf Glenda gerichtet, und sie hatte das Gefühl, hier keine normalen Hunde vor sich zu haben.

Die sahen anders aus.

Flache Schnauzen, die zu gewaltigen Mäulern wurden, wenn die Tiere sie öffneten, ein Fell, das glatt war.

»Da haben Sie's«, flüsterte Trevor Bingham. »Ich wollte es auch versuchen, aber da waren sofort die Biester da.«

Glenda nickte. Hastig zog sie ihre Beine an, weil eine der Bestien danach schnappte. Es gab ein klackendes Geräusch, als die Zähne des Tiers aufeinanderschlugen.

»Mit denen möchte ich keine nähere Bekanntschaft machen«, sagte Bingham.

Glenda schwieg. Sie rückte noch ein Stück zurück und blieb hocken.

»Was machen wir?« fragte Bingham.

»Nichts.«

Er lachte. »Das hätte ich mir auch sagen können. Aber wir müssen hier raus, bevor die Hexe kommt und uns umbringt.«

»Was macht Sie da so sicher?«

»Alles.«

»Noch hat sie es mir nicht gesagt. Ich weiß nicht, was sie alles vorhat.«

»Da gibt es doch nur eins, Miss. Die killen uns, die machen uns fertig. Wir haben keine Chance.« Bingham nickte heftig, seine Zähne knirschten. Schweiß tropfte von seiner Stirn. Das Gesicht glänzte wie eine Speckschwarte. »Da, jetzt verschwinden sie!« zischelte er plötzlich. Er meinte die Bestien und hatte sogar recht. Die Tiere scharrten noch ein letztes Mal mit ihren Pfoten den Boden auf, schleuderten Dreck zurück und verzogen sich.

»Endlich!« stöhnte der Mann auf.

Glenda lachte. Sie mußte einfach lachen, obwohl sie es gar nicht wollte. Das war die Erleichterung, es noch einmal geschafft zu haben.

»Wollen Sie es noch mal versuchen?« fragte Trevor Bingham.

»Was?«

»Den Ausbruch.«

»Nein, da habe ich die Nase voll.«

»Sehen Sie.« Bingham hockte sich nieder und schlug mit der flachen Hand auf den platt gewalzten Lehmboden, so daß es klatschte. »Sie hätten es gar nicht erst versuchen sollen.«

»Das haben Sie schon einmal gesagt«, konterte Glenda. So langsam fiel ihr der Knabe auf den Geist.

»Wirklich?«

»Ja.«

»Ich werde älter, leider. Aber das werden wir ja alle mal.« Er atmete tief durch und wollte noch etwas sagen, doch mehr als ein »Pssst« kam nicht über seine Lippen.

Glenda drehte den Kopf. »Was ist?«

»Hören Sie nicht die Schritte?«

»Nein, wo?«

Bingham streckte den rechten Zeigefinger in die Höhe und deutete zur Decke. »Dort habe ich die Schritte gehört. Wissen Sie was, jetzt holen sie uns.«

»Die Hexe?«

»Nein, die nicht. Das machen andere. Ich bin sicher, daß die Hexe nur zuschaut.« Er brachte seinen Mund wieder dicht an Glendas Ohr. »Die Henker«, wisperte er.

Glenda schaute ihn an. Ihr gefiel einiges nicht an dem Mann. Nichts, was mit körperlichen Dingen zu tun hätte, nein, der Ausdruck in seinem Gesicht war es, der sie störte.

Bingham hatte eine ungeheure Angst. Deshalb redete er auch so viel. Und der Ausdruck in seinen Augen war irgendwie glänzend, die Pupillen waren, so glaubte Glenda, leicht verdreht. Stand Bingham vielleicht dicht vor dem Wahnsinn?

Das fehlte noch. Glenda hatte keine Lust, ihr Gefängnis mit einer Person zu teilen, die durchdrehte. Es kostete sie selbst schon ein Übermaß an Nerven, um überhaupt dem Druck standzuhalten. Sie waren von Feinden umgeben, wurden belauert, und jetzt fehlte es noch, wenn einer von ihnen durchdrehte.

Glenda schluckte. Sie wußte auch nicht, was sie sagen sollte, denn jetzt kroch Bingham von ihr weg. Er streckte seine Hand aus und berührte die Decke. Flach lag der Handteller am Holz.

»Da zittert etwas«, meldete er mit leiser Stimme.

»Und was?«

»Schritte, Miss. Ich höre Schritte. Ehrlich.« Er wandte den Kopf. Plötzlich zitterte er. »Sie holen uns. Die Henker kommen. Darauf haben sie gewartet.«

»Reißen Sie sich zusammen!« fuhr Glenda den Mann an. Sie versuchte, sein Geschwätz zu verdrängen, wollte es einfach nicht wahrhaben. Aber Bingham hatte recht.

Da waren Schritte.

Und sie verstummten direkt über ihnen.

Glenda hielt den Atem an, während Bingham etwas vor sich hinbrabbelte, was nicht zu verstehen war.

Über ihnen bewegte sich die Holzdecke. Etwas schabte und knirschte. Staub fiel nach unten, vermischt mit winzigen Sandkörnern. Das Knarren ging Glenda durch Mark und Bein. Im nächsten Moment fiel ein schwacher, violett und rötlich schimmernder Lichtschein über sie und ließ ihre Gesichter seltsam starr erscheinen.

Glenda wagte kaum, den Blick zu heben. Als sie es doch tat, sah sie eine breite Öffnung.

An der Decke hatte man eine Luke hochgezogen.

Rechts und links der Öffnung standen sie.

Die beiden Henker.

Und sie hielten jeweils fertig geknüpfte Schlingen in den kräftigen Händen.

Eine für Bingham – eine für Glenda …

Auf dem Speicher hatte ich mal einen Werwolf gejagt, der sich dort versteckt hielt. Ich erinnerte mich noch gut an das Abenteuer, das mich zum ersten Mal mit der Horror-Oma zusammenführte. Es sah noch so aus wie früher, nur herrschte unter dem Dach eine schon pervers zu nennende Hitze.

Ich bekam kaum Luft.

Durch die schmalen, schrägen Fenster fiel nicht genügend Helligkeit, so daß Lady Sarah das Licht angeschaltet hatte. Auch sie war mit mir hochgestiegen, um mir beim Suchen des Buches zu helfen.

»Erinnern Sie sich, mein Junge?«

Ich wischte den Schweiß von der Stirn. Mein Handrücken glänzte dabei naß. »Und ob ich mich erinnere. Ich habe sogar gerade an den Werwolf gedacht.«

Da lachte sie. »Ich auch, mein Junge, ich auch.«

»Und wo suchen wir?« Ich sah mich um, denn auf dem Speicher stand nicht nur Gerümpel herum, hier hatte sich Lady Sarah auch Regale anbringen lassen, um all ihre Bücher zu verstauen. Zudem standen dort noch große Holzkisten, auf denen der Staub fast fingerdick lag. An die Kisten war lange Zeit niemand mehr herangegangen.

Ihren Stock trug Lady Sarah bei sich. Sie hob ihn an, und die Spitze wies auf das Regal an der gegenüberliegenden Seite. »Dort müßte das Buch stehen.«

»Sie sind aber nicht sicher?«

»So gut wie.«

»Okay, fangen wir an. Wissen Sie den Titel, Mrs. Goldwyn?«

»Nein, das können mehrere sein.«

Ich grinste. »Ist ja wie Weihnachten. Jedes Buch eine Überraschung.«

»Ihnen fehlt die sittliche Reife, mein Junge.« Lady Sarah nickte bedächtig. »Man merkt, daß Sie noch sehr jung sind. Kommen Sie erst mal in meine Jahre, dann sehen Sie das anders. Los, Oberinspektor, ran an den Feind. Packen wir's an!« Wie ein Feldwebel schritt sie los und stand bereits vor mir am Regal.

Die Horror-Oma hatte heute wieder Dynamit im Leib, das war zu spüren.

Vor dem Regal blieb sie stehen, nahm ihre Brille, die an einer Kette hing, und klemmte sie sich auf die Nase. Dann sah sie sich die Buchrücken an, wobei ihr Kopf von links nach rechts wanderte und sie ihre Lippen bewegte.

»Ich glaube, da oben«, sagte sie.

»Wo?«

»Letzte Reihe.«

Ich mußte mich recken, um an das Buch zu gelangen. Es war ein alter Wälzer, ziemlich schwer und in Leder eingebunden.

»Noch eine Hinterlassenschaft meines seligen ersten Mannes«, erklärte mir die Horror-Oma.

Ich nahm das Buch, ging ein paar Schritte zur Seite und legte es auf einen kleinen Tisch.

Zuerst einmal blies ich den Staub vom Einband und schlug es dann auf.

History of London, so lautete der Titel. Natürlich war nicht die gesamte Historie der Riesenstadt darin verewigt, sondern nur ein kleiner Teil. Und der beschäftigte sich ausschließlich mit dem Hyde Park.

Ich will Sie nicht lange mit Daten und Fakten langweilen, das interessierte mich auch nicht. Für mich war gewissermaßen nur der Anhang von Bedeutung. Da wurde in kurzen Kapiteln von Vorgängen berichtet, die sich innerhalb des Hyde Parks mal zugetragen hatten. Und zwar rätselhafte Vorgänge, die von zahlreichen Menschen in das Reich der Fabeln und Sagen verwiesen wurden.

»Wie hieß die Hexe noch?« fragte Lady Sarah.

»Larissa.«

»Sehen Sie doch mal im Sachverzeichnis unter diesem Stichwort nach.«

Lady Sarahs Idee war gut. Ich schlug das Verzeichnis auf und suchte den Buchstaben L.

Die Horror-Oma schaute mir über die Schulter. »Ha«, rief sie, »da ist er ja.«

Sie hatte recht. Dort stand der Name tatsächlich. Dahinter war die Seitenzahl angegeben, die wir aufzuschlagen hatten.

»Siebzehnhundertvierunddreißig«, murmelte Sarah Goldwyn. »Machen Sie schnell, John.«

»Ja, ja.« Ich schlug die Seite auf. Dort stand tatsächlich eine Geschichte mit der Überschrift

DIE HEXE VOM HYDE PARK.

»Das ist es ja«, jubelte die Horror-Oma.

Gemeinsam begannen wir zu lesen. Ich fasse an dieser Stelle hier nur zusammen. Es ging im Prinzip um folgendes: Vor rund 250 Jahren war der Hyde Park nicht das, was er heute ist. Es gab zwar schon die Grünfläche, aber keine direkten Parkanlagen. Die Gewässer wie »The Serpentine« existierten schon. Und ganz in der Nähe hatten einige Häuser gestanden, von denen eins von der Familie Perkinson bewohnt war. Der Mann hatte eine Frau und zwei Töchter. Die eine hieß Elizabeth, die andere Larissa. Beide Mädchen sollen sehr hübsch gewesen sein, und es gab viele Männer, die um sie warben. Elizabeth heiratete schließlich einen Kaufmann und zog mit ihm weg, seinen Namen allerdings nahm sie nicht an. Larissa blieb bei ihren Eltern wohnen. Ihr war kein Mann gut genug. Das merkten sich die Bewerber, und einer, der von ihr abgewiesen worden war, beschloß, sich fürchterlich zu rächen. Er beauftragte einen Hexenjäger namens Bingham und setzte außerdem das Gerücht in die Welt, daß

Larissa kein normales Mädchen war, sondern eine Hexe. Nachdem der Hexenjäger seinen Lohn erhalten hatte, ritt er zum Hyde Park, um der Familie einen Besuch abzustatten. Zufällig war auch Elizabeth anwesend, als der Hexenjäger und zwei seiner Folterknechte eintrafen. Larissa befand sich ebenfalls im Hause.

Als Bingham eintraf und seine Anschuldigungen vorbrachte, wollte der Vater des Mädchens seine Tochter verteidigen. Er wurde getötet. Die Mutter ebenfalls. Elizabeth konnte fliehen. Der Sage nach soll Larissa geschrien haben: »Bleib doch da«, aber Elizabeth floh. Teils aus Angst, aber sie wollte auch Hilfe holen. Ihr Mann besaß Einfluß.

Als er mit einigen Männern an dem Ort des Geschehens eintraf, da war es bereits zu spät. Man hatte mit Larissa die Hexenprobe gemacht. Sie war gestorben. Da drehten die Männer durch. Sie töteten die beiden Henker, doch Bingham konnte in dem allgemeinen Durcheinander entkommen und war auch nicht wieder aufzufinden. Irgendwann in der folgenden Nacht hatte Elizabeth einen Traum. Ihre Schwester erschien an der Seite der beiden Henker und sprach von einer furchtbaren Rache, die auch sie treffen sollte.

Soweit die Geschichte. Ich schaute Lady Sarah an, während ich das Buch zuklappte.

»Fällt Ihnen etwas auf?« fragte mich die alte Dame.

»Ja und wie. Der Name Perkinson.«

»Ist kein weiter Weg bis zu Perkins«, meinte die Horror-Oma und nickte bedeutungsvoll.

Der Meinung war ich auch. Es war also kein Zufall, daß es Glenda getroffen hatte. Sie mußte eine Nachfahrin dieser Elizabeth Perkinson sein, die damals von ihrer Schwester mit glühendem Haß verfolgt worden war, weil sie ihr nicht hatte helfen wollen.

Und nun rächte sie sich.

War Larissa wirklich eine Hexe gewesen, oder hatte man sie erst dazu gemacht? Diese Frage mußte ich beantworten, und die Antwort würde ich wohl nur im Hyde Park finden.

Dann war da dieser Hexenjäger Bingham. Nicht nur Glenda war verschwunden, sondern auch ein Mann, einer dieser Redner. Ich wurde das Gefühl nicht los, daß auch seine Person mit der Vergangenheit verknüpft war. Wahrscheinlich war sein Ahnherr dieser Hexenjäger Bingham gewesen.

»Denken Sie an Bingham?« fragte mich die Horror-Oma.

»Ja.«

»Ich auch. Vielleicht finden wir über ihn eine Spur.«

»Wie haben Sie sich das vorgestellt?«

»Nun, mein Junge, wir wissen immerhin den Namen. Oder sind uns fast sicher. Da könnten wir doch ...«

Es war zwar nicht höflich, aber ich tat es trotzdem und unterbrach Mrs. Goldwyn. »Wissen Sie eigentlich, wie viele Binghams hier in London herumlaufen?«

Da senkte die Horror-Oma den Kopf. »Sorry, John, daran habe ich nicht gedacht. Das unterscheidet eben den Amateur vom Profi.«

Ich lachte. »Es wäre aber eine Möglichkeit gewesen, die allerdings Zeit gekostet hätte.«

»Natürlich. Und Zeit haben wir nicht.« Sie schaute mich an. »Was machen wir jetzt?«

Ich stellte das Buch wieder ins Regal. »Die Lösung läßt sich an sich nur im Hyde Park finden.«

»Was gibt Ihnen die Sicherheit?«

Ich hob die Schultern. »Gefühl, Intuition, nennen Sie es, wie Sie wollen.«

»Möglich. Nur frage ich mich, wo Miss Perkins und dieser Bingham, falls er so heißt, stecken könnten.«

»Darüber denke ich auch die ganze Zeit nach.«

»In einer anderen Dimension?«

»Oder in der Vergangenheit. Was im Prinzip das gleiche wäre.«

»Dann müßten wir die Vergangenheit zur Gegenwart werden lassen«, folgerte die Horror-Oma sehr richtig.

»Schaffen Sie das mal.«

»Vielleicht das Kreuz.«

Ich schüttelte den Kopf. »Es wird den Austausch eher stoppen, glaube ich.«

»Vertrauen wir auf das Glück.«

Ich lachte und schlug vor, erst einmal den Speicher zu verlassen, denn hier war es wirklich zu warm. Unten im Haus herrschten direkt angenehme Temperaturen. Ich spürte einen mörderischen Durst und bat Lady Sarah um einen Schluck Wasser.

»Wasser gebe ich Ihnen nicht, doch ich habe einen wunderbar kalten, mit Zitrone angereicherten Tee, der Ihnen sicherlich hervorragend schmecken wird.«

Er war wirklich gut. Als ich ihn in langsamen Schlucken trank, sagte Lady Sarah: »Es ist doch klar, daß ich mit Ihnen fahre, John. Oder haben Sie etwas dagegen?«

Eigentlich ja. Aber das traute ich mich nicht, ihr zu sagen. Sie wäre mir sonst heimlich gefolgt. »Natürlich nicht, Mrs. Goldwyn. Was sollte ich denn dagegen haben?«

Da lachte sie und erwiderte: »Schlecht lügen können Sie gut, mein Junge …«

Bingham hatte recht behalten.

Über ihnen standen die beiden Henker, und sie boten ein Abziehbild des Schreckens.

Dadurch, daß Glenda und Bingham mehr lagen als saßen, kamen ihnen die Gestalten noch makabrer und größer vor. Sie hatten beide kahlgeschorene Köpfe, über deren Schädelplatten sich lange Narben zogen, so als wären sie schon einmal gespalten und dann wieder zusammengenäht worden. Ihre Oberkörper waren nackt. Sie trugen nur Hosen aus derbem Leinen und keine Stiefel oder Schuhe. Ihre Gesichter waren breit, flach und ausdruckslos. Das kam sicherlich daher, daß jegliches Leben in den Pupillen erloschen war.

Sie standen da wie zwei Denkmäler, nur die fertig geknüpften Schlingen schaukelten langsam hin und her. Eine streifte mit ihrer Unterseite Glendas Haar, und das schwarzhaarige Girl zuckte zusammen, als es die Berührung verspürte.

Glenda bekam Angst. Sie merkte jetzt, daß ihre Forschheit vorhin nur Tünche gewesen war, die langsam aber sicher abblätterte. Nun regierte das andere Gefühl.

Sie riß sich so weit zusammen, daß kein Laut über ihre Lippen drang. Glenda wollte den beiden Henkern kein Schauspiel bieten.

Anders Trevor Bingham. Dieser Mann zitterte wie das berühmte Espenlaub. Er hatte die Arme halb erhoben und verdeckte damit sein Gesicht.

»Nicht töten!« jammerte er. »Ich habe euch doch nichts getan. Bitte, laßt mich!«

Die Henker sagten kein einziges Wort. Stumm standen sie da, starrten und schienen auf irgend etwas zu warten.

»Reißen Sie sich zusammen!« fuhr Glenda den Mann an und überwand ihre eigene Angst.

»Sie haben gut reden.«

»Denken Sie vielleicht, ich würde ungeschoren davonkommen, Mr. Bingham?«

Da schwieg der Mann.

Glenda atmete tief ein. Ihren ersten Schrecken hatte sie inzwischen überwunden, und sie fragte sich, wie es nun weitergehen sollte. Noch rührte sich nichts, standen die beiden Henker unbeweglich, reizten die Nerven der Gefangenen noch mehr, doch es würde die Zeit kommen, wo sie ihren Platz verlassen mußten.

Bingham lachte wieder. »Es kann sein, daß sie es sich anders überlegt haben«, flüsterte er. Der Mann suchte nach jeder Hoffnung, nach dem kleinsten Strohhalm.

Glenda hob die Schultern. Sie konnte nicht so recht an Trevor Binghams Worte glauben.

Doch er hatte unrecht. Die nächsten Sekunden bewiesen es, denn abermals hörten die beiden Menschen Schritte.

Diesmal schnellere und leichtere.

Von einer Frau.

Beide hatten sie den gleichen Gedanken, nur Bingham sprach ihn aus. »Jetzt kommt sie. Bald ist es vorbei, dann werden wir beide sterben. O mein Gott ...«

Glenda gab keine Antwort mehr. Sie konzentrierte sich auf die Schritte, die über ihnen an der linken Seite aufgeklungen waren und sich immer mehr dem Ziel näherten.

Die beiden Henker bewegten sich. Sie traten jeweils einen Schritt zur Seite, so daß genügend Platz entstand, um sie durchzulassen.

Es war Larissa, die sich den beiden Gefangenen zeigte. Dicht vor der Luke blieb sie stehen. Sie sprach kein einziges Wort, während sie nach unten schaute.

Glenda wich dem Blick nicht aus, während Bingham auf dem Boden hockte und sich zusammengekauert hatte wie ein Häufchen Elend.

Die Hexe hatte sich umgezogen. Sie trug nicht mehr die Lumpenkleidung, sondern ein schwarzes, langes, wie Leder glänzendes Kleid, das bis zu ihren Füßen reichte. Es war weit ausgeschnitten und wurde an den Schultern von zwei breiten Trägern gehalten. Um die Taille hatte sie einen goldenen Gürtel mit einem roten flachen Stein geschlungen.

Darunter war die Fratze des Teufels auf dem Kleid abgebildet. Sie schillerte in einem geheimnisvollen Blutrot.

Glenda sah noch etwas.

Die Hexe hielt ihren Totenschädel in der Hand, der mit einer so rätselhaften und unbekannten Magie aufgeladen war. Der Schädel hatte überhaupt erst die geheimnisvolle Reise bewirkt, und Glenda wünschte sich, daß sie ihn zerstören könnte.

Es war wirklich nur ein Wunschtraum, denn ihre Gegner hielten sämtliche Trümpfe in der Hand.

Nachdem einige Zeit vergangen war, umspielte ein leichtes Lächeln die Lippen der Hexe. Dann öffnete sie den Mund und fragte: »Na, wie fühlst du dich?«

Damit war Glenda gemeint. Sie schwieg. Dafür reagierte Bingham. Hastig hob er den Kopf. Sein Gesicht verzerrte sich, tief holte er Luft und schrie dann mit überschnappender Stimme: »Was willst du eigentlich von uns? Laßt uns frei! Was haben wir euch getan?«

»Genug, um mich zu rächen!«

»Verdammt, ich kenne Sie doch gar nicht!«

»Das spielt auch keine Rolle. Du wirst so oder so sterben. Das Versprechen muß eingelöst werden!«

»Welches Versprechen denn?« Trevor Bingham war außer sich. Er rang die Hände.

»Das ich einem gewissen Hayden Bingham gegeben habe.«

Der Mann schwieg. »Hayden Bingham?« wiederholte er nach einer Weile. »Den Namen kenne ich nicht.«

»Du solltest ihn aber kennen.«

»Ich habe keinen Bruder und auch keinen Vetter, der Hayden heißt. Ich bin der einzige meiner Familie, und ich lebe als Junggeselle.«

»Das weiß ich. Deshalb wirst du ja sterben. Die Binghams sollen nicht mehr weiter bestehen.«

Trevor schluckte hart. Sein Adamsapfel hüpfte auf und nieder. »Warum soll die Familie denn ausgelöscht werden?«

»Weil ich es so will.«

»Nur so?«

»Nein, es gibt einen Grund.«

»Dann sag ihn, verdammt!« schrie Trevor.

»Es gab vor fast dreihundert Jahren einen Mann. Er hieß ebenfalls Bingham. Und er übte einen Beruf aus, der damals sehr gefürchtet war: Hexenjäger. Dieser Mann mit dem Namen Bingham ist in den Hyde Park gekommen, um mich zu jagen. Er hat nicht nur mich vernichtet, sondern auch meine Eltern. Sie tötete er zuerst, dann war ich an der Reihe. Sie nahmen mich fest, schändeten mich und banden mich danach auf ein Brett, um mit mir die Hexenprobe zu machen. Diese teuflische Methode, die das Opfer auf jeden Fall getötet hätte, brachte auch mich um. Ich starb durch seine und durch die Hände der Henker, die aber auch ihr Leben verloren und ebenfalls eingingen in ein Zwischenreich, wo die Seelen der Dämonen hausen und auf ihre Zeit warten. Meine Zeit ist nun gekommen. Ich werde mich fürchterlich rächen, und mit dir mache ich den Anfang. Die Henker, die dir damals gehorcht haben, sollen nun ihrem Herrn den Tod bringen. So habe ich es beschlossen, so werde ich es auch durchführen, und nichts kann mich von meiner Rache abhalten. Der letzte Bingham muß ausgelöscht werden!«

Es waren harte Worte. Jedes einzelne traf den unter Schock stehenden Mann wie ein Hammerschlag.

Aus ungläubigen Augen starrte er der Frau ins Gesicht und schüttelte immer wieder den Kopf.

Er konnte es nicht fassen.

»Das – das ist doch nicht wahr, oder?« fragte er.

»Es ist wahr.«

»Und ich soll sterben?«

»Ja.«

Bingham schaute auf Glenda. »Was ist mit ihr? Warum willst du sie töten? Sie ist keine Bingham.«

»Nein, aber das hat dich nicht zu interessieren. Mit ihr werde ich nach deinem Tod abrechnen.«

»Sagen Sie mir den Grund!« forderte Glenda die Frau auf. »Los, reden Sie schon!«

»Nein!«

Es war eine Antwort, die irgendwie endgültig klang, das merkte Glenda genau, und deshalb stellte sie vorerst keine Fragen mehr.

Der Mann hockte neben ihr auf dem Boden, schüttelte den Kopf und hob die Schultern. »Ich kann es einfach nicht begreifen!« flüsterte er. »Das ist nicht möglich. So etwas träumt man nur ...« Er hob den Kopf und blickte Glenda mitleidig an. »Oder was meinen Sie?«

Glenda sah nicht ein, warum sie lügen sollte. »Es ist kein Traum, Mr. Bingham. Leider«, fügte sie noch hinzu.

»Aber ich will nicht sterben!« schrie er plötzlich, nachdem er noch mehr zusammengesunken war. »Ich will es nicht!« Er sprang auf, dachte nicht mehr an die niedrige Decke und stieß sich hart den Kopf. Sein Schreien wurde zu einem Wehlaut, und er brach zusammen.

Die Hexe lachte. »Packt ihn!« befahl sie dann.

Die beiden Henker warfen die Schlingen. Und sie hätten es sogar geschafft und getroffen, doch Glenda Perkins griff blitzschnell zu und schleuderte die erste Schlinge zur Seite.

»Hier wird niemand gehenkt!« schrie sie und wunderte sich, woher sie den Mut nahm.

»Bring sie zur Ruhe!« sagte die Hexe kalt.

Der zweite Henker sprang. Glenda hatte Angst, daß er auf sie springen würde, doch er landete dicht neben ihr.

Dann schlug er zu.

Hart wurde Glenda getroffen und fiel zurück. Tränen

schossen ihr in die Augen, sie blieb auf dem Rücken liegen und sah durch einen Schleier, wie der Henker seinen Arm zum drittenmal hob.

Da griff die Hexe ein. »Nein!« befahl sie. »Laß sie in Ruhe. Sie soll noch leiden.«

Glenda Perkins erhielt eine Galgenfrist. Eine Schonfrist, die sehr schnell ablaufen würde.

Die Henker ließen sich jetzt nicht mehr aufhalten. Der eine, der nach unten gesprungen war, kroch auf Händen und Füßen zu Bingham hin, der sich in eine Ecke verzogen hatte und den Rücken gegen die Wand preßte.

Der Mann bebte vor Angst. Er hatte den Mund aufgerissen, unartikulierte Laute drangen daraus hervor, und seine beiden Arme waren weit ausgestreckt, als ob er so den Henker aufhalten könnte.

Der trat näher.

Unbewegt das Gesicht, die rote Narbe auf dem Schädel schien zu glühen, eiskalt blickten die Augen, der Mund war grausam verzogen.

In der rechten Hand hielt er die Schlinge. Sie pendelte im Rhythmus seiner Bewegungen.

Die Schlinge warf durch das von oben einfallende Licht einen Schatten, der sich wiederum quer über Glendas Gesicht legte und sie mit den Augen zucken ließ.

Sie richtete sich halb auf.

Das hatte Larissa gesehen. »Bleib liegen!« peitschte ihre scharfe Stimme.

Glenda zuckte zusammen und gehorchte tatsächlich. Sie wollte nicht noch einmal geschlagen werden.

Mit einem beinahe lässig anmutenden Schlag drosch der Henker die Arme des Mannes zur Seite, so daß er jetzt freie Bahn auf sein Opfer hatte.

Dann griff er zu.

Eine Pranke wühlte sich in die Kleidung Binghams. Trevor schrie. Der Henker schlug ihm die Schlinge quer über den Mund, und der Schrei des Verzweifelten erstickte.

Nur noch ein Schluchzen war zu hören.

»Schaff ihn her!« befahl die Hexe.

Der Henker befolgte Larissas Befehl auf der Stelle. Er drehte den Mann herum und schleifte ihn über den Boden, wobei er die Schlinge sorgfältig festhielt.

Dann befanden sich die beiden unter der Öffnung.

»Hoch mit ihm!«

Bingham fing an zu zappeln und zu schreien. Es nutzte ihm nichts. Er wurde hochgestemmt, was für den Henker ein Leichtes war, denn er hatte gewaltige Kräfte.

Schließlich war er oben.

Der zweite Henker bückte sich und legte Bingham blitzschnell die Schlinge um den Hals.

Sie paßte haargenau.

Wie unter Zwang öffnete Glenda Perkins die Augen. Obwohl die Tränen ihren Blick noch verschleierten, sah sie, wie Bingham über ihr zur Seite gezerrt wurde.

Sie hörte sein Schreien und Röcheln, sein Wimmern und Flehen, und sie biß so hart die Zähne zusammen, daß es knirschte. Glenda fühlte sich sehr hilflos. Wenn sie eine Waffe gehabt hätte, dann hätte sie eingegriffen, aber so war sie den unheimlichen Gestalten wehrlos ausgeliefert.

Plötzlich wurde es still.

Auch Glenda hielt den Atem an.

Dann die Stimme der Hexe. Kalt klang sie und voller Triumph. »Hängt ihn auf!«

Glenda hielt sich die Ohren zu. Sie wollte einfach nichts mehr hören.

Doch sie hätte auch die Augen schließen müssen. Sie sah zwar nicht den Mann, aber dessen Schatten.

Gespenstisch zuckte er am Lukenrand hin und her …

Wir waren wieder zum Hyde Park gefahren. Inzwischen hatte sich die Dunkelheit über London gelegt, was aber nicht hieß, daß die Stadt zur Ruhe kommen würde. Jetzt begann das zweite Leben der Millionenstadt. Da wurde in manchen Stadtteilen die Nacht zum Tage. Besonders in Soho schlugen die Wellen nun über.

Der Hyde Park selbst hatte sich geleert. Bei Dunkelheit trieben sich nur noch wenige Spaziergänger herum oder Pärchen, die lauschige Ecken suchten. Es war allerdings auch gefährlich, die riesige Anlage bei Dunkelheit zu durchqueren, denn in den versteckten Winkeln und Nischen lauerten zahlreiche Dealer und nicht selten Gewaltverbrecher.

Das alles wußte ich natürlich, aber ich konnte mich meiner Haut auch wehren.

Wir hatten meinen Bentley genommen und fuhren die Serpentine Road entlang. Lady Sarah hockte neben mir, ließ ihr Gesicht vom kühlen Luftzug streicheln und lächelte still vor sich hin. Ihr gefiel die Fahrt.

»Was ist denn?« fragte ich sie. »Warum freuen Sie sich so?«

»Ich mußte gerade an meinen zweiten verstorbenen Mann denken, der große Lord habe ihn selig. Er fuhr zwar keinen Bentley, aber einen sehr guten Rolls. In diesem Wagen roch es ähnlich wie bei Ihnen hier.«

»Wie denn?«

»Nach Leder.«

Ich hatte in der Tat Ledersitze, aber daran dachte ich gar nicht mehr. Ich hatte mich so an das alte Schätzchen gewöhnt, daß ich so etwas überging.

Der Bentley hatte tatsächlich seine Jahre auf dem Buckel, doch um mir einen neuen zu kaufen, fehlte mir das Geld. Es war schon der zweite. Ich hatte mir vorgenommen, ihn mindestens zwölf Jahre zu fahren.

Im Park war es im Vergleich zum Nachmittag still. Wir

hörten sogar das Zwitschern der Vögel. Nur einmal wurden wir von vier Motorradfahrern überholt. Doch die belaubten Bäume schluckten sehr schnell das Knattern der Maschinen.

Seidenweich rollte der Wagen. Wir konnten sogar das Zirpen der Grillen vernehmen, dieses schrille Konzert, das im Sommer den einsamen Spaziergänger begleitet.

Ich hatte mir vorgenommen, bis dicht an den See zu fahren und dort den Wagen abzustellen. Aus dem Buch wußten wir, daß sich der makabre Vorgang dort abgespielt hatte.

Ich mußte mich erst an das Bild gewöhnen, das meine Beifahrerin bot. Normalerweise hockte Suko immer auf dem zweiten Sitz, wenn es gegen unsere Feinde ging, aber heute hatte ich Lady Sarah Goldwyn mit. Eine wirklich seltene Ausnahme.

Bei dem Gedanken an Suko fiel mir etwas ein. Ich nahm den Hörer des Autotelefons und tippte die Nummer.

»Rufen Sie jetzt Ihre Freundin an?« fragte mich die Horror-Oma.

»Nein, einen Freund.«

»Noch schlimmer.«

Ich lachte. Bei Suko hob niemand ab. Kein Wunder. Er und Shao wollten nicht nur den Tag auskosten, sondern auch die schwüle Nacht. Ich gönnte es ihnen.

Links von uns glitzerte das Wasser des schlauchförmig verlaufenden Sees. Das von einem blassen Halbmond abgegebene Licht fiel auf die Oberfläche und schuf blitzende Reflexe auf den Wellen, die entstanden, wenn der leichte Wind über das Wasser fuhr.

»Da vorn ist eine Lücke«, sagte die Horror-Oma.

Auch ich hatte sie gesehen. Im Schein der blassen Scheinwerfer, in dem zahlreiche Insekten ihre Tänze aufführten, hatte ich eine Abzweigung gesehen. Direkt an der Ecke stand das bekannte Schild, das auf einen Parkplatz hinweist.

Ich betätigte den Blinker und lenkte den Wagen in den schmalen Weg, der sehr schnell einen Knick nach links machte und auf einer etwas sandigen Fläche endete – dem Parkplatz.

Wir waren nicht die einzigen. Ich hätte auch besser die Scheinwerfer abschalten sollen, denn als das Licht über eine Reihe von Wagen huschte, zuckte ein Pärchen zusammen, und für einen Moment sah ich den nackten Rücken eines Mädchens.

Dann umgab uns wieder die Dunkelheit, denn ich hatte die Lampen tatsächlich gelöscht.

Natürlich hatte auch Lady Sarah die beiden gesehen. Sie schüttelte den Kopf. »Die jungen Leute heute ...«

»Wie haben Sie das denn immer gemacht?«

Da lächelte sie verschmitzt, schaute mich an und sagte: »Nicht anders, John. Aber sagen Sie's niemandem.«

»Ehrenwort.«

»Nur hatten meine Freunde keine Autos. Bei uns brauchte man noch etwas mehr Phantasie. Wir sind von manchem Regenschauer überrascht worden.«

Ich mußte lachen.

Gemeinsam schlenderten wir zurück. Das aufgeschreckte Pärchen war wieder mit sich selbst beschäftigt.

Dunkel lag der See vor uns. Obwohl er ziemlich schmal ist, konnten wir das andere Ufer nicht sehen. Wir vernahmen Musik und Stimmen. In zahlreichen Lokalen wurde noch gefeiert. Das ging so bis zum frühen Morgen.

Wo wir uns aufhielten, war es still. Kaum ein Mensch ging den Weg, vielleicht wegen der vielen Mücken oder der Polizisten, die plötzlich vor uns auftauchten.

Wir blieben stehen und wurden angeleuchtet.

»Nehmen Sie die Lampe runter, Officer«, sagte ich.

»Ein seltsames Paar. Ist das Ihre Oma, Meister?«

»Werden Sie nicht unverschämt!« schimpfte Sarah Goldwyn. Ihre Stimme übertönte das Flüstern des anderen Polizisten, der seinem Kollegen etwas mitteilte.

Der räusperte sich verlegen und fragte mich dann: »Sind Sie wirklich Oberinspektor Sinclair?«

»Ja, in Lebensgröße sogar.«

»Dann entschuldigen Sie vielmals, ich ...«

»Geschenkt. Aber seien Sie in Zukunft etwas höflicher zu den Passanten. Die bezahlen schließlich Ihr Gehalt. Genau wie das meine.«

Damit ließ ich die Polizisten stehen und ging mit der Horror-Oma davon, die sich leise lachend die Hände rieb.

»Denen haben Sie es aber gegeben«, sagte sie.

Ich hob nur die Schultern.

Wir gingen weiter. Eigentlich ist es Unsinn, hier herumzuspazieren, dachte ich. Was suchten wir eigentlich? Eine Hexe, die vielleicht in eine ganz andere Dimension geflohen war und sich dort ins Fäustchen lachte?

Ich dachte wieder an Glenda. Sie war in einen Strudel hineingeraten, aus dem sie allein nicht mehr herauskam. Nur, wie sollte ich ihr behilflich sein? Wir hatten wirklich so gut wie keinen Anhaltspunkt, und die Geschichte mit dem Hexenjäger hatte sich vor mehr als 200 Jahren abgespielt. Wie sollte man da heute noch Spuren finden?

Plötzlich merkte ich es und blieb stehen.

Sarah Goldwyn ging einen Schritt weiter, dann drehte sie sich um. »Was ist, John?«

»Mein Kreuz reagiert.«

»Was?«

»Ja, hier muß sich irgendwo ein magisches Feld befinden, das mit den Kräften des Kreuzes in Widerspruch steht. Auf jeden Fall ist es in der Nähe.«

»Dann wird es durch das Kreuz vielleicht zerstört«, vermutete die Horror-Oma.

»Das will ich nicht hoffen.« Vorsichtig ging ich weiter. Setzte langsam einen Fuß vor den anderen und spürte, daß die Intensität der Wärme zunahm.

Abermals blieb ich stehen.

Diesmal reagierte Lady Sarah. »Mein Gott, John, mir ist auf einmal so schwindlig.« Sie stützte sich auf ihren Stock und konnte sich doch nicht halten.

Blitzschnell war ich bei ihr.

Da sah ich die Bescherung. Sarah Goldwyn wurde unter meinen Händen durchsichtig. Die Umrisse verschwammen, und die Horror-Oma löste sich vor meinen Augen auf.

Die Hexe vom Hyde Park hatte ihr drittes Opfer!

Glenda wurde befohlen, aufzustehen.

Sie gehorchte und stellte sich unter die Luke. Dabei stieß sie nicht mit dem Kopf an.

Sie wagte nicht, den Blick nach links zu wenden, denn dort hing Trevor Bingham.

Er war tot!

In der Gegenwart gelebt und ausgelöscht in der Vergangenheit. Ein Zeitphänomen …

»Stemm dich hoch!« befahl die Hexe.

Das tat Glenda. Sie legte ihre Hände auf und stieß sich ab. Danach befand sie sich auf einem geräumigen Speicher des Hauses, wo wesentlich mehr Platz war als in dem darunter liegenden Raum. Glenda konnte sogar aufrecht gehen.

Die Henker ließen sie nicht aus den Augen. Auch nach dem Mord blieben ihre Blicke ohne Gefühl und eiskalt.

Auf ein Kopfnicken der Hexe hin nahmen die beiden Henker Glenda in die Mitte und marschierten mit ihr los. Vorbei an dem Toten, den Glenda nun doch richtig sah. Allerdings schloß sie die Augen. Nur das Gesicht würde sie nie im Leben vergessen können. Darin spiegelte sich all das wider, was Trevor Bingham in den letzten Sekunden seines Lebens empfunden hatte.

Sie gingen quer durch den Speicher und gelangten an eine Tür, die ins Freie führte.

Larissa persönlich öffnete die Tür. Glenda hatte befürchtet, springen zu müssen, aber das brauchte sie nicht. Hinter der Tür begann eine Holzleiter, die zum Erdboden führte.

»Da hinunter!« befahl die Hexe.

Glenda ging. Es war gar nicht so einfach, die steile Leiter hinunterzusteigen.

Ihre Knie zitterten. Die Angst wurde stärker und verdichtete sich zu einem drückenden Gefühl in der Magengegend.

Glenda schaute nach unten. Ihr Blick fiel auf den dunklen Boden und auch auf die Ruine und den See.

Sollte sie springen und weglaufen?

Der Gedanke war kaum in ihrem Kopf aufgezuckt, als er schon wieder verlöschte. Die Bestien tauchten auf. Schattenhaft wischten sie um die Hausecke, knurrten und hechelten. Dann bauten sie sich zu beiden Seiten der Leiter auf, legten die Köpfe in den Nacken und öffneten die Mäuler, so daß Glenda die gefährlichen Reißzähne sah.

Sie schüttelte sich.

»Geh weiter!« zischte man hinter ihr. »Los, beeil dich. Ich will dein Leben!«

Glenda schüttelte den Kopf. Andere Gedanken durchströmten ihr Gehirn. Wenn sie jetzt in der Vergangenheit getötet würde, dann dürfte es sie in der Gegenwart ja gar nicht gegeben haben. Darüber nachzudenken glich wirklich einem leichten Wahnsinn. Es war so gut wie nicht zu begreifen, und Glenda wußte nicht mehr weiter.

Schließlich stand sie unten.

Genau zwischen den Hunden blieb sie stocksteif stehen und rührte sich nicht. Die Bestien umschlichen sie hechelnd und mit gesträubtem Fell.

Die beiden Henker sprangen an Glenda vorbei. Weil einem von ihnen ein Tier im Wege war, holte er aus und trat zu. Von der Wucht überschlug sich die Bestie einmal und kam wieder jaulend auf die Füße.

Sie kuschte aber.

Als letzte verließ Larissa die Leiter. Sie gab den Henkern einen Wink. Sie nahmen Glenda in die Mitte und schleiften sie weg.

Man führte sie zum See.

Obwohl sie sich ein paarmal in den Boden stemmte, war sie gegen die Kräfte der Henker machtlos. Roh wurde sie weitergezerrt, und die Hexe ging vor. Sie kümmerte sich um nichts.

Schon bald rutschten Glendas Schuhe über die feuchte Uferwiese, wo sie breite Streifen in das Gras zogen. Der Boden wurde dann noch sumpfiger. Sie gingen durch einen Morast, der tückisch war und widerlich roch.

»Laßt sie los!« befahl die Hexe.

Glenda wurde zu Boden geschleudert. Sofort waren die Bestien da und umkreisten sie, so daß sie es nicht wagte, sich auf die Füße zu stemmen.

»Holt das Brett!« befahl Larissa.

Einer ging weg. Der zweite Henker blieb zurück und ließ kein Auge von Glenda.

Glenda erschauerte vor Angst. Sie hatte den Befehl genau verstanden. Das Brett wurde benötigt, um sie darauf festzuschnallen. Man fesselte sie und warf sie anschließend ins Wasser.

So sah es das Ritual der Hexenprobe vor.

Glenda hatte einiges darüber gelesen, sie wußte, wie grausam diese Probe war, und noch nie hatte jemand sie lebendig überstanden. Blieb sie an der Oberfläche, dann hieß es, sie wäre mit dem Teufel im Bunde. Ging sie unter, dann war sie eine gute Frau. Doch dann war sie ertrunken, denn mit eigenen Kräften konnte sich niemand von dem Brett befreien. Manche waren damals sogar mit Nägeln bestückt worden, um die Qualen der Opfer zu erhöhen.

Damals …

Glenda zuckte zusammen, als sie über dieses Wort näher nachdachte. War dieses Damals nicht das Heute? Hoben sich die beiden Begriffe eigentlich jetzt auf? War sie wirklich in die Vergangenheit gereist, oder befand sie sich woanders?

»Worüber denkst du nach?« erkundigte sich Larissa.

»Ich möchte wissen, wo ich bin.«

Die Hexe lachte. »Bei mir.«

»In der Vergangenheit?«

»Vielleicht.«

»Das geht doch nicht. Wenn ihr mich jetzt tötet, habe ich ja nie gelebt.«

Larissa beugte sich vor. »Gut, kleine Glenda. Gut erfaßt. Aber so dumm bin ich nicht. Ich habe dich nicht in die Vergangenheit geführt, sondern in eine Parallelwelt, wo ich die lange Zeit verbracht habe und wo alles so ist, wie es auch damals war. Verstehst du? Du, Glenda Perkins, befindest dich in einer dämonischen Welt, die parallel neben der Gegenwart besteht. Ich kann dich töten!«

Da brachen Glendas Hoffnungen zusammen. Sie merkte, wie es ihr heiß in der Kehle hochstieg, und reden konnte sie nicht mehr.

Der Henker kam zurück. Er trug das Brett unter dem Arm und schleuderte es neben Glenda zu Boden.

Das Brett war so breit wie ihre Schultern. Stricke hatte der Henker ebenfalls mitgebracht, es würde alles vorschriftsmäßig vonstatten gehen. Diese Hexe war eine wahre Teufelin.

»Stehst du mit Asmodina im Bunde?« fragte Glenda.

»Nein, die interessiert mich nicht. Ich habe hier meine eigene Rache zu erfüllen.«

»Und warum willst du mich umbringen?« Wieder stellte Glenda diese Frage.

Da lachte Larissa laut auf. »Das möchtest du gern wissen, wie?« Sie wartete Glendas Antwort nicht ab, sondern drehte sich tänzelnd im Kreis. »Ja, warum sollst du sterben, kleine Glenda? Ich will dir einen Hinweis geben. Bisher hast du nur meinen Vornamen erfahren. Weißt du, wie ich damals richtig hieß?«

»Nein.«

»Perkinson. Ich hieß oder heiße Larissa Perkinson. Und jetzt brauchst du nur zu denken.«

»Ich heiße Perkins«, murmelte Glenda. »Meine Güte, da muß es doch eine Verbindung geben.«

»Und wie. Du bist nämlich die Nachfahrin meiner verdammten Schwester Elizabeth ...«

Das war wirklich ein Schlag.

Plötzlich wirbelte alles in Glendas Kopf. Sie konnte kaum noch einen klaren Gedanken fassen.

Hier Perkins – da Perkinson!

Glenda begriff. Und sie dachte an die Worte ihres verstorbenen Vaters. Er hatte Ahnenforschung betrieben, war in der Zeit ziemlich weit zurückgegangen und dabei auch auf den Namen Perkinson gestoßen. Im Laufe der Zeit war dieser lange Name dann zu Perkins abgekürzt worden.

Jetzt hatte Glenda den Beweis.

Elizabeth Perkinson hatte ihre Urahnin geheißen. Und sie war eine Schwester dieser Larissa gewesen. Ein nahezu unglaubliches Geschehen, mit dem Glenda hier konfrontiert wurde.

»Begreifst du jetzt?« fragte die Hexe.

»Ich«, flüsterte Glenda, »ich verstehe. Wir sind also verwandt, und du bist tot und lebst trotzdem. Ich stehe hier also der Vergangenheit meiner Familie gegenüber. Das ist unwahrscheinlich und kaum zu fassen. Aber warum willst du mich dann töten? Was habe ich dir getan?«

»Du nichts, kleine Glenda. Aber meine Schwester, deine Ahnherrin. Als dieser verfluchte Bingham kam und meine Eltern tötete, da hat sich meine Schwester feige aus dem Staub gemacht und ist zu ihrem Mann geritten. Mich hat sie allein zurückgelassen.« Sie deutete auf die beiden Henker. »Die beiden haben mich geschändet, und danach beschäftigte sich Bingham mit mir. Er hat die Hexenprobe bei mir vorgenommen, mich auf das Brett gebunden, und ich ertrank. Aber ich starb nicht. Was die anderen nur vermutet hatten, war Wirklichkeit. Ich habe mit dem Teufel gebuhlt, ich war eine Hexe und eine Dienerin des Satans, und er gab mir die Kraft, weiterzuleben. Ich ging nicht ein in das absolute Reich des Todes, sondern gelangte in die Dimensionen des Grauens und des Schreckens. Dort lauerte ich auf meine Chance. Ich befand mich in einer Warteposition. Und nun ist der Tag der Rache gekommen. Und du, Glenda, sollst so sterben, wie ich damals gestorben bin.« Sie schauten sich an.

Zum erstenmal sah Glenda die Augen der Hexe aus der Nähe. Sie waren dunkel, aber nicht klar, sondern zeigten einen verschwommenen Ausdruck, als würden sie sich vor etwas schämen.

»Willst du noch mehr wissen?«

»Ja, über Elizabeth. Warum ist sie verschwunden? Hatte sie so große Angst?«

»Nein, sie wollte Hilfe holen.«

»Schaffte sie es?«

»Ja.«

»Dann hat sie dir doch zur Seite gestanden.«

Larissa lachte. »Unsinn, sie kam viel zu spät zurück. Ich trieb schon tot auf dem Weiher, Bingham war verschwunden, und nur noch die beiden Henker waren da. Sie liefen in die Falle der Häscher. Die Männer töteten die beiden Henker. Sie schlugen ihnen ihre Degen über die Schädel, was jetzt noch zu sehen ist. Aber der Teufel gab sie mir zurück. Er wollte sie nicht haben, und sie mußten mir dienen. An meiner Seite lebten sie im Zwischenreich, bis ich den Zeitpunkt für günstig hielt, zurückzuschlagen. Der ist nun gekommen.«

»In der Vergangenheit.«

»Nein, du befindest dich nicht in der Vergangenheit, kleine Glenda. Sondern in einem Dämonenreich, wie ich es dir schon einmal gesagt habe.«

»Und wenn ich sterbe, was machst du dann?«

»Dann werde ich deine Leiche wieder in die Gegenwart schleudern. Man wird sie irgendwo im Hyde Park finden, und ich schaue aus meiner Dimension zu.«

Glenda wußte nun alles. Sie hatte den Schrecken erfahren. Ihr war bekannt, weshalb man sie umbringen wollte und wer ihre Mörderin war. Eigentlich hätte sie vor Angst vergehen müssen, aber sie riß sich zusammen und fragte nach Bingham.

»Ihn schleudere ich auch wieder in die normale Zeit zurück. Die Leute werden sich wundern.« Die Hexe kicherte und strich sacht über ihren Totenschädel.

»Was ist das?« fragte Glenda.

»Ein Schädel.«

»Aber welche Funktion hat er?«

»Es ist ein Hexenschädel. So wie ein Zauberer seinen Stab besitzt, so besitzen manche Hexen ihre Zauberschädel. Mit ihm, mit seiner Hilfe kann ich einen Übergang zu anderen Zeiten und vor allen Dingen Dimensionen schaffen. Schon sehr oft habe ich Zeitsprünge gemacht und war in deiner Zeit. Dort habe ich mich umgeschaut und vieles gelernt, was ich jetzt verwerten kann. Ich habe dich ein paarmal beobachtet und weiß auch, wo du arbeitest.«

John Sinclair! schoß es Glenda durch den Kopf. Dann ist sie auch über ihn informiert.

Aber die Hexe erwähnte den Namen mit keinem Wort. Sie wollte nur, daß die Probe endlich durchgeführt wurde.

Larissa lachte Glenda an. »Wenn du untergehst, bist du keine Hexe. Bleibst du an der Oberfläche, stehst du mit dem Teufel im Bunde, dann bist du eine Hexe.«

»Und was geschieht dann mit mir?« erkundigte sich Glenda.

Da lachte Larissa. »Sieh dir meine beiden Freunde an. Sie werden dich töten, falls es nicht schon Warrash getan hat.«

»Wer ist Warrash?«

»Habe ich dir davon nicht erzählt?« fragte Larissa scheinheilig. »Warrash ist ein Fisch, der in dem Weiher lebt. Er hat eine besondere Eigenschaft, denn er ernährt sich von Menschen. Ich weiß nicht, ob er satt ist, wenn ich dich der Hexenprobe unterziehe.«

Larissa stieß ein girrendes Lachen aus, was bei Glenda eine Gänsehaut erzeugte. Immer neue Überraschungen hatte dieses Weib auf Lager, so daß Glenda auch ihre letzte Chance entschwinden sah, mit dem Leben davonzukommen.

Larissa würde ihre Drohung wahr machen. Sie steckte voller Haß. Und vielleicht war nur dieser Haß der Grund gewesen, weshalb der Teufel sie hatte leben lassen. Denn für den Satan zählte nur der Haß, nicht die Liebe oder irgend etwas anderes.

»Bindet sie fest!«

Dieser Befehl galt den beiden Henkern. Augenblicklich befolgten sie ihn. Sie scheuchten die gefährlichen Bestien zur Seite, bückten sich und packten Glenda. Ihre Finger waren wie Stifte, die sich hart in Glendas Fleisch bohrten.

Das Girl stöhnte auf. Es spürte die Schmerzen, doch die beiden Folterknechte zeigten kein Erbarmen. Sie hatten den Befehl erhalten und führten ihn aus.

Das Brett war so breit, daß es rechts und links neben Glendas Körper noch überstand. Sie wagte sich nicht zu rühren, auch dann nicht, als die Henker sie losgelassen hatten, denn die Tiere standen zu beiden Seiten in Kopfhöhe und hatten ihre Schnauzen aufgerissen. Bei der geringsten verdächtigen Bewegung würden sie zubeißen.

Glenda lag starr da. Sie wollte eigentlich die Augen schließen, doch wie unter Zwang hielt sie sie offen und schaute dabei die Hexe an.

Larissa wich dem Blick nicht aus. Gelassen hielt sie ihm stand und lächelte sogar spöttisch und mit herabgezogenen Mundwinkeln. Für sie war Glenda schon so gut wie tot. Diese Frau hatte kein Mitleid, sie wollte nur ihre Rache.

Am Anfang hatte Glenda noch gezweifelt, nun war sie aber sicher, eine Hexe vor sich zu haben.

Die Henker hatten die Stricke hervorgeholt. Jeder von ihnen trug jetzt ein Seil in der Hand. Neben Glenda blieben die beiden Gestalten stehen, drehten die Stricke auseinander, ließen sie fallen und führten sie unter das Brett hindurch.

Dann wurde Glenda gefesselt.

Man verschnürte sie regelrecht. Am Hals fing das an, ging weiter über den Oberkörper, die Schenkel, die Beine, die Waden und hörte an den Füßen auf.

Zum Schluß knoteten sie die Stricke zusammen, so daß sie wirklich so fest saßen wie Metallbänder.

Glenda konnte sich nicht mehr rühren.

»Fertig?« fragte die Hexe.

Die Henker nickten.

Larissa lachte. »Dann packt das Brett und werft es in den Weiher. Warrash wird sich freuen.«

Als Glenda das hörte, stieg die Angst in ihr hoch. Sie wollte etwas sagen und spürte den Druck des Seils an ihrem Hals. Die rauhe Faser scheuerte über das Fleisch.

Dann jedoch geschah etwas, womit wohl keiner gerechnet hatte. Nicht Larissa, nicht die Henker und am allerwenigsten Glenda Perkins. Die Bestien wurden plötzlich unruhig. Sie tappten zur Seite, rissen ihre Mäuler noch weiter auf und knurrten drohend.

Irritiert schaute Larissa auf.

Irgend etwas war geschehen.

Sie zischte ihren beiden Henkern einen Befehl zu. Die Glatzköpfigen nahmen sofort eine lauernde Haltung an.

Im nächsten Moment sah jeder den Grund für die Unruhe der Bestien.

Die Luft zwischen den beiden Hunden begann zu flimmern. Sie glänzte irgendwie silbrig, ein regelrechter Trichter entstand, ein Sog, und in diesem Sog waren die Umrisse einer Gestalt zu erkennen.

Einer Frauengestalt.

Lady Sarah Goldwyn materialisierte!

Ich mußte wirklich dumm aus der Wäsche geschaut haben. Leider hatte ich keinen Spiegel bei mir, so konnte ich mein Gesicht nicht sehen, aber die Stelle, wo Lady Sarah gestanden hatte, war leer. Da gab es nichts mehr.

Ich wollte es nicht, aber ich stöhnte auf, fühlte nach meinem Kreuz und bemerkte die Wärme.

Die fremde Magie war noch vorhanden, wenigstens Reste von ihr, nur packte sie mich nicht.

Sarah Goldwyn war verschwunden, davon biß keine Maus den Faden ab. Ich wußte auch nicht, wo ich suchen sollte, schritt aber um den Ort herum, wo sich dieses geheimnisvolle Geschehen abgespielt hatte. Ich kreiste ihn ein, wobei ich mein geweihtes Kreuz in der rechten Hand hielt.

Mein Bemühen war erfolglos.

Dann hörte ich ein leises Lachen und drehte mich um. Zwei junge Männer standen auf dem Weg und machten sich lustig über mich. Auf ihren nackten Oberkörpern trugen sie Lederjacken, an den Gürteln glänzten die schweren Fahrradketten.

Das waren sogenannte Hyde-Park-Mugger, Banditen der Nacht, die harmlose Passanten ausnahmen.

»Hast du Geld verloren?« wurde ich angesprochen.

»Verschwindet«, erwiderte ich und zeigte gleichzeitig meinen Ausweis, den ich sogar noch anleuchtete.

»Ein Bulle«, sagte einer der beiden fast andächtig.

»Wie schön«, meinte der andere.

Die beiden machten keine Anstalten zu verschwinden. Sie waren auf Streit aus.

»Es wundert mich, daß sich ein Bulle allein hier herumtreibt«, sagte der vor mir stehende Rocker. »Der will sicherlich was erleben. Ob wir ihm dabei helfen?«

»Klar.«

Das »Helfen« war mir schon ein Begriff. Sie würden ihre Waffen nehmen und auf mich eindreschen.

Schon zogen sie ihre Ketten.

Ich war wirklich nicht in der Stimmung, mich mit diesen Typen lange herumzuschlagen, deshalb machte ich es kurz und zog meine Beretta.

»Das ist die letzte Warnung«, sagte ich scharf. »Seht zu, daß ihr verschwindet. Hier gibt es für euch nichts zu holen!«

Sie blieben stehen und wurden tatsächlich still. Gebannt schauten sie in die Mündung.

»Typisch Bulle«, sagte der eine. »Kann sich nur mit einer Kanone verteidigen.«

»Weg mit euch.«

Einer hob den Arm und drohte nur. »Irgendwann sehen wir uns wieder, Bulle. Und dann schlagen wir dir die Zähne einzeln aus.«

Die beiden hätte ich am liebsten hinter Gitter gesteckt. Mir fehlte nur die Zeit, ich hatte hier andere Aufgaben zu erledigen und konnte mich um so ein Pack nicht kümmern.

Sie nickten mir noch einmal böse zu, machten kehrt und verschwanden. Dabei gingen sie nicht über den Weg, sondern schlugen sich in die Büsche. Es wäre ja auch zuviel verlangt gewesen, wenn sie sich an die Regeln gehalten hätten.

Die Zweige schlugen hinter ihnen zusammen. So ganz traute ich dem Braten nicht, deshalb blieb ich stehen und steckte auch meine Beretta nicht weg.

Dann hörte ich den Schrei.

Einer der Mugger mußte ihn ausgestoßen haben, denn er drang aus dem Gebüsch, in dem die beiden Schläger verschwunden waren. Zuerst dachte ich an eine Falle, doch der Schrei hatte verdammt echt geklungen.

Da war was passiert.

Sekunden später schleuderte ich die Zweige zur Seite und drang in die Büsche ein.

Ich brauchte nicht weit zu gehen. Hinter dem Buschwerk begann ein kleiner Platz, auf dem mehrere Bäume wuchsen. Sie standen dicht beieinander. Allerdings nicht so dicht, daß nicht noch Platz gewesen wäre, um jemanden aufzuhängen ...

Die Leiche schaukelte leicht hin und her. Sie war männlich. Ich schaute genau hin, obwohl mich der Anblick abstieß, aber ich mußte sie näher untersuchen. Zuerst fiel mir die Halbglatze auf. Und sofort dachte ich an die

Beschreibung, die mir Sarah Goldwyn von dem verschwundenen Mann gegeben hatte.

Das mußte der Redner sein!

Nur – wie kam er hierher?

Ich drehte mich um.

Die Mugger waren doch nicht so abgebrüht. Sie standen auf dem Fleck, beide ziemlich käsig im Gesicht und starrten den Gehängten an. Als sie meinen Blick sahen, schüttelten sie wie auf Kommando den Kopf.

»Wir waren es nicht.«

»Das habe ich auch nicht gesagt.«

Der größere der beiden deutete auf den Toten. »Wir – ich bin gegen ihn gelaufen. Er hing schon da, als wir durch das Gebüsch brachen. Wirklich, Mister.«

»Schon gut. Kennen Sie den Mann?«

Ein zögerndes Nicken von beiden. »Und? Wie heißt er?«

»Das wissen wir nicht, aber wir haben ihn heute gesehen. Und zwar hier im Park.«

»Wo?«

»Speaker's Corner. Da hat er dummes Zeug geredet.«

Jetzt war ich mir sicher, den so plötzlich Verschwundenen vor mir zu sehen.

»Es ist gut«, sagte ich. »Ihr könnt abhauen.«

Ungläubig starrten sie mich an.

»Na los, haut ab.«

Ein zweites Mal brauchte ich meine Aufforderung nicht zu wiederholen. Sie machten kehrt wie zwei Soldaten und verschwanden tatsächlich. Ich hörte noch das Brechen der Äste und Zweige, dann nichts mehr.

Ich atmete tief durch. Abermals hatte ich es mit einem nicht erklärbaren Phänomen zu tun. Dieser Tote mußte aus einer anderen Dimension gekommen sein, er war quasi durch ein Zeitloch gerutscht. Vielleicht durch das gleiche, durch das er auch weggeschafft worden war.

Dabei dachte ich automatisch an Glenda Perkins und Sarah Goldwyn. Auch sie waren verschwunden.

Würden sie auf die gleiche Art und Weise zurückkehren wie dieser unbekannte Mann?

Wenn ich daran dachte, bildete sich ein Klumpen in meinem Magen. Ich fühlte mich so ungemein hilflos. Als einziger war ich noch übriggeblieben und stand hier herum. Unternehmen konnte ich nichts. Ich wußte nicht Bescheid.

Befand sich vielleicht um ihn herum noch ein magisches Kraftfeld, das ich aktivieren konnte?

Ich umkreiste den Baum. Das Kreuz hielt ich in der rechten Hand, wobei ich darauf achtete, ob es sich stärker erwärmte.

Nichts ...

Mutlos blieb ich wieder an meinem alten Platz vor dem Baum stehen. Ein frischer Wind fuhr durch die Büsche und bewegte die Blätter, so daß sie raschelnd aneinanderrieben.

Warum hatte sich die Hexe die anderen geholt und nicht mich? Das mußte doch einen Grund haben, zum Teufel. Hatte die Hexe Angst vor mir? Wußte sie von meiner Aufgabe? Bestimmt, denn daß ich ein Feind der Dämonen war, hatte sich bei den Kreaturen der Nacht inzwischen herumgesprochen.

Ziemlich niedergeschlagen verließ ich den Ort des Schreckens und ging zurück auf den Weg. Ich wollte meine Kollegen später anrufen. Vielleicht fand ich doch noch eine Möglichkeit, irgendwie einzugreifen.

Automatisch führte mich mein Weg in Richtung Wasser. Es war inzwischen Nacht geworden. Nur wenige Lichter schimmerten im Park. Zahlreiche Lokale hatten ihre Pforten jetzt geschlossen. Wer sich noch vergnügen wollte, ging woanders hin.

Das Wasser war eine dunkle Fläche. Ab und zu strich

der Widerschein eines Scheinwerfers darüber, wenn in der Nähe ein Wagen vorbeifuhr. Ansonsten war es still.

Einsam stand ich am Ufer und starrte auf das Wasser. Hier irgendwo mußte sich die Lösung des Rätsels finden lassen.

Und da war auch was.

Auf einmal spürte ich es.

Unbekannte, magische Kräfte schienen von allen Seiten her auf mich einzustürzen. Sie griffen nach mir, zerrten an mir, und ich sah, wie sich die Gegend um mich herum veränderte, aber trotzdem die gleiche blieb.

Dann traf mich ein harter Schlag, der aus dem Unsichtbaren kam und mit einem magischen Ansturm zu vergleichen war. Ich schaffte es nicht mehr, mich auf den Beinen zu halten und fiel hin.

Im nächsten Moment verlöschten bei mir alle Lichter ...

»Lady Sarah!«

Glenda Perkins stieß die Worte hervor, als sie die alte Dame sah, die sich ganz in ihrer Nähe materialisierte.

Bevor Mrs. Goldwyn noch irgend etwas antworten konnte, waren die Bestien da.

Eine sprang sofort auf Lady Sarah zu.

Nun zeigte sich, wie gut die alte Dame reagieren konnte. Bevor diese Abart von Hund sie erreicht hatte, schlug sie mit ihrem Schirm zu. Es war ein harter Hieb und zielgenau.

Die Krücke traf die Schnauze der Bestie und knackte direkt drei Zähne. Das Wesen heulte auf, es hatte auch noch etwas gegen die Nase bekommen und winselte, wobei es auf dem Boden lag und mit allen vier Beinen scharrte.

Einen zweiten Angriff hätte auch Lady Sarah nicht überstanden, aber da griff Larissa ein.

Sie sagte einige Worte, die weder Lady Sarah noch Glenda verstanden. Sofort zogen sich die Bestien zurück. Sie behielten die Frau jedoch genau im Auge.

Wenn Lady Sarah überrascht war, dann zeigte sie es wenigstens nicht. Sie sagte nur: »So trifft man sich also wieder. Ich hatte Sie schon vermißt, Larissa.«

»Wirklich?«

»Ja, denn ich möchte noch eine Erklärung haben.«

»Welche Erklärung?«

»Was das hier alles soll. Und aus welchem Grunde Sie Glenda Perkins auf dieses Brett geschnallt haben.«

»Mit ihr führe ich die Hexenprobe durch.«

»Sie ist keine Hexe. Im Gegensatz zu Ihnen«, erklärte die Horror-Oma mit fester Stimme. Wenn sie Angst hatte, so zeigte sie sie wenigstens nicht.

»Aber sie wird sterben«, entgegnete Larissa.

»Morden Sie gern?«

»Man hat mir keine Wahl gelassen.«

»Erzählen Sie doch nichts. Der Teufel hat Sie unter seine Fittiche genommen, und so mächtig, wie Sie uns weismachen wollen, sind Sie überhaupt nicht.«

»Ich kann es Ihnen beweisen.«

Innerlich frohlockte die Horror-Oma. Sie hatte die Hexe jetzt da, wo sie sie haben wollte.

»Wo sind die Beweise?«

»Ich zeige sie Ihnen. Kommen Sie mit.«

Larissa ging vor. Sie ließ ihre beiden Henker zurück, damit die auf Glenda achteten. Dann schritt sie mit Lady Sarah auf das Haus zu, wo Glenda und Bingham gefangengehalten worden waren. Sie stiegen die Leiter hoch, was Lady Sarah wirklich mit großer Geschicklichkeit schaffte, und standen schließlich auf dem Speicher, wo noch immer der Gehängte hing.

»Er ist schon tot«, erklärte die Hexe.

Lady Sarah lief ein Schauer über den Rücken. »Das

sehe ich«, erwiderte sie, und ihre Stimme klang jetzt doch ein wenig zittrig. »Dann haben Sie Ihre Rache ja vollendet.«

»Nein, Glenda fehlt noch. Und du auch«, fügte Larissa lächelnd hinzu.

»Ich soll auch sterben?«

»Ja, du bist in mein magisches Feld geraten. Es tut mir leid, ich habe keine andere Wahl.«

Da hatte die Horror-Oma eine gute Idee, wie sie fand. »Geht das auch umgekehrt?«

»Was?«

»Daß man Menschen oder Gegenstände von hier in die normale Zeit schafft?«

»Natürlich. Aber wir sind hier nicht in einer anderen Zeit, sondern in einer anderen Dimension. Das solltest du dir merken, alte Frau. Ich kann ihn verschwinden lassen.«

»Dann bitte. Überzeugen Sie mich.«

Für diese Demonstration benötigte die Hexe den Totenschädel. Sie umfaßte ihn mit beiden Händen und hielt ihn dabei so fest wie ein kostbares Kleinod. Die Augen des Schädels waren auf den Gehängten gerichtet, als würde aus ihnen die Kraft strömen, die ein Verschwinden möglich machte.

Lady Sarah beobachtete die Hexe genau. Larissas Gesicht zeigte Spannung und Entspannung zugleich. In ihren Augen funkelte es, und ein düsteres Glühen überzog die Pupillen, als würde jemand in den Augenhöhlen Kohlenstücke verbrennen.

Larissa öffnete den Mund. Ihre Lippen formten dabei Worte, die Lady Sarah nicht verstand. Sie waren kaum hörbar, nur gehaucht, aber sie verfehlten ihre Wirkung nicht.

Der Gehängte verschwand.

Es war wie bei Lady Sarah selbst. Sie hatte es ja am

eigenen Leibe erfahren müssen. Die Körperform wurde durchsichtig, und es entstand ein Flimmern innerhalb des Erhängten.

Im nächsten Augenblick war er samt Strick verschwunden.

Larissa drehte sich um und lächelte. »Genügt das?« fragte sie mit spöttischer Stimme.

»Ja, das reicht.«

Es reichte wirklich. Die Horror-Oma dachte darüber nach. Für sie war das so etwas wie ein Teilsieg und ein Zeichen. Denn sie ging davon aus, daß sich der Erhängte im Hyde Park materialisiert hatte. Und dort trieb sich noch John Sinclair herum.

Wenn er den Toten sah, dann verstand er das Zeichen sicherlich.

Nur nicht aufgeben, John! dachte die Horror-Oma.

»Gehen wir zu den anderen«, sagte Larissa. »Wir wollen nicht mehr länger warten.«

Sarah Goldwyn mußte vorangehen. Auch ihr blieb die Leiter nicht erspart. Sie meisterte die Sprossen jedoch mit Geschick und auch Glück. Ihr war längst klar geworden, daß sie gegen die Hexe mit rein körperlichen Kräften nichts ausrichten konnte. Magische Kenntnisse besaß die Horror-Oma kaum, aber sie verfügte über eine große Portion Schläue und auch Geschick. Sie hatte es nicht umsonst geschafft, daß die Hexe bewies, wie mächtig sie war. Ein erstes Zeichen für John Sinclair, und Sarah Goldwyn hatte beschlossen, auch noch ein zweites, markanteres zu setzen, falls die Hexe mitspielte.

Glenda lag noch immer gefesselt und an das Brett gebunden auf der feuchten Uferwiese. Die beiden glatzköpfigen Henker umstanden sie.

Lady Sarah lächelte ihr aufmunternd zu, obwohl das auch nichts half, denn Larissa war fest entschlossen, die Hexenprobe durchzuführen.

Sie nickte den Henkern zu. »Werft sie in den Weiher!« befahl sie dann.

Die Gestalten bückten sich. Auch die Hunde hatten sich aufgerichtet, sie knurrten leise.

»Moment noch!« Lady Sarahs Stimme klang klar und hell. Gar nicht ängstlich.

Die Henker hielten tatsächlich inne. Sie schauten Larissa ebenso an wie die Horror-Oma.

»Was willst du, alte Frau?« zischte die Hexe.

»Ich denke noch über deine Demonstration nach«, erwiderte die Horror-Oma.

»War sie dir nicht mächtig genug?«

Lady Sarah wiegte den Kopf. »Ja und nein«, erklärte sie.

Larissa verzog das Gesicht. Mit zwei Schritten stand sie vor Sarah Goldwyn und starrte sie aus brennenden Augen an. »Was willst du noch, alte Frau?«

»Einen weiteren Beweis deiner Kraft.«

Larissa zuckte zurück. »Hat dir der eine nicht gereicht?«

»Nein, Larissa. Ich habe viel über Hexen gelesen. Nun stehe ich kurz vor meinem Tod zum ersten Mal einer gegenüber. Und ich wollte dich fragen, ob die Hexen wirklich so starke Fähigkeiten besitzen, wie immer gesagt wird.«

»Das habe ich dir gezeigt.«

Da lächelte die Horror-Oma etwas verschmitzt und auch hintergründig. »War diese Kunst des Verschwindenlassens nicht eine ganz simple Sache? Eigentlich deiner unwürdig.«

»Du riskierst eine große Lippe«, stellte die Hexe fest.

Da legte die Horror-Oma den Kopf schief und hob die Augenbrauen in die Höhe. »Ist mir das nicht gestattet so kurz vor meinem Tod? Ich habe doch keine Chance mehr.«

Sie sagte dies mit einer Sicherheit, über die sich nicht nur sie selbst wunderte, sondern auch Glenda Perkins. Glenda hatte der Mut fast verlassen, doch als sie die Worte der alten Dame vernahm, konnte sie nur noch staunen, und ein wenig Hoffnung glomm wieder in ihr auf.

Diese Sarah Goldwyn war wirklich ein Phänomen. Sie zeigte keine Furcht, obwohl sie sicherlich Angst hatte. Auch Glenda merkte, daß die Horror-Oma versuchte, die Hexe Larissa auszutricksen.

»Sag, was du willst«, forderte Larissa.

»Das ist nicht schwer. Es sollte wenigstens für eine Hexe nicht schwer sein. Du hast es vor meinen Augen geschafft, den Gehängten verschwinden zu lassen, nun frage ich mich, ob du es auch schaffst, uns verschwinden zu lassen.« Bevor Larissa etwas sagen konnte, vollführte Sarah Goldwyn eine umfassende Armbewegung. »Ich meine es so, daß wir alle hier in eine andere Zeit – in die Gegenwart – versetzt werden.«

»Was bezweckst du damit?« zischte Larissa, und ihre Augen wurden zu schmalen Sicheln.

»Jeder Todeskandidat hat einen letzten Wunsch«, erklärte Lady Sarah, nachdem sie tief Luft geholt hatte. »So auch ich. Es ist mir ein Greuel, daß ich in irgendeinem Dämonenreich sterben soll. Ich möchte, wenn ich schon sterben muß, daß dies in meiner Zeit geschieht. In der Gegenwart der Erde. Ist das so schlimm und so unverständlich? Wer die Kräfte besitzt, der sollte den Wunsch einer alten Frau auch erfüllen.«

»Da ist ein Trick dabei!«

Sarahs Augen wurden groß. »Welcher Trick? Fürchtest du dich vor mir, Larissa?«

»Nein.«

»Da siehst du es.«

»Du willst also in der Gegenwart sterben, nicht wahr?«

»Ja.«

»Wie hast du dir das vorgestellt?«

»Schlage eine magische Brücke in die Gegenwart. Das dürfte dir doch nicht schwerfallen. Schaffe all das hier in die Gegenwart, in meine Zeit und ...«

»Wir sind nicht in der Vergangenheit.«

Sarah nickte. »Das hatte ich vergessen, entschuldige. Aber bring uns in meine Welt. Das allein ist wichtig. Bringe uns mit allem hinüber, was hier ist. Bilde eine magische Insel im Hyde Park und beweise den anderen deine Macht.«

Nach diesen Worten schwieg die Horror-Oma. Sie setzte ein gleichgültiges Gesicht auf, obwohl sie innerlich fieberte. Hatte die Gegenseite ihren Bluff geschluckt?

Das war die große Frage, und Lady Sarah drückte sich und Glenda beide Daumen, daß es klappte.

Larissa überlegte. Anscheinend hatte Sarah Goldwyn einen wunden Punkt bei ihr getroffen, den der Machtbesessenheit oder der Eitelkeit. Sie wollte sich beweisen und vor allen Dingen den überheblichen Menschen ihre Macht demonstrieren und ihnen zeigen, daß sie noch nichts an Kräften eingebüßt hatte. Wenn sie den Vorschlag aus der Sicht betrachtete, war er gar nicht mal so schlecht.

Und was konnte ihr passieren? Nichts. Die Menschen schreckten sie nicht. Sie waren dumm und arrogant in ihrer Überheblichkeit. Die packten es nicht, nein, sie war viel stärker. Sie beherrschte die Hexenkunst, von denen die Menschen viel gelesen und auch geträumt hatten. Als sie daran dachte, umspielte ein Lächeln ihre Lippen, das auch von der Horror-Oma bemerkt wurde.

Hatte sie gesiegt?

»Ich werde es so machen, wie du es dir gewünscht hast, alte Frau«, sagte sie.

»Du willst uns alle hier in die Gegenwart schaffen?«

»Da sind wir bereits. Ich brauche nur die Magie zu verändern, und schon ist alles so, wie du es dir gewünscht hast. Aber glaube nur nicht, daß ich dir eine Chance zur Flucht gebe. Niemand wird dir helfen können.«

»Das weiß ich.« Sarah senkte den Kopf. Sie kniff Glenda Perkins dabei ein Auge zu.

Larissa redete weiter. »Natürlich nehme ich auch Warrash mit in eure Welt. Während dieser Vorgang geschieht, wird sie«, dabei deutete Larissa auf Glenda Perkins, »auf dem Weiher schwimmen und die Hexenprobe durchmachen. Wie gefällt euch das?«

Lady Sarah hatte Mühe, sich zu beherrschen. Es gelang ihr tatsächlich, die Angst nicht zu zeigen. Sie schluckte nur und sagte: »Es ist mir klar, da wir sowieso keine Chance haben. Ich lege unser beider Schicksal in deine Hand.«

Die kleine Flamme der Hoffnung verlosch. Glenda wurde wieder von Angst gepackt. Und die steigerte sich noch mehr, als sich die beiden Henker auf ein Kopfnicken der Hexe hin bückten, das Brett packten und es hochhoben.

»In den Weiher mit ihr!« befahl Larissa und streckte dabei den rechten Arm aus.

Augenblicklich gehorchten die beiden makabren Gestalten und hoben das Brett an.

Glendas flehender Blick war auf Sarah Goldwyn gerichtet, die auch nichts mehr für sie tun konnte. Doch ihre Augen sprachen Glenda Mut zu.

Halte durch! schienen sie zu sagen. Nur nicht aufgeben. Es wird alles wieder gut werden.

Wellen kräuselten das Wasser. Ansonsten lag die Oberfläche still und dunkel da.

Die beiden Bestien hatten sich erhoben und begleiteten die Henker mit ihrer menschlichen Last.

Schon wurden die Füße der Hexendiener vom Wasser

umspült. Sie bückten sich, legten das Brett auf die Oberfläche und gaben ihm einen Stoß.

Es glitt davon und trieb langsam auf die Mitte des Weihers zu, wo Warrash lauerte …

Etwas knirschte zwischen meinen Zähnen. Es waren Dreckkrümel, die ich spürte und die auch als rauhe Schicht auf meiner Zunge lagen. Das Schlucken fiel mir schwer, ich räusperte mich und hustete, wobei ich den Kopf schüttelte.

Lange war ich bestimmt nicht abgetreten, höchstens einen kurzen Moment. Und langsam wurde ich wieder klar, setzte mich auf und schaute mich um.

Ich befand mich noch immer an der gleichen Stelle, und doch hatte sie sich verändert. Wo zuvor Bäume gestanden hatten, entdeckte ich nun eine Ruine. Hinter mir befand sich ein Haus, unter mir war der Boden ziemlich feucht.

Ich war noch ein wenig durcheinander, so daß ich nicht sofort die Lösung dieses Rätsels fand. Nur langsam dämmerte mir, was geschehen war.

Die Umgebung, in der ich mich aufhielt, war durch einen magischen Einfluß verändert worden.

Vielleicht in die Vergangenheit versetzt?

So konnte es ausgesehen haben. Ich tastete nach meinem Kreuz und bemerkte die leichte Erwärmung. In der Tat befand ich mich innerhalb eines magischen Zentrums.

Meine Ohren waren ein wenig taub, ich war noch nicht wieder voll auf der Höhe. Vielleicht war das der Grund, weshalb ich das Knurren überhörte.

Dann nahm ich den Schatten wahr.

Ich flirrte herum.

Schon sah ich sie.

Zwei gewaltige Bestien waren es, die auf mich zusprangen. Eine Mischung aus Hund und Wolf, weit aufgerissen die Rachen. Mit den spitzen Zähnen.

Ich dachte nicht lange darüber nach, woher die Bestien gekommen waren, ich nahm einfach hin, daß sie existierten und daß sie mir ans Leder wollten.

Das erste Tier sprang.

Mir blieb keine Zeit mehr, meine Beretta zu ziehen. Ich mußte mich mit bloßen Händen gegen die Bestie verteidigen. Ein Schlag mit dem Ellbogen traf das Tier mitten auf die Schnauze. Es kam nicht mehr dazu, die Zähne in meinen Arm zu hacken. Empfindlich getroffen fiel es zu Boden und jaulte.

Das zweite Tier warf mich um.

Ich hätte mich vielleicht breitbeinig hinstellen sollen, so aber war ich dem Ansprung nicht gewachsen und merkte jetzt, welch eine immense Kraft in diesem Tier steckte.

Als ich zu Boden fiel, war das Tier schon über mir. Es setzte seine Pfoten auf meine Brust und stieß den Schädel vor, um die Zähne in meinen Hals zu hacken.

Doch auf der Brust lag das Kreuz.

Und das Tier berührte es mit der Pfote.

Zuerst hörte ich das Zischen, dann hieb ein Blitzstrahl, vom Kreuz ausgesandt, in den Körper der wilden Bestie.

Die Weiße Magie spaltete das Tier fast. Es hatte gerade noch Kraft, zurückzuspringen, bevor eine stinkende Wolke aus seinem Fell drang und sich in skurrilen Figuren auflöste. Das Fell aber fiel von den Knochen des Tieres. Wie ein alter Lappen rollte es sich auf, so daß eine skelettierte Bestie vor mir stand.

Ich hatte mich aufgesetzt.

Die zweite Bestie traute sich nicht recht.

Bevor sie es sich anders überlegen konnte, schleuderte ich das Kreuz, traf das Biest und zog gleichzeitig meine

Beretta, denn sicher war sicher. Die Kugel konnte ich mir sparen, das Kreuz tat seine Wirkung. Auch das zweite Tier verging in einer stinkenden Wolke, und nur Knochen blieben von ihm übrig.

Ich sprang schwungvoll wieder auf die Füße und blickte mich um. Kein anderes Biest griff mich an.

Aber diese Angriffe hatten mir gezeigt, daß ich nicht mehr allein war. In der Nähe lauerten Lebewesen, ich mußte praktisch mit allem rechnen, mit Monstertieren oder Dämonen. Das hier war nichts Normales mehr, ich befand mich inmitten einer magischen Zone.

Über die Ursache verschwendete ich keinen Gedanken, sondern nahm es so, wie es war.

Die Ruine stach mir ins Auge. Sie eignete sich hervorragend als Versteck für irgendwelche Gegner.

Ich lief darauf zu.

Einen Eingang brauchte ich nicht. Es gab Löcher genug, durch die ich die Ruine betreten konnte. Dabei mußte ich über Trümmer und Mauerreste steigen, und als ich mich inmitten dieses verfallenen Bauwerks befand, da entdeckte ich, daß das Dach völlig fehlte. Nur ein paar Reste standen noch.

Die Ruine war leer.

Ich sah nichts, was auf irgendeinen Gegner hingedeutet hätte. Kein Monster, kein Dämon, keine mutierten Wesen.

Als ich ein paar Schritte zur Seite ging, blieb ich vor dem Teil einer Treppe stehen, die in die Höhe führte und noch ziemlich stabil aussah. Von dort oben hatte ich einen besseren Blick und riskierte es.

Die Stufen hielten tatsächlich. Sie schwankten zwar, das alte Holz ächzte, aber ich konnte dann mit einem großen Schritt zur Seite gehen und blieb auf einem Mauerrest stehen, wo ich einen ausgezeichneten Überblick hatte.

Vor mir schimmerte das Wasser. Schwarz sah es aus, nur hin und wieder von helleren Tupfern bedeckt. Eigentlich nichts Besonderes, nur daß es eben keine weiteren Lichter gab, wie es im normalen Hyde Park der Fall gewesen wäre.

Ich wollte den Blick schon weiterschweifen lassen, als mir etwas auffiel.

Da trieb ein länglicher Gegenstand auf dem Wasser. Ich sah ihn auch nur, weil der Gegenstand hell war und sich von der dunklen Oberfläche abhob. Was konnte das sein?

Hell und länglich!

Ein Mensch!

Plötzlich hatte ich die Lösung des Rätsels, und ich sah auch, daß in der Nähe des treibenden Gegenstands das Wasser mit einemmal aufgewühlt wurde.

Im nächsten Augenblick hörte ich den gellenden Hilfeschrei.

Eine Frau hatte ihn ausgestoßen.

Und verdammt noch mal, ich kannte die Stimme. Sie gehörte meiner Sekretärin Glenda Perkins.

Es kam jetzt auf jede Sekunde an. Zögern bedeutete größere Lebensgefahr für Glenda. Ich konnte es mir auch nicht mehr erlauben und erst groß die Treppe hinunterzusteigen.

Ich sprang von der Mauer.

Der Boden war weich, ich federte in den Knien und lief einige Schritte, vom eigenen Schwung vorangetrieben.

Schon stand ich am Ufer.

Als ich den nächsten Schrei vernahm, befand ich mich bereits in der Luft.

Mein Körper beschrieb einen Bogen, und dann tauchte ich mit dem Kopf zuerst ein …

Glenda stand Höllenängste durch.

Als würde das Brett, auf dem sie lag, von unsichtbaren Händen geschoben, so näherte es sich immer mehr der Mitte des geheimnisvollen Weihers, wo Warrash hausen sollte.

Wer war Warrash?

Ein Monster? Ein Dämon, ein Ungeheuer vielleicht? Oder ein mutierter Mensch?

In den Dimensionen des Schreckens war alles möglich, und sie trug nicht umsonst diesen Beinamen.

Glenda konnte sich auf dem schmalen Brett nicht rühren. Die Fesseln schnitten in ihre Haut. Sie hatte versucht, sie zu lösen, doch es war unmöglich gewesen. Nur die Haut an ihren Gelenken war in Mitleidenschaft gezogen worden. Glenda hatte sie sich aufgescheuert, jetzt blutete sie an einigen Stellen.

Das Brett trieb weiter.

Vor sich sah Glenda die Wasserfläche. Aus ihrer Perspektive sah sie aus wie ein gewaltiges Meer. Die leichten Wellen rollten heran und überschwemmten manchmal das Brett. Glenda war längst naß geworden. Sie fror, und die Kleidung klebte an ihrem Körper.

Glenda fror nicht nur wegen der kühleren Temperatur, sondern auch vor Angst. Die Hoffnung hatte sie verlassen, nachdem sie einige Male aufgezuckt war, als die Horror-Oma mit raffinierten Tricks versucht hatte, die Hexe zu leimen. Es war ihr nicht gelungen. Larissa hatte zwar auf sie gehört, aber sie würde auch in der normalen Welt als Siegerin dastehen.

So sah es aus, und es gab niemanden mehr, der jetzt noch etwas unternehmen konnte.

Glenda selbst war dieser verfluchten Hexenprobe hilflos ausgeliefert.

Sie paßte nicht auf, öffnete den Mund, und eine Welle rollte heran, die ihr Gesicht überspülte.

Wasser drang in Glendas Mund. Es geriet in die falsche Kehle, und Glenda mußte husten. Sie spie den größten Teil des schmutzigen Seewassers wieder aus.

Durch das Husten geriet das Brett ins Schwanken. Es rollte ein paarmal auf und nieder, wankte und beruhigte sich dann wieder.

Hinter ihr war alles still geblieben. Kein Triumphgeschrei, kein Hohnlachen – nichts. Ihre Feinde warteten ab und lauerten, was Warrash wohl mit ihr anstellen würde.

Warrash!

Wieder dachte sie daran. Glenda hatte keine Vorstellung von ihm, aber er schien sehr gefährlich zu sein. Sie schielte nach allen Seiten.

Zeigte sich Warrash?

Bisher war er nicht zu sehen gewesen, das Wasser blieb ruhig, nur wenn der Wind mal etwas stärker über den Weiher fuhr, dann kräuselte er die Wellen, und sie überschwemmten die Gefangene.

Glenda spürte ihr Herz pochen. Der Puls dröhnte im Gehirn. Sie hatte heftige Kopfschmerzen, und sie dachte daran zu schreien, doch was hätte es genützt?

Niemand kümmerte sich um sie. Sarah Goldwyn konnte ihr auch nicht mehr helfen.

So trieb sie weiter.

Je mehr sie sich vom Ufer entfernte, um so größer wurde ihre Angst. Jede Minute konnte Warrash auftauchen und sie verschlingen, denn daran glaubte Glenda fest.

Hatte man ihr nicht gesagt, daß Warrash eine menschenfressende Bestie war?

Und er war von Larissa auf sie angesetzt worden. Von Larissa Perkinson, einer Ahnherrin von ihr, die man damals hingerichtet hatte und die tatsächlich eine Hexe gewesen war.

Bisher hatte sich Glenda aus den gefährlichen Abenteuern heraushalten können. Sie unterstützte John Sinclair im Büro.

Glenda war zwar ein paarmal mit dem Grauen konfrontiert worden, dabei brauchte sie nur an die flammenden Augen zu denken, aber jetzt fühlte sie sich so schrecklich allein. Da war niemand, der ihr helfen oder zur Seite stehen konnte.

Lady Sarah Goldwyn hatte zwar alles versucht – umsonst, wie Glenda bitter feststellte.

Das Brett schaukelte ein paarmal auf und nieder. Glenda zuckte zusammen und erschrak, denn bisher war das Wasser ruhig geblieben. Geriet sie nun in die Nähe des Monsters?

Ihre Nerven wurden noch stärker gepeinigt. Die Nässe auf ihrer Stirn vermischte sich mit dem aus den Poren tretenden Schweiß. Wasser drang in ihre Augen und verschleierte sekundenlang ihren Blick. Panik stieg in ihr hoch, sie wollte sich aufrichten, dachte dabei nicht mehr an die Fesseln, und durch die hastige Bewegung wäre das Brett fast gekippt.

Das war die zweite große Gefahr, in der sich Glenda Perkins befand. Wenn sie durch eine unbedachte Bewegung das Brett zum Kippen brachte, geriet sie unter Wasser, und ob sich das Brett dann wieder aufrichtete, war die große Frage.

Doch sie hatte Glück. Das Brett schwamm weiter auf der Oberfläche und mit ihm Glenda Perkins.

Sie näherte sich Yard für Yard der Mitte des Weihers. Dort war das Gewässer am tiefsten, da hatte Warrash einen Platz, wo er lauern konnte und man ihn nicht sah.

Und er wußte bereits, daß ihm ein Opfer gebracht werden sollte. Im tiefen Schlamm hatte er sich verborgen gehalten, doch mit fein ausgeprägten Sinnen merkte er, wer da auf der Oberfläche des Weihers schwamm.

Er bewegte sich.

Der Schlamm auf dem Grund wurde aufgewühlt. Gewaltige, dunkle Wolken zogen durch das Wasser, in die Warrash eintauchte wie in einen Tunnel.

Nur kurz hätte ein Beobachter seinen gewaltigen Leib sehen können, und die Person hätte sich wirklich erschreckt.

Warrash war ein regelrechtes Ungeheuer. Eine Mischung aus Aal und Seeschlange. Breit wie eine Tonne war sein Körper, der in seinem oberen Ende fast nur aus Maul bestand, das noch größer wurde, wenn er es aufriß.

Warrash glitt der Oberfläche entgegen. Er bewegte sich träge, aber doch mit einer zielstrebigen Geschmeidigkeit. Sein Leib war nicht einmal sehr lang, er hatte vielleicht die doppelte Größe eines ausgewachsenen Menschen, aber dieses Monster verschlang alles.

Warrash roch das Opfer und konnte sich kaum noch beherrschen. Sein hinteres Ende peitschte das Wasser auf, Strudel bildeten sich, die erste Unruhe entstand an der Oberfläche.

Glenda merkte, daß etwas nicht stimmte. Gefährlich schwankte das Brett.

Sie hielt den Atem an.

Im nächsten Moment gischtete vor ihr das Wasser zu einer regelrechten Fontäne hoch, Schaum entstand, und ein gewaltiger Schatten, wie ein Riesenwurm anzusehen, stieg aus dem Wasser.

Warrash war da.

Glenda sah ihn, wie er säulenartig in der Luft stand und sein Maul aufriß.

Das Mädchen erkannte die gefährlichen Reißer. Dicht an dicht steckten sie im Gaumen, sie würden alles zermalmen, da hatte sie keine Chance mehr.

Bisher hatte sie es ausgehalten, doch nun schrie sie verzweifelt auf ...

Sie schauten dem davontreibenden Brett nach.

Larissa, ihre beiden Henker und auch Sarah Goldwyn. Die Horror-Oma hatte die Lippen so fest aufeinander gepreßt, daß sie nicht dicker waren als ein Messerrücken.

In ihrem Innern tobte der Zorn.

Den Wechsel in die normale Welt hatte sie gut überstanden. Sie befanden sich jetzt im Hyde Park der Gegenwart, allerdings irgendwie abgetrennt von den anderen Teilen, denn sie sah keine Lichter und hörte auch keinerlei Geräusche, obwohl der Park auch des Nachts nicht zur Ruhe kam.

Die Schwarze Magie umhüllte sie wie ein Mantel.

»Nun?« fragte Larissa. »Hast du erreicht, was du wolltest?«

»Zum Teil.«

Da lachte die Hexe und deutete auf das Wasser. »Du wolltest sie retten, nicht?«

»Möglich.«

»Nicht nur möglich, sondern es stimmt. Schau dir die kleine Glenda an, wie sie auf die Seemitte zutreibt. Dort lauert Warrash im tiefen Schlamm. Er wird sie wittern, und er wird an die Oberfläche kommen, um sie zu zerreißen ...«

»Hör auf!«

»Das könnt ihr Menschen nicht hören.« Larissa nickte. »So habe ich mir das immer vorgestellt. Ihr seid noch ebenso feige wie damals.«

»Wie hätten wir uns denn wehren können?« erkundigte sich Mrs. Goldwyn. »Wir haben doch nicht die Macht und besitzen auch nicht die Waffen.«

»Die hattet ihr früher auch nicht.«

»Du lebst ja noch.«

»Aber auch nur, weil ich den Teufel als Bräutigam genommen habe. Nur aus diesem Grunde lebe ich. Und ich werde ewig leben, das schwöre ich dir. Es ist der

Lohn, den der Satan mir gezahlt hat. Niemand kann mich töten.«

Larissa war überheblich wie alle Dämonen und Wesen der Finsternis. Sie vertraute nur auf ihre eigene Stärke und dachte nicht, daß es Menschen geben konnte, die ihr die Stirn boten.

Lady Sarah ließ sie in dem Glauben. Ihre Gedanken drehten sich um John Sinclair. Wenn er sich tatsächlich noch hier in der Nähe aufgehalten hatte, dann mußte er doch bald erscheinen. Oder war er so weit außerhalb, daß ihn die magische Zone nicht erreichte? Traf das zu, gab es keine Rettung mehr.

Lady Sarah warf wieder einen Blick auf das Wasser. Glenda trieb weiter davon. Ihre weiße Kleidung bildete einen hellen Fleck auf dem dunklen Wasser. Es dauerte nicht mehr lange, dann hatte sie die Mitte des Sees erreicht – und damit Warrash.

Die Horror-Oma wandte den Kopf.

Beide Henker standen um sie herum. Und sie hatten nur Augen für die Frau. Machte Mrs. Goldwyn eine falsche Bewegung, würden sie eingreifen und sie töten.

»Welchen Tod hast du dir für mich ausgedacht?« fragte sie die schwarzhaarige Hexe.

Larissa drehte ihr Gesicht der Horror-Oma zu. Dabei fielen ihr die Haare wie ein Vorhang vor die Augen. »Du wirst ertränkt. Aber nicht zuvor auf das Brett gelegt, sondern von meinen beiden Freunden hier. Sie drücken dich unter Wasser, so lange, bis …«

»Hör auf!«

Larissa lachte. »Ich wollte dir nur eine Antwort auf deine Frage geben.« Sie drehte sich wieder um. »Sieh lieber aufs Wasser. Deine kleine Freundin hat inzwischen die Stelle erreicht, wo Warrash lauert. Es kann nur noch Sekunden dauern, dann ist es soweit.«

Larissa hatte nicht gelogen.

Selbst aus dieser Entfernung war zu erkennen, wie das Wasser aufschäumte.

Und wie unter Hypnose stehend mußte Lady Sarah Goldwyn mit ansehen, wie der Fisch aus dem Wasser stieg. Ein gewaltiges Monster, das Glenda Perkins verschlingen wollte …

Ich tauchte elegant ein.

Das Wasser war sogar ziemlich warm, ich verspürte keinen Schock wie bei kaltem Meerwasser, in das ich schon des öfteren gesprungen war. Noch in der Luft hatte ich Atem geholt, so daß ich die erste Zeit unter Wasser weiterschwimmen konnte.

Es war eine trübe Brühe. Obwohl ich die Augen aufriß, konnte ich nichts sehen. Nur Algen und andere Gewächse streiften mein Gesicht, als würden glitschige Finger darüber gleiten.

Ich schwamm mit ruhigen, kräftigen Zügen, wollte so weit vom Ufer weg wie möglich.

Ich hielt so lange die Luft an, bis es nicht mehr ging. Dann tauchte ich auf, schleuderte mir das Wasser aus dem Haar und hörte das Wimmern und Schreien.

Ich mußte den Kopf drehen, um Glenda sehen zu können. Um sie herum gischtete das Wasser auf, und ich erkannte einen gewaltigen Schatten, der aus dem See stieg.

Fast stockte mir der Herzschlag. Dieser Schatten war so gewaltig, daß mir der Atem wegblieb. Er erinnerte mich an einen riesigen Aal, war aber wesentlich breiter. Er warf seinen Leib von einer Seite zur anderen.

Auch sah ich in seinem Rachen etwas schimmern. Das waren die Zähne, mit denen er sein Opfer reißen wollte.

Ich wußte nun, was mit Glenda Perkins geschehen sollte, welches Schicksal man ihr zugedacht hatte.

Das alles hatte nur wenige Sekunden gedauert, dann schwamm ich weiter. Nicht mehr als Brustschwimmer, sondern nun als Krauler.

Meine Arme schlugen das Wasser. Ich mußte so nahe wie möglich an das Monster heran und Glenda retten. Ihre Schreie gellten in meinen Ohren. Wasser schwappte mir ins Gesicht und machte mich manchmal blind. Ich wischte es weg und schwamm weiter.

Dann hörte ich die Schreie nicht mehr.

War Glenda etwa ...?

Fast blieb mir das Herz vor Schreck stehen. Ich hechtete aus dem Wasser und sah, daß das verdammte Brett, auf dem Glenda Perkins lag, umgekippt war.

Gefahr!

Glenda konnte ertrinken, denn sie selbst würde kaum die Kraft aufbringen, das Brett wieder aufzurichten. Zudem war sie gefesselt und konnte sich nicht rühren.

Das Untier war noch da.

Ich jedoch mußte mich zuerst um Glenda Perkins kümmern und tauchte. Dicht unter der Wasseroberfläche glitt ich dahin, änderte ein wenig die Richtung und hatte Glück, daß ich das Brett mit Glenda Perkins sofort erwischte.

Mit beiden Händen griff ich zu und drehte das Brett so herum, daß Glenda wieder oben lag. Neben ihr tauchte ich aus dem Wasser. Unsere Köpfe befanden sich fast in gleicher Höhe.

Glenda war nicht bewußtlos. Sie hatte die Augen geöffnet und starrte mich an. Dem Blick entnahm ich, daß meine Sekretärin kaum aufnahmefähig war. Der in den letzten Minuten ausgestandene Schrecken hatte sie ziemlich mitgenommen. Sie hustete. Wasser quoll aus ihrem Mund. Ich war froh, daß sie noch so reagieren konnte, gab dem Brett einen Stoß, so daß es zur Seite trieb, und wälzte mich herum.

Dann sah ich das Ungeheuer und hörte gleichzeitig Glendas Worte.

»Warrash will mich fressen!«

Das war mir auch schon klar gewesen. Ich wußte, daß mir keine andere Wahl blieb, als mich dem Ungeheuer zu stellen.

Jetzt schnellte es noch weiter aus dem Wasser. Es ragte wie ein Turm vor mir auf, öffnete weit sein Maul, und wenn ich die Zähne sah, packte mich das Grausen.

Die waren mörderisch.

Ich trat Wasser.

Meine Kleidung hatte sich vollgesaugt, ich trug auch noch meine Schuhe, und beides zerrte mich nach unten. Für mich war es gar nicht so einfach, an der Oberfläche zu bleiben und noch zu kämpfen.

Wenn früher die Waffen naß wurden, dann taugten sie meistens nichts mehr. Heute ist das anders. Ich konnte auf meine Beretta vertrauen, sie würde mich auch nicht im Stich lassen, obwohl sie mit Wasser in Berührung gekommen war.

Ich zog die Pistole hervor, genau in dem Augenblick, als sich das Monster auf mich warf.

Hastig drückte ich ab.

Vergebens!

Kein Schuß löste sich aus der Waffe.

Die Beretta hatte versagt! So etwas war noch nie vorgekommen, und ich mußte erst einen heißen Schrecken überwinden.

Das konnte doch nicht sein!

Nicht eine Sekunde Zeit blieb mir zum Überlegen. Warrash nahm auf mich keinerlei Rücksicht.

Er wuchtete seinen Körper auf mich zu, und er war verdammt beweglich. Ich sackte weg. Verzweifelt ließ ich mich in die Tiefe gleiten, wobei ich mich noch zur Seite drehte.

Seine Zähne erwischten mich nicht, dafür aber sein rauher, schuppiger Leib. Ich erhielt einen Schlag gegen Rücken und Hüfte, der mich sogar noch im Wasser weiterschleuderte.

Sekundenlang hatte ich mit dem Schmerz zu kämpfen und biß eisern die Zähne zusammen. Instinktiv vollführte ich Schwimmbewegungen und verließ den Ort des Geschehens, um an anderer Stelle wieder aufzutauchen.

Hoffentlich kümmerte sich das Monster jetzt nicht um Glenda.

Meine Hoffnung erfüllte sich zum Glück.

Das Untier war mir gefolgt. Halb schwamm es über Wasser. Es hatte sein Maul aufgerissen, so daß durch die Strömung Wasser in den Rachen gespült wurde.

Die Beretta hatte ich weggesteckt. Sie konnte ich im Augenblick vergessen.

Blieb noch das Kreuz!

Wenn ich mit dem Kruzifix an das Untier herankam, dann mußte es sterben.

Wieder tauchte ich, blieb aber dicht unter der Oberfläche, so daß ich meinen Gegner sehen konnte.

Dann stieß ich vor.

Ich schwamm jetzt tiefer, wollte Warrash von unten her angreifen und kam auch bis an sein Maul heran, als er ebenfalls tiefer stieß. Jetzt konnte er mich erwischen.

Diesmal war ich schneller.

Bevor der Rachen zuklappte, hatte ich mein Kreuz gegen Warrash gepreßt. Dicht unter das Maul drückte ich das Kruzifix und hoffte, daß ich Warrash damit erledigen konnte.

Der riesige Dämonenfisch drehte durch. So ähnlich mußte es einem Taucher ergehen, wenn er mit einem Hai kämpft.

Plötzlich wuchtete Warrash seinen Körper hoch. Der Schwanz hieb zuerst aus dem Wasser. Wie ein gewaltiger

Stamm schleuderte er hoch, während das Maul dicht vor meinem Gesicht zuklappte und das Monster selbst in die Tiefe stieß. Es mußte sich in den Grund gebohrt haben, denn im nächsten Augenblick umhüllte mich eine Wolke aus Schlamm und hochgewirbelten Partikeln.

Warrash war wie von Sinnen. Er schlug um sich. Ich hatte großes Glück, daß ich nicht getroffen wurde. Das Wasser gischtete auf, wurde zu einer regelrechten sprudelnden, kochenden Hölle, und ich schwamm auf Glenda Perkins zu, deren Brett auf den Wellen hüpfte und jeden Augenblick umkippen konnte.

Warrash kämpfte seinen letzten Kampf. Noch einmal löste er sich aus dem Schlamm, drehte sich unter Wasser und schleuderte seinen gewaltigen Körper hoch.

Er löste sich bereits auf.

Ich sah ihn für einen Moment in der Luft und erkannte jetzt, daß Warrash Knochen hatte, von denen sich die Haut zu lösen begann. Vor mir sah ich einen halb skelettierten Riesenfisch, der kurz vor dem Ende stand.

Ich atmete auf.

Als er wieder zurück ins Wasser klatschte, rollten die Wellen auf mich und Glenda zu. Sie überspülten uns beide. Dann war von Warrash nichts mehr zu sehen.

Ich hatte ihn erledigt.

Endlich konnte ich Glenda ansprechen.

»Sind Sie okay?« fragte ich sie.

Ich verstand die Antwort nicht, nahm jedoch an, daß sie es war, und holte mein Taschenmesser hervor.

Ich zog die Klinge aus dem Schaft, umfaßte das Brett und säbelte von unten die Stricke durch.

Sie rissen, fielen ab, und dann rutschte auch Glenda vom Brett und mir in die Arme.

Das Mädchen war völlig erledigt. Ich erkundigte mich, ob sie schwimmen konnte, aber sie hatte meine Frage überhaupt nicht gehört. So blieb mir nichts anderes übrig, als sie unterzuhaken und sie zum rettenden Ufer zu schleppen.

Ich lag dabei auf dem Rücken und hatte Glenda in den Schleppgriff genommen. Als ich merkte, daß es ihr besser ging, atmete ich auf. Sie machte nach einiger Zeit selbst Schwimmbewegungen, und schon bald konnte ich sie loslassen.

»John!« krächzte Glenda und mußte husten, weil ihr Wasser in den Mund gedrungen war.

Ich drehte den Kopf. »Reden Sie jetzt nicht.«

»Doch, John, ich muß. Ich – ich bin nicht allein verschleppt worden. Am Ufer steht noch Sarah Goldwyn. Und sie ist mit der Hexe und zwei ihrer Henker allein ...«

Das war eine verdammt unangenehme Überraschung. Für einen Augenblick hatte ich mich nicht unter Kontrolle, bekam Wasser in den Mund und mußte husten.

»Wir müssen ihr helfen!« keuchte Glenda.

Innerhalb von zwei Sekunden hatte ich einen Plan gefaßt, allerdings mußte Glenda dabei mitspielen.

»Können Sie allein zum Ufer schwimmen?«

»Ja.«

Ich schaute sie mir noch einmal an. Ihre Schwimmbewegungen waren zwar matter als normal, aber die kurze Strecke würde sie schaffen. »Und sehen Sie zu, daß Sie nicht genau dort auftauchen, wo sich die Hexe und die anderen aufhalten.«

»Nein, nein.«

Ich tauchte wieder. Unter Wasser glitt ich dem Ufer des Sees zu. Hoffentlich hatte sich die Horror-Oma noch verteidigen können ...

Es war ein Bild, das die Hexe faszinierte und Sarah Goldwyn abstieß. Der gefräßige Riesenfisch schien mit seinem Opfer zu spielen, denn noch hatte er nicht zugebissen. Fast schien es, als wollte er den Zuschauern ein Schauspiel bieten.

Larissa lachte. »Da siehst du es!« fuhr sie Mrs. Goldwyn an. »Sie hat keine Chance.«

Sarah Goldwyn schwieg, während die Hexe weiterhin auf den See starrte und gleichzeitig ein gemeines, auch siegessicheres Lächeln ihre Lippen umspielte.

Die Horror-Oma blickte zu Boden.

Sie hatte getan, was in ihren Kräften stand – zu wenig. Sie faltete die Hände. Es war das einzige, was sie jetzt noch tun konnte.

Ein Fluch schreckte sie aus ihrer Andacht und Angst. Larissa hatte ihn ausgestoßen.

Als die Horror-Oma sie anschaute, da bemerkte sie, daß sich das Gesicht der Hexe verzerrt hatte. Es war zu einer Grimasse verzogen, und sie hatte die Hände geballt.

Sarah Goldwyn erkannte auch den Grund.

Jemand schwamm auf Glenda Perkins zu. Und dieser Schwimmer war verflixt schnell.

»John Sinclair!« flüsterte die alte Dame. Plötzlich leuchteten ihre Augen wieder.

Larissa fuhr herum. »Was sagst du da?«

»John Sinclair!«

Die Hexe starrte sie einen Augenblick lang an, dann senkte sie den Blick.

Die Henker wurden unruhig. Sie schienen zu riechen, daß etwas nicht stimmte, sie witterten den Fremden wie Tiere.

»Er ist euer Feind«, knirschte die Hexe, ohne ihren Blick von der Wasseroberfläche zu nehmen.

»Sollen wir ihn töten?«

»Wenn Warrash es nicht schafft, dann seid ihr an der Reihe«, erwiderte die Hexe.

Die Henker nickten.

Ansonsten beobachteten sie weiter. Auch Larissa und vor allen Dingen Sarah Goldwyn. Sie drückte dem blonden Mann die Daumen, der mit gewaltigen Arm- und Beinbewegungen das Wasser durchpflügte.

Darin kippte das Brett um.

Sarah Goldwyn sah es sehr deutlich, denn plötzlich schimmerte Glendas helle Kleidung nicht mehr auf dem dunklen Wasser.

Auch Larissa hatte es bemerkt. »Jetzt wird sie ersaufen«, zischte sie durch die Zähne.

Sarah Goldwyn schluckte nur, enthielt sich ansonsten eines Kommentars. In den nächsten Sekunden beobachteten sie den Kampf zwischen Mensch und Bestie.

»Er verliert!« kreischte die Hexe, als sie sah, daß Sinclair von einem Schlag zur Seite geschleudert wurde.

Der Horror-Oma blieb fast das Herz stehen. Ihre Angst um John und Glenda steigerte sich, doch da tauchte der Geisterjäger bereits wieder auf.

Lady Sarah glaubte sogar das Blitzen des Kreuzes zu sehen, als John Sinclair zuschlug. Sie biß sich vor Aufregung fast die Lippen blutig und bekam mit, wie Warrash verging.

John Sinclair hatte ihn besiegt.

Auch Larissa sah es.

Ihre Reaktion war genau das Gegenteil. Sie stampfte vor Wut mit dem Fuß auf, knirschte mit den Zähnen und schüttelte heftig den Kopf, so daß die langen Haare um ihr Gesicht peitschten.

»Er hat ihn getötet!« flüsterte sie. »Verflucht, er hat ihn getötet. Warrash galt als unbesiegbar!«

Sarah Goldwyn sagte nichts dazu, obwohl sie ihren Triumph gern der Hexe ins Gesicht geschrien hätte.

»Ich mache ihn fertig«, sagte Larissa zischend. »Ich werde ihn vernichten, diesen Hund!«

Das waren keine leeren Worte, denn die Hexe setzte den Vorsatz sofort in die Tat um.

Ihr Helfer war dabei der Totenschädel. Sie hob ihn hoch, wobei sie das skelettierte Gesicht auf das Wasser richtete, damit die Magie des Schädels die beiden Schwimmer treffen sollte.

Lady Sarah wußte nicht, wie stark der Totenkopf reagieren würde. Sie konnte sich aber vorstellen, daß eine Frau wie Glenda Perkins, die nicht durch eine Gegenmagie, wie sie das Kreuz hervorbrachte, geschützt war, dem Ansturm Schwarzer Magie nicht standhalten würde.

»Vernichten werde ich euch!« keuchte die Hexe. »Vernichten!«

Da griff die Horror-Oma ein!

Der Stock war zwar keine gefährliche Waffe, aber er hatte Lady Sarah schon des öfteren gute Dienste erwiesen.

Bevor die beiden Henker und auch die Hexe eingreifen konnten, hatte die Horror-Oma ihn angehoben und schlug mit dem bleigefüllten Griff zu.

Die Krücke traf genau den Totenschädel.

Larissa hielt ihn zwar zwischen den Händen, doch sie hatte ihn nicht so fest gepackt, daß er dem Schlag widerstanden hätte. Der Schädel rutschte ihr aus den Fingern, fiel zu Boden und blieb dicht neben Lady Sarahs Füßen liegen. Blitzschnell drehte die Horror-Oma den Stock herum und benutzte ihn quasi als Golfschläger. Sie hieb die Krücke gegen den Schädel, der wie ein Ball nach vorn geschleudert wurde und ins Wasser klatschte.

Dann hatten ihre Gegner den Schrecken überwunden. Heulend fuhr die Hexe herum.

Lady Sarah kam in Form. Als sich Larissa noch in der

Bewegung befand, hatte die Horror-Oma bereits zugeschlagen und das Gesicht der Hexe getroffen.

Vielleicht empfand Larissa keine Schmerzen, aber der Hieb hatte ihre Nase deformiert. Selbst die Horror-Oma hörte das Knacken und hielt sich nicht länger auf, sondern traf mit einem Rundschlag den ihr am nächsten stehenden Henker am Kinn.

Der guckte dumm aus der Wäsche.

Den zweiten traf sie nicht mehr. Er griff zu und schleuderte Sarah Goldwyn zur Seite. Auf dem etwas glatten Boden rutschte sie aus und fiel der Länge nach hin.

Bevor sie sich wieder aufrichten konnte, war einer der Henker bei ihr und setzte ihr einen Fuß auf den Hals. Lady Sarah spürte den Druck und merkte, daß sie keine Luft mehr bekam, so blieb sie liegen. Der andere wand ihr den Stock aus der Hand und schleuderte ihn davon.

Jetzt hatten sie die Frau.

Larissa wandte sich um. Sie sagte nichts, aber ihre Blicke sprachen Bände. Aus ihnen leuchtete die reine Mordlust, das spürte auch Sarah Goldwyn.

Noch immer schweigend machte Larissa kehrt, bückte sich und hob den Totenschädel auf. Er hatte den Schlag gut überstanden, nicht ein Riß zeigte sich in der Schädelplatte.

Die Hexe kam auf Lady Sarah zu, die bewegungslos am Boden lag und noch immer den Fuß des Henkers auf ihrer Kehle spürte.

»Eine alte Frau bist du?« höhnte die Hexe. »Darunter stelle ich mir etwas anderes vor, du verdammtes Weib!« Dann trat sie zu.

Zum ersten Mal spürte Sarah Goldwyn die Grausamkeit der Hexe am eigenen Leibe. Sie wollte nicht aufschreien, aber es ließ sich einfach nicht vermeiden.

Darin traf sie der zweite Schock. Aus den Augenhöhlen des Schädels schoß ein blaues Licht, das sie wie ein Kleid einhüllte. Lady Sarah glaubte, innerlich zu verbrennen. Sie bäumte ihren Unterkörper auf, die Wellen der Bewußtlosigkeit wollten über ihr zusammenschlagen, doch sie schaffte es und blieb bei Verstand.

Der Schmerz ebbte ab.

»Nur eine kleine Kostprobe!« zischte die Hexe. »Was hatte ich dir versprochen, Alte?«

Die Horror-Oma war nicht fähig, eine Antwort zu geben. Sie konnte froh sein, daß man ihr etwas Luft zum Atmen ließ.

»Ersäufen sollte ich dich. Ertränken wie eine Ratte!« zischte die Hexe.

»Und das setze ich in die Tat um, du verdammtes altes Weib!«

Die beiden Henker erhielten einen entsprechenden Befehl. Lady Sarah Goldwyn konnte gar nichts tun. Die Hexendiener rissen sie hoch, umklammerten sie fest und schleiften sie auf das Wasser zu.

Die Hexe schaute dabei zu. Dann spitzte sie die Lippen und stieß einen Pfiff aus.

Niemand reagierte.

»Wo sind die Hunde?« schrie sie.

Die Henker hielten inne. Keiner von ihnen wußte eine Antwort. Larissa ballte voller Wut die Hände. Sie lief ein paar Schritte am Ufer entlang und pfiff ein zweites Mal.

Diesmal allerdings lauter.

Die Hunde meldeten sich nicht. Geduckt blieb Larissa stehen. Ihre Augen wurden schmal. Sie überlegte, was geschehen sein konnte, und wandte sich dann an Lady Sarah.

»Hast du gesehen, was mit ihnen geschehen ist?«

»Nein!« krächzte die Horror-Oma, denn das Sprechen fiel ihr schwer.

»Wenn sie sich nicht melden, sind sie tot!« flüsterte Larissa. »Aber wer kann sie umgebracht haben?« Sie gab sich selbst eine Antwort auf die Frage. »Dieser verfluchte Sinclair. Der verdammte Hund. Er hat sie getötet!« Abermals stampfte sie mit dem Fuß auf. »Es ist egal, du wirst davon nichts mehr haben, Alte. Dich werden wir ertränken. Schafft sie endlich ins Wasser!«

Lady Sarah stemmte sich in den Boden, doch die Kräfte der Henker waren zu stark. Ihnen hatte sie nichts entgegenzusetzen.

Würgende Angst setzte sich in ihrer Kehle fest, als die ersten Wellen ihre Füße umspielten. Der rechts neben ihr stehende Mann löste seinen Griff und schlug statt dessen die Finger wie eine Schraubzange in ihren Nacken. Lady Sarah stöhnte. Dann drückte der Henker sie tiefer. Der andere trat ihr die Beine weg.

Lady Sarah fiel. Mit dem Gesicht landete sie im feuchten Schlamm. Sofort zerrten die beiden Henker sie weiter. Wie lange, gierige Arme griffen die Wellen nach ihr, überspülten ihren Kopf und auch schon die Hälfte des Körpers. Lady Sarah hörte nichts mehr, sie sah nichts mehr. Sie fühlte nur das Wasser und den Schlamm, in dem ihr Gesicht steckte …

Ich hatte Glück im Unglück. Als ich zum erstenmal auftauchte, um Luft zu holen, stieß ich mit dem Kopf genau unter das auf dem Wasser treibende Brett.

Zuerst wollte ich einen Fluch ausstoßen, doch nach einer blitzschnellen Überlegung erkannte ich die Chance, die das Brett mir bot. Ich konnte es als Deckung benutzen. Wenn ich mich daran festklammerte und mich dahinter hielt, wurde ich von den Personen am Ufer sicherlich nicht so rasch bemerkt.

Der Gedanke war kaum in meinem Gehirn aufgeflammt, als ich ihn schon in die Tat umsetzte. Mit beiden Händen umfaßte ich das hintere schmale Ende des Bretts und schwamm nur noch mit den Beinen, wobei ich mich am Holz festhielt.

Bevor ich etwas untertauchte, warf ich noch einen Blick über das Wasser. Glenda war nicht zu sehen. Hoffentlich hatte sie meinen Ratschlag befolgt und war auf das gegenüberliegende Ufer zugeschwommen.

Ich bewegte mich weiter. Zuerst hatte ich leichte Schwierigkeiten, dann ging es besser. Ich gewöhnte mich an das Brett, das ich so leicht vor mir herschob.

Hin und wieder brachte ich den Kopf über Wasser, um Luft zu holen. Dabei fiel mein Blick zum Ufer.

Es war dunkel, aber ich sah die Gestalten trotzdem. Die schmale Person zwischen den breitschultrigen Kerlen, das mußte Sarah Goldwyn sein. Wie es aussah, wurde sie zum Ufer und damit ins Wasser gezerrt. Was die Henker vorhatten, war nicht schwer zu erraten. Sie wollten Sarah töten.

Die Horror-Oma war in der letzten Zeit nicht nur zu einer guten Freundin, sondern manchmal sogar zu einer Partnerin geworden. Ich mußte ihr helfen.

Ich schaffte es tatsächlich, noch schneller zu schwimmen. Jetzt kam es auf jede Sekunde an.

Die Gestalten, die Sarah Goldwyn festhielten, kannten kein Erbarmen. Sie nahmen keine Rücksicht auf das Alter der Frau, sie wollten ihren Tod.

Meine Füße fanden bereits Grund. Ich watete im Schlamm, der hinauf bis zu den Schienbeinen reichte und durch meine Schritte weiter aufgewühlt wurde.

Wolkenförmig trieben die kleinen Teile an die Oberfläche, das Wasser wurde schmutziger. Ich duckte mich, weil ich bereits über das Brett schauen konnte.

Da genau drückten die verdammten Peiniger das Gesicht der Sarah Goldwyn ins flache Wasser.

Aus war es mit der Tarnung. Nun ging es um das nackte Leben der alten Lady.

Ich schleuderte das Brett zur Seite, warf mich vor, stolperte durch das Wasser, das hochspritzte.

»Da!« schrie die Hexe, denn nun hatte sie mich entdeckt.

Ich stürzte bereits auf den ersten Henker zu. Beide Fäuste wuchtete ich in seinen Nacken.

Der Hieb hätte einen Ochsen gefällt, aber vor mir stand kein Mensch, sondern ein dämonisches Wesen. Es wurde zwar zurückgeworfen, knickte auch ein, aber es kam wieder hoch.

Dem zweiten trat ich gegen die Schulter.

Es vollführte einen Salto und klatschte in den Schlamm, erhob sich jedoch sofort wieder.

Ich nutzte die winzige Zeitspanne aus und kümmerte mich um Sarah Goldwyn. Sie hatte einfach nicht mehr die Kraft, sich herumzudrehen. Das tat ich, so daß sie atmen konnte und nicht mehr mit dem Gesicht im Wasser lag.

Ich hörte, wie sie Luft holte. Für mich ein Beweis, daß sie am Leben war.

Die Henker wollten mich von zwei Seiten angreifen, doch ein Befehl der Hexe hielt sie zurück.

»Nein, laßt ihn mir!« Sie stoppten.

Ich schaute die Hexe an. Das Gesicht mußte mal reizvoll gewesen sein, doch nun hatte es sich durch einen Schlag auf die Nase verändert. Sie saß schief. Die Hexe trug ein langes Kleid mit dem Aufdruck eines Teufelskopfes.

Der Satan war ihr Herr.

Und sie hielt den so wichtigen Totenschädel in beiden Händen. Auch ein Blendwerk des Teufels, aber mit Schwarzer Magie prall gefüllt, die mich plötzlich wie ein Sturmwind traf.

Ich spürte die unheimlichen Kräfte, die an meinem Körper zerrten, merkte jedoch gleichzeitig, daß mein Kreuz reagierte und eine Gegenmagie aufbaute.

Ein Strahlenkranz bildete sich, breitete sich aus und stand vor mir wie eine flimmernde Wand.

»Fahr zur Hölle!« schrie die Hexe.

Den Gefallen tat ich ihr nicht, mein Kreuz schützte mich. Und sie merkte es auch. Ihre Flüche waren wild und gemein. Sie sah ein, daß sie mir so nichts anhaben konnte, senkte den Totenschädel und schickte die Henker vor. »Tötet ihn!« giftete sie.

Die beiden waren darauf gedrillt zu morden. Es waren schreckliche Gestalten mit kahlen Köpfen, über die sich jeweils eine blutrote Narbe zog.

Einer hob einen Strick auf, der bereits zu einer Schlinge geknüpft war.

Der zweite trat in den Boden und schleuderte mir Dreck ins Gesicht. Verdammt, damit hatte ich nicht gerechnet. So nahm ich die Ladung voll und war erst einmal blind.

Bevor ich mir den Dreck aus den Augen reiben konnte, trat er mir gegen die Beine, und ich fiel hin.

Ich hörte das wilde Schreien der Hexe, als mein Gesicht in den Schlamm klatschte.

Sofort warf ich mich herum.

Da hatte bereits einer der Henker mein linkes Bein gepackt und hielt es eisern fest.

Jetzt wurde es gefährlich.

Die beiden hüteten sich, in die unmittelbare Nähe des Kreuzes zu geraten, denn wenn sie es anfaßten, waren sie verloren. Dafür gelangte der mit der Schlinge in meinen Rücken.

Und an meinen Hals!

Der verdammte Henker hatte es tatsächlich geschafft, sie blitzschnell über meinen Kopf zu streifen. Ich wollte noch das Kinn anziehen, schaffte es aber nur halb, denn da rutschte die Schlinge bereits über meine Haut und zog sich unter dem Kinn zu.

Jetzt hatten sie mich.

Der eine hielt mein Bein, der andere stand hinter mir und zog die Schlinge immer enger.

Mir wurde die Luft verdammt knapp. Ich riß den Mund auf, aber kein Atem drang mehr in meine Lungen. Schwindel erfaßte mich, ich spürte den Ruck, und der verdammte Henker zog mich wieder ins Wasser, wobei er mich strangulieren wollte.

Ein Bein hatte ich noch frei. Und meine Hände. Mit dem linken Bein trat ich zu, traf auch, und gleichzeitig umschlossen meine Hände das Kreuz, um es über die Schulter zu schleudern. Das mißlang.

Aber das Kreuz traf den Arm des Henkers.

Sein Aufbrüllen zeigte mir, welch einen Erfolg ich damit errungen hatte. Der Henker ließ den Strick los und wankte zurück. Seine Füße platschten durch das Wasser.

Ich wuchtete meinen Oberkörper vor, streifte gleichzeitig die Kette über den Kopf und schleuderte das Kreuz auf den zweiten Henker zu.

Ich konnte ihn gar nicht verfehlen. Er stand zu nahe vor mir.

Er schaffte es nicht mehr, dem Kreuz auszuweichen. Das silberne Kruzifix klatschte gegen seinen Oberkörper und entfaltete augenblicklich seine Kräfte.

Mir fiel ein, daß ich für einen Moment ungedeckt war und mich die magische Kraft des Totenkopfs voll treffen konnte, deshalb hechtete ich vor und riß das Kreuz wieder an mich.

Dabei berührte ich die Haut des Henkers. Sie fühlte sich schon lappig an und war bereits in Verwesung übergegangen.

Der Hexendiener lag am Boden und brüllte. Er alterte innerhalb von Sekunden, wurde zum Greis und dann zu einer Mumie. Wie auch sein Artgenosse.

Ihn sah ich, als ich mich umdrehte.

Er lag im Wasser. Auch dieser Schwarzblüter hatte die Berührung mit dem Kreuz nicht überstanden. Die anrollenden Wellen überspülten ihn, und es sah so aus, als würden sie die letzten Hautreste von der mumienhaften Gestalt lösen.

Blieb die Hexe!

Sie hatte es raffiniert angestellt, die Zeit ausgenutzt und sich zurückgezogen.

Ich sah sie laufen.

»Hinterher, mein Junge! Pack sie dir!« Diese Worte schrie Sarah Goldwyn. Sie bot ein Bild, über das ich trotz des Ernstes der Lage lächeln mußte. Mit Schlamm bedeckt hockte sie am Boden, hatte den rechten Arm erhoben und drohte hinter Larissa her.

»Ihr Wunsch ist mir Befehl, Lady!« rief ich und nahm sofort die Verfolgung auf.

Sarah Goldwyn stand auf. Sie schwankte zwar etwas, doch das verging schnell. Als sie dann ihren Stock sah, fühlte sie sich wohler. Noch fehlte jemand.

Glenda Perkins.

Sarah Goldwyn blickte sich um. Auf ihrem Gesicht schien die Sonne aufzugehen, als sie Glenda aus dem Wasser klettern sah.

Erschöpft zwar, doch ansonsten okay.

Und das war die Hauptsache!

Ich hatte mir die Richtung gemerkt, in die sich Larissa absetzen wollte. Die Hexe lief auf die Ruine zu. Es konnte durchaus sein, daß sie mir entwischte, denn wenn sie die Kunst beherrschte, sich unsichtbar zu machen oder sich aufzulösen, sah es ziemlich alt aus.

Sie stand mit dem Satan im Bunde. Er gab ihr Schutz, er war ihr großer Helfer, und deshalb mußte ich mich so beeilen, daß er nicht schneller war.

Leider war die Sicht nicht die beste, so daß ich die Hexe nicht entdecken konnte.

Aber ich hörte sie.

Larissas Füße schlugen auf den feuchten Boden und verursachten dort dumpfe Geräusche. Es war ein Takt, ein Gleichklang, der abrupt stoppte.

Die Hexe war verschwunden!

Ich blieb auch stehen. Etwa dreißig Schritte vor mir wuchs die Ruine in die Höhe. Ich hatte mich schon einmal dort herumgetrieben, kannte mich also ein wenig aus. Und irgendwo zwischen den abgebrannten Mauern hielt sich die Hexe versteckt und lauerte auf mich. Und sie hatte sicherlich noch weitere Tricks in der Hinterhand.

Ich beging nicht den Fehler und rannte wie ein Wilder auf das Gemäuer zu, sondern schritt wesentlich langsamer weiter, wobei ich versuchte, so wenig Geräusche wie möglich zu verursachen. Wahrscheinlich beobachtete sie mich bereits. Obwohl ich mit meinen Blicken die Vorderfront der Ruine absuchte, sah ich von Larissa jedoch keine Haarspitze.

Die Außenmauern waren noch am höchsten. Ich erkannte auch den Eingang, doch ich kletterte an der Stelle über die Mauer, wo sie am niedrigsten war.

Auf der Krone blieb ich stehen. Neben mir war die Mauer weggebrochen. Ein paar letzte Steine ragten im Zickzackmuster aus dem Verbund. Sie sahen aus wie eine kleine Treppe.

Ich sprang.

Meine Füße verschwanden im hohen Gras, das hier wild wuchs, vermischt mit Unkraut.

Da traf mich der erste Angriff.

Wieder spürte ich den Anprall der Schwarzen Magie. Allerdings streifte er mich diesmal nur, und das hatte auch seinen Grund, denn er war nicht für mich gedacht, sondern für das hinter mir befindliche Mauerfragment.

Ich vernahm das Knirschen, drehte mich um und rechnete damit, daß die Mauer zusammenbrechen würde.

Das geschah nicht.

Statt dessen schlug Feuer aus den Steinen. Im ersten Moment erinnerten sie mich an die »flaming stones«, die in einem kleinen Tal standen und mit einer unbekannten Magie aufgeladen waren.

Die hier wurden mir gefährlich, im Gegensatz zu den anderen. Ich sah zu, daß ich wegkam, und hetzte mit Riesenschritten voran, dann warf ich mich zu Boden.

Zum Glück, denn hinter mir explodierte die Mauer in einem wahren Inferno. Glühende Teile zischten durch die Luft und fielen als Regen nieder.

Meine Augen wurden groß vor Entsetzen. Die Steine waren so weit geflogen, daß sie mich unweigerlich treffen mußten, als sie auf mich herabfielen.

Das Kreuz schützte mich.

Von allein baute es die Gegenmagie auf. Das wiederum zeigte mir, daß hier die elementaren Gegensätze – Gut und Böse – aufeinandertrafen.

Es war nicht immer so. Ich hatte in der letzten Zeit Fälle erlebt, wo mir auch das Kreuz nicht helfen konnte, weil die Magie von einer ganz anderen Art war.

Bevor die glühenden Teile mich treffen konnten, verlöschten sie nicht nur, sondern lösten sich auf. Ein paar Rauchwolken, das war alles, was von ihnen übrigblieb.

Und die taten keinem weh.

Ich sprang wieder auf die Füße und suchte die Hexe. Wo hielt sie sich verborgen? Sie mußte gesehen haben, daß sie mit ihrer Attacke nichts ausgerichtet hatte. Welchen Trick ließ sie sich nun einfallen?

Ich war auf alles gefaßt, aber sie hielt sich zurück. Vielleicht mußte sie sich erst noch von dem Schock erholen, den sie erlitten hatte.

Beim ersten Betreten hatte ich die Ruine gar nicht so

genau gesehen. Nun stellte ich fest, daß sie doch größer war, als es im Moment den Anschein hatte. Zum See hin sah ich weitere Trümmer, und es standen auch noch Teile der Decke.

Darunter herzugehen traute ich mich nicht. Sie sahen mir sowieso schon wacklig genug aus. Wenn die Hexe bemerkte, daß ich mich unter ihnen befand, würde sie mit ihrer Kraft die Dinger zum Einsturz bringen.

Sie schickte eine andere Gefahr.

Und zwar sich selbst.

Plötzlich erschien sie zwischen zwei Mauerresten, stand sekundenlang unbeweglich, und dann lösten sich ihre Haare vom Kopf. Diese herrliche schwarze Mähne, auf die so manche Frau stolz gewesen wäre, wischte auf mich zu.

Aber nicht als Haare, sondern als schwarze, tückische und gefährliche Schlangen.

Ich dachte an die Medusa, gegen die ich einmal gekämpft hatte. Auch auf ihrem Kopf wuchsen Schlangen, nur hatten die mich nicht angegriffen.

Hier jedoch war das der Fall.

Rasch nahm ich mein Kreuz in die Hand und auch die Beretta. Ich wollte es noch einmal versuchen, drückte ab und sah die Mündungsflamme fahl aufleuchten. Diesmal funktionierte die Beretta.

Im nächsten Augenblick hieb die erste Kugel in den fliegenden Schlangenpulk.

Sofort setzte ich das zweite Geschoß hinterher. Beide Kugeln rissen ein Loch.

Es zischte, ein halbes Dutzend Schlangen fingen Feuer und verbrannten in einem wahren Sprühregen.

Ich opferte noch zwei Kugeln.

Abermals wurden die Schlangen getroffen und vergingen.

Einige jedoch erreichten mich. Vier klatschten gegen

meine Brust, kamen mit dem Kreuz in Berührung und vergingen.

Und eine schaffte es, sich um meinen Hals zu legen. Sofort zog sie ihren Körper zusammen. Mir wurde die Luft knapp, die Haut begann zu brennen, und ich hörte das Lachen der Hexe.

»Jetzt bist du an der Reihe, Sinclair!«

Ich ging in die Knie. Es bereitete mir Mühe, den linken Arm anzuheben, das Kreuz war auf einmal viel zu schwer. Wie durch einen Schleier sah ich die Hexe auf mich zukommen. Sie wollte ein Ende bereiten, und ich brachte endlich meinen Arm so hoch, daß das Kreuz die Schlange berührte.

Dicht vor meinem Gesicht sprühte es auf, blendete mich, ich kriegte wieder Luft – und sah die glatzköpfige Hexe mit dem vor Wut erstarrten Gesicht dicht vor mir.

Aber noch etwas erkannte ich.

Hinter ihr glühte es dunkelrot auf. Ein gewaltiges, feuerrotes Gesicht schwebte am dunklen Himmel. Die Fratze war dreieckig geschnitten, aus der Stirn wuchsen Hörner, das breite Maul war zu einem Grinsen verzogen, so daß ich die stiftförmigen Hauer erkannte, die das Gebiß bildeten.

Das war Asmodis!

Er kam seiner Dienerin zu Hilfe. Wenn ich jetzt zögerte, war ich verloren. Gegen zwei kam ich nicht an, vor allen Dingen nicht gegen den Teufel, den ich für den höchsten der Dämonen hielt. Wenigstens war es damals so …

Frontal griff ich Larissa an.

Ich wuchtete auf sie zu, packte sie und schleuderte sie zu Boden, wobei ich gleich mitfiel. Sie schrie und kreischte. Ineinander verkeilt rollten wir über den Boden. Zwangsläufig berührte sie das Kreuz.

Ihr Schreien wurde noch lauter. Es hallte von den

Wandresten wider, und ich merkte, wie Larissa, die Hexe vom Hyde Park, unter meinen Fingern erschlaffte.

Es war ein schauriges Bild, das ich dicht vor meinen Augen sah. Die glatzköpfige Hexe schrumpfte zusammen. Das begann oben am Kopf, setzte sich rasch weiter fort, und aus dem blanken Schädel wurde die Fratze eines Skeletts, wobei mir der widerliche Verwesungsgeruch in die Nasenlöcher stieg.

Ich drückte sie von mir weg.

Sie war leicht, und als ich in der Hocke blieb, sah ich den Totenschädel, den ihre Hände noch immer umklammerten. Ich riß ihn ihr aus den Fingern, schaute nach oben in die Fratze des Teufels, steckte das Kreuz in ein leeres Auge des Schädels und schleuderte ihn Asmodis entgegen.

»Da, nimm ihn, Satan!« brüllte ich.

Plötzlich zerplatzte der Schädel in zahlreiche Teile, und ich vernahm ein ungeheures Wutgebrüll. Schlagartig verschwand die Teufelsfratze vom Himmel, und ein letzter Blick war mir auf die tote Hexe gestattet, bevor sich die Umgebung veränderte.

Bilder verschoben sich, die Ruine trat zurück, Bäume entstanden, ich fühlte einen Schwindel, schloß unwillkürlich die Augen, und als ich sie wieder öffnete, war alles vorbei.

Ich stand im Hyde Park. Vor mir lag das Kreuz im Gras und glänzte hell.

Von hinten berührte mich etwas an der Schulter.

Ich drehte mich um und erschrak.

Es waren die Füße des Gehängten, die mich angestoßen hatten. Für mich ein makabres Zeichen, daß dieser Fall kein Traum gewesen war, sondern Wirklichkeit.

Leider …

Wir trafen uns am Ufer. Lady Sarah Goldwyn, Glenda und ich. Alle drei waren wir naß, aber kerngesund.

Auch Glenda hatte sich wieder erholt.

Die Horror-Oma schimpfte. Ins Wasser geworfen hatte sie noch niemand. Sie hätte der Hexe am liebsten das Geld für die Reinigung des Kleides in Rechnung gestellt.

Glenda fror.

»Wärmen Sie das Kind doch endlich!« fuhr Lady Sarah mich an. »Seien Sie einmal Kavalier.«

Ich tat es und legte meinen Arm um Glendas Schultern. Sie preßte ihr Gesicht an meine Wange.

Keiner von uns hatte ein schlechtes Gewissen dabei. Denn es wäre ja mehr als unhöflich gewesen, einer Dame wie Lady Sarah Goldwyn einen Wunsch abzuschlagen …

ENDE

Ghouls in der U-Bahn

Der Typ mit dem Schnauzbart drückte mir die Mündung des Revolvers dicht oberhalb des Bauchnabels in den Leib. Dazu grinste er impertinent und blies mir eine Knoblauchwolke ins Gesicht.

Beides war nicht besonders tragisch, wenn da nicht noch ein zweiter Kerl gewesen wäre, der hinter mir stand und ebenfalls eine Waffe in der Hand hielt, deren Druck ich genau über dem letzten Wirbel spürte. Sie hatten mich in der Zange.

Wenn ich einen von ihnen tatsächlich ausschalten konnte, blieb immer noch der zweite. Und der kam sicherlich zum Schuß.

Helfer befanden sich nicht in der Nähe. Außerdem standen wir in Deckung einer Plakatsäule.

Ich schaute dem Mann ins Gesicht.

Es war nichtssagend, flach, mit ausdruckslosen Augen. Der Kerl trug eine braune Jacke und eine graue Hose. Sein Haar war nach hinten gekämmt, es roch nach billiger Pomade.

Sahen so Killer aus?

Ich wußte es nicht und war sicher, auf eine diesbezügliche Frage meinerseits keine Antwort zu erhalten. So erkundigte ich mich nach dem Grund dieses heimtückischen Überfalls.

»Wir fahren ein wenig spazieren!« wurde mir vom Hintermann geantwortet.

»Ich habe aber keine Lust.«

Jetzt kicherte der Schnauzbart. »Kann ich mir vorstellen, aber hier geben wir den Ton an.«

»Das merke ich. Und wer hat euch geschickt?«

»Der Kaiser von China.«

»Ich dachte immer, der wäre tot.«

Für diese Antwort kassierte ich einen gemeinen Tritt auf die Zehen. Ich preßte die Lippen zusammen, die Kerle sollten mich nicht stöhnen hören.

Nur gut, daß sie mir nicht in den Leib geschlagen hatten, denn der war voll. Schließlich kam ich gerade vom Essen. Das neue chinesische Restaurant lag nur ein paar Schritte entfernt, dort hinter den Bäumen, wo das Licht schimmerte. Wir befanden uns auf einem kleinen Parkplatz. Da stand mein Bentley, zu dem ich sehnsüchtig hinschielte.

Noch sehnsüchtiger dachte ich an Suko und Shao. Mit den beiden wollte ich mich hier treffen. Da ich mit meinem Silbergrauen direkt vom Büro aus losgefahren war, waren Suko und Shao mit der Harley hergefahren. Ich hatte der Toilette noch einen Besuch abgestattet, deshalb waren Suko und Shao schon vorgefahren. Wir wollten den Abend – immerhin war Freitag – in einem Pub beschließen, der ganz in der Nähe unserer Wohnung lag. In dieser Kneipe wartete auch Jane Collins. Sie hatte wegen dringender Geschäfte nicht mitkommen können.

Nun sah es so aus, als würden meine Freunde ihr Bier allein trinken müssen.

Das paßte mir gar nicht.

»Also, was soll das alles?« Langsam wurde ich sauer. »Wenn ihr mich ausnehmen wollt, viel Geld habe ich nicht bei mir, außerdem möchte ich euch sagen, daß ich ein Scotland-Yard-Mann bin, und der Angriff auf einen Polizisten kann euch einiges kosten.«

»Wissen wir alles.«

Die Antwort zeigte mir, daß ich nicht zufällig irgendwelchen Straßenräubern in die Hände gefallen war. Hinter diesem Überfall steckte mehr. Die Kerle waren also geschickt worden. Fragte sich nur, von wem.

Da kamen viele Gegner in Frage. Die Dämonen und ihre Führer haßten mich ebenso wie Logan Costello, der große Boß der Londoner Unterwelt. Die Kerle würden mir auf keine meiner Fragen eine Antwort geben.

Zudem hatten sich die beiden einen äußerst günstigen

Zeitpunkt ausgesucht. Im Moment verließ kein weiterer Gast das Lokal, um zum Parkplatz zu gehen. Es konnte mir also auch niemand helfen.

Ich saß in der Tinte.

Und zwar doppelt.

»Bis jetzt waren wir freundlich«, sagte der mit dem Schnauzbart. »Und wir werden es auch bleiben. Vorausgesetzt, du machst keine Dummheiten, Bulle.«

»Ich werde mich bemühen.«

»Das ist vernünftig.« Er trat einen Schritt zurück und ging auf Profidistanz. Der Mündungsdruck war zwar an meinem Bauch verschwunden, wohl fühlte ich mich trotzdem nicht.

Auch der Typ hinter mir ging einen Schritt zurück. Unter seinen Sohlen knirschte der Kies des Parkplatzes.

»Bleib ganz ruhig und geh um die Säule herum!« befahl der Schnauzbart. Ich folgte dem Befehl. Links von mir rauschte der Wind im Blattwerk der Bäume. Rechts führte eine kaum beleuchtete Straße in die Dunkelheit hinein.

Vorn befand sich der Parkplatz. Dort brannten zwei Laternen. Ihr müdes Licht fiel auf die lackierten Dächer der abgestellten Fahrzeuge. Auch mein Bentley befand sich darunter. Er stand zwischen einem Vauxhall und einem Austin.

Meine Gegner hatten nichts dagegen, daß ich auf den Bentley zuschritt. Ich behielt die Richtung bei und passierte den schmalen Weg, der zum Lokal führte. Das Haus stand etwa dreißig Yards hinter der Einmündung. Die Reklame über der Tür leuchtete gelb.

Gäste verließen das chinesische Restaurant. Sofort schöpfte ich Hoffnung und verlangsamte meinen Schritt.

Ich hörte noch das Pfeifen und bekam den Revolverlauf in den Nacken. Der Treffer schleuderte mich nach vorn. Ich brach zwar in die Knie, fiel jedoch nicht zu

Boden, sondern gegen den Kofferraum des Bentley, wo ich mich abstützen konnte.

In meinem Kopf wühlte der Schmerz. Dazu hatte ich das Gefühl, mich übergeben zu müssen, meine Knie waren weich wie Pudding, und nur mühsam hielt ich mich in dieser Haltung.

Trotz des Schmerzes spürte ich den kalten Stahl am Hals. Einer der Hundesöhne drückte mir wieder die Mündung dagegen.

»Bleib so stehen!« zischte er. »Und rühr dich nicht. Machst du irgendwelchen Unsinn, schießen wir die beiden über den Haufen, die das Lokal verlassen haben. Kapiert?«

»Okay!« krächzte ich.

Ich vernahm die Stimmen. Ein Mann und eine Frau. Die weibliche Person lachte hell, dann fragte sie: »Ist der besoffen?« Damit meinte sie wohl mich.

»Ja«, antwortete der Schnauzbart. »Unser Kollege hat zuviel Reiswein getrunken.«

»Das sollte man lieber lassen.«

»Sicher, jetzt haben wir den Ärger.«

»Dann seht mal zu, daß ihr ihn gut nach Hause bringt«, hörte ich die Stimme des männlichen Gastes.

»Werden wir schon.«

Wenig später vernahm ich, daß Wagentüren aufgezogen wurden. Dann klappten sie zu, ein Motor lief rund, Kies knirschte unter den Rädern, der Wagen fuhr ab.

Die beiden Gangster rührten sich erst, als das Geräusch nicht mehr zu hören war.

»Komm wieder hoch, Bulle!«

Ich stemmte mich ab.

Die kleine Pause hatte mir gutgetan. Zwar bohrten in meinem Schädel immer noch einige Bergleute herum, aber es ließ sich aushalten.

Während ich mich noch in der Bewegung befand,

fischte mir der Schnauzbart die Beretta aus dem Holster. »Die brauchst du sowieso nicht mehr, Bulle.«

Die Bemerkung gefiel mir gar nicht. Bewies sie mir doch, daß die beiden tatsächlich einen Mord planten.

Er öffnete die hintere Tür des Vauxhall.

»In den Fond mit dir!«

Mehr stolpernd als gehend erreichte ich den Wagen und erhielt einen Tritt, der mich auf den Rücksitz beförderte. Der Schnauzbart stand gebückt vor der offenen Tür und zielte mit dem Revolver in den Wagen. »Rück in die äußerste Ecke!«

Auch das tat ich.

Schnauzbart wartete, bis ich ruhig saß, und stieg erst dann ein. Er war ein wirklicher Könner, denn selbst bei dieser Bewegung geriet die Waffenmündung um keinen Zoll aus der Richtung.

Ohne mich aus den Augen zu lassen, griff er nach hinten und zog den Wagenschlag zu.

Der zweite Kerl stieg an der Fahrerseite ein. Zum erstenmal sah ich ihn genauer.

Wie auch der Schnauzbart gehörte er zu den unauffälligen Typen. Er trug eine Cordhose, einen dünnen Pullover und eine locker fallende Strickjacke. Sein Gesicht war ebenfalls glatt, ein Durchschnittsmensch, mehr nicht.

»Fahr los!« sagte Schnauzbart.

Sein Kumpan startete. Der Anlasser orgelte ein paarmal, danach sprang der Wagen an.

Der Mann am Steuer fuhr rückwärts aus der Parklücke und wendete auf dem Platz.

Schnauzbart behielt mich genau im Auge. Über den Lauf des Revolvers hinweg schaute er mich an. Manchmal zuckte sein linkes Lid.

In gemächlichem Tempo rollte der Vauxhall auf die Ausfahrt des Parkplatzes zu, und ich sah, daß wir nach links einbogen.

Das Lokal befand sich in Belgravia, schon dicht an der Grenze zu Brompton. Die Straße, in die wir eingebogen waren, hieß Lyall Street. Eigentlich ein gutes Viertel, in dem man normalerweise keine Killer erwartet. Aber auch ich lernte nie aus.

Eilig hatten es die beiden nicht. Ich dachte an den Zigarettentrick und fragte: »Darf ich rauchen?«

»Nein.«

Die Chance, meinem Bewacher eine brennende Zigarette ins Gesicht zu schleudern, war also vertan. Ich hob die Schultern und schaute an den Sitzen vorbei durch die Frontscheibe nach draußen.

Ein Wagen kam uns entgegen. Er fuhr ziemlich schnell. Als die Scheinwerfer uns passiert hatten, sah ich einen einzelnen Lichtfleck. Und ich vernahm, da es ruhig war, das typische Geräusch eines Motorrads. Mittlerweile konnte ich auch die einzelnen Maschinen am Klang der Motoren unterscheiden.

Es war eine Harley, die uns da entgegenkam!

Eilig hatte Suko es nicht. Er und Shao fuhren gemütlich über den Parkplatz, bogen in die Lyall Street ein und rollten langsam weiter. Beiden stand auch nicht die Lust danach, irgendwelche Rennen zu veranstalten, denn ihre Mägen waren zu voll. Selbst Shao – sie war sehr kritisch, was chinesische Restaurants betraf – mußte zugeben, daß ihr das Essen hervorragend gemundet hatte.

Sie befanden sich in einer wirklich guten Stimmung und freuten sich schon darauf, den Abend in einem Pub zu beschließen, wo zahlreiche Biersorten zur Auswahl standen.

Bevor sie das Ende der Straße erreicht hatten, bremste Suko ab, drehte den Kopf zu Shao hin und klappte das Sichtvisier des Helms hoch.

Shao tat es ihm nach. »Was hast du?«
»Wir warten hier.«
»Auf John?«
Suko lachte. »Auf wen sonst?«
»Aber er will doch nachkommen.«
»Klar. Warum sollen wir nicht zusammen fahren?«
»Du willst doch kein Rennen veranstalten?« argwöhnte das Girl, das seine langen schwarzen Harre unter einem Helm verborgen hatte.
»Ach woher.« Suko behielt den Teil der Straße hinter ihnen im Auge. Er schaute dabei in den Rückspiegel.
Da kamen Wagen, aber ein Bentley war nicht dabei. Den hätte Suko schon an der Form seiner Scheinwerfer erkannt. Es fuhr ein Morris vorbei, zwei deutsche Wagen, ein Franzose. London war eben an jeder Straßenecke international.
»Wo bleibt John denn nur?« beschwerte sich nun auch Shao.
Suko hob die Schultern.
Shao kicherte plötzlich. »Vielleicht hat er das Essen nicht vertragen und quält sich jetzt auf der Toilette herum.«
Suko grinste. »Das wäre allerdings eine Sache.«
»Sollen wir trotzdem vorfahren?«
Suko schüttelte den Kopf. »Nein, lieber nicht. Wir sehen nach. Unter Umständen ist ihm schlecht geworden, und er braucht Hilfe.«
Shao lachte. »Ein Mann, der gegen Geister und Dämonen kämpft ...«
»... ist in praktischen Dingen manchmal sehr hilflos«, vollendete der Chinese.
Suko startete. Die Straße war frei, und er konnte aufdrehen. Den gleichen Weg fuhren sie wieder zurück. Ebenso langsam und auf jeden Wagen achtend.
Es war kein Bentley dabei.

Als nächstes Fahrzeug kam ihnen ein Vauxhall entgegen. Seine Reifen schmatzten über das Pflaster. Da Suko von den Scheinwerfern nicht geblendet wurde, konnte er einen Blick in den Wagen werfen.

Schattenhaft sah er die Insassen. Es waren drei Männer. Einer saß hinter dem Lenkrad, zwei andere im Fond.

Und einen davon kannte Suko.

Dieser Mann hob sogar für einen winzigen Moment die Hand.

Es war John Sinclair.

Freiwillig hockte er sicherlich nicht in dem fremden Fahrzeug. Der Bentley war viel bequemer.

Suko wendete.

Earl Hatfield gehörte zu den Menschen, auf die man sich verlassen konnte. Und das hundertprozentig. Er führte ein völlig normales Leben, hatte zwei Kinder großgezogen, war pflichtbewußt und hatte in seinem Job so gut wie nie gefehlt.

Zudem war er ein Kenner der U-Bahn. Denn die Subway und alles, was mit ihr zusammenhing, war Earls Job und gleichzeitig auch sein Hobby.

An diesem Tag hatte er Nachtdienst. Für andere wäre dies vielleicht ein Horror gewesen, nicht so für Hatfield.

Nachts, da spürte man das wahre Leben, hatte er einmal gesagt. Da atmet die Subway, da stöhnt sie, da beschwert sie sich über den vergangenen Tag, da ächzt sie schwer, da erholt sie sich aber auch, um für den neuen Ansturm gerüstet zu sein.

Die Londoner hatten ihrer U-Bahn einen besonderen Namen gegeben. Sie nannten sie kurzerhand »Tube«. Ein liebevoller Name, auch wenn die Wagen in den Stoßzeiten oft überfüllt waren. In London ärgerte man sich nicht, da ging alles der Reihe nach, und man stieg auch wohlgesittet in die Wagen, um dort im Stehen einen letzten Blick in die Times oder den Daily Mirror zu werfen.

Die Tube gehört ebenso zu den Institutionen der Stadt wie Big Ben oder die Tower Bridge.

Und Earl Hatfield war stolz darauf, zum Personal der Tube zu gehören. Zudem war er für eine besondere Aufgabe abgestellt worden.

Earl arbeitete als Streckenwärter. Er kontrollierte am Tage und in der Nacht die Gleise, ging sie ab, und in seinem langen Leben hatte er schon manche Überraschungen in den Subway-Tunnels erlebt.

Da waren nicht nur die vierbeinigen Ratten, die sich in den Schlünden herumtrieben, sondern auch zweibeinige. Sie hatten sich die Tunnels als Verstecke ausgesucht. Einmal war er dabei gewesen, als ein Bankräuber gestellt wurde.

Er arbeitete an den Stationen Pimlico, Victoria Station und Sloane Square. Letzterer Platz lag in Chelsea. Dort fuhren die Touristen meist hin, weil da das Swinging London beginnt, mit all seinen verrückten Typen, Künstlern, Malern und Bildhauern.

Da machte der Dienst auch Spaß, weil die Menschen anders waren. Nicht gern riß Hatfield seine Zeit an der Victoria Station ab. Dort war ihm zuviel Unruhe. Dieser Riesenbahnhof kam weder am Tage noch in der Nacht zur Ruhe.

In der Zentrale traf er an diesem Abend gegen 21.30 Uhr ein. Ein paar Kollegen saßen dort und kontrollierten über Monitoren den reibungslosen Ablauf.

Außerdem stand in der Mitte des Raumes das gewaltige Steuerpult. Dort war das Subway-Netz eingezeichnet worden und jede Station mit einer roten Lampe gekennzeichnet.

Man konnte von dieser Zentrale aus die Züge beobachten, die unterwegs waren.

»Hi, Earl!« wurde er begrüßt. »Hat dich deine Hattie rausgeschmissen?«

Hatfield schloß seinen schmalen Spind auf und verstaute die Aktentasche. »Wieso?«

»Weil du schon so da bist.«

»Ich hatte Sehnsucht nach euch.«

Ein paar Männer lachten.

»Dann kann ich ja verschwinden«, sagte der jüngere Kollege, der vor zwei Wochen geheiratet hatte und tagsüber Hatfields Job machte.

»Ja, geh nur, Bob. Deine Frau hat sicherlich Sehnsucht nach dir.«

»Was hat sie denn an, wenn du nach Hause kommst? Das kleine rote Hemdchen?« fragte ein anderer grinsend.

»Und schwarze Strapse«, warf ein weiterer Kollege ein.

Bob wurde rot. »Ihr könnt mich mal«, sagte er.

Die Männer grinsten.

Von Earl Hatfield verabschiedete sich Bob per Handschlag.

»Mach's gut«, sagte der Ältere.

»Danke, Earl.«

Die Uniform trug Hatfield bereits. Seine Frau hatte sie ihm frisch gebügelt. Hatfield war jetzt 52, noch zehn Jahre wollte er arbeiten, um dann in Pension zu gehen. Er hatte kräftiges graues Haar, ein immer rosiges Gesicht und war bei seinen Kollegen beliebt. Hatfield suchte nie Streit, war stets gefällig und verstand etwas von seinem Job.

»Wann machst du die erste Runde, Earl?« erkundigte sich Dustin Ambrose, der Dienststellenleiter.

»Ich wollte jetzt anfangen.« Hatfield nahm das Walkietalkie an sich. Damit waren alle Beamten ausgerüstet. »Ist eigentlich noch jemand unterwegs?«

»Nein.«

»Und wie war der Abend sonst?«

»Ziemlich hektisch«, erwiderte Ambrose. »Das Wetter treibt die Leute auf die Straße. Vor allen Dingen in Chelsea ging es rund. Da hast du kein Bein auf die Erde gekriegt.«

»Kann ich mir denken. Touristen?«

»Und wie.«

Earl Hatfield kontrollierte sein Sprechgerät und nickte zufrieden. »Ich gehe dann«, sagte er.

»Welche Strecke nimmst du?« fragte Ambrose.

»Tunnel zwei in Richtung Sloane Square.«

»Okay.« Dustin Ambrose trug die Strecke in das Dienstleiterbuch ein. So wußte er immer, wo seine Leute unterwegs waren.

Earl nickte den anderen Kollegen zu und verließ den Leitstand. Er machte gern Nachtschicht, denn ab 22 Uhr flaute der Betrieb stark ab, und in den Morgenstunden fuhr kaum noch jemand. Da hingen nur Nachtbummler in den Wagen.

Earl Hatfield war mit einer lichtstarken Taschenlampe ausgerüstet und dem Walkie-talkie.

Wenn er auf der Strecke irgendeinen Fehler entdeckte, meldete er sich sofort bei der Zentrale. Je nachdem, wie groß der Fehler war, wurde die Strecke entweder stillgelegt, oder man behob ihn durch eine rasche Reparatur.

Hatfield gelangte auf den Bahnsteig. Dort war noch etwas los. Musik empfing ihn. Ein paar abenteuerlich gekleidete Jugendliche hatten sich zusammengefunden, hockten vor den Wartebänken auf dem schmutzigen Boden, musizierten und sangen. Die Stimmen schallten durch die Halle. Besonders tat sich ein Mädchen hervor. Ihr schrilles Organ war deutlich herauszuhören. Wie ein Indianer war sie gekleidet, mit einem Fransenkleid und Stirnband um den Kopf. Dem Augenausdruck nach zu urteilen, stand sie unter Stoff.

Hatfield war froh, daß ihm so etwas bei seinen Kindern

erspart geblieben war. Sein Sohn Jim mußte in dieser Nacht sogar Dienst haben. Vielleicht sah er ihn.

Dann begannen die Wände zu zittern, der Boden dröhnte, und die Steine des Tunnels schienen wegfliegen zu wollen.

Ein Zug kam.

Mit zischenden und quietschenden Bremsen hielt er. Die Musik brach ab, die Jugendlichen standen auf und enterten die Wagen. Sekundenlang noch war ihr Stimmengewirr zu hören, dann verstummte es, als sich die Türen schlossen.

Der Zug fuhr an. Wenig später war er in der dunklen Röhre verschwunden.

Der Bahnsteig hatte sich geleert. Eine Zeit der relativen Ruhe trat nun ein.

Bis dann der nächste Zug kam.

Am Ende des Bahnsteiges war ein Gitter angebracht, das niemand überklettern durfte. Hinter der Absperrung begann der Weg in den Tunnel, den Hatfield zu nehmen hatte.

Er drückte sich zwischen Mauer und Gitter vorbei, schaltete seine Lampe ein und betrat die Röhre.

Sofort umgab ihn der typische Geruch. Hier roch es immer etwas feucht, muffig, aber auch nach Öl, und irgendwie hatte die Elektrizität auch einen Geruch, wenigstens behauptete Hatfield dies.

Zu beiden Seiten der Schienen befand sich ein schmaler Gehstreifen, den Hatfield nehmen konnte. Bei den neueren Strecken war er durch Gitter abgetrennt, hier nicht. Earl Hatfield mußte sich, wenn sich ein Zug näherte, rasch in eine der Nischen drücken, die überall in die Wände eingebaut waren, denn der Luftzug der fahrenden Bahn hätte ihn sonst von den Beinen gerissen.

Er hatte sich die Taschenlampe umgehängt. Der Lichtstrahl tanzte bei jeder Bewegung hin und her, er glitt über die Wände, den Boden und die Schienen, die dabei jedesmal hell aufblitzten.

Den Schienenstrang nahm sich der Streckenwärter besonders unter die Lupe, er suchte ihn nach Lockerungen und Hindernissen ab. Da fand man manchmal die tollsten Sachen. Von der Bierdose bis hin zum Kleidungsstück. Hatfield fragte sich immer wieder, wie das Zeug dort hinkam, denn aus den Türen werfen konnte das niemand. Sie waren während der Fahrt verschlossen.

Einmal hatte er einen Selbstmörder im allerletzten Moment von den Schienen geholt, einen jungen Mann, der sich mit Stoff vollgepumpt hatte.

Ein Zug donnerte heran.

Der Streckenwärter wußte genau, was er zu tun hatte. Er hörte es schon von weitem, wenn einer kam, und drückte sich rasch in eine Nische.

Die Subway rauschte vorbei. Ein gigantischer Schatten aus Stahl und Licht, wobei die Gesichter der Fahrgäste nur schemenhaft zu erkennen waren und ineinander verschwammen.

Hatfield schloß die Augen. Die Druckwelle traf seine Trommelfelle. Und der Sog, der sich am Zugende gebildet hatte, wirbelte die Haare des Mannes hoch.

Ruhe.

Hatfield verließ seine Deckung und ging weiter. Etwa zehn Minuten hatte er Zeit, bis der nächste Zug durch die Röhre an ihm vorbeizischte.

Nichts lag auf den Schienen. Alles sah danach aus, als würde es eine normale Nacht geben.

Earl Hatfield wußte genau, daß dieses unterirdische Streckennetz ein gewaltiger Fuchsbau war. Zudem hatte es noch einen Anschluß an die Kanalisation, die in ihrer Gesamtheit ein gewaltiges Rätsel darstellte. Da gab es so gut wie keinen Menschen, der sich in den Katakomben von London auskannte.

Zahlreiche alte Stollen aus dem letzten Jahrhundert durchzogen die unterirdische Stadt. Manche waren auch zugemauert. Andere wiederum hatte man nicht mehr gefunden. Hatfield erinnerte sich an ein Gespräch mit einem Kollegen, der in den Kanälen arbeitete. Dagegen war sein Dienst noch Gold. Dieser Kollege mußte in einem Gestank und einem Dreck arbeiten, in dem es kaum auszuhalten war.

Eine niedrige Eisentür war in die Wand eingelassen. Hatfield blieb stehen und überprüfte im Licht seiner Lampe das Schloß.

Es war in Ordnung.

Er würde bei seinem weiteren Streckengang noch an zahlreichen Türen vorbeikommen. Sie stellten die Verbindung zur Kanalisation dar und waren auch Fluchtwege für Fahrgäste, falls unterwegs mal etwas passieren sollte.

Hatfield ging weiter.

Die meisten Menschen hätten sich in dieser engen Röhre gefürchtet, nicht so Earl Hatfield. Er war es gewohnt, dort herumzulaufen und zu kontrollieren.

Dann rollte wieder ein Zug heran.

Earl Hatfield beeilte sich, damit er die Deckung erreichte. Er schaffte es wie immer.

Das stählerne Ungetüm zischte vorbei.

Als das Echo verklungen war, schritt Earl Hatfield weiter. Er war fast eine halbe Stunde unterwegs und hatte ungefähr die Hälfte der Strecke hinter sich gelassen.

Wenige Yards weiter mußte er abermals eine Tür kontrollieren, die zum Kanalnetz führte.

Routiniert leuchtete er Tür und Schloß ab.

Da zuckte er zusammen.

»Das ist doch nicht möglich!« flüsterte er.

Die Tür war offen!

Irgend jemand hatte sich an dem Schloß zu schaffen gemacht und es gesprengt. Es war kein Sicherheitsschloß, sondern ein völlig normales mit Bügel, das leicht zu knacken war.

Earl Hatfield schwitzte plötzlich. Das hatte er ja noch nie erlebt.

Wer machte sich denn an so einer Tür zu schaffen und aus welchem Grund?

Oder sollten sich hinter der Tür irgendwelche finsteren Gestalten versteckt halten?

Earl Hatfield dachte an die Sicherheitsbestimmungen, die für das Personal galten. Normalerweise hätte er jetzt über das Walkie-talkie Hilfe herbeirufen müssen, aber er ließ das Gerät stecken, weil er erst nachschauen wollte, bevor er die Pferde scheu machte. Dank elektronischer Geräte, die in der Röhre in bestimmten Abständen installiert waren, arbeiteten die Walkie-talkies hier einwandfrei. Sie machten die Sprechgeräte unabhängig von den Streckentelefonen, die alle paar hundert Yards in die Nischen eingebaut waren.

Vielleicht stellte sich auch alles als völlig harmlos heraus. Das konnte man nie wissen.

Earl Hatfield glaubte noch an die Menschheit und auch an die Wirkung der Uniform. Sollte sich ein Penner dort verkrochen haben, würde er ihn schon verscheuchen.

Hatfield wußte genau, wie es hinter der Tür aussah. Er war ein paarmal dort gewesen. Da befand sich ein feuchtes Gewölbe, das in einen engen Tunnel mündete, durch den ein ziemlich breiter Abwasserkanal floß.

Hatfield öffnete.

Die Eisentür quietschte in den Angeln. Das Geräusch erzeugte bei dem Mann eine regelrechte Gänsehaut. Bevor er seinen Kopf durch den Türspalt streckte, leuchtete er erst einmal in das hinter der Tür liegende Gewölbe.

Feuchte, alte Mauern, die nie Tageslicht gesehen hatten. Wassertropfen glitzerten im Lichtschein der Lampe.

Kriechtiere krochen über den Boden, suchten nach Spalten und Ritzen im Gestein. Ratten sah Earl Hatfield nicht. Er war jedoch sicher, daß sie sich hier irgendwo aufhielten.

Hatfield betrat das Gewölbe. Die Tür zog er nicht völlig hinter sich zu, sondern ließ sie spaltbreit offen. Er hörte auch das Rauschen, wo der breite Kanal floß. Dort war es etwas heller, denn die Hauptkanäle wurden durch trübe Lampen erleuchtet.

Der Bahnbeamte streifte sich die Lampe über den Kopf, nahm sie in die Hand und beschrieb einen Kreis.

Er leuchtete das unterirdische Gewölbe aus, doch von einem Einbrecher oder einem Penner sah er keine Spur.

Das wunderte ihn, denn wer sollte sonst die Tür geöffnet haben?

Earl Hatfield schritt dorthin, wo der Tunnel begann, der zum Kanal führte.

Das Licht tanzte über den Boden, und deutlich riß der Schein den schmalen Durchlaß aus der Finsternis.

Da bewegte sich etwas. Sofort senkte Earl Hatfield seine Lampe und richtete sie auf das Zielobjekt.

Im nächsten Augenblick hatte er das Gefühl, verrückt zu werden. Im hellen Kegel sah er ein Wesen am Boden hocken, das irgendwie Ähnlichkeit mit einem Menschen hatte. Andererseits wiederum auch nicht, denn das schleimige Wesen fraß eine dicke tote Ratte …

Plötzlich klopfte mein Herz schneller.

Wie viele Harleys gab es in London? Hundert? Tausend? Oder noch mehr? Und saßen auf dieser, die uns entgegenkam, wirklich mein Freund Suko und Shao?

Ich konnte es nur wünschen, hoffte auch, daß mich Suko im Wagen erkannte, und hob für einen Moment die rechte Hand.

Der Schnauzbart merkte nichts von der Spannung, die mich gepackt hielt, zudem zeigte mein Gesicht einen gleichgültigen Ausdruck. Suko mußte die Maschine bewegt haben, denn die Lichtfülle eines Scheinwerfers drang in das Innere.

»Idiot!« schimpfte der Fahrer.

Danach wurde es wieder dunkel.

Ich wartete ab. Meine Hände lagen jetzt auf den Knien, gut sichtbar für den Bewacher. Vorsichtig drehte ich den Kopf und schielte durch die Heckscheibe.

Die Maschine wurde gewendet. Ich sah auch zwei Personen auf ihr hocken, da wurde mir klar, daß es Suko und Shao waren. Zudem schienen auch sie bemerkt zu haben, wer auf dem Rücksitz des Vauxhall saß. Und daß ich diesen Ausflug nicht freiwillig unternahm, war ihnen ebenfalls klar. Auf die nächsten Minuten war ich wirklich gespannt. Sie konnten aber auch gefährlich werden.

Wir fuhren auf eine Kreuzung zu, in die die Lyall Street, die Chesham Street und der Chesham Place münden. Dort standen hohe Wohnhäuser, und an einer Ecke befand sich ein Schnapsladen, der noch aussah wie vor hundert Jahren.

Zu oft konnte ich auch nicht nach hinten schauen, das wäre aufgefallen. Dafür hörte ich, wie hinter uns die Harley beschleunigt wurde. Ich kannte das Geräusch sehr gut, schließlich hatte ich oft genug auf dem Rücksitz der Maschine gesessen.

Auch mein Bewacher wurde aufmerksam. Er riskierte einen blitzschnellen Blick, so daß ich keine Chance hatte, ihn in der kurzen Zeitspanne anzugreifen. »Verdammter Idiot!« schimpfte er. »Der fährt, als wäre er lebensmüde.«

»Meinst du den nachgemachten Rocker da?« fragte der Fahrer.

»Ja.«

»Ich laß ihn vorbei.«

»All right.«

Suko passierte uns zum Teil. Auf gleicher Höhe wurde er langsamer, fuhr mit und schaute in den Vauxhall. Er sah in seiner Verkleidung aus wie ein Wesen vom anderen Stern, und auch Shao war kaum als weibliche Person zu erkennen.

»Fahr vorbei!« knurrte der Fahrer.

Die beiden wurden nervös.

Suko gab Gas. Die Harley wurde schnell und schoß vor. Wir befanden uns jetzt dicht vor der Kreuzung, wo auch andere Wagen einbiegen wollten, als Suko sich vor den Vauxhall gesetzt hatte und mit seiner Maschine einen Schlenker vollführte.

»Scheiße!« schrie der Fahrer, dann knallte es schon. Suko war mit dem Vorderrad gegen den rechten Kotflügel gefahren. Er hatte das Blech so nach innen gestanzt, daß es den Reifen aufschlitzte.

Der Vauxhall wurde durchgeschüttelt, und die Harley verschwand aus meinem Blickfeld.

Andere Wagen bremsten, unser Fahrzeug schlingerte, und der Fahrer mußte stoppen.

Da weder mein Bewacher noch ich angeschnallt waren, wurden wir nach vorn geschleudert. Ich hatte es da besser, denn ich brauchte auf keinen Gefangenen zu achten.

Meine Handkante kam wie der Blitz.

Sie fegte auf den Waffenarm des Mannes nieder, und der Treffer ließ ihn aufstöhnen. Der Revolver rutschte ihm aus der Hand. Er landete zwischen den Sitzen.

»Charly!« ächzte der Typ und meinte damit wohl den Fahrer. Der jedoch konnte sich nicht um uns kümmern, denn seine Tür wurde aufgerissen. Suko erschien. Er griff in den Wagen hinein. Seine Hände krallten sich in den Haaren des Kerls fest, dann zog er den Typ heraus. Ich hörte ihn schreien.

Mein Spezi hatte sich herumgeworfen und die Beine

angezogen. E traf mich. Ich wurde zurückgeschleudert. Das gab dem anderen Gelegenheit, die Tür aufzustoßen und zu fliehen. Er schlug sie nicht hinter sich zu, sondern dachte nur noch an die Flucht.

Ich packte mir den Revolver, der vor dem Sitz lag, und verließ ebenfalls den Wagen.

Ich vernahm Kampfgeräusche, hörte einen klatschenden Schlag, und dann gab es einen dröhnenden Laut, als Sukos Gegner gegen die Karosserie krachte.

Der Kerl war bei meinem Freund in guten Händen, so daß ich mich um den Schnauzbart kümmern konnte.

Er hatte inzwischen einen ziemlichen Vorsprung herausgeholt. Alles was recht war, dieser Mann konnte laufen. Mt weiten Sätzen hetzte er auf das Schnapsgeschäft zu, in dessen beiden Schaufenstern die Beleuchtung noch eingeschaltet war, so daß helle Lichtinseln auf den Gehsteig fielen.

»Stehenbleiben!« brüllte ich.

Er dachte gar nicht dran. Er jagte weiter. Der Schnapsladen lag an der Ecke. Schnauzbart wollte rechts um das Geschäft herum, blieb vorher allerdings stehen und zog seine zweite Waffe.

Es war meine Beretta.

Er hielt sie in der linken Hand, weil die rechte von dem Schlag wohl noch gelähmt war. Ich wußte nicht, wie gut er mit links schoß, wollte jedoch kein Risiko eingehen und tauchte zu Boden.

Die Kugel pfiff über meinen Kopf hinweg und verschwand irgendwo. Dieser Hundesohn scheute sich nicht, eine Waffe einzusetzen, obwohl zahlreiche Zeugen vorhanden waren, die leicht hätten getroffen werden können. Denn die Fahrer hatten ihre Wagen verlassen. Als allerdings der erste Schuß krachte, nahmen sie hinter ihren Autos Deckung.

Nur eine Frau erstarrte.

Sie war aus ihrem Wagen geklettert und stand mitten auf der Kreuzung. Die Arme hatte sie halb erhoben. Ihre schockgeweiteten Augen waren starr auf den herannahenden Killer gerichtet.

Mir war klar, daß der Mann die Frau als Geisel nehmen wollte. Wenn es eben ging, mußte ich das verhindern.

Leider war er zu weit weg, als daß ich ihn hätte einholen können. Aber mit einem Schuß konnte ich ihn stoppen.

Noch einmal rief ich ihn an. Er änderte seinen Kurs nicht.

Da drückte ich ab.

Mit der ersten Kugel verfehlte ich ihn. Das Geschoß traf dicht vor seinen Schuhspitzen das Pflaster und flog als deformierter Querschläger davon.

Ich glaubte, daß er stehenbleiben würde, doch ich hatte mich getäuscht.

Erst die zweite Kugel schaffte es.

Sie riß ihn um die eigene Achse. Er machte noch einen grotesken Sprung, warf beide Arme hoch und fiel zu Boden.

Auf seine Beine hatte ich gezielt, war mir jedoch nicht sicher, sie auch bei der schlechten Beleuchtung getroffen zuhaben. Wahrscheinlich war ihm die Kugel in die Hüfte gefahren. Diesen Treffer konnte er überleben.

Als ich ihn erreichte, sah ich das Blut. Und das faustgroße Einschußloch.

Mein Magen krampfte sich zusammen. Ich hatte mich geirrt. Wahrscheinlich würde der Mann den Treffer nicht überstehen, denn keine normale Kugel hatte ihn erwischt, sondern ein abgeflachtes Dumdumgeschoß. Es war sicherlich mir zugedacht gewesen, nun hatte es den Mann selbst getroffen.

Ich schrie nach einem Krankenwagen und schaute mich gleichzeitig nach Suko um. Er stand neben seiner

Maschine, die am Boden lag. Mein Freund starrte auf den zweiten Killer hinab. Er hatte ihn ausgeschaltet, allerdings mit den Fäusten.

Ich zündete mir eine Zigarette an. Dabei merkte ich, wie sehr meine Hände zitterten. Konnte ich mir einen Vorwurf machen? Nein, dieser Killer hatte die Frau als Geisel nehmen wollen. Ich hatte keine andere Möglichkeit gesehen, ihn in seinem Lauf zu stoppen, als durch eine Kugel.

Ich hörte das Schluchzen der Frau. Ein Mann war jetzt bei ihr und beruhigte sie.

Shao kam zu mir. Sie sah den Schwerverletzten und schluckte. »Mein Gott«, flüsterte sie.

»Ich mußte mit seiner Waffe schießen. Und die war mit abgefeilten Kugeln geladen«, erklärte ich mit rauher Stimme. Meine Beretta hatte ich wieder an mich genommen, und ich dachte darüber nach, wer mir die beiden Killer geschickt hatte.

Vielleicht würde der andere reden, wenn er aus seiner Bewußtlosigkeit erwachte.

Endlich kam der herbeigesehnte Krankenwagen. Das Warnlicht rotierte und überschüttete uns mit seinem flackernden Schein, so daß wir wie lebende Tote aussahen.

Auch die Polizei war zur Stelle und begann augenblicklich mit den Absperrungen.

Der Arzt zog ein bedenkliches Gesicht, als er den Verletzten sah. »Sieht nicht gut aus!« meinte er und gab seine Anordnungen. »Wer hat ihn erwischt?«

Ich schaute den Sanitätern zu, wie sie den Schwerverletzten vorsichtig hochhoben und auf eine Trage legten. »Das war ich, Doc, aber mit seiner Waffe.«

»Deshalb dieses Einschußloch.«

»Genau.«

»Die Gangster werden heutzutage immer brutaler.

Straßenschlachten überall, dann Mord und Totschlag. Wo soll das noch alles hinführen, Oberinspektor?«

»Fragen Sie nicht mich, Doc. Ich bin ebenso schlau wie Sie, glauben Sie mir.«

»Klar.« Er hatte ein Zeichen seines Sanis gesehen und stieg zu dem Killer in den Wagen. Mt heulenden Sirenen rauschte das Fahrzeug davon.

Die Polizisten hatten die Neugierigen zurückgedrängt. Ich wurde angesprochen und gab in Stichworten zu Protokoll, was geschehen war.

»Um Details kümmere ich mich später«, sagte ich zu den Polizisten.

Sie nickten.

Dann ging ich zu Suko.

Mein Freund hatte seine Harley inzwischen aufgebockt und den niedergeschlagenen Gangster in den Fond des Vauxhall verfrachtet.

Dort lag er nun und sagte kein Wort. Er war mit einem ganzen Waffenarsenal herumgelaufen. Suko hielt zwei Revolver und ein feststehendes Messer in den Händen. Alle drei Dinge hatte er in eine Plastiktüte gesteckt, die ich einem Polizisten in treue Obhut und zur Untersuchung der Gegenstände gab.

Die Harley hatte nichts abbekommen. Suko war genau und dosiert gefahren.

Ich rollte den Vauxhall an den Straßenrand und nahm abermals im Fond Platz. Diesmal jedoch unter veränderten Vorzeichen, denn jetzt stellte ich die Fragen.

Laut Führerschein hieß der Mann Winston Ball, und er befand sich noch immer in tiefer Bewußtlosigkeit. Woher Suko das Wasser aufgetrieben hatte, wußte ich nicht. Auf jeden Fall leerte er über dem Knaben eine Schüssel. Shao, die zusah, schüttelte sich.

»Jetzt wird er hoffentlich wach«, meinte der Chinese.

Ich sah mir den Mann an. Er hatte ein blaues Auge und

eine Beule auf der Stirn. »Scheint sich gewehrt zu haben«, bemerkte ich sarkastisch.

»Und wie.« Suko grinste. »Ich mußte zweimal zuschlagen.«

»Du wirst alt, Dicker«, sagte ich. »Bud Spencer schafft das im Kino immer mit einem Schlag.«

»Ich wiege auch nicht soviel. Sei froh, daß ich dich aus den Klauen dieser beiden geholt habe.«

»Das hätte ich schon selbst geschafft«, wiegelte ich ab. »Ich wollte nur mal sehen, ob du auch achtgibst.«

»Strunz, geh in die Hütte.« Suko lachte, und ich boxte ihm gegen die Hüfte.

Winston Ball erwachte.

Seine Lider flatterten, als er die Augen aufschlug. Dabei schaute er ziemlich dumm aus der Wäsche, als könne er nichts begreifen.

»Hier spielt die Musik«, sagte ich.

Nur mit einem Auge konnte er mich richtig sehen. Das andere war halb geschlossen. Der Mann stöhnte und fuhr über seinen Kopf, wobei er zusammenzuckte.

»Also, Meister, was sollte das?« stellte ich die erste Frage. »Ihr wolltet mich umbringen.«

»Wie?«

»Er braucht noch einen Schluck Wasser«, meinte Suko, der neben dem Wagen mit der offenen Tür stand.

»Verpiß dich, Chink!«

Da wurde ich sauer. »Keine Beleidigungen und Obszönitäten, bitte«, warnte ich ihn. »Was Sie und Ihr Kumpan mit mir vorhatten, war ein astreiner Mordversuch.«

»Eine Spazierfahrt nennen Sie Mordversuch?« höhnte er.

»Zudem hat Ihr Kumpan mit dem Schnauzbart versucht, eine weibliche Geisel zu nehmen. Das rechnen wir Ihrem Konto ebenfalls hinzu. Außerdem bin ich sicher, daß ihr in irgendeiner Kartei verewigt seid. Zusammen mit den Vorstrafen und dem jetzigen Verbrechen kommt eine hübsche Latte zusammen.«

Die Rede beeindruckte ihn, denn er schloß seine große Klappe.

»Was ist mit Nick?« fragte er nach einer Weile.

»Vielleicht kommt er durch.«

In seinem noch offenen Auge blitzte es auf. »Was soll das heißen?«

»Ich habe ihn angeschossen, als er sich eine Geisel nehmen wollte. Er wurde von einer Kugel aus seiner eigenen Waffe getroffen. Muß ich noch mehr sagen?«

»Nein, es reicht.«

»Haben Sie Ihren Revolver auch mit Dumdumgeschossen geladen?« fragte ich scharf.

Er schwieg. Und das reichte uns als Antwort. Ich warf Suko einen schnellen Blick zu. Mein Partner preßte die Lippen hart aufeinander. In ihm mußte ein ähnliches Gefühl toben wie in mir. Wie konnten Menschen nur mit diesen verdammten Kugeln schießen?

Ich wandte mich wieder an den Gefangenen. »Jetzt hätte ich natürlich gern gewußt, wer euch auf mich angesetzt hat.«

»Was springt für mich dabei raus?«

Damit hatte ich gerechnet. Es ist meistens so, daß Gangster, wenn sie in der Klemme sitzen, versuchen zu handeln. Oft gingen wir auch darauf ein, weil wir dann Hintergrundinformationen erhielten, die manchmal sehr wichtig waren.

»Ich könnte so einiges vergessen«, schlug ich vor.

»Was?«

»Vielleicht den Mordversuch. Aber das kommt allein auf Sie an, Meister.« Er überlegte. Zu lange Zeit wollte ich ihm nicht lassen, er hätte sich zu leicht eine Geschichte einfallen lassen können.

»Was ist? Wollen Sie reden oder nicht?«

»Ich habe den Mann nur einmal gesehen. Außerdem komme ich nicht aus London.«

»Und wie hieß der Kerl?«

»Keine Ahnung.«

Ball log, das merkte ich sofort, ging nicht weiter darauf ein, sondern stellte die nächste Frage. »Wohin solltet ihr mich schaffen?«

»Zu einer U-Bahn-Station.«

»Was?«

»Ja, die in Pimlico.«

»Was wäre da gewesen?«

»Keine Ahnung. Wir sollten Sie ja nicht auf den Bahnsteig bringen, sondern zu einem Schacht. Der liegt auf einem unbebauten Grundstück, und da wollte der andere Sie in Empfang nehmen. Das ist eigentlich alles.«

»Ihr hattet also nicht den Auftrag, mich zu töten?«

»Nie.«

Abermals war ich sicher, daß er mir die Hucke vollog, doch das Gegenteil konnte ich ihm nicht beweisen. Ich fragte ihn nach dem genauen Ort. Er beschrieb ihn auch so gut, daß es uns keine Mühe bereiten würde, ihn zu finden.

»Jetzt will ich nur noch den Namen wissen!« forderte ich ihn auf.

»Den sage ich nicht.«

»Aber Sie kennen ihn?«

»Ja.« Er schluckte, und auf seinem Gesicht breitete sich Angst aus. »Wenn ich rede, nieten die mich um.«

»Wer sind die?«

»Dieser Mann hat mir nur mit einem Wort gedroht«, erwiderte Winston Ball und atmete schwer. »Mordliga!«

Da wußte ich Bescheid.

Hinter mir räusperte sich Suko.

Mordliga! Das bedeutete Solo Morasso, alias Dr. Tod. Hinzu kamen Tokata, der Samurai des Satans, Vampiro-del-mar, Marvin Mondo, der teuflische Wissenschaftler, die gefährliche Lady X und Lupina, die Königin der Wölfe, in die ich mich einmal verliebt hatte, als mich ein teuflisches Serum in einen Werwolf verwandelt hatte.

Soviel wir wußten, war die Mordliga noch nicht vollständig. Dr. Tod suchte nach dem letzten Mitglied, dessen Namen wir bereits kannten, aber nicht wußten, wie er aussah und wo er hauste. Das war Xorron, Herr der Zombies und Ghouls.

Wir hatten ihn nicht gefunden, Morasso auch nicht. Es war ein gemeinsamer Wettlauf. Einen Sieger hatte es bisher nicht gegeben.

Jetzt mischte er wieder mit. Welche Pläne verfolgte Dr. Tod? Klar, er wollte mein Ende, ich aber auch seins. Wir waren Todfeinde.

Vielleicht konnte ich mich sogar als Verlierer bezeichnen, denn Solo Morasso oder vielmehr seinem Vasall Tokata war es gelungen, den magischen Bumerang an sich zu bringen.

Ich glaubte nicht daran, daß sich Solo Morasso allein in London aufhielt, der hatte bestimmt seine Schützlinge mitgebracht, sonst hätte er nicht den Namen Mordliga erwähnt.

»Ist irgendein Zeitpunkt vereinbart worden?« erkundigte ich mich bei dem Killer.

»Nein. Nur so rasch wie möglich.«

Ich wußte Bescheid. An Sukos Gesicht las ich ab, daß er den gleichen Plan verfolgte wie ich. Wir würden zu diesem Treffpunkt gehen, und dann wollten wir das Spiel dirigieren.

Ich kletterte wieder aus dem Wagen.

Suko hatte schon zwei Polizisten herbeigewinkt. Sie kümmerten sich um den Gangster, legten ihm Handschellen an und zogen ihn aus dem Vauxhall.

Als er abgeführt wurde, drehte er sich noch einmal um.

»Und vergessen Sie Ihr Versprechen nicht, Bulle, sonst holt Sie der Teufel!« Er lachte.

Suko runzelte die Stirn. »Dieser Typ gehört zu den unbelehrbaren«, meinte er und erntete damit meine Zustimmung.

Am liebsten wäre ich sofort losgefahren, doch das wäre unklug gewesen. Wir waren nicht gut genug ausgerüstet. Deshalb einigten wir uns auf folgenden Plan.

Suko wollte Shao zum Treffpunkt mit Jane bringen, während ich zum Bentley lief und auf direktem Weg nach Hause fuhr. Wenn Suko dort eintraf, wollten wir gemeinsam weiterfahren.

Ein gutes Gefühl hatte ich nicht, Freunde. Wenn es gegen die Mordliga ging, fühlte ich mich immer wie jemand, der zum Elektrischen Stuhl schritt.

Blut rann über das deformierte Gesicht des Ghouls und vermischte sich mit dem schleimigen Körper.

Er aß die Ratte!

Earl Hatfield hatte das Gefühl, einen bösen Alptraum zu erleben. Gleichzeitig wurde ihm schlecht. Dieses Wesen, das da in der Ecke hockte, konnte er nicht einordnen. Wie sollte er auch, denn von einem Ghoul hatte er noch nie etwas gehört.

Seine rechte Hand, die die Lampe hielt, zitterte. Der Strahl tanzte auf und nieder und ließ den Ghoul wie in einem gespenstischen Muster erscheinen.

Die Ratte war verschlungen. Im nächsten Moment spie der widerlichste aller Dämonen die Knochen aus. Die Geräusche, mit denen sie auf den Steinboden fielen, erzeugten bei Earl Hatfield eine Gänsehaut. So etwas hatte er noch nie gesehen, und als er jetzt das gierige Schmatzen des Wesens vernahm, da hielt ihn nichts mehr an seinem Platz. Er mußte Hilfe holen, wollte so schnell wie möglich weg. Er dachte im Moment auch nicht mehr an sein Sprechgerät, das alles hätte ihn zu sehr aufgehalten.

Hatfield machte kehrt.

Nur drei Schritte weiter befand sich die Tür. Eine lächerliche Distanz, die er normalerweise auch geschafft hätte, doch hinter ihm lauerte bereits der zweite Ghoul. Er hatte sich in den toten Winkel der Tür verkrochen, dicht an der Wand. Und lautlos hatte er sich angeschlichen, als Hatfield voller Entsetzen auf seinen Artgenossen starrte.

Der erste Ghoul bewegte sich voran. Er veränderte dabei seinen Körper.

Der Schleim zog sich in die Länge und lief als quallige Masse über den Boden.

Das sah Earl Hatfield nicht mehr, denn man ließ ihn genau zwei Schritte weit kommen.

Plötzlich spürte der Bahnbeamte, wie sich etwas Kaltes um seinen linken Fußknöchel wickelte. Für den Bruchteil einer Sekunde lähmte ihn der Schreck. Als er dann die Lampe senkte und der Strahl nach unten fiel, traf er auf den Ghoul.

Hatfield schrie vor Entsetzen. Dieses grün, gelb und grau schillernde widerliche Etwas erhob sich aus der klumpigen Form, wurde lang und länger und kroch an seinem Körper hoch.

Mit der Lampe schlug Hatfield zu.

Er traf dort, wo sich der Kopf des Wesens andeutete. Die Lampe hieb in den Schleim, es gab ein klatschendes Geräusch, mehr geschah nicht.

Der zweite Ghoul war bereits heran. Auch er packte zu. Abermals spürte Earl Hatfield die Berührung an seinem Bein, und als der Ghoul daran zog, verlor der Bahnbeamte das Gleichgewicht.

Er wollte den Aufprall noch mildern, konnte die Arme jedoch nicht mehr ausstrecken. Statt dessen fiel er auf die

Ellbogen, und ein scharfer Schmerz, durchzuckte seine Arme.

Im nächsten Augenblick waren die Ghouls über ihm. Hatfield hörte das Klatschen, spürte den Druck auf seinem Körper und vernahm ein gieriges Schlürfen.

Er hatte sich herumgeworfen, lag auf dem Rücken, doch er konnte sich nicht bewegen, weil die wie Gummi wirkenden Arme ihn festhielten. Dafür schaute er in eine Fratze, die nur sehr wenig Ähnlichkeit mit einem menschlichen Gesicht zeigte. Nur in den Umrissen war es zu erkennen. Zudem veränderte sich das Gesicht laufend. Da floß mal etwas zusammen, dann wieder auseinander und wurde schließlich zu einem breiigen Etwas.

Hatfield stöhnte vor Angst und Grauen. Er schlug um sich, traf auch, doch kein Schlag zeigte Wirkung. Die Lampe war ihm entfallen. Sie lag am Boden und leuchtete weiter, so daß ein Beobachter den Todeskampf in einem gespenstischen Licht gesehen hätte.

Hatfield wurde nur von einem Ghoul festgehalten. Der andere, der die Ratte verschlungen hatte, bewegte sich vor und holte einen Gegenstand aus der entferntesten Ecke.

Es war eine Eisenstange!

Mit ihr kroch er zurück.

Der Ghoul hatte einen Arm direkt um den unteren Teil der Stange gewickelt. Er hatte keine Hände, alles war schleimig, tropfte, sammelte sich zu einer Pfütze, die wie von Geisterhänden bewegt wieder auf den Ghoul zuwanderte und sich mit ihm vereinigte.

Verzweifelt versuchte Earl Hatfield, den Griff zu sprengen. Er schaffte es nicht, konnte sich nicht aus der Umklammerung lösen, und er mußte mit ansehen, wie der Ghoul, der ihn festhielt, seinen Oberkörper vorbeugte.

In seinem Gesicht zog sich die untere Hälfte zurück.

Der Schleim wanderte nach hinten und gab etwas frei, das Hatfield in eine regelrechte Panik versetzte.

Zwei Zahnreihen.

Nadelspitz, wie geschliffen, ein furchterregender Anblick, den Earl Hatfield kaum verkraften konnte.

Er wimmerte.

Plötzlich waren seine Kräfte verschwunden, der letzte Widerstandswille brach wie eine gläserne Brücke, er wurde im Griff des schleimigen Monsters schlapp.

Der zweite Ghoul war heran. Hatfield sah auch ihn dicht vor sich. Er war noch einmal entsetzt über den Anblick der dünnen Blutbahnen innerhalb des Ghoulkörpers, und er schüttelte sich.

Dann hob der Dämon den Arm.

Ein letzter, verzweifelter Schrei drang aus dem weit geöffneten Mund des Bahnbeamten, der jedoch abbrach, so daß nur das schaurige Echo innerhalb des Gewölbes widerhallte.

Und das war noch zu hören, als der Mann bereits nicht mehr lebte. Die Ghouls hatten ihr Opfer.

Sie hielten es weiter fest. Das Killerwesen warf nur die Eisenstange weg.

Dann ließen sich die beiden nicht mehr stören …

Obwohl er nur einen Arm hatte, führte er das Schwert mit dem Können eines wahren Meisters. Die in der Hölle geschmiedete Klinge wischte durch die Luft, hieb gegen Wände und zerstörte sie, als bestünden sie aus weicher Pappe.

Tokata war in seinem Element – er schlug sich den Weg regelrecht frei.

Allerdings nicht für sich, sondern für seinen Herrn und Meister Dr. Tod.

Er hatte befohlen, daß das Mauerwerk niedergerissen

wurde, um zu ihnen zu gelangen. Denn Solo Morasso befand sich noch immer auf der Suche nach Xorron. Er hatte Tokata und Lady X mitgenommen. Die restlichen Mitglieder der Mordliga befanden sich in einem geheimen Versteck, von dem bisher niemand etwas wußte oder auch nur ahnte. Selbst John Sinclair nicht, Hauptfeind der Mordliga. Und auch Asmodina, die Teufelstochter, hatte ihn in diesem Versteck noch nicht aufgesucht, seit ihr Verhältnis ziemlich frostig geworden war. Dr. Tod wollte sich nicht mehr gängeln lassen, er glaubte, stark genug zu sein, um seine eigene Truppe aufbauen zu können.

Asmodina beobachtete mit Argwohn seine Aktivitäten, ließ ihn aber gewähren, sofern sie gegen die Menschheit im allgemeinen gerichtet waren, denn die Menschen haßte Asmodina ebenfalls. Nur durfte sich Dr. Tod nicht in ihre Belange einmischen, dann bekam er mit der Teufelstochter Ärger.

Es lag noch gar nicht so lange, zurück, da hatte sie ihm bewiesen, wie mächtig sie war. Bei den Flammenden Steinen war es Dr. Tod gelungen, Myxin, den Magier, festzunehmen. Asmodina wollte ihn haben, doch Morasso stellte Bedingungen. Da hatte die Teufelstochter ihn so zurechtgestutzt, daß er eine ganze Weile brauchte, um sich von diesem Schock zu erholen. Nun war er wieder obenauf und suchte verzweifelt nach Xorron, der irgendwo auf der Erde sein Grab oder seinen Unterschlupf haben mußte. Asmodina wußte den Ort, allerdings dachte sie nicht daran, ihn Dr. Tod zu verraten.

Und so machte sich Solo Morasso daran, Xorron allein zu finden, ohne fremde Hilfe.

Spuren hatte es gegeben, aber sie waren alle im Sande verlaufen. In Deutschland, in der Gruft der Leichenräuber, hatten zwei Ghouls gehaust, die angeblich Bescheid wissen sollten, weil sie schon uralt waren. Doch der Geisterjäger John Sinclair war der Mordliga wieder in die Quere gekommen und hatte dem Ghoulspuk ein Ende bereitet. Dabei hatte Dr. Tod sogar schon ein Sarglager in einem Bunker einrichten lassen, damit die Zombies und Ghouls, die von Xorron angeführt wurden, Unterschlupf fanden.

Vorbereitet hatte er wirklich alles sehr gut, nur der Erfolg zeigte sich noch nicht. Vielleicht hatten sie jetzt Glück, denn Dr. Tod hatte erfahren, daß in einem zugemauerten Verlies in der Londoner Kanalisation Ghouls hausen sollten.

Das Verlies war vor einigen hundert Jahren geschaffen worden, und Dämonen überlebten die Zeit, auch wenn sie nichts zu fressen bekamen.

Die Ghouls konnten unter Umständen etwas über Xorron wissen, deshalb ließ Dr. Tod sie frei. Zwei hatte er schon befreit, doch die waren zu jung, sie hatten nichts gewußt.

Auf Umwegen war Solo Morasso nach England gelangt, und heimlich ging er nach London, wo sein Erzfeind John Sinclair lebte. Er hatte einfach nicht daran vorbeigekonnt und zwei Killer damit beauftragt, ihm John Sinclair zu bringen. Er wollte den Geisterjäger als Nahrung für die Ghouls haben.

Vielleicht schafften es die Männer.

Dämonen und andere Schwarzblüter hatten dies bisher nicht fertiggebracht, weil sich Sinclair inzwischen zu gut auf sie eingestellt hatte.

Die Mauer fiel.

Noch ein letzter Streich, und ein riesiger viereckiger Stein polterte zu Boden.

Tokata drehte sich um. Er sah aus wie immer. Er trug die Maske vor dem verwesten Gesicht und den dicken Panzer, der aus einem seltsamen Leder bestand, dessen Herkunft selbst Dr. Tod unbekannt war. Tokata hatte nur einen Arm, der zweite, der linke, war ihm durch den Bumerang abgeschlagen worden.

Lady X hielt sich hinter dem Führer der Mordliga auf. Sie hieß mit bürgerlichen Namen Pamela Barbara Scott und war eine ehemalige Terroristin gewesen, bevor sie zur Mordliga stieß. Dr. Tod nahm sie gern mit, denn sie konnte sich als Mensch unter den Menschen bewegen, ohne daß es auffiel. Bei Dämonen war dies nicht der Fall. Tokata hätte überall eine Panik hervorgerufen.

Langsam nur senkte sich der Staub, so daß Lady X und Dr. Tod erst jetzt einen Blick auf die Öffnung werfen konnten.

Sie sahen nichts. Es war nur finster. Vom nächsten Kanal fiel auch so gut wie keine Helligkeit in das unterirdische Verlies.

»Licht! Wir brauchen Licht!« befahl Morasso.

Lady X nahm ihre Taschenlampe vom Gürtel und reichte sie ihrem Boß. Sie trug ihre Standardkleidung. Eine enge Hose, einen dunklen Pullover und halbhohe Stiefel. Ihre schwarze Haarflut war wild und ungebändigt. Sie war eine Frau, die Dynamit in den Adern hatte, aber auch brandgefährlich und ohne Gefühl. Schon mancher Mann war auf sie hereingefallen, und danach hatte es für ihn ein böses Erwachen gegeben. Lady X nutzte die Männer eiskalt aus. Sie hatte früher mit ihnen gespielt und tat es heute noch, falls sie dazu Gelegenheit hatte. Dabei hatte sie ein Herz aus Stein. Als Mensch war sie ebenso gefühllos wie ein Dämon aus der Dimension des Schreckens.

Dr. Tod schaltete die Lampe an. Im breiten Strahl tanzten noch zahlreiche Staubteilchen. Winzige, flimmernde Reflexe.

Lady X trat an ihren Boß heran, um einen besseren Blick in den Raum werfen zu können, der noch vor wenigen Minuten durch eine Wand verdeckt gewesen war.

Der Strahl verlor sich in einem alten Schacht. Ein bestialischer Gestank drang Dr. Tod und Lady X entgegen. Beide waren sie Menschen, und es war ihnen fast unmöglich, Atem zu holen. Dieser Geruch brachte sie fast um.

Dr. Tod hatte sich besser in der Gewalt als die Frau. Er schüttelte nur den Kopf und ging sogar noch näher heran.

Etwas schimmerte bleich.

Knochen!

Die Gebeine lagen direkt neben einer Rinne, die wohl vor 200 Jahren mal als Abfluß gedient hatte. Jetzt befand sich kein Wasser oder Abwässer darin, sondern nur trockener Schlamm.

Fahl glänzten die Gebeine. Tier- und Menschenknochen waren miteinander vermischt. Die Ghouls, die hier gelebt hatten, waren auf eine wahre Fundgrube gestoßen.

Existierten sie noch?

Ja, es gab sie tatsächlich. Als Dr. Tod die Lampe weiterschwenkte, sah er einen mühsam hochgereckten Arm, der den Lampenstrahl durchbrach. Das war ein Ghoul.

Der gelbe Schein kam zur Ruhe. Deutlich riß er das Bild aus der Finsternis. Selbst der abgebrühten Pamela Scott rann ein Schauer über den Rücken, als sie die Gestalten sah.

Sie waren Ausgeburten der Hölle. Widerlich, schrecklich und ekelhaft anzusehen. Und sie mußten schon sehr lange Zeit hier unten liegen, weil ihre ansonsten schleimigen Körper völlig ausgetrocknet waren. Wo sonst der Schleim gesessen hatte, gab es nur Geschwüre, Beulen und Krater.

Ein wirklich grausames Bild. Doch Dr. Tod schreckte es nicht. Um sein Ziel zu erreichen war ihm jedes Mittel recht. Da nahm er auch die von Dämonen selbst geächteten Ghouls in Kauf.

Das plötzliche helle Licht hatte nicht nur einen Ghoul aufgeschreckt, sondern alle vier.

Träge bewegten sie ihre stinkenden Körper, denn sie waren es, die den Gestank verbreiteten. Plumpe Arme stemmten das Gewicht in die Höhe. Es schien den Beobachtern so, als hätten die Wesen Jahrhunderte geschlafen.

Aus ihren Mäulern drang das erste Grunzen und Schmatzen. Widerliche Geräusche. Diese Ghouls hier waren anders als die beiden, die sich schon in Freiheit befanden. Ihre Körper zeigten die Trockenheit eines Bachbetts im Hochsommer.

Die Monster waren von unterschiedlicher Größe. Manche wirkten plump, andere wiederum lang. Ihre Gesichter waren schiefe, trockene Fratzen. Dabei fielen die Mäuler besonders auf. Zwei von ihnen hatten sie aufgerissen.

Lady X und Dr. Tod sahen deutlich die Zähne, die noch alle vorhanden waren.

Tokata hatte sich vor die beiden gestellt. Sein Schwert hielt er in der rechten Faust. Sollten die Ghouls sie angreifen, würde er sofort zuschlagen.

Lady X stieß ihren Herrn und Meister an. »Ich habe keine Lust, noch weitere Zeit in diesem stinkenden Keller zu verbringen. Ich verschwinde.«

Die eisgrauen Haare des Mensch-Dämons schienen sich noch weiter aufzurichten. Harte Kieselsteinaugen bohrten sich mit ihren Blicken bis auf den Grund ihrer Seele.

Lady X zuckte zusammen. Sie kannte diese Blicke. Dann stand Morasso kurz vor einer Explosion. »Ich will ja nicht für immer verschwinden!« zischte sie. »Aber die beiden Killer müßten längst an dem vereinbarten Treffpunkt sein.«

»Mit Sinclair?« fragte Morasso.

»Ich hoffe es.«

»Und was hast du vor?«

»Sollten sie tatsächlich den Geisterjäger geschnappt haben, dann niete ich ihn um und werfe seine Leiche den Ghouls vor. Etwas Besseres kann uns gar nicht passieren.«

Dr. Tod war einverstanden. »Du kannst gehen. Weißt du noch den Weg hinaus?«

»Ja, den kenne ich.« Lady X wandte sich ab und nahm ihre Maschinenpistole auf, die sie an die Wand gelehnt hatte. Mit ihr würde sie Sinclair zum Todestanz aufspielen ...

In der Leitstelle wurde man inzwischen unruhig. Dustin Ambrose fragte irgendwann einmal: »Hat sich Earl eigentlich noch nicht zurückgemeldet?«

»Nein«, wurde ihm geantwortet. »Er hat auch noch Dienst.«

»Keine Zwischenmeldungen, meine ich.«

»Auch nicht.«

»Das ist nicht normal«, sagte der Dienststellenleiter.

»Eigentlich nicht, Sir.«

»Und dann sitzen Sie hier noch herum?« zischte der Mann. »Los, rufen Sie Hatfield über Walkie-talkie an.«

Das wurde gemacht. Und sie hörten auch was. Nur konnte niemand sagen, ob Earl Hatfield das Gerät angestellt hatte, denn die Geräusche, die durch den kleinen Lautsprecher klangen, waren alles andere als angenehm. Das hörte sich an wie Schmatzen, Knacken und Knirschen ...

Die Männer schauten einander an. Und der Dienststellenleiter fragte: »Hat einer von Ihnen eine Erklärung?«

Kopfschütteln.

»Kann ich mit Vorschlägen rechnen?«

»Ein Unfall ist wohl nicht passiert«, meinte einer von Hatfields Kollegen, »sonst hätten wir von Earl ...«

»Natürlich kann ein Unfall passiert sein«, schnitt ihm der Chef das Wort ab. »Ich bin mir sogar sicher, daß einer passiert ist. Deshalb werden zwei Leute den Kollegen Hatfield suchen.«

Dustin Ambrose wählte zwei erfahrene Männer aus, die sofort aufbrechen wollten.

»Und geben Sie nur Bescheid, ob Sie irgend etwas gesehen oder bemerkt haben.«

»All right, Sir.«

Als die Männer den Leitstand verließen, wurden einige hundert Yards weiter in einem U-Bahn-Tunnel mehrere Gegenstände auf die Schienen geschleudert.

Es waren Knochen …

Entweder war den Ghouls der Instinkt im Laufe der Zeit verlorengegangen, oder sie hatten ihn nie besessen, auf jeden Fall drehten sie durch.

Der Kleinste unter ihnen war am schlimmsten. Er bewegte sich auf Dr. Tod zu, wobei er sein Maul aufgerissen hatte und den Körper plump voranwuchtete.

»Bleib stehen!« warnte ihn Morasso.

Der Ghoul dachte nicht daran.

Dr. Tods nächstes Wort bedeutete für den widerlichen Dämon ein Todesurteil. »Tokata!«

Der Samurai des Satans wußte genau, was er zu tun hatte. Das Schwert hielt er noch in der Hand. Damit schlug er von oben nach unten zu und spaltete den Ghoul in zwei Hälften. Das Schwert – eine schwarzmagische Waffe – konnte sowohl gegen Dämonen als auch gegen normale Menschen eingesetzt werden. Es erzielte jeweils die gleiche Wirkung.

Der Ghoul war erledigt. Ein kleines Rinnsal lief noch aus seiner rechten Körperhälfte – mehr nicht.

Ein zweiter versuchte es.

Auch er wurde von Tokata halbiert.

Nach dieser Demonstration spürten die anderen, daß hier ein besonderer Gegner vor ihnen stand. Trotz ihres rasenden »Hungers« hielten sie sich zurück.

»Ich bin euer Meister«, sagte Dr. Tod, und seine Stimme hatte einen harten Unterton. »Ich hoffe, ihr restlichen beiden habt das langsam begriffen!«

Dr. Tod wartete auf eine Antwort, doch die erhielt er nicht. Die Ghouls starrten ihn nur stumm an.

»Wir haben euch befreit«, fuhr er in seiner Rede fort. »Dankbarkeit erwarte ich nicht, jedoch ein gewisses Entgegenkommen. Haben wir uns verstanden?«

Die Ghouls schwiegen weiter.

Dr. Tod ließ sich nicht beirren. »Es ist nur eine kleine Gefälligkeit, die ihr uns erweisen sollt. Und zwar geht es um Xorron, den Herrn der Zombies oder Ghouls. Wo kann ich ihn finden?«

Als Solo Morasso den Namen aussprach, zeigten die Ghouls zum erstenmal eine Reaktion. Sie duckten sich, als hätte jemand mit einer Peitsche auf sie eingeschlagen. Dann schüttelten sie unwillig ihre Körper, und die Gesichter verzogen sich.

»Habt ihr Angst?«

Nicken.

Dr. Tod dachte einen Moment nach. Dann stellte er sich neben Tokata und nickte ihm zu.

Der Samurai des Satans hob sein Schwert. Er tat dies mit einer bedächtigen Bewegung, und die Ghouls verfolgten die Klinge genau mit ihren Blicken. Sie öffneten ihre Mäuler. Gurgelnde, krächzende Laute drangen hervor, die bewiesen, daß sie Angst hatten.

»Ich will eine Antwort.«

Der größere Ghoul raffte sich zusammen. Abgehackte Laute formten sich zu gestammelten Worten. »Wir können dir nichts sagen. Xorron will seine Ruhe haben.«

»Aha, ihr wißt also, wo er sich aufhält«, folgerte Solo Morasso sofort.

»Ja.«

»Dann sagt es.«

»Wenn wir ihn verraten, wird er uns töten!«

Dr. Tod lachte nur. »Was macht es für einen Unterschied, wenn er oder wenn ich euch töte? Denkt nach. Von mir wird Xorron nie erfahren, wer mir den Tip gegeben hat. Wenn ihr euch jedoch weigert, wird Tokata mit seinem Schwert zuschlagen. Dagegen habt ihr keine Chance. Zwei von euch sind schon vernichtet. Wollt ihr das gleiche Schicksal erleiden?«

Die Ghouls überlegten. Dr. Tod ließ ihnen Zeit. Auch er mußte sich erst auf die neue Situation einstellen. Was er nicht zu hoffen gewagt hatte, war eingetreten. Endlich hatte er eine Spur von Xorron gefunden. Wie lange hatte er nach ihm gesucht! Welche Strapazen hatte er auf sich genommen! Er war dabei in eine Auseinandersetzung mit Asmodina geraten, hatte die Spur in Deutschland verfolgt und war in eine Sackgasse gestoßen, doch nun schien er endlich am Ziel seiner Wünsche angelangt zu sein.

Vielleicht befand sich Xorron sogar hier in der Nähe? Unter Umständen lauerte er in der Londoner Unterwelt?

Das war durchaus möglich, und plötzlich dauerte es Dr. Tod schon zu lange, bis er die Antwort vernahm.

»Redet!« zischte er. »Wo befindet sich Xorron?«

»Nicht hier«, antwortete der größere der Ghouls.

»Das sehe ich! Hat man ihn vielleicht in London begraben? Befindet er sich in der Stadt?«

»Nein!«

»Wo dann?« Dr. Tod schrie. Seine Stimme hallte als schrilles Echo durch das Verlies.

»Er ist weit weg. In einem großen Land und in einer großen Stadt. Da liegt er.«

»In der Stadt?«

»Ja.«

»Und wie heißt die Stadt?«

»Die Menschen nennen sie jetzt New York.«

Solo Morasso ballte unwillkürlich seine Hände. New York hatte der Ghoul gesagt. Verdammt, das hatte ihm noch gefehlt. New York in den Vereinigten Staaten. An der Ostküste lag diese Riesenstadt, in der es Hunderttausende von Schlupfwinkeln gab. Wie sollte er Xorron da jemals finden?

»New York ist sehr groß«, erklärte er. »Wo genau muß ich nach Xorron suchen?«

»Das wissen wir nicht.«

»Ihr wollt es nicht sagen!«

»Nein, wir wissen wirklich nicht Bescheid. Bevor wir eingemauert wurden, hörten wir, daß Xorron in ein anderes Land wollte. Er hat uns nicht gesagt, warum.«

»Ist er allein?«

»Nein, er hat seine Begleiter mitgenommen.«

»Wie viele sind es?«

»Das wissen wir auch nicht genau. Vielleicht zwanzig, vielleicht fünfzig.«

Da grinste Solo Morasso. Er stellte sich schon vor, wie es sein würde, wenn fünfzig Ghouls oder Zombies New York eroberten. Die Weltstadt würde in ein Chaos gestürzt. Seine Augen glänzten, denn wenn das zutraf, würde er der Herr über dieses Chaos sein.

»Ihr habt mir geholfen«, sagte Solo Morasso. »Ich werde an euch denken. Wenn ich Xorron tatsächlich finden sollte, dann vergesse ich euch nicht. Ich werde euch zu mir nehmen, damit ihr mit den anderen Ghouls und Zombies eine Gemeinschaft bildet. Doch merkt euch für die Zukunft eins: Der Herr und Meister bin ich. Solo Morasso, auch Dr. Tod genannt!«

Die Ghouls nickten. Sie waren froh, daß sie am Leben

blieben und Tokata nicht mit seinem Schwert zuschlug, das so gefährlich war.

»Können wir jetzt gehen?« fragte der Sprecher.

Dr. Tod überlegte. »Ihr habt Hunger, nicht?« fragte er nach einer Weile.

»Ja.«

»Es gibt genügend Menschen, die auf euch warten. Wir werden den Eingang nicht mehr zumauern, ihr könnt das Verlies hier verlassen. Geht durch den Tunnel, und dann werdet ihr schon auf Menschen treffen, das verspreche ich.«

»Was ist mit der Frau?«

»Auf die warte ich. Sie wird vielleicht etwas mitbringen, woran wir alle unsere Freude haben.« Morasso lachte und rieb sich die Hände. Dann nickte er den Ghouls zu. »Verschwindet.«

Das ließen sich die beiden widerlichen Dämonen nicht zweimal sagen. Mit trägen, etwas plump wirkenden Bewegungen drückten sie sich an Morasso und Tokata vorbei.

Zwei Ghouls waren auf der Suche nach Opfern ...

Wir fanden die Stelle, die uns der Killer so deutlich beschrieben hatte. Sie lag nur eine Steinwurfweite von der U-Bahn-Station Pimlico entfernt. Dort gab es tatsächlich noch ein leeres Grundstück, das allerdings ziemlich verwildert war. Überall Unkraut. Außerdem sahen wir noch die Reste einer Fabrikhalle, von der das Dach abgefallen war und nur die Außenmauern noch standen.

Leider hatten wir keine Zeit gehabt, einen Einstieg in die Kanalisation auf irgendeinem Plan zu suchen. Diese Unterlagen befanden sich in Händen der Stadtverwaltung, und dort wurde keine Nachtschicht geschoben.

Wir verließen uns auf unsere Nasen und auf unser

Glück. Gut ausgerüstet waren wir. Nur Desteros Schwert hatte ich zu Hause gelassen. Das Ding war einfach zu unhandlich.

Der Bentley stand dort, wo er vom verwilderten Grundstück aus nicht gesehen werden konnte. Zu Fuß hatten wir uns auf den Weg gemacht.

Das Grundstück konnte man als eine Oase bezeichnen, denn in der Nähe führte die Vauxhall Bridge Road entlang. Die breite Straße war unter anderem der Zubringer aus den südlichen Londoner Stadtteilen zur Victoria Station.

Früher hatte einmal ein Zaun das Grundstück umschlossen, jetzt war er niedergerissen.

Bevor wir das Gelände betraten, blickten wir uns um. Irgendwelche Feinde waren nicht zu sehen. Kein Mensch wartete oder lauerte auf uns, am wenigsten die Mitglieder der Mordliga. Die Stille war schon greifbar.

Suko und ich gingen nicht nebeneinander her. Uns trennte eine Distanz von etwa zehn Schritten. Immer wieder duckten wir uns, so daß es eine Zeit dauerte, bis ich die Mauer des alten Gebäudes mit der Hand berühren konnte.

Hier blieben wir stehen.

Suko kam zu mir. Seine Gestalt schälte sich aus dem Dunkeln und wurde klar.

Ich hob die Schultern.

»Glaubst du an eine Finte?« fragte mich der Chinese.

»Nein, dieser Ball hat nicht gelogen. Die Mordliga saugt sich keiner aus den Fingern.«

Der Meinung war Suko auch. »Wo lauern sie dann?«

»Vielleicht am Schacht.«

»Den wir nicht entdeckt haben.«.

»Richtig. Eventuell finden wir ihn innerhalb dieses Baus. Das gibt es doch, daß irgendwelche Firmen direkt an die Kanalisation angeschlossen sind.«

»Du meinst durch einen direkten Einstieg?«

»Genau, mein Junge.«

»Du sprichst schon wie Lady Sarah.«

Ich mußte grinsen. Dabei dachte ich auch an die Hexe vom Hyde Park. Sie hatte ich erst vor wenigen Tagen gestellt. Geholfen hatten mir Lady Sarah Gold und Glenda Perkins.

Diesmal ging Suko vor. Der Eingang war schnell gefunden. In der Mauer klaffte ein riesiges Loch. Es war viereckig. Das ehemalige Rolltor hatte irgend jemand entfernt.

Abermals trauten wir uns nicht, die Taschenlampen einzuschalten. Wie zwei Diebe betraten wir die Halle.

Soviel ich erkennen konnte, war sie leer. Buckel ragten aus dem Boden. Das waren die noch stehengebliebenen Betonaufsätze für die Maschinen. Die Apparate selbst hatte man abgeräumt. Es waren auch Wände aufgeschlagen worden. Stromkabel hingen daraus hervor wie erstarrte Schlangen. Die blanken Kupferdrähte glänzten.

Wir hatten uns getrennt. Während ich an der rechten Seite der Halle entlangschlich, nahm Suko die linke. An der dem Eingang gegenüberliegenden Seite wollten wir uns treffen.

So weit brauchte keiner von uns zu gehen, denn ich fand den Einstieg und wäre sogar fast darüber gestolpert, denn er stand offen. Der Betondeckel lag daneben.

Ich zischte durch die Zähne. Suko kannte das Zeichen und eilte herbei.

»Da«, sagte ich und deutete auf das Loch.

Beide schauten wir hinein. Suko holte die Lampe hervor. Der helle Strahl fiel auf den Boden und hinterließ dort einen gelben Kreis. Innerhalb des Kreises sahen wir es feucht glänzen. Es war allerdings kein Wasser, sondern nasser Schlamm. Auch vernahmen wir ein fernes Rauschen und sahen die Trittstufen aus Eisen, über die wir in die Tiefe klettern konnten. Suko hatte sich schon gebückt. Er sagte nichts mehr, sondern stieg nach unten. Hockend wartete ich noch am Rand des Einstiegs. Als mein Partner festen Boden unter den Füßen hatte, winkte er mir zu.

»Alles klar, John.«

Auch ich gelangte unten sicher an. Zweimal hatten sich die Eisenstufen leicht verbogen.

Als ich neben Suko stand, hatten wir die Wahl. Wir befanden uns in einem schmalen Tunnel, der wenige Schritte weiter auf eine unterirdische Kreuzung zulief, wo ein Abwasserkanal durch die Rinne schäumte.

»In welche Richtung wenden wir uns?« fragte Suko. »Nach links oder rechts?«

Ich schaute zu beiden Seiten hin. Wir standen am Rand, mit dem Rücken fast an der Wand. Vor uns gurgelte und rauschte die Abwasserflut. Blasiger Schaum quirlte auf der Oberfläche.

Suko leuchtete mit der Lampe nach links, während ich noch darüber nachdachte, welchen Weg wir nehmen sollten.

Die Entscheidung wurde uns abgenommen.

Etwa dreißig Yards weiter brannte unter der gewölbten Decke eine durch ein Gitter geschützte Lampe. Ihr Schein war ziemlich trübe, ein paar blitzende Reflexe auf dem Wasser, das war alles.

Wir konnten jedoch erkennen, daß der unterirdische Abwasserbach um eine Kurve führte, deren Beginn im Dunkeln lag.

In der Kurve erschien plötzlich eine Gestalt. Leider konnten wir sie nicht genau erkennen, aber sie mußte uns gesehen haben, denn sie schleuderte uns nicht nur einen Fluch entgegen, der sogar das Rauschen des Wassers übertönte, sondern auch eine Garbe aus ihrer Maschinenpistole.

Wir sahen das fahle Mündungsfeuer und reagierten

synchron. Suko übersprang mit einem gewaltigen Satz den Kanal, landete auf dem schmalen Streifen auf der anderen Seite und prallte dabei noch gegen die Mauer. Er konnte sich schlecht halten, rutschte ab, und mit einem Bein landete er in der Brühe.

Ich hatte mich rückwärts orientiert. Wie vom Katapult geschleudert, landete ich in dem engen Gang, der uns nach dem Einstieg als erster aufgenommen hatte.

Die Kugeln schwirrten wie wilde Hornissen. Sie hieben in die Wände oder klatschten ins Wasser.

Dann wurde es finster. Der Schütze hatte mit seiner zweiten Garbe die Lampe zerblasen.

Eigentlich war es eine Schützin. Beide hatten wir die Frauenstimme gehört und sie auch identifiziert. Vor uns befand sich Lady X, ein Mitglied der Mordliga.

Abermals hörte ich das häßliche, harte Geräusch der Abschüsse. Die Bleihummeln jaulten durch den Gang, und ich vernahm das Klatschen, wenn sie die Wände trafen und dort fingerlange Stücke heraushauten.

Es war zu gefährlich, weiter vorzukriechen und den Kopf um die Ecke zu strecken. So blieb ich erst einmal liegen und wartete ab.

Das Schießen verstummte.

Eine Minute etwa verging. Ich hatte mich hingehockt und die Beretta gezogen.

Dann vernahm ich Sukos Stimme. »Sie ist verschwunden!« rief mein Partner. »Du kannst kommen.«

Ich stand auf und wurde vom Schein einer Lampe getroffen, die Suko in der Hand hielt. Er sprang soeben über den Kanal.

»Ist dir was passiert?«

Der Chinese schüttelte den Kopf und deutete nach unten, wo das eine Hosenbein naß war. »Ich stinke nur ein wenig, ansonsten ist alles in Butter.«

»Das ist bei dir ja nichts Unnormales«, gab ich zurück.

»Du gurgelst gleich mit der Brühe hier«, gab mir Suko zu verstehen. Er schwenkte den Arm herum und leuchtete in den Gang hinein. Die Ausläufer des Lichtstrahls erreichten fast die Kurve. Dort hielt sich niemand mehr auf.

»Madame hat sich verzogen«, sagte ich. »Komm, vielleicht kriegen wir sie noch.«

Obwohl wir es eilig hatten, überstürzten wir nichts. Lady X war eine abgebrühte Person. Die brachte es fertig und lauerte an irgendeiner Ecke, um uns mit einer Garbe aus ihrer verdammten Maschinenpistole zu empfangen.

An der Kurve blieben wir stehen. Als wir einen Blick um die Ecke warfen, war von Lady X nichts zu sehen. Nur eine einsame Lampe brannte weiter vorn.

»Die hat Fersengeld gegeben«, meinte Suko, »und wird sich bestimmt bei Morasso ausweinen.«

»Sicherlich hat der noch Tokata in der Nähe.«

Suko lachte hart. »Das Monster soll sich nur zeigen. Es hat bei mir noch eine Rechnung offen.«

Seit dem Abenteuer bei den Flammenden Steinen war mein Freund überhaupt nicht gut auf Tokata zu sprechen.

Im Gegensatz zu Pamela Scott befanden wir uns in einem Nachteil. Sie kannte diese Örtlichkeiten, wir nicht. Ich bin zwar in London geboren, doch in der Unterwelt hatte ich mich selten herumgetrieben.

Während wir weitergingen, rechnete ich nach, in welche Richtung wir uns bewegten. Wahrscheinlich näherten wir uns der U-Bahn-Station Pimlico. Ich wußte auch, daß U-Bahn und Kanalnetz miteinander in Verbindung standen.

Der Gang führte schnurgerade weiter. Hin und wieder schauten wir zur Decke hoch. Unsere Hoffnung, einen Ausstieg zu finden, durch den die Scott verschwunden war, erfüllte sich nicht.

Schließlich erreichten wir abermals eine Kreuzung.

Von zwei Seiten mündeten schmalere Kanäle in den größeren.

Wir blieben stehen.

Suko schwenkte die Lampe. »In Luft aufgelöst haben kann sie sich nicht«, bemerkte er. »Irgendwo muß sie doch stecken.«

»Stopp mal!« rief ich.

Ich hatte etwas gesehen. Auf der gegenüberliegenden Seite des Kanals und dicht hinter der Mündung, wo der schmalere in den größeren floß, befand sich in der Tat eine niedrige Tür. Selbst aus dieser Entfernung konnten wir sehen, daß sie aus Metall gefertigt war.

Suko hatte verstanden.

Er übersprang den Kanal nach mir. Diesmal rutschte er nicht zurück, und auch ich konnte mich halten.

Wir sahen die schmale Klinke, ich drückte sie nach unten und zog die Tür auf. Mit der Unterseite schrammte sie über den Boden, so daß ich mehr Kraft aufwenden mußte.

Suko leuchtete.

Wir sahen eine Steintreppe, die nach oben führte. Wo sie mündete, wußten wir nicht, aber es war die einzige Möglichkeit für uns, weiterzukommen.

An Fußabdrücken auf dem Stein erkannten wir, daß Lady X ebenfalls diesen Weg genommen hatte.

»Na denn«, sagte ich, zog den Kopf ein und lief auf die Treppe zu. Suko folgte mir. Ich war gespannt, was uns am Ende dieses Trips erwartete …

Als Lady X in das Verlies stürmte, geschah dies mit so einer Heftigkeit, daß Dr. Tod und Tokata erschreckt herumfuhren. Das Gesicht der Scott war verzerrt, der MPi-Lauf noch heiß von den letzten Garben, und ihr Gesicht zeigte einen wilden Ausdruck.

»Und?« fragte Morasso.

»Shit!« schrie die Scott. »Verdammt und zugenäht. Sinclair und dieser Chink waren da. Aber allein. Von den Leuten, die du angeheuert hast, keine Spur.«

»Haben sie dich gesehen?«

»Natürlich.«

Dr. Tod gab sich äußerlich ruhig, doch im Innern kochte er. Wieder einmal war es dem Geisterjäger gelungen, einer Falle zu entgehen. Gerade jetzt, wo er Xorrons Aufenthaltsort kannte, hätte es ihm sehr gepaßt.

»Was machen wir?« fragte die Scott und wischte sich eine Haarsträhne aus der Stirn. »Warten wir hier auf sie?«

»Das heißt, daß sie dich verfolgen?«

»Genau. Sie werden den Weg auch finden.«

Morasso befand sich in einer Zwickmühle. Wenn die beiden hier auftauchten, würde es einen Kampf auf Leben und Tod geben. Dabei war es nicht sicher, ob die Mordliga gewinnen konnte, trotz Tokata und Lady X, dem weiblichen Schießteufel. Hinzu kam die neue Information. Dr. Tod wollte kein Risiko eingehen. Erst einmal mußte Xorron gefunden werden, dann konnte sich die geballte Macht der Mordliga auf das Sinclair-Team konzentrieren. Diese Gedanken entsprangen keiner feigen Grundhaltung, sondern einer nüchternen Überlegung.

»Viel Zeit bleibt uns nicht mehr«, drängte Lady X.

»Ich weiß.«

»Wo stecken denn die Ghouls?« wollte die Scott wissen. »Die könnten wir ja auf Sinclair und den Chink hetzen.«

»Die sind verschwunden. Aber Sinclair würde die Ghouls freihändig stehend in der Luft zerreißen.«

»Stimmt auch wieder.«

Dr. Tod hatte sich entschlossen. »Wir verschwinden«, sagte er. »Es sieht zwar wie eine Flucht aus, ist es aber nicht. Ich muß jetzt an Xorron denken.«

Pamela Scott nickte. Tokata tat sowieso, was man ihm befahl. Er hatte keine Meinung.

Den Weg kannten sie. Durch das Loch in der eingerissenen Mauer zogen sie sich zurück, verschwanden durch einen Einstieg und landeten irgendwann in der Kanalisation. Dort bewegten sie sich weiter. Niemand sah sie, als sie wieder in einer ruhigen Seitenstraße an die Oberwelt stiegen.

Dort parkte auch ihr Wagen.

Wenig später brummte ein Motor auf. Rückleuchten verglühten in der Nacht. Dr. Tod und zwei Mitglieder der Mordliga waren dabei, London zu verlassen.

Sie hatten ein neues Ziel.

Die Treppe mußte schon uralt sein. Jedenfalls war sie nicht aus Beton gegossen. Wir stiegen über große Steine, die vor Nässe glänzten und ziemlich schlüpfrig waren.

Ein Geländer fanden wir nicht vor, so wurde das Hinauflaufen zu einem Balanceakt. Die Taschenlampe leistete uns gute Dienste, im Dunkeln wären wir bestimmt gefallen.

Am Ende der Treppe mußten wir uns nach rechts wenden, wo wir auf einem höher gelegenen Gang wie auf einer Galerie weiterschritten.

Rechts hatte jemand ein Geländer gebaut. An dem runden Handlauf schimmerten die Tropfen. Wir vernahmen auch ein entferntes Donnern, wahrscheinlich näherten wir uns dem U-Bahn-Schacht.

Ebenfalls hörten wir das regelmäßige Brausen, das entsteht, wenn gewaltige Anlagen Frischluft in die Tunnels und Röhren der Subway blasen. Schließlich blieb der Lampenkegel auf einer Tür haften, die wir gar nicht übersehen konnten.

»Das wird es sein«, sagte Suko.

Wir hatten unsere Waffen gezogen, und ich riß die Tür mit einem heftigen Ruck auf.

Sofort gingen wir auf Tauchstation, während Suko in den dahinterliegenden Raum leuchtete.

Es war ein Verlies, in der Mitte durch eine alte Wand geteilt, die je doch aufgebrochen war, denn wir sahen die Trümmerreste am Boden liegen.

Suko entdeckte sogar einen zweiten Ausgang, der ebenfalls in ein Gewölbe führte.

Alle drei präsentierten sich unseren Blicken leer. Mit feuerbereiten Waffen gingen wir auf Zehenspitzen vor. Suko zog zuerst die Nase hoch.

Auch mir war der entsetzliche Geruch aufgefallen, der hier herrschte. Es war eine Luft, die einem den Magen umdrehte. Suko sprach aus, was ich dachte.

»Ghouls!«

Jawohl, diesen Geruch kannten wir. Die widerlichsten aller Dämonen gaben ihn ab. Sie stanken nach Friedhof, Moder und Verwesung. Ein grausamer Geruch, für menschliche Nasen unerträglich.

Ich entdeckte zwei nasse Flecken am Boden. In deren Nähe war der Gestank besonders stark.

»Scheint so, daß zwei der Ghouls vernichtet worden sind«, meinte mein Partner, wobei ich ihm recht gab.

Wir hatten den Durchbruch hinter uns gelassen und standen nun in dem Verlies, wo wir eine Rinne im Boden sahen. Ich kannte mich in Londons Geschichte ein wenig aus und hatte auch über die alten Kanalisationsanlagen gelesen. Vor 200 oder mehr Jahren hatte diese Rinne bestimmt Schmutzwasser geführt.

Wir entdeckten die bleichen Gebeine.

»Ihre Opfer!« flüsterte ich.

Die Knochen lagen kreuz und quer übereinander. Sie bildeten einen regelrechten Wirrwarr. Nur wenige Schädel waren vollständig erhalten, drei waren zersplittert.

Von Dr. Tod, Lady X oder einem anderen Mitglied der Mordliga entdeckten wir keine Spur.

»Die haben das Feld geräumt«, murmelte ich und schaute Suko dabei an. »Aber warum? Kannst du mir den Grund nennen? Die sind doch sonst immer so scharf darauf, uns in die Hände zu kriegen.«

»Frag mich was Leichteres.«

»Irgend etwas stimmt hier nicht. Sie müssen hier etwas gesucht haben.« Ich blieb bei meiner Meinung.

»Und was?«

Ich legte die Stirn in Waschbrettfalten. »Wenn ich das wüßte, ginge es mir besser. Was kann Dr. Tod und seine verfluchten Mordgesellen dazu bringen, von hier so mir nichts dir nichts zu verschwinden? Das muß einen Grund haben, und zwar einen sehr triftigen.«

»Der mit den Ghouls zusammenhängen könnte.«

»Möglich. Nur seit wann fürchtet sich ein Mensch-Dämon wie Dr. Tod vor einem oder auch mehreren Ghouls?«

»Der nicht«, gab Suko mir recht. Er nahm seine Wanderung auf und leuchtete die Wände ab. »Auch keine Spuren oder ein Hinweis. Wird uns wohl nichts anderes übrigbleiben, als eine Großfahndung einzuleiten.«

»Die viel kostet und ein Stoß ins Leere sein kann.«

»Leider.«

Wir beide waren ziemlich sauer. Schließlich jagten wir schon lange genug hinter der Mordliga her, die noch nicht vollständig war, das wußten wir inzwischen auch. Dr. Tod suchte Xorron, den Herrn der Zombies und Ghouls. Stellte sich nun die Frage, ob er hier in diesem Verlies eine Spur von Xorron gefunden hatte. Möglich war es, denn der typische Ghoulgeruch hing in der Luft. Ferner dachte ich darüber nach, ob nur zwei Ghouls hier gesteckt hatten – der Beweis waren die feuchten Flecken – oder mehr? Wenn meine zweite Überlegung zutraf, konnte es böse aussehen, denn die Ghouls würden sich auf die Jagd nach Menschen machen. Und im nächtlichen London gab es genügend Opfer.

Mir wurde heiß und kalt zur gleichen Zeit bei dieser Vorstellung. Deshalb hatte es keinen Sinn, hier noch länger herumzustehen, wir mußten versuchen, die Ghouls zu finden.

»Laß uns gehen«, sagte auch Suko.

Wir nahmen einen anderen Ausgang. Wieder hörten wir das Donnern. Sogar die Wände zitterten. Ein Beweis, daß wir uns dicht an einer Tunnelröhre befanden.

Da gab es auch eine niedrige Tür, die aus dem Verlies führte. Der Zug war vorbei, es wurde still.

Bis diese Stille von schrecklichen Schreien unterbrochen wurde!

Große Lust hatten die beiden Beamten nicht, sich auf die Suche nach ihrem Kollegen zu machen. Sie hätten lieber im Leitstand gesessen und die Monitoren beobachtet. Doch Dienst war Dienst, und so begaben sie sich in die Tunnelröhre. Sie wußten, welchen Weg Hatfield genommen hatte, und gingen ihn ab.

Beide waren mit lichtstarken Lampen ausgerüstet und auch mit Sprechgeräten.

Die Männer hießen Tom Wilson und Dean Merrick. Während Wilson bereits über zehn Jahre bei der Subway arbeitete, war Wilson erst seit acht Monaten dabei. Er hatte zuvor einen Bus gefahren, sich aber dann versetzen lassen.

Wilson überragte Merrick um Haupteslänge, schwärmte für Rockmusik und war in seiner Freizeit in den einschlägigen Lokalen zu finden, wo er mit seiner wilden Haarpracht auch nicht auffiel, weil alle Gäste so herumliefen.

Der Nachtdienst paßte ihm nicht. Oftmals versäumte

er einige Konzerte, die er sich gern angehört hätte. Und mit einem Kollegen zu tauschen klappte auch nicht immer.

Brummig stolperte Wilson hinter seinem Kollegen her. Er schimpfte permanent, allerdings so leise, daß niemand ihn hören konnte.

Merrick ließ ihn in Ruhe. Er hatte andere Sorgen. Seine fünfzehnjährige Tochter war von einem Lehrer erwischt worden, als sie von ihrem Taschengeld Hasch kaufte. Das gab noch Ärger, den auch der Vater ausbaden mußte, denn man hatte ihm von Seiten des Kollegiums klargemacht, daß dieses Vergehen einen Schulverweis zur Folge haben konnte.

Der Piepton des Sprechgeräts riß beide Männer aus ihren Gedanken. Sie drückten sich in eine Nische, und Wilson meldete sich auf ein Kopfnicken seines Kollegen hin.

Es war Dustin Ambrose, der Einsatzleiter. »Was ist, habt ihr eine Spur gefunden?«

»Nein, Sir.«

»Und auf den Gleisen?«

»Alles normal.«

»Gehen Sie weiter, und melden Sie bitte, wenn Ihnen irgend etwas verdächtig vorkommt.«

»Jawohl, Sir.« Wilson steckte das Gerät weg. »Willst du meine Meinung hören, Merrick?« fragte er.

»Nicht unbedingt.«

»Ich sage sie dir trotzdem. Earl Hatfield hat dieser ganze Mist hier zum Hals rausgehangen. Der hat durchgedreht und ist abgehauen. Wahrscheinlich hockt er in irgendeinem Pub und läßt sich vollaufen, während wir Idioten hier wie die Idioten durch den Tunnel rennen.«

Dean Merrick grinste schmal. »Sollen wir ’ne andere Strecke nehmen?«

»Welche?«

»Die Kneipenstraße.«

Da lachte Wilson. »Das wäre klasse. Ich kenne hier in der Nähe einen irren Schuppen. Da ist eine Musik, kann ich dir sagen. Wenn du die hörst, zieht es dir nicht nur die Socken aus, es reißt dir auch die Zehennägel vom Fuß. Die spielen einen astreinen ...«

»Komm weiter«, drängte Merrick.

»Mann, kein Verständnis für die Kunst.«

Merrick drehte sich um. »Für Kunst ja, aber nicht für solche.«

»Du bist eben schon ein halber Greis.«

Der 41jährige Dean Merrick gab eine trockene Antwort. »Wer nicht alt werden will, der muß sich jung aufhängen, mein Junge. Soll ich dir einen Strick besorgen?«

»Nein, ich werf mich lieber unter ein fliegendes Flugzeug.«

»Feige auch noch.«

Die beiden Männer sahen zu, daß sie eine Nische erreichten, denn aus der Gegenrichtung donnerte ein Zug heran und sauste vorbei.

»Der Betrieb flaut langsam ab«, meinte Merrick und verließ die Nische. Er hatte einen etwas größeren Schritt gemacht, blickte auf die Schienen und sah etwas Weißes, Helles zwischen den Gleisen liegen. Zuerst dachte er an Papier. Als er mit der Lampe leuchtete, mußte er seine Meinung revidieren.

Das war kein Papier, das waren Knochen!

Merrick wurde bleich. »Sieh dir das an«, sagte er zu seinem Kollegen Wilson, der neben ihm stand.

Tom war zuerst auch erschreckt, dann meinte er grinsend: »Sind sicher die Überreste von unserem lieben Kollegen Hatfield.«

»Die Witze kannst du dir sparen!« fuhr ihn Merrick an.

»Himmel, bist du empfindlich.« Merrick hatte bereits sein Sprechgerät aus der Tasche geholt und eine Verbindung mit der Zentrale hergestellt. Die Stimme des Einsatzleiters drang aus den Lautsprecherrillen.

»Sir«, sagte Merrick und mußte zweimal schlucken, bevor er weitersprechen konnte. »Wir – wir haben hier eine Entdeckung gemacht.«

»Und?«

»Es ist komisch, Sir, ich …«

»Reden Sie, Mann, und lassen Sie sich nicht jedes Wort aus der Nase ziehen.«

»Da liegen Knochen auf den Gleisen.«

Jetzt war sogar Dustin Ambrose sprachlos. Merrick hörte, wie er nach Luft schnappte. »Was haben Sie da gesagt?«

»Da liegen Knochen.«

»Um Himmels willen, welche Knochen?«

»Weiß ich auch nicht, Sir«, erwiderte Merrick und schielte zu den Gebeinen hin. »Was soll ich machen?«

»Können Sie die mitbringen?«

Jetzt schluckte Merrick. »Sir, ich …«

»Stellen Sie sich nicht so an wie ein Mädchen. Menschenknochen werden das schon nicht sein.«

»Na – türlich nicht, Sir.«

»Und schon eine Spur von Hatfield?«

»Leider nicht, Sir.«

»Suchen Sie weiter, und bringen Sie die Knochen hinterher mit. Es ist schon eine Schweinerei, was die Leute alles auf die Schienen werfen. Die sollen ihre Tierkadaver nächstens begraben.« Dustin Ambrose unterbrach die Verbindung.

Merrick hatte mitgehört. »Also gehen wir weiter«, sagte er und schaute auf seine Uhr. »Moment noch, gleich kommt ein Zug. Danach haben wir eine Viertelstunde Ruhe.«

Sie stellten sich in eine Nische und warteten auf die Wagen. Merrick schwitzte. Ein paar Yards weiter befand sich die niedrige Eisentür, wo es zur Kanalisation ging. Dort wollte Merrick auch noch nachschauen.

Wilson zündete sich eine Zigarette an. Er qualmte sie in der hohlen Hand.

Der Zug rauschte an. Zwei kleine Lichter wurden rasend schnell größer und schienen zu explodieren, als sie an den beiden Männern vorbeijagten.

Es wurde wieder still. Nur ein letztes Nachzittern war noch zu spüren.

»Gehen wir!« Merrick verließ als erster die Nische. Drei Schritte kam er weit, als es passierte.

Mit der Lampe hatte er die Schienen angeleuchtet, deshalb sah er nicht, was vor ihm geschah.

Dort hockten die beiden uralten Ghouls. Sie hatten sich dicht auf den Boden und eng gegen die Wand gepreßt. Ihre Sucht war unbeschreiblich, aber sie hatten gewartet, bis die beiden Opfer in ihrer Nähe waren.

Dann griffen sie zu.

Zuerst spürte es Dean Merrick. Ein schleimiges Etwas legte sich um seine Wade. Er zuckte zurück, traf dabei auf Widerstand und verlor das Gleichgewicht. Zudem konnte er sich auf dem schmalen Grat nicht mehr halten, mit dem rechten freien rutschte er noch über die Kante und fiel auf die Gleise.

Ein Schrei drang über seine Lippen, als er mit dem Rücken gegen die Gleiskante krachte, und im nächsten Augenblick schnürte ihm das Entsetzen die Kehle zu, als er den Ghoul bemerkte, der sich kurzerhand fallen ließ und genau auf seinem Bauch landete.

Vorhin schon war ihm dieser seltsame Geruch aufgefallen. Er hatte noch mit Tom darüber reden wollen, es aber wieder vergessen. Jetzt wußte er, wer diesen Geruch ausströmte.

Das Wesen auf ihm.

Tom Wilson erging es nicht anders als seinem Kollegen. Er sah Dean Merrick fallen und dachte, daß er abgerutscht wäre.

Da entdeckte er den zweiten Ghoul.

Ein widerliches, leicht birnenförmiges Gebilde, aus dessen Rachen ihm eine Moderwolke entgegenschlug, wuchtete sich nach vorn und damit gegen seine Beine.

Wilson fiel nicht. Er konnte sich noch an der Wand abstützen, vernahm den Schrei seines Kollegen und hieb mit der Faust zu.

Sie traf den Kopf des Ghouls.

Tom war es, als hätte er in Gummi geschlagen, so fühlte sich die Masse an. Das Wesen schien auch keine Schmerzen zu verspüren, denn es ließ nicht los, und widerlich stinkende Klauen suchten nach der Kehle des Mannes.

Inzwischen kämpfte Dean Merrick um sein Leben. Der Ghoul hatte ihn so umklammert, daß er nicht mal seine Arme bewegen konnte. Er sah die Zahnreihe in dem verunstalteten Gesicht, roch die Moderwolke und wurde hart gegen den Boden gepreßt.

Mit beiden Armen hielt der Ghoul sein Opfer umschlungen, jedoch lockerte er den Griff und suchte mit der freien Hand nach einem Stein.

Es lagen genügend zwischen den Gleisen, und so fand er ihn bald.

Erhob den Arm.

Zwischen den Klauen sah Dean Merrick den Stein. Ihm wurde mit Erschrecken klar, daß dieses schreckliche Wesen ihn erschlagen wollte.

Er schrie, was seine Lungen hergaben.

Da raste der Arm nach unten.

Einmal.

Der Schrei brach ab.

Dann ein zweites und ein drittes Mal …

Dean Merrick rührte sich nicht mehr. Aus der Wunde

am Kopf sickerte das Blut. Der Ghoul aber stieß einen Triumphlaut aus, den auch Tom Wilson hörte.

Er wehrte sich verzweifelt gegen das Horror-Wesen. Tom wußte nicht, woher es kam, er hatte noch nichts von Ghouls gehört, er wollte nur sein Leben retten.

Es war ihm gelungen, die Beine anzuziehen und sie in den schwammigen Leib des unförmigen Monsters zu stoßen.

Dadurch bekam er etwas Luft, die Klauen rutschten an seiner Kehle ab. Doch der Ghoul war stärker.

Er wuchtete sich wieder nach vorn. Sosehr sich Wilson auch anstrengte, er hatte ihm nichts entgegenzusetzen. Die Hände fanden ihr Ziel.

Tom Wilsons Kehle.

Das Gesicht des Mannes wurde zu einer Grimasse. Er bekam keine Luft mehr und hörte dicht über sich das eklige Schmatzen und Keuchen, mit dem der Ghoul seine Tat begleitete …

Die Schreie hatten uns alarmiert, und wir verloren keine Sekunde Zeit.

Suko war sogar noch schneller als ich und erreichte die Tür vor mir.

Wuchtig stieß er sie auf und stoppte im letzten Augenblick, denn fast wäre er auf die Gleise gefallen. So blieb er stehen und breitete seine Arme aus, um mich abzufangen.

»Da und da!« schrie er.

Ich sah es selbst.

Rechts von uns lag ein widerlich anzusehender Ghoul auf einem Mann und drückte ihm die Kehle zu. Die Szene war im Licht brennender Taschenlampen genau zu erkennen.

Etwas weiter, auf den Gleisen, befand sich ebenfalls ein

Ghoul. Auch er beugte sich über einen Menschen, der wie der erste die Uniform eines Bahnbeamten trug.

»Ich nehme den rechten!« schrie Suko.

Damit war ich einverstanden, so daß ich mich um den anderen Ghoul kümmern konnte.

Mit einem Satz sprang ich auf die Schienen, knickte aber um und wäre fast gefallen.

Suko kümmerte sich inzwischen um den anderen Ghoul. Der Chinese packte mit beiden Händen zu. Seine Finger gruben sich in die schwammige Masse des widerlichen Dämons und rissen ihn hoch.

Der Ghoul merkte, daß er einen neuen Gegner hatte. Er ließ sein Opfer los. Dabei waren die Klauen wie warmer Gummi, sie lösten sich nur mühsam von Wilsons Hals.

Suko schleuderte den Ghoul über den am Boden liegenden Mann hinweg und sprang hinterher.

Dann wuchtete er seinen Fuß in den Körper, so daß der Ghoul noch weiter fiel und vom Rand rollte, wobei er zwischen den Schienen liegenblieb.

Suko wartete.

Er war allerdings nicht untätig und holte die Dämonenpeitsche hervor. Einmal schlug er einen Kreis über den Boden, und die drei Riemen rutschten hervor.

Der Ghoul stemmte sich wieder hoch. Er wollte nach Sukos Beinen greifen, als der Chinese zudrosch.

Ein nicht menschlicher Schrei zitterte durch den U-Bahn-Tunnel. Der Ghoul sank zurück, riß beide Arme hoch, und Suko sah die tiefen, streifenartigen Wunden, welche die Riemen hinterlassen hatten.

Das Untier kam nicht mehr hoch. Es schaffte überhaupt nichts mehr, denn es sackte zusammen. Die Wunden wurden noch tiefer, als würden unsichtbare Messer sie einschneiden. Die Haut zog sich regelrecht zusammen, aber keine Flüssigkeit sickerte hervor. Diese Bestien waren gewissermaßen ausgetrocknet, denn ihre normalen Artgenossen konnte man als schleimige Monster bezeichnen.

Ich war nicht so glücklich gewesen wie Suko. Denn durch mein falsches Aufspringen hatte der Ghoul Zeit gehabt, sich auf mich einzustellen. Er griff aber nicht an, sondern zog sich zurück.

Als ich mich aufrichtete, hielt ich schon die Beretta in der Hand.

Und da hörte ich das Donnern – und Sukos Schrei, der mich von den Schienen scheuchen wollte.

Für eine Sekunde wurde ich zur Salzsäule.

Weiter vorn näherten sich zwei helle Augen.

Ein Zug kam.

Sollte ich den Ghoul packen oder mich um den Mann kümmern? Ich brauchte nicht zu überlegen. Der Mann war wichtiger, während sich der Ghoul auf den Schienen weiterbewegte. Ich wußte nicht, ob der Beamte tot war, ich sah nur das Blut an seinem Kopf und die von den Zähnen des Ghouls zerrissene Kleidung.

Er war ziemlich schwer. Ich schaffte es erst beim zweitenmal, ihn hochzuhieven.

Suko half mir dabei. Der Zug kam näher.

Obwohl er uns noch nicht erreicht hatte, war der Tunnel von einem gewaltigen Dröhnen und Brausen erfüllt.

Dazwischen vernahm ich das Pfeifen der Luft, die an beiden Seiten zusammengepreßt wurde. Riesengroß ragte das stählerne Ungeheuer vor mir auf. Es würde mich zerquetschen wie der Fuß eines Riesen die Fliege.

Der Ghoul rannte darauf zu.

»Komm hoch!« Sukos Schrei gellte in meinen Ohren.

Was mit dem Ghoul geschah, bekam ich nicht mehr mit. Sukos helfende Hände brachten mich auf den schmalen Seitenweg, wo wir uns beide flach hinlegten und Suko sich auf mich preßte.

Es war die Hölle.

Wir spürten, wie die zusammengepreßte Luft an unseren Körpern zerrte. Die Kleidung flatterte, um uns herum war ein gewaltiges Dröhnen, Brausen und Stampfen.

Schemenhaft sah ich die Lichter in ihrem rasenden Wechselspiel von hell und dunkel.

Ich preßte die Zähne zusammen und versuchte, mich am Boden festzukrallen. Dann war alles vorbei.

Ein letztes hohles Pfeifen – Ende.

Tief atmete ich ein und stand auf.

Auch Suko erhob sich. Beide waren wir blaß im Gesicht, und der Chinese meinte: »Das war im letzten Augenblick.«

Ich nickte.

Wo steckte der Ghoul?

Von ihm sah ich nichts mehr. Er war bestimmt von dem stählernen Ungetüm zerfetzt worden. Als ich mit der Lampe die Schienen ableuchtete, entdeckte ich die Reste von ihm. Das Monster war buchstäblich zerrissen worden. Von dem zweiten, das Suko erledigt hatte, war überhaupt nichts mehr übriggeblieben.

Zwei Ghouls hatten wir geschafft. Doch wie viele liefen noch herum? Daran wagte ich gar nicht zu denken. Bevor wir uns auf die weitere Suche machten, kümmerten wir uns um die beiden Bahnbeamten. Der Mann, den ich von den Schienen geholt hatte, war tot. Der Ghoul hatte ihn umgebracht. Ich kniete neben ihm, und mein Gesicht erstarrte zur Maske. Eisschauer rannen über meinen Rücken, im Magen lag ein dicker Klumpen.

Ich würde sie kriegen, das schwor ich mir.

Mein Freund war bei dem zweiten Mann. Er kniete neben ihm. Während er ihm leicht gegen die Wange tätschelte, drehte er den Kopf.

»Er ist nur bewußtlos, John.«

»Sein Kollege lebt nicht mehr.«

Auch Suko zuckte zusammen, als ich ihm dies mitteilte. Dann fiel mir etwas auf. Aus der Tasche des Toten war zur Hälfte etwas herausgerutscht. Ein dunkelgraues Gerät, das ich als Walkie-talkie identifizierte.

Ich kannte mich mit den Dingern aus und schaltete das Sprechgerät ein.

Augenblicklich meldete sich die Stimme eines offenbar nervösen Mannes. »Es wurde auch Zeit, daß sich mal einer von euch meldet. Lange genug haben wir gewartet. Wer spricht da überhaupt? Merrick oder Wilson?«

»Weder noch«, erwiderte ich. »Oberinspektor Sinclair.«

»Was?« Der Mann schnappte regelrecht nach Luft.

»Darf ich fragen, wer Sie sind?« erkundigte ich mich.

»Dustin Ambrose, der Einsatzleiter.«

»Dann kommen Sie bitte mit einigen Ihrer Leute her. Einer der Beamten ist tot.«

Schweigen. Nach vielleicht fünf Sekunden eine veränderte Stimme. Sehr ruhig. »Wir kommen.«

Ich steckte das Gerät dem Toten zurück in die Tasche und sah, daß Suko etwas in der Hand hielt.

»Was hast du da?«

»Knochen, John.«

Mehr brauchte er nicht zu sagen. Wir wußten beide Bescheid.

»Ghouls«, flüsterte ich und schaute in die dunkle Tunnelröhre. »Verdammte widerliche Brut. Aber ich kriege euch, darauf könnt ihr euch verlasse ...«

Die Gesichter der Männer waren totenblaß. Kaum jemand brachte ein Wort hervor. Man schwieg verbissen. Niemand konnte begreifen, daß man einen Kollegen verloren hatte. Ich sage hier bewußt Kollegen, denn die Männer gingen nach Lage der Dinge davon aus, daß auch Earl Hatfield nicht mehr unter den Lebenden weilte.

Wir saßen in der Leitzentrale zusammen und schlürften Kaffee. Eine Automatenbrühe, die nach Metall schmeckte und gleichzeitig noch bitter war.

Dustin Ambrose hatte das Zeug besorgen lassen. Er war ein gebrochener Mann, denn er trug die Verantwortung. Zusammengesunken hockte er auf seinem Stuhl und fuhr sich buchstäblich alle zwei Minuten durch die Haare.

Für ihn war eine Welt zusammengebrochen. Nicht allein durch den Tod des einen und das Verschwinden des anderen Mannes, sondern auch ich hatte ihn geschockt, nachdem ich es ablehnte, die Mordkommission in der Nähe zu haben.

»Ich lasse den Verkehr einstellen«, sagte der Betriebsleiter.

»Nein, Mr. Ambrose. Wir wollen hier keine Pferde scheu machen.«

»Wie meinen Sie das?«

»Ich meine damit die Mörder.«

Er grinste etwas verzerrt. »Sie rechnen damit, daß es mehrere Mörder sind?«

»Ja. Und ich bin sogar davon überzeugt, daß sie sich noch in der Nähe herumtreiben.«

Ambrose schaute seine Männer an. »Das wäre ja schrecklich«, flüsterte er, während die anderen nickten.

»Es stimmt, Mr. Ambrose. Deshalb muß es uns gelingen, die Mörder in den nächsten Stunden zu fassen. Wann beginnt der eigentliche Hochbetrieb bei Ihnen?«

»Das geht morgens um sechs richtig los.«

»Bis zu diesem Zeitpunkt müssen wir den oder die Mörder haben.«

»Und wenn nicht?« fragte Dustin Ambrose.

»Werde ich das Gelände sperren lassen.«

»Wenn es da mal nicht zu spät ist.«

Ich verstand die Bedenken des Einsatzleiters sehr gut.

Auch ich hätte so reagiert, aber ich traute dem Braten nicht. Wenn wir jetzt absperrten, würden die noch frei herumlaufenden Ghouls sicherlich etwas merken und sich klammheimlich in irgendeinen der so zahlreich vorhandenen Gänge verdrücken. Dort brauchten sie nur abzuwarten.

Deshalb wollte ich, daß vorerst alles normal weiterlief. Ich glaubte zudem fest daran, daß die Ghouls sich in Nähe der U-Bahn-Station herumtrieben und dort auf Opfer lauerten.

Ambrose ließ eine Zigarettenschachtel kreisen. Er, Suko und ich saßen noch zusammen. Die anderen Männer mußten ihre Überwachungs- und Kontrollaufgaben wahrnehmen.

»Soll ich mitgehen?« fragte er.

»Auf den Bahnsteig?«

Er nickte.

»Nein.« Suko übernahm für mich die Antwort. »Ihr Job ist hier. Im Leitstand sind Sie besser aufgehoben.«

»Wobei ich aber kein gutes Gefühl habe«, murmelte er. »Ich komme mir irgendwie feige vor. Wirklich feige. Ich lasse andere im Stich, nur weil ...«

»Das reden Sie sich ein, Mr. Ambrose«, unterbrach ich ihn. »Wir werden die Mörder schon finden. Zudem haben wir das Glück, daß wenige Züge fahren. Da sind die Bahnsteige auch leerer, und wir haben so einen besseren Überblick.«

»Ein Sprechgerät nehmen Sie doch mit?«

»Das gern.«

Er gab Suko und mir je solch ein Ding. Wir checkten sie durch. Die Funktion war gut. Zudem handelte es sich bei den Geräten auch nicht um unhandliche Apparate, wir konnten sie bequem in unseren Taschen verstauen.

Ambrose reichte uns die Hand. »Dann kann ich Ihnen nur noch viel Glück wünschen«, sagte er.

»Danke, das können wir gebrauchen.«

Wir gingen. Die anderen Männer schauten uns nach. Angst, Hoffnung, und Furcht sah ich auf ihren Gesichtern. Auch ihnen steckte der Schock über dieses schreckliche Verbrechen noch in den Knochen. So manch einer biß die Zähne zusammen.

Wir verließen den Leitstand. Dann nahm uns die Weite der U-Bahn-Station auf.

Der Leitstand lag vom Trubel der eigentlichen Haltestelle entfernt. Kameras sorgten für die Überwachung, und auch wir waren sicherlich auf den Bildschirmen zu sehen, als wir durch das unterirdische Gewölbe schritten.

Diese Station war ziemlich groß. Pimlico ist ein Knotenpunkt, deshalb hatten auch zahlreiche Geschäftsleute die Chance genutzt und kleine Läden sowie Kioske eröffnet. Es gibt Geschäfte, die haben durchgehend geöffnet. Hier war das nicht der Fall. Vor den Eingängen hingen eiserne Gitter, die manch einem Stromer als Rückenlehne dienten.

Viel Betrieb herrschte nicht. Zumeist waren es Jugendliche, die herumstanden. Einige von ihnen lärmten auch. Sie wurden von den wenigen älteren Menschen argwöhnisch beobachtet.

Zwei Heranwachsende spielten mit einer Blechbüchse Fußball. Sie benahmen sich dabei wie kleine Kinder.

Links von uns befanden sich Treppen. Davor sahen wir die Gitter der Sperren und auch die automatischen Fahrkartenentwerter. Auf den Stufen lag Abfall. Erst nach Mitternacht würden Putzkolonnen eintreffen, um die Treppen zu säubern.

Bis zur Tageswende hatten wir noch eine Viertelstunde Zeit.

Ich fühlte mich hier unten nicht wohl. U-Bahn-Haltepunkte strahlen eine gewisse Kälte aus. Das mag an dem hellen Licht liegen, das von Leuchtstoffröhren auf den

Boden strahlt. Ein paar Yards weiter geht es dann in die Finsternis. Ein krasser Gegensatz.

Suko stieß mich an und deutete auf einen Schnellimbiß. »Hast du Hunger?«

Ich schüttelte den Kopf. »Aber Durst.«

Wir gingen auf den Laden zu. Der Besitzer hockte eingerahmt zwischen Bier- und Coladosen sowie Lebensmitteln und Friteusen. Er las in irgendeinem Magazin, nur sein Kopf war zu sehen, auf dem die Haare wie angeleimt lagen.

Ich kaufte zwei Dosen Cola. Der Mann stand erst gar nicht auf, öffnete einen Kühlschrank und gab uns das Gewünschte.

Das Geld hatte ich passend. Wir zogen die Laschen ab und tranken. Nach dem bitteren Kaffee erfrischte die Cola. Ich ging ein paar Schritte zur Seite und beobachtete den Betrieb. Gleich mußte ein Zug kommen, denn am Bahnsteig hatten sich einige Fahrgäste versammelt. Die Jugendlichen waren auch darunter.

Von den Ghouls keine Spur. Sosehr wir unsere Augen auch anstrengten, wir sahen sie nicht.

Und doch lauerten sie in der Nähe, dessen war ich mir sicher. Ich spürte instinktiv die Bedrohung, die über der Station lag. Man konnte das Ganze mit einer brennenden Lunte am Pulverfaß vergleichen. Irgendwann hatte sie das Faß erreicht, dann würde es explodieren.

Der Zug fuhr ein.

Lärm erfüllte die Halle. Das Quietschen der Bremsen war ein Gänsehaut erzeugendes Geräusch.

Automatisch schwangen die Türen auf. Einige Fahrgäste verließen die Wagen, andere stiegen zu.

Auch der Kiosk wurde angesteuert. Drei Männer, die Aktentaschen trugen und wohl von der Arbeit kamen, wollten noch einen kleinen Imbiß zu sich nehmen.

Was Warmes gab es nicht mehr. Sie aßen trockene

Sandwiches vom Nachmittag und spülten sie mit Dosenbier hinunter. Wenige Minuten später waren sie verschwunden.

Als ich die leere Coladose wegstellte, sprach mich der Verkäufer an. Er saß jetzt nicht mehr, sondern hatte seinen Kopf durch die Verkaufsöffnung gesteckt.

»Ruhig hier, nicht?«

Ich nickte.

»Aber vorhin war etwas los«, meinte er und gähnte.

Ich sah seine Fingernägel und auch die schwarzen Trauerränder darunter. Gut daß wir nichts gegessen hatten.

»Was war denn?«

Er grinste schief. »Weiß ich auch nicht genau. Da müssen wohl Bahnbeamte verunglückt sein.«

»So kann's kommen«, sagte ich.

Auch Suko stellte seine Dose weg.

»Mit welchem Zug fahrt ihr denn?« wollte der Verkäufer wissen.

»Später«, erwiderte ich ausweichend.

Der Mann hob die Schultern und verschwand wieder.

Wir schlenderten langsam weiter. Der Bahnsteig hatte sich geleert. Die Leute, die jetzt noch in den Ecken herumstanden, wollten sicherlich übernachten. Ein paar Männer lagen schon auf den Bänken. Ich sah auch zwei Frauen, die sich solch einen Platz gesucht hatten.

»Wo willst du eigentlich suchen?« fragte Suko.

»Das weiß ich selbst nicht so genau.«

Mein Freund lachte. »Du bist lustig, wirklich. Sollen wir uns die Tunnel näher ansehen?«

Ich schüttelte den Kopf. »Das nicht.«

»Hast du einen Grund?«

Ich schoß mit der Schuhspitze einen zerdrückten Trinkbecher zur Seite. »Wir kennen doch die Ghouls. Die werden nicht so dumm sein und sich verkriechen. Das ginge gegen ihr Naturell. Die brauchen Opfer. Und wo können sie die holen? Auf den Bahnsteigen. In den Tunnels werden sie höchstens zerschmettert.«

»Im Prinzip ist der Gedankengang richtig, John.«

»Aber?«

»Was ist, wenn die Ghouls wissen, daß wir auf sie Jagd machen, und sich verstecken?«

»Wir müssen eben das beste hoffen.«

»John Sinclair, der Optimist.«

»Immer.«

Wir hatten uns inzwischen dem Bahnsteig genähert. Zwei noch junge Mädchen schauten uns herausfordernd an, ihre grell geschminkten Lippen zu einem Lächeln verzogen.

Es lag auf der Hand, was sie wollten.

Ich ging zu ihnen.

»Auf euch haben wir gewartet, Großer. Für zehn Pfund erlebst du zwei Stunden, die du nie vergißt. Und dein Freund auch.«

Ich schaute der Sprecherin ins Gesicht und sah die kleinen Pupillen. Das Girl stand unter Strom. Es war ein körperliches Wrack, höchstens sechzehn, wenn nicht jünger.

Als ich meinen Ausweis präsentierte, überzog Angst ihre Gesichter. »Ein Bulle.«

»Genau. Ihr seid an die falschen geraten. Ich gebe euch zwei Möglichkeiten. Entweder steigt ihr in den nächsten Zug und fahrt nach Hause, oder die Polizei wird sich mit euch beschäftigen.«

Sie senkten die Köpfe.

»Und?«

»Wir fahren«, sagte die Sprecherin. Sie hatte dünnes, blondes Haar, in dem kein Schnitt mehr war. Ich verlangte ihre Ausweise zu sehen und merkte mir die Namen.

Die Blonde hieß Ellen Long. Ihre Freundin, ein dunkelhäutiger Mischling, wurde Cleo Turner gerufen. Beide waren sechzehn.

»Was wollen Sie mit den Namen?«

»Ich werde euch an das zuständige Revier weiterleiten. Die Leute dort kümmern sich um Fixer.«

»Aber wir ...«

Scharf schaute ich sie an, und sie verstummten. Dann drehte ich mich um.

»Rauschgift?« fragte Suko.

»Leider.«

»Den Kampf gegen dieses verfluchte Zeug wird niemand gewinnen«, sagte mein Freund. »Das ist wie bei einer Hydra. Schlägst du einen Verteilerarm ab, wachsen zwei neue nach.«

Wem sagte er das? Arbeitslosigkeit, junge Menschen ohne Hoffnung, der Weg war vorgezeichnet.

Das Sprechgerät meldete sich. Ich zog es hervor und schaltete auf Empfang.

Dustin Ambrose hatte eine Frage. »Wie sieht es aus, Oberinspektor? Haben Sie eine Spur?«

»Bis jetzt ist alles ruhig.«

»Wir beobachten hier ebenfalls. Auch auf unseren Monitoren haben wir nichts Verdächtiges feststellen können. Wenn welche da sind, können die sich nicht doch im Tunnel versteckt halten?«

»Möglich, aber nicht wahrscheinlich.« Ich hatte dem Dienststellenleiter nichts von Ghouls erzählt, sondern nur darum herumgeredet. Er hätte es sicherlich nicht verstanden. Außerdem wollte ich keine Panik. Offiziell galt auch Earl Hatfield noch als vermißt, obwohl wir es besser wußten. Er war ein Opfer der Ghouls geworden.

»Brauchen Sie noch Leute, Oberinspektor?«

»Nein, danke, Mr. Ambrose. Wir kommen allein zurecht. Sollte etwas sein, melden wir uns.«

»Okay, bis später.« Er unterbrach den Kontakt.

»Bleiben wir hier?« fragte Suko.

»Ich sehe keine Chance, wenn wir den Tunnel durchsuchen. Es ist fraglich, ob wir etwas finden und ob wir dann nicht hier am Bahnsteig fehlen.«

»Ein Versuch wäre zumindest nicht schlecht. Es dauert noch, bis der nächste Zug eintrifft.«

Ich gab nach. Links von uns befand sich die Tunnelröhre. Ein düsteres, gefährliches Loch, mit einem Schlund vergleichbar. Ein idealer Platz für Ghouls.

Etwas seltsam war mir schon zumute, als wir den Eingang des Tunnels betraten und von der Düsternis aufgenommen wurden. Wir schritten dort entlang, wo wir bereits einmal gegangen waren, nur in umgekehrter Richtung.

Jetzt sahen wir auch die Nischen, in die man sich drücken konnte, wenn ein Zug vorbeiraste.

Einige Leute schauten uns nach.

Plötzlich blieb Suko stehen. Fast wäre ich gegen ihn gelaufen. Mein Freund deutete nach unten.

Genau vor unseren Füßen lag eine Gestalt!

Die beiden Ghouls hatten es raffiniert angestellt. Sie waren frei und hatten ihre eigentliche »Heimat«, die Gänge der Kanalisation, verlassen.

Durch einen Schacht waren sie gestiegen, und niemand hatte sie bemerkt, wie sie im allgemeinen Trubel ein Versteck suchten und auch fanden.

Es waren zwei große Kunststofftonnen, die unter einer breiten Treppe standen und eigentlich für die Putzfrauen gedacht waren, damit sie dort den Müll hineinkippen konnten.

Da sich die Reinigungskommandos Zeit ließen, konnten sich die Ghouls ungestört verstecken.

Sie warteten und lauerten.

Ihre Chance würde kommen, dessen waren sie sich sicher. Es kam auch niemand auf die Idee, die Deckel zu öffnen und Abfall in die Tonnen zu werfen, dafür standen sie zu weit abseits.

Die Zeit verging.

Die Ghouls konnten warten, das hatten sie gelernt. Beide waren zu einem runden, schleimigen Etwas zusammengesunken und lauerten auf den Zeitpunkt, wo sie ihr Versteck verlassen konnten.

Längst schon hatte sie die Gier gepackt. Sie rochen die Nähe der Menschen und waren manchmal drauf und dran gewesen, die Geduld zu verlieren.

Irgend etwas hielt sie zurück. Vielleicht war es der warnende Instinkt.

Mitternacht war vorbei, ein neuer Tag begann. Mit ihm trafen auch die Putzkolonnen ein.

Es waren sechs Frauen, meist Farbige, die diesen Job ausübten. Ein Mann führte die Aufsicht. Er scheuchte die Putzfrauen, wenn sie ihm nicht schnell genug arbeiteten.

Schritte näherten sich.

Beide Ghouls, die bisher träge in ihrem dunklen Gefängnis gelauert hatten, richteten sich auf. Sie spürten, daß irgend etwas geschah.

Die Opfer waren nah …

Und schon war es soweit. Von der ersten Tonne wurde mit einem Ruck der Deckel abgehoben. Eine ältere Schwarze sprach dabei mit ihrer Kollegin, die vor der zweiten Tonne stand.

»Ich habe heute nacht keine Lust, hier zu putzen. Am liebsten hätte ich krank gemacht.«

»Dann wärst du geflogen, Mary.«

»Unsinn, ich bin sechs Jahre bei der Firma.«

»Und hast dich sechs Jahre lang ausnutzen lassen.«

»Hier wird nicht geredet, sondern gearbeitet!« schrie der Antreiber. »Los, Beeilung!«

Damit gab er das Startsignal für beide Ghouls.

Sie waren nicht mehr zu halten. Plötzlich schnellten sie nach oben, wanden ihre Körper aus dem Versteck. Auch der zweite Deckel klappte hoch, und bevor die entsetzten Frauen überhaupt einen Ton hervorbrachten, sahen sie sich mit den Ghouls konfrontiert.

Mary schrie als erste.

Sie wich instinktiv zurück, und das war ihr Glück. Der schleimige Arm verfehlte sie.

Auch ihre Kollegin reagierte prächtig. Sie tat es eigentlich nicht bewußt, es war mehr ein Reflex. Sie drückte gegen die leichte Tonne und kippte sie um.

Damit hatte der Ghoul nicht gerechnet. Auch er fiel mit, bevor er sein Gefängnis verlassen konnte.

Mary wurde angegriffen. Sie trug den großen Besen und schlug damit zu. Den Stiel drückte sie in den schleimigen Körper des Ghouls, der zwei dicke Tropfen produzierte, die zu Boden klatschten.

Als wäre der Stiel glühend, so hastig ließ Mary den Besen fallen und wandte sich zur Flucht. Sie rannte wie selten in ihrem Leben, und auch ihre Kollegin lief mit.

Die Schreie der Frauen hallten durch das unterirdische Gewölbe und wurden von den kahlen Wänden zurückgeworfen.

Andere Menschen wurden aufmerksam und blickten den rennenden, schreienden Frauen entgegen.

Die Lage spitzte sich dramatisch zu, denn der nächste Zug lief in den Bahnsteig ein …

Ich mußte grinsen.

Der Kerl vor uns auf dem Boden war alles andere als ein Ghoul. Er stank zwar auch, jedoch nach Schnaps und billigem Wermut. Auch der Körpergeruch war nicht gerade eine Wohltat für unsere Nasen. Zudem schlief er selig und ahnte nicht, in welch einer Gefahr er sich befand. Er brauchte sich während des Schlafs nur mal zur Seite zu drehen, schon fiel er auf die Schienen, und wenn ein Zug andonnerte, war es um ihn geschehen.

Suko bückte sich und stieß ihn an.

Der Schläfer grunzte zweimal und schüttelte sich unwillig. Durch gemeinsames Rütteln schafften wir es, ihn aus Morpheus Armen zu reißen. Suko stellte ihn auf die Beine und drückte ihn in eine Nische.

Ein unrasiertes Gesicht mit leicht verdrehten Augen starrte uns an. Säuerlich riechender Atem wurde uns entgegen gepustet. Ich wandte mich ab.

»Was wollt ihr denn?« nuschelte der Typ. »Es ist doch noch kein Morgen, ich will …«

»Du willst jetzt verschwinden«, sagte Suko und drehte den Mann herum. Am Kragen gepackt, schob er ihn voran.

»He, ihr Brüder. Was soll das? Kann man nicht in Ruhe sein Schläfchen halten?«

»Nein.«

Suko ging den Weg zurück. Ich wartete noch. Wahrscheinlich würde mein Freund den Penner auf eine Bank setzen. Dort befand er sich in Sicherheit.

Suko hatte etwa die Hälfte der Strecke hinter sich gebracht und wurde bereits von den Ausläufern des kalten Lichts getroffen, als wir die Schreie hörten.

Augenblicklich war ich alarmiert.

Die Ghouls hatten sich gezeigt. Etwas anderes kam für mich überhaupt nicht in Frage. Auch Suko hatte den Penner stehenlassen, sich halb umgedreht und winkte mir.

Ich rannte schon.

Mein Partner hatte einige Schritte Vorsprung, den ich auch nicht wettmachte.

Im Laufen nahm ich die Eindrücke auf und sah die Vorgänge, die sich auf dem Bahnsteig abspielten.

Mehrere farbige Frauen rannten in wilder Panik in allen Richtungen auseinander. An ihrer Kleidung war zu erkennen, daß sie einer Putzkolonne angehörten. Durch ihr Geschrei alarmierten sie auch die anderen Fahrgäste, die am Bahnsteig standen und auf den nächsten Zug warteten.

Der kam.

Ich sah die beiden hellen Augen der Scheinwerfer im gegenüberliegenden Tunnelschacht. In wenigen Sekunden mußte der Zug den Bahnsteig erreicht haben.

Aber auch die Ghouls.

Sie liefen hinter den schreienden Frauen her. Ein wenig tolpatschig wirkten sie, doch davon sollte man sich nicht täuschen lassen. Die Wesen konnten oft schnell sein.

Meine Beretta hatte ich gezogen. Gegen Silberkugeln waren die Ghouls nicht gefeit. Auch Suko hielt die Waffe in der Hand. Beide jedoch konnten wir nicht schießen, weil zwischen uns und den Ghouls Menschen herumliefen. Niemand wußte so recht, was los war, aber die Schreie hielten sie in Atem.

Der Zug lief ein und hielt. Türen öffneten sich, Menschen verließen die Wagen.

Auch die Ghouls befanden sich jetzt in der Nähe, und mir standen die Haare zu Berge. Einer hatte sich einen Mann geschnappt. Das Opfer schrie und wurde losgelassen, denn die beiden abartigen Dämonen hatten einen anderen Plan gefaßt.

Da zahlreiche Menschen in die Wagen geflohen waren, folgten sie ihnen.

Die Ghouls stiegen ein!

Ich war noch zu weit entfernt, als daß ich es hätte verhindern können. Auch Suko war nicht schnell genug, er hätte da schon Sprintweltmeister sein müssen.

Und schießen konnten wir auch nicht. Abermals hatten es die Ghouls verstanden und geschickt einige Menschen zwischen sich und uns gebracht. Die Leute waren so verstört, daß sie auf mein Schreien nicht achteten.

»Aus dem Weg!« brüllte ich. »Verdammt, aus dem Weg!«

Sie hörten nicht.

Da erreichte ich den Zug. Fast gleichzeitig mit meinem chinesischen Partner Suko. Und ich sah, wie sich die Türen schlossen. Suko warf sich mit einem gewaltigen Satz vor. Ehe die Tür völlig zu war, wuchtete er sich dazwischen und schaffte es in der letzten Sekunde, den Wagen zu erreichen.

Er hatte wirklich eine Bravourleistung vollbracht.

Ich enterte den Zug ebenfalls. Ich schleuderte den rechten Fuß vor und klemmte ihn in den Spalt zwischen die Tür.

Geschafft.

Ich drückte mich in den Wagen. Es war der erste hinter der Zugmaschine. Sekundenlang schloß ich die Augen. Als ich sie wieder öffnete, fuhr der Zug an. Ich hatte mich nicht rechtzeitig festhalten können und wurde gegen eine Haltestange gepreßt.

Wenig später war die Bahn im dunklen Schlund verschwunden. Mit zahlreichen Fahrgästen und zwei Ghouls …

In der Leitzentrale herrschte eine übernervöse Stimmung. Trotzdem sprach man so wenig wie möglich, man starrte konzentriert auf die Bildschirme und beobachtete.

Nur Dustin Ambrose lief unruhig hin und her. Er trug die Verantwortung und wußte nicht, was er unternehmen sollte. Er konnte nur hoffen, daß die beiden Polizisten den oder die wahnsinnigen Killer fanden und erledigten.

Jemand brachte ihm einen Becher mit Kaffee. Ambrose

nahm ihn automatisch. Er merkte kaum, daß er sich an dem heißen Gefäß die Finger verbrannte.

Das war schon der siebte Becher. Den anderen Männern erging es nicht anders.

Normaler Betrieb in der Station. Nichts deutete daraufhin, daß irgendwo gefährliche Killer lauerten. Alles sah wie immer aus wie an jedem Abend.

Keine besonderen Vorkommnisse.

Das hatte er bei Hatfield auch gedacht. Und doch war etwas geschehen. Mit einem heftigen Ruck kippte sich Ambrose den Rest der Brühe in den Hals und zerknüllte den Becher danach. Er landete in einem Papierkorb.

Ambrose schwitzte. Er hatte seine Uniformjacke ausgezogen. Das Hemd zeigte große Schweißflecken. Der Krawattenknoten hing zwei Zoll tiefer als gewöhnlich. Das Hemd war oben am Kragen aufgeknöpft.

Ambrose setzte sich vor einen leeren Monitor. Die Frauen der Putzkolonne trafen ein. Sie schritten die breite Treppe hinab. Ambrose verfolgte ihren Lauf.

Zwei Frauen verschwanden unter der Treppe. Dorthin reichte keine Kamera.

Ambrose wollte schon aufstehen, als er die heftige Bewegung auf dem Bildschirm sah. Die beiden Putzfrauen rannten in wilder Panik weg. Und hinter ihnen walzten zwei Wesen her, die Ambrose noch nie in seinem Leben gesehen hatte.

Widerliche, quallige Monster, deren Körper aufgedunsen waren und sich in dauernder Bewegung befanden, wobei sie lange Schleimspuren absonderten.

Auch die Mitarbeiter waren aufmerksam geworden. Stimmen schwirrten durch den Kontrollraum. Niemand wußte so recht, was geschehen war, auch Ambrose nicht.

Die Menschen in der Halle gerieten in Panik. Der Monitor übermittelte nur das Bild, keinen Ton. So sah es gespenstisch aus, wie sie durch die Halle rannten.

Ambrose sprang auf.

»Sinclair!« rief er. »Verdammt, wo stecken die beiden?«

»Sie sind in den Tunnel gegangen«, sagte ein Mann.

»Ausgerechnet jetzt.« Ambrose holte sein Sprechgerät aus der Tasche und schaltete es ein. »Sinclair! Melden Sie sich!« rief er, wobei er den kleinen Bildschirm im Auge behielt.

Er erhielt keine Antwort.

Dustin Ambrose wurde bleich. Er knirschte mit den Zähnen und bekam mit, wie sich die beiden schleimigen Wesen einem soeben anfahrenden Zug näherten.

Aber auch Sinclair und sein Begleiter erschienen. Der Chinese tauchte zuerst aus dem Tunnel auf. Er hatte ebenso wie der Oberinspektor seine Waffe gezogen. Beide konnten nicht schießen. Zwischen ihnen und den Ghouls befanden sich zu viele Menschen, was auch Ambrose sofort erkannte.

»Mein Gott!« stöhnte er auf, denn er sah, wie die Wesen in den Zug stiegen.

Auch der Chinese schaffte es. Und John Sinclair ebenfalls. Beide verschwanden in verschiedenen Wagen.

»Sollen wir den Zug stoppen, Sir?« fragte ein Mitarbeiter mit krächzender Stimme.

Es war zu spät, eine Entscheidung zu treffen. Der Zug rollte an, wurde schnell und verschwand.

Dustin Ambrose preßte die Hand gegen seine Augen.

»Sinclair!« stöhnte er. »Verdammt, was machen wir jetzt?«

In diesem Wagen befand sich kein Ghoul. Ich hatte nach ihm Ausschau gehalten, sah aber nur in die teils erschreckten, teils fassungslosen Gesichter der Menschen.

Es war ein gemischtes Publikum. Zusammengesetzt aus relativ jungen Menschen, die den Abend in irgendwelchen Discos oder ähnlichen Lokalitäten verbracht hatten. Sie waren noch aufgeputscht, gaben sich ziemlich locker und flegelten sich auf die Sitze.

Ich dachte daran, daß sie alle in die Klauen der Ghouls geraten konnten, wenn Suko und ich nicht achtgaben. Noch hörte ich keine Schreie oder Panik, es blieb vorerst alles still.

Der Zug war in den Tunnel gefahren. Rechts und links der Scheiben huschten die Wände vorbei. Hin und wieder leuchtete eine Lampe. Ein flirrendes Etwas, mehr nicht ...

Erst jetzt fiel mir auf, daß mein Sprechgerät ununterbrochen summte.

Ich holte es hervor, wurde dabei von zahlreichen Augen beobachtet und meldete mich.

»Endlich!« hörte ich Ambrose stöhnen. »Sinclair, was ist geschehen?«

»Die Ghouls sind im Zug.«

»Ghouls?«

»Meinetwegen auch Mörder.«

»Ja, das haben wir gesehen. Was sollen wir tun?« Er räusperte sich. »Ich habe schon daran gedacht, den Zug stoppen zu lassen, damit wir in Ruhe ...«

»Nein, vorerst nicht stoppen«, erwiderte ich. »Lassen Sie ihn weiterfahren, geben Sie nur rundum Alarm, damit die Strecke freigehalten wird, und setzen Sie sich sofort mit dem Zugführer in Verbindung.«

»Nicht stoppen?«

»Nein.«

»Wie Sie meinen, Oberinspektor.«

Die Verbindung wurde unterbrochen. Ich steckte das Gerät weg und wischte mir den Schweiß von der Stirn. Ein Halbstarker pöbelte mich an. »Sind Sie 'n Bulle?«

Ich gab keine Antwort. Meine Gedanken drehten sich um die Menschen im Zug und um die Ghouls.

Wo hatten sie sich verkrochen?

Verstecke gab es in einer Subway kaum. Wenn sie sich in den Wagen aufhielten, hätte man sie längst entdecken müssen. Der Zug fuhr in Richtung Sloane Square. Falls er nicht durchraste und dort hielt, würde sich die Gefahr verdoppeln. Denn dort, wo das Swinging London beginnt, war um diese Zeit noch immer etwas los.

Die nächste Station hieß South Kensington. Ich hatte zum Glück den Streckenplan der Subway so einigermaßen im Kopf. Dann kam Glouchester Road, danach West Kensington.

Vor mir schaukelten die roten Haltegriffe. Sie waren an einer Stange der Decke angebracht worden und bewegten sich im Rhythmus der Fahrt.

Mir gegenüber stand ein bärtiger Mann in Jeans und musterte mich über seine Nickelbrille hinweg. Als sich unsere Blicke trafen, verzog er das Gesicht. Wie es aussah, mochte er wohl keine Polizisten.

Ich ging weiter.

Mt dem Ellbogen stieß ich die Tür zum nächsten Wagen auf. Auch hier saßen einige Fahrgäste, nur von den Ghouls entdeckte ich keine Spur. Ich roch sie nicht einmal, mir schien es bald, als hätten sie sich in Luft aufgelöst.

Und doch mußten sie da sein.

Ich wurde kaum beachtet, als ich den Wagen in Längsrichtung durchquerte, wobei ich mich an den Griffen der Rückenlehnen abstützte. Als ich diesen Wagen verließ und durch die Scheibe der Tür blickte, sah ich im nächsten Sukos Gestalt. Der Chinese hatte auch mich entdeckt und winkte mir zu.

Ich wartete auf ihn.

Suko drückte die Tür auf. Seinem Gesicht entnahm ich, daß er keinen Erfolg gehabt hatte. Das bewies auch sein Schulterzucken, mit dem er mich begrüßte.

»Keinen Ghoul gesehen!«

Ich schlug mit der Faust in meine linke offene Handfläche. »Die müssen doch hier stecken!«

»Der Meinung bin ich auch.«

»Aber wo?«

»Mr ist niemand entgegengekommen.«

»Dann suchen wir gemeinsam.«

»Okay.«

Hintereinander gingen wir den Gang entlang. Am Ende des Wagens saßen zwei Bekannte. Es waren die beiden Mädchen, deren Namen ich mir gemerkt hatte.

Als sie uns sahen, senkten sie die Blicke. Die dunkelhäutige Cleo drehte sogar den Kopf und schaute aus dem Fenster.

Sollte sie.

Wir drückten die Tür auf und wollten in den anderen Wagen gehen, als mir etwas auffiel.

»Moment mal.«

Suko blieb sofort stehen.

Es war erstens der Geruch und zweitens ein pfeifendes Geräusch. Beides drang aus derselben Richtung. Links von uns befand sich eine schmale Tür. Dort ging es zur Toilette.

»Hast du da nachgesehen?« fragte ich Suko.

»Nein.«

Wie auf Kommando zogen wir unsere Pistolen, wobei wir hofften, daß niemand der Fahrgäste etwas davon mitbekam. Verschlossen war die Tür nicht.

Ich legte meine Hand auf die Klinke und riß die Tür wuchtig auf. Beide schauten wir in die schmale Toilette, wo es so erbärmlich nach Moder stank.

Der kleine Raum war leer.

Das Fenster stand offen. Jetzt wußte ich auch, woher das pfeifende Geräusch stammte. Es war der Fahrtwind, der durch das offene Fenster und in unsere Haare fuhr.

Jetzt kannten wir den Fluchtweg der Ghouls. Aber warum waren sie erst eingestiegen, wenn sie so schnell den Wagen wieder verlassen wollten? So recht traute ich dem Braten nicht. Womit sie das Fenster eingeschlagen hatten, wußte ich ebenfalls nicht, es spielte auch keine Rolle.

»Was sagst du?« fragte Suko.

»Gar nichts.« Ich betrat den winzigen Toilettenraum und ging auf das Fenster zu.

Der Wind biß in meine Augen. Er brachte Staub und Dreck mit, pustete das Zeug in den Raum.

Als ich vor dem Fenster stand, sah ich noch die kleinen Splitterecken, die in der Dichtungsmasse hingen.

»Sei vorsichtig!« warnte Suko, der wußte, was ich vorhatte.

Ich stützte meine Hände auf, versuchte einigermaßen Halt zu finden und warf einen Blick durch die Öffnung. Vielleicht hatten sich die Ghouls außen an die Tür geklammert oder irgend etwas anderes im Sinn gehabt, auf jeden Fall wollte ich einfach nicht daran glauben, daß sie so mir nichts dir nichts verschwunden waren.

Sie waren noch da.

Allerdings nicht an irgendeiner Tür, sondern auf dem Dach. Das merkte ich, als mir eine schleimige Klaue genau auf die Stirn klatschte …

Der Fahrer des Subway-Zuges hieß Jim Hatfield. Er war Earls ältester Sohn, und man hatte ihm vor einem Jahr die Verantwortung für einen Zug übertragen.

Jim Hatfield liebte seinen Job. Zudem war er in seinem Führerstand der König. Hier konnte er schalten und walten, niemand redete ihm rein, er allein trug die Verantwortung für die Fahrgäste. Eine schwere, aber auch schöne Aufgabe für einen Mann von 27 Jahren.

Jim konnte nicht verstehen, daß sein Vater noch immer den gleichen Dienst versah. Der alte Hatfield ging tagsüber und auch nachts die Strecken ab, kontrollierte sie und erstickte dabei fast in der Routine. Jim war da anders. Er brauchte die tägliche Herausforderung, und die hatte er.

Man konnte ihn als einen sympathischen Burschen bezeichnen. Er hatte schwarzes Haar, dunkle Augen und ein sonnenbraunes Gesicht. Die Frauen hatten es ihm immer leicht gemacht, aber Hatfield war inzwischen in das Alter gekommen, wo er daran dachte, zu heiraten. Er hatte sich auch schon ein Girl ausgesucht. Leider war es verlobt, schien jedoch nicht abgeneigt zu sein, die Verlobung zu lösen. Am morgigen Tag würde es sich entscheiden, dann wußte Hatfield mehr.

Das Führerhaus war nicht sehr groß. Viel Platz nahm auch die Elektronik weg sowie die Überwachungsgeräte. Jim Hatfield mußte seine Augen überall haben, er war keine Minute unkonzentriert, auch nicht in der Nacht.

Als er die Station Pimlico anlief und einen Moment Pause hatte, holte er die Warmhaltekanne hervor, schraubte sie auf und goß etwas von Mutters Tee in einen Becher. Sein Vater bekam das gleiche Getränk mit. Es schmeckte den beiden gut.

Jim hörte die Schreie und auch die hämmernden Schritte auf dem glatten Boden. Er leerte erst seinen Becher, bevor er sich erhob und einen Blick durch das Seitenfenster warf.

Da war schon alles vorbei. Zwar liefen noch einige Menschen sehr aufgeregt vor dem Zug hin und her, doch die Ghouls waren bereits eingestiegen. Jim Hatfield konnte sie nicht mehr sehen. Er dachte an eine Schlägerei, wie es sie oft und vor allen Dingen in der Nacht gab. Was wirklich geschehen war, das ahnte er nicht einmal im Traum. Er warf einen Blick auf die Uhr.

Abfahrt.

Vor ihm gähnte der Tunnelschlund. Im Anfang hatte Jim so etwas wie Angst verspürt, mit dem Zug in die enge Röhre hineinzusausen, mittlerweile hatte er sich daran gewöhnt. Das Fahren unter der Erde war für ihn zur Routine geworden.

Der Zug fuhr in den Tunnel, und Jim Hatfield erhöhte die Geschwindigkeit. Er war immer stolz darauf gewesen, den Fahrplan eingehalten zu haben.

Vor ihm glänzten die Schienen im Licht der Scheinwerfer. Er sah für den Bruchteil einer Sekunde auch andere helle Gegenstände, die zwischen den Schwellen lagen. Jim Hatfield konnte nicht ahnen, daß es sich dabei um Gebeine handelte …

Der Zug fuhr weiter.

Sein Führerstand galt als relativ schalldicht, das mußte auch so sein, sonst hätte er unter Umständen den Warnton des Funkgeräts überhört.

Als sich die Anlage meldete, war Jim überrascht. Die Leitstelle sprach nur mit ihm, wenn ein triftiger Grund vorlag. Wie immer spürte er einen Kloß im Magen, der sich bei ihm automatisch einstellte, wenn er den Warnton hörte.

Er meldete sich.

Es war tatsächlich Dustin Ambrose, der Einsatzleiter, der mit ihm sprechen wollte.

»Hören Sie genau zu, Jim, und stellen Sie keine weiteren Fragen. Was ich Ihnen mitteile, ist lebenswichtig, und es kommt zu einem Großteil auf Sie an, ob wir die Sache überstehen.«

»Klar, Sir.« Jim Hatfield schluckte und spürte den Schweiß auf seiner Stirn.

»Im Zug befinden sich zwei Mörder, Jim. Sie werden nirgendwo anhalten und einfach durchfahren. Nur drosseln Sie etwas die Geschwindigkeit. Ich habe an den Stationen Bescheid gegeben. Die zuständigen Dienststellen dort sind alarmiert worden. Man weiß Bescheid und riegelt die Bahnsteige ab. Alarmstufe eins. Haben Sie alles verstanden, Jim?«

»Jawohl, Sir.« Der Zugführer erkannte seine eigene Stimme nicht mehr wieder. Von einer Sekunde zur anderen steckte er plötzlich in einer Streßsituation.

»Dann wünsche ich Ihnen viel Glück, und beten Sie, Jim, daß alles glimpflich abläuft. Denken Sie an Ihre Verantwortung.« Ambroses Stimme war leiser geworden. Es knackte noch einmal, dann war die Verbindung unterbrochen. Jim Hatfield blieb für eine Weile starr sitzen. Er dachte an die Anordnung und verlangsamte die Geschwindigkeit des Zuges. Seine Bewegungen glichen denen eines Automaten. Angst hielt sein Herz umkrampft. Er dachte wieder an das Durcheinander auf dem Bahnhof Pimlico. Dort mußten die Mörder zugestiegen sein. Und ihm fielen Zeitungsberichte ein, die über Entführungen und Geiselnahmen berichtet hatten. In einer U-Bahn war so etwas noch nie passiert. Jetzt mußte er sich auf die neue Situation einstellen.

War er ein Held? Konnte er so handeln wie manche Piloten? Kaltblütig und entschlossen?

Jim Hatfield merkte, daß er von der Lage überfordert wurde. Bisher hatten die unbekannten Geiselnehmer noch nicht reagiert, was sich allerdings sehr schnell ändern konnte, wenn sie erst einmal ihre Bedingungen bekanntgaben.

Wie würden die aussehen?

Ihm wurde bewußt, daß er sich über Dinge Gedanken machte, die nicht zu seinem Job gehörten. Aber wie würde er reagieren, wenn jemand den Führerstand betrat?

Er durfte nicht daran denken, drehte sich auf seinem Stuhl um und warf einen Blick zur Tür.

Alles blieb ruhig.

Noch ...

Obwohl er die Geschwindigkeit gesenkt hatte, fuhr ihm der Zug noch immer zu schnell. Jim Hatfield sorgte dafür, daß die Subway noch langsamer wurde.

Soeben rollte er in eine langgestreckte Kurve. Er kannte sie. Hinter der Kurve begann die Gerade, und dann war bald die nächste Station erreicht.

Jim schaute nach vorn. Er hatte am Rücken keine Augen und auch nicht an der Seite. Deshalb er nicht, was sich außen an der Fahrertür abspielte.

Vom Dach her tauchte ein schleimiges Wesen auf, das sich wie mit Saugnäpfen versehen an dem glatten Metall festkrallte und auch vom Fahrtwind nicht abgeschüttelt werden konnte, so daß es langsam tiefer glitt.

Schon schmierten lange Arme über die Außenhaut der Scheibe und suchten nach dem Türgriff. Denn die Türen an der Zugmaschine ließen sich auch mit der Hand öffnen.

Noch war Jim Hatfield ahnungslos. Unbeweglich hockte er auf seinem Platz und starrte nach vorn, wo die Gleise vor seinen brennenden Augen zu zerfließen schienen.

Die Angst wurde stärker. Und es war auch die relative Stille, die an seinen Nerven zerrte. Niemand meldete sich, keiner zeigte sich. Es war nicht normal.

Der Ghoul klebte schon an der Tür. Wie abgeschnitten tauchte sein Gesicht über dem Rand der Scheibe auf. Gefährlich sah sein Maul mit den gebleckten Zähnen aus. Augen waren nur dann zu sehen, wenn sich der Schleim veränderte und kleine, wie Glasmurmeln aussehende Kugeln freigaben.

Ein heftiger Druck auf die Klinke.

Die Tür sprang auf. Augenblicklich heulte der Fahrtwind in die Kabine, erfaßte herumliegende Papiere und wirbelte sie hoch. Jim Hatfield fuhr herum. Eine Eisenklammer schien sein Herz zu umschließen. Ihm war es unbegreiflich, daß die Tür plötzlich aufschwang, so etwas hatte es noch nie gegeben. Die mußte jemand von außen geöffnet haben, was unmöglich war bei der Geschwindigkeit, denn da konnte niemand an der glatten Außenwand der Wagen entlangklettern.

Und doch stand die Tür offen.

Der Fahrtwind hatte sie weit herumgedrückt, so daß sie mit der Klinke gegen die Wagenwand schlug, doch im nächsten Augenblick wurde die Tür von einer Gegenkraft wieder auf das Rechteck zugeschoben.

Die Augen des Fahrers wurden noch größer. Er starrte die Tür an und sah die schleimige Klaue, die sich um den Rand schob und von Sekunde zu Sekunde größer wurde, so daß ein regelrechter Arm daraus entstand.

Beim Arm blieb es nicht. Schleimige Schultern und der Kopf mit dem aufgerissenen Maul folgten.

Jim Hatfield glaubte, den Verstand zu verlieren ...

Es wirkte wie eine Säure!

Giftig, fressend und auch stinkend. Der Ghoul hatte mir seine schleimige Klaue gegen den Kopf geschlagen, bis zur Stirn weitete sie sich aus, und sie zerrte in meinen Haaren.

»Suko!« keuchte ich.

Der Chinese war schon heran. Kräftige Fäuste umklammerten meine Hüften. Sie rissen mich vom Fenster weg und auch aus der Gewalt des widerlichen Ghouls.

Gemeinsam krachten wir gegen die Wand, fielen aber nicht zu Boden. Suko schoß an mir vorbei. Die Kugel pfiff durchs Fenster, den Ghoul traf sie leider nicht.

Der hatte sehr schnell reagiert und sich auf das Dach

zurückgezogen. Meine Stirn brannte ebenso wie der Kopf. Zum Glück gab es ein winziges Waschbecken. Ich mußte ein Pedal treten, damit Wasser aus einem Hahn strömte.

Das kühle Naß lief mir ins Gesicht. Es rann über die Haut und spülte den modrigen Schleim weg.

Suko stand schräg neben dem Fenster, hatte den Kopf in den Nacken gelegt, die Augen wegen des hereinpfeifenden Fahrtwindes verengt und peilte nach draußen.

»Siehst du was?« fragte ich.

»Nein, er hat sich auf das Dach zurückgezogen.«

»Und der zweite?«

»Keine Ahnung.«

Ich hob den Kopf, sah meine gerötete Stirn im halbblinden Spiegel und griff nach einem Papiertaschentuch. Handtücher gab es hier keine. Die waren wohl gestohlen worden.

Das Brennen hatte nachgelassen. Ich wischte mir die letzten Wassertropfen aus dem Gesicht und stellte mich neben Suko.

Fahrtwind wühlte mein Haar auf. Sehen konnte ich nichts. Nur die dunklen Tunnelwände huschten vorbei.

Gleichzeitig merkten wir, daß der Zug langsamer wurde. Der Fahrer hatte die Geschwindigkeit gedrosselt.

»Verstehst du das?« fragte Suko.

»Moment.« Ich holte das Walkie-talkie hervor und hatte sofort Verbindung zu Dustin Ambrose.

»Der Zug ist langsamer geworden. Haben Sie dafür gesorgt, Mr. Ambrose?« fragte ich.

»Ja, ich habe mit dem Fahrer gesprochen.«

»Und? Wie reagiert er?«

»Man kann nur hoffen, daß er die Nerven behält, Oberinspektor.«

»Da sagen Sie etwas. Übrigens, Mr. Ambrose, wir wissen jetzt, wo sich die Mörder befinden!«

»Haben sie schon Fahrgäste angegriffen?«

»Nein, das nicht, aber sie haben sich seltsamerweise auf das Dach zurückgezogen.«

»Was wollen sie denn da?«

»Das frage ich mich auch. Denken Sie mal nach. Was könnte die Wesen veranlaßt haben, sich auf dem Dach weiterzubewegen?«

»Keine Ahnung.«

»Kann man die Türen von außen öffnen?«

»Nein.«

»Dann ist es gut.«

»Augenblick!« rief er. »Da fällt mir noch etwas ein. Die Tür am Fahrerhaus läßt sich von außen öffnen.«

Suko hatte mitgehört. Er warf mir einen bedeutungsvollen Blick zu. Das war es also. Sicherlich wollten die beiden Ghouls zum Fahrer. Gar nicht so ungeschickt.

»Was wollen Sie denn jetzt unternehmen?« fragte Dustin Ambrose.

Ich lachte freudlos. Ihm mußte es wie Krächzen in den Ohren klingen. »Wahrscheinlich müssen wir aufs Dach, mein Lieber.«

»Während der Fahrt?«

»Wissen Sie eine bessere Lösung?«

»Nein, nein!« stotterte er.

»Aber ich kann Ihnen noch einen Vorschlag machen«, sagte ich. »Stoppen Sie den Zug.«

Dustin Ambrose sagte erst einmal nichts. Mein Vorschlag hatte ihm die Sprache verschlagen. »Den Zug stoppen? Verdammt, wie soll ich das bewerkstelligen?«

Ich schaute aus dem Fenster, wo noch immer die Tunnelwände vorbeiwischten. »Sie sprechen mit dem Fahrer, dann muß das laufen.«

»Natürlich. Warten Sie so lange, Mr. Sinclair. Ich rufe Sie zurück.«

»Okay.«

»Mit so was habe ich nicht gerechnet«, meinte Suko und schüttelte den Kopf. »Erst wollen wir einen trinken gehen, und dann treffen wir statt dessen auf Ghouls. Ich möchte gern wissen, wie viele von diesen Bestien noch in London herumlaufen.«

Ich hob die Schultern. Die Tür hatten wir inzwischen geschlossen. Durchzug entstand nicht mehr. Der hereinpfeifende Wind fing sich in der engen Kabine. Suko hatte die Beretta nicht weggesteckt. Die Mündung wies auf das Fenster. Mein Freund rechnete damit, daß die Ghouls jeden Augenblick wieder auftauchen konnten.

Sie blieben verschwunden. Es war zum Glück bisher nicht so schlimm gekommen, wie ich angenommen hatte. Die Ghouls waren zwar da, aber sie hatten sich nicht an den Menschen vergriffen. Das konnte man schon als einen großen Vorteil verbuchen.

Ich vernahm den Summton. Dustin Ambrose wollte etwas von mir. Rasch meldete ich mich.

»Sir«, keuchte Ambrose. »Es ist etwas Schreckliches passiert. Verdammt, ich drehe bald noch durch.«

»Was ist denn los? Reden Sie!«

»Ich habe versucht, mit dem Zugführer in Kontakt zu treten, erhalte aber keine Antwort.«

Suko und ich zuckten gleichzeitig zusammen. Jetzt wußten wir, was die Ghouls vorhatten und wohin sich die beiden Dämonen wandten. Sie wollten den Zugführer.

»Mr. Sinclair! Sind Sie noch da?«

»Ja.«

»Was machen wir denn jetzt?«

»Ich muß in die Führerkabine, das ist unsere einzige Chance. Vielleicht kann ich noch etwas retten.«

»Ja, versuchen Sie es.«

Die Verbindung wurde unterbrochen. Ich steckte das Gerät weg. Es war gerade in meiner Tasche verschwunden, und ich wollte mich schon wieder zum Gehen wenden, als es geschah.

Zuerst hörten wir ein hohles Kreischen. Dann gab es einen unerwarteten Ruck. Ich hatte die Hand bereits nach dem kleinen Türgriff ausgestreckt, als mich die gewaltige Kraft packte, erst nach vorn gegen Suko schleuderte, dann wieder zurück. Das gleiche Spielchen wurde mit Suko getrieben.

Wir fielen übereinander, krachten gegen das Waschbecken, fielen zu Boden und hörten die Schreie.

Der Zug bockte und zeigte sich störrisch wie ein alter Esel. Mir gelang ein zufälliger Blick zum Fenster, wo ich draußen die lange Funkenspur sah, die von den Rädern hochgeschleudert wurde.

Jemand hatte die Notbremse gezogen.

Der Zug stand.

Auf freier Strecke und mitten im Tunnel!

Jim Hatfield erstarrte vor Angst! Was dort den Führerstand betrat, war so schlimm, daß er es nicht glauben wollte. Das war ein Alptraum aus einem Science-Fiction-Film und aus einem Horror-Streifen zusammen.

Grauenhaft ...

Das Wesen bewegte sich wie eine Qualle und schlängelte sich in den Führerstand.

Und es brachte den Gestank mit.

Zuerst wollte Jim Hatfield es nicht glauben, doch das war keine Täuschung. Es stank nach Moder, Grab und Friedhof. Eine makabre Mischung, die einem Menschen den Magen in die Kehle treiben konnte.

Auch Jim Hatfield wurde es übel, als er den Gestank wahrnahm. Hinzu kam noch seine Angst, denn er wußte plötzlich, daß dieses Wesen gekommen war, um ihn zu töten.

Hatfield zitterte. Er machte sich keine Gedanken mehr darüber, wer dieses Wesen war, er wußte nur noch, daß er um sein Leben kämpfen mußte.

Und raus konnte er auch nicht. Wenn er sprang, würde er gegen die Wand prallen und dort zerschmettert. An die Notbremse dachte er in diesen Augenblicken nicht.

Hatfield suchte nach einer Waffe.

Er drehte den Kopf, und seine Blicke glitten durch den Führerstand, um etwas zu finden, womit er sich verteidigen konnte.

Es gab in der Kontrollkonsole eine Schublade, in der Werkzeug aufbewahrt wurde. Mt einem Sprung hatte Jim die Konsole erreicht und riß die Lade auf.

Zange, Schraubenzieher, ein Lötkolben, mehrere Kunststoffschachteln mit Schrauben.

Und ein schwerer Schraubenschlüssel!

Die fünf Finger der rechten Hand umklammerten den Griff. Jim Hatfield riß den Schraubenschlüssel hervor und drehte sich um.

Der Ghoul war nicht an der Tür stehengeblieben. Er hatte sich weiterbewegt. Der Fahrtwind heulte in den Führerstand und zerrte an den Haaren des Mannes.

Hatfield hob den rechten Arm. Seine Hand bebte, auf seiner Stirn lag der kalte Schweiß, der Mund war halb geöffnet, als würde er jeden Moment einen Schrei ausstoßen.

Dann warf er sich vor.

Der Arm mit dem schweren Schraubenschlüssel wuchtete nach unten. Er konnte den Ghoul gar nicht verfehlen und traf ihn auch dort, wo sich der Kopf befand.

Das schwere Werkzeug wühlte sich in die schleimige Masse. Der Schlag wurde abgebremst, und Hatfield schien es, als hätte er in Pudding gedroschen.

Ohne eine Reaktion zu zeigen, nahm der Ghoul den Hieb hin. Sofort ging er zum Gegenangriff über. Seine schleimigen Klauen drehten sich um die Hüften des Fahrers und hoben ihn hoch.

Hatfield spürte keinen Boden mehr unter den Füßen, er hatte der Kraft des Ghouls nichts entgegenzusetzen, und für eine schrecklich lange Sekunde glaubte er, der Ghoul wurde ihn aus dem fahrenden Zug werfen.

Das geschah nicht.

Mit seiner Beute drehte sich das Wesen und schleuderte Jim Hatfield gegen die Steuerkonsole.

Jim schrie. Das Holz war stabil, sein Rücken nicht. Er spürte den ziehenden Schmerz, der bis in sein Genick stach, und die Beine gaben unter ihm nach.

Rote Nebel wallten vor seinen Augen. Im Unterbewußtsein vernahm er die Stimme des Einsatzleiters in der Zentrale, aber Jim war nicht mehr in der Lage, sich zu melden.

Der Ghoul schmatzte in wilder Vorfreude. So etwas wie eine Zunge stach aus dem Maul hervor und kreiste über dem Rand der Öffnung. Dieses Opfer war dem Ghoul sicher.

Noch einmal raffte sich Jim Hatfield auf. Er schlug unkontrolliert um sich, traf den Ghoul auch, dann klatschte etwas gegen seinen Arm, so daß dieser zurückgeschleudert wurde.

Der schwere Schraubenschlüssel hieb – und das war wirklich Zufall – gegen den Schalter, der die Notbremse auslöste.

Plötzlich war alles anders.

Jim Hatfield vernahm noch das schrille Kreischen, als die Räder über die Schienen radierten, sah aus den Augenwinkeln den Funkenflug, dann wurde er zu einem Spielball der Kräfte.

Jim wurde nach vorn gestoßen und krachte gegen die gegenüberliegende Wand. Sein Arm hämmerte noch gegen die verschlossene Tür, die zu den Wagen führte.

Auch der Ghoul geriet aus der Fassung. Die Fliehkraft wirbelte ihn durch den Führerstand, allerdings hatte er es leichter, denn er konnte seine Gestalt verändern und sie den gegebenen physikalischen Gesetzmäßigkeiten anpassen.

Der Ghoul wurde fast platt. Er sonderte Schleimspuren ab, die dicke Lachen auf dem Boden bildeten, und als der Wagen zum Stehen kam, hatte der Ghoul es geschafft.

Ihm war nichts passiert, er war auch nicht aus dem Führerhaus geschleudert worden.

Jim Hatfield erging es wesentlich schlechter. Der Mann lag auf dem Boden und stöhnte. Aus einer Rißwunde, die quer über seine Stirn lief, sickerte Blut. Jim hatte seinen Kopf nicht rechtzeitig schützen können und war gegen eine Kante geschlagen. Er befand sich in einem Zustand, der nicht weit von der Bewußtlosigkeit entfernt war.

Der Körper des Ghouls veränderte sich wieder. Er wuchs zusammen, und es entstand ein Wesen, das in seiner Form entfernte Ähnlichkeit mit einem Menschen hatte.

Dabei riß er das Maul auf und entdeckte im nächsten Augenblick den Schraubenschlüssel.

Jim Hatfield hatte ihn fallen gelassen.

Das Werkzeug lag in einer Ecke, dicht unter dem Fenster. Ein gefährliches, aber auch triumphierendes Fauchen drang aus dem offenen Maul des Ghouls.

Das war genau das, was ihm noch fehlte.

Teleskopartig fuhr er seinen Arm aus. Die Klaue umfaßte den schweren Schraubenschlüssel und hob ihn hoch …

Zuerst konnte ich nicht fassen, daß es vorbei war. Ich lag in einer Stellung, die man schon als unmöglich bezeichnen konnte. Halb auf Suko und mit den Beinen an der

Wand hoch. Im Zug selbst herrschte eine seltsame Stille. Mir schien es, als litten die Menschen unter einem Schock und konnten nicht begreifen, daß es vorbei war.

»Für dich scheint die Lage ja bequem zu sein«, beschwerte sich der Chinese. »Für mich aber weniger.«

Er hatte kaum ausgesprochen, als die erste Frau schrie. Es hörte sich an wie eine Sirene. Der Schrei hatte Signalwirkung. Plötzlich schrien und brüllten sämtliche Fahrgäste durcheinander. Es kam zu einem regelrechten Exzeß. Panik breitete sich aus. Schwere Schläge hämmerten gegen Türen und Fenster, die Angst hielt die Leute gepackt.

Inzwischen hatte ich mich erhoben und riß die Tür auf. Zwei Jugendliche stürzten auf mich zu. Weit waren ihre Augen aufgerissen. Einer blutete an der Hand.

»Wir wollen hier raus! Wir wollen raus!« Sie brüllten und taumelten weiter.

Uns war nichts passiert. Ein paar blaue Flecken vielleicht, mehr auch nicht.

»Was machen wir?« fragte Suko.

Ich hatte mich schon entschieden. »Einer muß zum Fahrer.«

»Das übernehme ich«, sagte mein Freund.

Damit war ich einverstanden.

»Und du, John?«

Ich deutete mit dem Daumen über meine Schulter auf das offene Fenster.

Suko wußte Bescheid. Er klopfte mir noch auf die Schulter und verschwand.

Ich aber wandte mich dem Fenster zu. Dabei ging ich von folgender Überlegung aus. Der Ghoul war sicherlich vom Dach geschleudert worden, als jemand die Notbremse betätigte. Wahrscheinlich fand ich ihn neben dem Zug, wo er versuchen würde, zurück in die Wagen zu gelangen.

Ich streckte meinen Kopf durch das zerstörte Fenster.

Es war nicht völlig dunkel. Weiter entfernt brannte eine Lampe. Ihr trüber Schein fiel auf die Zugmaschine und die Dächer der ersten beiden Wagen. Ich schaute nach unten und suchte den Ghoul. Zwischen Zug und Tunnelwand sah ich ihn nicht.

Vielleicht war er an der anderen Seite hinuntergefallen. Zurücklaufen wollte ich nicht und kletterte deshalb aus dem Fenster. Es war eine regelrechte Schufterei. Ich drehte mich dabei, so daß ich mit dem Rücken zum Fenster stand, drückte meinen Oberkörper hinaus und streckte die Arme aus. Meine Finger strichen über die Außenhaut des Wagens und fanden die schmale Regenrinne am Dach. Einen anderen Halt hatte ich nicht. Es mußte einfach klappen.

Während der Fahrt wäre mir das nie gelungen.

Ich klammerte mich mit den Fingern fest, winkelte zuerst das rechte Bein an, stützte mich auf der schmalen Fensterbank ab und tat mit dem linken das gleiche.

In dieser zusammengeknickten Haltung blieb ich für einen Moment und nahm die Geräusche der Umwelt in mich auf.

Ich hörte und sah sie.

Es war schlimm.

Die Menschen wollten raus. Sie sahen diesen Zug als eine Rattenfalle an. Es gelang mir, einen Blick nach unten zu werfen. Schemenhaft sah ich die Gesichter hinter den Scheiben. Blasse Flecken, aufgerissene Münder, Fäuste, die gegen die Scheiben trommelten, dumpf klingende Schreie.

Eine Panik hatte mir noch gefehlt, denn die Ghouls würden sich schadlos halten. So etwas brauchten sie, so etwas nutzten sie aus. Mein Aufenthalt in dieser unbequemen Lage hatte nur Sekunden gedauert, ich mußte zusehen, daß ich auf das Dach des Wagens gelangte.

Es war eine Quälerei, da mein Gewicht nur an den Fingern hing. Ich biß die Zähne zusammen, stemmte mich mit den Füßen ab, rutschte aus und zog verbissen weiter.

Geschafft.

Wie ein Wurm kroch ich auf das Dach, wo ich schwer atmend liegenblieb.

Der Schweiß rann mir in die Augen. Die angewinkelten Arme benutzte ich als Stütze und gelangte so in die Hocke.

Ein Blick nach vorn.

Keine Spur von dem Ghoul.

Ich rutschte ein wenig nach links und schaute auf der anderen Seite des Dachs zu Boden.

Zwischen Zug und Tunnelwand lastete die Dunkelheit, keine Spur von einem Ghoul.

Dann drehte ich mich um.

Dach reihte sich an Dach. Von meinem Standpunkt sah es so aus, als wäre alles eine glatte Fläche, die sich in der Dunkelheit verlor. Schwarz und drohend lag sie vor mir. Durch keine Bewegung unterbrochen und keinen Lampenschein aufgehellt.

Unter mir zitterte der Wagen. Die Menschen tobten und schrien. Dann splitterte die erste Scheibe. Überall in den Wagen hingen Hämmer, mit denen man im Notfall die Scheiben einschlagen konnte, wenn die Türen verschlossen waren. Nur der Fahrer konnte sie öffnen, aber er schien nicht mehr dazu in der Lage zu sein.

Dann sah ich den Ghoul.

Im ersten Augenblick erschrak ich, denn zwei helle Augen starrten mich aus dem Dunkel vor mir an.

Ich zog die Beretta.

Noch zögerte ich, weil der Ghoul ein schlechtes Ziel bot. Ich wollte ihn erst näher kommen lassen, um sicher zu sein, daß ich ihn auch traf.

Er blieb.

Dafür bewegte ich mich vor.

Auf allen vieren kroch ich, wobei ich meinen Gegner nicht aus den Augen ließ.

Er sorgte dafür, daß die Entfernung zwischen uns gleich blieb, denn im gleichen Schneckentempo wie ich vorging, zog der Ghoul sich zurück.

Das Spielchen gefiel mir überhaupt nicht. Ich opferte eine Silberkugel und schoß.

Fahlgelb sah ich es vor der Mündung aufblitzen. Ich hatte auf die Augen gehalten, vernahm allerdings keinen Einschlag und hörte nur, wie die Kugel über das Dach des Wagens schrammte.

Ich hatte wirklich keine Lust mehr, mich auf eine endlos lange Auseinandersetzung einzulassen, ich wollte die Entscheidung. Deshalb blieb ich auch nicht mehr in meiner Haltung, sondern erhob mich.

Vor mir hörte ich das Fauchen.

Ich senkte den rechten Arm und zielte genau.

Da traf mich der Schlag in den Rücken. Das geschah völlig unvorbereitet. Der Treffer schüttelte mich durch. Etwas fiel hinter mir dumpf auf das Wagendach und rutschte dann ab, wobei es auf den Schotter neben den Schienen knallte.

Ich fiel nach vorn auf die Knie und hatte das Gefühl, mein Rücken wäre gespalten worden.

Im nächsten Augenblick spürte ich schleimige Hände. Sie umfaßten von hinten meine Kehle.

Der zweite Ghoul war da!

Suko geriet in das Chaos.

Obwohl er es wirklich nicht weit bis zum Führerhaus hatte, war ihm der Weg verbaut.

Die Menschen lagen auf dem Boden. Sie stöhnten, schrien und jammerten. Ihre Körper versperrten den Weg zwischen den Sitzen. Einige drehten auch durch und trommelten gegen die geschlossenen Fensterscheiben.

Suko mußte sich seinen Weg mit Gewalt bahnen. Zuerst hatte er es noch mit Worten versucht, doch niemand hörte auf ihn. Es war einfach kein Durchkommen. Es ging um ein Menschenleben, Suko konnte sich nicht mehr lange aufhalten, und er schaufelte sich buchstäblich den Weg frei. Fahrgäste, die ihm in den Weg liefen, stieß er zur Seite, so daß sie wieder auf die Sitze fielen.

Als er den ersten Wagen durchquert hatte und den zweiten betrat, sah er die beiden jugendlichen Rocker. Sie hatten Fahrradketten und hämmerten damit gegen die Scheiben.

Lange hielt das Glas nicht mehr stand. Das erste Fenster zerklirrte. Die Rocker schrien vor Freude.

»Raus, jetzt können wir raus!«

Das wollte Suko nicht zulassen. Wenn die beiden aus dem Fenster kletterten und andere Personen dem Beispiel folgten, würden sie den Ghouls unter Umständen in die Arme laufen.

»Zurück!« schrie Suko. Er packte einen an der Schulter und schleuderte ihn herum.

Der zweite schlug mit der Kette zu. Suko duckte zwar ab, er spürte trotzdem die einzelnen Glieder am Nacken, wo sie einen dunklen Streifen hinterließen.

Der Chinese wuchtete seine Faust hoch. Der Rocker nahm den Schlag voll, verdrehte die Augen, fiel in die Sitze und meldete sich ab. Den zweiten räumte Suko ebenfalls aus dem Weg und lief weiter.

Er durchquerte auch den nächsten Wagen und stand dann vor der Zugmaschine.

Eine Tür versperrte ihm den weiteren Weg. Ferner wies ein Schild darauf hin, daß Unbefugten der Eintritt streng verboten war. Die schwarzen Buchstaben standen auf weißem Untergrund.

Die Tür war verschlossen. Sie bildete aber für Suko kein Hindernis. Ein rascher Blick durch die Scheibe hatte ihm gezeigt, daß es höchste Eisenbahn war.

Zweimal trat er zu. Sein Fuß fand genau die Stelle, um die Tür aus dem Rahmen zu schmettern. Sie splitterte auf. An der Seite wurde sie aus den Angeln gewuchtet und kippte nach innen.

Der Chinese hatte freie Bahn.

Er war wirklich in letzter Sekunde gekommen, falls nicht schon zu spät.

Der Ghoul hatte mit einem schweren Schraubenschlüssel zugeschlagen. Blut lief über das Gesicht des Zugführers, der unter dem stinkenden Wesen lag.

Suko wollte den Ghoul mit der Beretta erledigen. Um die Dämonenpeitsche zu ziehen fehlte die Zeit.

Auch der Ghoul hatte bemerkt, daß er und sein Opfer nicht mehr allein waren. Er reagierte.

Suko sah die Bewegung kaum, so schnell war das widerliche Wesen plötzlich, aber etwas wirbelte auf den Chinesen zu, und er konnte nicht mehr rechtzeitig ausweichen.

Der schwere Schraubenschlüssel überschlug sich einmal in der Luft, dann hieb er gegen Sukos Brust und traf zufällig noch die Waffenhand.

Der Treffer brachte den Chinesen aus dem Konzept. Suko fiel zurück und taumelte durch die offene Tür. Für einige Sekunden war ihm die Luft genommen.

Suko fing sich wieder. Er wollte erneut auf den Ghoul anlegen, sah aber kein Ziel mehr.

Das Wesen hatte sich aus dem Staub gemacht. Es schien zu ahnen, wie gut der neue Gegner bewaffnet war.

Suko gelang es schnell, sich aus den Türtrümmern zu befreien. Als er den Führerstand betrat, sah er nichts mehr von dem Ghoul. Er mußte durch die offene Tür verschwunden sein.

Suko wollte hinterher, aber da war noch der Fahrer, der in verrenkter Haltung auf dem Boden lag.

Mein Freund kniete sich neben ihn.

Jim Hatfield lebte. Der Ghoul mußte erst einmal zugeschlagen und dabei auch nicht richtig getroffen haben. Suko erkannte die blutige Schramme an der Seite des Kopfes, wo die rote Flüssigkeit in die Haare quoll.

Der Fahrer atmete schwer und stöhnend. Sicherlich hatte er eine Gehirnerschütterung davongetragen, die er hoffentlich überlebte. Bevor sich der Chinese an die Verfolgung des Ghouls machen konnte, wurde er abermals abgelenkt.

Das in der Konsole eingelassene Sprechgerät war eingeschaltet. Suko vernahm die aufgeregte Stimme des Dienststellenleiters.

»Hatfield, melden Sie sich. Was ist passiert? So reden Sie doch, Mann!«

Suko orientierte sich kurz und fand die Schaltung zum Gegensprechen. Er sagte seinen Namen.

»Sie?« krächzte Ambrose. »Was ist mit Hatfield?«

»Er ist verletzt, Sir. Der Zug steht.«

»Wie das?«

»Notbremse.«

»Sollen wir kommen?«

»Halten Sie sich in Bereitschaft. Und alarmieren Sie schon Ärzte und Sanitätspersonal.«

»Wird gemacht.«

Mehr brauchte der Chinese nicht zu sagen. Endlich konnte er sich auf die Fersen des Ghouls heften.

Ich spürte die Kraft des Ghouls.

Er drückte mich nach unten, wobei er mich gleichzeitig würgte und ich keine Luft bekam. Zudem ebbte der Schmerz in meinem Rücken noch nicht ab, und von vorn näherte sich der zweite Ghoul. Er kam aus der Dunkelheit, ein brandgefährliches, mörderisches Wesen, das seinen Körper gestreckt hatte und auf dem Dach eine Schleimspur hinterließ.

Die Luft wurde mir knapp. Ich hielt zwar die Beretta in der Hand, brachte aber den Arm nicht hoch, weil sich das schleimige Wesen zum Teil an mir vorbeigeschlängelt hatte und die rechte Hand gegen das Wagendach drückte.

Mit der Linken versuchte ich, den würgenden Griff zu lösen, aber ich brachte meine Finger nicht zwischen Hals und das schleimige Gebilde.

Es wirkte wie ein fester Gummiring, und die Kraft zog mich jetzt nach hinten.

Abermals spürte ich das Brennen auf der Haut. Wieder verglich ich den Ghoulschleim mit Säure.

Auch der zweite Ghoul war jetzt da. Er streckte seine Arme aus, und die Klauen fanden meine Beine. Sie wickelten sich um die Knöchel und zogen.

Ich trat zu.

Mein Fuß versank fast in der schleimigen Masse, eine andere Wirkung erzielte ich nicht.

Es wurde ein verzweifelter Kampf. Ich setzte all meine Kräfte ein, hieb die linke Faust in das Gesicht des Ghouls und erzielte keinen Erfolg.

Es gelang mir jedoch, mich herumzuwerfen, allerdings bekam ich die Hand nicht frei, und dann riß mich der Ghoul auf die Beine.

Allein daran war zu erkennen, welch eine Kraft er besaß. Auch der zweite umfaßte jetzt mein rechtes Gelenk. Ein scharfer Schmerz durchzuckte meinen Arm, trieb mir die Tränen in die Augen. Ich öffnete die Finger und ließ die Beretta fallen.

Sie blieb auf dem Dach hegen.

Die Ghouls triumphierten.

Das Wesen vor mir bleckte die Zähne. Genau erkannte ich die spitzen Reißer.

Dann hackten sie zu.

Stoff riß knirschend. Sehen konnte ich es nicht, weil der Luftmangel bereits rote Kreise vor meinen Augen malte.

Aber ich hörte noch den Schrei.

Es war mehr ein wildes Fauchen. Der Ghoul vor mir wankte zurück und wedelte mit beiden Armen.

Er traute sich plötzlich nicht mehr an mich heran, denn er hatte das Kreuz gesehen. Es war freigelegt worden, nachdem der Ghoul selbst die Kleidung zerrissen hatte.

Der andere würgte mich nach wie vor. Es sah auch nicht so aus, als würde er es aufgeben.

Ich versuchte mit der freien Hand an das Kreuz zu gelangen, was ich nicht schaffte. Mir fehlte die Kraft, die gleichzeitig mit der Luft aus meinem Körper gepreßt wurde.

Wieder ging ich in die Knie.

In meinem Kopf dröhnte und brauste es. Gewaltige Kräfte schienen mir die Schädeldecke wegsprengen zu wollen. Ich wollte schreien, brachte keinen Ton hervor, und der Ghoul hinter mir ließ nicht locker.

Wenn ich starb, hatte er seinen Triumph und sein Opfer.

Nur schemenhaft sah ich den zweiten. Er war ein heller Fleck, der in sicherer Entfernung lauerte und sich nicht weitertraute. Er wartete eiskalt ab, bis ich keine Gefahr mehr darstellte.

Das würde bald soweit sein, wenn nicht irgend etwas geschah.

Schon fast an der Schwelle zur Bewußtlosigkeit und im Unterbewußtsein hörte ich das Dröhnen schwerer Schritte auf dem Wagendach. Sie wurden lauter, ich vernahm einen Schrei, dann noch einen, und plötzlich bekam ich wieder Luft.

Endlich!

Ich saugte die miese Tunnelluft in meine malträtierten Lungen, dabei mußte ich würgen und hatte Mühe, auf dem Dach ruhig liegenzubleiben. Weit hatte ich die Augen aufgerissen. Es vergingen Sekunden, dann konnte ich wieder klar sehen und bemerkte, daß sich der Ghoul vor mir zur Flucht wandte.

Er rutschte vom Dach.

Ich war zu schwach, um ihn daran zu hindern. An die Pistole kam ich nicht heran, sie lag irgendwo auf dem Dach, das Messer kriegte ich nicht zwischen die Finger, weil ich zu matt war.

Aber ich drehte mich um.

Drei Riemen pfiffen durch die Luft. Diese Geräusche waren Musik in meinen Ohren.

Suko schlug zu.

Er vernichtete den Ghoul.

Das widerliche Wesen mußte die Schläge voll hinnehmen. Rauch und Qualm drangen aus seinen Wunden, und ein Großteil seines Körpers befand sich bereits in der Auflösung.

Dieser Ghoul würde keinem Menschen mehr gefährlich werden. Ich kroch ein wenig nach vorn und stieß gegen meine Waffe. Sofort steckte ich sie ein.

»Alles klar?« fragte Suko. Er war zurückgetreten und schaute zu, wie sich die schleimige Flüssigkeit ausbreitete und langsam an den Rändern des Dachs herabrann, wo sie später in dicken Tropfen zu Boden klatschte.

»Fast«, krächzte ich und massierte meinen Hals, dessen Haut noch stark brannte.

»Und der andere Ghoul?«

Plötzlich waren meine Sorgen vergessen. Auch den Schmerz in meinem Rücken drängte ich zurück.

Einen Ghoul hatten wir erledigen können, der zweite

mußte ebenfalls sterben, sonst würde er noch verdammt viel Unheil anrichten.

Der Gedanke war kaum in meinem Gehirn aufgezuckt, als ich schon die Schreie vernahm.

Der Ghoul wütete weiter!

Auch die beiden Fixerinnen Ellen Long und Cleo Turner waren von der Notbremsung überrascht worden. Sie hatten nebeneinander gesessen und wurden zuerst nach vorn und dann wieder zurückgeschleudert. Alles ging so schnell, daß sie nicht einmal dazu kamen, einen Schrei auszustoßen. Als der Zug endlich stand, fanden sich beide am Boden liegend wieder. Sie hatten Prellungen abbekommen, und Cleo hielt sich den Kopf. Ansonsten war alles okay. Neben ihr lag eine Frau und wimmerte. Ihren rechten Arm konnte sie nicht bewegen. Wahrscheinlich war er verstaucht.

So etwas wie Mitleid flackerte in den Mädchen auf, dann jedoch dachten sie an ihr Schicksal und auch daran, daß sie aus dem Zug kommen mußten.

»Los, hoch!« keuchte Cleo.

Ellen war ein wenig benommen. Sie verstand nicht so recht. Cleo reichte ihr die Hand und zog sie auf die Beine. Dann schleifte sie Ellen hinter sich her.

Als die beiden den Chinesen sahen, der sich seinen Weg bahnte, drückten sie sich hinter eine Gruppe von mehreren Leuten, weil sie nicht von ihm gesehen werden wollten.

Sie sahen auch die Rocker, die eine Scheibe einschlugen und von dem Chinesen zur Seite geräumt wurden.

»Scheiß Bulle!« zischte Ellen, wobei sich ihr Gesicht verzerrte.

»Sei ruhig!« warnte ihre Freundin. Cleo hatte die besseren Nerven von beiden.

Der Chinese ging weiter und kümmerte sich nicht um das zerstörte Fenster.

Die Fixerinnen sahen darin ihre Chance.

Da konnten sie raus!

Cleo riß Ellen mit. Die Blonde war mit ihren Gedanken ganz woanders und schreckte erst auf, als sie vor dem offenen Fenster standen, in dessen Rahmen noch zahlreiche scharfkantige Splitter hingen. Auch hier wußte Cleo Rat. Sie winkelte den Arm an und hieb mit dem Ellbogen die Splitter aus der Fassung. Sie fielen nach draußen, wo sie noch einmal zerbrachen.

»Raus, Mensch!« drängte Cleo und schob Ellen vor.

Die verstand immer noch nicht richtig und mußte praktisch durch das Fenster gedrückt werden.

Schließlich landete sie doch am Boden, schrie aber auf und verzog in jähem Schmerz ihr Gesicht.

»Was ist?« rief Cleo.

»Mein Knöchel.«

»Verstaucht?«

»Vielleicht.«

»Warte, ich komme.«

Ellen nickte und sah zu, wie sich ihre Freundin durch das schmale Fenster wand. Sie stellte sich geschickter an, stieß sich ab und landete neben Cleo auf dem Schotter.

Passiert war ihr nichts.

Cleo reichte ihr die Hand. »Los, hoch, wir müssen weg, Mädchen.«

Ellen ergriff die Finger. »Und wohin?«

»Shit, raus aus dem Tunnel.«

Ellen nickte und kam auf die Beine. Als sie auftrat, zuckte sie zusammen. Ein Blitz schien von unten nach oben durch ihr linkes Bein zu fahren.

»Es geht nicht, Cleo.«

»Du mußt aber!« schrie die Farbige.

Schmerzverzerrt war das Gesicht der blonden Fixerin.

»Ich kann aber nicht!« schrie sie. Sie wollte was hinzufügen, einen Fluch, ein Schimpfwort, doch als sie Cleo anschaute, erstickte ihr das Wort in der Kehle.

Die Farbige schaute am Wagen hoch. Angst veränderte die Farbe ihrer Haut. Dann ließ sie Ellens Hand los, zuckte zurück, preßte beide Hände gegen die Wangen und schrie.

Ellen kannte den Grund nicht, sie bekam ihn jedoch im nächsten Augenblick zu spüren.

Der Ghoul sprang vom Wagendach auf sie nieder.

Wie ein großes Tuch wirkte die schleimige Masse, die sich über das entsetzte Mädchen stülpte. Ellen spürte sie überall, wurde zu Boden gerissen und merkte das Brennen auf ihrer Haut.

Ihre Beine schauten aus dem puddingartigen Wesen hervor, die Hacken hämmerten im wilden Stakkato auf den Schotter.

Cleo stand da wie angenagelt und konnte nur zuschauen. Sie begriff nur, daß etwas Ungeheuerliches geschah, und mußte weiterhin mit ansehen, wie der Ghoul zu einer fieberhaften Aktivität erwachte.

Er zog sein Opfer unter den Wagen.

Ellen wurde dabei über den harten Schotter geschleift, ihr Körper vollführte einen regelrechten Sprung, als die Schiene überwunden wurde, und kam schließlich zwischen den Gleisen zur Ruhe.

So weit es ging, richtete sich der Ghoul auf. Das sah Cleo nicht mehr und auch nicht die scharfen Zähne, die aus dem Maul ragten, als der Dämon teuflisch grinste.

Weiter hinten splitterten Fensterscheiben, Menschen kletterten aus den Wagen oder streckten ihre Köpfe durch die Öffnungen.

Mit wenigen Schritten hatte ich Cleo erreicht. Sofort roch ich die Nähe des Ghouls, obwohl ich selbst noch nach Moder stank.

»Was ist geschehen?« brüllte ich.

Sie gab keine Antwort.

Da schlug ich ihr ins Gesicht.

Der Schlag brannte noch auf meiner Handfläche, als das Schreien verstummte. Ich packte Cleo an den Schultern und schüttelte sie durch. »Was ist geschehen?«

Tränen rannen über ihr Gesicht und zogen nasse Streifen. Sie streckte den Arm aus. »Unter dem Wagen ...«

Das reichte.

Sofort lag ich flach, auch Suko machte es mir nach.

Wir sahen den Ghoul und das Mädchen. Es war die blonde junge Fixerin, die mich ausgeschimpft hatte.

Lebte sie noch?

Wir konnten es nicht erkennen, weil der Ghoul einen Großteil ihres Körpers bedeckte. Deshalb zögerten wir auch, von unseren Schußwaffen Gebrauch zu machen.

Aber es gab eine andere Lösung: mein Kreuz!

Blitzschnell streifte ich die Kette über den Kopf und schleuderte das geweihte Kruzifix in die weiche Masse des mordgierigen Ghouls.

Nicht einmal ein Schrei erfolgte. Blitzschnell ging die Reaktion vor sich.

Als hätte jemand einen Stein in die dickliche Masse geworfen, so platzte sie nach allen Seiten weg. Klumpen klatschten von unten gegen den Wagen und lösten sich auf, kaum daß sie mit den Teilen in Berührung gekommen waren.

Ein widerlich stinkender Qualm breitete sich aus, der Übelkeit in unseren Mägen erzeugte. Gelbgrün kroch er unter dem Wagen hervor.

Der Ghoul existierte nicht mehr.

Wir hatten ihn vernichtet.

Ich kroch zu dem blonden Mädchen hin. Es lebte, und mir fiel ein Stein vom Herzen. Ellen hatte den Kopf in die angewinkelten Arme gelegt. Sie weinte. Ich steckte das Kreuz weg und schaffte dann das Girl unter dem Wagen weg.

Suko stand neben mir.

Er nickte und lächelte dann.

Ich lächelte zurück.

Die Gefahr war gebannt!

Es wurde noch einmal hektisch, als die Ärzte und das Hilfspersonal eintrafen. Sofort kümmerte man sich um die Verletzten, während gewaltige Standscheinwerfer die Tunnelröhre mit ihrem gleißenden Licht erhellten.

Bahnbeamte führten die Fahrgäste aus dem Tunnel. Kaum einer hatte mitbekommen, was überhaupt geschehen war und in welch einer Gefahr er geschwebt hatte. Man sprach von einem Versagen der Maschinen, und ich hörte auch den Begriff Stromausfall.

Wir verließen so ziemlich als letzte den Tunnel.

Ghouls sahen wir nicht mehr. Ich war jedoch überzeugt, daß im Labyrinth der Londoner Kanalisation noch welche hausten. Nur kannte sich da niemand aus.

Solo Morasso hatte ich ebenfalls nicht vergessen. Wohin mochte er geflohen sein, falls es wirklich eine Flucht gewesen war? Und was hatte er von den Ghouls gewollt? Ich erinnerte mich an die Gruft der Leichenräuber. Da war Lady X auf der Suche nach Xorron gewesen. Auch bei Myxins Entführung war es um Xorron gegangen. Hatte Morasso vielleicht hier eine Spur dieses gigantischen Dämons gefunden?

Möglich war es.

Dustin Ambrose lief auf uns zu. Sein Gesicht war gerötet, und auf der Haut klebte der Schweiß. »Die Ärzte meinen, daß Jim Hatfield gerettet wird«, meldete er.

»Hoffentlich«, sagte ich.

»Was ist mit seinem Vater?«

Ich blieb dort stehen, wo sich der Kiosk befand und wir eine Cola getrunken hatten. »Von Earl Hatfield werden Sie wohl keine Spur mehr finden«, erwiderte ich.

»Wie?« Ambrose zog ein erstauntes Gesicht. »Auch wenn er tot ist, kann er sich nicht in Luft aufgelöst haben ...«

»Nehmen Sie einfach an, daß er es tatsächlich geschafft hat«, sagte ich und kaufte drei Dosen Cola ...

New York!

Schmelztiegel der Nationen. Stadt der Superlative. Domizil der Reichen und Ort der Hoffnungslosigkeit zugleich. Eine Stadt der Mode, eine Stadt des Verbrechens. Ein farbiges Kaleidoskop aus überschäumender Lebensfreude, Hoffnungslosigkeit und erstickender Angst.

Diese Stadt, schon oft totgesagt, lebte trotzdem weiter. Wie ein Magnet zog sie die Menschen an.

Gut und Böse, Arme und Reiche.

Niemand wußte genau, wer alles nach New York kam. Doch eins war sicher. Diese Stadt am Hudson River hatte seit kurzem einen Gast mehr.

Dr. Tod war auf der Suche nach Xorron mit einem Teil seiner Mordliga eingetroffen. Und wenn es Wochen dauerte, bis er den Dämon gefunden hatte, aufgeben wollte er nicht.

Und dann sollte New York zu einer kochenden Hölle werden ...

ENDE

Die Werwolf-Sippe

Obwohl ein Lagerfeuer flackerte, schuf es keine romantische, sondern eine unheimliche Stimmung. Vielleicht lag es auch an der Umgebung, dem dunklen, düsteren Wald, der den Lagerplatz wie eine dichte Mauer umschloß, wo das Mondlicht keine Chance hatte, durch das Filigran aus Ästen und Zweigen zu dringen. Es wurde bereits über dem Boden vom Laub weggefiltert, nur auf die kleine Lichtung schien es und tauchte seinen fahlen Schein in das Feuer.

Der Wind wisperte in den Baumkronen. Er schien aus fernen Landen zu kommen und von Sagen und Legenden zu erzählen, die sich in uralter Zeit zugetragen hatten.

Diese unheimliche Atmosphäre erreichte auch das schwarzhaarige Mädchen, das allein am Feuer hockte und in die Flammen starrte. Deren Widerschein übergoß ihr Gesicht mit einem Muster aus Licht und Schatten, sprenkelte es mal gelblich, dann wieder rötlich und fand seine Reflexe auf der Perlenkette und den goldenen Armreifen.

Schwarz wie die Nacht war das lange Haar des Mädchens, und durch einige offene Strähnen schimmerte das Gold der Ohrringe. Bekleidet war die einsame Gestalt am Feuer mit einem roten, weit geschnittenen und bis zu den Knöcheln reichenden Rock und einer hellen Bluse mit halben Ärmeln.

Kein Laut drang über die Lippen des Mädchens. Es hockte da, wie in ein Gebet vertieft.

Es war die Nacht, in der sich der alte Zigeunerfluch erfüllen sollte, wie er schon lange Zeit vorausgesagt worden war.

Und sie, Jovanka, war dazu ausersehen, den Fluch in die Welt zu tragen. In Ungarn hatte er seine Geburtsstätte gehabt, doch man hatte die Zigeuner vertrieben, die quer über den halben europäischen Kontinent gewandert waren und schließlich in Frankreich einen Ort fanden, an dem sie bleiben konnten.

Die Zeit war reif, die Schwester sollte und mußte gefunden werden. Ihre Zwillingsschwester, die irgendwo verschollen war, mit dem Fluch des Blutes beladen.

Auch Jovanka spürte den unheilvollen Trieb, der nicht zu stoppen war, denn sie sollte das werden, was ihre Schwester, die sie nie gesehen hatte, schon war.

Eine bildschöne, gefährliche Bestie!

Bis dahin war es ein langer Weg. Viele Hindernisse mußten zur Seite geräumt werden, aber Jovanka war sicher, daß sie es schaffen konnte.

21 Jahre war sie alt.

Genau das richtige Alter, hatte man ihr gesagt. So lange mußte sie warten, um endlich dem Fluch des Blutes gehorchen zu können. Sie sollte eingehen in die Familie der Bestien, und sie sollte sich für das rächen, was man ihrem Stamm angetan hatte.

Schritte klangen in der Nähe auf. Jovanka hob nicht einmal den Kopf, sie wußte auch so, wer sich dem Mittelpunkt der Lichtung näherte. Es war Jurina, die Alte und ihre Großmutter. Neben ihr und Marcel die einzige der Sippe.

Alle anderen lebten nicht mehr, waren ausgelöscht worden wie die Kerzenflammen von einem Windzug.

Bald fiel ein Schatten über das Feuer, am Boden raschelte es, und Jurina nahm Platz.

Jovankas Herz klopfte auf einmal schneller. Die Entscheidung nahte. Die Großmutter würde ihr jetzt noch die letzten Instruktionen geben. Obwohl sie vor Spannung fast barst, hielt sie sich zurück und warf der Alten nur einen Seitenblick zu.

Sie sah aus wie immer.

Das Gesicht schien aus dem wilden Wurzelwerk eines Baumes gewachsen zu sein. Die schlohweißen, mit grauen Strähnen durchzogenen Haare wuchsen fast noch länger als die des jungen Mädchens. Sie wurden über der Stirn von einem dunklen Band gehalten, in das glutrot das Zeichen der Sippe eingefärbt war.

Ein Wolfskopf!

Seit Urzeiten floß das Blut der Wölfe in dieser Sippe. Und dieses Blut war es, das ihnen immer wieder die Kraft gab, ihren Feinden zu trotzen und zu überleben. Man hatte sie gejagt, jahrelang war man ihnen auf den Fersen gewesen, über Kontinente hinweg wurden sie verfolgt. Viele waren getötet worden, doch es hatten genügend überlebt, um den Stamm nicht aussterben zu lassen.

Die Vaselys waren unsterblich!

Heute lebten noch vier.

Jurina, die Alte, dann Jovanka und Marcel, der bereits vorgeschickt worden war. Und Silva, die geheimnisvolle, verschollene Schwester.

Marcel hatte seinen Platz eingenommen und wartete noch auf seine Schwester, für die der Weg ebenfalls geebnet war. Nur noch die allerletzte Blutweihe mußte vorgenommen werden.

Und das übernahm die Alte.

»Mein Kind«, sagte sie mit einer rauhen Stimme und verlangte, daß Jovanka sie anschaute. Dann hob sie ihre gichtkrumme Hand und streichelte über die Wange des Mädchens. Jovanka erschauerte, als sie die Berührung verspürte. »Du weißt, welches Erbe auf dir lastet, mein Kind, auf dir, deinem Bruder Marcel und auf deiner Schwester, die unbedingt gefunden werden muß. Bist du dir darüber im klaren?«

»Ja, Großmutter, ich weiß es.« Jovanka unterstrich die Antwort mit einem bedeutungsvollen Nicken.

»Bist du bereit, den uralten Trank zu dir zu nehmen, damit sich das Blut der Vorfahren mit dem deinen vermischt?«

»Ich bin bereit.«

»Dann steht dem nichts mehr im Wege, und ich kann beruhigt sterben, mein Kind.«

Jovanka erschrak. »Jurina, Großmütterchen, so darfst du nicht reden!«

»Doch, mein Kind, ich werde sterben. Für mich ist der Vollmond zum letzten Mal aufgegangen. Ich werde mich niemals mehr in seinem fahlen Schein baden und Kraft auftanken können. Meine Uhr wird bald stillstehen, aber eure läuft weiter. Ihr seid drei Geschwister, und ihr müßt zusammenhalten, denn es gibt auf dieser Welt eine Person, an die ihr euch wenden könnt, die eure Königin ist und schon viele mit ihrer Schönheit geblendet hat.«

Die Blicke des jungen Mädchens hingen fasziniert an den spröden Lippen der alten Frau. Jedes Wort war wie Nektar, wie ein süßer Honig, den sie einsaugte. »Wie heißt sie, Großmutter, und an wen können wir uns wenden?«

»Sie ist die Königin der Wölfe. Ihr Name lautet Lupina!«

»Lupina«, wiederholte Jovanka flüsternd. Und dann noch einmal. Sie ließ jede Silbe auf der Zunge zergehen. »Welch ein schöner Name. Kommt sie zu uns?«

»Sie muß kommen. Ich kann euch nicht mehr beschützen. Ich habe sie beschworen, sie angerufen, damit sie euch Schutz gibt. Nicht umsonst ist sie eure Königin, und sie hat ihre Getreuen überall auf der Welt. Ob im fernen Rußland oder in den Wäldern Kanadas. Es gibt noch mehr von uns, glaub mir. Lupina soll euch vereinigen, die Sippen dürfen sich nicht mehr allein durchschlagen, sollen sich nicht streiten, sondern zu einer Allianz werden, die Macht hat. Das ist mein sehnlichster Wunsch.«

Jovanka umfaßte die Hände ihrer Großmutter und drückte sie zart. »Ich werde alles tun, Großmütterchen, damit dein letzter Wille erfüllt wird.«

»Ich weiß, du bist ein liebes Kind, meine Kleine.« Wieder streichelten die gichtstarren Hände die Wangen des Mädchens. Beinahe hastig zog Jurina sie dann zurück, denn sie hatte etwas mitgebracht, was noch von einem dunklen Tuch verdeckt war.

Langsam zog sie das Tuch ab.

Eine Schale befand sich darunter, die durch einen Deckel verschlossen war.

Vorsichtig hob die Alte den Deckel an, als habe sie Angst, er könne zerbrechen. Gespannt beobachtete Jovanka ihre Großmutter, und als sie endlich einen Blick in die Schale werfen konnte, sah sie die dunkle Flüssigkeit.

Das Blut der Ahnen!

»Ist es das?« wisperte sie, und ihre Stimme erinnerte an das Raunen des Nachtwindes.

»Ja, das ist es«, bestätigte die alte Zigeunerin und nickte bedächtig.

»Darf ich es trinken, Großmütterchen?«

Ein feines Lächeln veränderte die dünnen Lippen der alten Frau. »Du freust dich darauf, mein Kind?«

»Ja, sehr.«

»Hab noch ein wenig Geduld. Erst muß ich eine andere Aufgabe erfüllen.« Sie hatte die Worte kaum ausgesprochen, als sie ihren Zeigefinger in das Blut tauchte, einmal einen Kreis damit zeichnete und den Finger danach wieder herauszog. »Rück näher zu mir heran, mein Kind«, flüsterte sie.

Jovanka gehorchte.

Ihre Großmutter hob den rechten Arm und streckte den blutgetränkten Finger aus, so daß er sich dicht vor dem Gesicht des jungen Mädchens befand.

Als Jovanka die Berührung an der Stirn spürte, wollte sie erst zurückzucken, doch die Stimme der Großmutter ließ sie innehalten. »Nicht, meine Kleine, es gehört dazu.« Jovanka hielt still. Sie schloß sogar die Augen, um sich besser konzentrieren zu können.

Ihre Großmutter malte etwas auf die Haut, und sie kommentierte auch ihr Tun. »Es ist das Zeichen unserer Familie. Das Wolfszeichen. Du hast es auf meinem Band gesehen. Jeder in unserer Familie trägt es, daran könnte ich euch erkennen. Normalerweise ist es unsichtbar, aber zu bestimmten Zeiten wird dieses Zeichen sichtbar. Dann tritt das eingetrocknete Blut wieder aus den Poren, und ihr wißt, daß ihr zusammengehört.«

Jovanka hielt still. Sie spürte ein Brennen auf der Stirn, das sich bald rund um ihren Kopf verteilte, aber es war kein Schmerz, eher ein angenehmes Gefühl, und sie bedauerte es fast, als die Alte die Hand zurückzog.

»Nun bist du eine Gezeichnete«, sagte Jurina. »Niemand wird dir dieses Zeichen mehr nehmen können, nur noch der Tod!«

Beim letzten Wort zuckte Jovanka zusammen, doch die Alte lachte nur. »Der Tod wird für dich die Schrecken verlieren, denn du bist fast unsterblich. Es wird nur eine Waffe geben, die dich umbringen kann. Geweihtes Silber und auch geweihtes Gold. Hüte dich vor beidem.«

»Und mein Schmuck?«

»Ach, Unsinn, Kleines. Das ist billiger Tand. Ein Lockmittel für die Männer, mehr nicht. Aber jetzt haben wir genug geredet. Es wird Zeit, daß du den Trank zu dir nimmst. Hier.« Die Alte nahm die Schale vorsichtig hoch. Beide Hände schloß sie darum und reichte die Schale dann weiter.

Jovanka merkte, wie sie zitterte. Jetzt war der große Augenblick gekommen. Wie oft war davon gesprochen worden. Nun gab es kein Zurück mehr.

Sie mußte dem Fluch ihres Blutes Tribut zollen!

»Nimm sie!« drängte die Alte. »Wir haben nicht mehr viel Zeit. Sie sind bald da.«

»Wer ist da?« fragte Jovanka.

Jurina wich aus. »Du wirst es schon merken, meine Kleine. Trink und leere die Schale bis zum letzten Tropfen.«

Das Mädchen hielt die Schale fest. Für Sekunden schien sie zu einer Statue zu erstarren. Sie lauschte auf die sie umgebenden Geräusche, hörte den Wind, der die Blätter der Bäume rascheln ließ.

Über den Rand schaute sie die Großmutter an. Sie tastete mit ihren Blicken das alte Gesicht ab, forschte nach einem Zug der Falschheit, konnte jedoch nichts entdecken.

Die alte Frau war ehrlich.

Jovanka hob ihre Arme noch weiter an, beugte den Kopf vor, und ihre Lippen berührten den kühlen Rand der Schale. Sie kippte das Gefäß ein wenig an und spürte die ersten Tropfen an ihren Lippen. Sie waren warm, als hätten sie über dem Feuer gestanden. Automatisch öffnete sie den Mund, und das Blut ihres alten Erbes rann durch den Hals als eine warme, leicht prickelnde Flüssigkeit. Sie schluckte, trank, schluckte wieder. Dabei kippte sie die Schale so hoch, daß sie ihr Gesicht verdeckte.

Die alte Frau schaute ihr dabei zu.

Jurina war zufrieden. Sie hatte auch die dritte aus dem Sproß so weit gebracht, daß sie ihren Regeln gehorchte. Nun konnte nichts mehr schiefgehen.

In den Augen der Alten brannte ein seltsames Feuer. Sie wirkten im Gegensatz zu ihrem Gesicht jung und lebendig. Ein unbändiger Wille stand darin zu lesen, ebenso wie eine bedingungslose Entschlossenheit.

Jovanka setzte die Schale ab.

Leer, wie die Alte feststellte.

Das junge Mädchen hatte die Schale tatsächlich so weit geleert, daß kein Tropfen mehr übrig war. Sie hatte sich dem Wunsch der alten Frau gebeugt.

»Du bist ein braves Kind«, flüsterte Jurina und stellte die Schale zur Seite. »Spürst du es schon?«

Jovanka erwiderte nichts. Ihr Innerstes war von einem seltsamen Brennen erfüllt. Das Blut schien sich in seiner Menge verdoppelt zu haben, es wallte durch die Adern, wurde zu einem brausenden Strom, der durch den Kopf des Mädchens fuhr und all seine Empfindungen und Gefühle niederdrückte.

»Du hast es getrunken«, sagte die Alte. »Du kannst nie mehr zurück. Du bist eine von uns, eine Vasely, und du wirst in die Welt gehen und deine Aufgabe erfüllen. Die Gestirne haben den Weg vorgeschrieben. Sie stehen sehr günstig, so daß du mit Marcel und Silva zusammentreffen wirst. Und auch Lupina weiß Bescheid. Sie ist eure Königin, daran sollst du immer denken. Was sie befiehlt, mußt du tun. Und noch etwas, meine Kleine. Lerne dich unter den Menschen zu bewegen. Zeige ihnen nie, was und wer du bist, und vor allen Dingen beherrsche dich, wenn dich der Bluttrieb überfällt. Laß dich nie gehen, warte immer die Zeiten ab! Wenn du das alles befolgst, kann dir nichts passieren, und ihr werdet eine Macht sein, die man nicht unterschätzen darf.«

Jovanka nickte.

Sie hatte jedes Wort ihrer Großmutter in sich aufgesogen. Jetzt wußte sie Bescheid, und sie sah ihre Aufgabe als eine Ehre an.

Sie würden sich zusammenfinden. Ihre Geschwister und sie konnten dann eine Macht bilden, der die anderen nichts entgegenzusetzen hatten.

Noch einmal schaute die alte Jurina ihre Enkelin an. »Du weißt, wo du Marcel suchen mußt?«

»Ja, er ist in der Schule.«

»Richtig. Dort kennt man ihn, dort wartet er auf dich. Aber man weiß nicht, wer er in Wirklichkeit ist.« Die Alte kicherte. »Ein paar Opfer hat er sich schon geholt, glaube ich. Halte ihn ein wenig zurück, er ist sehr unbeherrscht, er gefährdet dadurch unsere wichtige Aufgabe.«

»Ich werde alles tun, was in meinen Kräften steht, Großmutter, das verspreche ich dir.«

Die Alte streichelte die Wange ihrer Enkelin und lächelte. »Ich weiß es, meine Liebe. Ich habe zugesehen, wie du den Trank zu dir genommen hast. Du bist genau das, was ich mir immer vorgestellt habe. Ich wünsche dir ...« Sie unterbrach sich.

»Was ist los?« fragte Jovanka.

»Pst.«

Die Alte stand auf. Ihre Bewegungen wirkten dabei weder hölzern noch steif, sondern geschmeidig. Als sie stand, legte sie die Stirn in Falten und richtete ihren Blick dorthin, wo an der Westseite der Lichtung der dichte Wald begann.

»Sie kommen!«

»Wer kommt?«

Jurina drehte sich um. »Die Häscher, mein Kind. Es ist bisher unsere Nacht gewesen, jetzt ist es die ihre.« Die Alte trat auf Jovanka zu und legte ihr beide Arme auf die Schultern. »Nun ist es soweit. Flieh, mein Kind. Ich bitte dich. Geh zu ihm, ich werde die Häscher schon aufhalten.«

»Und was geschieht mit dir?«

»Meine Uhr nähert sich dem Ende. Ich habe lange genug gelebt, und ich werde in ein Reich gehen, wo wir uns irgendwann einmal wiedersehen. Lauf, meine Liebe, die Welt gehört dir!« Plötzlich leuchtete auf ihrem Stirnband der Wolfskopf blutrot auf. Ein Fanal des Bösen, gleichzeitig ein Versprechen.

Und Jovanka gehorchte. Sie drehte sich um und rannte weg. Niemand sah ihre Tränen.

Doch ihr junges Blut, angereichert mit dem der Alten, begann zu kochen ...

Die Verfolger waren schon sehr nahe.

Jurina hörte ihre Stimmen. Gegenseitig heizten sie sich ein, riefen sich Worte zu, und die Alte merkte, daß sie bereits einen großen Kreis gebildet hatten, den sie allerdings immer enger zogen. Sie wußten genau, wo die Frau zu finden war. Kein Wunder, sie hatten lange genug gesucht.

Am Rand der Lichtung und ein wenig in den Wald hineingeschoben, stand der alte Wagen. In ihm hatte die Zigeunerin einen Großteil ihres Lebens verbracht. Er war für sie die Heimat geworden, und in ihn kletterte sie auch, um sich vor den Häschern zu verbergen. Sie schlug die Plane zurück und kletterte in den Wagen.

Auf der Ladefläche war es stockdunkel, doch die Frau fand sich zurecht, als würde eine Julisonne alles in helles Licht tauchen. Dabei veränderten sich auch ihre Augen. Sie nahmen eine andere Farbe an und wurden gleichzeitig enger – wie Schlitze …

Die Jäger befanden sich nicht mehr weit von der Lichtung entfernt. Sie waren bewaffnet mit Messern und Gewehren sowie einer großen Silberaxt. Sie wurde von einem Pfarrer getragen, einem großen Mann mit einem langen grauen Bart. Er hatte die Jagd organisiert, denn er wußte, welch ein Unheil die Werwölfe bereits angerichtet hatten.

Der Pfarrer brach auch als erster durch das dichte Unterholz und erreichte die Lichtung.

Das kleine Feuer brannte noch immer. Allerdings waren die Flammen tiefer gesunken und gaben kaum noch Licht ab. Nur ein letztes flackerndes Glühen geisterte über die Lichtung und streifte auch die umstehenden Bäume.

Neben dem Feuer blieb der Pfarrer stehen, eingehüllt in den glühenden Widerschein. Die silberne Axt hielt er mit beiden Händen und hatte sie hoch erhoben.

Er wartete noch. Als er erkannte, daß seine Leute die Lichtung umstellt hatten, nickte er zufrieden.

Jetzt konnte nichts mehr passieren.

»Bestie!« schrie er, und seine Stimme hallte dabei über die Lichtung. »Im Namen des Mächtigen, komm heraus, damit wir dich töten können!«

Es blieb still.

Tief atmete der Pfarrer ein. Sein Brustkorb hob und senkte sich. In seinen Augen brannte ein wildes Feuer. Die Macht des Glaubens gab ihm die nötige Stärke, sein etwas längliches Gesicht wirkte wie aus Holz geschnitzt.

»Du willst nicht, Bestie?« rief er. »Gut, dann werden wir dich eben holen.«

Er stampfte vor.

Schwer waren seine Schritte. Weiß traten die Handknöchel hervor, so hart hielt er den langen Stiel der silbernen Axt umklammert.

Als er dicht vor der kleinen Holztreppe stand, die zum Einstieg hochführte, bewegte sich die Plane.

Der Pfarrer blieb stehen und ging dann wieder einen Schritt zurück. Sie würde sich zeigen.

Und Jurina erschien.

Die Plane klaffte auseinander. Ein breiter Spalt entstand. Gelbe Wolfsaugen leuchteten.

Sekundenlang erstarrte die Szene zur Bewegungslosigkeit. Dann aber reagierte Jurina.

Ein großer grauer Schatten wischte aus dem Wagen und sprang auf die Lichtung.

Instinktiv hatte sich der Pfarrer zur Seite gedreht, sonst wäre er noch umgeworfen worden.

Die Männer, die er mitgebracht hatte, schrien auf, als die graue Wölfin dicht neben dem Feuer landete und ihren Körper herumwarf.

Ja, sie war grau und alt.

Die Bewegung kam dem Pfarrer zupaß.

»Stirb!« brüllte er und schlug mit der silbernen Axt zu.
Die Wölfin unternahm nichts, um dem Schlag auszuweichen. Ihre Zeit war abgelaufen.
Es gab einen dumpfen Laut, als die Schneide der silbernen Axt den Hals des Wolfes traf und den Kopf vom Körper trennte.
Der Schädel fiel zu Boden.
Blut strömte aus der klaffenden Wunde. Dunkles, dickes Blut, wie Sirup anzusehen.
Der Körper zuckte noch einmal und knickte dann ein. Er brach zusammen. Ein Windstoß fuhr durch die Flammen, fachte das Feuer noch einmal an, und gierige Zungen leckten nach dem Wolfstorso. Sie strichen über das Fell, erfaßten und verbrannten es.
Zurück blieb der Kopf.
Die Augen waren noch geöffnet und leicht nach oben gedreht, so daß der Pfarrer das Gefühl hatte, sie würden ihn anstarren. Hastig schlug er ein Kreuzzeichen.
Dann brach der Blick der Augen.
Gleichzeitig jedoch glühte noch einmal das Mal der Wölfe auf der Stirn. Ein letztes rotes Leuchten, das den Männern wie ein Hohn vorkam.
Der Pfarrer verstand. »Das war nicht die einzige«, sagte er mit rauher Stimme.
»Und wo sind die anderen?« wurde er gefragt.
Der Geistliche hob die Schultern. »Die Alte hat sich geopfert. Wir sind trotz allem zu spät gekommen und müssen weiterhin Angst haben, daß sie uns des Nachts überfallen. Auch ihr werdet in den Vollmondnächten das Heulen hören, aber ich versichere euch, daß wir die anderen auch töten. Und jetzt kommt.«
Die Männer machten kehrt und verließen die Lichtung. Niemand sprach ein Wort. Alle wußten sie, daß es kein Sieg gewesen war.
Die Angst lebt weiter …

Jovanka stolperte durch den Wald. Sie brach in das Unterholz, die Angst trieb sie voran, denn sie wollte den Häschern auf keinen Fall in die Hände fallen. Die Worte der Großmutter hatten ihre Wirkung nicht verfehlt.

Immer wieder mußte sie an die Alte denken. War es wirklich so schlimm gewesen, wie sie befürchtete? War ihre Uhr tatsächlich abgelaufen? Ja, Jurina irrte sich nicht. Nicht in solchen Dingen. Da kannte sie sich aus. Das Blut der alten Rasse war wie ein Anzeiger, es deutete auf kommende Ereignisse hin.

Jovanka stolperte weiter. Es war wirklich kein normales Gehen oder Laufen mehr. Immer wieder geriet sie in tückische Wurzelfallen und hatte sehr viel Glück, daß sie nicht auf die Nase fiel.

Dann stieß sie auf einen Weg.

Sie blieb stehen und verschnaufte.

Um sie herum eine dunkle Wand, in der die Nachttiere des Waldes geheimnisvoll raschelten. Über ihr lag ein silbriger Schleier. Dort streifte das Mondlicht Geäst und Zweiggewirr der Bäume. Sie entdeckte die zahlreichen umgeknickten Zweige, das zertrampelte Unterholz und wußte nun, daß die Verfolger diesen Weg genommen hatten. Er mußte auch zur Lichtung führen.

Sie drehte sich um. Ihr Gesicht war gerötet, die Augen funkelten, der Mund stand offen. Nach rechts durfte sie auf keinen Fall gehen. Sie schlug die andere Richtung ein.

Wo dieser Pfad hinführte, war ihr nicht bekannt. Sie hoffte allerdings, daß er sie in die Freiheit bringen würde.

Jovanka hatte ein Ziel. Die Schule!

Hier konnte sie Unterschlupf finden, denn Marcel, ihr Bruder, hatte es auch geschafft.

Jovanka ging jetzt nicht mehr so schnell. Sie achtete darauf, möglichst wenig Geräusche zu verursachen, denn in der Nacht trug der Schall ziemlich weit.

Der Weg führte ein wenig bergab. Er bildete Kehren

und schmale Kurven, wurde mal vom Unterholz überwuchert und war dann für ein paar Meter wieder völlig frei. Steine lagen oder wuchsen aus dem Boden, Zweige und kleinere Äste streiften ihr Gesicht, fuhren wie mit Krallenfingern über die Haut.

Von den Verfolgern hörte Jovanka nichts mehr. Sie glaubte fest daran, die Häscher abgeschüttelt zu haben.

Den Irrtum merkte sie wenig später.

Wieder mußte sie in eine sehr enge Kehre, die zudem noch überwachsen war. Als es vor ihr raschelte, blieb sie stehen. Im nächsten Augenblick wurde sie geblendet. Der Strahl einer Taschenlampe stach in ihr Gesicht.

Jovanka zuckte zusammen und wollte die Hände hochheben, um ihre Augen zu schützen.

»Keine Bewegung!« vernahm sie eine Männerstimme.

Jovanka blieb stehen. Innerlich schien sie zu vereisen. War jetzt alles umsonst gewesen?

Schritte. Sie knirschten auf dem Boden und wurden vom Rascheln der Blätter begleitet. Der unsichtbare Mann trat auf sie zu. Der Lichtkegel schwankte ein wenig, blieb jedoch in ihrem Gesicht. Dicht vor Jovanka blieb der Mann stehen.

Sie hörte sein gemeines Lachen.

»Weich ein hübscher Vogel ist mir denn da über den Weg geflattert?« höhnte er. »Du bist wirklich ein bunter Schmetterling in diesem verdammten Wald. Was suchst du denn hier, meine Kleine?«

»Bitte, Monsieur, ich ...«

»Ach, keine Ausreden. Bist du allein unterwegs?«

»Ja.«

»Und hast du meine Freunde nicht getroffen?«

»Welche Freunde, Monsieur?«

»Die eine alte Zigeunerin zum Teufel schicken wollen.«

Der spielt mit mir, dachte Jovanka. Diesem Kerl ist genau bekannt, was vorgefallen ist.

»Ich warte auf eine Antwort, Kleine.«

»Nein, Monsieur, tut mir leid. Ehrlich, ich habe keinen von Ihren Freunden gesehen.«

»Du lügst.«

»Monsieur, ich lüge nicht. Ihre Freunde sind mir wirklich nicht begegnet.«

»Nun, ich will dir glauben. Sonst wärst du ja nicht hier. Ja, du scheinst meine Freunde umgangen zu haben. Nur Pech, daß ich hier stehe. Rate mal, was wir jetzt mit dir anstellen, du kleine Zigeunerhure?«

»Bitte, ich ...«

Sie verstummte, denn etwas Kaltes hatte ihren Hals berührt. Noch immer wurde sie geblendet, aber sie hörte die flüsternde, gefährlich klingende Stimme. »Das ist die Mündung eines Gewehrs«, erklärte der Kerl. »Und dieses Gewehr ist geladen. Was meinst du, was geschieht, wenn ich abdrücke?«

»Warum wollen Sie das, Monsieur?«

»Weil du gefährlich bist.«

Jovanka lachte. »Wer sagt das denn?«

»Die anderen und der Pfarrer.«

»Und denen glaubst du?«

»Sicher, kleine Mademoiselle, sicher. Du bist gefährlich – und auch verdammt hübsch, wie ich feststellen muß.«

»Hübsch genug für dich?« Jovanka hatte sich blitzschnell für ein gefährliches Spiel entschieden.

»Das kann man sagen.« Er lachte.

»Warum nimmst du die Lampe nicht weg?« fragte Jovanka. »Ich kann nichts sehen.«

»Aber ich.«

»Schade, ich wäre gern mit dir ...«

»Was wärst du gern?«

»Es schickt sich nicht für ein Mädchen, seine Wünsche einem Mann gegenüber offen zu sagen.«

»Das hat dir wohl die Alte erzählt, wie?«

»Ja.«

»Du willst mit mir in die Büsche?«

»Vielleicht.«

Der Mann lachte.

»Weißt du, was man sich erzählt?«

»Nein.«

»Du wärst eine Wölfin, würdest Menschen zerreißen und deren Blut trinken oder sie auch zum Werwolf machen. Ja, das erzählt man sich, Kleine.«

»Siehst du an mir etwas Wolfshaftes?«

»Nein.«

»Bitte, warum zögerst du dann?«

Der Mann lachte. »Weil ich es nicht gewohnt bin, daß sich eine Frau so ohne weiteres hingibt. Es sei denn, sie verfolgt bestimmte Absichten damit.«

»Ich mag dich eben.«

»Du hast mich noch nicht gesehen. Deshalb glaube ich dir nicht. Ich schaffe dich wieder zurück zu den anderen. Los, dreh dich um. Wir wollen doch mal sehen, wie du auf Silber reagierst.«

Da zuckte Jovanka zusammen. Vor Silber und Gold sollte sie sich hüten, das hatte ihr Jurina gesagt. Und kaum stand Jovanka allein auf der Welt, da mußte sie sich schon wehren.

Sie merkte auf einmal, wie es war, wenn man nur Feinde hatte. Man mußte kämpfen, um zu überleben. Sie mußte sich eben etwas einfallen lassen.

Der Strahl blendete jetzt nicht mehr. Jovanka hatte sich umgedreht. Sie stand auf dem schmalen Pfad, hinter ihr trat der andere aus dem Gebüsch. Jovanka spürte den Druck der Mündung nicht mehr auf ihrem Körper.

Sollte sie es riskieren?

Sie hörte, wie der Mann hinter ihr einen Fluch ausstieß und der Lampenstrahl schwankte. Ihr Gegner mußte ausgerutscht sein, eine andere Möglichkeit gab es für Jovanka nicht.

Sie wirbelte herum.

Der Mann war ausgerutscht und gestrauchelt zur gleichen Zeit. Die aus dem Boden hervorstehenden und mit einer seifigen Moosschicht überzogenen Steine waren ihm zum Verhängnis geworden. Die Mündung des Gewehres deutete an dem Mädchen vorbei.

Jovanka reagierte, ohne zu überlegen. Sie warf sich gegen den Kerl und schleuderte ihn in die Büsche. Sofort sprang sie hinterher, riß ihm das Gewehr aus der Hand und hob es über ihren Kopf.

Für einen Moment zögerte sie. Übergroß kam ihr der Kopf des Mannes vor, auf seinem Gesicht spiegelte sich die Angst wider, die er empfand. Er riß noch die Arme hoch, um sich zu schützen, aber der erste Kolbenhieb durchbrach die Deckung.

Bereits im Ansatz erstickte der Schrei des Mannes. Es gab einen dumpfen Laut und noch einen.

Dann wurde es still.

Jovanka ließ das Gewehr sinken. Sie starrte auf den vor ihr liegenden Mann. Über dessen Gesicht rann Blut. Jovanka wurde plötzlich klar, daß er nicht mehr lebte.

Normalerweise hätte sie geschrien, doch nun zuckte sie nur mit den Schultern. Ein Gefühl der Gleichgültigkeit erfüllte sie, aber auch des Triumphes, denn sie hatte bewiesen, daß es nicht so einfach war, sie zu besiegen.

»Das hast du nun davon!« knirschte sie und lachte glucksend. Sie merkte selbst, daß sich die Wirkung des getrunkenen Blutes bereits bemerkbar machte. Jovanka dachte und handelte anders als sonst. Eine menschliche Hemmschwelle war bereits überschritten. Andere würden folgen, die Verwandlung zur Bestie war nicht aufzuhalten.

Die Alte hatte recht gehabt. Sie gehörte zu denen, die

immer gejagt wurden. Sie war kein Mensch mehr, sondern gehorchte dem Fluch des alten Blutes.

Dabei arbeitete ihr Verstand völlig normal. Und der sagte ihr, daß sie den Platz unbedingt verlassen mußte. Irgendwann würden die Häscher den Tatort erreichen.

Noch war es still, und keiner dachte daran, den Rückweg anzutreten.

Jovanka floh.

Das Gewehr nahm sie mit. Mit ihm bahnte sie sich einen Weg, schlug Zweige und Äste zur Seite, die sie aufhalten wollten, rannte schließlich einen Hang hinunter und schaffte es tatsächlich, eine Straße zu erreichen.

Hier warf Jovanka das Gewehr weg. Sie schleuderte es in den Graben, wo noch das Laub vom letzten Winter lag und die Waffe zudeckte, so daß sie kaum gefunden werden konnte.

Das Mädchen kannte die Straße. Es wußte genau, daß sie zum nächsten Dorf führte, wo auch ganz in der Nähe die Schule lag. Und da unterrichtete ihr Bruder.

Marcel! Sie dachte an ihn und daran, daß es lange her war, daß sie sich gesehen hatten. Er war fünf Jahre älter als sie und hatte bereits vor zehn Jahren seine Großmutter verlassen, um sich in der Welt umzusehen.

Doch er war zurückgekehrt. Seiner Bestimmung konnte er nicht entgehen. Er war ein Vasely. Die Zeit der Familie mußte kommen, und sie war jetzt angebrochen.

Noch eine gehörte zu ihnen.

Silva, die Blonde!

Eine Zwillingsschwester von Jovanka. Wie es ihr ergangen war, wußte niemand. Schon als Kleinkind war Silva verschwunden und irgendwo in der Fremde aufgewachsen. Doch auch sie mußte dem Fluch des Blutes gehorchen und mit ihren Geschwistern zusammentreffen. So sah es die Bestimmung vor.

Die alte Jurina hatte noch einen Namen erwähnt.

Lupina!

Sie sollte die Königin der Werwölfe sein. Sie galt es zu finden. Erst unter ihrer Führung sollten die Vaselys zu einer Macht anwachsen, der sich niemand mehr in den Weg stellen konnte.

Lupina würde kommen, davon war Jovanka überzeugt. Erst dann würde man weitersehen.

Diese Gedanken beschäftigten sie, als sie am Rand der Straße auf das Dorf zuging. Eine einsame Gestalt, hin und wieder vom Mondlicht gebadet, wenn die fahle Scheibe durch ein Wolkenloch lugte.

Normalerweise hätte sie das Dorf gemieden, doch seit sich ihr Bruder im Ort aufhielt, wußte sie, wo sie sich verstecken konnte, ohne den Menschen in die Arme zu laufen.

Ein Geräusch schreckte sie aus ihren Gedanken. Es war hinter ihr aufgeklungen, wo die weite Kurve begann.

Dort kam ein Auto.

Und es war schnell.

Bevor sich Jovanka versah, wurde sie vom Fernlicht erfaßt. Klar und scharf hob sich ihr Körper von der dunklen Straße ab. Jovanka reagierte etwas zu spät. Als sie in den Graben links der Straße sprang, hatte der Fahrer sie schon entdeckt.

Er schaltete zurück.

Der Motor des Autos heulte auf, dann wurde die Bremse getreten, und Reifen radierten über den Belag.

Der Wagen stand.

Das Fernlicht verlosch, aber das normale Licht brannte weiter. Es zeichnete zwei breite, helle Spuren auf die Straße. Dazwischen blinkte in regelmäßigen Intervallen das Rot einer Warnleuchte.

Jovanka lag im Graben. Sie preßte ihren Körper gegen das noch feuchte Laub. Ein Zittern erfaßte ihren Körper. Ein menschliches Gefühl breitete sich aus.

Angst!

War jetzt alles umsonst? Hatten die Häscher es doch schlauer angestellt, als sie dachte?

Der Fahrer stieß eine Wagentür auf.

Schritte!

Jovanka fieberte.

Die Schritte kamen genau auf sie zu und verstummten am Rand der Straße.

»Komm raus, Kleine, ich habe dich längst gesehen!« sagte eine dunkle Männerstimme ...

London!

Die Stadt und die Menschen, die hier wohnten, litten unter kaltem Sommerwetter. Ein gewaltiges Tiefdruckgebiet hatte Regen gebracht und vielen Ausflüglern den Wochenendtrip vermiest.

Zu denen gehörte auch ich. Mit Jane Collins hatte ich an die Küste fahren wollen, aber daraus wurde nichts. Man brauchte nur einen Blick in den bleigrauen Himmel zu werfen und die langen Regenfäden zu sehen, da verging einem die Lust.

Wenigstens war es bei mir so. Jane erging es nicht anders, das hörte ich, als ich sie anrief.

»Nein«, sagte sie. »Ich habe auch keine Lust, mich für zwei Tage an die See zu setzen. Weißt du übrigens, was der Unterschied zwischen einem Urlaub an der See und in London ist?«

»Nein.«

»In London regnet es billiger.«

Ich mußte lachen. Da hatte die Detektivin recht. Was konnte man auch schon in Brighton bei solchem Wetter anstellen? Man saß in den Lokalen und gab Geld aus. Das konnten wir auch in London haben.

»Und was machen wir?« fragte Jane.

Ich zählte einige Dinge auf. »Theater, Essen gehen, schlafen, lesen und noch mehr.«

Dazu hatte Jane keine Lust. Die Stücke, die gespielt wurden, gefielen ihr nicht, mit den Kalorien wollte sie vorsichtig umgehen, und lesen konnte sie auch allein.

»Kann ich davon ausgehen, daß du auf meine Gesellschaft nicht verzichten willst?« erkundigte ich mich.

»Genau, mein lieber John.«

»Ich habe ja Vorschläge gemacht.«

»Laß dir etwas anderes einfallen.«

Ich stöhnte auf und schaute aus dem Fenster, wo alles grau in grau war.

»Und? Ich höre nichts.«

»Gib mir zehn Minuten Bedenkzeit«, bat ich.

»Du bist auch kein bißchen kreativ.«

»Das überlasse ich den Künstlern und Werbeleuten.«

Jane rauchte. »Nachdenken kann auch einem Beamten nicht schaden«, konterte sie.

Da hatte ich den Salat. Sie legte tatsächlich auf, und ich mußte lächeln. Wir kannten uns lange genug, so etwas war nicht tragisch. Ich hatte mir gerade eine Zigarette angesteckt, als das Telefon wieder anschlug.

Jane ruft zurück, dachte ich. Es war ein Irrtum. Ich vernahm eine mir bekannte Männerstimme.

»Na, du Wochenendler?«

Das war Bill Conolly.

»Hallo, Familienvater. Was treibt dich denn bei so einem Wetter ans Telefon?«

»Eine Nachbarin.«

»Ist sie hübsch?«

»Du müßtest sie dir ansehen, und sie will dich auch sehen, mein Lieber.«

»Bitte keine Kuppelei.«

»Ist es nicht, John. Alles völlig harmlos. Du kannst sofort kommen, falls du nicht etwas anderes vorhast.«

»Ich werde Jane mitbringen, wenn es die Nachbarin nicht stört.«

Bill lachte richtig fett. »Ganz gewiß nicht. Sie will ja nicht mit dir privat plaudern, sondern hat einen ganz bestimmten Grund, weshalb sie dich sehen will.«

»Mein Job läßt mich nicht los«, stöhnte ich.

»Du sagst es.«

»Kommst du?« fragte Bill.

»Wenn nicht, rufe ich dich an.«

»Okay.«

Ich hatte kaum aufgelegt, als der Apparat wieder anschlug. Diesmal war es tatsächlich Jane. »Führst du Dauergespräche?« fragte sie zur Begrüßung.

»Du hast doch gesagt, du würdest zehn Minuten später wieder anklingeln.« Ich stäubte die Asche meiner Zigarette ab.

»Du darfst eben nicht alles glauben, mein lieber John. Hast du dich schon entschieden?«

»Ja.«

»Das gibt's doch nicht. Und wie?«

»Wir fahren zu den Conollys.« Jane schwieg zwei Sekunden und meinte dann: »Darauf wäre ich kaum von allein gekommen.«

»Wieso? Hast du keine Lust?«

»Originell ist es nicht gerade.«

»Es hat ja auch einen bestimmten Grund. Bill rief an und bat mich darum, zu ihm zu kommen.«

»Dann ist dir das noch nicht einmal selbst eingefallen?«

»Nein.«

»Schäm dich.«

»Ja, ich stell mich gleich in die Ecke. Was ist? Hast du Lust, mitzukommen?«

»Klar.«

»Dann hole ich dich ab.«

Umgezogen war ich schon. Sicherheitshalber nahm ich einen Mantel mit. Auch Jane hatte sich ihren Allwettercoat übergezogen. Sie begrüßte mich mit einem Kuß, der so richtig guttat.

Es herrschte nicht viel Betrieb in London. Noch immer fiel der Regen aus der grauen Wolkenwand. Das war wirklich ein Reisewetter, das sich im wahrsten Sinne des Wortes gewaschen hatte. Die Reifen schmatzten durch tiefe Pfützen und schleuderten Spritzwasser hoch. Passanten hatten Regenschirme aufgespannt, und als wir Bills Wohngegend erreichten, ließen selbst die Bäume ihre Blätter traurig nach unten hängen.

Bill hatte das Tor bereits geöffnet, so daß wir bis vor das Haus rollen konnten.

Der Reporter lief uns mit einem aufgespannten Regenschirm entgegen. Er brachte Jane trocken ins Haus.

Ich ging ohne.

Klein-Johnny kam mir entgegen, sprang mir in die Arme und drückte sich an mich.

Die Begrüßung war immer herzlich. Leider hatte ich vergessen, ihm etwas mitzubringen. Bill schickte den Kleinen in sein Zimmer. Ich reichte ihm die Hand.

»Alles klar«, sagte er und grinste. »Aber von dir hört man wieder Sachen.«

»Wieso?«

»Du sollst dich ja mit U-Bahn-Monstern herumgeschlagen haben.«

»Hör auf, von Ghouls habe ich die Nase voll.«

»Kann ich mir vorstellen. Komm erst mal rein.«

Bill führte mich in den Livingroom, wo ich Sheila und auch die Nachbarin begrüßte. Es duftete nach Kaffee und nach Kuchen. Sheila hatte selbst gebacken. Ich verspürte plötzlich Hunger.

Die Nachbarin hieß Vivian Rutland. Ich wußte, daß sie drei Häuser weiter wohnte und daß ihr Mann als Repräsentant einer Schnellimbißkette überall in der Welt unterwegs war.

Mrs. Rutland war eine gepflegte Frau. Ich schätzte sie auf etwa Vierzig. Die rötlichbraun gefärbten Haare lagen wohlfrisiert um ihren Kopf. Sie trug ein blauweiß gestreiftes Sommerkostüm und eine helle Bluse. Das aparte Gesicht war dezent geschminkt, doch der Augenausdruck gefiel mir nicht. Er war unruhig, und es schien mir, als hätte diese Frau große Angst.

Sie rauchte eine Zigarette sehr hastig. Das Lächeln wirkte ebenfalls nicht echt.

Sheila schenkte Kaffee ein. Sie hatte ihr blondes Haar hochgesteckt, was ihr ein etwas damenhaftes Aussehen gab.

Ich nahm Milch und Zucker. Natürlich auch ein Stück Kuchen. Während wir aßen und tranken, drehten sich die Gespräche um das Wetter, dann um Klein-Johnny und weitere Allerweltsprobleme.

Auch Mrs. Rutland beteiligte sich an der Unterhaltung. Wenn Sheila von Johnnys Streichen erzählte, klang ihr Lachen ein wenig schrill. Sie stand wirklich unter Dampf.

Nach dem Kaffee holte Bill die Flasche mit dem alten Cognac. Auch ich nahm einen Schluck. Mrs. Rutland bekam einen Doppelten gereicht. Nachdem wir uns zugeprostet hatten, sorgte Bill Conolly dafür, daß Mrs. Rutland ihr Problem zur Sprache brachte.

»Nun erzählen Sie mal, was da genau in diesem französischen Internat passiert ist.«

Ich hob den Blick. »In Frankreich?«

»Ja, Mr. Sinclair. Ich muß vorausschicken, daß wir eine achtzehnjährige Tochter namens Sue haben. Sie wollte unbedingt in ein französisches Internat. Damit hat sie uns so lange gequält, bis wir ihr den Wunsch nicht mehr abschlagen konnten. Sue fuhr also nach Frankreich. Ihre Ferien verbrachte sie hier in London. Sie brachte auch gute Zensuren mit, die Lehrpersonen waren mit ihr zufrieden, wir hatten also keinen Grund, uns Sorgen zu machen. Sue wurde älter, und sie lernte auch junge Männer kennen. Wir haben uns auch nie Sorgen gemacht, unsere Tochter ist ein verantwortungsbewußter Mensch, sie weiß genau, wie weit sie zu gehen hat. Doch seit einigen Monaten ist alles anders.« Mrs. Rutland nahm einen Schluck Cognac, bevor sie weitersprach.

Bill schenkte nach.

»Es begann mit einem Brief, in dem sie uns von einem Mann vorschwärmte, der an der Schule unterrichtet. Er heißt Marcel Vasely und scheint bei allen Schülerinnen sehr beliebt zu sein. Ein Hahn im Korb, wie man annehmen müßte. Nun, wir lächelten darüber. Es ist ja nicht schlimm, daß ein junges Mädchen für seinen Lehrer schwärmt. Ihre nächsten Briefe waren anders. Da schrieb sie von langen nächtlichen Spaziergängen, von einem herrlichen Vollmond und von Wölfen, die sich in seinem Schein baden. Wir waren zwar beunruhigt, aber haben die Sache nicht ernst genommen. Neulich sah ich im Spätprogramm einen alten Gruselfilm. Ich wollte an sich ins Bett gehen, doch dann blieb ich sitzen, denn der Film handelte von diesem Wolfsthema. Genauer noch, man sprach von Werwölfen, von Wesen, die bei Vollmond auf Jagd nach Menschen gingen. Da fielen mir wieder die Briefe unserer Tochter ein. Ich wartete den nächsten ab, und darin war abermals die Rede von einem Werwolf. Noch ein Name fiel. Lupina! Sie soll die Königin der Wölfe sein, und Sue würde sie irgendwann einmal kennenlernen. Sie könnte es kaum erwarten.«

Innerlich war ich zusammengezuckt, obwohl ich mir äußerlich nichts anmerken ließ.

Der Name Lupina war gefallen und hatte damit die Verbindung zu Dr. Tod und der Mordliga geschaffen. Erst vor einigen Tagen hatte ich meinem Erzfeind fast gegenübergestanden. Bevor es jedoch zu einer Begegnung kam, war er geflohen. Sollte er sich nach Frankreich abgesetzt haben, um dort zu einem neuen Schlag auszuholen? Daran wollte ich nicht glauben. Solo Morasso, wie Dr. Tod auch hieß, suchte nach wie vor sein letztes Mitglied der Mordliga, Xorron genannt. Lupina paßte nicht in dieses Spiel. Hatte er sie vielleicht allein losgeschickt?

Bill und Jane warfen mir bezeichnende Blicke zu. Sie warteten auf meine Frage, die ich auch gleich danach stellte.

»Hatte Ihre Tochter vielleicht Kontakt zu dieser Lupina, Mrs. Rutland?«

»Nein Mr. Sinclair. Das konnte man den Briefen nicht entnehmen. Sie hat nur den Namen geschrieben und mir mitgeteilt, daß man auf sie wartete.«

»Wer?«

Etwas erstaunt blickte mich die Frau an. »Meine Tochter, glaube ich. Vielleicht auch dieser Marcel.«

»Der bestimmt.«

Mrs. Rutland lächelte etwas verlegen. »Ich weiß nicht, Mr. Sinclair, ob es richtig war, Ihnen die Geschichte zu erzählen. Vielleicht langweilt es Sie auch. Ich hatte gestern mit Mrs. Conolly darüber gesprochen, und sie war der Meinung, daß man Sie hinzuziehen sollte, Herr Oberinspektor.«

»Da hat Mrs. Conolly genau richtig reagiert.« Ich warf Sheila einen lobenden Blick zu.

»Dann halten Sie mich nicht für überdreht oder für eine Spinnerin?«

»Auf keinen Fall«, wehrte ich ab. »Aber um noch einmal auf Ihre Tochter zurückzukommen. Haben Sie Sue in der letzten Zeit gesehen?«

»Ja.«

»Kam sie Ihnen verändert vor?«

»Lassen Sie mich nachdenken.« Die Frau überlegte

eine Weile, bevor sie antwortete. »Direkt verändert nicht, aber sie war stiller als sonst. In sich gekehrter.«

»Hat sie von Lupina gesprochen?«

»Nein, der Name wurde nur im Brief erwähnt. Und das war nach unserem Treffen.«

Ich war mit meiner Fragerei noch nicht am Ende. »Hat Ihre Tochter während der Ferien bei Ihnen gewohnt?«

»Natürlich, das sagte ich.«

Ich lächelte. »Sorry, ich vergaß. Meine Frage zielte eigentlich in eine andere Richtung. Wie verhielt sich Ihre Tochter des Nachts?«

Mrs. Rutland wurde ein wenig rot. »Ist das nicht etwas indiskret gefragt, Mr. Sinclair?«

Bill stand mir bei. »Es geht hier nicht um das nächtliche Liebesleben Ihrer Tochter, das wir ihr alle gönnen, sondern um ihr Verhalten.«

Ich nickte bestätigend.

»Ja«, meinte Mrs. Rutland nach einer Weile, »dazu kann ich Ihnen nicht viel sagen. Sue ist niemals ausgegangen. Sie war immer zu Hause, und das wunderte mich. Nachts stand sie am Fenster und schaute hinaus.«

»In den Himmel?« fragte ich.

»Ja, zum Mond hoch, wenn Sie es genau wissen wollen. Ich habe sie mal danach gefragt. Da nahm sie mich an die Seite, lächelte und sagte: ›Ist er nicht phantastisch, Mum? Dieser Mond ist doch viel schöner als die Sonne.‹«

»Was haben Sie darauf geantwortet?« wollte ich wissen.

»Nichts. Zuerst habe ich gelacht. In den nächsten beiden Nächten bin ich wieder ins Bett gegangen und hinterher überhaupt nicht mehr aufgestanden.«

»Wo liegt das Internat?« erkundigte ich mich.

»In Frankreich.« Sie hüstelte. »Wollen Sie wirklich dorthin fahren, Mr. Sinclair?«

»Alle Anzeichen sprechen dafür.«

»Aber es ist nichts passiert. Meine Tochter ist keine Verbrecherin.«

»Das habe ich auch nicht gesagt. Sie kennen doch das Sprichwort: Vorbeugen ist besser.«

»Natürlich.« Mrs. Rutland strich ihren Rock glatt und erhob sich. »Dann möchte ich mich verabschieden«, sagte sie.

Auch wir standen auf. »Darf ich Sie noch um die Adresse bitten, Mrs. Rutland?«

»Pardon, das hätte ich fast vergessen. Hier.« Sie öffnete ihre Handtasche und holte eine kleine Karte hervor, auf die der Name gedruckt war.

Ich las halblaut und übersetzte auch gleich. »Internat für Mädchen und anerkannt als internationale Schule. Graveline, Rue Marique 45.« Ich wandte mich an Bill. »Kennst du den Ort?«

»Nein.«

»Nicht weit von Calais«, erklärte mir Mrs. Rutland. »Etwa fünfundzwanzig Meilen.«

»Das ist ja ein Katzensprung«, lachte ich.

»Und was werden Sie unternehmen, Mr. Sinclair?« erkundigte sie sich.

»Das weiß ich noch nicht.«

»Auf jeden Fall vielen Dank.« Sie wandte sich zum Gehen und wurde von Bill begleitet.

Jane stieß mich an. »Willst du tatsächlich fahren?« fragte sie und schreckte mich aus meinen Gedanken hoch.

Ein Internat hatte bereits mehrere Male bei Fällen eine Rolle gespielt. Ich erinnerte mich noch an die Schule in Norddeutschland, wo wir die drei teuflischen alten Weiber gestellt hatten. Das war damals ein wirklich haarsträubender Fall gewesen.

»Schläfst du?« fragte Jane.

»Nein, nein, ich denke nur nach.«

»Dann willst du also fahren?«
»Natürlich.«
»Allein?«
Ich schüttelte den Kopf. »Das glaube ich kaum. Ich werde Suko mitnehmen.«
»Und als was willst du dort auftreten? Mal wieder den Lehrer mimen oder Ähnliches?«
»Ich weiß noch nicht. Einen Lehrer auf keinen Fall. Vielleicht einen englischen Schulleiter, der sich französische Internate ansieht. Das muß ich noch mit dem Alten besprechen.«
»Wie du meinst. Aber da ist noch etwas, John.« Jane legte den Kopf schief und schaute mich von der Seite her an. »Es kommt überhaupt nicht in Frage, daß du mit Suko allein fährst.« Sie tippte gegen ihre Brust. »Ich bin nämlich auch mit von der Partie.«
»Nein.« Ich verdrehte die Augen.
Jane stampfte mit dem Fuß auf. »Doch, mein Lieber. Oder glaubst du, ich lasse dich dorthin fahren, wo du mit deiner ehemaligen Freundin Lupina allein zusammen bist?«
Dieser weiblichen Logik hatte ich wirklich nichts entgegenzusetzen.

Sie hatte ihr Gesicht in die Erde gewühlt, spürte Gras, Laub und Dreck auf den Lippen und im Mund und hatte die Worte genau verstanden. Jovanka wurde klar, daß sie entdeckt worden war. Es gab keine Flucht mehr und kein Zurück. Man würde sie als Mörderin festnehmen und verurteilen.
»Los, komm da endlich hoch!« Die Stimme klang ungeduldiger als beim erstenmal.
Jovanka bedauerte es jetzt, daß sie das Gewehr weggeworfen hatte.

So hätte sie sich wenigstens verteidigen können, aber das war nun nicht mehr drin.

Der andere hielt die besseren Trümpfe in der Hand, und er spielte sie eiskalt aus.

Sie bewegte sich. Laub raschelte, als ihre Hände darin herumwühlten. Als sie den Kopf drehte, sah sie die Silhouette des Mannes am Graben. Restlicht, streifte ihn. Er trug eine enge Hose und einen Pullover. Die Arme hatte er angewinkelt und die Hände in die Hüften gestützt. Er stand dort wie der große Sieger.

Eine Hand streckte sich ihr entgegen. Sie griff danach, denn jetzt war ihr alles egal.

Der Mann zog sie hoch.

Zum ersten Mal sah Jovanka sein Gesicht. Nein, dieser Mann hatte sich nicht unter den Häschern befunden, wenigstens hatte sie ihn nicht gesehen. Er war ein Typ mit schwarzen, etwas lockigen Haaren. Kurz geschnitten lagen sie auf seinem Kopf. Seine Hände waren kräftig, sie konnten zupacken. Dunkle Augen musterten Jovanka kühl. Der Mund war etwas schmal, mit einem spöttischen Zug versehen. Dieser Mann wußte genau, was er wollte, der ließ sich nichts vormachen.

Ohne Jovanka loszulassen, deutete er auf den Wagen. Es war ein seegrüner Renault Alpine, ein kleiner Flitzer. »Wollen wir nicht einsteigen?«

Jovanka stemmte sich gegen seinen Griff. »Wo bringen Sie mich hin, Monsieur?«

»Wohin möchten Sie denn gern?«

»Nach Graveline nicht.«

»Bon, Ihr Wunsch ist mir Befehl, Mademoiselle.«

»Gehören Sie nicht zu den anderen?«

»Nein, aber wenn wir noch lange hier herumstehen, könnten die anderen Sie sehen.«

»Dann wissen Sie über mich Bescheid?« Die Augen des Mädchens wurden groß.

»In etwa.«

Jovanka begriff nichts mehr. Wer war dieser seltsame Fremde, vor dem sie so gar keine Angst verspürte? Dieser Mann besaß Macht über sie, der konnte mit ihr machen, was er wollte, das merkte sie ganz deutlich. Und so etwas war noch nie mit ihr geschehen.

Die Fahrertür stand offen. Er öffnete für Jovanka die andere. »Steigen Sie ein.«

Jovanka gehorchte automatisch. Der Schalensitz war tief. Sie hatte noch nie in einem solchen gesessen und fiel fast hinein. Der Mann schlug die Tür zu. Dann startete er.

Der Wagen vibrierte. Man merkte die Kraft, die in ihm steckte. Raketengleich schoß er vor. Der Fahrer saß entspannt hinter dem Lenkrad. Fast lässig hielt er das kleine Steuer fest. Um seinen Mundwinkeln spielte ein Lächeln.

»Wohin fahren wir jetzt?« fragte Jovanka. Ihre Stimme zitterte noch immer.

»Laß dich überraschen, meine Kleine.«

Sie zuckte zusammen, als der Schwarzhaarige sie Kleine nannte. Das klang vertraut. Normalerweise hätte sie sich dagegen gewehrt, doch hier tat sie es nicht. Sie spürte, daß dieser Mann ihr überlegen war, und richtete sich danach. Jovanka zog Knie und Schultern an. Sie rollte sich zusammen wie eine Katze. Hin und wieder warf ihr der Mann einen spöttischen Blick zu.

Jovanka schaute aus dem Fenster. Die Straße kannte sie. Sie führte der Küste entgegen und damit auch nach Graveline, dem Ort, aus dem die Männer gekommen waren. Es war keine breite Hauptstraße, sondern eine kurvenreiche Strecke, zum Teil nicht einmal gepflastert, sondern nur mit Kopfsteinen bedeckt – wie in Graveline. An diesem kleinen Ort ging das Leben vorbei. Einfach deshalb, weil Calais in der Nähe lag. Von dort legten die Fähren über den Kanal ab.

Jovanka sah vor sich einige Lichter schimmern. Das war schon Graveline. Rechts davon lag die Schule. Sie war wie das Schloß auf einen Felsen gebaut worden, und bei klarem Wetter konnte man in der Ferne das Meer sehen.

Langsam begann Jovanka nachzudenken. Dieser Mann verhielt sich äußerst schweigsam, er hatte bisher nicht einmal seinen Namen genannt, und das Mädchen wollte endlich wissen, mit wem sie es zu tun hatte. Deshalb fragte sie: »Wie heißen Sie?«

Da lachte er.

Im Wagen war es fast dunkel. Die Instrumentenbeleuchtung schuf ein fluoreszierendes grünes Licht, das sich als matter Schein über die Gesichter der beiden Menschen legte.

Doch dieses Grün wurde unterbrochen. Jovanka sah etwas Rotes leuchten.

Sie drehte den Kopf.

Der Mann fuhr langsamer. Bis auf die Hälfte ging er mit der Geschwindigkeit zurück und wandte Jovanka für einen Moment voll sein Gesicht zu.

Die junge Zigeunerin schrie auf!

Jetzt wußte sie, woher der rote Schein kam.

Auf der Stirn des Fahrers prangte das Zeichen, das Mal der Vaselys. Es gab keine andere Erklärung. Der Mann, der neben Jovanka saß, war ihr Bruder!

Sie brauchte ein paar Sekunden, um die Erkenntnis zu verdauen. Dann flüsterte sie: »Du bist mein Bruder?«

»Sicher.«

Jovanka atmete tief durch. Gerettet! schoß es ihr durch den Kopf. Das Gefühl der Freude war wie ein atemberaubender Rausch, der sie erfaßt hatte.

»Gerettet!« flüsterte sie. »Ich bin gerettet.«

Ihr Bruder lachte. »Ja, du hast Glück gehabt, meine Liebe. Sogar großes Glück. Aber wir Vaselys entgehen unserer Bestimmung nicht. Keine Angst.«

Sie nickte.

Marcel zündete sich eine Zigarette an. Im Schein der kleinen Flamme wirkte sein Gesicht noch schmaler. Es hatte ein raubtierhaftes Aussehen. Erst jetzt fielen dem Mädchen die zahlreichen kleinen Haare auf, die den Arm und die Hände des Mannes bedeckten. Manche Frau hätte sich abgestoßen gefühlt, nicht so Jovanka. Sie fühlte sich als gleiche unter gleichen.

»Und wo fährst du jetzt hin, Marcel?«

»Zu mir.«

»Gut.«

»Jurina ist tot«, stellte der Mann fest. »Da können wir nichts mehr machen.«

»Und wer hat sie umgebracht?« fragte Jovanka. »Hast du den Mörder gesehen?«

»Es waren viele. Da ist jeder schuld.«

»Werden wir ihren Tod rächen?«

»Das ist möglich. Die Vaselys haben sich lange genug geduckt. Der Fluch des alten Blutes muß in Erfüllung gehen, meine Kleine. Wir alle sind daran beteiligt, keiner darf sich drücken. Auch du nicht, Jovanka.«

»Und Silva?«

Da hob Marcel die Schultern. »Sie ist eine unbekannte Größe in unserem Rachespiel.«

»Dann kennst du sie auch nicht?«

»Nein.«

»Wo kann sie sich denn herumtreiben?«

»Das weiß ich auch nicht. Sie muß aber dem Ruf des Blutes Folge leisten. Eine andere Chance gibt es nicht, wenn du verstehst, was ich meine.«

»Ja, natürlich.«

Marcel bog kurz vor dem Dorf rechts ab. Über eine

schmale Straße fuhr er hoch zum Internat. Eine Steinmauer begrenzte die Fahrbahn an der linken Seite. Dort wuchs Efeu und breitete sich immer weiter aus. Die Kurven waren eng. Marcel nahm sie mit der Routine eines Könners.

»Und Lupina?« fragte das Mädchen.

»Sie ist die große Unbekannte.«

»Was ist, wenn sie kommt?«

»Haben wir ihr zu gehorchen«, erwiderte der Mann. »Sie ist die Königin der Wölfe.«

Jovanka warf ihrem Bruder einen schnellen Blick zu. »Gefällt dir das?«

»Darauf kommt es nicht an, kleine Jovanka. Ich habe zu gehorchen, du mußt gehorchen.« Er fuhr auf einen Parkplatz, stoppte und stieg aus.

»Einen Koffer hast du nicht?« fragte er.

»Nein.«

»Wir werden dir schon neue Kleider besorgen.« Er legte brüderlich seinen Arm um ihre Schultern, als sie auf ein kleines Tor zugingen.

»Was werden die anderen sagen, wenn sie dich so sehen?« fragte Jovanka.

»Was sollen sie sagen? Nichts.«

»Da bin ich mir nicht so sicher.«

»Außerdem bist du meine Schwester.«

»Was nicht alle wissen.«

»Das geht die anderen nichts an und fertig. So, jetzt laß uns aber hochgehen.«

Marcel Vasely schloß die Tür auf. Beide ahnten nicht, daß sie bereits beobachtet wurden …

Es waren brennende Blicke, die gegen ihren Rücken stachen und wie Dolche wirkten.

Ein Mädchen stand am Fenster, schaute hinunter in

den Hof, sah den Wagen und beobachtete, wie die beiden ausstiegen. Den Mann hatte sie genau erkannt.

Es war Marcel.

Ihr Marcel!

Und er hatte eine andere bei sich. Ein anderes Weib. Er wollte sie betrügen, obwohl er ihr seine Liebe geschworen hatte. Sie erinnerte sich noch deutlich an die Worte, und jetzt war wieder alles vergessen.

Aber das hatte er nicht umsonst getan, das nicht. Die beiden verschwanden. Sie nahmen den Seiteneingang, dort ging es zu den Wohnungen des Lehrpersonals. Den Weg kannte sie im Schlaf. Mehr als einmal war sie ihn gegangen.

Sue Rutland wußte genau, was sie zu tun hatte. Wenn du mich betrügst, bringe ich dich um, hatte sie einmal in einer schwachen Stunde gesagt. Dann töte ich dich.

»Das kannst du ruhig!« So hatte seine Antwort gelautet. Marcel hatte damals gelacht. Er ahnte nicht, wie ernst es Sue mit ihrem Versprechen gewesen war.

Sie würde ihn töten!

Während sie den schmalen Schrank öffnete, rannen Tränen aus ihren Augen. Sie machte kein Licht. Was sie finden wollte, das fand sie auch in der Dunkelheit.

Eine Pistole.

Die Waffe hatte sie vor einigen Monaten im Wald gefunden. Es war eine Armeepistole, die irgend jemand verloren hatte. Sue war buchstäblich darüber gestolpert. Sie hatte die Pistole an sich genommen und festgestellt, daß sie geladen war.

Und Sue kannte sich mit Waffen aus. Ihr Vater besaß eine stattliche Sammlung. Er hatte sie einige Male zum Schießplatz mitgenommen und ihr das Schießen erklärt. Sue war gewissermaßen eine Naturbegabung gewesen, sie brauchte nicht groß zu üben. Sie traf, wenn sie schoß.

Trotz ihrer Aufregung wirkten die Bewegungen, mit

denen sie die Pistole durchcheckte, ruhig und gelassen. Dann nickte sie zufrieden und verstaute die Waffe im Gürtel des Rocks.

Bevor sie das Zimmer verließ, warf sie noch einen Blick zum Fenster. Am Himmel stand der Mond.

Sue zuckte zusammen.

Sie hatte den Erdtrabanten lieben gelernt. Nicht zuletzt wegen ihres Lehrers, der von dem Vollmond begeistert war.

Auch Sue spürte die Kraft, die von ihm ausging. Früher hätte sie so etwas nie für möglich gehalten. Heute jedoch war alles anders.

Ja, es war wirklich alles anders. Verflogen der Zauber. Zerbrochen die Liebe, vergessen die langen Nächte voller Zärtlichkeit. Aus Liebe war Haß geworden. Eine Flutwelle, die sich einfach nicht mehr stoppen ließ.

Sue verließ das Zimmer. Sie trat hinaus in den Gang, wo alles so ruhig war. Kein Laut drang an ihre Ohren. Sie konnte die Stille schon fast greifen.

Auf Zehenspitzen ging sie weiter. Die rechte Hand lag auf der Waffe. Sie spürte das kühle Metall und dachte daran, wie leicht es sein würde, Marcel zu töten.

Unbemerkt gelangte sie an die Zimmertür ihres Lehrers. Dort blieb sie stehen und legte ein Ohr gegen das Holz.

Keine Geräusche.

Das hatte allerdings nichts zu sagen, das Holz war dick, es schluckte den Schall.

Hatte er abgeschlossen?

Sie legte ihre Hand auf die Klinke. Jetzt kam es darauf an. Wenn er nicht zugeschlossen hatte, dann war er verloren. Dann würde ihn nichts mehr retten.

Sue drückte die Klinke nach unten.

Die Tür war offen!

Fast hätte sie einen Jubelschrei ausgestoßen. Im letzten

Augenblick konnte sie ihn unterdrücken. Sie lehnte sich gegen die Tür und stieß sie auf.

Sie knarrte nicht in den Angeln. Lautlos schwang sie nach innen. Der Weg war frei.

Ein düsteres Zimmer. Der Mond war weitergewandert. Sein Schein fiel nicht mehr durch das Fenster. Sue sah die beiden Gestalten, die im Bett nebeneinander lagen und schliefen. Sie wischte sich über die Augen und ging noch näher heran. Nein, das waren keine zwei Gestalten, sondern nur eine. Im ersten Augenblick hatte sie sich täuschen lassen.

Die zweite lag auf dem Boden, und zwar dicht neben dem Fenster, dessen rechter Flügel offenstand.

Sue schaute genauer hin und erkannte das Mädchen, mit dem Marcel gekommen war.

Ein böses Lächeln umspielte die Lippen der Schülerin. Auch die Fremde würde an die Reihe kommen. Sue scheute auch vor einem Doppelmord nicht zurück.

Sie ging noch näher an das Bett heran und zog dann ihre Armeepistole hervor.

Marcel wandte ihr den Rücken zu und schlief. Er schlief, als hätte er ein gutes Gewissen, als könnte er kein Wässerchen trüben. Aber das war ein Irrtum.

Die Decke war etwas herabgerutscht. Frei lag der Rücken vor der Pistolenmündung.

Sue lächelte. Sollte sie ihn erst ansprechen?

Nein, sie würde ihn so töten. Der Haß hatte sämtliche Bedenken weggeschwemmt. Dieser Mann mußte umgebracht werden. Er hatte sie zu sehr enttäuscht.

Ihr Zeigefinger umfaßte den Stecher. Sie brauchte ihn nur zurückzuziehen, dann war alles erledigt.

Sue überwand den Druckpunkt.

Es gab ein peitschendes Geräusch, das unnatürlich laut in der herrschenden Stille wirkte. Die Kugel verließ den Lauf und hieb in den Rücken des Schlafenden. Sue sah, wie er unter dem Einschlag zusammenzuckte, sie wollte noch einmal schießen, brachte es jedoch nicht übers Herz.

Der Arm mit der Waffe sank nach unten.

Hinter ihr schreckte das Mädchen hoch. Sue drehte sich um und sah die Bewegung. Dieses kleine, schwarzhaarige Biest hatte sich hingesetzt, und Sue legte auf sie an.

»Du bist auch noch an der Reihe«, flüsterte sie. Sie starrte die Fremde dabei an, bohrte ihren Blick in deren Augen und genoß es, die rächende Siegerin zu sein.

»Laß das!«

Wie unter einem Peitschenhieb zuckte sie zusammen, als die Stimme in ihrem Rücken aufklang. In ihren Adern schien plötzlich kein Blut mehr zu fließen, sondern Eis. Auf einmal war sie unfähig, sich zu rühren. Die Stimme hinter ihr gehörte einem Mann, der eigentlich hätte tot sein müssen.

Marcel hatte gesprochen!

Schritte, die sich ihr näherten. Sie sah ihn nicht, aber sie spürte, daß er dicht hinter ihr stand. Er griff an ihr vorbei, und seine rechte Hand fand ihr Gelenk.

Er drückte zu.

Sue schrie auf. Der Kraft hatte sie nichts entgegenzusetzen. Automatisch öffnete sie die Finger. Die Waffe polterte zu Boden. Und sie sah noch mehr.

Die Hand war nicht mehr normal, sondern eine mit Fell überwucherte Pranke.

Sue erlitt einen regelrechten Schock. Im ersten Moment begriff sie nichts, dann jedoch wurde ihr bewußt, daß Marcel nicht mehr der war, den sie kannte. Alte Gespräche fielen ihr wieder ein. Hatte er nicht von Werwölfen geredet? Von den hellen Vollmondnächten, die für Werwölfe Balsam waren?

Ja, sie erinnerte sich genau, und plötzlich wußte sie die Wahrheit.

»Dreh dich um, kleine Sue!«

Auch die Stimme klang nicht mehr normal. Sie war mehr ein gefährliches Knurren.

Sue gehorchte zitternd.

Diesmal konnte sie einen Schrei nicht unterdrücken. Aus Marcel war ein Werwolf geworden!

Sue Rutland schaute auf eine Bestie!

Über und über war der Mann mit einem pelzigen Fell bedeckt. Der Kopf war eine längliche Schnauze, die aufgeklappt war und gefährliche Reißzähne zeigte. Tückische, schmale gelbe Augen starrten sie mit einem erbarmungslosen Blick an. Riesengroß war der Wolf. Die Füße waren zu Tatzen geworden, die Hände zu gefährlichen Pranken, die mit ihren Nägeln an scharfe Messer erinnerten.

Marcel war zu einer Horrorgestalt geworden. Vor ihr stand ein Abziehbild des Schreckens.

Die Angst überfiel sie mit Macht. Sie zitterte. Es war Sue nicht möglich, ein klares Wort herauszubringen. Wie zugeschnürt war ihre Kehle.

Sie nahm die Scheußlichkeit der Bestie voll in sich auf, und sie wußte plötzlich, daß der Schuß ihm nichts hatte anhaben können. Werwölfe konnte man nicht mit einer Kugel töten. Sie hätte schon Silber nehmen müssen.

»Du wolltest mich umbringen?« flüsterte Marcel. Sue mußte sich anstrengen, um ihn überhaupt zu verstehen. »Wolltest du mich wirklich töten, kleine Sue?«

Die Schülerin nickte, obwohl sie es gar nicht wollte. Aber sie stand dermaßen unter dem Bann dieser Bestie, daß es ihr unmöglich war, ihn anzulügen.

»Warum wolltest du mich umbringen?«

»Wegen ihr.« Die Antwort war kaum zu verstehen.

Da lachte der Werwolf. Es war kein menschliches

Lachen, sondern ein keuchendes Gelächter, das irgendwie abstoßend klang. »Wegen ihr wolltest du mich umbringen? Du bist verrückt, du bist wahnsinnig, meine Kleine.«

»Sag das nicht!«

Marcel wischte mit der Pranke durch die Luft.

Sue zuckte zusammen.

Ein gieriges Fauchen drang aus dem Maul. »Weißt du, wer sie ist, Kleine?«

Sue schüttelte den Kopf.

»Sie ist meine Schwester. Meine Schwester Jovanka! Hast du verstanden?«

Sue erstarrte. In ihrem Kopf überschlugen sich die Gedanken. Das war ein Bluff, das konnte doch nicht sein. Lüge, List und Täuschung. Niemals war sie seine Schwester.

»Du glaubst mir nicht?« fragte Marcel.

Sue schüttelte heftig den Kopf.

»Sag du es ihr, Jovanka!«

»Ich bin seine Schwester.«

Sue drehte sich um, als sie den Satz hörte.

Jovanka lächelte. Vielleicht war es dieses Lächeln, was Sue in ihrer Meinung bestärkte. Sie glaubte den beiden kein Wort. Nein, das waren niemals Geschwister.

Und sie sagte es auch. »Nie!« schrie sie. »Nie seid ihr Geschwister!«

Da griff die Bestie zu.

Sue sah, wie der Werwolf seine Pranken hochriß. Dicht vor ihren Augen schimmerten die Krallen. Sue wollte sich noch wegducken – zu spät.

Marcel schlug bereits zu.

Stoff zerriß knirschend. Sue spürte die scharfen Krallen auf der Haut und hörte das hämische Lachen der Schwester. Sie sah das Blut an ihren Armen und erkannte die Bestie vor sich, die ihr Maul weit aufgerissen hatte.

Zähne schimmerten wie Dolche.

»Ja, friß sie. Töte sie!« kreischte Jovanka, lief vor und stieß Sue an.

Die Geschwister wurden zu wahren Teufeln. Der Fluch des Blutes drang voll durch.

Sue hatte keine Chance. Sie wurde gegen die Bestie katapultiert, die sie sofort umfaßte. Die gewaltigen Pranken drückten erbarmungslos zu. Sie hieben in den Rücken des Mädchens, rissen dort tiefe Wunden, und Sue bog ihren Oberkörper durch. Sie wollte schreien. Der Mund stand bereits offen, als ein Hieb ihr Gesicht traf, der sie auf das Bett schleuderte und in eine tiefe Bewußtlosigkeit riß.

Jovanka hatte zugeschlagen. Sie hielt die Steinfigur noch in der Hand, und ihre Augen funkelten im Blutwahn.

»Jetzt gib ihr den Rest!« keuchte sie.

Der Werwolf gehorchte!

Wir hatten meinen Wagen genommen und waren mit der Fähre von Dover nach Calais gefahren.

Ungefähr zwei Stunden mußten wir über den Kanal schippern, dann hatten wir Frankreich erreicht.

Jane war natürlich mitgefahren. Alles Reden hatte nichts genutzt, sie ließ sich nicht davon abbringen, mich zu begleiten.

Der Name Lupina war gefallen, und da reagierte die Detektivin allergisch.

Suko hatte ich ebenfalls mitgenommen, Bill war zähneknirschend zu Hause geblieben. Zudem hatte er seiner Frau versprochen, für eine Woche in Urlaub zu fahren, und das Versprechen mußte er halten.

Es war kein erfreuliches Sommerwetter. Die Küste lag im Dunst. Sommerwolken hingen ziemlich tief, ein steifer

Wind wehte von Westen her und wühlte das graugrüne Meer auf.

Wir hatten uns an Deck begeben, denn der Wagen stand im Bauch der großen Fähre neben den anderen Fahrzeugen. Sogar einen Zug nahm das Schiff mit und jede Menge Touristen. Wir hatten überhaupt Glück gehabt, denn es war verdammt schwer gewesen, einen Platz zu bekommen.

Suko hockte auf einer Bank und schaute auf die Wasserfläche. Er entspannte sich.

Jane stand neben mir.

Sie hatte Angst vor der Seekrankheit.

»Dann geh lieber nach unten«, sagte ich.

Die Detektivin wandte mir ihr blasses Gesicht zu. »Noch geht es ja.«

»Soll ich dir eine Tüte holen?«

»Hör auf, John.«

Ich zuckte mit den Schultern. »Da meint man es gut und bekommt nur Nackenschläge. Mitleid habe ich nicht. Du hättest ja zu Hause bleiben können.«

»Und du wärst wieder zum Werwolf geworden.«

»So etwas passiert mir nur einmal.«

»Da bin ich mir nicht sicher.«

Jane wollte noch etwas hinzufügen, doch das ging nicht. Ihr Magen hatte was dagegen. Sie wurde noch blasser, Schweiß sammelte sich auf der Stirn.

Ich stützte sie. »Komm, ich bringe dich unter Deck. Dort sind die Toiletten.«

Sie nickte nur. Suko schaute uns nach. Zu sagen brauchte ich nichts, er wußte auch so, was mit Jane los war.

Die Fähre war ziemlich groß. Zahlreiche Menschen begegneten uns. Ich sah, daß Jane nicht die einzige war, der es schlecht ging. Auch andere Fahrgäste liefen mit bleichen Gesichtern durch die Gänge und suchten die Toiletten auf.

Jane fand eine freie Kabine. Sie stürzte hinein, und ich wandte mich ab.

Besonders gut ging es mir auch nicht. Aber mir war nicht so übel, daß der Magen hochkam.

Im Moment befand ich mich auf dem Unterdeck. Dort standen auch die Wagen, und den Zug sah ich ebenfalls. Musikfetzen erreichten meine Ohren. Ein Deck höher gab es den großen Unterhaltungsraum mit einer riesigen Bar. Dort war immer der Teufel los, wie man so schön sagt, denn es gab auch Leute, denen eine Seefahrt über den Kanal nichts ausmachte.

Ich hatte keine Lust, mich in einen Partytrubel zu stürzen. Statt dessen wollte ich mir das Schiff ansehen. Mein Ziel war der Bentley. Dort lag mein Mantel im Kofferraum.

Ich stiefelte los und passierte den gewaltigen Durchgang, so daß ich in den Bauch der Fähre gelangte.

Hier stand Wagen neben Wagen. Links von mir sah ich den Zug. Diese Halle hier war fast so groß wie ein Fußballfeld. Es war sagenhaft, was da alles hineinpaßte.

Da wir ziemlich zum Schluß auf die Fähre gefahren waren, stand der Bentley weit hinten. Ich suchte nach einem Durchgang. Der war gar nicht einfach zu finden, so dicht, wie die Wagen hier nebeneinander parkten.

Schließlich hatte ich einen Gang entdeckt und schritt ihn entlang. Fünf Minuten später erreichte ich den Bentley. Hier unten stank es nach Abgasen und Öl. Diese abgestellten Wagen schienen zu leben. Von einem in der Nähe abgestellten Truck tropfte noch Wasser auf den Boden. Ich befand mich allerdings nicht allein hier unten. Wenn ich über die Dächer der Autos schaute, erkannte ich hin und wieder die Köpfe einiger Passagiere, die ebenfalls zu ihren Fahrzeugen gehen wollten.

Weiter rechts sah ich mehrere Wagen. Es war nur ein zufälliger Blick, aber sofort wurde ich aufmerksam.

Das waren keine Trucks oder Personenkraftwagen, sondern Relikte aus der alten Zeit.

Zirkuswagen.

Vier zählte ich. Zwei standen jeweils nebeneinander. Ich war tatsächlich auf einen kleinen Wanderzirkus gestoßen, der ebenfalls über den Kanal wollte.

Ich zog den Mantel an, ließ ihn offen und beschloß, mir die Wagen genauer anzusehen.

Eine helle Kinderstimme schallte durch die Garage. »Mummy, Mummy, schau mal, Zirkuswagen.«

»Ja, ist schon gut. Komm jetzt!« antwortete die Mutter.

»Laß uns doch mal nachsehen.«

»Bitte, Billy, wir haben keine Zeit.«

»Mummy, nur einmal. Daddy hat schon nichts dagegen.«

»Wenn du meinst.«

Ich mußte lächeln. Die beiden sah ich zwar nicht, doch Kinder sind irgendwie alle gleich. Da können sie mit der Technik groß geworden sein, wenn ein Zirkus auftauchte, erlagen sie dessen Faszination. Und mochte er noch so klein sein.

Ich mußte schräg gehen, um mich zwischen den Wagen herzuschieben. Dann sah ich auch Mutter und Sohn.

Sie gingen vor mir her. Der kleine blonde Junge zog seine Mutter hinter sich her. Er konnte es kaum erwarten, sich die abgestellten Wagen aus der Nähe umzusehen.

Plötzlich hörte ich das Knurren. Sofort blieb ich stehen. Eine Gänsehaut kroch über meinen Rücken. Das Geräusch paßte nicht hierher, und ich wartete darauf, ob es sich wiederholte.

Das geschah nicht.

Ich ging weiter.

Mutter und Kind hatten ihr Ziel inzwischen erreicht.

Sie standen am ersten Wagen. Ich sah, wie der Kleine zurückschreckte. »Das sind ja Hunde, Mummy.«

Die Frau schüttelte den Kopf. Sie hatte langes blondes Haar und trug ein Lederkostüm. »Nein, Billy, so sehen keine Hunde aus. Sieh mal genau hin.« Sie ging neben ihrem Sohn in die Knie und legte beide Hände auf seine Schulter.

»Das sind doch Hunde, Mummy.«

»Nein, mein Liebling, Wölfe!«

Ich hörte die Worte und blieb stehen. Die Frau hatte von Wölfen gesprochen. Ein verrückter Zufall, daß ich hier auf der Fähre mit Wölfen zusammentraf. Solange es keine Werwölfe waren und sie sich hinter Gittern befanden, spielte das keine Rolle.

»Davor habe ich Angst«, sagte der kleine Junge.

»Aber, Billy, sie sind doch im Käfig. Willst du nicht mehr weitergehen?«

»Doch, Mummy, laß uns die anderen auch anschauen.«

Die Frau nickte, warf einen Blick zurück und sah mich. Sie lächelte verbindlich.

»Gehören Ihnen die Tiere?« fragte sie mich dann.

»Nein, Madam.«

Ich ging schneller, da Mutter und Kind stehengeblieben waren.

Dann stand ich neben ihnen. Vor mir befand sich einer der Wagen. Er war zur Vorderseite hin offen. Das heißt, Gitter trennten ihn ab, damit die beiden Wölfe ihren Wagen nicht verlassen konnten.

Es waren wirkliche Prachtexemplare. Braungraue Burschen mit zottigem Fell. Sie sahen gesund aus. Unter dem Fell sah ich das Spiel ihrer Muskeln, wenn sie sich bewegten. Sie starrten uns aus hellen Raubtieraugen an. Einer tappte herbei, kam bis dicht vor das Gitter und riß seinen Rachen auf.

Mutter und Kind wichen zurück, als sie die beiden

Zahnreihen sahen. Wie ein rosiger Lappen hing die Zunge hervor. Der Wolf machte einen gefährlichen Eindruck. Er schien allerdings satt zu sein, denn in einer Ecke sah ich die Überreste seines letzten Mahls. Knochen, an denen ein paar Fleischreste hingen.

Die Frau war mit ihrem Jungen weitergegangen. Sie standen jetzt vor dem zweiten Wagen.

Auch hier das gleiche Bild.

Zwei Wölfe befanden sich in dem Käfig. Allerdings lagen sie auf dem Boden. Satt und träge, sie ließen sich auch nicht durch unsere Blicke stören.

»Willst du noch weiter schauen?« fragte die Frau.

Billy nickte heftig. »Da sind ja noch zwei Wagen. Vielleicht gibt es da andere Tiere?«

Die Mutter lächelte. Sie meinte mich, als sie sagte: »Er ist sehr tierlieb, müssen Sie wissen. Wir haben zu Hause auch zwei Hunde und eine Katze. Billy spielt fast den ganzen Tag mit ihnen.«

»Freuen Sie sich«, erwiderte ich. »Menschen, die gut zu Tieren sind, findet man selten.«

Sie strich sich eine Haarsträhne aus der Stirn. »Das haben Sie nett gesagt.« Billy war schon weiter gelaufen. Und zwar um die Wagen herum, denn jeweils zwei von den vieren standen Rücken an Rücken.

Die Frau war anscheinend froh, einen Gesprächspartner gefunden zu haben, denn sie fragte: »Fahren Sie auch nach Paris?«

»Nein, Madam, ich bleibe in der Nähe von Calais.«

»Wir wollen heute abend in Paris sein. Meine Schwester wohnt dort. Sie ist vor zwei Jahren nach ihrer Hochzeit hingezogen, und wir besuchen sie jetzt zum ersten Mal.«

»Da wünsche ich Ihnen viel Vergnügen.«

»Danke, Mister. Kennen Sie Paris?«

»Ich war schon da.«

»Und?«

»Was soll ich Ihnen da sagen?« Ich hob die Schultern. »Wäre ich als Tourist gekommen, hätte es mir wahrscheinlich ungeheuren Spaß gemacht, aber damals war ich geschäftlich dort.« Das stimmte, denn da hatte ich Belphégor gejagt, der sich wahrscheinlich noch immer in der Mikrowelt aufhielt.

»Mummy, Mummy!« Beide hörten wir den Jungen schreien. Und beide liefen wir auch um die Wagen herum.

Billy stand vor dem ersten. Er war sehr aufgeregt und hatte eine Hand ausgestreckt. Sein Zeigefinger deutete auf die Gitterstäbe. Im ersten Moment war nichts Außergewöhnliches festzustellen, bis ich genauer hinsah. Nun wußte ich, weshalb der Junge geschrien hatte.

Rechts an der Seite stand die Käfigtür offen. Alles wies darauf hin, daß die beiden Tiere den Wagen verlassen hatten, denn ich sah auf dem Boden nasse Abdrücke.

Auch die Frau begriff. »Mein Gott«, flüsterte sie. »Was ist da geschehen?«

»Gehen Sie hoch, schnell!« drängte ich.

Zu spät.

Hinter dem Jungen tauchte bereits ein Schatten auf. Und auch hinter mir hörte ich ein drohendes Knurren.

Die beiden Wölfe hatten uns in die Zange genommen!

Der Junge bewegte sich und wollte sich schutzsuchend an seine Mutter klammern.

»Nicht!« rief ich.

Er blieb tatsächlich stehen. Sein Gesicht war verzerrt. Die Angst leuchtete aus seinen Augen. Wenn der Kleine jetzt durchdrehte, dann wurden auch die Wölfe verrückt.

Es wurde still.

Auch die Mutter des kleinen Billy stand wie angewurzelt auf dem Fleck. Sie wagte nicht einmal zu atmen und hielt die Luft an.

Hinter mir hörte ich das schleichende Tappen der Pfoten. Der Wolf näherte sich mir. Meine Nackenhaare stellten sich aufrecht, in der Kehle breitete sich ein trockenes Gefühl aus. Wenn der Wolf sich abstieß und in meinen Nacken hechtete, konnte er mir mit einem Biß das Genick brechen. Zum Glück war ich bewaffnet. Ich hatte mir inzwischen angewöhnt, die Silberkugel-Beretta überall mit hinzunehmen. Allerdings mußte ich nur schnell genug an die Waffe herankommen, bevor der Wolf sich abstieß und mich ansprang.

»So tun Sie doch was!« flüsterte die Frau plötzlich. »Sie können uns doch nicht ...«

»Seien Sie still!« zischte ich.

Verdammt, ich befand mich wirklich in einer Zwickmühle. Wenn die Frau und der Junge nicht gewesen wären, hätte ich eine gute Chance gehabt, aber so ...

Es gelang mir, meine Waffe zu ziehen. Die Wölfe warteten ab.

Schweiß rann mir den Rücken hinab. Er hatte sich zuvor im Nacken gesammelt, wo meine Haare am Hinterkopf klebten.

»Kommen Sie vor!« flüsterte ich scharf. »Versuchen Sie es, Madam! Aber langsam.«

Sie schaute mich an, dann warf sie einen Blick auf ihren Sohn, der die Hand seiner Mutter genommen hatte und diese fest umkrallt hielt.

»Machen Sie schon!« Ich wollte, daß sie sich bewegten, denn dann hatte ich ein besseres Schußfeld auf den Wolf.

Ich hatte ihre Angst und Panik unterschätzt. Sie gingen nicht langsam vor, sondern schnell. Den Anfang machte die Frau. Sie riß ihren Sohn mit und warf sich auf mich zu.

Der Wolf reagierte.

Bevor ich feuern oder irgendwie eingreifen konnte, war er losgesprungen. Sein Körper segelte durch die Luft und hieb in den Rücken der Frau.

Sie schrie und taumelte nach vorn. Der Wolf hatte seine Schnauze aufgerissen. Er wollte die Zähne in den Hals des Opfers schlagen, als ich neben ihm stand.

Von der Seite her drosch ich ihm Faust gegen die Schnauze. Irgend etwas knackte, ich spürte selbst einen stechenden Schmerz, auf den ich nicht weiter achten konnte.

Der Wolf heulte schaurig und klatschte zu Boden. Ich hatte eine empfindliche Stelle getroffen.

Der zweite sah seinen Artgenossen in Gefahr und sprang. Er hatte mich als Ziel genommen. Haarscharf nur jagte er an Billy vorbei, dann prallte er gegen meine Brust.

Diesem Aufprall hatte ich nichts entgegenzusetzen. Ich konnte ihn nicht abfangen und wurde zurückgeschleudert. Auf einer kleinen Öllache rutschte ich aus, verlor das Gleichgewicht und fiel mit dem Rücken gegen einen abgestellten Wagen. Es dröhnte wie ein Gongschlag, als ich auf die Motorhaube krachte.

Der Wolf rutschte ab. Seine Pfoten kratzten über den Lack, und er fing sich wieder.

Meine Stellung war unbequem. Im Rücken spürte ich die Kante des Kühlers. Sie wirkte wie ein stumpfes Messer.

Ich biß die Zähne zusammen und wuchtete mich hoch.

Genau in den Sprung der Bestie hinein. Den linken Arm winkelte ich an und brachte ihn als Deckung vor meine Kehle, den rechten schwenkte ich und schoß.

Sehr dicht befand sich die Schnauze vor mir. Sie war weit aufgerissen.

Die Silberkugel hieb in den Schlund.

Der Wolf heulte wild. Er zuckte ein paarmal, seine Pfoten trafen mich einige Male, und ich wollte schon ein zweitesmal schießen, als ich sah, daß es nicht mehr nötig war. Die Bestie rutschte an meinem Körper entlang zu Boden und klatschte dumpf auf den mit Ölfarbe gestrichenen Estrich der Halle.

Bewegungslos blieb der Wolf liegen.

Ein Sprung brachte mich über den Kadaver. Soeben noch sah ich die zweite Bestie. Sie huschte hinter einen abgestellten Vauxhall und entschwand meinen Blicken.

Mutter und Kind war nichts geschehen. Beide hatten sich gegen einen Wagen gepreßt und schauten mich aus großen Augen an, in denen die Angst leuchtete.

Ich lächelte, blieb allerdings weiterhin sehr aufmerksam.

»Der eine ist erledigt«, sagte ich.

Die Frau nickte nur.

Ich faßte nach ihrem Arm. »Kommen Sie, ich bringe Sie hier weg!«

»Und der zweite?«

»Um den kümmere ich mich später.« Das war nicht gelogen, denn ich hatte auf keinen Fall vor, die gefährliche Bestie frei herumlaufen zu lassen.

Billy hatte seine Hand in die der Mutter gelegt. Er zitterte und weinte.

Die Wagen blieben hinter uns. Ich hatte meine Blicke überall, denn ich rechnete damit, daß der Wolf noch einmal auftauchen würde.

Im Hintergrund des Parkdecks hörte ich Stimmen. Dort mußten Menschen den Schuß gehört haben. Aufgeregt diskutierten sie darüber.

Meine Blicke waren überall. Der Kopf befand sich in ständiger Bewegung.

Und ich hatte recht mit meiner Vermutung. Der zweite Wolf gab nicht auf.

Er erschien links von uns. Ich sah ihn als Schatten, der

blitzschnell über die Kühlerhaube eines Wagens huschte und auf das Dach lief, wo er stehenblieb.

Sofort zuckte ich herum und brachte die Waffe in Anschlag, als plötzlich ein greller Pfiff ertönte.

Und dann gellte die Stimme durch das Parkdeck.

»Nicht schießen!«

Ich zögerte.

Die Stimme hatte hell und scharf geklungen. Und sie gehörte einer Frau!

Eine Frau, die mit Wölfen paktierte, denn seit dem Pfiff hatte sich das Tier nicht mehr gerührt. Es stand auf dem Wagendach wie ein Denkmal.

Ich stieß meine Begleiterin an.

»Gehen Sie schnell«, sagte ich. »Machen Sie schon.«

Endlich verstand sie. Die Frau nahm den Jungen und schleifte ihn regelrecht mit. Ich atmete auf, als sie den Gefahrenbereich verlassen hatten.

Auf die andere Frau war ich mehr als gespannt. Da es auf diesem Deck sehr schallte, wußte ich nicht genau, aus welcher Richtung der Befehl aufgeklungen war. Ich mußte mich also darauf verlassen, daß sie erschien.

Und sie zeigte sich.

Links von mir sah ich die Bewegung. Für einen Moment vergaß ich, Luft zu holen. Diese Person hatte in ihrer Ausstrahlung Ähnlichkeit mit den Wölfen. In meiner Kehle wurde es trocken, als ich sie sah.

Die lange blonde Mähne hätte auch einem Löwen gestanden. So wirr und gleichzeitig dicht umstand sie ihren Kopf. Sie hatte einen Gang, der ebenfalls raubtierhaft anmutete, auf jeden Fall waren ihre Schritte kaum zu hören. Gekleidet war sie in schwarzes Leder. So sah Shao aus, wenn sie ihren Motorradanzug trug. Nur hatte die Chinesin den Reißverschluß vorn nie so weit geöffnet, daß die Ansätze der Brüste zu sehen waren. Aber die Blonde deutete an, was sie hatte, und das war schon ein anatomischer Hit.

Ihr Gesicht erinnerte sie mich irgendwie an die Schauspielerin Ursula Andress in jungen Jahren. Ich war sicher, daß sie auch das gleiche Temperament hatte.

Diese Frau war ein Vulkan – und eine Dompteuse gleichzeitig. Denn als sie die Wagenreihe verließ, bewegte sich auch der Wolf auf dem Autodach. Er sprang nach unten und blieb neben seiner Herrin stehen, wobei er mit seinem Fell gegen ihre Beine rieb. Fehlte nur noch die Peitsche in der Hand der Blonden, ansonsten war alles perfekt.

Ich steckte die Beretta weg, weil ich mir plötzlich lächerlich damit vorkam.

In einer Distanz von drei Schritten blieb die Blonde vor mir stehen. Der Wolf hockte sich zu ihrer linken Seite nieder und beobachtete mich aus gletscherkalten Augen. Die anderen Tiere in den Käfigwagen waren unruhig geworden. Sie liefen nervös auf und ab und blieben immer nah bei den Stäben.

Ich war gespannt, welche Ausrede die Blonde hatte. Da sie nichts sagte und auch keine Anstalten traf, das Wort zu übernehmen, fragte ich sie.

»Gehören die Tiere zu Ihnen?«

Sie nickte.

»Dann sind Sie die Besitzerin des Wanderzirkus' hier?«

»Ich bin die Teilhaberin. Er gehört mir zur Hälfte. Die andere ist Eigentum von Al Astor.«

»Und wie heißen Sie?«

»Müßte ich Ihnen meinen Namen nennen, Mister?« fragte sie spöttisch zurück.

»Ja. Dann weiß ich wenigstens, wen ich anzeigen kann.«

»Anzeigen?«

»Ja, Miss. Wegen unterlassener Aufsichtspflicht. Zwei Ihrer Tiere sind ausgebrochen und zu einer Gefahr geworden. Sie hätten fast eine Frau und ein Kind getötet.«

»Nein, das glaube ich nicht.«

Ich drehte mich halb um und deutete auf den Kadaver. »Glauben Sie, ich hätte das Tier umsonst erschossen?«

»Sie haben es gereizt.«

»Das muß ich besser wissen. Außerdem finde ich es seltsam, daß der Käfig offenstand.«

Jetzt machte sich Erstaunen auf ihrem Gesicht breit. »Der Käfig stand offen?«

»Ja, sonst hätten die lieben Tierchen ihn ja wohl nicht verlassen können.«

Sie dachte eine Weile nach und lächelte plötzlich. »Warum schließen wir keinen Frieden, Mister? Es ist ja nichts passiert. Vergessen wir die Sache.«

»Eine Frau und ein Kind wären fast zu Tode gekommen. Sie glauben doch nicht, daß die Lady den Fall auf sich beruhen läßt. Dann wäre sie wirklich dumm.«

»Vielleicht doch.«

»Welchen Grund sollte sie haben?«

»Wenn Sie mit ihr reden.« Die Blonde hatte wirklich eine Art, Männer anzumachen. Und das allein durch ihre Stimme, die sie in Tonlage und Nuancen verändern konnte. Mal klang sie scharf, fast rauh, dann wieder leise und schmeichelnd, wie zuletzt.

»Ich heiße übrigens Silva«, sagte sie, »und möchte Sie wirklich bitten, alles zu vergessen.«

»Sie verlangen viel.«

»Das sehe ich ein. Zudem brauchten Sie es nicht umsonst zu tun, Mister ...«

Ich lächelte. »Nennen Sie mich John.«

»Also, wie ist das? Einer der Wagen dient mir als Wohnung. Mein Partner ist im Augenblick abwesend. Bis die Fähre in Calais anlegt, haben wir noch Zeit ...«

Das Angebot war eindeutig, aber ebenso eindeutig lautete meine Absage. »Es tut mir leid. Ich bin nicht bereit, mich durch irgendwelche Dinge bestechen zu lassen.«

»Sie machen vielleicht einen Fehler. Zudem verpassen Sie etwas.«

»Möglich.«

Im Hintergrund der Halle hörten wir Stimmen. Mehrere Männer bewegten sich durch die Parkreihen. Ich sah auch die Frau wieder. Sie mußte die Verantwortlichen alarmiert haben.

»Überlegen Sie es sich«, sagte die Blonde.

»Da gibt es nichts mehr zu überlegen.«

»Mt anderen Worten: Sie bleiben bei Ihrer Meinung.«

»Genau.«

Die Blonde lächelte kalt und wandte sich um. Sie schaute den Personen entgegen, die uns inzwischen erreicht hatten. Ich erkannte den Kapitän unter ihnen. Er war mit drei Leuten gekommen und hatte die Mutter des Jungen mitgebracht, deren Name ich ein wenig später erfuhr.

Sie hieß Clara Gibson.

Der Kapitän war natürlich außer sich. Er hätte die Blondine sofort festgesetzt, doch ich mischte mich ein. Auf dem Schiff hatte der Kapitän das Sagen, aber vielleicht beeindruckte ihn mein Ausweis doch.

»Scotland Yard?« fragte er.

Ich nickte.

»Sind Sie dienstlich oder privat hier?«

»Das kann man bei meinem Job nie so ganz trennen«, erwiderte ich. »Auf jeden Fall möchte ich gern mit Ihnen unter vier Augen sprechen.«

»Natürlich.« Der braungebrannte Kapitän nickte. Dann

deutete er auf den Wolf. »Allerdings will ich dieses Tier in seinem Käfig wissen. Sperren Sie ihn ein, Lady!«

Silva hob die Schultern.

Sie pfiff durch die Zähne. Mit ihr zusammen setzte sich der Wolf in Bewegung. Dann öffnete Silva die Käfigtür. Mit einem Satz sprang der Wolf auf den Wagen. Vor unser aller Augen schloß die Frau ab.

»Reicht das?« fragte sie.

»Vorerst«, erwiderte der Kapitän.

Ich zog den Mann zur Seite und erklärte ihm mit wenigen Worten, was vorgefallen war.

»Sie wollen den Vorgang unter den Tisch fallen lassen, Oberinspektor?« erkundigte er sich.

»In gewisser Weise ja.«

»Aber das ist unmöglich.« Er breitete die Arme aus und hob die Schultern. »Mrs. Gibson will Anklage erheben. Gerade gegen diese Frau, und Sie ...«

»Käpt'n, ich werde mit Mrs. Gibson reden.«

»Wenn Sie mehr Erfolg haben sollten, würde mich dies wundern. Ich kann nur nicht einsehen, daß Sie gegen eine Meldung sind. Ich habe Ihr Dokument gesehen und weiß, welche Machtbefugnisse Sie haben. Ist es vielleicht doch ein Fall?«

»Möglich.« Ich setzte ein rätselhaftes Lächeln auf.

Es gibt ja Momente, da hat man seltsame Gefühle. So erging es mir in diesem Augenblick. Ich konnte mir einfach nicht helfen, aber irgendwie glaubte ich, daß diese Silva und ihre Wölfe etwas mit meinem neuen Fall zu tun hatten.

»Schicken Sie doch eine schriftliche Meldung an Scotland Yard nach London«, sagte ich. »Dann sind Sie gedeckt.«

Der Kapitän war einverstanden.

Ich sprach mit Mrs. Gibson. Sie bedankte sich ein paarmal bei mir, doch ich wehrte ab.

»Kann ich denn irgend etwas für Sie tun?« erkundigte sie sich und kam mir mit dieser Frage sehr entgegen.

»Ja, Mrs. Gibson. Sie würden mir einen großen Gefallen tun, wenn Sie die ganze Sache auf sich beruhen ließen.«

»Meinen Sie das im Ernst?«

»Natürlich.«

»Aber warum? Diese Bestien sind gemeingefährlich. Heute haben sie uns angegriffen, morgen sind es vielleicht andere ...«

»Das weiß ich alles, Mrs. Gibson. Ich habe allerdings berechtigte Interessen, die ganze Sache unter den Tisch zu kehren.«

»Sie sind von der Polizei, nicht?«

»Ja.«

»Gut, dann will ich mal nicht so sein.« Die Frau wurde merklich stolz, weil sie mir einen Gefallen getan hatte.

Ich bedankte mich per Handschlag bei ihr.

Kurz danach kam es zu einem Zwischenfall, dem ich im ersten Augenblick kaum Bedeutung beimaß, mich später jedoch sehr genau daran erinnern sollte.

Der Kapitän gab Anweisung, den Kadaver des Wolfs wegzuräumen. Bisher hatte sich die Blonde so ziemlich im Hintergrund gehalten, doch nun trat sie vor.

»Bitte, Käpt'n. Ich habe sehr an dem Tier gehangen und möchte nicht, daß Sie es so ohne weiteres über Bord werfen. Wenn Sie erlauben, nehme ich den Kadaver zu mir.«

»Ich verstehe Sie nicht. Sie wollen das tote Tier ...?«

»Zu mir nehmen, ja.«

Der Kapitän wußte nicht, wie er reagieren sollte.

Ich kam hinzu, und er warf mir einen hilfesuchenden Blick zu. »Haben Sie gehört, Mr. Sinclair, was diese Lady verlangt?«

»Ja.«

»Was sagen Sie dazu?«

Ich gab ihm keine Antwort, sondern wandte mich an die blonde Silva.

»Was wollen Sie mit der Tierleiche?«

Sie schaute mich an. Ihre Augen waren irgendwie blaß, man konnte die Farbe nicht genau bestimmen. Vielleicht lag es auch an der schlechten Beleuchtung hier unten. Sehr viele Lampen brannten nicht.

»Ich hänge sehr an den Tieren«, erklärte sie mir. »Und ich möchte ihn begraben.«

»Und wo?«

»Wenn wir an Land sind.«

»Die französischen Gesetze sind mir nicht so geläufig«, erklärte ich ihr. »Allerdings weiß ich aus England, daß es verboten ist, Hunde oder irgendwelche andere Tiere im eigenen Garten oder in öffentlichen Parkanlagen zu verscharren.«

»Das habe ich auch nicht vor.«

»Sondern?«

»Dieser Wolf bekommt einen Platz auf dem Hundefriedhof von Calais, Mr. Sinclair.«

Was sollte ich dagegen sagen? Nichts. Wenn sie es so wollte, meinetwegen.

Ich nickte.

»Dann sind Sie also einverstanden?«

»Hindern kann ich Sie nicht.«

»Ich danke Ihnen.«

»Das sagen Sie lieber dem Kapitän.« Es wurden noch einige Dinge geklärt. Schließlich war ich froh, das untere Deck verlassen zu können. Die Luft hier war mies. Der Abgasgestank hing wie eine Wolke über den Fahrzeugen.

Ich fand Jane und Suko auf dem Oberdeck. Sie lagen in Liegestühlen und ziemlich geschützt. Der Stuhl neben Jane war noch frei. Ich ließ mich hineinfallen.

Suko hob kurz den Kopf. »Hat lange gedauert Partner«, sagte er.

»Ja, ich mußte mich mit zwei Wölfen herumschlagen, die mir unbedingt die Kehle zerreißen wollten.«

Jane Collins wäre fast aus dem Liegestuhl gefallen. Suko hatte sich in der Gewalt und blieb hocken. »Gehe ich recht in der Annahme, daß du nicht lügst?«

»Warum sollte ich dir etwas vorschwindeln?«

»Waren es Werwölfe?«

»Nein«, erwiderte ich. »Normale Tiere. Sie gehörten zu einem Wanderzirkus.«

Jane regte sich neben mir. Sie hatte atemlos unserem Gespräch gelauscht. Jetzt schaute sie mich mit blassem Gesicht an. Ich lächelte. »Na, ist dein Magen leer?«

»Und wie.«

»Fühlst du dich jetzt besser?«

»Ja.«

»Ich hätte nämlich doch einen Job für dich.«

»Ach. Und worum geht es?«

»Um eine sehr hübsche Frau. Phantastisch gewachsen. Mit einer langen blonden Mähne. Ein Weib wie ein Raubtier, das selbst Raubtiere zähmt, nämlich Wölfe.« Ich stützte mich hoch und schaute über das Wasser. In der Ferne sah ich einen blaßblauen Streifen. Das war die französische Küste. »Sie heißt Silva und ist die Teilhaberin des kleinen Wanderzirkus'.«

»Komm zur Sache«, forderte Jane. Ich berichtete jetzt über Einzelheiten. Suko und Jane hörten genau zu. Nach meinem Bericht berieten wir unser weiteres Vorgehen. Ich schlug eine Arbeitsteilung vor. Suko und Jane sollten sich um diese Silva und den Wanderzirkus kümmern, während ich meinem Job nachgehen wollte und mich offiziell in der Schule anmeldete.

»Gegenstimmen?« fragte ich.

Jane schüttelte den Kopf. Und auch Suko war dafür.

»Euch kennt sie nicht«, sagte ich. »Darin könnte unsere Chance liegen.«

»Will dieser Zirkus denn nach Graveline?« fragte die Detektivin.

»Wie ich raushörte, gab sie Calais als Ziel an. Ich traue dem Braten allerdings nicht. Diese Silva scheint ein gefährliches Weib zu sein, und die hat irgend etwas vor.

»Es war aber kein Werwolf, den du erledigt hast«, stellte Suko noch einmal fest.

»Nein. Die Silberkugel tötete ihn zwar, er löste sich jedoch nicht auf.«

»Und die Frau? Ist sie eine Werwölfin?« wollte Jane Collins wissen.

»So nahe bin ich nicht an sie herangekommen«, gab ich grinsend zur Antwort. »Aber das kannst du ja feststellen, meine Liebe. Und gib auf Suko acht. Die zähmt nicht nur Tiere, sondern bestimmt auch Männer ...«

In Calais war es nicht schwer für Jane und Suko gewesen, einen Leihwagen aufzutreiben. Wir hatten das Gepäck umgeladen, und ich fuhr allein weiter.

Noch an der Anlegestelle hatte ich mir eine Karte von der näheren Umgebung besorgt und studierte sie genau.

Es waren exakt 23 Meilen bis Graveline. Die Straße führte nach Osten, weg von der Küste.

Die Gegend sah ähnlich aus wie in England. Viel Wald, hier und da ein paar Hügel, auch Felsen, die in die Höhe wuchsen, und ich entdeckte alte Burgen, die jedoch sehr verfallen aussahen. Niemand hatte mehr das Geld, sie zu restaurieren.

Auf der Straße herrschte wenig Verkehr. Ich selbst fuhr auch nicht schnell, und so konnte ich während der Fahrt noch die Gegend betrachten.

Hin und wieder fuhr ich an Apfelplantagen vorbei. Mir fiel ein, daß ich mich in der Nähe der Provinz Calvados befand, wo dieser Apfelschnaps herstammte.

Bevor ich den Wagen sah, hörte ich ihn.

Ich warf einen Blick in den Rückspiegel, und in einer Kurve tauchte er auf. Ein flacher, seegrüner Renault Alpine, der sich auf die linke Hälfte der Straße schob und zum Überholen ansetzte.

Ich fuhr weiter rechts, um den Raser vorbeizulassen. Als der Alpine mit mir auf gleicher Höhe war, drehte ich den Kopf.

Zwei Menschen hockten in dem flachen Flitzer. Ein Mann und ein Mädchen. Der Mann schaute nach vorn, er konzentrierte sich auf die Straße. Das Mädchen aber blickte mich an. Die Kleine hatte schwarzes Haar, und mir fiel sofort ihr bleiches Gesicht auf.

Dann war der Wagen vorbei. Vor der nächsten Kurve quoll noch, wie als Abschiedsgruß gedacht, eine dunkle Wolke aus dem Auspuff, danach sah ich den Wagen nicht mehr.

Ich machte mir auch keine Gedanken darüber, nur das Mädchen ging mir nicht aus dem Kopf. Es war eine Schönheit gewesen, doch im Bezug auf schöne Frauen war ich vorsichtig geworden.

In den Ort brauchte ich nicht erst zu fahren. Am Beginn entdeckte ich ein Schild, auf dem der Name der Schule stand. Ich war schon daran vorbei, denn der Weg war wirklich sehr schmal, in den ich einbiegen mußte.

Ich fuhr wieder zurück. Der Bentley war so breit wie der Weg. Auf Kopfsteinpflaster ging es in die Höhe. Links von mir wuchs eine mit Efeu bewachsene Mauer in die Höhe, rechts standen Laubbäume.

Ich brauchte nicht weit zu fahren. Auf einem Hügel stand das Internat. Es war ein alter Backsteinbau, aufgeteilt in zwei Trakte. Die Schule sah so richtig nach einer Lehranstalt aus, wie man sie von früher her kennt. Das merkte ich auch, als ich sie betrat. Da roch es nach Bohnerwachs. Ich sah die großen Fenster in den Wänden, die hohen Decken und dicken Säulen, die die Decken stützten.

Und auch einen Portier gab es. Er hockte in seinem Kabuff, das zwar nicht schön, aber zweckmäßig angelegt war. Von dieser Stelle aus konnte er sowohl die Treppe als auch den Eingang im Auge behalten.

Er sah mich und streckte seinen Kopf vor wie ein Geier. Sein Gesicht erinnerte mich auch an diesen Vogel. Nur trugen Geier keine Brillen.

»Was wünschen Sie, Monsieur?« krächzte er. Seine Stimme war kaum zu verstehen.

»Ich möchte zum Rektor.«

Er kicherte. »Da wollen viele hin, Monsieur. Sind Sie überhaupt angemeldet?«

»Ja, ich heiße John Sinclair und ...«

»Der Mann aus London?«

»Genau.«

»Dann gehen Sie mal rauf. Der Rektor erwartet Sie schon. Viel Spaß.« Der Alte rieb sich die Hände.

Ich mußte grinsen. Ein lustiger Vogel, wirklich. Ich nahm die Treppe. Breite Stufen, aus stabilem Stein gefertigt, ein ebenso stabiles Geländer mit einem Handlauf, den auch die Schüler kaum zerstören konnten, aber hier wurden sowieso nur Mädchen unterrichtet.

Mir fiel die Ruhe auf. In anderen Schulen herrscht immer Krach, aber hier war es still. Kaum eine Stimme, kein Radiogedudel, man kam sich vor wie auf einem Friedhof. Zwar war Nachmittag und die Schule längst vorbei, aber etwas hören mußte man schon.

Ich fand das Büro des Rektors und auch das Vorzimmer. Dort arbeitete jemand. Das Klappern der Schreibmaschine war ein direkt menschliches Geräusch.

Ich klopfte nicht, sondern trat gleich ein. Die Frau mußte am Luftzug gemerkt haben, daß die Tür geöffnet wurde, sie stellte ihr Klappern ein, setzte die Brille auf und wandte sich um. So habe ich mir immer einen Hausdrachen vorgestellt. Mit der konnte man wirklich kleine Kinder erschrecken. Sie schaute mich an wie einen Delinquenten, und auch ihre Stimme klang tief wie die eines Mannes.

»Die Sprechstunde ist vorbei«, begrüßte sie mich.

Ich hatte heute meinen lustigen Tag. »Aber nicht für mich, Süße.« Das letzte Wort hatte sie besonders gut vernommen, denn sie holte tief Luft. Ihr Busen nahm an Umfang zu und hob sich.

»Toll«, sagte ich und deutete auf ihre Oberweite.

Da wußte der Drachen nicht mehr, was er sagen sollte. Zum Glück wurde die Tür zum Nebenraum geöffnet, und ein Mann erschien.

Es mußte der Rektor sein. Etwas konsterniert schaute er sich um. »Was ist denn hier geschehen, Hèléne? Sie sehen ja so seltsam blaß und rot zur gleichen Zeit aus.«

»Dieser Mann hier ...« Sie deutete auf mich. »Also dieser Mann hier – das ist ...«

»Ich bin John Sinclair.«

»Der Kollege aus London!« rief der Franzose und breitete die Arme aus. »Willkommen bei uns, Monsieur.« Er drückte mich tatsächlich an seine Brust.

Ja, die Herzlichkeit der Franzosen. Der Vorzimmerdrache stand da und bekam große Augen.

»Gehen wir in mein Zimmer, Monsieur Sinclair«, sagte der Rektor und hielt mir die Tür auf.

Ich folgte ihm. Bevor ich ganz verschwand, warf ich der Vorzimmerpalme noch einen Handkuß zu. Ihre Hand zuckte schon zum Locher, dann überlegte sie es sich anders.

Das Büro war ziemlich einfach ausgestattet. Wir nahmen auf Stühlen Platz, die mit grünem Stoff bezogen waren. Zwischen uns stand ein viereckiger Tisch, durch zwei Fenster fiel Licht. Zwischen den Fenstern stand der

Schreibtisch des Mannes, aus dem er jetzt eine Flasche und zwei Gläser holte.

»Calvados«, sagte er. »Über zwölf Jahre alt. Er wird Ihnen munden.« Ich wartete, bis er eingeschenkt hatte, und hob das Glas. Wir prosteten uns zu.

Der Rektor trank langsam. Er genoß den Schluck. Ich hatte Zeit, den Mann zu beobachten.

Er hieß Roland Foucert, war etwa 45 und ein wenig untersetzt. Das mittelblonde Haar hatte er kurz schneiden lassen. Ich sah zwei kleine, lebhafte Augen, ein etwas fliehendes Kinn und auf der Oberlippe ein schmales Bärtchen.

Das Glas hatte er auf einen Zug geleert und stellte es mit einem Seufzer ab. »Das tat gut«, sagte er und rieb sich die Hände.

Ich hatte auch getrunken. Der Apfelschnaps war ziemlich scharf, schärfer jedenfalls als der Whisky, den ich sonst gewohnt war.

»Ich freue mich wirklich, einen Kollegen aus England begrüßen zu dürfen«, erklärte mir Monsieur Foucert. »Ich hoffe, Sie werden sich bei uns wohl fühlen. Ein Zimmer habe ich Ihnen bereits herrichten lassen, Herr Kollege.«

»Danke sehr.«

»Sollen wir gleich mit der Besichtigung beginnen oder erst einmal allgemeine Dinge besprechen?«

»Was ist Ihnen lieber?«

»Oh.« Roland Foucert lächelte. »Da richte ich mich ganz nach Ihnen, denn es ist Ihre Zeit, die Sie sich einzuteilen haben. Wirklich, Monsieur.«

Ich hatte mir natürlich überlegt, wonach ich meinen »Kollegen« fragen sollte. Viel war da nicht herausgekommen, denn ich hatte von so einem Schulbetrieb keine Ahnung. Deshalb schien mir eine Besichtigung der Schule angebrachter zu sein.

Um einen Aufhänger zu haben, sagte ich: »Bei Ihnen lernt doch eine Schülerin namens Sue Rutland?«

»Ja, das stimmt.«

»Nun, ich kenne die Eltern und möchte ihrer Tochter einen Gruß ausrichten.«

»Das läßt sich einrichten«, erwiderte er. »Ich sage eben meiner Sekretärin ...« Er stockte plötzlich und schüttelte den Kopf. »Nein, das geht ja gar nicht.«

»Wieso?«

»Sue ist heute nicht zum Unterricht erschienen, soviel ich weiß.«

»Ist sie krank?«

»Möglich. Aber auch das müßte meine Sekretärin wissen. Ich werde mich erkundigen.«

Das war nicht mehr nötig, denn die Walküre von nebenan betrat wie auf Kommando das Büro. Sie blieb in der Tür stehen. Beide sahen wir ihr bleiches Gesicht.

Ich hatte sofort ein ungutes Gefühl, sagte jedoch nichts und überließ Roland Foucert die Fragerei. »Ist Ihnen nicht gut, Hèléne?«

»Monsieur, Sie müssen sofort kommen!« keuchte sie.

Foucert warf ihr einen verständnislosen Blick zu. »Was ist denn los, Hèléne? So reden Sie doch!«

»Es ist etwas Schreckliches passiert. Man hat sie gefunden – tot ...«

»Wen hat man gefunden?«

»Sue Rutland!«

Die Polizisten waren grün im Gesicht. Roland Foucert hatte sich übergeben müssen. Ich stand neben der Leiche und preßte hart die Lippen zusammen.

Sue Rutland war auf eine grausame Art und Weise ermordet worden. Ein Pilzsammler hatte ihre Leiche gefunden. Sie lag mitten im Wald, und man konnte es als einen wirklichen Zufall bezeichnen, daß sie entdeckt worden war.

Ich hatte schon Opfer gesehen, die ähnlich aussahen. Die Spur führte dann zu einem Mörder, der unter dem Begriff Werwolf lief. Auch Sue sah so aus, als wäre sie einer solchen Bestie in die Hände gefallen. Ich dachte an ihre Briefe, die sie geschrieben hatte. Dort hatte sie den Mond so angeschwärmt. Und der Mond war für Werwölfe das Lebenselixier überhaupt.

Sie war keine Wölfin, doch sie schien auf dem Weg dahin gewesen zu sein. Nur – warum hatte man sie getötet? Und wie sollte man dies ihren Eltern beibringen?

Ich wandte mich ab. Um mich herum erklang das Gemurmel der Polizisten. Es waren Aufnahmen gemacht worden, man hatte den Fundort abgesucht, jetzt brachte jemand eine Decke, die er über die Tote breitete.

Ich ging zu Foucert und bot ihm eine Zigarette an, obwohl man im Wald ja nicht rauchen sollte. Er nahm das Stäbchen, und es wäre ihm fast aus der Hand gefallen, so sehr zitterte er.

»Ich begreife es nicht«, flüsterte er. »Ich kann es nicht fassen. Wer tut denn so etwas?«

»Das wird die Polizei feststellen.«

»Es sieht so aus, als wäre sie von einem Tier überfallen worden, nicht wahr?«

Ich nickte.

»Dann waren es bestimmt die Wölfe.«

»Wölfe, sagten Sie?«

»Ja, Monsieur Sinclair. Sie haben richtig gehört. Hier soll es Wölfe geben.«

»Aber die sind ausgestorben.«

»So welche meine ich nicht.« Foucert senkte seine Stimme. »Man spricht von Werwölfen.«

»Das sind Fabeltiere.«

»Ha, das denken Sie.« Roland Foucert zog mich ein

Stück zur Seite. »Die gibt es wirklich. Und zwar in dieser Gegend hier. Das ist ja das Schlimme. Wir alle haben Angst.«

»Woher wissen Sie das?«

»Weil ich dabeigewesen bin, als wir einen Werwolf erschlugen. Es war eine alte Zigeunerin, die sich des Nachts in einen Wolf verwandeln konnte. Der Pfarrer hat ihr mit einer Axt aus Silber den Kopf abgeschlagen. Das ist erst drei Tage her.«

»Und wann ist das Mädchen ermordet worden?« erkundigte ich mich.

»Der Arzt meinte, in der vergangenen Nacht.«

»Dann kann es die Wölfin nicht gewesen sein, denn sie war tot«, folgerte ich.

»Richtig.«

Ich sprach das aus, was der andere vielleicht auch dachte. »Sie haben zwar einen Werwolf erlegt, aber es scheint nicht der einzige gewesen zu sein, der die Gegend hier unsicher macht. Liege ich mit der Annahme richtig?«

Roland Foucert nickte. Er holte ein Taschentuch hervor und wischte sich den Schweiß von der Stirn. »Man kann Angst kriegen«, flüsterte er. »Wirkliche Angst.«

»Mit wie vielen frei herumlaufenden Werwölfen rechnen Sie denn noch?« erkundigte ich mich.

Er hob die Schultern. »Was soll ich da sagen? Wir wußten ja, als wir die alte Jurina töteten, daß sie nicht die einzige war. Der Pfarrer hat von einer Familie gesprochen.«

»Wer gehörte dazu?«

Roland Foucert hob die Schultern. »Zumindest ein Mädchen und ein Mann. Also Enkel.«

»Eltern nicht?«

»Nein, die sind irgendwie verschwunden. Vielleicht hat man sie auch getötet wie die Alte. Es waren ja Zigeuner, und die sind überall herumvagabundiert.«

»Dann haben Sie auch keine Spur mehr?« hakte ich nach.

»Nein. Aber das müssen wir alles der Polizei überlassen«, erklärte mir Foucert und trat die Kippe aus.

»Glauben Sie, daß die Polizei Ihnen die Werwolfgeschichte abnimmt?«

»Sie müssen es.«

Ich hob die Schultern und schaute den Beamten zu, die die Tote wegtrugen.

»Es tut mir natürlich leid, Monsieur Sinclair, daß wir Sie mit hineingezogen haben, aber das konnte ich wirklich nicht voraussehen«, sagte der Rektor.

»Ist schon okay.« Ich lächelte. Auf Umwegen näherte ich mich meinem nächsten Ziel. »Wenn ich Sie so höre, Monsieur Foucert, so trauen Sie der Polizei nicht viel zu – oder?«

»Doch, aber wenn es gegen Werwölfe geht, da würde man uns vielleicht auslachen.«

»Deshalb müßte man selbst die Werwölfe jagen«, schlug ich vor.

»Sie wollen Detektiv spielen?«

»Unter Umständen.«

»Aber, Monsieur Sinclair. Ihr Anliegen in allen Ehren, nur glaube ich, daß Sie die Gefährlichkeit eines Werwolfs doch unterschätzen. Haben Sie sich die Leiche genau angesehen? So kann es jedem von uns ergehen, wenn er in die Klauen dieser Bestie gerät.«

»Gibt es kein Mittel, wie man sich schützen kann?«

»Ja. Geweihtes Silber. Der Pfarrer hat ja die Axt. Ich muß ihn übrigens informieren.«

»Sie wissen nicht, wer alles ein Werwolf sein könnte?« hakte ich nach. »Ich habe gehört, daß sie tagsüber oft völlig normal sind und sich nur nachts verwandeln.«

»Nein, das weiß ich leider nicht.«

»Mit wem hatte denn Sue Rutland Umgang gehabt? Ich meine, wer waren ihre Freunde und Bekannten?«

»Die Mädchen aus der Klasse.«

»Kannte sie da jemand näher? Und wie sah es mit Männerbekanntschaften aus, schließlich war sie kein Kind mehr.«

»Darüber bin ich nicht informiert.«

»Wer könnte das wissen?«

»Man müßte die Klassenkameradinnen fragen.« Der Rektor raufte sich die Haare. »Mein Gott, mein Gott«, flüsterte er. »Und so etwas in unserem Internat. Wenn sich das herumspricht, sind wir aus dem Geschäft. Niemand wird noch sein Kind hierher schicken. Dann kann ich einen Strick nehmen.«

Ich schlug ihm auf die Schulter. »So leicht bringt man sich schon nicht um.«

»Das sagen Sie, Monsieur Sinclair. Ich hätte Ihnen gern ein anderes Entree verschafft, aber das ist nun nicht mehr drin. Wenn Sie wollen, fahren wir zurück.«

»Ich habe nichts dagegen.«

Der Rektor sprach noch mit den Polizisten. Die Beamten wollten auch in die Schule kommen. In zwei Stunden sollten die Schülerinnen zusammengetrommelt und verhört werden.

»Da wird nicht viel bei rauskommen«, meinte Roland Foucert, als wir bereits in meinem Bentley saßen.

»Die Polizei tut nur ihre Pflicht.«

»Ja, das weiß ich.«

Wir fuhren zurück. Dabei mußten wir durch den Ort. Graveline war ein kleines Städtchen und irgendwie gemütlich. Mir fiel die Sauberkeit auf. Die meisten Häuser waren aus Natursteinen gebaut. Auf den Dächern lag oft eine grüne Schicht. Es gab zahlreiche kleine Geschäfte und auch Gehöfte.

»Vom Fischfang lebt hier keiner mehr«, erklärte mir der Rektor. »Früher sind die Leute noch aufs Meer gefahren, aber der Weg ist zu weit.«

Ich nickte.

Wenig später fuhren wir die Straße zur Schule hoch. Auf dem Parkplatz sah ich den seegrünen Alpine, der mich so rasant überholt hatte.

»Den Wagen kenne ich«, sagte ich und berichtete.

»Er gehört Marcel Vendri, einem unserer Lehrer.«

Ich fuhr neben den Alpine und hielt. Wir stiegen aus. Als ich die Tür zuschlug, verließ ein schwarzhaariger Mann das Gebäude. Ich glaubte, ihn im Wagen gesehen zu haben, und erhielt gleich darauf die Bestätigung.

»Das ist Marcel Vendri«, erklärte mir der Rektor.

Der Lehrer sah uns, stutzte einen Augenblick, dann kam er auf uns zu. Sein sonnenbraunes Gesicht war ernst und verschlossen. Er war ein Frauentyp, ich konnte mir vorstellen, daß sich einige Schülerinnen gern in seinem Netz fangen ließen.

»Haben Sie es schon gehört?« fragte der Rektor.

Vendri blieb stehen. »Ja, Monsieur. Hèléne erzählte es mir.«

»Schrecklich, wie?«

»Ja, ausgerechnet Sue. Sie hat keinem etwas getan, war immer so nett und aufgeschlossen. Hat man schon eine Spur?«

»Nein.«

»Das muß ein Geisteskranker gewesen sein.« Vendri schüttelte den Kopf. »Eine andere Möglichkeit sehe ich nicht.«

Foucert gab dazu keinen Kommentar. Statt dessen stellte er mich vor. »John Sinclair, ein Kollege aus England.«

»Angenehm.«

Vendri und ich reichten uns die Hand. Der Lehrer schwitzte. Seine Hand war feucht. Ich mochte den Burschen nicht, er mich anscheinend auch nicht. In seinem Blick war keine Freundlichkeit zu lesen, eher Mißtrauen.

»Ich möchte Sie bitten, Monsieur Vendri, sich für heute nachmittag zur Verfügung zu halten«, sagte Roland Foucert. »Die Polizei wird einige Fragen stellen.«

»Das ist selbstverständlich. Ich muß nur noch kurz in den Ort und bin rasch wieder da.«

»Bon, bis später.«

Der Lehrer verschwand.

Roland Foucert lächelte. »Ein sehr netter Mann, wirklich. Er kommt ausgezeichnet mit den Schülerinnen zurecht.«

»Kann ich mir denken.«

»Ich zeige Ihnen jetzt Ihr Zimmer, Monsieur Sinclair. Anschließend muß ich die Schülerinnen zusammenrufen.«

»Ist schon recht.«

Wir betraten die Schule wieder. Die Räume, wo das Lehrpersonal schlief, lagen zusammen mit den Gästezimmern in einem Seitentrakt des Baus. Wir mußten durch einen düsteren Flur gehen, passierten einige Türen und blieben vor der zweitletzten stehen. Das Holz war dunkel geheizt, es sah stabil aus.

Einen Schlüssel hatte sich Foucert vom Portier geben lassen. Persönlich schloß er auf.

Ich übertrat die Schwelle und war überrascht von der Größe des Zimmers. Ein großes Doppelbett, Schrank, Tisch, Sitzecke und ein Fenster, das zur Rückseite des Baus zeigte. Allerdings roch es muffig. Hier war lange nicht mehr gelüftet worden.

»Wie gefällt es Ihnen?« fragte mich der Rektor.

»Gut, wirklich.«

»Das freut mich. Ich lasse dann sogleich Ihr Gepäck aus dem Wagen holen.«

Ich winkte ab. »Das erledige ich schon selbst.«

»Wie Sie wünschen, Monsieur. Darf ich mich dann verabschieden?«

Ich nickte. »Wir sehen uns später.«

Roland Foucert schloß die Tür von draußen.

Ich öffnete das Fenster und lehnte mich hinaus. Das Gelände stieg an. Hinter dem Haus führte ein mit Gras bewachsener Streifen bis zum Wald, dessen Laubbäume an einem Abhang wuchsen.

Dicht unter mir sah ich eine Steintreppe, die in den Keller führte.

Da es ziemlich still war, vernahm ich das Knarren einer Tür. Ich beugte mich noch weiter vor und entdeckte ein schwarzhaariges Girl, das durch die Hintertür getreten war, stehenblieb und sich umschaute. Es blickte auch an der Fassade hoch.

Rasch zuckte ich zurück. Es war ein reiner Reflex, mehr nicht. Vorsichtig bewegte ich mich dann wieder auf das Fenster zu und peilte nach draußen.

Schritte.

Das Mädchen lief die Kellertreppe hinab. Mir schien es so, als hätte ich es neben Marcel Vendri in dem Alpine gesehen. Wieder knarrte eine Tür, dann fiel sie ins Schloß.

Was suchte die Kleine im Keller?

Von Berufs wegen war ich neugierig. Außerdem hatte ich keine Lust, die nächsten Stunden hier allein im Zimmer zu vertrödeln, deshalb entschloß ich mich, nachzusehen. Es mußte außer dem äußeren Weg noch vom Haus her einen geben, der in den Keller führte. Allerdings war es zu mühselig, ihn zu suchen. Ich verließ das Gebäude, grüßte den Portier, der zurückwinkte, und schritt um den Bau herum.

An der Rückseite ging ich weiter.

Auf leisen Schritten huschte ich die Steintreppe zum Keller hinab.

Die Hoftür war nicht verschlossen.

Ich zog sie auf und befand mich in einem großen Vorratsraum. Durch schmale Fenster fiel genügend Licht, so daß ich die zahlreichen Gartengeräte erkennen konnte, die hier aufgehängt waren. Auch sah ich einige große Maschinen, die permanent summten. Unter ihnen erkannte ich eine Umwälzanlage. Demnach mußte es in dieser Schule auch ein Schwimmbad geben.

Von dem schwarzhaarigen Mädchen entdeckte ich keinen Rockzipfel. Auf Zehenspitzen durchquerte ich den Raum. Eine Eisentür bildete den Durchlaß zum nächsten.

Er war wesentlich kleiner und dabei auch schmaler. Nebeneinander standen mehrere Waschmaschinen an der Wand.

Fünf zählte ich. In so einem Internat fielen große Mengen an Schmutzwäsche an. Man gab sie nicht raus, sondern ließ sie hier waschen. Das war sicherlich rentabler.

Um den Raum zu verlassen, mußte ich an den Waschmaschinen vorbei. Es waren die größten Geräte einer bekannten Marke. In diesem Raum roch es nach Wäsche. Irgendwie feucht und leicht muffig.

Drei Maschinen hatte ich passiert. Ohne es eigentlich zu wollen, streifte mein Blick die runden Gucklöcher auf der Vorderseite der Waschmaschinen.

Und dann blieb ich wie angewurzelt stehen.

Hinter einem Guckloch sah ich ein bleiches Gesicht!

Ich bin viel gewohnt. Man hatte mich mit schrecklichen Dingen konfrontiert, aber hier, in diesem Keller, fuhr mir das Grauen in die Knochen. Ich hatte das Gefühl, von einem Stromstoß geschüttelt zu werden.

Ein Gesicht hinter der Scheibe.

Tot?

Ja, ich blickte in das Antlitz eines Toten, als ich mich bückte. Ich möchte Ihnen eine detaillierte Beschreibung ersparen, aber den Ausdruck würde ich nur schwerlich vergessen können. Das war das personifizierte Grauen.

Der Magen kam mir hoch. Wer das getan hatte, mußte eine wahre Bestie gewesen sein.

Kalt lief es mir den Rücken hinab, als ich aufstand. Auch als Geisterjäger hat man Nerven, wenn ich das mal so sagen darf. Ich merkte selbst, wie sehr ich zitterte. Der zweite Mord innerhalb einer Stunde, ein wenig viel für meinen Geschmack.

Ich wandte mich um.

Es half alles nichts, ich mußte die Polizei alarmieren. Dann fiel mir das schwarzhaarige Mädchen wieder ein. Hatte es vielleicht etwas mit der Sache zu tun? Die Kleine war vor mir in den Keller gegangen. Unter Umständen hatte sie den Mörder gesehen, denn ich hatte nicht feststellen können, wie lange der Mann schon tot war.

Im Keller war es ruhig.

So sehr ich mich auch anstrengte, ich hörte kein Geräusch. Nur meinen eigenen, schweren Atem.

Ich verließ den Schreckensraum auf leisen Sohlen. Bevor ich die Polizei holte, wollte ich den Keller von hinten bis vorn durchsucht haben.

Hinter dem Waschraum begann ein Gang. Rechts und links befanden sich kahle Betonwände. Der Gang endete vor einer Doppeltür, die aus Holz bestand und in ihrer oberen Hälfte einen Glaseinsatz hatte, so daß ich hindurchschauen konnte.

Hinter dem Glas bewegte sich eine blaugrün schimmernde Fläche, auf der Lichtreflexe tanzten.

Das war Wasser. Ich hatte das Schwimmbad gefunden.

Vor der Tür blieb ich stehen. Das Becken war etwa fünfzehn Yards lang und fünf Yards breit. Ich stieß die eine Hälfte der Tür auf und sah links von mir eine Dusche. Auf den Fliesen des Duschbeckens schimmerten letzte Wasserreste. Vor mir, an der Schmalseite des Pools, führte eine Treppe ins Wasser. Die beiden oberen Stufen waren frei. An der Längsseite standen zwei gepolsterte

Liegen. Unter der Decke brannten helle Leuchtstoffröhren. Ich schaute auf das Wasser. Im Pool trieb kein Toter. Das wäre auch wirklich die absolute Spitze gewesen.

Das schwarzhaarige Mädchen bekam ich nicht zu Gesicht.

Langsam schritt ich an dem Becken vorbei. Dem Eingang gegenüber befand sich eine schmale Nische, und dort sah ich auch die braune Holztür. Als ich näher kam, konnte ich die Schrift auf der Tür lesen.

›Kabinen‹, stand da nur.

Nur meine Schritte waren zu hören. Vor der Tür zur Umkleidekabine verstummten sie.

Dann zuckte ich zurück.

Ich hatte Geräusche gehört. Und zwar hinter der Tür. Etwas schabte über den Boden, und bevor ich mich versah, wurde die Tür aufgestoßen. Ich konnte soeben noch zurückweichen, sonst wäre sie gegen mich geprallt.

Vor mir stand das schwarzhaarige Mädchen!

Es war ebenso überrascht wie ich. Die Kleine riß Augen und Mund auf. Ich rechnete mit einem Schrei, doch das geschah nicht. Sie hatte sich ausgezeichnet in der Gewalt.

Das Mädchen war eine Augenweide. Und es wollte schwimmen, wenigstens deutete die Kleidung darauf hin. Ein knappes Bikini-Oberteil bedeckte ihren kleinen, festen Busen. Das Höschen saß ebenso knapp und ließ die langen, schlanken Beine noch besser zur Geltung kommen. Eine Badekappe trug die Unbekannte nicht, so fiel das rabenschwarze Haar bis auf die Schultern.

»Guten Tag«, sagte ich, weil mir im Moment nichts anderes einfiel.

Die Unbekannte nickte zurück. »Wer sind Sie?« fragte sie dann.

»Ein Gast des Rektors.«

»Ach so.«

»Sie gehören sicherlich zur Schule?« erkundigte ich mich.

»Möglich.«

Die Antwort gefiel mir nicht. »Dann sind Sie keine Schülerin?«

»Vielleicht.«

»Darf ich Ihren Namen erfahren?«

Ihre Augenbrauen hoben sich. »Warum wollen Sie das?«

»Ich weiß immer gern, mit wem ich rede.«

»Das verstehe ich, aber ich möchte nicht mit Ihnen sprechen, Monsieur. Wenn Sie mich jetzt entschuldigen würden.« Sie drückte sich an mir vorbei und ging zum Beckenrand.

»Wollen Sie sich nicht eine Badekappe aufsetzen?« erkundigte ich mich.

»Weshalb?«

»Es ist so üblich.«

»Darauf kann ich verzichten, Monsieur.«

Dann ritt mich der Teufel. Bevor sie ins Wasser sprang, sagte ich: »Wie geht es eigentlich Lupina?«

Da zuckte sie zusammen. So gut hatte sie sich wirklich nicht in der Gewalt, als daß ihr die Frage nicht unter die Haut gegangen wäre.

»Wie kommen Sie auf den Namen?«

»Nur so.«

»Kennen Sie Lupina?«

»Vielleicht.«

In ihren Augen glitzerte es. Sie gab mir allerdings keine Antwort mehr. Sie stieß sich ab und verschwand unter Wasser.

Ich schaute ihr nach. Schwimmen konnte sie gut. Atmung und Bewegungen bildeten eine Einheit. Die Hälfte der Strecke schwamm sie unter Wasser, wobei ihr langes Haar wie eine Fahne wirkte und einen Schleier bildete.

Sie tauchte auf und schwamm bis zur Treppe. Dort machte sie kehrt und kam zurück.

Ich blieb stehen.

Als sie mit der rechten Hand am Beckenrand dicht unter mir anschlug, streckte sie den Kopf aus dem Wasser, warf sich das nasse Haar aus der Stirn und fragte: »Warum gehen Sie nicht endlich?«

»Weil ich Ihnen noch eine Frage stellen möchte.«

»Wegen Lupina?«

»Auch das.«

»Ich habe sie nicht gesehen, ich kenne sie nicht. Verschwinden Sie jetzt, Monsieur, oder ich lasse Monsieur Foucert rufen, der wird Sie entfernen.«

»Das glaube ich kaum. Schließlich ist ein Mord passiert.«

»Davon habe ich gehört.«

»Kannten Sie Sue Rutland?«

»Hieß so die Tote?«

Die Kleine log mir die Hucke voll, das spürte ich sehr deutlich. »Ja, das war ihr Name.«

»Es tut mir leid.«

Ich lächelte. »Sue ist nicht die einzige Leiche.«

»So? Wer denn noch?«

»Ich habe hier im Keller jemanden entdeckt. Auch einen Toten, meine Liebe.«

»Sie können mir viel erzählen.«

»Ich werde ihn Ihnen zeigen.« Bevor das Mädchen sich versah, hatte ich mich gebückt und nach ihrem Arm gefaßt. Mit einem Ruck zog ich sie aus dem Wasser. Tropfnaß stand sie vor mir, funkelte mich an und wollte mir ihre Hand ins Gesicht schlagen.

Ich fing das Gelenk ab. »Nicht doch, Kleines. Wir beide machen einen Spaziergang.«

»Ich denke nicht daran.«

»Sollen wir ihn zusammen mit der Polizei unternehmen?«

Da wurde sie nachdenklich, hob die Schultern und meinte: »Wenn Sie unbedingt darauf bestehen, bitte.«

Ich sah ihr Gesicht dicht vor dem meinen. Es war blaß. Auf der Haut lagen die Wassertropfen wie Perlen. Ihre Augen erinnerten mich an Kohlenstücke. Die Lippen hatte das Mädchen ein wenig geschürzt, an der steifen Haltung erkannte ich die innerliche Abwehr.

Ich ließ ihr Gelenk los. Der Arm sank nach unten.

»Darf ich jetzt Ihren Namen erfahren?« erkundigte ich mich.

»Meinetwegen. Nennen Sie mich Jovanka.«

»Ein recht seltsamer Name hier in Frankreich.«

»Mir gefällt er.«

»Woher stammen Sie?«

»Wollen Sie mich verhören? Ich dachte, Sie wollten mir etwas zeigen.«

»Natürlich. Kommen Sie.«

Das Mädchen ging vor mir her. Jovanka bewegte sich geschmeidig und strahlte dabei einen starken Sex aus. Klar, daß sich ein Typ wie Marcel Vendri so etwas nicht entgehen ließ. Ich dachte über den Namen Jovanka nach. Er hatte einen osteuropäischen Klang. Der Rektor hatte von Zigeunern gesprochen. Zigeuner, die Werwölfe sein sollten.

Hatte ich hier einen weiblichen Werwolf vor mir?

Das war die große Frage, auf die mir Jovanka irgendwie eine Antwort geben mußte. Sie kannte Lupina dem Namen nach, und ich war entschlossen, sie nachher mit meinem Kreuz zu konfrontieren. Mal sehen, wie sie darauf reagierte.

Wir verließen das Schwimmbad und gelangten wieder in den kahlen Betongang, der zum Waschraum führte.

Jovanka drückte die Tür auf. Das Licht hatte ich brennen lassen.

Vor mir trat sie über die Schwelle und blieb stehen. Ich hielt mich neben ihr. Unsere Blicke waren auf die Vorderseiten der Maschinen gerichtet, wo wir die runden Glasaugen sahen.

Und hinter einem schimmerte das Gesicht!

Auch jetzt noch ging mir der Anblick unter die Haut. Ich schielte zur Seite und blickte dabei Jovanka an. Ihr Gesicht blieb unbewegt.

»Sehen Sie den Toten?« fragte ich mit leiser Stimme.

»Natürlich.«

»Und?«

Da wandte sie sich um, wobei sie letzte Wassertropfen abschüttelte. »Was soll ich dazu sagen, Monsieur? Dieser Mann hatte es nicht anders verdient.«

Das war der zweite Hammer.

Ich war im ersten Augenblick nicht fähig, eine Antwort zu geben, so sehr hatten mich die Worte des Girls getroffen.

»Was haben Sie da gesagt?« flüsterte ich.

»Daß er selbst schuld hatte.«

»Dann wissen Sie von dem Mord!?«

»Aber sicher, Monsieur. Ich war sogar dabei, als es geschah. Es mußte sein. Er schnüffelte hier herum, als wir die blutigen Kleider waschen wollten.«

»Welche Kleider?«

»Sie hatten dieser Sue Rutland gehört.«

Ich wußte Bescheid, wollte mir jedoch noch die absolute Gewißheit holen. »Dann haben Sie den Mord an Sue Rutland auch zu verantworten?«

»Unter anderem.«

»Und wer war Ihr Helfer?«

Da lächelte sie und schwieg.

Ich aber dachte nach, sah wieder die Szene vor mir, wie

mich der Wagen überholte. Hinter dem Steuer hatte der Lehrer Marcel Vendri gesessen.

»Es war Marcel, nicht?«

»Gut geraten, Monsieur. Ich stelle fest, Sie sind weiter, als ich dachte.«

Die Sicherheit des Mädchens machte mich stutzig. Eine zweifache Mörderin oder zumindest Mittäterin sagte mir so etwas mitten ins Gesicht?

War sie ein Mensch?

»Was wollen Sie jetzt tun?« fragte Jovanka. »Mich der Polizei übergeben?«

»Das wäre am besten.«

»Die kann mir nichts.«

»Wenn sie silberne Handschellen hätten, schon«, erwiderte ich knallhart.

Da zuckte sie zusammen. »Was meinen Sie damit?«

»Es heißt doch, daß Silber für einen Werwolf tödlich ist.« Mit diesen Worten machte ich noch nicht Schluß, sondern zog meine Beretta hervor. Ich richtete die Mündung auf den Kopf des Mädchens. »Diese Pistole hier ist mit geweihten Silberkugeln geladen. Ich bin gespannt, ob Sie einen Treffer überstehen.«

Zum erstenmal sah ich so etwas wie Panik in ihrem Gesicht. Sie suchte nach einem Ausweg, aber den gab es hier nicht. Und sie ahnte wohl, daß ich nicht bluffte.

»Nun, Jovanka? Sind Sie ein Werwolf, oder sind Sie es nicht? Hat die alte Zigeunerin Sie vorher weggeschickt, damit sie Unglück über die Menschen bringen? Und wo steckt Lupina sowie dieser Marcel Vendri?«

»Ich weiß es nicht!«

»Drei Sekunden gebe ich Ihnen, dann will ich die Wahrheit wissen. Also, wo finde ich Marcel?«

»Hinter dir!« kreischte sie plötzlich und lachte wild.

Ich wollte es nicht glauben, bis der Luftzug meinen Nacken kitzelte. Dann kreiselte ich herum.

Den Hieb konnte Marcel nicht mehr stoppen, und ich konnte auch nicht ausweichen. Er traf mich zwischen Nacken und Schulter, ein fürchterlicher Treffer, dessen Nachwehen durch meinen Körper rasten und sogar die Füße erreichten. Auch mein rechter Arm wurde in Mitleidenschaft gezogen. Ich schaffte es nicht mehr, die Beretta zu halten. Sie rutschte mir aus den Fingern und blieb am Boden liegen. Ich sah Marcel vor mir, bekam alles deutlich mit, doch ich war paralysiert. Sein Gesicht sah noch immer menschlich aus, auch wenn es eine verzerrte Fratze war. Der Verwandlung in einen Werwolf hatte noch nicht eingesetzt. Der Mund war geöffnet. In seinen Augen funkelte der blanke Haß und paarte sich mit einem mörderischen Vernichtungswillen. Ich sah auch die Eisenstange in seiner rechten Hand. Sie war verrostet, er mußte sie im Nebenraum aufgelesen haben.

Und wie in Zeitlupe hob er den rechten Arm.

Diese Bewegung wurde von Jovankas Lachen begleitet. Dann schrie sie: »Schlag ihn zusammen! Mach ihn klein und steck ihn ebenfalls in die Maschine!«

Er nickte.

Sein Gesicht kam mir übergroß vor. Mir war klar, daß ich den nächsten Schlag kaum überstehen konnte. Ich strengte meinen Willen an, versuchte gegen die Lähmung anzukämpfen, wollte weg, doch falls ich mich überhaupt bewegte, geschah dies beinahe lächerlich langsam.

Ich hatte keine Chance!

»Schlag endlich!« keifte Jovanka. »Mach ihn fertig, töte ihn, Bruderherz!«

Ihr Bruder! Verdammt, er ist ihr Bruder. Das bekam ich noch mit, dann traf mich der nächste Hieb.

Ich wurde nicht bewußtlos, aber ich hörte mich schreien. Der Mann hatte die gleiche Stelle an meiner linken Seite getroffen, auch genau zwischen Schulter und Hals.

Das gleiche Spiel begann von vorn, nur daß diesmal auch meine linke Seite bewegungsunfähig war.

Ich war diesem Satan hilflos ausgeliefert.

Einen dritten Schlag würde ich nicht überstehen, das sah ich schon. Er trat einen Schritt zurück, holte aus und zielte dabei.

Diesmal suchte er sich meinen Kopf aus!

»Da dieser Job mein Konto belastet, nehmen wir uns als Leihwagen ein kleines Fahrzeug«, hatte Jane Collins bestimmt. Und Suko mußte das akzeptieren.

Während Jane in Calais einen Leihwagen besorgte, ließ Suko die Fähre nicht aus den Augen. Er stand an der Anlegestelle, wo sich die halbe Welt versammelt hatte. So groß war der Trubel. Der Zug verließ die Fähre zuerst, dann die einzelnen Wagen, und zum Schluß wurde auch der Wanderzirkus aufgefordert, von Bord zu gehen.

Zum ersten Mal sah Suko auch den Teilhaber der blonden Frau, diesen Al Astor.

Astor war ein schmalhüftiger Mann mit einem langen Pferdegesicht und krummer Nase. Er ging stets gebückt, sein Blick hatte etwas Lauerndes, als würde er keinem trauen. Dabei hielt er die Lippen so fest zusammengepreßt, daß sie wie eine Kerbe wirkten.

Die vier Wagen wurden von zwei Autos gezogen.

Suko nickte anerkennend, als er die beiden dunkelblauen Mercedes-Limousinen sah. So schlecht schien es diesem kleinen Wanderzirkus nicht zu gehen.

Von den Wölfen war nichts mehr zu sehen. Große Holzklappen verdeckten die Gitter.

Jane Collins tauchte im letzten Augenblick auf. »Sie sind noch nicht weg, oder?« fragte sie ein wenig außer Atem.

»Nein, aber bald.« Suko deutete auf die Fahrzeuge.

»Mercedes«, murmelte Jane und nickte anerkennend. »Dann müssen die Eintrittspreise besonders hoch sein.«

»Vielleicht.«

Al Astor schritt noch einmal um die Wagen herum und kontrollierte sie. Er gab der Blonden ein Zeichen, daß alles in Ordnung war. Danach stieg er in den ersten Wagen und fuhr langsam an.

»Ich bin mal gespannt, wo sie hinwollen«, murmelte Jane. Zusammen mit Suko lief sie dorthin, wo der rote Leihwagen stand. Es war ein Renault R 4.

»Mußte das sein?« fragte Suko.

»Setz dich doch erst einmal rein.«

Der Wagen neigte sich stark nach rechts, als der Chinese auf dem Beifahrersitz Platz nahm. Jane wurde etwas blaß, sagte jedoch nichts.

Ihr Gepäck hatte sie schon verstaut, und jetzt mußte sie sich beeilen, wollte ihr der kleine Wanderzirkus nicht wegfahren.

Der R 4 hatte es schwer, sich von der Stelle zu bewegen. Jane mußte zudem noch wenden. Glück hatten sie vor einer Ampel, die rot zeigte.

Dort standen die beiden deutschen Limousinen. Sie hatten sich in die linke Spur eingeordnet. Rechts ging es in die City von Calais. Da wollten sie also nicht hin.

Suko schaltete sehr schnell. »Hat dieser blonde Tiger nicht gesagt, daß er in Calais bleiben will?«

»Ich meine ja.«

»War 'ne Lüge.«

Jane konnte anfahren. Sie ließ immer einige Wagen zwischen sich und den zu verfolgenden Fahrzeugen. So fielen sie nicht auf. Zudem waren sie nicht die einzigen, die einen dunkelroten R 4 fuhren.

Vor der nächsten Kreuzung sahen sie mehrere Hinweisschilder. Auf einem stand auch Graveline.

Der Weg führte weiter geradeaus.

»Wer sagt's denn«, rief Jane. »Ich bin sicher, Suko, daß wir John finden werden. Die Blonde wird gucken.«

An sich war die Strecke ein Katzensprung. Doch auch Astor und Silva konnten nicht so schnell fahren. Sie mußten nicht nur auf ihre Anhänger Rücksicht nehmen, sondern auch auf die Straße, die besonders in den Kurven sehr eng wurde. Jane ließ sich etwas zurückfallen. Der Verkehr hatte nachgelassen. Jetzt wäre eine Verfolgung zu leicht aufgefallen.

Immer wenn sich Suko bewegte, geriet der Wagen ins Schaukeln. Jane hatte dann jedesmal das Gefühl, wieder auf dem Schiff zu sein.

Sie hatte sich die Landschaft eigentlich flacher vorgestellt, doch es gab Hügel und kleine Anhöhen. Auf manchen von ihnen standen alte, verlassene Gemäuer, zu Ruinen zerfallen und dem Zahn der Zeit überlassen.

Auch führte die Straße in zahlreichen Kurven weiter. Manchmal fuhren sie durch Wald, dann wiederum begleiteten Felder ihren Weg. Hinter einer Kurve sahen sie plötzlich die Wagen nicht mehr.

Vor Schreck trat Jane auf die Bremse. Langsam rollte der Renault weiter.

Suko deutete nach rechts, wo einige Bäume wie verloren in der Landschaft standen. Und dahinter ragte ein Hügel hoch, auf dem eine Burg stand.

Unterhalb der Burg sahen sie die beiden Wagen. Sie hatten die Bäume bereits passiert. Ihr Ziel mußte die Burg sein. Bis Graveline waren es noch fünf Kilometer, das waren drei Meilen. Suko entdeckte das Schild an der Abzweigung.

Jane kickte den Blinkhebel hoch und fuhr rechts in den schmalen Weg ein. Es war weder gepflastert noch asphaltiert. Dafür hatten Trecker oder Lastwagen ihre Spuren hinterlassen. Der kleine Renault geriet ins Schaukeln, und die Federung protestierte einige Male.

»Ich würde vorschlagen, wir halten in Deckung der Baumgruppe an«, meinte Suko.

»Du sprichst das aus, was ich dachte«, erwiderte die Detektivin.

Sie ließ den Wagen ausrollen. Schon bald spendeten Äste und Zweige Schatten. Zwischen den Stämmen zweier mächtiger Ulmen parkte die Detektivin ihr Fahrzeug.

Suko stieg als erster aus. Beide hofften, daß sie nicht gesehen wurden.

»Und was machen wir jetzt?« fragte Jane.

»Erst einmal beobachten«, erklärte Suko und ging vor, während Jane ihm folgte.

Suko blieb bei den letzten Bäume stehen. Von hier aus hatte er einen freien Blick auf die zerfallene Burg.

Jane hielt sich neben ihm.

Die Burg war doch nicht so zerfallen, wie es von weitem den Anschein gehabt hatte. Nur an der Westseite war ein Teil eingestürzt, die anderen Mauern standen noch, und es sah so aus, als wären sie auch in den letzten Jahren irgendwann restauriert worden. Zum Gemäuer selbst führte ein schmaler, mit Unkraut überwucherter Weg hoch. Am Beginn des Weges hatten die Blonde und Al Astor ihre Wagen abgestellt.

Beide überraschten Suko und Jane damit, daß sie wieder einstiegen und die Türen zuschlugen.

»Die wollen weg!« flüsterte Jane.

In der Tat setzten sich die Wagen in Bewegung. Staub wallte hoch, als die Reifen nicht sofort packten. Astor fuhr wieder vor. Der Mercedes und zwei dahinter hängende Wagen rollten langsam den schmalen Weg zur Burg hoch.

Die Blonde folgte.

Minuten später entzog die um das Gebäude laufende Mauer die Wagen den Blicken der Beobachter.

»Das ist also ihr Schlupfwinkel«, stellte Jane Collins fest.

»Schlupfwinkel hört sich so nach Verbrechern an«, meinte Suko.

»Daß sie nicht astrein sind, steht für mich fest«, entgegnete die Detektivin.

»Und jetzt sehen wir uns die Burg einmal von nahem an«, meinte der Chinese.

Jane hatte nichts dagegen.

»Wenn sie uns entdecken, geben wir uns einfach als Besucher aus.«

Der Chinese grinste. »Wanderer, die sich ein ruhiges Plätzchen für die Nacht suchen wollen ...«

»Und nicht von Wölfen gestört werden möchten«, vollendete Jane.

»Genau.«

»Mir paßt nur das Gelände nicht. Es ist ziemlich frei«, gab die Detektivin zu bedenken.

»Das müssen wir in Kauf nehmen.«

Es war Juni, aber das Wetter sah eher nach Oktober aus. Am Himmel hingen dicke Wolken. Ein steifer Wind wehte von der Küste her. Die Temperatur war gefallen. Das englische Wetter hatte inzwischen auch auf das Festland übergegriffen.

Jane und Suko machten sich auf den Weg. Sie taten möglichst unbefangen. Falls man sie jetzt schon entdeckte, sollte es so aussehen, als wären sie wirklich nur Wanderer.

Die Reifen der Wagen hatten ihre Spuren im weichen Boden hinterlassen. Unkraut und Gras waren geknickt und in die Erde gedrückt worden.

Immer wieder schauten Jane und Suko zum Gemäuer hoch. Es lag ruhig und still vor ihnen. Nichts wies darauf hin, daß man sie unter Kontrolle hielt.

Der Wind fuhr wie mit Geisterfingern durch ihre

Haare, verfing sich in den alten Mauern, wo er seltsame Töne abgab und man das Gefühl haben konnte, von heulenden Wölfen umkreist zu sein.

Die Wolkenbank wurde dichter. Die Sonne war verschwunden. Es sah nach Sturm, Regen und Gewitter aus. Weit im Westen fielen dunklere Streifen aus den Wolken. Dort regnete es bereits. Jane schüttelte sich, weil sie fror, und sie war froh, endlich die schützende Mauer erreicht zu haben.

An den wuchtigen Steinen war die Zeit auch nicht spurlos vorübergegangen. An manchen Ecken war das Mauerwerk regelrecht herausgebrochen, da konnte der Wind ungehindert durch die Löcher blasen und seine schaurige Melodie pfeifen.

Suko schob Jane zurück und peilte als erster in den Innenhof. Bis auf die Wagen war er leer. Von Astor oder der Blonden sahen sie keine Spur.

Der Chinese nickte Jane zu. »Komm«, sagte er.

Die beiden huschten auf den Hof. Dabei mußten sie über Steine steigen und durch kniehohes Gras waten. Scharfe Windböen überfielen sie und kämmten das wilde Gras.

Hinter einem der Wagen fanden sie Deckung. Es war der, der als Wohnwagen diente, denn er enthielt keinen Käfig.

Von den anderen Wagen waren die Holzläden wieder nach unten geklappt worden.

Als der Wind eine Pause einlegte, hörten Jane und Suko Stimmen. Die eines Mannes und die einer Frau.

Sie drangen aus dem Wohnwagen.

Jane und Suko schlichen vor, bis sie unter einem kleinen Wagenfenster standen. Die Detektivin war sehr neugierig und stellte sich auf die Zehenspitzen. So konnte sie durch das kleine Fenster einen Blick in das Innere des Wagens werfen.

Erhellt wurde es durch zwei Lampen. Es gab zwei Betten, einen Schrank, ein altes Sofa sowie einen Tisch und zwei Stühle. Am Tisch saßen sich die Blonde und Al Astor gegenüber.

Astor hatte eine Flasche und ein Glas vor sich stehen, während die Blonde nichts trank. Sie fuhr ihren Partner auch an.

»Sauf nicht soviel, Al!«

»Ist doch egal.«

»Nein, verdammt. Du weißt, was für mich auf dem Spiel steht. Heute nacht sehe ich meine Familie, und nicht nur das. Auch Lupina erscheint, diese verdammte ...«

»Na und? Wovor fürchtest du dich?«

Da lachte die Blonde. »Ich und fürchten? Nein, mein Lieber, aber Lupina wird die Königin der Wölfe genannt, das ist sie aber nicht.«

»Du bist es, nicht?«

»Genau, denn mir gehorchen sie. Und nicht nur die Werwölfe, sondern alle, das habe ich oft genug bewiesen. Aber dann kam ein Kerl wie dieser Morasso und hat Lupina zur Königin der Wölfe gemacht.«

»Wobei er dich übersehen hat.«

»Genau, denn ich, die weiße Wölfin, bin die Königin.«

»Das sag mal Lupina.«

Da lächelte Silva. »Das werde ich auch, Al. In der Nacht kommt sie. Dann werden wir sehen, wer stärker ist. Sie ist meine Todfeindin.«

»Aber laß mich aus dem Spiel.«

»Keine Angst, du kannst weiter deine Geschäfte erledigen.«

Astor grinste. Er nahm wieder einen Schluck. Allerdings nur einen kleinen.

Der Blick der Blonden sagte genug.

»Was hältst du eigentlich von dem Kerl, der das Tier erschossen hat?«

»Ein ziemlich gefährlicher Bursche.«

»Hast du ihn nicht rumgekriegt?« Astor grinste schief.

»Nein.«

»Wo mag er jetzt stecken?«

»Weiß ich nicht, ist mir auch egal. Wann kommen die beiden?«

»In einer Stunde etwa.«

»Dann hole ich jetzt den Kadaver.«

Astor schüttelte den Kopf »Brauchst du nicht. Ich habe ihn bereits reingeschleppt.« Er stand auf und bückte sich.

Jane stieß Suko an. Am Gesichtsausdruck des Chinesen erkannte sie, daß auch Suko mitgehört hatte. Und was sie in den letzten Minuten an Informationen erhalten hatten, war mehr als interessant, das war eine Zeitbombe.

»Und John sitzt irgendwo in einem Internat, wo er der falschen Spur nachrennt«, wisperte Jane.

»Vielleicht gibt es zwei Fälle.«

»Möglich.«

»Schau weiter, Jane.«

»Und wie.« Die Detektivin richtete sich wieder auf, um durch die Scheibe peilen zu können.

Al Astor war dabei, den schweren Kadaver auf den Tisch zu schleudern. Dabei verzog er das Gesicht. »Ein widerliches Biest.«

»Rede nicht so!« zischte die Blonde.

»Ich weiß, du hängst daran, aber ich kann mich nicht an die Viecher gewöhnen.«

»Sie tun dir nichts.«

Astor nickte. »Klar, solange du dich in meiner Nähe befindest. Aber bist du weg, dann habe ich das Gefühl, als wollten sie mich mit Haut und Haaren verspeisen. Irgendwie habe ich sogar gegrinst, als der Mann die Bestie erschoß.«

»Dieses Schwein hat Glück gehabt, daß Zeugen in der Nähe waren«, sagte die Blonde, »sonst wäre es ihm dreckig ergangen, darauf kannst du dich verlassen. Und sei froh, daß es die Wölfe gibt, sonst gingen deine Geschäfte mies.«

»So haben wir eben jeder unsere kleine Tarnung.« Astor kicherte hohl, griff unter seine Jacke und holte ein Messer hervor. Mit zwei Fingern zog er die Klinge aus dem Schaft. Er nahm sie flach in die Hand und fuhr damit vorsichtig über das Fell. Hier und da säbelte er ein paar Haare ab und pustete sie vom Tisch. »Verdammt, wo ist das Zeug denn nur?«

»Hast du es nicht selbst versteckt?«

»Ja, aber ich weiß nicht mehr …« Er fluchte abermals, denn plötzlich waren die Finger seiner linken Hand blutig. Al Astor hatte die Wunde gefunden.

Er nahm das Messer und schnitt noch tiefer. Blut quoll hervor, rann durch das Fell, näßte es und tropfte auch auf den Tisch.

Die Blonde schüttelte den Kopf. »Was ist los?« fragte sie. »Was suchst du da?«

Astor grinste. Er hatte den Mund halb geöffnet und schaute genau nach. Schweißtropfen lagen auf seiner Stirn, so konzentriert arbeitete er.

»Jetzt hab ich's«, meldete er.

»Was?«

»Die Kugel.«

Noch ein letzter Schnitt, und er hielt das Geschoß zwischen den Fingern.

Seine Stirn umwölkte sich. Die Augen wurden schmal. Bisher hatte Silva nicht sonderlich interessiert zugeschaut, doch nun wurde sie aufmerksam, da sich ihr Begleiter die Kugel genau ansah.

»Hast du was?« fragte sie.

»Ja, meine Liebe. Das Geschoß ist verdammt seltsam.«

»Wieso?«

Er hielt es gegen das Licht.

»Sieh es dir an, meine Liebe. Es ist aus Silber!«

»Ahhhh!« Die Blonde stieß diesen Laut aus, in dem alles lag, was sie empfand.

Überraschung, Angst, Entsetzen, Furcht ...

»Silber?« flüsterte sie und trat einen Schritt zurück. Der Stuhl erhielt einen Schubs und kratzte dabei über den rauhen Boden. »Sagtest du wirklich Silber?«

»Ja, meine Liebe.«

»Ist es geweiht?«

»Willst du es ausprobieren?« Astor hob die Hand. Zwischen Daumen und Zeigefinger schimmerte die leicht deformierte silberne Kugel. »Hier ist sie.«

»Weg damit!«

»Nein.«

Astor schüttelte den Kopf. Er ließ die Kugel in seiner Hosentasche verschwinden.

Die Blonde hatte sich wieder gesetzt. Das Kinn stützte sie auf ihre Handballen. »Silber«, murmelte sie. »Geweihtes Silber. Tödlich für viele Dämonen. Wer läuft schon mit geweihtem Silber herum? Kein normaler Mensch, sondern jemand, der ein Profi ist. Dann war das Treffen vielleicht gar nicht so zufällig, oder?«

»Was hast du gesagt?« Astor hatte nicht hingehört, sondern weiter den Kadaver untersucht. Mit dem Messer schnitt er ihn auf und hob ein Stück Fell ab, ohne daß Blut aus der Wunde quoll. Das Fell war nachträglich angebracht worden.

»Weißt du, was ich meine?« wiederholte Silva.

Astor grinste mit dünnen Lippen. »Nein, ich weiß es nicht, aber es scheint dich ja ganz schön von der Rolle gebracht zu haben.«

»Das hat es auch, und du sitzt hier herum und tust, als wäre das alles nur mein Problem.«

»Ist es das nicht?«

»Nein, verdammt.«

»Ich habe vor geweihtem Silber keine Angst, meine Liebe. Das ist allein dein Problem.«

Silva sprang auf. Beide Hände stützte sie auf den schmalen Tisch und beugte sich vor. »Es ist nicht nur mein Problem, Al Astor. Denn wenn es mich erwischt, dann hängst du auch mit drin. Dann ist dein Geschäft ebenfalls erledigt.«

Astor winkte ab. »Reg dich nicht auf. Wer sagt dir denn, daß es dich erwischt? Du mußt nur mit dieser Lupina fertig werden. Das andere besorge ich schon. Allerdings habe ich dich selten so aufgeregt gesehen. Wenn du dich jetzt verwandelt hättest, würde sich direkt dein Fell sträuben.« Er kicherte.

»Laß die Scherze. Sie gefallen mir nicht.«

»Kann ich mir denken!«

Astor hatte ein großes Mundwerk. Aber das schadete ihm nicht. Er kannte seine Position, er wußte, daß sie verdammt sicher war.

Jane und Suko jedoch, die beiden Lauscher, glaubten ihren Ohren nicht trauen zu können. Was sie alles erfahren hatten, war schon phänomenal zu nennen. Und kaum zu fassen. Sie brauchten nur die Ohren aufzusperren und erfuhren sehr interessante Zusammenhänge, die sie sich nie hätten träumen lassen.

Aber die beiden im Wagen waren noch nicht am Ende. Es ging weiter. Ein Stück Fell hatte Al Astor inzwischen gelöst. Darunter lag das normale, das andere war nur aufgesetzt worden. Der Mann hob den Kadaver leicht an, tastete mit den Fingern, und als er die Hand zurückzog, hielt er eine Plastiktüte fest, die mit einem weißen Pulver bis zum Rand gefüllt war.

Jane und Suko quollen fast die Augen aus den Höhlen. Ohne eine genaue Analyse vorgenommen zu haben, wußten sie auch so, was sich in der Tüte befand.

Rauschgift!

Al Astor schmuggelte Rauschgift. Durch einen sehr raffinierten Trick schaffte er das Zeug über die Grenze. Wenn die anderen Tiere ebenfalls diese brisante Fracht am Körper trugen, konnte man Astor schon als einen Großhändler bezeichnen.

Er und die Blonde. Ein verflixt raffiniertes Paar.

Jane zog sich wieder zurück. Sie schaute Suko an. »Was meinst du? Schnappen wir sie uns?«

»Es wäre nicht schlecht, dann hätten wir zwei Gegner aus dem Spiel und könnten uns auf Lupina konzentrieren.« Die beiden hatten sich entschlossen. Sie wollten nicht mehr länger warten.

Doch ihr Vorhaben wurde vereitelt.

Sie hatten bei ihrer Ankunft zwar die Wagen gesehen, sie allerdings nicht untersucht. Und so war ihnen etwas entgangen. Wie schon auf der Fähre, waren die Türen mit den Gittern nicht mehr geschlossen.

Die Wölfe konnten die Wagen verlassen.

Was sie auch taten.

Lautlos sprangen drei der fünf Bestien zu Boden, duckten sich, hoben die Köpfe und hielten sich immer im Schatten ihrer Wagen, als hätte ihnen jemand einen Befehl gegeben, sich nicht so rasch zu zeigen.

Dann schlichen sie vor. Sie teilten sich dabei und schlugen jeder einen kleinen Bogen, allerdings blieben sie im Rücken der beiden Menschen, die sie als Feinde ansahen.

Lautlos schlichen sie heran.

Gleichzeitig drehten sich Suko und die Detektivin um. Beide sahen die Tiere. Ihre Augen wurden groß, als die graubraunen Viecher nur wenige Schritte von ihnen entfernt stehenblieben und sie aus kalten Raubtieraugen fixierten.

»Das wird wohl nichts werden«, murmelte Suko und griff nach seiner Beretta.

Da sprang das erste Tier!

Ich erwartete den Hieb.

Ausweichen konnte ich nicht mehr. Beidseitig war ich paralysiert, es gab nicht den Hauch einer Chance für mich, zur Seite zu hechten oder mich aus der Schlagrichtung zu drehen.

Marcel Vendri ließ sich Zeit.

Er wollte es noch genießen, spielte den großen Sadisten, und diese knappe Zeitspanne rettete mir vorläufig das Leben.

Jemand griff ein.

Nicht Jovanka, die meinen Tod wollte, sondern eine andere Person, die ich besser kannte.

Lupina, die Königin der Wölfe!

Sie tauchte dort auf, wo auch ich hergekommen war. Aus dem ersten großen Kellerraum. Dort mußte sie gelauert haben oder war erst später erschienen. Ich wußte es nicht, es spielte auch keine Rolle. Nur ihre Anwesenheit zählte.

»Laß es!«

Ihre Stimme klang hell, fast ein wenig schrill. Ich erkannte sie trotzdem.

Und Marcel gehorchte.

Er verzog unwillig zwar das Gesicht, wagte jedoch nicht, gegen seine Königin aufzumucken. Sein Arm sank nach unten. Mit ihm die Stange, ohne mich auch nur berührt zu haben.

Lupina hatte mir eine Galgenfrist verschafft.

»Geh weg da!« erklang der nächste Befehl.

Gehorsam trat Marcel zurück und stellte sich neben seine Schwester. Lupina hatte freie Bahn. Niemand stand ihr jetzt noch im Weg, so daß sie auf mich zutreten konnte.

Bis jetzt hatte ich nur ihre Stimme vernommen. Nun bemerkte ich aus den Augenwinkeln die Bewegung, dann erschien sie in meinem vollen Sichtfeld.

Vor mir blieb sie stehen.

Ja, es war Lupina, die Königin der Wölfe, daran gab es nicht den geringsten Zweifel.

So wie sie aussah, hatte ich sie auch in Erinnerung behalten. Das Gesicht eines Engels, den Körper einer Bestie. Eine grausame, nahezu perverse Mischung, die mich einmal, als ich selbst zu einem Werwolf geworden war, in einen Taumel der Gefühle gerissen hatte. Lupina sah noch genauso aus wie früher. Sie hatte sich um keinen Deut verändert.

Sie hatte lange, fast gelbe Haare. Sie reichten bis auf die mit Fell bedeckten Schultern, und auch der übrige Körper zeigte ein braunes, etwas hell wirkendes Fell. Er hatte sogar frauliche Formen, und auch die Arme wirkten längst nicht plump, sondern eher biegsam und geschmeidig. Die Hände waren ebenfalls mit Fell bedeckt, und die Nägel an den Fingern schillerten seltsam hell.

Der Körper hatte mich auch als Wolf nie angezogen. Es war immer das Gesicht gewesen, denn man konnte bei ihm schon den Begriff klassische Schönheit verwenden. Stark ausgeprägte Wangenknochen, eine kleine gerade Nase, fein geschwungene Augenbrauen, und darunter gelbgrün schillernde Pupillen, die wie Kugeln in den schräg stehenden Augen lagen. Der Mund war sogar fein geschwungen, und das Kinn zeigte einen sanften Zug.

Schönheit und Bestie!

Wie paßte das zusammen? Ich hatte mich einmal faszinieren lassen, da war ich allerdings kein Mensch mehr gewesen, doch hier stand ich ihr als Feind gegenüber, denn Lupina gehörte zu Dr. Tods Mordliga, deren Mitglieder mein Ende wollten.

Als sie mich anschaute, begann sie zu lächeln. »Überrascht, John Sinclair?« fragte sie dann.

Ich nickte.

»Kannst du nicht reden?«

Die Schläge hatten zwar meinen Körper gelähmt, aber nicht meine Stimme. Luft bekam ich auch. »Sicher, ich bin überrascht«, erwiderte ich krächzend.

Sie lachte. »Das kann ich mir denken. »Wir haben lange nichts mehr voneinander gehört, denn ich hatte mich ein wenig zurückgezogen, aber ich war über deine Aktivitäten genau informiert. Du hast einige Siege errungen. Destero gibt es nicht mehr, und du hast auch seine Würgehand erledigt. Solo Morasso hat getobt, Asmodina ebenfalls.«

»Hat Dr. Tod dich gesandt?« wollte ich wissen.

»Nein, er weiß nicht einmal, daß ich hier bin.«

»Wo steckt er?«

»Wir haben ein Versteck gefunden, das ich dir allerdings nicht verraten werde. Es ist sozusagen unsere Operationsbasis, wo wir uns in Ruhe auf die große Auseinandersetzung vorbereiten können. Dr. Tod, Lady X und Tokata haben das Versteck verlassen, weil sie noch eine Aufgabe zu erfüllen haben.«

»Xorron?«

»Du sagst es, John Sinclair. Morasso hat ihn immer noch nicht gefunden. Aber er hat einen heißen Tip bekommen. Und zwar warst du fast dabei, wie ich hörte.«

»In London?«

»Genau. Erinnere dich an die U-Bahn.«

Das war mein letzter Fall gewesen. Wir hatten Ghouls gejagt und waren dabei auf Lady X gestoßen.

»Was ist damit?«

»Die uralten Ghouls in der Londoner Kanalisation wußten genau Bescheid. Sie haben Dr. Tod Xorrons ungefähren Aufenthaltsort genannt.«

»Und wo ist er?«

Lupina lachte. »Nein, John Sinclair, so weit geht die Liebe nun doch nicht. Ich werde dir nicht sagen, wo sich Dr. Tod aufhält und nach Xorron forscht.«

»Dann weiß Morasso nicht genau, wo er sich befindet?«

»Vielleicht ...«

Das gab mir wieder Hoffnung. »Wissen die anderen eigentlich, was sich hier abspielt?« Ich wechselte das Thema.

»Wer?«

»Die Schülerinnen und auch das Lehrpersonal.«

»Nein, die sind ahnungslos.« Marcel gab die Antwort. »Obwohl einige auch ihr eigenes Süppchen kochen, doch mit unserem Fall hat das nichts zu tun. Die Schule war ein Platz, wo wir untertauchen konnten. Niemand schöpfte Verdacht. Und so wird es auch bleiben. Bis man den Toten entdeckt, ist alles vorbei.«

»Was hast du vor?« wollte ich von Lupina wissen.

»Ganz einfach, John Sinclair. Wir waren in der Welt bisher unterrepräsentiert. Werwölfe gab es zwar, aber immer agierten sie als Einzelgänger. Die Zeit ist vorbei. Ich bin Lupina, die Königin der Wölfe, und ich sorge dafür, daß sich meine Artgenossen unter meiner Führung vereinigen. Ich will nichts mehr dem Zufall überlassen. Wenn die Mordliga erstarkt ist, will auch ich eine Werwolf-Elite gegründet haben. Kannst du das verstehen?«

»Sicher.«

Lupina fuhr fort.

»Da gibt es Vampiro-del-mar. Kaiser der Vampire nennt er sich, Xorron ist Herr der Untoten und auch der Ghouls. Die schlimmsten Geschöpfe gehorchen ihm, nur ich stehe allein da.«

»Und Tokata?«

»Was mit ihm ist, weiß ich nicht. Aber auch er wird seinen Platz einnehmen, das kannst du mir glauben.«

Ja, ich nahm es ihr ab. Dr. Tod hatte Großes vor. Er wollte mächtig werden, und seine Mordliga, die Unterführer gewissermaßen, wollten ihre Macht ebenfalls ausdehnen. Eine ganz natürliche Sache bei Dämonen dieser Art.

»Wie reagiert Asmodina?«

»Ich weiß es nicht.«

»Dr. Tod will sie stürzen, nicht?«

»Darüber spreche ich nicht mit dir.«

Ich hatte bewußt ein heißes Thema angeschnitten. Mir war zu Ohren gekommen, daß es Solo Morasso nicht paßte, unter der Fuchtel Asmodinas zu stehen.- Er wollte nicht der Lakai der Teufelstochter sein. Ein paarmal war er aufmüpfig gewesen.

Doch einmal war er von Asmodina fürchterlich gedemütigt worden. Es hatte lange gedauert, bis er sich von diesem Schock erholt hatte.

Doch nun war er wieder voll da. Und er schien raffinierter vorzugehen, hielt sich mehr im Hintergrund, um irgendwann einmal zuschlagen zu können. Ein sehr geschickter Plan, falls er ihn durchführen konnte, denn das war immer die große Frage.

Asmodina schlief nicht. Sie befehligte Heerscharen von Dämonen, herrschte über zahlreiche Schreckensreiche, und ihre Spitzel lauerten überall.

Das wußte Dr. Tod genau. Deshalb agierte er so vorsichtig und kam ihr nicht in die Quere.

»Weiß Morasso von deinem Ausflug?« fragte ich Lupina.

»Nein, aber er wird es erfahren, wenn du gestorben bist.« Lupina lächelte. »Schade, ich hätte dich gern an meiner Seite behalten. Erinnerst du dich?«

Und ob ich mich erinnerte. Es war eine schreckliche Zeit gewesen, als Werwolf herumzulaufen. Und ich hatte mich dazu noch in die Königin der Wölfe verliebt. Hatte sogar um sie gekämpft, war Sieger geblieben und wollte auch an ihrer Seite bleiben, doch da waren meine Freunde gewesen. Sie hatten alles eingesetzt und mich gerettet. Auch Myxin, der kleine Magier, hatte seine Kräfte spielen lassen.

»Jetzt ist es genau umgekehrt, John Sinclair«, erklärte mir Lupina. »Heute will ich deinen Tod!«

Das waren harte Worte. Aber ich wußte, daß sie stimmten. Lupina wollte mich umbringen. Koste es, was es wolle.

»Wann soll ich sterben?« fragte ich.

»In der nächsten Nacht. Es ist ein großes Sippentreffen geplant. Ganz in der Nähe liegt eine unbewohnte Burg. Dort werden die Vaselys erscheinen, und auch ich werde da sein. Auf der Burg wird sich dein Schicksal entscheiden.«

Ich spürte, daß langsam die Steifheit nachließ. Die Finger konnte ich schon bewegen. Ein kleines Plus. Zudem hatte ich noch bis Mitternacht Zeit. Und da konnte viel geschehen.

»Wer sind eigentlich die Vaselys?« erkundigte ich mich.

Lupina schaute Marcel an. »Weiß er nicht Bescheid?«

»Nein.«

Da lachte die Königin der Wölfe. »Zwei stehen vor dir, John Sinclair. Eine dritte kommt noch hinzu.« Sie hatte von einer Frau gesprochen, und in mir keimte ein Verdacht auf.

»Hat diese Frau zufällig blonde Haare wie du?«

»Ja.«

»Und heißt sie Silva?«

Jetzt sah ich den erstaunten Ausdruck in den Augen der vor mir stehenden Werwölfin. »Du kennst sie?«

»Ich habe sie kennengelernt. Sie ist mit vier Wölfen unterwegs. Einen habe ich erschossen.«

Marcel zischte durch die Zähne. »Das wird dir Silva nie verzeihen, Sinclair. Nie!« schrie er. »Wenn du tatsächlich eines ihrer Tiere getötet hast, zerreißt sie dich.«

»Das soll sie mir überlassen«, erwiderte Lupina kalt. Dann wechselte sie das Thema. »Draußen ist es zu hell und deshalb sehr riskant, Sinclair wegzuschaffen. Zudem hat es einige Aufregungen gegeben. Ich bin dafür, daß wir ihn solange verstecken.«

»Und wo?« Diese Frage stellte Jovanka.

Lupina wandte den Kopf und nickte Marcel zu. »Hol den gläsernen Sarg!«

Da lachte er und rieb sich die Hände. »Ja, das ist gut. Es ist ein besonderer Platz für ihn.«

»Aber nimm erst seine Waffe!« Marcel Vasely bückte sich und hob die Beretta auf. Lupina funkelte mich an.

Mir ging es zwar etwas besser, aber auf der Höhe war ich noch längst nicht. Wenn ich versuchte, meine Gegner anzugreifen, würde Vasely schießen und mich mit einer Silberkugel ins Jenseits schicken. Dieses Risiko konnte ich auf keinen Fall eingehen.

Der Lehrer schlich um mich herum und gelangte in meinen Rücken. Lupina nickte ihm zu.

Ich ahnte, was folgen würde, konnte aber nichts dagegen unternehmen. Etwas pfiff durch die Luft, und dann traf mich der Schlag in den Nacken. In einem Blitz ging die Welt für mich unter. Daß ich hart zu Boden krachte, merkte ich nicht mehr …

Der Wolf war verdammt schnell. Es gelang Suko nicht mehr, seine Waffe zu ziehen. Wuchtig krachte das Tier gegen ihn und schleuderte selbst den kräftigen Chinesen zurück, der sich allerdings auf den Beinen halten konnte und mit dem Rücken gegen die Wand des Wohnwagens prallte, wobei es einen dumpfen Laut gab, der sicherlich auch im Innern zu hören war.

Zähne schnappten nach Sukos Kehle. Diese Bestie wollte den Tod des Menschen.

Der Chinese hieb zu.

Die Handkante klatschte gegen die Schnauze. Jaulend fiel der Wolf zu Boden und überschlug sich dort.

Sofort war der zweite da. Ihm konnte Suko ebenfalls nicht ausweichen. Das wollte er auch nicht. Suko ging voll in den Sprung des Wolfes hinein.

Das dritte Tier hatte sich inzwischen um Jane Collins gekümmert. Mt einem Fußtritt hatte Jane die erste Attacke abwehren können. Die Wirkung war jedoch nicht stark genug gewesen, der Wolf war sehr schnell wieder auf den Beinen und ging die Detektivin sofort an.

Er war jetzt gewarnt und schaffte es, dem zweiten Tritt geschmeidig auszuweichen.

Dann schnappte er zu.

Jane hatte Glück, daß sie rechtzeitig zur Seite sprang. So verfingen sich die Zähne in ihrem Rock. Die Hauer rissen den Stoff entzwei. Der bunte Lappen hing zwischen dem Gebiß des Tieres. Es spie ihn aus.

Die Tür des Wagens wurde aufgestoßen. Jane hörte und sah es. Und sie bemerkte den Schatten.

Al Astor trat heraus!

Sein plötzliches Auftauchen lenkte die Detektivin so sehr ab, daß sie den grauen Körper zu spät sah.

Voll wuchtete er gegen sie.

Der Anprall schleuderte Jane zu Boden, und dann war der Wolf über ihr.

Sie hörte das Knurren, sah die Zähne dicht vor ihrem Hals und spürte den Druck der Pfoten auf ihrem Körper.

Jane versteifte. Sie war nicht mehr fähig zu schreien, obwohl ihr die Schnauze des Tieres große Angst einflößte. Einen Arm hatte sie anwinkeln können und unter den Bauch des Tieres gestemmt. Ihre Finger wühlten sich dabei in das zottige Fell. All ihre Kraft setzte sie ein, und es gelang ihr tatsächlich, den schweren Körper für einen kurzen Augenblick hochzudrücken.

Dann jedoch war es aus mit ihrer Herrlichkeit. Der Wolf war stärker und wollte sein Opfer.

In diesem Moment griff Al Astor ein. Er sprang aus dem Wagen, und auch die Blonde erschien. Während Astor das Tier in die Seite trat, zischte die Blonde einen Befehl.

Augenblicklich gehorchte der Wolf. Er knurrte noch einmal wütend und ließ Jane in Ruhe.

Die Detektivin fühlte sich erleichtert. Allerdings kam sie nicht dazu, ihr Gefühl auszukosten, denn der dünne Al Astor war mit einem geschmeidigen Satz über ihr, hatte sein Messer gezogen und hielt Jane die Klinge an die Kehle.

Jane Collins wurde zu Eis. Sie schielte auf das Messer und sah, wie scharf die Klinge war. Ein kleiner Druck nur, und Astor konnte ihr die Kehle durchschneiden.

»Da ist noch einer«, sagte die Blonde. Sie meinte Suko damit.

Der Chinese hatte sich auch von dem zweiten Wolf nicht fertigmachen lassen. Er war ein Karatekämpfer, kannte verdammt viele Tricks, Griffe und Abwehrschläge.

Mensch und Tier lagen am Boden. Beide kämpften wild und ohne Rücksicht.

Es war Suko gelungen, seine Hände um den Hals des Wolfes zu klammern. Die Bestie hatte ihren Oberkörper weit vorgebeugt und die Hinterläufe in den Boden gestemmt. Die beiden Zahnreihen kamen Suko vor wie eine Reihe gieriger Messer, die alles zerfleischen wollten.

Der Chinese drückte kräftiger. Er wollte das Tier erwürgen, und er hatte die Kraft dazu.

Seine Finger waren gestählt, sie nahmen es auch mit der wilden, unbändigen Kraft eines Wolfes auf.

Die Bestie zuckte. Ihre Schnauze bewegte sich von einer Seite zur anderen. Manchmal klappten die Zähne zu, dann wieder floß gelbweißer Geifer aus dem Maul und tropfte gegen Sukos Brust.

Die Bewegungen des Tiers wurden schwächer. Die Bestie konnte sich nicht aus dem mörderischen Griff befreien. Es war nur eine Frage der Zeit, wann sie ihr Leben aushauchte.

Da hörte der Chinese die Stimme. Es war die der Blonden. Schrill klang sie über den Innenhof.

»Laß ihn los, oder die Frau ist eine Leiche!«

Suko vernahm die Worte. Sie schnitten förmlich in seine Ohren. Er reagierte sofort. Mt einer letzten kraftvollen Bewegung schleuderte er die Bestie so weit von sich, daß sie sich in der Luft zweimal überschlug und dann zu Boden krachte, wo sie kaum mehr die Kraft fand, aufzustehen.

Die beiden anderen Wölfe gesellten sich zu ihrem Genossen.

Hechelnd und mit heraushängenden Zungen standen sie neben ihm. Dabei fixierten sie den Chinesen aus kalten Raubtieraugen. Sicherlich hätten sie angegriffen, aber da war die blonde Frau, die sie zurückhielt.

Suko hütete sich, eine falsche Bewegung zu machen, denn Jane befand sich wirklich in einer schlimmen Lage.

Rücklings lag sie am Boden. Über ihr kniete Astor. Das Messer hielt er in der rechten Hand, und die kalte Klinge berührte Janes gespannte Haut an der Kehle.

Obwohl es in Suko fürchterlich kochte, behielt er die Ruhe. Er durfte nichts tun, was die anderen reizen konnte. Diese blonde Frau hing sehr an ihren Lieblingen. Einer war schon tot, sie wollte die drei anderen nicht auch noch verlieren.

Breitbeinig stand sie da, die Hände zu Fäusten geballt. Das sonst etwas sinnliche Gesicht war nur noch eine Maske aus erstarrter Wut und Haß.

Suko hob beide Hände.

Ein Zeichen der Aufgabe, und er hoffte, daß es auch von seinen Gegnern so verstanden wurde.

Silva begriff es. Sie nickte. »So ist es gut, Chinese. Nimm die Hände noch höher und geh ein wenig vom Wagen weg. Ich will dich besser unter Kontrolle haben!«

Suko schritt zur Seite. Dabei näherte er sich den Wölfen, deren Fell sich sofort sträubte. Sie nahmen eine drohende Haltung ein, aber sie griffen nicht ein. Die Frau hatte sie ausgezeichnet unter Kontrolle.

Al Astor lag noch immer auf Jane Collins. Nach wie vor bedrohte er sie mit dem Messer. Dabei schielte er auch zur Seite, so daß er Suko ebenfalls im Auge behielt.

Es war dem Chinesen unmöglich, etwas zu unternehmen. Sicher, er trug seinen geheimnisvollen Stab bei sich. Bis er ihn allerdings gezogen hatte, war soviel Zeit vergangen, daß Jane gestorben sein konnte. Die Gegner hielten sämtliche Trümpfe in ihren Händen.

»Wer bist du, Chinese?« fragte die Blonde,

Suko sagte seinen Namen. »Und wie heißt das Weib?«

»Jane Collins.«

»Sind die Namen echt?«

»Ja.« Suko merkte, daß die Frau mit ihnen nichts anzufangen wußte. Sie fragte Al Astor. Auch er hatte sie noch nie gehört.

»Was habt ihr hier zu suchen?« pfiff die Blonde Suko an.

Er hatte sich schon eine gute Ausrede zurechtgelegt, ermöglicht durch die Entdeckung des Rauschgifts. »Wir haben nicht eingesehen, daß Astor den Stoff allein verkauft.«

Suko war in diesem Augenblick froh, von John den Namen des Mannes erfahren zu haben.

»Du kennst ihn?«

»Sicher. Er ist in der Branche bekannt wie ein bunter Hund.«

Silva lachte. »Und dabei war Al immer so stolz auf seinen Schmuggeltrick. Ich habe ihm immer gesagt, daß er damit mal auf die Nase fällt.«

»Noch bin ich nicht gefallen!« knirschte der Dealer.

»Nein, aber es kann leicht möglich sein.«

»Soll ich ihr die Kehle aufschlitzen?« Wie er das fragte, ließ keinen Zweifel daran aufkommen, daß er die Sache auch ernst meinte.

»Das hat Zeit. Ich will erst mehr über unser lustiges Paar wissen.« Silva lächelte. »Seit wann hängt ihr schon hinter uns?«

»Wir haben euch in Calais von der Fähre gehen sehen.«

»Dann wußtet ihr, daß wir aus England kommen würden?«

»Ja.«

»Woher?«

»Auch wir haben unsere Verbindungen.«

»Ich will Namen wissen!« schrie die Blonde.

»Die kann ich nicht sagen.«

»Soll ich deine Puppe doch noch killen?« kreischte Astor. Die Wölfe knurrten, als sie seine schrille Stimme vernahmen.

»Wäre gar nicht schlecht«, meinte die Blonde, überlegte es sich jedoch anders, denn der Wind trug das Geräusch eines fahrenden Wagens zu ihnen.

»Da kommt jemand«, sagte Astor.

Die Blonde lachte. »Das müssen sie sein. Oder habt ihr noch Komplizen?«

»Wir sind allein«, erwiderte Suko. Auch er war gespannt, wer den Weg zur Burg gefunden hatte. Sicherlich die Aufkäufer des Rauschgifts, doch mit letzter Gewißheit konnte er es nicht sagen.

Die Wölfe wurden ebenfalls unruhig. Sie drehten sich um. Einer hob die Schnauze und heulte.

Ein Hupsignal ertönte.

Dreimal kurz hintereinander.

»Sie sind es«, stellte die Blonde fest und scheuchte ihre Wölfe zurück, die schon zum Eingang hetzen wollten.

Sekunden später schob sich die lange Schnauze eines Citroens durch die Einfahrt. Der Wagen hatte getönte Scheiben, so daß Suko nicht erkennen konnte, wer in seinem Innern hockte. Abrupt stoppte der Wagen. Anscheinend hatte der Fahrer bemerkt, daß etwas nicht stimmte.

Die Blonde winkte. Und zu Suko gewandt, sagte sie: »Halte dich ruhig, Chinese. Eine dumme Bewegung, und es ist um deine Freundin geschehen!«

Wenig später wurden die Türen aufgestoßen, und die beiden Männer verließen den Wagen.

Die Lage spitzte sich zu ...

Sie hatten mich wieder in die Halle mit dem Pool getragen. Davon jedoch bekam ich nichts mit. Der Schlag war einfach zu hart gewesen. Ich erwachte erst, als sie bereits dabei waren, etwas über meinen Kopf zu stülpen.

Es war ein gläserner Deckel. Ein Sargdeckel!

Sekundenlang waren die Schmerzen vergessen. Ich verspürte schreckliche Angst, dann wurde der Deckel geschlossen. Zwei Gummileisten an den Rändern saugten sich aneinander und schlossen luftdicht ab.

Aus!

Der Sarg war gläsern. Ich konnte sehen, was um mich herum geschah. Der Deckel saß so fest, daß kein Quentchen Luft in das Innere dringen konnte.

Und die, die noch vorhanden war, wurde schnell durch mein Atmen verbraucht.

Das stand fest.

Ich hatte die Augen aufgerissen. Das dicke Glas verzerrte die Perspektive. Es ließ die um den Sarg herumstehenden Gestalten wie skurrile Figuren aussehen.

Am Sargende stand Lupina. Ihr Gesicht lief in die Breite, aber ich sah deutlich, wie triumphierend sie lächelte. Jetzt hatte sie mich da, wo sie mich immer haben wollte. Jovanka und ihr Bruder Marcel rahmten die gläserne Totenkiste ein. Auch sie lächelten. Der böse Triumph war deutlich auf ihren Gesichtern abzulesen.

Das Mädchen hatte sich etwas übergezogen. Dunkle Kleidung. Eine Cordhose und einen Pullover.

Ich sah, wie alle drei auf die Uhr schauten. Überlegten sie vielleicht, wie lange ich noch Atemluft haben würde?

Dann sprachen sie miteinander. Ich verstand kein Wort. Nur an ihren Gesten war zu erkennen, daß sie über mich redeten. Einmal zeigte Marcel auf den Sarg und dann wieder auf das Becken.

Die beiden anderen nickten.

Mein Herz klopfte plötzlich schneller. Ich ahnte, was man mit mir vorhatte. Schweiß stand auf meiner Stirn. Das dicke Glas beschlug von innen.

Auch spürte ich jetzt die Schmerzen. Mein Nacken war steif, den Kopf konnte ich kaum bewegen, und wenn, dann nur unter sehr großen Anstrengungen.

Lupina gab das Zeichen.

Die drei bückten sich gemeinsam.

Hände und Klauen umfaßten den Sarg. Sie schoben ihn etwas vor, genau auf den Rand des Beckens zu. Dann faßten sie den Sarg unter und hoben ihn an.

Für einen Moment kippte ich nach links weg. Im nächsten Augenblick hatten sie die gläserne Totenkiste wieder in der Gewalt. Sie gaben ihr Schwung, ließen los – und …

Für einen Moment stockte mir der Herzschlag.

Dann schlug der Sarg auf der Wasseroberfläche des Pools auf …

ENDE

Lupinas Todfeind

Stocksteif lag Jane Collins am Boden. Ihre Hände hatte sie gegen das feuchte Gras gepreßt. Wenn sie den Blick senkte und an ihrem Mund vorbeischielte, sah sie die blanke Messerklinge, die dicht vor ihrer Kehle zitterte. Eine falsche Bewegung ihrerseits, und Al Astor würde zustoßen!

Der Mann hockte auf ihr. Er nagelte sie mit seinem Gewicht am Boden fest, so daß sich die Detektivin nicht rühren konnte. In seinen Augen lag eine tödliche Entschlossenheit, denn Jane Collins und der Chinese Suko hatten ihn sowie die blonde Frau bei einem verdammt schmutzigen Rauschgiftgeschäft überrascht, noch bevor die beiden Männer mit einem Wagen der Marke Citroen aufgetaucht waren.

Während Jane noch immer von Al Astor bedroht wurde, schaute sich der Chinese die Kerle an.

Einer war etwas untersetzt und trug auf der Oberlippe ein kleines Bärtchen. Sein Blick wieselte von einem zum anderen, und er sah aus, als hätte ihn die Szene völlig aus dem Konzept gebracht.

Der zweite Mann erinnerte Suko an einen Südländer. Dunkler Teint, schwarze Haare, ein zynisch verzogener Mund – und die Hand in Nähe der Waffe.

»Was ist hier los?« fragte der mit dem Schnäuzer. Er schaute die blonde Silva dabei an. Wahrscheinlich akzeptierte er sie als Chefin.

»Wir hatten eine kleine Auseinandersetzung, Roland.«

»Wieso?« Die Frage stellte der Schwarzhaarige.

»Halt dich da raus, Paretti.«

»Langsam, Foucert, es geht auch um mein Geld.«

»Ja, das weiß ich.« Roland Foucert, hauptberuflich Rektor eines Internats, schüttelte wütend den Kopf. »Es wird ja alles klargehen, oder täusche ich mich da?«

»Du täuschst dich nicht«, erwiderte die Blonde.

»Prima, dann erzähl mal.«

»Der Chink und die Süße sind Konkurrenten von uns. Sie wollten uns den Stoff abnehmen.«

Foucert lachte. »Wirklich?«

»Sie sagen es.«

Da drehte sich der Mann um. Er starrte Suko an. Seine Nasenflügel blähten sich, die Mundwinkel verzogen sich nach unten. »Wer bist du?«

»Ein Geschäftsmann.«

Foucert nickte. »Freut mich. Aber es freut mich weniger, daß du dich in meine Geschäfte mischst. Da werde ich dir gleich mal einen kleinen Denkzettel verpassen.« Er griff unter seine Jacke und holte einen Metallstab hervor, der an seinem Ende einen Gummigriff hatte. »Für jede dumme Antwort verpasse ich dir damit eine«, sagte er. »Wie gefällt dir das, du mieser gelber Bastard?«

Suko hob die Schultern.

Nur einen kurzen Augenblick später kassierte er den ersten Treffer. Es war kein harter Hieb, nur ein Streicheln, doch das hatte es in sich, denn der kurze Stock mit dem Gummigriff war elektrisch aufgeladen, und Suko spürte den Stromstoß bis in die Zehenspitzen.

»War es schön, Bastard?« zischte Foucert.

»Gar nicht. Behandeln Sie Ihre Schülerinnen auch immer so, Meister?«

»Wenn's sein muß.« Da mußte Suko den nächsten Hieb hinnehmen.

Hart preßte der Chinese die Lippen zusammen. Kein Wort drang aus seinem Mund.

»Und jetzt zu den Fragen, Gelber! Was hast du hier gewollt?«

»Den Stoff.«

»Wer gibt dir das Recht, ihn dir zu nehmen?«

»Ich selbst.«

»Das ist meine Domäne. Wie bist du überhaupt darauf gekommen, daß hier Stoff zu holen ist?«

»Ich habe es erfahren!« Im nächsten Augenblick krümmte sich Suko abermals. Der Schlag hatte ihn gegen die Hüfte getroffen. Diesmal mit stärkerer Dosis.

Foucert trat zu.

Der Schuh hätte Sukos Gesicht zerdrückt, doch da reagierte der Chinese. Mit einer Hand umfaßte er den Knöchel, eine blitzschnelle Drehung, und Foucert lag auf dem Boden. Er fiel mit dem Gesicht zuerst ins Gras. Seine Zähne hackten in den Boden.

Paretti reagierte sofort. Er war ein Meister im Ziehen der Waffe. Plötzlich hielt er einen 45er Smith&Wesson in der Hand, schwenkte seinen Arm über die Kühlerschnauze und schoß.

Die Kugel riß Suko beinahe das linke Ohr weg. Mitten in der Bewegung erstarrte er.

»Die nächste bekommst du zwischen die Augen, Gelber!« warnte Paretti. Sein Französisch hatte einen harten, rollenden Klang. Wahrscheinlich stammte der Mann aus Italien.

Suko hob die Arme. Sie schmerzten noch immer. »All right, Mann, aber du hättest es auch nicht gern, wenn man dich auf diese Art und Weise kitzelt.«

»Stimmt.« Paretti grinste.

Sein Partner stand inzwischen auf. Gebückt blieb er stehen und schüttelte den Kopf. Von der Seite her schielte er auf Suko. Seinen heimtückischen Schlagstock hielt er noch immer fest.

Und dann explodierte er.

Aus dem Stand drosch er zu. Sein Arm wurde lang, Suko hätte ausweichen können, aber da war noch das Mündungsloch, aus dem jeden Augenblick die tödliche Kugel fahren konnte.

Er nahm den Schlag voll.

Suko spürte ihn dicht unter der Kinnspitze, dann schien sein Kopf in tausend Stücke zu zerplatzen.

Wie ein gefällter Baum fiel er um. »So«, sagte Roland Foucert nur, »das hätten wir!«

»Ist er tot?« Die Stimme der Blonden klang gelangweilt.

Der verbrecherische Schulleiter grinste. »Wenn er ein schwaches Herz hat, ja. Ansonsten wird er es überleben.«

»Hoffentlich.«

»Wieso?«

»Weil ich ihn als Opfer ausersehen habe.«

Foucert kraulte seinen Nacken. »Opfer?«

»Ja, um Mitternacht beginnt das Fest. Wenn ihr etwas sehen wollt, dann bleibt ruhig.«

Foucert hob die Schultern. »Na ja, die Bullen sind weg, und dieser Knilch aus England wird sich allein vergnügen.«

Silvas Augen verengten sich. Jetzt glichen sie noch mehr denen von Raubtieren. »Was heißt hier Bullen und Knilch aus England?«

»Eine Schülerin ist umgebracht worden.« Foucert deutete auf die Wölfe. »Die Leiche sah aus, als wären deine Tierchen die Mörder. Aber das kann nicht angehen. Ich kann viel ertragen, aber das war zuviel. Wirklich.«

»Hat man denn den Täter?«

»Nein. Vielleicht ein Irrer.«

Da lachte Silva. »Das glaube ich nicht, aber mit den Wölfen, mein Lieber, liegst du gar nicht so verkehrt. Es ist wirklich alles ein tolles Zusammentreffen. Du als Dealer, der alte Familienfluch, das wird die Nacht der heulenden Wölfe.«

»Verstehe ich nicht.«

»Wirst du noch, mein Junge. Ganz sicher sogar. Aber da ist etwas anderes. Dieser Mann aus England, was hat es mit dem auf sich?«

»Irgend so ein Typ, der sich unser Internat ansehen will. Eigentlich harmlos.«

»Wie sieht er aus?«

»Ziemlich groß. Blonde Haare.«

»Und die Augen?«

»Grau bis blau. So genau habe ich ihn mir auch nicht angesehen.«

»Wie heißt er?« wollte Silva wissen.

»John Sinclair.«

»Verdammt, das ist er!« Die Blonde stampfte mit dem rechten Fuß hart auf. »Das ist der Typ von der Fähre. Hier braut sich etwas zusammen, Freunde. Es ist gut, daß ihr hier seid. Man kann keinem mehr trauen.«

»Rechnest du mit einer Gefahr?«

»Möglich.«

»Ich muß aus dem Spiel bleiben«, sagte Foucert, »denk an meine Stellung.«

»Keine Angst, in der nächsten Nacht wird sich alles entscheiden, glaub mir.«

»Da bin ich gespannt. Und jetzt?«

»Gehen wir in die Burg.«

»Sollen wir den Chink mitnehmen?«

»Natürlich. Wozu haben wir denn unsere ausbruchsicheren Verliese auf der Burg?«

»Stimmt auch wieder.«

Silva drehte sich um. »Du, Al, kümmerst dich zuerst um unsere kleine Freundin. Dann kannst du mit Foucert und Paretti dein Geschäft abwickeln.«

»Geht in Ordnung.«

Die beiden Dealer beschäftigten sich mit Suko. Damit hatten sie ihre liebe Mühe.

Es war ihnen fast unmöglich, den schweren Mann auf die Füße zu hieven. Silva sah es, schüttelte den Kopf und beschimpfte die Männer als Schwächlinge.

Paretti lief noch roter an. »Ich zeig dir gleich, Süße, wer hier ein Schwächling ist.«

»Mensch, halt die Schnauze!« zischte Foucert. »So

schnell kannst du gar nicht sein, wie die Wölfe dich zerreißen.«

Da hielt der Kerl den Mund.

Silva half selbst mit. Zu dritt schafften sie es, Suko auf die Beine zu stellen. Unter Aufbietung aller Kräfte schleppten sie den Chinesen in die Burg.

Dort zeigte ihnen Silva den Weg zu den Verliesen.

Jane Collins hatte die letzten Minuten zwar bewegungslos am Boden liegend verbracht, aber trotzdem alles gehört. Für sie war es schlimm, so hilflos zu sein, aber sie konnte nichts unternehmen, Al Astor blieb wachsam.

Janes Glieder waren eingeschlafen. Zuerst hatte sie noch das Kribbeln gefühlt, dann war auch das vorbeigegangen. Ihre Adern schienen mit Blei gefüllt zu sein.

»Hoch mit ihr!« Silvas Stimme erklang. Die Blonde stand im breiten Eingangsportal und winkte.

Astor nickte. »Hast du nicht verstanden?« zischte er Jane zu. »Steh auf.«

»Ich kann nicht.«

Astor kicherte. Sein Gesicht nahm einen verschlagenen Ausdruck an. »Willst du mich reinlegen?«

»Nein, aber meine Beine sind eingeschlafen!«

Der Mann trat zurück. »Okay, mach deine Gymnastik. Ich warte solange, aber keine Tricks.«

Silva wollte wissen, was los war, und der Mann sagte es ihr.

»Aber nicht zu lange!« rief das Weib.

»Nein, nein.«

Janes Chancen standen zwar noch immer mies, aber besser als vor ein paar Minuten. Da waren es zwei gefährliche Männer mehr gewesen, die auf sie achteten.

Jetzt nur noch Al Astor, denn die Blonde war ebenfalls verschwunden. Und die Wölfe natürlich.

Sie durfte man auf keinen Fall unterschätzen. Auch

wenn sie so scheinbar desinteressiert herumliefen, achteten sie doch auf jede Bewegung.

Jane sah zu, daß sie sich immer mehr dem Citroen näherte. Der Schlüssel steckte, den Wagen konnte sie fahren. Wenn sie erst hinter dem Lenkrad hockte und die Türen verriegelt hatte, waren ihre Chancen gestiegen.

Jane Collins war körperlich fit. Auch ihre eingeschlafenen Glieder brachte sie schnell wieder unter Kontrolle. Es kribbelte kaum noch, wenn sie sie bewegte, aber das brauchte Al Astor nicht unbedingt zu wissen.

»Los, beeil dich!« fauchte er.

»Ja, ich ...«

Astor schüttelte den Kopf. »Keine Ausreden mehr, sonst kitzle ich dich mit meinem Messer.«

Jane nickte. Dabei taumelte sie etwas zur Seite. Und zwar in die Richtung, wo der Citroen stand.

Al Astor wollte sich das Spiel nicht länger mit ansehen. Er lief auf die Detektivin zu und dachte, leichtes Spiel zu haben.

Genau das hatte Jane bezweckt.

Als der Kerl seinen rechten Arm hob, da reagierte Jane wie eine vorschnellende Klapperschlange ...

Ich lag in einem gläsernen Sarg!

Ja, Freunde, es war kein makabrer Witz, sondern eine verdammte Tatsache. Meine Gegner hatten mich in einen luftdicht verschlossenen Sarg gesteckt und ihn in das gefüllte Becken eines Swimmingpools geworfen.

Ich vernahm kein Klatschen, kein Gluckern. Der Sarg trudelte in einer absoluten Stille dem Grund des Pools entgegen.

Sacht, beinahe schwebend kam er auf. Das Fußteil berührte zuerst den Boden, dann stand der Sarg mit seiner gesamten Länge schließlich auf Grund.

Ich hatte die Augen aufgerissen und schaute durch den gläsernen Deckel nach oben.

Da war eine türkisfarbene, wogende Fläche, in der sich kleine Schaumstreifen zu Blasen auflösten, die wiederum der Oberfläche entgegen perlten und dort zerplatzten.

Meine Gegner sah ich nicht mehr. Sie standen wahrscheinlich am Beckenrand und schauten mir zu, wie ich bewegungslos in der engen Totenkiste lag und mich nicht rühren konnte.

Wie lange hielt die Luft?

Würde sie tatsächlich für die Zeit reichen, die ich in diesem Sarg verbringen mußte? Daß man mich hier nicht sterben lassen wollte, hatte ich gehört. Man würde mich zu einem anderen Platz schaffen, wenn die Nacht hereingebrochen war. Um mich bis dahin aus dem Weg zu haben, hatte man mich in diesen Sarg gesteckt.

Ein Gefängnis, das mir überhaupt nicht gefiel, auch wenn es nicht stockfinster war wie in den anderen Särgen, in denen ich schon gelegen hatte.

Zudem hatte ich Angst, daß die Gummidichtung zwischen den beiden Teilen doch nicht so dicht war und Wasser eindringen konnte. Dann würde ich elendig ertrinken.

Ich atmete nur sehr flach. Dabei trachtete ich danach, so wenig Sauerstoff wie möglich zu verbrauchen.

Drei Personen hatten mich in den Sarg gelegt. Ein Mann, der in der Schule unter dem Namen Marcel Vendri als Lehrer arbeitete, in Wirklichkeit jedoch Vasely mit Nachnamen hieß, wie auch die schöne Jovanka. Und auch Lupina, die Königin der Wölfe, war dabeigewesen.

Zuvor hatte ich jedoch erfahren, daß auf einer Burg in der Nähe ein großes Treffen stattfinden sollte. Die Vaselys, lange getrennt, hatten wieder zueinander gefunden. Und Lupina sollte die Anführerin der Sippe werden. Man erwartete auch noch eine dritte Person. Die hatte ich bereits kennengelernt. Es war die Blonde von der Fähre, die mit ihren Wölfen durch die Lande zog und von denen ich einen getötet hatte.

Man hatte mir meine Beretta weggenommen. Geblieben waren mir das geweihte Kreuz, der Dolch und auch die magische Kreide, die ich sicherheitshalber eingesteckt hatte.

Wie es aussah, würde ich in der nächsten Zeit wohl kaum dazu kommen, die Waffen einzusetzen. Als ich an das Kreuz dachte, schoß mir eine Idee durch den Kopf.

Ich zog es unter dem Hemd hervor und legte es offen auf meine Brust. Jetzt würden sich einige Leute wundern, wenn sie mich aus dem Sarg holten.

Das Glas beschlug. Kleine Tröpfchen bildeten sich besonders dort, wo mein Atem gegen den gläsernen Deckel schlug. Auch das Wasser hatte sich wieder beruhigt, der Sarg schaukelte ebenfalls nicht mehr. Er stand still auf dem Grund.

Es war wiederum einige Zeit vergangen, als ich schemenhaft über mir eine Bewegung wahrnahm.

Kamen sie jetzt zurück?

Dann klatschte etwas ins Wasser. Das Klatschen hörte ich zwar nicht, aber ich bemerkte, daß das Wasser aufgewühlt wurde, wie Wellen entstanden, und auch mein Sarg schwankte ein wenig.

Etwas Längliches, Dunkles sackte langsam in die Tiefe und näherte sich dem Grund.

Nicht nur ihm, sondern auch meinem Sarg. Es sah ganz so aus, als würde der Gegenstand auf den Deckel fallen.

Gegenstand?

Nein, ein Gegenstand war es nicht, sondern ein Mensch.

Er sah aus wie eine Puppe, und als er sich jetzt unter Wasser aus irgendeinem Grund drehte, schaute ich direkt in das Gesicht.

Ich hatte es bereits einmal gesehen. Hinter dem Sichtfenster der Waschmaschine hatte es mich angestarrt.

Der Schreck fuhr mir in die Glieder. Es war wirklich keine Freude, mit so etwas konfrontiert zu werden. Ein makabrer Anblick, der mir nicht erspart blieb und mich an mein eigenes Schicksal erinnerte. Würde es mir bald auch so ergehen?

Die Leiche trudelte weiter. Arme und Beine seltsam verrenkt und verdreht, Augen weit aufgerissen, und auch der Hals saß nicht mehr so, wie er sollte.

Man hatte dem Mann das Genick gebrochen!

Ich merkte, wie sich ein dicker Kloß in meinem Magen bildete. Vielleicht gibt es Menschen, die sehr abgebrüht sind und denen so ein Anblick nichts ausmacht. Ich auf jeden Fall bin es nicht. Mir ging dieses Bild durch und durch.

Im Zeitlupentempo wurde der Tote nach unten gedrückt und berührte jetzt den Sarg. Quer fiel die Leiche darüber. Wenn ich nach links schielte, sah ich die herabhängenden Arme. Da sich das Wasser noch nicht beruhigt hatte, klatschten die bläulich schimmernden Hände in unregelmäßigem Rhythmus gegen die gläserne Wand. Dann wurde der Tote aus irgendeinem Grund angehoben und rutschte mit dem Kopf zuerst an der Sargwand entlang.

Die Arme knickten weg, als sie den Boden berührten. Ein letztes Mal sah ich das entstellte Gesicht, in dem noch das Entsetzen und die Angst zu lesen waren, die dieser Mensch in den letzten Sekunden seines Lebens empfunden haben mußte.

Dann blieb die Leiche neben dem Sarg auf dem Boden liegen. Allerdings nur für einen kurzen Augenblick. Der Auftrieb des Wassers brachte sie langsam wieder in die Höhe.

Meine Gegner waren wirklich Ausgeburten der Hölle.

Sie hatten ihr wahres Gesicht gezeigt und brachen alle Brücken hinter sich ab.

Das Erscheinen der Leiche hatte mich für einige Zeit von meinen eigenen Problemen abgelenkt. Um so deutlicher wurde ich jetzt wieder daran erinnert.

Der Luftvorrat neigte sich langsam aber sicher dem Ende entgegen. Noch konnte ich atmen, aber ich hatte längst gemerkt, daß der Sauerstoffgehalt reduziert worden war. Ich mußte immer tiefer einatmen, um meine Lungenflügel zu versorgen.

So kam auch die Angst.

Ich befahl mir selbst, die Ruhe zu bewahren. Nur nichts überstürzen, nur keine zu große Panik, das hatte alles keinen Zweck. Wenn ich jetzt durchdrehte, half mir das überhaupt nichts.

Deshalb blieb ich steif liegen.

Je mehr Zeit verging, um so unruhiger wurde ich innerlich. Schon bald kostete es mich eine fast übermenschliche Anstrengung, ruhig liegenzubleiben. Am liebsten hätte ich gegen die Innenwände getrommelt und geschrien.

Das half nichts. Durch solche Reaktionen brachte ich mich nur noch mehr in Gefahr. Denn dann würde ich schneller sterben.

Der Tote stieg weiter der Oberfläche entgegen. Er schwebte bereits über dem Sarg. Die dicken Scheiben verzerrten sein Bild zu einem grotesken Schatten.

Für mich wurde es schlimm.

Es ist ein Irrtum zu glauben, daß es am schlimmsten ist, wenn einem zwei oder drei Zombies gegenüberstehen. Das ist zwar auch arg, aber da kann man sich noch wehren. Dieser Horror hier war wie ein schleichendes Gift, das langsam immer stärker wirkte, bis es zu einer regelrechten Explosion kam.

Ich atmete jetzt schwer und keuchend. Auch mein

Gedächtnis wollte nicht mehr so recht funktionieren. Noch einmal rief ich mir die Szene zurück.

Hatten Lupina und ihre Komplizen nur geblufft, als sie über die nächste Nacht sprachen, in der sie mich töten wollten, oder wollten sie mich als Toten dorthin schleppen?

Diese Frage wurde für mich zu einer quälenden Folter. In meiner Verzweiflung zog ich sogar die Beine an und stemmte die Knie gegen die Unterseite des Sargdeckels. Vielleicht schaffte ich es so, den verdammten Deckel zu lösen.

Es war ein reiner Wunschtraum. Das Wasser über mir übte einen viel zu starken Druck aus. Hinzu kam noch die Gummileiste, die die beiden Sarghälften festhielt.

Das hätte selbst Herkules nicht geschafft.

Erschöpft blieb ich auf dem Rücken liegen. Weit hatte ich den Mund aufgerissen. Dabei kam ich mir vor wie ein Fisch, den man aus seinem Element genommen und aufs Trockene geworfen hatte.

Luft! Himmel, wann bekam ich denn endlich wieder Luft!

Meine Chance schwanden. Ich mußte mich mit meinem Schicksal abfinden. Es lag in den Händen meiner Feindin Lupina. Von allein konnte ich nichts mehr tun ...

Marcel Vasely hatte die Leiche in den Pool geworfen. Er und seine Schwester sahen zu, wie sie langsam versank. Dann machten sie kehrt und verließen den Raum.

»Und dieser Sinclair?« fragte Jovanka.

Ihr Bruder hob die Schultern. »Das soll Lupina entscheiden. Meinetwegen kann er verrecken.«

Die letzten Worte hatte Lupina gehört, denn sie wartete draußen im Gang. Sie lachte. »Ja, ihr habt recht, auch ich sehe ihn lieber tot als lebendig.«

»Dann lassen wir ihn im Sarg?«

»Nein.«

»Und warum nicht?« fragte Marcel.

»Das versteht ihr nicht«, antwortete Lupina. Ein Schleier schien sich für einen kurzen Augenblick über ihre ansonsten kalten Raubtieraugen zu legen. »Mit Sinclair und mir ist das eine Sache für sich. Er war selbst einmal ein Werwolf.«

»Was?« fragten die beiden wie aus einem Mund.

»Ja, Marvin Mondo, der Monstermacher, hat ihm ein Serum eingeimpft. Sinclair wurde zu einem Wolf. Er traf mich, und er hat sich sogar in mich verliebt.« Sie lachte. »Wenn ich daran denke, daß er dann noch um mich gekämpft hat. Wirklich, denn ich hatte Bedingungen gestellt. Wenn er mich endgültig besitzen wollte, dann mußte er zuvor einige Konkurrenten aus dem Weg räumen. Er hat es geschafft. Er hat sie alle in die Flucht geschlagen.«

»Und dann?« fragte Jovanka flüsternd.

»Kamen seine Freunde. Sie haben ihn mir genommen. Ich mußte fliehen, denn Sinclairs Freunde waren gut bewaffnet. Sie besaßen mit geweihten Silberkugeln geladene Waffen, und einer brachte Sinclairs Kreuz mit. Dagegen sind wir machtlos. Ich floh und wurde von Dr. Tod in seine Mordliga aufgenommen.«

»Sinclairs Pistole haben wir jetzt«, sagte Marcel und lachte.

Lupina warf ihm einen kalten Blick zu. »Laß dir nie einfallen, die Mündung auf mich zu richten!« warnte sie.

»Nein, nein, willst du die Waffe haben?«

»Behalte sie nur!«

»Und warum soll dieser Mann noch länger leben?« wollte Jovanka wissen.

»Das ist aus dem besonderen Verhältnis zwischen uns beiden heraus zu erklären. Ich will ihn leiden sehen, denn er hat mir die schlimmste Schmach angetan, die es gibt. Deshalb soll Sinclair alle Höllen durchleben, und dann werden wir ihm den Todesstoß versetzen. Er wird an unserem Treffen teilnehmen und erkennen, wie stark die Werwölfe sein können.«

»Da bin ich nur gespannt, was Silva dazu sagt«, meinte Marcel Vasely.

»Silva hat sich unterzuordnen!«

»Kennst du sie?« fragte der angebliche Lehrer.

»Nein.«

»Dann laß dir gesagt sein, daß sie ihren eigenen Kopf hat. Sie läßt sich nichts sagen, das hat auch unsere Familie spüren müssen. Glaub mir.«

»Ich bin die Königin der Wölfe!« rief Lupina. »Und mir allein hat sie zu gehorchen.«

»Wir werden sehen.«

Jovanka hatte sich von den beiden getrennt. Sie war zur Treppe gelaufen.

Dort achtete sie darauf, daß sie im Keller nicht gestört wurden.

Nach einer Weile kehrte sie zurück.

»Was ist los?« fragte Marcel.

»Die Polizisten sind weggefahren.«

»Das ist gut.«

»Man wird dich vermißt haben, Bruder.«

Marcel winkte ab. »Was spielt das noch für eine Rolle, bei dem, was auf dem Spiel steht?«

»Ist die Schule jetzt leer?« wollte Lupina wissen.

»Bis auf die Schülerinnen.«

Die Augen er Wölfin leuchteten auf. »Also wären die Mädchen Opfer für uns.«

»Wenn man es so sieht, ja«, gab ihr Marcel recht.

»Hast du dir schon welche geholt?«

Der Werwolf lachte. »Nicht hier«, sagte er leise. »Es war mir zu gefährlich, ich wollte erst die Zeit abwarten.

Ich bin weggefahren und habe in anderen Teilen des Landes getötet.«

»Und dieses Mädchen, das gefunden wurde?«

»Die Kleine geht tatsächlich auf mein Konto. Sie hatte sich unsterblich in mich verliebt. Ich brachte sie sogar soweit, daß sie den Mond anbetete. Dann brachte ich Jovanka mit. Die Kleine wurde schrecklich eifersüchtig, denn sie dachte, daß Jovanka meine Geliebte wäre, und wollte sie umbringen. Wir kamen ihr zuvor.«

»Dummes Weib!« Marcel nickte.

»Allerdings wird sich nun die Polizei auf unsere Spur setzen«, meinte Jovanka. »Auch die Einwohner von Graveline sind aufgescheucht worden. Sie haben unsere Großmutter getötet, aber sie wissen, daß noch mehr Wölfe existieren. Sie werden sich zusammenrotten und uns jagen.«

»Bis dahin ist alles vorbei«, erklärte Lupina. »Nein, Freunde, Angst brauchen wir nicht zu haben.«

Die Worte hatten die Geschwister beruhigt. Alle drei blieben weiterhin im Keller.

Schließlich sagte Lupina: »Es ist Zeit. Wir wollen sehen, wie es John Sinclair geht.« Dabei lachte sie, und die Geschwister stimmten mit ein.

»Meinetwegen kann er erstickt sein«, flüsterte Marcel, allerdings so leise, daß Lupina ihn nicht verstand.

Mit zehn Fingern hielt Jane Collins das Messergelenk dieses Al Astor umklammert. Sie wuchtete den Arm hoch und dann zur Seite. Gleichzeitig hob sie ihr rechtes Knie an, wobei sie den Arm des Mannes auf ihre Kniescheibe drosch.

Astors Gesicht verzerrte sich zu einer wilden Grimasse.

Er stieß einen schrecklichen Schrei aus. Tränen schossen aus seinen Augen, das Messer rutschte ihm aus der Hand und blieb am Boden liegen.

Mit einem Tritt beförderte Jane den Mann zur Seite, dann bückte sie sich und hob die Klinge auf.

Ihre Astra hatte sie nicht greifbar. Die steckte in der Handtasche, und diese wiederum lag im Wagen.

Blieb nur das Messer.

Silva war noch nicht in der Burg verschwunden. Allerdings stand sie zu weit entfernt, um eingreifen zu können.

Dafür waren die Wölfe in der Nähe.

Die schickte sie in den Kampf, und jetzt nahm sie auch keinerlei Rücksicht mehr.

Jane hörte den schrillen Pfiff. Sie kümmerte sich nicht mehr um Astor, der bis an den Wohnwagen getaumelt war, dort gebückt stand und sein Handgelenk hielt. Er wimmerte. Mitleid kannte Jane nicht. Dieser Mann hätte sie eiskalt getötet.

Zehn Schritte bis zum Citroen CX.

Und dazwischen der erste Wolf. Eine graue, widerliche Bestie, die mit gewaltigen Sätzen heranstürmte und Jane Collins an die Kehle springen wollte.

Die Detektivin schleuderte das Messer. Es war eine reine Reflexbewegung. Ihr Körper spannte sich dabei wie eine Sehne und sackte dann zusammen.

Der flirrende Stahl traf.

Schräg hieb er in die Schnauze des Tieres und stoppte dessen Sprunglauf. Der Wolf fiel um, als hätte man ihm die Beine weggerissen. Er wand sich am Boden. Sein Maul war eine blutige Masse.

Auch Jane war entsetzt über diesen Anblick, aber sie mußte sich jetzt zusammenreißen, sonst war ihr Schicksal besiegelt. Sie besaß sogar noch die Nerven, auf den Wolf zuzuspringen und das Messer aus dem Maul zu reißen.

Von der Klinge tropfte das Blut zu Boden. Jane sprang

über das sterbende Tier und hetzte weiter auf den Wagen der beiden Gangster zu.

Der nächste Wolf setzte mit einem gewaltigen Satz über die Kühlerhaube des Citroen. Jane sah ein, daß sie nicht mehr rechtzeitig genug den Wagen erreichen würde, und mußte sich stellen. Gleichzeitig näherten sich zwei andere Bestien ihrem Rücken.

Es war keine Sekunde mehr verlieren. Die Detektivin wuchs über sich selbst hinaus und wurde zu einer Kampfmaschine. Der anspringende Wolf hatte sich verrechnet. Er schaffte es nicht ganz und klatschte auf die Motorhaube, wobei durch den eigenen Schwung noch ein Stück weiterrutschte.

Genau in die Klinge hinein.

Jane hatte ihren rechten Arm ausgestreckt. Das Messer traf die Bestie zwischen Hals und Brust. Sie hatte den Nacken aufgerissen, die Zunge schlug aus dem Maul und schleckte über den Lack. Gleichzeitig sprudelte Blut aus der Wunde. Wie Farbe bedeckte es Janes Hand.

Die Detektivin schrie und warf sich herum, als der Wolf von der Kühlerhaube rutschte.

Zum Glück war die Wagentür nicht abgeschlossen. Jane riß sie auf. Genau in dem Augenblick, als die beiden anderen Wölfe heran waren. Auch der letzte näherte sich jetzt mit Riesensätzen. Er war noch weiter entfernt.

Einer der Wölfe hatte sich abgestoßen. Er sprang ziemlich flach über den Boden. Deshalb donnerte er auch voll gegen die Tür, die Jane noch nicht zugezogen hatte.

Das Gewicht des Wolfes schlug sie ins Schloß. Jane lag auf dem Sitz. Sie hatte die Beine gerade noch im rechten Moment angezogen, und sie sah, wie die Tür nach innen eingedrückt wurde. Das dünne Blech hielt nicht viel aus.

Der Wolf war angeschlagen. Er lag auf dem Boden, wühlte die Erde auf und heulte.

Der Zündschlüssel steckte.

Fieberhaft drehte Jane ihn herum.

Der Motor stotterte.

Ein Schlag traf den Wagen am Heck. Wieder war einer der Wölfe gegen das Fahrzeug gesprungen. Der Citroen wurde regelrecht durchgeschüttelt.

Drei Bestien wollten noch immer Janes Leben. Und auch die Blonde stand nicht mehr oben am Eingang zur Burg. Sie hatte sich ebenfalls in Bewegung gesetzt.

Die Tiere sprangen gegen den Wagen. Jane hatte Angst, daß die Scheiben nicht halten würden, denn hinter den Fenstern erkannte sie die weit aufgerissenen Rachen, die spitzen Zähne und die langen Zungen, die über das Glas leckten.

Endlich sprang der Wagen an.

Jane Collins fiel ein Stein vom Herzen. Bisher hatte die Blonde ihre Kumpane nicht alarmiert, die mit Suko in der Tiefe der Burg verschwunden waren. Diesen Vorteil wollte Jane ausnutzen.

Wie ein Esel bockte der große Wagen, als er sich in Bewegung setzte. Zwei Wölfe wurden abgeschüttelt. Sie nahmen allerdings sofort wieder die Verfolgung auf und rannten neben dem Fahrzeug her.

Jane mußte einen Bogen fahren, weil ein Mercedes und ein Wohnwagen den Weg versperrten.

Dadurch verlor sie ein paar kostbare Sekunden. Und plötzlich sah sie links von sich eine Gestalt. Mit langen Schritten hetzte sie heran. Und sie war verdammt schnell. Das blonde Haar flog wie eine Fahne um ihren Kopf, das Gesicht war eine verkniffene Grimasse.

Silva wollte nicht aufgeben.

Jane gab Gas. Dabei schaltete sie und gab kräftig Gas. Die Reifen schleuderten Dreck und Steine hoch, das Fahrzeug selbst schaukelte, als es über Bodenwellen und Steine fuhr, und der Abstand zu Silva vergrößerte sich.

Die Blonde griff zu einer anderen Taktik. Im schrägen

Winkel lief sie auf die Ausfahrt des Schloßhofes zu, begleitet von drei huschenden Schatten.

Diesmal war sie schneller als Jane. Der Detektivin würde es nicht gelingen, vor ihr und den Wölfen die Ausfahrt zu erreichen.

Geduckt hockte sie hinter dem Lenkrad. Sie hatte die Zähne zusammengebissen.

»Geh weg!« knirschte sie »Verdammt, lauf doch weg!«

Natürlich hörte Silva sie nicht, und Jane dachte nicht daran, auszuweichen.

Hier ging es um ihr Leben.

Das Gesicht der Frau wurde zu einer Maske. Noch zwanzig Schritte höchstens, dann war der Weg frei, vorausgesetzt, die Blonde sprang zur Seite.

Nein, sie blieb.

Und mit ihr die Tiere.

Die schickte sie sogar noch vor. Jane sah, wie Silva ihren Mund öffnete. Sie konnte nicht hören, was die Blonde sagte, das Geräusch des Motors war zu laut, dafür jedoch sah sie die Reaktion der grauen Bestien.

Die drei stießen sich ab.

Jane Collins schrie. Die Körper würden frontal gegen die Karosserie klatschen und sie durch den Aufprall zerbeulen. Hauptsache, die Frontscheibe hielt.

Eine Drehung am Lenkrad. Der Wagen vollführte einen Schlenker nach rechts. Zwei Wölfe verschwanden aus ihrem unmittelbaren Sichtfeld, nur der dritte klatschte noch gegen den Citroen.

Ein harter Schlag traf das Fahrzeug. Fast verlor Jane die Gewalt über den Wagen, und sie wußte selbst nicht, wie sie es schließlich schaffte, das Lenkrad, das ihr beinahe aus den Fingern geprellt wurde, herumzureißen und fast wieder die ursprüngliche Fahrtrichtung einzunehmen. Von der Seite her fuhr sie auf den rettenden Ausgang zu. Aus den Augenwinkeln erkannte sie noch die Blonde und sah deren drohende Gebärde. Dann war sie draußen.

Der Weg führte vom Hügel hinab in die Ebene. Jane sah auch schon die kleine Baumgruppe, wo sie ihren Leihwagen, den R 4, stehengelassen hatten.

Sie gab Gas.

Der Citroen wühlte mit seinen Reifen den Boden auf. Manchmal schlingerte er, doch Jane bekam ihn immer wieder unter Kontrolle. Sie mußte weiter, nur weg, Hilfe holen.

Am besten war es, wenn sie zur Schule fuhr. Dort fand sie sicherlich John Sinclair.

Da fiel ihr ein, daß dieser Foucert ja der Rektor des Internats war. Er war selbst bis zu beiden Ohren in den Fall verwickelt. Nein, die Schule würde Jane kaum weiterhelfen können. Unter Umständen hatte John sie auch verlassen und war nach Graveline gefahren.

Der Name des Ortes hatte sich bei Jane so eingeprägt, daß sie sich entschloß, das Dorf anzusteuern.

Sie schaute in Rück- und Innenspiegel.

Niemand verfolgte sie.

Kein Wolf hatte sich auf ihre Fährte gesetzt, und auch von der Blonden war nichts mehr zu sehen. Trotzdem glaubte die Detektivin, daß Silva die Verfolgung noch nicht aufgegeben hatte. Sie würde die beiden Männer mobil machen, und mit Foucert sowie Paretti hatte sie eine nicht zu unterschätzende Schutzmacht. Wie weit Al Astor noch einsatzfähig war, wußte Jane nicht.

Unangefochten passierte sie die kleine Baumgruppe. Erst jetzt atmete sie auf.

Gleichzeitig erfolgte die Reaktion auf die vergangenen schrecklichen Minuten. Sie fing an zu zittern und mußte so stark mit der Geschwindigkeit herunter, daß sie nur noch im Schrittempo weiterfahren konnte.

Die Burg hinter ihr wurde kleiner. Jane wußte genau,

daß sie dorthin zurückkehren würde, denn ihr war die Flucht zwar gelungen, doch Suko befand sich noch in den Klauen dieser dämonischen Verbrecher …

Ich lebte noch!

Allerdings mehr schlecht als recht. Mir ging es wirklich hundeelend. Von Sekunde zu Sekunde wurde der Luftmangel schlimmer, ich trampelte mit den Füßen, schlug die Hände auf den Boden, drückte die Hacken gegen das Fußteil des Sargs und bog meinen Körper dabei wie eine Sehne durch.

Jede Faser meines Körpers schrie nach Sauerstoff, aber da war so gut wie nichts mehr. Ich hatte die Luft in meinem engen Gefängnis verbraucht.

Schon längst konnte ich nicht mehr klar sehen. Da verschwamm der Sarg mit dem Wasser des Pools zu einer türkisfarbenen Masse, in der hin und wieder rote Kreise auftauchten, die wie feurige Bälle zerplatzten.

Mein Gott, warum holte mich denn niemand hier raus? Warum nicht! Ich hätte alles getan – alles …

War ich es, der durch die Verzweiflung den Sarg bewegte, oder wurde er tatsächlich angehoben?

Nein, ich war es nicht.

Jemand schob den Sarg. Man kippte ihn sogar. Ich fiel gegen die Seitenwand, stieß mir die Nase, sah flatterhaft die Umrisse einer Gestalt, die sich jedoch in einer grellen Explosion auflöste und mich in ein tiefes Dunkel riß.

Nichts nahm ich mehr wahr.

Ich bekam nicht mit, wie Marcel und Jovanka den Sarg aus dem Becken zogen und den Deckel abhoben.

»Der ist hin!« stellte Marcel fest.

Lupina stieß ein Knurren aus.

»Hoffentlich nicht«, flüsterte sie. »Ich hätte ihm mehr zugetraut.«

Sie schauten in den Sarg. Marcel Vasely bückte sich und tastete nach meinem Gesicht.

Davon wurde ich wach.

Ich merkte die Berührung an der Wange und am Hals, schlug die Augen auf und konnte atmen.

Herr im Himmel, ich bekam Luft!

»Da, er lebt noch!« Die Stimme drang so leise an meine Ohren, als würde die Sprecherin in einem anderen Zimmer stehen.

Ich atmete.

Nein, es war mehr ein Keuchen, ein gieriges Schnappen nach Luft, ein verzweifeltes Suchen nach Sauerstoff. Ich hatte auf der Seite gelegen, wälzte mich herum und hörte einen wütenden Schrei.

»Verflucht, er hat das Kreuz!«

Erst jetzt fiel mir auf, daß das Kreuz noch vor meiner Brust hing. Unwillkürlich hob ich die Hände und umfaßte das silberne Kruzifix. Es gab mir die notwendige Kraft, es war wie ein Rettungsanker für mich.

Ich öffnete die Augen weit.

Sie standen um den Sarg. Marcel, Lupina und Jovanka. Kalte Augen schauten auf mich nieder. Die Blicke waren wie Dolchspitzen, nur töteten sie nicht.

Noch immer hatte ich Schwierigkeiten mit der Atmung, doch von Sekunde zu Sekunde ging es besser. Das Luftholen normalisierte sich, und auch der Schwindel ließ nach.

Ich setzte mich hin.

»Weiter nicht!« hörte ich Lupinas Befehl.

Die Antwort blieb mir im Hals stecken, denn den plötzlichen Schwindel konnte ich kaum ausgleichen. Fast wäre ich noch umgekippt. Mit der rechten Hand umklammerte ich den Sargrand und hielt mich daran fest.

Mein Blick blieb an Lupina haften. »Soll ich dir das

Kreuz gegen deinen Schädel schleudern?« fragte ich lauernd.

»Das wagst du nicht.«

»Wirklich nicht?« Ich wollte mich nicht mehr fertigmachen lassen. Die Zeit im Sarg hatte gereicht. Dieses verdammte Spiel war ich einfach leid.

Die Hände legte ich hinter den Nacken, um die schmale Kette zu finden, an der das Kreuz hing. Wenn ich es einmal über den Kopf gezogen hatte, würde es Lupina verdammt schwer haben, seiner Wirkung Widerstand entgegenzusetzen.

Die Königin der Wölfe war schlauer, als ich gedacht hatte. Sie gab Marcel einen knappen Befehl.

Der reagierte sofort.

Bevor ich mich versah, zog er eine Pistole. Es war meine Beretta, die plötzlich in seiner Hand lag. Ich schaute in die Mündung, in die ich schon so oft andere hatte blicken lassen, und wußte, daß diese Runde wieder an die Gegenpartei ging.

»Willst du es noch immer versuchen?« höhnte Lupina.

Ich schwieg.

»Na los!« hetzte sie. »Versuch es nur. Dann kann ich wenigstens sehen, wie dein verdammter Schädel unter den Einschlägen der Silberkugeln zerplatzt. Sonst hast du doch immer nur andere getötet. Diesmal wirst du selbst dran sein.«

»Darauf verzichte ich.«

»Das hatte ich mir gedacht. Und verzichtest du auch auf das Kreuz, John Sinclair?«

»Soll ich dir wirklich eine Antwort geben?«

»Ja.«

»Auf das Kreuz werde ich nicht verzichten.«

Sie lachte. »Dann muß mein lieber Freund Marcel leider schießen, John Sinclair!«

Ja, damit hatte ich gerechnet. Alles lief darauf hinaus.

Sie hatten meine Beretta, jetzt wollten sie auch das Kreuz. Was blieb mir dann noch? Der Dolch und die magische Kreide.

»Weg damit!« fauchte Lupina.

»Ja, ja, langsam.« Es blieb mir nichts anderes übrig, als die Kette über den Kopf zu streifen.

Schließlich hielt ich es in der Hand.

»Wirf es in den Pool!« befahl Lupina.

Auch das tat ich. Es tat mir in der Seele weh, als ich sah, wie das Kruzifix einen flirrenden Bogen beschrieb und dann die Wasseroberfläche durchbrach.

Wie ein Stein sank es zu Boden.

Lupina war erleichtert. »Das hätten wir«, sagte sie. Deutlich hörte ich den Triumph aus ihrer Stimme.

»Und jetzt?« fragte Marcel.

»Ist es eigentlich schon Zeit, sich zum Treffen zu begeben?« wollte die Königin der Wölfe wissen.

»Ja.«

»Dann laß uns fahren.«

»Was ist mit ihm?« Marcel deutete auf mich.

»Den nehmen wir mit. Er ist für mich die Hauptsache, nicht wahr, Geliebter?« höhnte sie.

Ich gab ihr keine Antwort.

»Laß dir etwas einfallen!« ordnete die Frau mit dem Wolfskörper an. »Ich will ihn dabeihaben. Er ist die Krönung unseres Familienfestes.«

Marcel überlegte. Dabei beging er nicht den Fehler und ließ sich ablenken. Nach wie vor wies die Mündung der Beretta auf meinen Kopf. Die Waffe zitterte auch nicht in Vaselys Hand.

Plötzlich zuckte es um seine Mundwinkel. »Ich habe die Lösung«, sagte er grinsend.

»Und welche?«

Marcel schaute Lupina an. Nur kurz, dann wandte er seine Aufmerksamkeit wieder mir zu. »Es gibt da einen alten Gangstertrick, wie man unliebsame Personen befördert. Man rollt sie einfach in einen Teppich.«

»Das ist gut. Woher willst du ihn nehmen?«

»Jovanka kann ihn holen. Im Raum mit dem Gerümpel liegen alte Teppiche.«

Das Mädchen verschwand. Jovanka und Marcel waren beide noch naß. Sie hatten mich aus dem Pool geholt. Ich aber wollte noch einiges von meiner speziellen Freundin wissen und wandte mich deshalb an Lupina.

»Wo steckt eigentlich dein Boß, Dr. Tod?«

»Das habe ich dir schon gesagt.«

»Klar, er ist unterwegs, um Xorron zu suchen. Aber wo haltet ihr euch sonst auf? Ihr müßt doch ein Versteck haben oder eine Operationsbasis. Wo befindet sich die?«

Da lachte Lupina wild auf. Ihr Gelächter schallte mir entgegen und entfachte einen regelrechten Sturm in meinen Ohren. Marcel schaute dumm, denn er wußte nicht, um was es ging.

»Ich soll dir verraten, John Sinclair, wo Dr. Tod seine Operationsbasis hat?«

»Ja. Da ich ja doch sterben muß, kann es dir eigentlich egal sein.« Diesmal griff ich zu einer abgedroschenen Masche eingefahrener Krimiautoren.

Lupina handelte nicht so wie der große Gangsterboß im Roman. Sie sagte mir nicht, wo ich meinen Erzfeind finden konnte. »Es gibt ihn«, erklärte sie.

»Das weiß ich selbst.«

»Und er wird immer aktiver. Dann werde ich dir noch etwas verraten. Dr. Tod befindet sich nicht in einer anderen Dimension, sondern auf dieser Erde. Soviel sei gesagt.«

Mehr verriet sie mir nicht. Dafür erschien Jovanka. Sie hatte schwer zu tragen und schleifte den Teppich hinter sich her. Zusammengerollt hatte sie ihn bereits. Ächzend ließ sie ihn fallen. Schweiß stand auf ihrer Stirn.

»Roll ihn wieder auseinander!« befahl Lupina.

Jovanka wollte zuerst aufbegehren, erinnerte sich dann wieder an die Rolle, die Lupina spielte, und machte sich an die Arbeit.

Erst als der rotbraun gemusterte Teppich auf dem Boden lag und vollends ausgebreitet war, durfte ich den gläsernen Sarg verlassen. Marcel behielt mich dabei genau im Auge. Stets wies die Mündung der Beretta auf mich.

Ich mußte mich auf den Teppich stellen, dann niedersetzen und schließlich hinlegen. Man befahl mir, noch etwas zum schmaleren Ende hin vorzurutschen.

Ich kam der Aufforderung nach.

Lupina und Jovanka wickelten mich gemeinsam ein. Nach der zweiten Umdrehung half auch Marcel mit.

Ich kann Ihnen sagen, Freunde, es ist kein Vergnügen, in einen Teppich eingerollt zu werden. Und ich konnte mich in der Tat nicht bewegen. Zum Glück bekam ich Luft, da die Rolle oben und unten offen war. Staub drang mir in die Nase, reizte meine Schleimhäute, so daß ich niesen mußte.

Dann hob man mich hoch und schaffte mich weg. Wie sie mich in den Wagen bekamen, war mir ein Rätsel. Auf jeden Fall steckte ich schließlich im Innern des Renault Alpine. Am Klang des Motors identifizierte ich das Fahrzeug.

Marcel gab Gas.

Wie eine Rakete zischte der Wagen ab. Ein Sippentreffen sollte stattfinden, und mich sah man dabei als Ehrengast an, der getötet werden sollte.

Keine guten Aussichten …

Gute Aussichten hatte auch Suko nicht. Man hatte ihn angekettet.

Es waren rostige, uralte Ketten, aber nicht minder stabil. Sie steckten in eisernen Ösen, die in der Wand eines unterirdischen Verlieses angebracht worden waren.

Eisenreifen umschlossen Sukos Gelenke, und der Chinese hing in einer Schräglage.

Paretti und Foucert rieben sich die Hände. »Der wird sich wundern, wenn er wieder zu sich kommt«, meinte der verbrecherische Rektor. »Mir ist noch niemand entkommen.«

Sie hatten Suko auch entwaffnet. Die Pistole und die Dämonenpeitsche befanden sich in den Händen der Männer. Nur den Stab hatten sie nicht an sich genommen. Er stellte in ihren Augen keine Gefahr dar.

»Laß uns verschwinden«, sagte Paretti, »hier stinkt es mir zu sehr.« Damit hatte er recht. Dieses Verlies war wirklich ein widerlicher Ort.

Es war durch eine Leiter zu erreichen. Sie lehnte am Rand eines viereckigen Lochs in der morschen Decke. An einer Stelle war sie eingebrochen, und ein Haufen Schutt lag unten auf dem Boden des Verlieses. Durch das Deckenloch schimmerte Tageslicht, so daß keine Fackeln oder Lampen benötigt wurden, um das Verlies tagsüber zu erhellen.

Es war ein idealer Aufenthaltsort für Ungeziefer und Ratten. Die Wände, feucht geworden durch Regenfälle und das etwas sumpfige Gelände, waren mit einer dicken, grünweiß schillernden Schimmelschicht bedeckt. In den Ritzen und Spalten zwischen dem morschen Gestein hausten zahlreiche Käfer und Kriechtiere. Die Ratten hielten sich meist versteckt. Sie hatten ihre Höhlen und Schlupfwinkel in Bodennähe, wo sie sich durch das Gestein fraßen, das ihren kleinen, scharfen Zähnen keinen Widerstand entgegensetzen konnte.

Paretti kletterte als erster die Leiter hinauf. Foucert folgte ihm langsamer. Er warf noch einen Blick auf den Gefangenen.

Suko befand sich weiterhin im Stadium der Bewußtlosigkeit. Schräg hing er in den Ketten. Die Arme waren nach oben gebogen und mußten das schwere Gewicht tragen.

»Der Gelbe wird sich wundern, wenn er aufwacht«, kicherte Foucert und rieb seine Hände. Er hatte etwa die Hälfte der Sprossen hinter sich gelassen, als er das Schreien hörte.

Es war auf dem Vorplatz der Burg aufgeklungen.

Oben am Rand der Luke schien Paretti zu erstarren. »Verdammt, das war die Blonde.«

Er lief los, ohne sich um Foucert zu kümmern. Der kletterte langsamer nach und lief dafür schnell den Gang hinunter, der zur ehemaligen Halle führte.

Er mußte dabei mehrere Geröllhaufen überspringen, erreichte die Halle, wo die Treppe nur noch als Fragment vorhanden war und durch scheibenlose Fenster der Wind pfiff.

Paretti stand draußen. Als er die Schritte in seinem Rücken hörte, drehte er sich um.

»Was ist los, zum Henker?« fragte Foucert.

»Fällt dir nichts auf?«

»Nein. Was?«

»Schau mal in den Hof, Foucert. Siehst du da unseren Wagen?«

Roland Foucert knirschte mit den Zähnen. »Merde!« fluchte er. »Der ist weg!«

»Genau, mein Lieber, denn du hast den Schlüssel steckenlassen, und das hat die Kleine mit den blonden Haaren genau gesehen. Jetzt haben wir das Nachsehen.«

Foucert sagte nichts. Er schaute in den Hof und sah die beiden toten Wölfe. Ein anderer lebte noch, aber er wand sich am Boden. Silva stand am Tor. Der Wind spielte mit ihren Haaren und wehte sie hoch. Al Astor taumelte keuchend hinter einem Wagen hervor und hielt sich das rechte Handgelenk.

»Was ist los mit dir?« schrie Foucert.

»Gebrochen, verdammt!«

Der Rektor lachte kalt. »Selbst schuld, wenn man kleine Wildkatzen unterschätzt.«

»Ach, halt's Maul!«

Silva kam zurück. Drei Wölfe befanden sich in ihrer Begleitung. Einer humpelte. Ihr Gesicht war eine Maske, als sie vor den beiden Männern stehenblieb. Astor war ihr gefolgt und jammerte.

»Jaul hier nicht herum!« fuhr Silva ihn an.

Al verstummte.

Foucert grinste hölzern. »War wohl nichts, deine Schau mit den Wölfen, wie?«

Silva warf dem Rektor einen so eisigen Blick zu, daß der Mann erschauerte. »Die Frau ist entkommen, klar, aber deshalb besteht noch lange kein Grund zur Panik.«

Da war Paretti anderer Meinung. Er streckte den Arm aus. »Für dich nicht, Blonde, aber für uns. Deine Biester sind zum Teil krepiert. Wir holen uns jetzt den restlichen Stoff und verschwinden. Die Kleine wird Land und Leute mobil machen und mit den Bullen hier auf die Burg kommen.«

Silva lächelte kühl. »Darauf warte ich«, sagte sie.

»Aber wir nicht. Zudem ist es ziemlich spät geworden. Ich muß in der Nacht noch in Paris sein. Dort warten einige Leute auf den Stoff. Wenn ich nicht liefere, schneidet man mir die Kehle durch.«

»Wollt ihr das Fest nicht mitmachen?«

»Nein.«

»Es wird aber schon dunkel.«

»Das stört uns nicht.«

Silva lächelte. »Ich hätte dich gern mit meiner Familie bekannt gemacht. Zudem kommt Lupina, die Königin der Wölfe.«

Paretti verengte die Augen. »Noch so ein Biest?«

»Du wirst dich wundern, Paretti. Sehr wundern.«

Der Dealer war nicht umzustimmen, und auch Roland Foucert wollte nicht länger auf der Burg bleiben. Es war ungemütlich geworden. Das weite Firmament war mit Wolken bedeckt. Der Wind schob die gewaltigen Gebilde mit einer spielerischen Leichtigkeit vor sich her. Die Sonne war untergegangen, hin und wieder sah man die bleiche Scheibe des Mondes durch die Wolken schimmern.

Das bemerkte auch Silva.

Sie wurde unruhig, hob ihre Schultern, öffnete den Mund und bewegte sich von einer Seite zur anderen. Sie konnte einfach nicht mehr stehenbleiben.

Foucert fiel das auf. »Was ist los?« fragte er.

Paretti packte ihn am Arm.

»Stell dich jetzt nicht an, Mensch. Wir wollen den Stoff und dann weg.«

Da lachte Silva auf. »Zu spät, Messieurs, zu spät.«

»Wieso?« Paretti fegte herum.

Silva deutete nach vorn. »Sie sind da.«

Die Frau hatte nicht gelogen. Soeben fuhr ein Renault Alpine in, den Burghof ein …

Graveline!

Jane Collins erreichte den Ort, ohne daß irgend etwas geschehen wäre. Die Verfolger hatten es vorgezogen, auf der Burg zurückzubleiben, und Jane hatte unangefochten ihr Ziel ansteuern können.

Es war ein sauberes Städtchen. Steinhäuser mit glatten Fassaden, schmale Gehsteige und kaum Betrieb. Die wenigen Geschäfte waren zwar geöffnet, doch in den Läden sah Jane beim Vorbeifahren kaum Kunden.

Ihr Ziel war die Polizeistation. Zu fragen brauchte sie nicht, denn auch in Graveline war es so wie in anderen Orten dieser Größe. Die Polizei fand sie in der Dorfmitte. Die Station war in einem Eckhaus untergebracht.

Jane fand einen Parkplatz. Sie hoffte nur, daß man sie nicht festnahm, weil sie mit einem Wagen gekommen war, der den Dorfbewohnern doch ziemlich bekannt sein mußte. Sicherlich besaß Roland Foucert das Vertrauen der Bevölkerung, war ein hochgeachteter Mann, und niemand würde wohl glauben, daß gerade er es war, der die Schülerinnen mit Rauschgift versorgte.

Jane hatte auch Ausschau nach dem silberfarbenen Bentley gehalten, ihn jedoch nicht gesehen. John schien sich demnach noch in der Schule aufzuhalten.

Zwei ältere Frauen musterten Jane Collins mißtrauisch, als sie die Stufen zur Tür hochschritt. Als die Detektivin die Frauen anlächelte, zogen sie sich zurück.

Ohne zu klopfen betrat Jane das Polizeirevier. Sie geriet in einen Gang und mußte sich nach links wenden. Rechts befand sich die Verwaltung, wo am Wochenende nicht gearbeitet wurde. Es sah ganz so aus, als würde das Haus auch gleichzeitig Rathaus sein.

Die Tür stand offen. Jane hörte Musikfetzen und wunderte sich. Das hätte es in England nicht gegeben, aber die Franzosen nahmen eben alles ein wenig leichter.

Vielleicht war das sogar besser.

Die Musik wurde lauter. Der Mann, der hinter einem Schreibtisch saß und die Beine hochgelegt hatte, hörte Jane nicht. Er lauschte der Musik. Ein Polizeibeamter schien er nicht zu sein, denn er trug keine Uniform.

Es gab noch eine Barriere, die Dienst- und Warteraum trennte. Jane schlug mit der Hand auf das Holz. Das klatschende Geräusch schreckte den Musikhörer hoch. Er fiel fast von seinem Stuhl, als er sich umdrehte und die Beine herumschwang, dann schaute er Jane an wie einen Geist, wobei sein Mund offen blieb.

Die Detektivin mußte lachen. Der Mann war noch jung. Gerade zwanzig vielleicht. Er hatte eine blonde Kraushaarfrisur und große, braune Augen, die er jetzt mit zwei Fingern rieb.

»Träume ich oder träume ich nicht?« fragte er. »Wie kommt so ein Glanz in diese Hütte?«

»Sie träumen nicht, junger Mann.«

Der Junge stand auf. Jane sah, daß er sie mindestens um Haupteslänge überragte. Das war schon ein Riese. Auch der andere bemerkte Janes Erstaunen und meinte, nachdem er die Musik leiser gestellt hatte: »Ja, ich diene dem lieben Gott als Bleistift.« Er fing an zu lachen, als Jane den Kopf schüttelte.

»Wenn Sie dem lieben Gott als Bleistift dienen, dann können Sie kein Polizist sein.«

»Richtig, schöne Unbekannte.«

»Und was tun Sie hier?«

»Ich halte Wache.«

»Aha. Und für wen?«

»Für meinen Alten. Er ist nämlich der Polizeiboß dieses entzückenden Städtchens.«

»Wo finde ich ihn?«

»Draußen bei der Leiche.«

»Aha.« Jane nickte. »Sind die anderen Polizisten auch dort?«

»Ja, sonst wäre ich ja nicht hier, schöne Unbekannte.« Der junge Mann lächelte. »Lassen Sie mich raten. Eine Französin sind Sie nicht. Das hört man. Kommen Sie aus England?«

»London.«

»Dachte ich mir doch gleich. Und Sie sind sicher auf der Durchreise?«

»Fast.«

»Jetzt haben Sie eine Autopanne und suchen Hilfe, schöne Lady.«

»Falsch, ich habe keine Panne.«

Der Junge verzog das Gesicht. »Ich habe auch immer Pech. Wollen Sie mir anvertrauen, was Sie hierher geführt hat?«

»Nein, hören Sie weiter Ihre Musik. Ich werde Ihren Vater schon finden.«

»Sie wissen ja gar nicht, wo er sich aufhält. Ich kann Sie sofort zu ihm bringen.« Er wollte um die Barriere herum.

Jane streckte den Arm aus.

»Nein, nein, ich schaffe das schon.«

»Wie Sie wollen.« Er hob die Schultern. »Darf ich dann Ihren Namen erfahren?«

»Behalten Sie mich als die schöne Unbekannte in Erinnerung, junger Mann.«

»Ich werde von Ihnen träumen.« Der Knabe verdrehte die Augen.

»Hoffentlich werden es keine Alpträume.«

»Wie können Sie so etwas sagen!«

Das hörte Jane nur noch zur Hälfte. Sie hatte den Raum bereits verlassen. Dafür drehte der Knabe die Musik wieder lauter, so daß sie bis in den Flur schallte.

Jane lief die Treppenstufen hinab und sah sich draußen um. Wer konnte ihr jetzt weiterhelfen? Sie mußte einige Leute mobil machen, wenn sie etwas retten wollte.

Jane erinnerte sich, daß im Gespräch auf der Burg der Pfarrer erwähnt worden war. Ja, ihm wollte sie einen Besuch abstatten. Bereits öfter hatten einsichtige Geistliche das Sinclair-Team bei seinen Aufgaben unterstützt. Jane hoffte, daß sie auch in Graveline mit ihrer Bitte nicht auf taube Ohren stoßen würde.

Der Pfarrer wohnte meist dicht bei der Kirche. Jane blickte sich um und suchte den Turm.

Sie sah ihn sofort. Er war viereckig und hatte keine Spitze. Dafür stand auf seinem Ende ein sehr großes Kreuz aus Eisen.

Den Wagen ließ die Detektivin stehen. Es war nicht weit, die paar Schritte konnte sie zu Fuß gehen. Sie passierte eine enge Gasse, in der es mehrere Geschäfte gab, wo Touristenkram verkauft wurde. Und sie sah schließlich den Platz vor der Kirche.

Eine grüne Hecke zäunte ihn ein. Unterbrochen wurde sie durch ein Gittertor, dessen rechter Flügel offenstand.

Jane schlüpfte hindurch.

Sie sah den Pfarrer sofort. Er hielt einen Spaten in der Hand, grub aber nicht das Beet um, neben dem er stand, sondern unterhielt sich mit einer älteren Frau, die wesentlich kleiner war als er. Dabei schaute er über den Kopf der Frau hinweg und sah Jane Collins, die langsam näher kam.

Die Detektivin blieb stehen und grüßte.

Ihr »Bonjour« wurde freundlich erwidert. Die Frau drehte sich um und musterte Jane mißtrauisch.

»Kann ich Sie für einen Augenblick sprechen, Herr Pfarrer?« erkundigte sie sich.

»Natürlich, Mademoiselle.« Und zu der Frau gewandt meinte er: »Wir waren sicherlich fertig, Madame Piralle?«

»Ja, ja.«

Die Frau packte ihre Handtasche fester und ging. Am Tor warf sie noch einen giftigen Blick zurück.

»Die hat wohl was gegen mich?« meinte Jane.

»Sie hat gegen alle etwas.«

»Ja, solche Menschen gibt es.«

»Wollen wir hineingehen, Mademoiselle ...?«

»Collins, Jane Collins. Ich bin keine Französin, sondern komme aus London.«

»Oh, eine weite Strecke.«

»Die ich nicht ohne Grund gefahren bin.«

»Das glaube ich Ihnen. Ich bin übrigens Pfarrer Georges Frambon.« Der Mann lächelte. »Dann darf ich vorgehen?«

»Natürlich.«

Ein Weg führte links an der Kirche vorbei. Er zweigte ab, und Jane sah jenseits des Wegs ein Krankenhaus. Sie aber schritten an einer blühenden Rosenhecke entlang und erreichten ein kleines Steingebäude, in dem der Pfarrer wohnte.

Georges Frambon war eine imponierende Erscheinung. Hochgewachsen und mit grauweißem Haar. Er hatte ein energisches Gesicht, die Augen blickten hell und klar. Jane hatte das Gefühl, daß man mit diesem Mann gut zusammenarbeiten konnte.

Der Geistliche schloß die Tür auf und ließ Jane eintreten.

Die Einrichtung war etwas kärglich und beschränkte sich auf das Nötigste.

Der Pfarrer hängte seine Jacke an einen Haken und bat Jane in sein Arbeitszimmer.

An einem schwarzen runden Tisch nahmen sie Platz. Überhaupt waren alle Möbel schwarz. Die Stühle ebenso wie der Schrank. Und sie hatten ihr Alter, das war sofort zu erkennen.

Die Möbel stellten einen großen Wert dar.

Der Geistliche und Jane setzten sich einander gegenüber.

»Was kann ich für Sie tun, Mademoiselle Collins? Daß Sie zum Beichten zu mir gekommen sind, daran glaube ich nicht.«

»Da haben Sie recht, Herr Pfarrer. Es geht um eine sehr schlimme Angelegenheit.«

»Und die wäre?«

»Mord!«

Jane sprach das Wort bewußt hart aus. Der Pfarrer

hatte es gehört, doch er zeigte kaum Reaktion. Nur seine Augenbrauen hob er ein wenig an. Dann lehnte er sich zurück. »Daß Sie jemanden umgebracht haben, Mademoiselle Collins, glaube ich nicht, sonst würde ich an meiner Menschenkenntnis zweifeln. Es geht wahrscheinlich um den Mord eines anderen.«

»Ich wollte erst zur Polizei. Aber dort saß nur ein junger Mann, der mir berichtete, daß die Polizisten unterwegs wären.«

»Das stimmt«, erwiderte der Pfarrer. »Bei ihnen handelt es sich tatsächlich um einen Mordfall.«

»Wer ist umgekommen?« fragte Jane.

»Ein junges Mädchen.«

»Und wie ist es getötet worden?«

Die Augen des Pfarrers wurden enger. »Warum interessiert Sie das, Mademoiselle?«

»Es könnte ja durchaus sein, daß ein Werwolf seine Hand im Spiel hat«, meinte die Detektivin.

Der Geistliche faltete die Hände. »Jetzt machen Sie mich neugierig.«

»Dann stimmt es also?«

»Diese Frage kann ich Ihnen erst beantworten, wenn ich Näheres über die Gründe Ihres Besuches weiß.«

»Ich will sie Ihnen sagen. Zunächst einmal, ich bin Privatdetektivin und die gute Bekannte eines Mannes, der gegen die Mächte der Finsternis kämpft.«

»Das tue ich auch.«

»Aber anders, Herr Pfarrer. Man nennt John Sinclair auch einen Geisterjäger.«

Georges Frambon stellte jetzt keinerlei Zwischenfragen mehr und ließ Jane Collins sprechen. Die Detektivin hatte einmal zu diesem Mann Vertrauen gefaßt, und so redete sie sich alles vom Herzen, was sie bedrückte. Sie ließ nichts aus und schilderte vor allen Dingen die Personen, die sich oben auf der Burg befanden.

Der Pfarrer wurde immer blasser. Vor allen Dingen, als er den Namen des Mannes hörte, der auch hier im Ort bekannt war. Roland Foucert gehörte hier zu den angesehensten Personen.

Deshalb fragte der Geistliche auch noch einmal nach.

Jane bestätigte den Namen.

»Foucert ein Rauschgiftdealer«, flüsterte der Pfarrer. »Es ist kaum zu glauben.«

»Aber eine Tatsache.«

»Sicher.«

»Rauschgift ist sehr schlimm«, fuhr Jane Collins fort. »Darüber gibt es keine Diskussion, doch die andere Gefahr ist meiner Ansicht nach noch viel stärker. Werwölfe kennen kein Erbarmen.«

»Ja, Mademoiselle Collins, das weiß ich.« Der Pfarrer legte die Hände gegeneinander. »Ich habe nämlich das Oberhaupt der Vasely-Sippe getötet.«

»Dann habe ich mich doch an die richtige Adresse gewandt«, sagte die Detektivin

»Das haben Sie.«

»Wollen Sie erzählen?«

Der Pfarrer nickte.

Er berichtete von einem nächtlichen Streifzug und wie er und einige Männer beim Zigeunerwagen auf die alte Wölfin getroffen waren.

Der Pfarrer hatte sie mit einer silbernen Axt getötet. »Aber wir haben nicht alle erwischt, Mademoiselle Collins. Zumindest eine Bestie läuft noch frei herum. Sie hat auch einen von unseren Leuten getötet, indem sie ihm den Schädel einschlug. Wir fanden ihn tot auf dem Rückweg.«

Jane nickte.

»Aber von dieser blonden Silva habe ich noch nie gehört«, fuhr der Pfarrer fort. »Sind Sie denn davon überzeugt, daß sie eine Werwölfin ist?«

»Hundertprozentig.«

»Und Ihr chinesischer Bekannter ist ein Gefangener dieser Bestie?«

»Nicht nur das. Es sind auch noch andere Gegner dort oben. Ich muß zurück zur Burg.«

»Wobei ich Sie begleiten soll?«

»Natürlich. Nicht nur Sie allein, Herr Pfarrer, auch mein Freund John Sinclair. Haben Sie ihn vielleicht gesehen? Wissen Sie, wo er sich aufhält?«

»Nein.«

»Dann war er wohl nicht hier in Graveline?«

»Soviel ich weiß, nicht.«

»Könnten wir gemeinsam zum Internat fahren?«

Der Pfarrer überlegte nicht lange, sondern nickte. »Das läßt sich bestimmt machen. Aber was ist, wenn wir Ihren Freund dort nicht finden?«

»Dann müssen wir sofort zur Burg«, erklärte Jane. »Deshalb schlage ich vor, daß Sie Ihre Axt mitnehmen.«

»Sie rechnen mit einer Auseinandersetzung?«

»Ja, Herr Pfarrer. Ich will Ihnen da nichts vormachen. Vielleicht stehen wir auch auf verlorenem Posten, denn meine Waffen trage ich auch nicht bei mir. Ich habe dummerweise meine Handtasche in dem kleinen Leihwagen zurückgelassen. Die müssen wir natürlich vorher holen. Dann stehen unsere Chancen schon besser.«

»Was sind das für Waffen?« erkundigte sich der Geistliche.

»Vor allen Dingen ist es meine Astra-Pistole. Ihr Magazin enthält geweihte Silberkugeln.«

Der Geistliche lächelte. »Sie sind sehr gut vorbereitet, wie ich sehe.«

»Anders kann man nicht gewinnen.«

»Das stimmt.« Der Pfarrer erhob sich und trat an den Schrank. »Hier bewahre ich die Axt auf«, erklärte er.

Die Tür knarrte, als sie aufgezogen wurde. Jane konnte

nicht viel erkennen, sie sah nur, daß einige Kleidungsstücke an einer Stange hingen.

Der Pfarrer beugte sich vor, schob die Kleidungsstücke zur Seite und hatte gefunden, was er suchte.

Die Axt!

Er drehte sich um und zeigte Jane die Waffe.

Die Detektivin war fasziniert. Ein schwarzer Holzgriff, der leicht gebogen war, stand in einem scharfen Kontrast zu dem hellen Silber der Schneide. Sie war an ihrer Unterseite sehr scharf, und das Licht wurde blitzend gebrochen. Die Oberfläche der Schneide fühlt sich rauh an, als Jane mit den Fingerspitzen darüber strich und anerkennend nickte.

»Woher haben Sie die Waffe, Herr Pfarrer?«

»Das ist eine lange Geschichte. Nur soviel sei gesagt. Dieses Gebiet hier muß schon vor langer Zeit eine Heimat für Werwölfe gewesen sein. Ich habe die Axt in meiner Kirche gefunden. Sie war eingemauert worden. Eine alte Schrift fand ich ebenfalls. Die Worte waren verblaßt und kaum zu lesen, doch mir gelang es, sie zu entziffern. Demnach hat einer meiner Vorgänger im 18. Jahrhundert diese Axt schmieden lassen und sie dann in der Kirche versteckt. Ich fand das Versteck in der Mauer, als wir renovierten, und ich habe die Axt behalten, was ich als einen Glücksfall bezeichnen möchte.«

»Das stimmt wirklich.« Jane nickte.

Der Pfarrer wandte sich noch einmal um und holte eine Lederschatulle hervor, in die er die Axt steckte. Sie paßte genau hinein. »Habe ich mir anfertigen lassen, Mademoiselle«, erklärte er und lächelte.

»Sehr praktisch.«

Der Pfarrer deutete auf die Tür. »Bitte, Mademoiselle, gehen wir und vertrauen wir auf Gott, daß wir gegen diese Brut bestehen und Kraft genug haben, sie zu besiegen.«

Das hoffte Jane Collins auch.

Sie fuhren mit dem Wagen des Geistlichen. Es war ein beiger Peugeot 305. Das Auto parkte neben dem Haus vor der kleinen Garage. »Ich vergesse immer, ihn hineinzustellen«, meinte der Geistliche und lächelte.

Jane war mit den Gedanken nicht bei der Sache. Sie bekam auch von der Fahrt kaum etwas mit und dachte nur an den Fall und an John Sinclair. Bisher hatte sie von dem Geisterjäger nicht die geringste Spur entdeckt.

Wo mochte er stecken?

Im Internat? Das war möglich, aber was gab es dort zu finden?

Der Pfarrer merkte, was in Jane Collins vorging und welch schwere Gedanken sie beschäftigten. Er schwieg taktvoll. Erst als sie den schmalen Weg zum Internat hochfuhren, sagte er: »In wenigen Minuten sind wir da.«

Noch eine Kurve.

»Da ist er!« rief Jane plötzlich, weil sie einen freien Blick auf den Platz vor dem Internat hatte.

»Was ist da?«

»Der silbergraue Bentley. Das ist der Wagen, den John Sinclair fährt.«

Der Pfarrer lachte. »Dann müßten wir Ihren Freund ja auch hier finden.«

Er stoppte. An der Treppe saßen einige Schülerinnen, die dem ankommenden Wagen entgegenschauten. Sie kannten den Pfarrer und winkten ihm zu.

Georges Frambon redete mit ihnen, während Jane Collins nur die Zuhörerin spielte.

Der Geistliche hob die Schultern. »Ihren Freund hat niemand gesehen, wie Sie selbst gehört haben.«

»Ja, das stimmt. Aber er ist hier gewesen, sonst würde sein Wagen nicht hier stehen.«

»Fragen wir im Sekretariat nach.«

Der Pfarrer kannte den Weg. Als sie den Raum betraten, wollte Hèléne soeben Feierabend machen. Sie griff bereits nach ihrem Hut, der lilafarben leuchtete und aussah wie eine zerlaufene Praline.

»Herr Pfarrer, welch eine Überraschung! Wenn Sie wegen Monsieur Foucert gekommen sind, dann haben Sie den Weg umsonst gemacht. Der Rektor ist leider nicht mehr da.«

»Wo ich ihn finden kann, wissen Sie nicht zufällig?«

»Nein«, erwiderte Hèléne honigsüß und bedachte Jane mit einem abschätzenden Blick.

Die Detektivin mischte sich ein. »Es geht auch primär nicht um Monsieur Foucert, sondern um Monsieur Sinclair. War er schon hier? Wenn ja, wissen Sie, wo er sich aufhält?«

»Das ist doch dieser große blonde Mann?«

»Genau.«

»Ja, er war hier«, sagte Hèléne. »Ist aber schnell wieder gegangen. Auf sein Zimmer, glaube ich.«

»Wissen Sie, wo es ist?«

»Natürlich, ich habe es selbst vorgeschlagen. Leider muß ich weg, so daß ...«

»Ich kenne mich hier aus«, sagte der Pfarrer. »Beschreiben Sie uns, wo wir das Zimmer finden können.«

Das tat Hèléne auch.

Jane und der Pfarrer hielten sich keine Sekunde länger im Sekretariat auf.

Mit schnellen Schritten verließen sie den Raum und gingen ebenso rasch durch die Schule.

Sie erreichten den Trakt der Gästezimmer. Jane Collins verzichtete auf Höflichkeitsfloskeln und öffnete die Tür.

Der Raum war leer.

»Nichts«, sagte der Pfarrer, der über Janes Schulter schaute.

»Wo kann er nur sein?« murmelte Jane. »Er muß sich noch in der Schule aufhalten, weil sein Wagen noch hier steht.«

»Und Foucert ist allein weggefahren«, meinte der Geistliche.

»Eben.« Jane drehte sich um. »Kennen Sie sich hier wirklich gut aus, Herr Pfarrer?«

»Ja, ich bin des öfteren hier.«

»Hat die Schule einen Keller?«

»Sicher.« Der Pfarrer wurde etwas blaß, und sein Lächeln fiel gequält aus. »Rechnen Sie damit, daß man Monsieur Sinclair im Keller gefangenhält?«

»Ich ziehe jede Möglichkeit in Betracht«, erklärte die Detektivin.

Die beiden hielten sich nicht länger auf, sondern machten sich auf den Weg zum Keller. Der Pfarrer führte Jane durch zahlreiche Gänge. Zum Glück gab es überall Licht, dann erreichten sie eine Turnhalle und die damit verbundenen Duschräume.

»Bis auf das Schwimmbad haben wir jetzt alles gesehen«, erklärte der Geistliche. »Wollen Sie sich dort auch noch umsehen Mademoiselle Collins?

»Ja.«

Sie betraten den Pool. Der Pfarrer zuerst, und er blieb auch einen Schritt hinter der Schwelle stehen. Das »Verdammt« klang aus seinem Mund recht ungewöhnlich, aber es war verständlich, wie Jane gleich darauf feststellte.

Im Pool schwamm eine Leiche!

Die Stimme des Geistlichen klang rauh, als er fragte: »Ist er das?«

Jane ging einen Schritt vor, weil das Licht auf der Oberfläche des Wassers etwas blendete.

»Nein«, flüsterte sie. »Das ist nicht John Sinclair.« Ihr fiel ein Stein vom Herzen.

»Aber wer dann?« murmelte der Pfarrer. Ihn hielt auch nichts mehr. Am Rand des Beckens ging er in die Knie und streckte den Arm aus. Seine Finger erreichten die

Leiche. Sie schwamm mit dem Gesicht nach unten. Der Geistliche drehte den Mann herum.

Ein bleiches, schon etwas aufgedunsenes Gesicht, blicklose Augen, ein offener Mund.

»Den Mann kenne ich«, sagte der Pfarrer. »Er wohnt im Dorf und arbeitet hier als Handwerker. Mein Gott, warum mußte er sterben?«

Die Frage stellte sich Jane auch. Der Tote wies keinerlei Bißwunden auf. Die Detektivin fragte sich, ob er überhaupt auf das Konto der Werwölfe ging.

Und dann sah sie noch etwas.

Einen hellen, blitzenden Reflex auf dem Boden des Pools.

»Das Kreuz!« hauchte Jane.

»Ich verstehe nicht.«

Jane streckte ihren Arm aus. »Auf dem Grund liegt John Sinclairs Kreuz. Es ist seine stärkste Waffe gegen die Mächte der Finsternis. Freiwillig würde er es nie abgeben.«

»Es heißt also, daß sich Ihr Freund in den Händen seiner Feinde befindet.«

»Genau, Herr Pfarrer.«

»Und nun?«

»Ich muß das Kreuz haben.«

»Wollen Sie danach tauchen?«

»Wenn ich keine andere Möglichkeit finde, ja.«

»Da ist ja noch ein Sarg.«

Die Stimme des Geistlichen ließ Jane zusammenzucken. Sie schaute nach links und sah die gläserne Totenkiste. Sie stand dort, wo die Treppe aus dem Wasser führte.

Pool, Sarg Kreuz – welch eine Verbindung gab es zwischen den dreien?

Janes Knie zitterten, als sie auf den Sarg zuschnitt. Er war offen. Der gläserne Deckel lag neben dem Unterteil.

Im Sarg selbst befand sich kein Wasser. Nur von außen war er naß. Dicke Tropfen schimmerten auf dem Glas.

Der Pfarrer war mit Jane gegangen. »Er scheint wohl im Wasser gelegen zu haben.«

»Ja. Vielleicht war sogar John Sinclair darin.«

Der Geistliche erschrak. »Das glauben Sie doch selbst nicht, Mademoiselle Collins. Warum sollte man einen lebenden Menschen in einen gläsernen Sarg stecken und ihn dann in den Pool werfen?«

»Das müssen Sie nicht mich fragen, sondern unsere Gegner. Sie glauben gar nicht, zu was die alles fähig sind.«

Georges Frambon nickte. »Das habe ich mittlerweile auch schon festgestellt.«

Jane drehte sich um. »Den Sarg können wir auf keinen Fall mitnehmen, aber das Kreuz.«

»Ist es denn so wichtig?« fragte der Pfarrer.

»Wichtig ist gar kein Ausdruck. Das ist und kann Johns Lebensretter sein.«

»Woher stammt es?«

Da hob Jane die Schultern. »Bisher hat noch niemand die Herkunft des Kreuzes herausgefunden. Eines Tages wird das Rätsel sicherlich gelüftet.« Sie schaute sich um.

»Was suchen Sie?«

»Irgendeinen Gegenstand, mit dem ich das Kreuz vielleicht aus dem Wasser holen kann. Ich möchte nämlich nicht gern tauchen.«

»Moment.« Der Pfarrer verschwand dort, wo es zu den Duschen ging. Nach einer halben Minute kehrte er zurück. Er hielt eine lange Stange in der Hand, an deren Ende sich ein metallener Ring befand. Lernschwimmer konnten sich daran festhalten und wurden damit durchs Wasser gezogen.

Jane nahm dem Pfarrer die Stange ab und tauchte sie ins Wasser. Sie berührte auch das Kreuz und schob es langsam auf die Treppe zu. Die Kette verhakte sich in dem Metallring, so daß Jane das wertvolle Kruzifix aus dem Wasser ziehen konnte.

Sie hielt es eine Weile in der Hand und ließ das Wasser abtropfen. Der Geistliche stand daneben. »Ein sehr schönes und wertvolles Stück«, sagte er. »Es muß uralt sein.«

»Ja, das kann man wohl sagen.«

Der Pfarrer schaute genau auf die eingravierten Zeichen. »Da sind fast alle Religionen vertreten«, murmelte er und wog das Kreuz in der Hand. »Ich habe das Gefühl, als würde es aus dem alten Rußland stammen oder wenigstens aus dem orthodoxen Reich.«

»Das ist durchaus möglich.«

»Warum hat John Sinclair nicht nachgeforscht?«

Da lächelte Jane. »Forschung kostet Zeit, und die haben wir leider nicht, Herr Pfarrer. Kommen Sie, wir haben sowieso schon zu lange hier herumgestanden. Sie besitzen die Axt mit der silbernen Schneide, ich habe jetzt das Kreuz. Eigentlich müßte es mit dem Teufel zugehen, wenn wir es nicht schaffen würden, die verdammte Werwolfsbrut zu besiegen ...«

Paretti und Foucert standen nebeneinander. »Wir müssen mitspielen!« zischte der Rektor.

»Ich will aber nicht.«

»Halte dich zurück. Die anderen sind stärker als du. Glaub mir das, Paretti.«

In den Augen des Südfranzosen funkelte es wild. Er beherrschte sich nur mühsam. »Wenn man mir in Paris wegen dieser Scheiße hier auf die Zehen tritt, trete ich zurück. Bei dir, Foucert. Dann läufst du blau an.«

»Meinetwegen.« Foucert grinste.

Silva hatte sich nicht mehr um die beiden Männer gekümmert. Sie war an ihnen vorbeigegangen und schritt den Ankömmlingen entgegen, während sich Al Astor im Schloß verkrochen hatte.

Die Türen des Renault Alpine wurden aufgestoßen. Ein Mann verließ den Wagen.

Silva lächelte, als sie ihren Bruder Marcel erkannte. Er hatte Wort gehalten. Sie hob die Hand und winkte. Marcel winkte zurück. Er sprach irgend etwas in den Wagen hinein, und die zweite Person stieg aus.

Sofort wurde ihr langes Haar vom Wind erfaßt und in die Höhe geworfen. Der Beschreibung nach konnte das nur die jüngste, die kleine Jovanka sein.

»Du bist Jovanka«, sagte Silva.

»Ja.«

»Ich bin deine Schwester Silva und freue mich, daß du gekommen bist.«

»Jurina hat mir viel von dir erzählt, Silva.«

»Ja, ja, die alte Jurina. Sie war manchmal sehr geschwätzig.«

»Jetzt ist sie tot«, sagte Jovanka.

»Ich weiß.« Die Stimme der Blonden klang haßerfüllt. »Und ich werde ihren Tod rächen.«

»Wir«, sagte Marcel und lächelte grausam.

»Natürlich, Bruder.«

»Redet nicht so lange herum, sondern kommt endlich zur Sache«, ertönte aus dem Wageninnern eine Stimme.

Die blonde Silva fragte: »Ist sie das?«

»Ja, das ist sie«, bestätigte Marcel.

»Na denn ...«

Marcel flüsterte. »Sei nett zu ihr, Silva. Sie ist unsere Königin, denk daran.«

»Deine vielleicht. Nicht meine.« Silva sagte nichts mehr, sondern schaute zu, wie Lupina aus dem flachen Wagen kletterte. Silva wunderte sich, denn sie sah zum erstenmal diese Mischung zwischen Frau und Bestie ...

Bestie insofern, was den Oberkörper anbetraf. Er war

über und über mit Fell bedeckt. Menschlich war der Kopf mit dem langen blonden Haar. Allerdings floß es nicht glatt bis auf die fellbedeckten Schultern wie bei Silva, sondern etwas gekraust.

Die beiden Frauen musterten sich stumm.

Unterdessen standen Foucert und Paretti vor dem Eingang zur Burg. Sie bekamen alles mit, und als sie sahen, wer da zuletzt aus dem Wagen kletterte, wurden ihre Augen groß.

Paretti sagte: »Kneif mich mal, Roland. Ich glaube, ich spinne.«

»Nein, du spinnst nicht. Die gibt es wirklich.«

»Aber verdammt, mit was umgibst du dich da? Ist das ein Scherz?«

»Es ist eine Wölfin, eine Werwölfin.«

Paretti bekam den Mund nicht mehr zu. Er schüttelte den Kopf und schlug sich gegen die Stirn. »So etwas gibt es doch nur im Film«, stöhnte er.

»Vor dir steht der Gegenbeweis.«

Die ungleichen und doch im Prinzip gleichen Frauen hatten bisher noch kein Wort gewechselt. Wie eine Wand lastete das Schweigen zwischen ihnen. Selbst die drei Wölfe, die Silva begleitet hatten, blieben ruhig.

Marcel und Jovanka merkten, daß Silva und Lupina keine Freundinnen werden würden. Zu groß war der Machtanspruch der Königin, und Silva würde sich nicht unterordnen.

»Ich bin Lupina«, brach die eine endlich ihr Schweigen.

»Das weiß ich.«

»Und ich bin die Königin der Wölfe.«

Da richtete sich Silva auf. Sie reckte ihren Oberkörper hoch. »Die Königin kannst du meinetwegen sein, aber nicht hier. Auf dieser Burg habe ich zu bestimmen.«

»Du widersetzt dich mir?« lautete die scharfe Frage.

»Ja.«

Lupinas Gesicht nahm einen harten Zug an. »Ich gebe dir noch Zeit, deine Meinung zu ändern. Ansonsten sind wir Feinde, Silva!«

»Sogar Todfeinde!«

Eine harte Antwort. Die Geschwister, die dem Dialog stumm zugehört hatten, zuckten zusammen. Mit dieser Reaktion ihrer Schwester hatten sie nicht gerechnet.

Plötzlich lächelte Lupina. »Ich frage dich später noch einmal«, sagte sie.

»Kannst du.«

Die Königin der Wölfe drehte sich um.

»Holt den Teppich!« befahl sie. Die Anordnung galt Jovanka und ihrem Bruder. Beide machten kehrt und steckten die Köpfe von zwei verschiedenen Seiten in den Renault.

Marcel schob die Teppichrolle an, während Jovanka an der anderen Seite zupackte und sie hervorzog.

Sofort wurden die drei Wölfe unruhig.

Das hörte auch ich. In dem Teppich kam ich mir vor wie eine Ölsardine. Ich konnte mich wirklich nicht rühren. Meine Knochen taten mir weh, und ich war wirklich hilflos. Zusammengerollt, zur Bewegungslosigkeit verurteilt, man konnte mit mir anstellen, was man wollte.

Hart ließ man mich fallen.

Knurren und Hecheln. Die Wölfe waren da, und schon vernahm ich eine bekannte Stimme.

»Zurück, ihr Biester, er gehört uns!«

Das war die Frau von der Fähre. Teufel auch, noch ein Gegner mehr. Ich hätte mich vor Wut selbst irgendwohin beißen können.

»Das ist John Sinclair«, erklärte Lupina.

»Ich kenne ihn«, sagte Silva.

»Woher?«

»Das spielt keine Rolle. Wichtig ist, daß er sich in meiner Nähe befindet, denn er gehört mir.«

»Nein! Da irrst du dich, Silva. Ich habe die älteren Rechte an ihm.«

»Wirklich?«

»Ja.«

Ich hörte deutlich jedes Wort und fühlte instinktiv, obwohl ich nichts sehen konnte, daß sich so etwas wie eine Vorentscheidung zwischen den beiden anbahnte.

»Ich glaube, du mußt jetzt schon auf deine richtige Größe zurechtgestutzt werden, Lupina. Wir werden der Königin die Krone vom Kopf reißen.« Silva lachte, bevor sie ihren Tieren den scharfen Befehl gab. »Packt sie!«

Normalerweise wären die drei grauen Bestien wie Pfeile gesprungen. Hier jedoch nicht. Sie duckten sich zwar zusammen, um sich abzustoßen, doch da traf sie der Blick.

Lupina schaute sie aus ihren Raubtieraugen an. Es war ein sprechender Blick, ein befehlender, in dem all ihr Willen und ihre Macht lagen.

Sie schien gedankliche Befehle zu erteilen, und die drei Wölfe kuschten. Sie zogen ihre Schwänze ein, senkten die Köpfe, scharrten mit den Vorderläufen am Boden und winselten.

Silva hatte verloren.

Lupina aber lächelte spöttisch. Eine Windbö fuhr über den Hof und trieb Staub hoch. »Nun, Silva, was ist mit deinen Tierchen? Warum greifen sie mich nicht an?«

Silva ballte die Hände. In ihrem Gesicht zuckte es. Dann nickte sie.

»Es ist gut, Lupina, diese Runde geht an dich. Aber glaube nur nicht, daß du gewonnen hast. Nein, bestimmt nicht. Es sind Geschöpfe, die eine Werwölfin leicht zähmen kann, was nicht heißt, daß ich mich auch unter deinen Befehl stelle.«

»Es wird dir nichts anderes übrigbleiben!« erwiderte Lupina kalt.

Silva schaute die Werwölfin noch einmal an, machte kehrt und ging davon.

Die drei Wölfe folgten ihr.

Mit schnellen Schritten lief Silva auf die Burg zu, wo Paretti und Foucert warteten.

Der Südfranzose regte sich sofort auf. »Ich will den Stoff und dann verschwinden!« zischte er.

Silva blieb stehen. »Nein!«

»Was soll das heißen?«

»Ich bestimme, wann du gehst!«

Da griff Paretti zur Waffe. Er zog sehr schnell, doch er hatte die Kanone erst halb aus dem Holster, als einer der Wölfe sprang und gegen ihn prallte. Paretti flog zurück, verlor das Gleichgewicht und krachte zu Boden. Plötzlich sah er die Zähne des Wolfes dicht vor seiner Kehle.

»Soll er zubeißen?« fragte Silva.

»Verdammt, nimm das Biest weg!«

»Vielleicht.«

Foucert mischte sich ein. »Was soll das heißen, Silva? Willst du ihn töten?«

Die Werwölfin fuhr herum. »Verdient hätte er es, aber ich will ihm eine Chance geben.«

»Und welche?«

Sie trat vor und entwand dem Dealer die Waffe, die sie in ihren Gürtel steckte. Ihre nächsten Worte waren an beide Männer gerichtet. »Er kann gehen und bekommt auch seinen Stoff, wenn er eine Bedingung erfüllt.«

»Welche?« krächzte Paretti.

»Er muß Lupina töten!«

Die beiden Männer hatten die Forderung gehört, doch niemand sagte ein Wort.

»Das – das geht doch nicht«, flüsterte Foucert nach einer Weile. »Man kann Werwölfe nicht so einfach ...«

Silva schnitt ihm mit einer Handbewegung das Wort ab. »Doch, mein Lieber, man kann.«

»Und wie?«

Silva schaute sich um, ob sich Lupina auch nicht in der Nähe befand.

Dann fragte sie: »Wer von euch hat die Waffe des Chinesen?«

»Ich«, krächzte Paretti.

Silva überlegte einen Moment, bevor sie durch die Zähne pfiff. Sofort ließ der Wolf den Mann in Ruhe. Er richtete sich auf und ließ sich ein paar Schritte entfernt nieder.

»Steh auf!«

Paretti kam Silvas Aufforderung nach. Sie lächelte. »Wenn du den Stoff haben willst, mußt du etwas tun, wie ich dir schon sagte. Jetzt nimm die Pistole und sieh nach, womit sie geladen ist.« Im nächsten Moment zog Silva die Beutewaffe und bedrohte damit den Dealer. »Aber sei hübsch vorsichtig.«

Paretti kannte die Spielregeln aus der Pariser Unterwelt. Er wußte, wann er still zu sein hatte. Mit spitzen Fingern holte er die Beretta hervor.

Währenddessen behielt Foucert die anderen im Auge. Sie standen noch immer in der Nähe des Wagens. Marcel und Jovanka waren dabei, die Teppichrolle auf ihre Schultern zu laden.

»Jetzt überzeuge dich, womit die Waffe geladen ist«, forderte Silva den Dealer auf.

Der holte das Magazin hervor, kippte es und blickte von unten hinein.

»Und?«

»Silberkugeln!«

Da lachte die Blonde. »Dann ist es klar, was du zu tun hast. Geh zu Lupina und töte sie!«

»Einfach so?«

»Klar. Oder hast du Skrupel? Denk an deinen Stoff. Wenn du meinem Befehl nicht ausführst, bekommst du erstens den Stoff nicht, und außerdem überlasse ich dich meinen Tierchen.«

»Du bist, ein Satan, Blonde!«

»Vielleicht. Nur muß jeder selbst sehen, wie er zurechtkommt. Das kennst du doch, oder?«

Paretti nickte nur. Nervös wischte seine Zunge über die trockenen Lippen.

»Und noch etwas, mein Lieber. Solltest du eine linke Tour versuchen, ist es aus. Komm nur nicht auf den Gedanken, die restlichen Kugeln auf mich zu verfeuern. Meine Leibwächter behalten dich immer im Auge und sind schneller.«

Nach diesen Worten machte Silva kehrt und verschwand in der zerfallenen Burg.

Paretti atmete tief durch. Obwohl es kühl war, stand der Schweiß auf seiner Stirn. Er schaute zum Himmel hoch. Die Dämmerung kam mit aller Macht. Schemenhaft war der fast durchsichtig scheinende Vollmond zu sehen. Er würde, wenn es dunkel war, an Farbe zunehmen.

Vollmond – Werwölfe. Eine Gänsehaut kroch über Parettis Rücken. Er biß die Zähne so hart zusammen, daß es knirschte. Dann warf er Foucert einen Blick zu

»Mach nur keinen Mist, Junge«, flüsterte der Rektor. »Wenn wir hier mit heiler Haut herauskommen, packe ich meine Sachen und haue ab. Erschieß diese Lupina, dann bekommen wir den Stoff und verschwinden. Gegen Silva hast du keine Chance. Wirf die Knarre hinterher weg.«

»Ich hatte tatsächlich daran gedacht, auch die Blonde hinterher umzulegen«, murmelte Paretti.

»Daran darfst du nicht einmal denken«, flüsterte der Rektor. »Und jetzt halt den Mund, sie kommen ...«

»Nehmt ihr Sinclair hoch!« hatte die Werwölfin befohlen, drehte den Kopf und schaute zum Mond hinauf.

Sie liebte ihn, liebte ihn über alles. Noch hatte er nicht seine volle Kraft entfaltet. Es würde allerdings nicht mehr lange dauern, dann strahlte sein Licht klar auf den Hof. Auch die andere wartete auf den Vollmond.

Silva!

Ihr Name hatte sich in das Hirn Lupinas eingegraben. Sie eine Wölfin, die andere ebenfalls. Und eine, die sich nicht unterwerfen wollten, die nicht der Königin Tribut zollte. Aber sie würde es tun. Wenn nicht, mußte sie sterben. Denn die alte Zigeunerweissagung mußte ihre Erfüllung finden.

Lupina drehte den Kopf und schaute hinüber zu Silva, die mit den beiden Männern zusammenstand. »Was haben die drei da wohl zu flüstern?« fragte sie.

»Einer ist der Rektor der Schule«, sagte Marcel.

»Und der andere?«

»Den kenne ich nicht.«

»Aber sie hängen irgendwie mit drin. Bin gespannt, was der Rektor sagen wird, wenn er dich sieht.«

»Foucert wird sein Maul halten.« Marcel grinste im wahrsten Sinne des Wortes wölfisch. »Freunde waren wir beide nämlich nicht. Wir haben uns nie leiden können.«

»Dann wirst du sicherlich Gelegenheit bekommen, dich an ihm zu rächen«, sagte Silva.

»Hoffentlich.«

Die beiden Männer gingen ein paar Schritte vor, während Silva im Schloß verschwand.

»Wo sollen wir mit Sinclair hin?« fragte Marcel.

»Werft ihn vorerst in irgendein Verlies. Davon gibt es sicherlich mehrere im Schloß.«

»In Ordnung.«

Die beiden gingen los. Ich hatte wieder die Unterhaltung vernommen und fühlte mich wie ein verdammter

Rollschinken in diesem dicken Teppich. Man wollte mich in ein Verlies werfen und zu gegebener Zeit wieder hervorholen.

Toll, dann konnte Lupina das vollenden, was ihr einmal nicht gelungen war.

Ich hatte mich hereinlegen lassen wie ein Narr. Ich hoffte nur, daß Suko und Jane erfolgreicher gewesen waren. Allerdings war mir nicht bekannt, wo sie steckten. Vielleicht hatten sie die Spur auch verloren.

Es war kein Vergnügen, in einem Teppich eingewickelt getragen zu werden. Der Mann und die Frau waren von unterschiedlicher Größe, ich kippte und schaukelte hin und her. Zudem war mir leicht übel, die Nachwirkungen des Luftmangels ließen mich noch nicht aus den Klauen.

Paretti und Foucert sahen die beiden mit ihrer Last auf sich zukommen. Sie wichen den Blicken aus. Auch Foucert, obwohl er Marcel Vasely gut kannte.

Marcel blieb stehen. »Na, Herr Rektor?« höhnte er. »So trifft man sich wieder.«

Foucert erwiderte nichts, dafür übernahm Paretti das Wort. »Haut ab und kümmert euch um euren Kram.«

Marcels Augen funkelten. »Ich bin mal gespannt, ob du später auch noch so reden wirst.« Dann gingen er, und seine Schwester weiter. Sie betraten das Schloß. Keiner von ihnen war jemals hier gewesen. Die Räume waren fremd für sie.

»Wohin?« erkundigte sich Jovanka.

Marcel blieb stehen. Er sah sich um und entschloß sich für die rechte Seite.

Die gingen sie entlang. Dabei mußten sie über Geröll und Steine steigen. Manches war von der Decke gefallen, anderes wiederum von der Wand, die große Flecken zeigte, als hätte jemand mit dem Hammer dagegen geschlagen.

Wenig später blieb der zuerst gehende Marcel stehen.

»Da ist eine Luke«, sagte er. »Sogar eine Leiter steht da. Und einen Chinesen haben sie angekettet. Der Kerl ist bewußtlos.«

»Was willst du machen?« fragte Jovanka.

»Den werfen wir hier rein.«

Sie rollten den Teppich von der Schulter.

Ich verkrampfte mich im Innern der Rolle. Sehr wohl hatte ich die Worte verstanden. Und ich hatte auch gehört, wie die Kerle mit dem Rektor sprachen.

Roland Foucert war also auch hier. Es schien mir, als würde er sein eigenes Süppchen kochen.

Verdammt, in welch ein Komplott war ich da wieder hineingeraten? Meine Überlegungen wurden unterbrochen, denn die beiden kippten den Teppich nach rechts.

Im nächsten Augenblick fiel ich in die Tiefe und hatte Mühe, einen Schrei zu ersticken.

Der Aufprall.

Trotz des Teppichs war er verdammt hart und fuhr mir durch sämtliche Glieder. Ich biß die Zähne zusammen, bekam die Zunge dazwischen und schmeckte Blut. In meinem Nacken begann es wieder zu schmerzen, dann lag ich still.

»So, da kann er erst einmal liegenbleiben«, hörte ich die Stimme des Lehrers, bevor er und seine Schwester sich entfernten ...

Roland Foucert war einige Schritte in das Schloß hineingegangen. »Sie sind verschwunden«, meldete er.

Paretti grinste scharf. »Dann ist diese Lupina allein auf dem Hof.«

»Genau.«

»Sollen wir es machen?«

»Wir?« Foucert lachte leise. »Du bist doch der Mann.«

»Merde, du Feigling. Gehst du nicht mit?«

»Doch.«

»Dann erledigen wir es jetzt.«

Lupina schien ahnungslos zu sein.

Sie stand mitten auf dem Burghof, drehte den Männern ihren Rücken zu und genoß es, wie die Dunkelheit immer mehr zunahm.

Sie schaute zum Himmel.

Dort trat der helle Vollmond deutlicher hervor. Eine gelbe Scheibe, in der die Kraft einer dunklen, gefährlichen Magie steckte, die von Werwölfen und Vampiren angebetet wurde und ihnen die Möglichkeit gab, zu reißenden Bestien zu werden.

Der Mond!

Sinnbild des Bösen, ein Gestirn, über das zahlreiche Geschichten und Legenden erzählt wurden, und dessen magische Stärke doch nie erforscht worden war.

Lupina fühlte das Kribbeln. Ihre Haare auf dem dichten Fell stellten sich aufrecht, sie hatte den Mund weit geöffnet, den Kopf in den Nacken gelegt und nahm die Kraft voll in sich auf. Sie badete sich in seinem Schein, der fahl ihren Körper umfloß.

In ihren Adern pulsierte heißes Blut. Schwarzes Blut, Lebenssaft einer dämonischen Kreatur, die jetzt aktiviert wurde. Ein bekanntes Gefühl stellte sich ein. Sie merkte das Rauschen, das Blut schien sich zu erwärmen, schien zu kochen und wie siedendes Wasser durch ihre Adern zu laufen.

Die langen, blonden Haare verloren ihren Schimmer. Sie wurden stockig und fahl. Lupina merkte, wie sich ihr Mund spannte und verlängert wurde, so daß sich bereits eine Schnauze bildete. Überall sprossen Haare. Sie drangen aus ihrer Haut hervor und bedeckten ihr gesamtes Gesicht. Gleichzeitig wuchsen auch die Zähne. Sie wurden zu gefährlichen Hauern, zum Gebiß einer Bestie, die damit alles zerreißen konnte. Auch die Haare verloren jetzt jegliche Form und Farbe. Es verwandelte sich in einen dichten Pelz.

Lupina knurrte.

Jetzt hörte es sich wirklich an wie das Knurren eines hungrigen Wolfes.

Und hungrig war sie. Sie brauchte Menschen, sie brauchte deren Blut!

Nur die Augen waren so geblieben wie zuvor. Ansonsten hatte sich an ihrem Kopf alles verändert, selbst die Stirn war eingefallen.

Lupina hatte die endgültige Verwandlung hinter sich, riß ihre Schnauze auf und stieß ein klagendes Geheul aus, das schaurig über den Burghof hallte.

Es vermischte sich mit dem jammernden Geräusch des Windes zu einer Melodie des Schreckens.

Auch Foucert und Paretti hatten bemerkt, daß etwas nicht stimmte. Allerdings täuschte sie die Dunkelheit. So sahen sie erst genau, was geschehen war, als sie sich dicht hinter Lupina befanden.

Sie blieben stehen.

»Verdammt!« flüsterte Paretti.

»Willst du kneifen?« fragte Foucert.

»Nein, aber sie hat sich verwandelt. Das ist kein Haar mehr, das ist nur noch Fell.«

»Eben eine Wölfin.«

Paretti nickte.

Er zog die Beretta, die mit Silberkugeln geladen war. Damit wollte er diese verdammte Wölfin umlegen. Eine Kugel in den Schädel, und das Biest existierte nicht mehr.

Foucert hielt sich etwas zurück. Er traute dem Braten nicht so recht. Wenn Paretti schoß, wollte er nicht unmittelbar an seiner Seite sein. Der Südfranzose merkte überhaupt nicht, daß sich sein Partner zurückgezogen hatte. Er war nur auf die Wölfin fixiert. Sie war groß wie ein

Mensch, stand auf zwei Beinen, und als sie sich jetzt halb umdrehte, sah der Mann ihr Profil.

Es war tatsächlich das einer Wolfsschnauze!

Paretti schluckte.

Er hob die Waffe, zielte genau, und sein Finger fand den Abzug. Er brauchte ihn nur noch zu krümmen.

Da schaute die Wölfin ihn an. Blitzschnell hatte sie sich umgedreht, jetzt standen sich die beiden Auge in Auge gegenüber, und plötzlich schaffte Paretti es nicht mehr, abzudrücken. Er konnte den Zeigefinger einfach nicht krümmen. Es schien, als würde Leim daran kleben.

Er stöhnte auf.

Lupina starrte ihm in die Augen. »Was wolltest du, du Narr? Mich töten?«

Er nickte.

»Niemand kann mich töten. Schon gar nicht so ein Wicht wie du!«

»Ich habe Silberkugeln«, flüsterte Paretti. »Geweihte Silberkugeln. Die schaffen dich.«

»Vielleicht«, erwiderte Lupina. »Aber das tust du doch nicht aus eigenem Antrieb?«

»Nein.«

»Wer ist dein Auftraggeber?«

Da lachte Paretti. »Ist das wirklich so schwer zu raten, du Bestie?«

»Also Silva.«

»Genau.«

»Ich danke dir, daß du mir vor deinem Tod noch die Information gegeben hast«, erklärte Lupina.

Da wurden Parettis Augen groß. »Vor meinem Tod?« keuchte er. »Wirklich vor meinem Tod?«

»Ja, denn du wirst sterben. Ich werde dich umbringen.« Sie hatte den Satz kaum ausgesprochen, da zuckte sie schon zur Seite. Es war ein blitzschnelles Reagieren, durch keinen Ausdruck in den Augen angezeigt.

Paretti schoß.

Vor der Mündung blühte für einen winzigen Moment eine Feuerblume auf, aber die Kugel jaulte an der weiblichen Bestie vorbei und pfiff irgendwo in den Nachthimmel. Der Dealer schwenkte die Pistole.

Plötzlich hatte er Angst. Zu einem zweiten Schuß ließ Lupina ihn nicht kommen. Dieses Risiko war ihr doch zu groß.

Ein Schlag gegen die Waffenhand prellte dem Dealer die Pistole aus den Fingern. Sie fiel zu Boden, blieb liegen, und Paretti schaute auf die Waffe.

Starr und ungläubig!

Bis er das Kichern hörte und Raubtiergeruch wahrnahm.

»Jetzt bist du dran«, sagte die Stimme der Werwölfin in einem heiser klingenden, flüsternden Ton.

Bei dem Dealer sträubten sich die Nackenhaare. Eine kalte Hand fuhr seinen Rücken hinab und schien Eiskristalle auf seiner Haut zu hinterlassen.

In diesem Moment drang das Licht des Vollmonds durch die dünnen Wolken. Ein Windstoß hatte ein kurzes Stück des Himmels blank gefegt. Freie Bahn für den Mond.

Für die Kraft des Bösen!

Irgendwie wußte Paretti dies, aber er konnte mit diesem Wissen nichts mehr anfangen.

Die Wölfin war schneller!

Zuerst sah Paretti das Blut, dann kam der Schmerz. Der Prankenhieb hatte ihm den rechten Jackenärmel buchstäblich zerfetzt, das Hemd darunter zerrissen und blutige Furchen in die Haut gegraben. Paretti starrte auf seinen Arm, ohne den Vorfall richtig begreifen zu können.

Dann stöhnte er, preßte die Zähne zusammen und versuchte, sich der Werwölfin zu widersetzen. Seine Hände fanden kein Ziel. Die Bestie war einfach zu schnell. Lupina wurde zu einem wirbelnden Schatten.

Ein mörderischer Hieb traf den Rücken des Dealers und schleuderte den Mann nach vorn.

Bevor sich sein Mund mit Dreck und Erde füllte, stieß er einen Hilfeschrei aus.

»Roland!«

Aber Foucert hörte nicht oder wollte nicht hören. Er war zur Burg hin geflüchtet und sah die beiden Kämpfenden nur als bizarre Schatten.

Lupina bückte sich, zog ihr Opfer hoch und schleuderte es wuchtig zur Seite.

Wieder blieb der Dealer liegen.

Diesmal wurden beide vom Mondlicht getroffen. Scharf zeichneten sich ihre Konturen ab.

Foucert beobachtete, wie grausam Lupina werden konnte. Heftig bewegte sie sich hin und her, bückte sich ein paarmal, er hörte noch das Schreien seines Kumpans, das abrupt verstummte, zu einem Wimmern wurde und schließlich nicht mehr zu hören war.

Totenstille.

Roland Foucert stand wie festgeleimt auf seinem Platz. Er hatte beide Hände gegen seine Brust gepreßt und spürte, wie sein Herz regelrecht stampfte.

Lupina richtete sich auf. Dies geschah mit einer langsamen, fast zeitlupenhaften Bewegung, und sie richtete ihren Blick auf Roland Foucert.

Der Rektor glaubte, die erbarmungslosen Raubtieraugen schimmern zu sehen. Unwillkürlich duckte er sich.

Dann machte er kehrt. Er drehte sich so rasch auf dem Absatz herum, daß er fast gestürzt wäre, und taumelte in die Burg hinein. Begleitet wurde seine Flucht von einem schaurigen Heulen, das Lupina ausstieß und als Siegesmelodie über den Burghof schallte …

Trotz des dumpfen Gefühls im Schädel gingen mir die letzten Worte des Mannes nicht aus dem Kopf. Er hatte von einem bewußtlosen Chinesen gesprochen.

Das konnte nur Suko sein!

Also hatten sie auch ihn in ihre Gewalt gebracht.

Ich lag auf dem Rücken. Bewegen konnte ich mich überhaupt nicht, es war eine verdammte Situation. Zudem war ich waffenlos. Die Gegenseite hatte mir die Pistole abgenommen, und auch auf mein Kreuz mußte ich verzichten.

Wenn ich mich jetzt verteidigen mußte, dann eben mit den blanken Fäusten, und das gegen gefährliche Werwölfe.

Ich versuchte, mich in dem engen Gefängnis zu drehen. Das heißt, ich wollte meinen Körper so in Bewegung bringen, daß ich den Teppich vielleicht aufrollen konnte.

Das ging nicht.

James Bond hätte es vielleicht geschafft, ich war dazu nicht in der Lage. Also probierte ich nicht weiter, sondern blieb still liegen. Abermals mußte ich niesen.

Dieser verdammte Teppich steckte voller Dreck und Staub. Als ich das zweitemal fast explodierte, sagte jemand: »Gesundheit!«

Ich mußte grinsen. Eigentlich hätte Bill Conolly so etwas sagen können, doch die Worte stammten von Suko.

»Danke!« Nur mühsam brachte ich das Wort hervor.

»Du steckst im Teppich, wie?«

»Ja, wie eine Ölsardine.«

»Und mich hat man hier angekettet«, vernahm ich die Stimme meines Freundes.

»Was ist mit Jane?«

»Keine Ahnung, John. Vielleicht ist sie entwischt.«

»Hoffentlich.« Ich pustete Staub zur Seite. »Wie sieht es hier eigentlich aus?«

»Bescheiden. Wenn etwas über den Teppich läuft, dann

sind es Ratten, John. Ansonsten sehe ich vor mir eine Leiter, die ich aber nicht erreichen kann. Dann liegt hier noch Schutt und Geröll, außerdem ist es feucht. Kommt mir vor wie eine Wartekammer für die Hinrichtung.«

»Das ist es wahrscheinlich auch. Und wer hat dich überwältigt?« krächzte ich. Ich mußte immer laut sprechen, damit Suko etwas verstand.

»Dieser Rektor.«

»Was?« Diesmal lachte ich tatsächlich, obwohl mir danach nicht zumute war.

»Ja, das ist ein hinterhältiger Bursche. Ich habe ja meinen von Buddha geerbten Stab, aber der Kerl hat einen elektrisch geladenen, bei dem er die Dosis regulieren kann, die er dir geben will. Mich hat es auf jeden Fall umgehauen.«

»Danke für die Information.«

»Glaubst du denn, daß wir damit etwas anfangen können?«

»Das hoffe ich.«

»Na, dann hoffe mal weiter. Ich bin so gut wie nackt. Nur den Stab haben sie mir gelassen.«

»Ist doch wenigstens etwas. Ich mußte sogar mein Kreuz in einen Pool werfen.«

»Ehrlich?«

»Und wie.« Dann berichtete ich Suko, wie man mich überwältigt hatte.

»Heldenhaft hast du dich gerade nicht benommen«, kommentierte mein Freund. »Ich habe das Gefühl, wir beide werden alt.«

»Scheint mir auch so. Trotzdem müssen wir versuchen, hier rauszukommen.«

»Aber wie?« fragte ich.

»Laß dir etwas einfallen.«

»Klar, ich rolle mich aus dem Teppich, stehe auf und spaziere von dannen.«

»So ungefähr habe ich mir das vorgestellt.«

Dann sprach keiner mehr von uns. Wir beide hatten die Schreie vernommen, die auf dem Burghof aufgeklungen waren. Als es nach einer Weile still wurde und sich meine Gänsehaut verflüchtigt hatte, sagte ich: »Das war bestimmt Lupina, die sich ein Opfer geholt hat.«

»Wen?«

»Keine Ahnung.«

»Aber sie wird doch ihre Macht nicht schwächen. Die stehen alle auf ihrer Seite.«

»Das ist nicht sicher. Zumindest zwischen dieser Silva und Lupina scheint es eine ernstliche Rivalität zu geben, wie ich heraushören konnte.«

»Ein Grund mehr für uns, hier aus diesem verfluchten Loch zu flüchten«, schimpfte Suko.

»Ich kann mich hier nicht aufrollen, und dich hat man angekettet.«

»Klar, aber nicht die Beine.«

Ich dachte nach. »Wieso? Willst du mit deinen Beinen versuchen, den Teppich aufzurollen?«

»Wenn es geht.«

»Okay, dann los.«

Am Klirren der Kettenglieder hörte ich, wie sich Suko bewegte. Ich drückte ihm beide Daumen. Dann stieß etwas gegen die Rolle. Das mußte Sukos Schuh sein.

Ich wartete mit vibrierenden Nerven. Auf meiner Stirn lag dick der Schweiß. Er rann mir auch in die Augen, wo er salzig brannte. Wieder traf Suko die Rolle.

»Und?« fragte ich.

»Shit, ich schaffe es nicht.«

»Mach weiter.«

»Dann gib mir noch ein Bein, aber ein längeres, zum Henker.«

Suko gab nicht so leicht auf, aber wenn er sagte, daß es nichts brachte, dann stimmte das.

Ich biß vor Wut die Zähne zusammen. Wir mußten weiterhin hier hilflos liegenbleiben, da war nichts mehr zu ändern.

Wir schwiegen.

Schließlich meinte Suko: »Irgendwann werden sie uns holen, vielleicht haben wir dann eine Chance.«

»Oder sie killen uns hier.«

»Mann, hör auf, John!«

Ich hatte eine Antwort auf der Zunge, als mein Freund sagte: »Da kommt jemand.«

»Wer?«

»Weiß ich nicht. Aber ich habe Schritte gehört.«

»Von einem Menschen?«

»Genau.«

Ich hielt den Mund und wartete mit klopfendem Herzen ab, was sich in den nächsten Minuten tun würde.

Auch Suko war gespannt. Er hatte sich etwas bequemer hingestellt, hing nicht mehr in der Schräglage, denn seine Gelenke an den Schultern schmerzten noch immer. Den Kopf hatte er gedreht, so daß er zur Öffnung an der Decke schauen konnte.

Ein Mann erschien.

Es war Al Astor.

Dicht am Lukenrand blieb er stehen und blickte hinab.

»Was wollen Sie, Astor?« fragte Suko so laut, daß auch ich den Namen verstehen konnte.

»Ich will mich nur davon überzeugen, ob ihr auch gut aufgehoben seid«, erwiderte er und lachte hämisch.

»Danke, es geht.«

»Bald seid ihr dran«, meinte Astor schadenfroh.

»Und womit?« erkundigte sich Suko. Er schaute schräg nach oben. Astor hatte sich etwas vorgebeugt und rieb beide Hände gegeneinander. Sie waren ziemlich trocken. Fast hörte es sich an, als würde er mit Papier knistern.

»Die Wölfe werden euch fressen.«

»Welche, die echten?«

»Nein, die Werwölfe.«

»Noch leben wir«, sagte Suko. »Und an deiner Stelle würde ich auch hübsch vorsichtig sein, mein Freund.«

»Was soll das heißen?«

»Das will ich dir sagen. Wir haben so unsere Erfahrungen, Al Astor. Diese Lupina ist die Königin der Wölfe, und sie läßt sich ihre Macht nicht nehmen. Auch nicht von deiner Silva. Sie wird sie umbringen, um ihr Ziel zu erreichen, denn als Königin kann sie sich keine Niederlage leisten. Wenn Silva tot ist, wird sie sich die vornehmen, die zu ihr gehalten haben. Da kommt nur einer in Frage. Eben ein gewisser Al Astor.«

»Das bildest du dir ein!« zischte der Messerheld.

»Denk an meine Worte, wenn es soweit ist. Einen hat Lupina ja schon umgebracht.«

»Woher willst du das wissen?«

»Ich habe die Schreie gehört.«

Al Astor verzog das Gesicht. »Na und?« giftete er, wobei Speichel aus seinem Mund rann. »Das macht uns gar nichts. Warum hat sich dieser Paretti auch gegen sie gestellt? Er hätte zu ihr halten können, dann wäre es nicht passiert.«

»Auf welcher Seite stehst du denn?«

Astor lachte. Das Geräusch schallte Suko entgegen. Astors Gesicht sah der Chinese nur als einen hellen Flecken, weil es auch hier inzwischen dunkel geworden war. »Ich stehe auf der richtigen Seite, Chinese.«

»Das glaube ich kaum.«

»Halt jetzt dein Maul, oder ich stopfe es dir!«

»Wie denn, Astor? Du kannst doch nur einen Arm gebrauchen.«

»Reichen dir die Ketten noch nicht?« höhnte Astor.

»Mit dir Witzfigur nehme ich es immer auf!«

Al Astor straffte sich.

Seine Gestalt schien zu wachsen, als er einatmete.

»Mein Messer«, flüsterte er, »habe ich immer noch. Und links bin ich ebenso gut wie rechts.«

»Entschuldige, wenn ich das für übertrieben halte«, erwiderte Suko spöttisch.

Das war genau ein Satz zuviel für Astor. Und der Mann tat das, was sich Suko erhofft hatte.

»Ich werde dir mein Monogramm in den Balg schnitzen«, zischte er.

»Ja, weil ich wehrlos bin.«

Da lachte Astor. Es war ein bösartiges Lachen, voll sadistischer Vorfreude.

»Du kannst mir ja die Ketten aufschließen«, bemerkte Suko. »Dann kämpfen wir Mann gegen Mann.«.

»Nein, Chink, der Schlüssel bleibt in meiner Tasche. Darauf kannst du dich verlassen.«

»Also doch feige.«

Astor gab keine Antwort mehr. Er drehte sich um, und Suko dachte schon daran, daß er verschwinden würde. Doch Astor wollte nur rückwärts die Leiter herunterklettern. Dabei hielt er sich mit der linken Hand an den Sprossen fest. Die rechte konnte er tatsächlich nicht gebrauchen.

Die letzten beiden Stufen sprang er. Drei Schritte von Suko und einen Schritt von der Teppichrolle entfernt kam er auf und drehte sich um. In der Drehung zog er das Messer.

Er hatte nicht übertrieben. Mit der linken Hand war er tatsächlich so schnell wie mit rechts.

Suko beobachtete ihn genau. Er war bis an die Wand zurückgewichen. Das rauhe Gestein spürte er im Rücken.

Astor stand geduckt vor ihm. Dabei hatte er sein Gewicht auf die Ballen verlagert und tänzelte leicht hin und her. »Na, immer noch die große Schnauze?« höhnte er.

Suko hob die Schultern. Er ließ die Klinge nicht aus den Augen. Sie war schmal, spitz und gefährlich. Einmal hatte sie sich dicht an Janes Kehle befunden, aber da hatte Astor nicht zugestoßen. Hier wollte er es.

»Ich weiß nicht, ob es gut ist, wenn du den Wölfen die Beute wegnimmst«, meinte Suko.

Al lachte nur. »Ich werde dich doch nicht töten, Chink. Nur mein Monogramm einschnitzen.« Er trat noch einen Schritt näher.

Suko war die gespannte Aufmerksamkeit.

Astor hörte auf zu tänzeln. Für einen Moment stand er still. Er konzentrierte sich auf den Stoß.

Und der kam.

Al Astor wuchtete blitzschnell seinen Körper vor. Gleichzeitig streckte er seinen rechten Arm aus. Er machte ihn so lang wie möglich, wollte den Schnitt von links nach rechts ziehen und dabei quer über Sukos Brust.

Da traf ihn der Tritt.

Suko hatte mit dem rechten Fuß zugetreten, und der Treffer glich einem Hammerschlag. Bevor die Messerspitze Suko berühren konnte, zuckte Astor zusammen, sein Sprung wurde gebremst, und der Mann wirkte eine Sekunde lang wie eine Puppe.

Schwer krachte er zu Boden, wo er stöhnend liegenblieb.

Der Chinese trat noch einmal zu. Sehr dosiert, denn er wollte den Mann nicht töten. Seine Schuhspitze streifte den Kopf des Messerhelden. Astor verdrehte die Augen und wurde bewußtlos.

Der Chinese atmete auf.

Ich hatte in meinem eingerollten Teppich den Dialog mitgehört und auch die anschließenden Kampfgeräusche. Als es jetzt still war, wurde mir zuerst heiß und kalt, dann hörte ich Sukos Stimme.

»Er schläft, John.«

Mir fiel ein Stein vom Herzen. »Und jetzt?« fragte ich.

»Er hat die Schlüssel«, erklärte Suko. »Mal sehen, wie wir es hinbiegen. Er liegt nicht sehr günstig.«

»Kannst du ihn umdrehen?«

»Mit den Füßen«, erwiderte der Chinese und machte sich sofort an die Arbeit.

Suko ging so weit vor, wie es die Ketten zuließen. Dann spreizte er die Beine und schob seine Füße unter die Schultern des bewußtlosen Al Astor. Er klemmte die Füße dabei in den Achselhöhlen ein und zog den Mann näher zu sich heran. Das kostete Kraft und Geduld. Suko hatte beides.

Schließlich lag der andere so, wie er ihn haben wollte. Der Chinese atmete auf.

»Wie weit bist du?« fragte ich.

»Er liegt jetzt direkt vor mir. Ich muß ihn nur noch umdrehen.«

»Schlaf aber nur nicht ein.«

»Sei ruhig in deiner Rolle.«

Zuerst hob Suko das linke Bein an, und er brachte auch den Körper ein Stück in die Höhe. Er setzte noch mehr Kraft ein, und schließlich kippte Astor um.

Jetzt lag er zwischen Sukos Beinen auf dem Rücken.

»Er liegt richtig«, erklärte mir der Chinese.

»Mach weiter!« forderte ich ihn auf und hörte die Kettenglieder gegeneinanderklirren.

Suko hatte sich gebückt und seine Arme so weit ausgestreckt wie möglich.

Er schaffte es tatsächlich, an die Hosentasche des Mannes zu gelangen. Jetzt mußte er seine Hand drehen. Das war mit sehr großen Anstrengungen verbunden, denn die Manschette saß verdammt fest um sein Handgelenk.

Suko zog ein Taschentuch hervor, auch ein paar Münzen. Einen Schlüssel fand er nicht.

Ich hörte an seinem Schimpfen, daß der erste Versuch erfolglos verlaufen war.

»Muß mir die anderen Taschen vornehmen!« keuchte der Chinese.

»Mach voran, Mensch.«

»Eile mit Weile!«

Suko strengte sich wirklich an. Er schob Al Astor noch weiter nach links, wobei das Messer freigelegt wurde, das der Mann zuvor mit seinem Körper verdeckt hatte.

Auch in die rechte Hosentasche konnte Suko greifen. Seine Finger tasteten, und er hatte Glück.

Suko fand den Schlüssel.

»Ich habe ihn!« rief er triumphierend aus.

»Dafür kriegst du den ersten Preis. Eine Baggerfahrt durchs Gebirge.«

»Ja, und du mußt lenken!« keuchte der Chinese, denn er war dabei, den Schlüssel zwischen die Finger zu nehmen. Der schwierigste Teil der Aufgabe begann. Er mußte den flachen Schlüssel in das kleine Schloß an der Manschette bekommen.

»Steck ihn zwischen die Zähne«, riet ich ihm.

»War gerade dabei.«

Suko klemmte sich den Schlüssel zwischen sein Gebiß und drehte den Kopf nach links. Gleichzeitig brachte er seinen Arm in die Nähe und versuchte, das Schloß an der Manschette so nahe wie möglich an den Schlüssel heranzubringen.

Beim ersten Versuch stieß er daneben.

Der zweite.

Diesmal klappte es fast. Um ein Haar hätte Suko den Schlüssel verloren.

Der dritte Anlauf.

Geschafft.

Der kleine Schlüssel glitt in das Schloß und blieb darin stecken.

Suko atmete auf. So laut und befreiend, daß ich dieses Geräusch sogar vernahm.

»Hast du es gepackt?«

»Fast.« Suko führte die rechte Hand an den Schlüssel und drehte ihn herum. Er konnte seinen Bewachern nur danken, daß die Eisenketten lang genug waren. Wären sie kürzer gewesen, hätte alles keinen Sinn gehabt.

Der erste Ring fiel. Suko konnte seinen Arm wieder frei bewegen. Die zweite Manschette zu lösen war nur noch ein Kinderspiel. Suko rieb seine Gelenke. Die Manschetten hatten ziemlich straff gesessen, das Fleisch war eingedrückt, die Zirkulation des Blutes kam wieder in Gang, und Suko hatte das Gefühl, als würden tausend Ameisen durch seine Hände laufen.

Er bückte sich und rollte den Teppich auf. Ich wurde dabei einige Male um die eigene Achse gedreht, und als Suko das letzte Stück zur Seite schlug, atmete ich auf.

Endlich geschafft!

Ich setzte mich hin. Dabei grinste ich Suko an, der den rechten Arm ausstreckte.

Der Chinese half mir hoch. Einen leichten Schwindel mußte ich überwinden, dann ging es mir besser.

»Welche Waffen hast du noch?« fragte Suko.

»Nur den Dolch und die Kreide.«

»Und ich habe den Stab. So völlig wehrlos sind wir also nicht.« Er deutete nach oben. »Erst einmal raus.«

Suko kletterte vor. Als er die Hälfte der Leiter hinter sich gelassen hatte, geschah es.

Wie ein Blitz aus heiterem Himmel erschienen die drei Schatten am Lukenrand. Wir hörten das gefährliche Knurren und wußten sofort Bescheid.

Die Wölfe waren da!

Silva starrte aus brennenden Raubtieraugen hinunter in den Burghof. Über eine Treppe war sie hochgegangen und hatte sich an eine Fensterluke gestellt.

So konnte sie mit ansehen, was Lupina mit diesem Paretti anstellte. Erst ihre Verwandlung, dann tötete sie den Mann.

Silva beobachtete jede ihrer Bewegungen. Sie mußte sich eingestehen, daß diese Wölfin äußerst gefährlich war. Man konnte sie als raffiniert, schnell, wendig und kampfstark bezeichnen. Ihre Bewegungen waren fließend, sie gingen ineinander über, nichts daran war überflüssig oder zuviel.

Dann tötete sie ihr Opfer.

Auch dies tat sie nicht in einem Ansturm von Gefühlen, sondern mit kalter Routine.

Silvas Augen leuchteten. Sie mußte sich eingestehen, daß Lupina nicht umsonst die Königin der Wölfe genannt wurde. Für einen Moment dachte sie daran, sich unter die Fuchtel der Werwölfin zu stellen. Doch sofort verschwand der Gedanke wieder aus ihrem Hirn. Nein, so einfach wollte sie es der anderen nicht machen. Lupina sollte nicht gewinnen, auf keinen Fall, auch die Vaselys waren stark. Wie stark, das wollte Silva noch in dieser Nacht beweisen.

Sie drehte sich um und spannte ihren Körper, denn im offenen Türrechteck stand ein Schatten.

Silva erkannte den Mann sofort. Es war Roland Foucert. »Was willst du hier?« zischte sie.

»Lupina hat ihn getötet!« keuchte Foucert. »Sie dreht durch.«

»Ich weiß.«

»Willst du nichts unternehmen?«

»Doch.«

»Und was?«

»Das laß meine Sorge sein.«

Roland Foucert ließ sich durch die Abfuhr nicht beirren. »Bist du überhaupt sicher, daß Marcel und Jovanka auf deiner Seite stehen? Ich habe sie unten gesehen, auch sie schauten dem Kampf zu. Und sie haben gelächelt.«

»Beide sind Vaselys!« zischte Silva.

»Das bedeutet nicht viel!«

»Du Idiot!« zischte die Blonde. »Du hast keine Ahnung von einem Familienzusammenhalt. Wenn es hart auf hart kommt, werden sich Marcel und Jovanka auf meine Seite stellen, das kannst du mir glauben!«

»Dann rechnest du mit einer Auseinandersetzung zwischen dir und Lupina?«

»Es ist wahrscheinlich.« Silva drehte ab, weil sie Stimmen im Burghof gehört hatte.

Lupina hatte Marcel und Jovanka gerufen. Sie waren ihrer Aufforderung sofort gefolgt. Langsam schritten sie auf die Königin der Wölfe zu und passierten dabei auch das Mondlicht, das einen Schleier um ihre Körper legte.

Sie tankten Kraft!

Für wen? Für Lupina oder für Silva? Sie hatte sich vorhin sehr sicher gegeben, aber sie war es nicht. Foucert sollte nur glauben, daß sie stark war. Auf ihre Tiere konnte sie sich nicht mehr verlassen. Wie Al Astor reagierte, wußte sie auch nicht.

Wo steckte der Mann überhaupt?

Danach fragte sie Foucert.

»Ich weiß es nicht. Zuletzt habe ich ihn auf dem Hof gesehen. Dieses Weib hat ihm vielleicht das Gelenk gebrochen.«

»Möglich. Dann such ihn und hol ihn her. Ich will ihn in meiner Nähe haben.«

»Es ist gut.« Foucert verschwand. Er war kaum aus dem Zimmer, als Silva begann, sich auszukleiden. Zuerst öffnete sie ihre Lederjacke. Darunter trug sie nichts. Dann nestelte sie an dem Hosengürtel herum und stieg erst aus den Schuhen, bevor sie die enge Hose über die langen, gut gewachsenen Beine streifte.

Jetzt bedeckte nur noch ein knapper, grünlich schimmernder Slip ihren Körper. Den ließ sie an. Dafür reckte sie sich und warf ihre lange Haarflut in den Nacken.

Sie warf noch einen Blick in den Hof und flüsterte: »Ich komme, Lupina, und ich will sehen, wer von uns beiden die stärkere ist ...«

Der Wolf ließ sich kurzerhand fallen!

Er war der erste am Lukenrand, die anderen hielten sich zurück. Suko konnte nicht mehr ausweichen, er riß zwar noch die Arme hoch, aber da prallte das Tier schon auf ihn.

Und es hatte sein Gewicht. Der Chinese konnte sich nicht mehr halten. Er wurde von der Leiter gerissen und krachte gemeinsam mit der Bestie zu Boden.

Ich wollte Suko zu Hilfe eilen, hielt jedoch in der Bewegung inne, denn die beiden anderen Wölfe sprangen und hatten mich als ihr Ziel ausgesucht.

Beide Hände legte ich zusammen und kreiselte herum. Der Rundschlag krachte gegen den Kopf des ersten Tiers. Das verkraftete selbst diese Bestie nicht. Sie wurde zur Seite geschleudert und wälzte sich jaulend auf dem Boden.

Dem zweiten Tier entging ich durch einen gedankenschnellen Sprung zur Seite.

Suko kämpfte mit dem dritten Wolf. Er hatte so etwas wie Routine. Er selbst lag auf dem Rücken, das Tier befand sich über ihm und hatte sein Maul weit aufgerissen, um die Zähne in Sukos Hals zu schlagen.

Der Chinese riß sein Knie hoch und rammte es in den Leib der Bestie. Der Wolf zuckte zurück.

Sofort packte Suko das neben ihm liegende Messer.

Seine Hand beschrieb einen Halbbogen, und im nächsten Augenblick wurde das Fell des Wolfes dunkel und naß.

Das Tier knickte zuerst in den Vorderläufen ein. Es warf in einer letzten Bewegung den Kopf hoch und stieß ein erbärmliches Winseln aus. Dann kippte es zur Seite und blieb tot liegen.

Suko atmete tief durch und richtete sich auf. Er suchte mich, denn ich hatte die beiden Bestien noch längst nicht besiegt.

Der zweite Angreifer war noch voll bei Kräften. Er hatte auch schon zugeschnappt, und mir war der Ärmel an der Seite eingerissen. Als er sich, von dem kleinen Erfolg begeistert, wieder auf mich stürzen wollte, traf ihn mein geweihter Dolch. Ich war dabei zur Seite gehuscht, in seinen Rücken gelangt und stieß dabei von oben nach unten zu. Etwas rieselte aus dem Fell und wurde vom dunklen Blut mitgeschwemmt.

Ein weißes Pulver, wahrscheinlich Heroin oder Kokain. Dann brach das Tier in die Knie.

Den anderen Wolf hatte Suko inzwischen erledigt, so daß wir auf drei Kadaver schauten.

Der Chinese nickte. »Eine Gefahr weniger«, bemerkte er.

Ich säuberte die Klinge und steckte den Dolch wieder ein. »Ja, das war knapp. Komm, ich will hier raus.«

Diesmal hinderte uns niemand daran, die Leiter hochzusteigen. Am Lukenrand blieben wir stehen und lauschten.

Zu hören war nichts. Vor uns lag ein düsterer Gang. Ich holte die Bleistiftleuchte hervor. Als ich sie einschaltete, verlor sich der schmale Strahl in der Dunkelheit.

Dann vernahmen wir Schritte. Sofort löschten wir die Lampe und trennten uns blitzschnell. Suko ging hinter einem Geröllhaufen in Deckung, während ich mich eng gegen die Wand preßte.

Die Schritte wurden lauter. Sie waren kräftig.

So ging an sich nur ein Mann.

Im nächsten Augenblick klang die Stimme durch den Gang. »He, Astor, wo steckst du?«

Es war Roland Foucert, der da rief. Dieser Knabe hatte uns noch gefehlt.

»Gib Antwort, Al!«

Es blieb still.

Aber Foucert wollte es genau wissen, deshalb blieb er nicht stehen, sondern ging weiter.

Er mußte an mir vorbei.

Schon hörte ich sein Atmen. Es klang keuchend und hastig, als wäre der Mann sehr nervös.

Sollte er.

Ich sah seinen Umriß. Selbst verschmolz ich mit der Wand. Er würde mich erst im letzten Augenblick bemerken, wenn überhaupt. Doch irgend etwas warnte ihn, denn er blieb stehen.

Dabei schnüffelte und witterte er wie ein Raubtier, das seine Beute sucht.

Ich wollte eine Begegnung nicht noch länger hinauszögern und handelte. Mein rechter Arm flog hoch. Zwischen den Fingern hielt ich die Bleistiftleuchte und schaltete sie ein. War der Strahl auch weniger dick als ein kleiner Finger, so blendete er Foucert doch. Er stach ihm ins Auge.

Roland Foucert zuckte zusammen.

»Ganz ruhig!« zischte ich.

Gegenüber bemerkte ich eine Bewegung. Suko löste sich aus seiner Deckung. Auch Foucert mußte sie gesehen haben, anders konnte ich mir seine Panikreaktion nicht erklären Er machte auf dem Absatz kehrt und rannte davon

Ich war näher bei ihm als der Chinese und jagte hinterher. Nach zwei langen Sätzen stellte ich fest, daß er so voller Panik gar nicht steckte, denn er wirbelte herum, und ich sah, wie er seinen rechten Arm hob. In der Hand hielt er etwas Längliches.

»Vorsicht, John! Der Stab ist elektrisch geladen!« Sukos Stimme warnte mich.

Der Rektor lachte schrill und schlug zu. Genau konnte ich es nicht erkennen, sah nur die schattenhafte Bewegung und warf mich noch in der Bewegung nach links.

Mit der Seite prallte ich gegen einen Schutthaufen und verlor die Lampe.

Ich spürte kleinere Steine und Sand zwischen den Fingern. Das schleuderte ich ihm entgegen.

Voll klatschte die Ladung in das Gesicht des Rektors. Er brüllte wütend, fuhr mit der linken Hand in sein Gesicht und schlug mit der anderen blind zu.

Es war gar nicht einfach, den Schlägen auszuweichen. Ich mußte mich vor dem elektrisch geladenen Stock hüten.

Dann sah ich die Lücke, als er etwas langsamer wurde. Mein rechter Fuß fuhr hoch. Die Spitze kollidierte mit seinem Ellbogen. Foucert schrie auf. Er verlor den gefährlichen Stab, der buchstäblich durch die Luft tanzte.

Dann prallte er zu Boden.

Ich aber war bei Foucert. Zwei Ohrfeigen erstickten seinen Widerstand. Der Rektor sackte in die Knie. Plötzlich begann er zu heulen. Ich ließ ihn, und Suko hob den Stab auf, den Foucert verloren hatte. Er nahm auch meine Lampe an sich, leuchtete den Stab an und untersuchte seine Funktion.

Ich beschäftigte mich inzwischen mit dem Rektor. Am Kragen zog ich ihn hoch.

Foucert schien ein gebrochener Mann zu sein. Sein Gesicht war verquollen, er schluckte und zog die Nase hoch. Dieser Kerl war weich. Seine Nerven spielten nicht mehr mit, das mußte ich natürlich ausnutzen.

Ich schüttelte ihn durch. Nichts war von dem Dealer übriggeblieben, der jungen Mädchen Rauschgift verkaufte.

»Und nun reden Sie!« sagte ich gefährlich leise. »Noch haben Sie eine Chance. Ich hoffe, Sie begreifen das.«

Er nickte heftig.

»Wer befindet sich alles in der Burg und auf dem Hof?« fragte ich mit zischelnder Stimme.

»V – vier ...«

»Genauer.«

»Lupina, Silva, Marcel und seine Schwester.«

»Und Ihr Kumpan, Foucert?«

»Paretti ist tot. Lupina hat ihn umgebracht.«

»Warum? Er stand doch auf ihrer Seite.«

»Nein. Silva hat ihn geschickt. Er sollte Lupina töten, denn er hatte die Pistole mit den Silberkugeln. Aber er schaffte es nicht.«

»Wo ist die Waffe jetzt?«

»Keine Ahnung.«

Ich wechselte das Thema, während Suko Wache hielt. »Dann sind Lupina und Silva also Feinde?«

»Todfeinde«, flüsterte Foucert. »Silva will Lupina zum Kampf fordern. Sie will sich nicht unterkriegen lassen. Sie wäre eine Vasely, und die ließen sich nichts befehlen.«

»Wann findet der Kampf statt?«

»Gleich, glaube ich.«

»Wo?«

»Auf dem Hof.«

»Wie stehen die anderen dazu? Halten Marcel und Jovanka zu ihrer Schwester?«

»Das weiß ich nicht. Silva auch nicht. Verdammt, lassen Sie mich laufen! Ich verschwinde auch. Mit den Werwölfen habe ich nichts zu tun.«

»Aber mit dem Rauschgift.«

»Das ist doch eine andere Geschichte.«

»Sicher, es ist eine andere Geschichte, Herr Rektor. Allerdings eine verdammt miese. Und daß Sie als Lehrer mit drinhängen, macht die Sache nur noch schlimmer. Sie bringen den Ruf all Ihrer Kollegen in Gefahr, das sollten Sie sich hinter die Ohren schreiben. Ich sehe nicht ein, daß ich Sie laufenlasse und Sie an anderer Stelle wieder von vorn anfangen.«

»Ich schwöre Ihnen …«

»Schwören Sie nichts, Foucert.« Das waren meine letzten Worte. Dosiert und gezielt schlug ich zu. Meine Handkante traf dort, wo ich es haben wollte.

Roland Foucert sank in die Knie. Er wurde bewußtlos. Ich ließ ihn am Boden liegen.

Das war erledigt.

Ich drehte mich zu Suko um, der mir den Stab überreichte.

»Danke«, sagte ich. »Vielleicht können wir damit auch ein paar Werwölfe kitzeln.«

»Das hoffe ich doch stark.« Suko grinste in der Dunkelheit und lachte leise.

»Vier Werwölfe!« zählte ich auf.

»Schaffen wir die?« fragte Suko.

»Sicher. Bisher habe ich nur Niederlagen einstecken müssen, das ist nun vorbei.«

»Frag mich mal.«

»Ich finde auch, daß wir sie kämpfen lassen sollten«, bemerkte ich. »Wenn zwei sich streiten, freut sich der dritte. Und Jane scheint sich ja nicht mehr hier aufzuhalten, dann hätte Foucert sicherlich etwas davon erzählt.«

Der Meinung war Suko auch.

Wir bewegten uns jetzt sehr vorsichtig. Ich schaltete die Lampe nicht ein. Oft mußten wir Hindernisse umgehen, die sich schemenhaft vom Boden abhoben. So lautlos wie möglich näherten wir uns immer mehr dem Eingang.

Da hörten wir schon die Stimmen. Sie schallten vom Hof zu uns herüber.

Es waren Frauenstimmen.

Die der beiden Wölfinnen.

»Es geht los«, wisperte ich und ging unwillkürlich schneller. Suko blieb an meiner Seite, bis wir in der Halle standen, die auch ziemlich verfallen war.

Dort hatten wir einen guten Blick nach draußen – wie Zuschauer auf Logenplätzen, die sich ein Theaterstück ansahen, in dem der Teufel selbst Regie führte …

Silva schritt die brüchige Treppe hinab. Mit ihren nackten Füßen trat sie auf zahlreiche spitze Steine, aber das machte ihr nichts.

Diese Frau verspürte keine Schmerzen. Sie war erfüllt von einem unbändigen Zorn. Sie wollte endlich wissen, wer von den beiden Wölfinnen die Stärkere war.

Silva hatte nicht vor, aufzugeben. Der Kampf sollte bis zur völligen Vernichtung geführt werden, er mußte es sogar, denn für zwei Wesen dieser Art war auf der Welt kein Platz.

Lupina oder sie!

Silva erreichte die Halle. Ein Windstoß fuhr hinein, trieb Staub wie eine lange Fahne hoch und wühlte auch in ihrem blonden Haar, so daß es flatterte.

Sie betrat die Treppe, wo sie einen Augenblick stehenblieb. Und zwar noch im Schatten, denn das Mondlicht fiel nur auf den Hof, es streifte den Eingang nicht.

Noch hatte man sie nicht entdeckt. Aber Lupina war da. Sie stand mit Marcel und Jovanka zusammen und sprach heftig auf sie ein. Da die Unterhaltung im Flüsterton geführt wurde, konnte Silva nichts verstehen.

Aber ihre Wut steigerte sich. Und auch die Zweifel. Sie fragte sich, ob sich die Geschwister auch auf ihre Seite stellen würden, damit die Vaselys wieder vereint waren. Der Familiensinn sprach dafür, aber die alte Jurina hatte geweissagt, daß Lupina diese Familie als Königin der Wölfe anführen sollte. Die Werwölfe waren sowieso in alle Winde verstreut und unterrepräsentiert. Es wurde Zeit, daß sie sich zusammenschlossen.

So dachte auch Silva, allerdings nicht unter der Führung von Lupina. Wenn, dann wollte sie, Silva, die Herrin sein, denn sie war etwas Besonderes. Sie war eine weiße Wölfin.

Ein besonders prächtiges Exemplar, wie sie es nur sehr, sehr selten gab.

Als weiße Wölfin, so dachte Silva, war sie dazu prädestiniert zu führen. Diese Annahme stärkte sie und gab ihr die Kraft, der Feindin entgegenzutreten.

Sie schritt die Stufen hinab.

Fast unbekleidet, stolz und mit hocherhobenem Kopf. Noch hatte man sie nicht entdeckt, aber ihre Schritte waren zu hören, und wie auf Kommando hin wandten die drei ihre Köpfe.

»Silva Vasely!« rief Lupina. »Endlich kommst du zu mir. Willst du mir nun deine Reverenz erweisen?«

»Nein, Lupina. Ich bin die Stärkere!«

Da lachte die Königin der Werwölfe. »Hast du nicht gesehen, was ich mit dem Mann gemacht habe, den du mir geschickt hast, kleine Silva?«

»Es war kein Kunststück, ihn umzubringen.«

»Zumindest hielt er eine mit Silberkugeln geladene Waffe in der Hand«, bemerkte Lupina.

»Na und? Auch ich hätte sie ihm leicht entwunden. Aber mit mir wirst du nicht so leicht fertig.«

Lupina hatte sich nicht wieder verwandelt. Noch immer trug sie den Wolfskopf auf den Schultern. Sie bot ein häßliches Bild mit ihrem dunklen, zottigen Fell. Ihre schrägen Augen glänzten wie zwei kalte Sterne in der

Ewigkeit des Alls. Ohne Gefühl, ohne Erbarmen. Diese Frau war eine Bestie.

Sie schaute ihre Gegnerin an.

Silva war stehengeblieben. Stolz, unnahbar. Schlank und biegsam die Figur, sie war das Sinnbild der Verführung schlechthin, eine brandgefährliche Mischung aus Sex und Bestie. Wehe dem Mann, der auf sie hereinfiel. Der Wind spielte mit ihrem Haar, wehte es zur Seite, wieder zurück, und die Spitzen streichelten den vollen Busen. Ungemein lang waren die Beine. Sie schienen nicht enden zu wollen, und als sie jetzt den Kopf in den Nacken legte, sah man das Spiel ihrer Muskeln unter der Haut.

Welch eine Frau – welch eine Bestie!

Sie badete sich im Mondlicht. Es fiel als heller Teppich auf sie. Sie hatte den Mund ebenso geöffnet wie die Augen, wollte das Licht trinken und seine Kraft in sich aufsaugen, damit sie ihr die nötige Stärke gab.

Lupina ließ sie in Ruhe. Sie hätte Silva jetzt angreifen können, doch das war unter ihrer Würde. Statt dessen wandte sie sich den beiden Geschwistern zu.

»Es wird Zeit!«

Jovanka und Marcel nickten. Sie faßten sich an den Händen, schauten ebenfalls hoch zum Mond, öffneten ihre Lippen, und noch bevor die Verwandlung begonnen hatte, drang bereits ein heulendes Klagen aus ihren Rachen.

Dann begann die Metamorphose des Schreckens. Bei beiden veränderte sich die Haut. Haare sprossen, wurden zu Fell. Dies Gesichter verlängerten sich, aus den Mündern wurden Schnauzen mit gefährlichen Reißzähnen.

Jovanka heulte dabei und schrie. Noch hatte sie die Kräfte nicht unter Kontrolle, sie konnte sie nicht so steuern wie ihr Bruder, der sich bereits öfter verwandelt hatte.

Jovanka trampelte, taumelte und schrie. Sie wand sich am Boden, keuchte und jaulte. Ihre Kleidung riß, als würden unsichtbare Hände daran zerren. Sie bestand zum Schluß nur noch aus alten Fetzen, aber das war nicht wichtig.

Sie wollte nur zur Bestie werden.

Und sie wurde es.

Als sich Jovanka wieder auf die Füße stemmte, war sie eine perfekte Werwölfin.

Auch Silva hatte die Verwandlung mit angesehen. Sie nickte zufrieden, wobei sie ein leises Lachen ausstieß. Ihre Geschwister waren den gleichen Weg gegangen wie sie. Beide hatten ihr soeben den Beweis geliefert.

Jetzt wollte sie wissen, für wen sie sich entschieden hatten. Lupina oder sie?

»Ich freue mich, daß auch ihr endlich dazugehört!« rief Silva. »Jetzt sind wir auch äußerlich eine Familie, aber ich möchte von euch wissen, auf wessen Seite ihr steht. Sagt es mir jetzt, und sagt es mir ins Gesicht!«

Die beiden schwiegen. Wohl fühlten sie sich nicht, das war ihnen deutlich anzumerken.

»Los, raus mit der Sprache! Wem wollt ihr gehorchen?«

Jovanka übernahm das Wort, und sie sagte: »Ich habe Jurinas letzte Worte vernommen. Sie wollte, daß wir Vaselys uns wieder vereinigen, daß wir nicht mehr getrennt leben.«

»Das ist nun geschehen!« rief Silva dazwischen. »Es ist noch keine Antwort auf meine Frage.«

»Die alte Frau wollte auch, daß Lupina die Führung der Werwölfe übernimmt. Sie ist die Königin.«

»Heißt es, daß ihr Lupinas Anordnungen und Befehlen gehorchen wollt?«

»Ja.«

Die Antwort hatte Silva doch einen leichten Schock versetzt, obwohl sie eigentlich damit gerechnet hatte.

Aber es war etwas anderes, wenn man es ihr direkt ins Gesicht sagte.

»Und ich gebe dir einen guten Rat«, führte Marcel die Rede seiner Schwester fort. »Ordne dich ihr auch unter, Silva. Du kannst doch an die zweite Stelle treten!«

»Nein, niemals!« schrie sie. »Nein und abermals nein! Ich werde die Werwölfe anführen, nicht sie!«

»Dann muß es zu einer Entscheidung kommen!« rief Lupina.

»Die kannst du haben. Unter der schwarzmagischen Kraft des Mondes wollen wir herausfinden, wer von uns beiden die bessere Führerin ist. Der Kampf muß bis zum bitteren Ende gehen. Es darf nur einen Sieger geben. Die eine muß die andere töten. Für zwei Königinnen ist kein Platz auf dieser Welt.«

»Ich bin ganz deiner Meinung, Silva. Und jetzt verwandle dich endlich!«

Silva nickte. Ihre blonden Haare flogen. Eine Windbö rauschte in den Burghof. Irgendwo am fernen Himmel war ein fahles Wetterleuchten zu sehen. Wahrscheinlich tobte sich weit über dem Meer ein Gewitter aus.

Silva fiel auf die Knie. Sie hob beide Arme, legte die Hände gegeneinander und flehte den Mond an. Sie sprach, doch niemand hörte, was sie sagte. Silva hielt Zwiesprache mit dem Erdtrabanten, der ihr soviel bedeutete.

Und auch sie verwandelte sich. Allerdings wurde ihre Haut nicht dunkler, sondern heller. Überall sproß das helle Fell. Auf dem Gesicht, am Rücken, vorn am Körper. Es bedeckte bald Arme und Beine, die Zehen und die Finger.

Das Gesicht, als Mensch mit einer sinnlichen Ausstrahlung versehen, veränderte sich ebenfalls.

Eine Schnauze bildete sich.

Lang und spitz, mit Ober- und Unterkiefer, in denen

die Reihen der scharfen Zähne wuchsen. Aus den Händen wurden Krallen, die Füße verwandelten sich zu Tatzen, und das Fell leuchtete wie frisch gefallener Schnee.

Das war die weiße Wölfin!

Sie warf ihren Kopf hin und her, heulte den Mond an, als könne nur er ihr eine Antwort auf ihre Fragen geben.

Lupina scheuchte die beiden Geschwister weg. Sie brauchte jetzt Platz, um kämpfen zu können, und sie wollte Silva keine Chance lassen.

Eine konnte nur am Leben bleiben. So wollte es das ungeschriebene Gesetz der Werwölfe.

»Bist du bereit?« rief Lupina.

»Ja!« Die Antwort war mehr ein Heulen, und doch für menschliche Ohren verständlich.

»Dann laß uns beginnen!« rief Lupina und setzte sich langsam in Bewegung.

Der Kampf fing an!

Davon ahnten Jane Collins und der Pfarrer Georges Frambon nichts, als sie durch die Dunkelheit fuhren. Zum Glück war der Pfarrer ortskundig, er kannte den Weg.

Jane saß neben ihm. Die Waffe, die silberne Axt, hatten sie auf den Rücksitz gelegt. Und die Detektivin umklammerte mit beiden Händen das Kreuz.

Immer öfter warf sie einen Blick aus dem Fenster und dann hoch zum Himmel.

»Was ist?« fragte der Pfarrer.

»Mir gefällt der Mond nicht.«

Da nickte der Geistliche. »Ja. Vollmond. Klar und scharf zu sehen. Das ist die Zeit der Bestien.«

»Genau.«

Dann schwiegen sie wieder. Jeder hing seinen Gedanken nach, obwohl sie sich bei beiden um das gleiche

Thema drehten. Konnten sie es schaffen, die Werwölfe zu vernichten? Reichten die silberne Axt und das Kreuz für eine Übermacht?

Jane wußte es nicht. Zudem dachte sie an John Sinclair, von dem sie keine Spur entdeckt hatte. Wo mochte er stecken? Hatte er gegen die Bestien gekämpft, oder war er erst gar nicht dazu gekommen?

Als sie die Baumgruppe passierten, wo der R 4 stand, löschte der Pfarrer die Scheinwerfer. »Ich möchte nicht, daß man unsere Ankunft zu früh bemerkt.«

Damit war Jane einverstanden.

Sie fuhren noch etwa hundert Meter weiter, als der Pfarrer abbremste.

Der Wagen rollte aus.

»Den Rest des Weges werden wir leise und möglichst schleichend zurücklegen!« flüsterte er.

Damit sprach er Jane Collins aus dem Herzen.

Der Pfarrer bückte sich noch einmal zurück in den Wagen und holte die Axt hervor. Er hielt sie hoch. Die Schneide wurde vom Mondstrahl getroffen und blitzte für einen winzigen Moment hell auf. Jane und dem Pfarrer kam es wie ein Zeichen vor.

»Wir werden siegen«, sagte der Geistliche mit fester Stimme. »Es darf nichts anderes geben. Das Böse kann nicht triumphieren.« Er schaute Jane dabei an und las in ihren Augen absolute Zustimmung.

Sie setzten sich in Bewegung.

Der Pfarrer ging voraus. Seine Schritte waren raumgreifend, und während er ein Bein vor das andere setzte, murmelte er Gebete. Die Axt hielt er in der rechten Hand. Jane erkannte, daß seine Fingerknöchel scharf und hart hervortraten. Das Gesicht des Pfarrers schien aus Stein zu sein. Kein Muskel regte sich darin. Die Lippen bildeten einen dünnen Strich.

Meter für Meter legten sie zurück. Niemand sprach ein

Wort. Die beiden Menschen hingen allein ihren Gedanken nach.

Jane hoffte und zitterte, daß sie nicht zu spät kommen würden. Sie hatten sich schon sehr beeilt. Es war auch keine Zeit mehr gewesen, die Nachbarn des Pfarrers oder andere Helfer zu alarmieren. Es kam auf Minuten an.

Plötzlich blieb der Pfarrer stehen. Er wandte sich zu Jane um und raunte: »Hören Sie nichts?«

»Nein, nur den Wind.«

»Ich glaubte, Schreie gehört zu haben.«

»Gehen wir weiter.«

Nach etwa zehn Metern blieb der Pfarrer abermals stehen. Und jetzt vernahm es auch Jane Collins. Tierische Laute drangen an ihre Ohren.

Kreischen und Fauchen. Wild, ungezügelt und unkontrolliert.

»Großer Gott, was ist das?« hauchte der Pfarrer.

»Die Wölfe!« wisperte Jane und spürte die Gänsehaut, die über ihren Rücken rann.

»Ja«, sagte der Pfarrer, »das sind sie.« Er griff nach Janes Arm. »Kommen Sie, wir dürfen jetzt keine Zeit mehr verlieren.«

Die beiden beeilten sich, erreichten ihr Ziel und warfen sich zu Boden.

Sie hatten freie Sicht auf den Burghof, wo der helle Mond eine gespenstische, gleichzeitig auch faszinierende Szene beleuchtete. Sie erlebten den Kampf zweier Bestien!

Beide waren sie vorsichtig und nicht ungestüm, wie man es eigentlich hätte erwarten können. Sie kannten sich gut und wußten genau, was sie voneinander zu halten hatten.

Vor allen Dingen beging Lupina nicht den Fehler, ihre

Gegnerin zu unterschätzen. Sie hielt sich sogar noch stärker zurück als ihre Herausforderin.

Die Bestien umkreisten sich.

Nur ihr Hecheln und das Tappen der Pfoten auf der Erde war zu hören.

Marcel und seine Schwester schauten zu. Sie standen wie unter Strom, so sehr hielt sie die Spannung gepackt.

Wer würde siegen?

Da griff Silva an. Sie sprang aus dem Stand und schlug mit den Pranken zu, um ihre Gegnerin hart zu treffen. Lupina wich geschickt aus, so daß dieser Angriff verpuffte.

Silva lachte. »Du bist ja schnell, Lupina. Gratuliere.«

»Für dich langt es immer.«

Beide hatten sich für die gleiche Kampftechnik entschieden. Sie waren hoch aufgerichtet, standen auf ihren Füßen und hielten die Pranken angewinkelt.

Und dann stürmte Silva vor.

Diesmal wich Lupina nicht aus. Sie ließ ihre Feindin kommen und warf sich ihr sogar noch entgegen.

Beide Körper klatschten zusammen

Die Zuschauer zuckten. Schaum bildete sich vor Marcels Schnauze, so erregt war er.

Seiner Schwester erging es nicht anders. Ihre Raubtieraugen schienen zu leuchten, unruhig scharrte sie mit den Füßen. Zu sehen war kaum etwas. Die beiden Wölfinnen hatten sich ineinander verkrallt, sie grunzten, keuchten und fauchten.

Noch hatte niemand von ihnen zugebissen. Sie hielten sich nur gegenseitig fest und versuchten, ihre Pranken in das Fell des Gegners zu schlagen.

Dann biß Silva.

Lupina fauchte wütend. Es war schon fast ein Kreischen. Silva hatte ihr ein Stück Fell weggerissen. Die Haare schimmerten zwischen ihren Zähnen.

Auch Lupina biß zu.

Und diesmal gab Silva nicht acht. Sie hatte wohl zu sehr an ihren ersten Erfolg gedacht, bis sie sah, daß sich ihr weißes Fell an der linken Seite rot färbte.

Werwolfblut pumpte aus der Wunde. Dieser Anblick machte Silva rasend.

Sie setzte alle Kraft ein und schleuderte Lupina von sich, die zwar zu Boden fiel, sofort aber wieder aufsprang und lachte.

»Das war erst der Anfang, Silva. Glaubst du immer noch, mich besiegen zu können?«

»Sei ruhig.«

»Ich gebe dir eine Chance, Silva. Unterwirf dich. Gehorche meinen Befehlen, und wir können den Streit vergessen. Gemeinsam werden wir stark sein.«

»Niemals!« keuchte Silva. »Nie werde ich dich als Königin anerkennen, Lupina!«

»Dann wirst du sterben!«

»Das werden wir sehen!«

Die weiße Wölfin Silva stand nicht mehr aufrecht, sondern auf allen vieren. An ihrer rechten Flanke lief das Blut aus der Schulterwunde herab. Es hatte das Fell gerötet und durchnäßt. Die Wunde mußte schmerzen, doch die weiße Wölfin zeigte es nicht. Ihr Haß und ihr Siegeswillen waren einfach zu groß.

Sie wollte es Lupina zeigen und die Königin entthronen.

»Komm doch!« lockte Lupina, »komm her, du willst mich doch packen. Dann tu es.«

Diesmal war Silva vorsichtiger. Sie ließ sich nicht mehr provozieren. Die eine Wunde hatte ihr gereicht. Sehr genau hielt sie die Distanz ein. Ihre Blicke glitten dabei an Lupina vorbei und trafen die Geschwister.

Eigentlich standen Marcel und Jovanka günstig. Sie hielten sich in Lupinas Rücken auf und konnten die

Königin der Wölfe angreifen, ohne daß sie sich hätte dagegen wehren können.

Die Geschwister sahen die Blicke zwar, erkannten auch die Aufforderung, aber sie reagierten nicht. Sie stellten sich nicht auf die Seite ihrer Schwester.

Ungeduldig scharrte Silva mit den Vorderläufen. Ihr weißes Fell hatte sich gesträubt. Die Wölfin war hochgradig erregt. Sie hielt es auf ihrem Platz nicht mehr aus, sondern bewegte sich langsam vor.

Lupina ließ sie kommen.

Da war sie eiskalt.

Dann, als sich die weiße Wölfin in der Bewegung befand, stieß sich Lupina ab. Es war ein wuchtiger Sprung, flach geführt, die Schnauze hatte sie aufgerissen, und sie wollte die Zähne in den Körper der weißen Wölfin hacken.

Silva wich aus.

Trotzdem prallte Lupina gegen sie.

Im nächsten Augenblick hatten sich die beiden Bestien ineinander verbissen. Sie wälzten sich auf dem Boden. Gras und Dreck flogen hoch, auch Staubwolken vernebelten die Sicht, entzogen die Kämpfenden den Blicken der Zuschauer.

Für eine Weile war nur das Knurren, Jaulen, Heulen und ein menschlich klingendes Keuchen zu hören. Hin und wieder tauchte ein Körper aus der Wolke auf. Dann war er grau vom Schmutz und vom Dreck, der wie eine Schicht auf dem Fell lag.

Ein wilder, klagender Schrei erreichte die Ohren der Zuhörer.

Niemand wußte, wer ihn ausgestoßen hatte. Im nächsten Augenblick sahen die Zuschauer klarer.

Die Gegnerinnen lösten sich wieder. Beide taumelten sie, denn beide hatten Wunden davongetragen. Die weiße Wölfin zeigte ein Fell, das durch ihr Blut mit einem dunklen Muster versehen war. Sie hinkte auch, denn ein Biß hatte sie auch am Hinterlauf erwischt.

Lupina ging es besser. Auch sie blutete am Nacken. An der Brust war ebenfalls das Fell abgerissen worden, so daß die dunkle Haut mit der Bißwunde zu sehen war, die wie ein Spalt klaffte. Doch Lupina ging normal. Ihre Läufe waren noch völlig in Ordnung, sie konnte sich nach wie vor schnell bewegen, während Silva ihre Schwierigkeiten damit hatte.

»Willst du aufgeben?« fragte Lupina.

»Nein!«

Als Jovanka und Marcel die Antwort hörten, erschraken beide. Ihnen war klar, daß Silva eine nächste Attacke kaum überstehen würde, dazu war sie nicht mehr beweglich genug.

Abermals versuchte Marcel zu retten, was noch zu retten war. »Hör auf, Silva. Beende den sinnlosen Kampf!«

»Nein!« heulte die weiße Wölfin. »Es war abgemacht, daß eine von uns stirbt!«

Auch Lupina hatte die Worte vernommen. Sie leckte mit ihrer langen Zunge das Blut aus den Wunden, unterdrückte die Schmerzen und schüttelte sich. Längst wirkte sie nicht mehr so kraftvoll wie zu Beginn. Die Königin hatte Federn lassen müssen.

»Weiter!« hetzte Silva. »Komm her!«

Lupina tat ihr den Gefallen nicht.

Sie lauerte, denn sie wollte, daß Silva angriff. Und die ging auch vor. Dabei zog sie ein Bein nach. Es war eine groteske Haltung. Silva war stark behindert. Nie würde sie den Kampf zu ihren Gunsten entscheiden können.

Das war auch den beiden Geschwistern klar. Marcel versuchte es mit Gewalt. Drei lange Sprünge brachten ihn zu seiner Schwester. Er versuchte sie zu überreden, doch er erntete nur ein wildes Fauchen und eine noch wildere Drohung.

»Denk an unsere Großmutter!« schrie er. »Jurina hat es so gewollt. Sie wollte Lupina als Königin, denn sie wußte von ihrer Stärke. Warum begreifst du das nicht?«

»Weil ich mich nicht unter die Knute einer anderen stelle«, erwiderte Silva.

»Vergiß deinen Stolz. Denk an unsere gemeinsame Zukunft!«

»Die gibt es nicht. Lupina ist meine Todfeindin. Sie muß sterben, sie muß es!«

Da war nichts zu machen.

Sterben oder untergehen, so lautete Silvas Devise. Lieber starb sie, als daß sie sich in die Knechtschaft einer Königin wie Lupina begab.

Marcel zog sich zurück.

Er ging langsamer, und Silva folgte ihm. So gelangte sie näher an Lupina heran. Sie wollte es jetzt wagen. Eine letzte Attacke mußte zum Erfolg führen.

Noch einmal sammelte sie ihre Kräfte, richtete sich hoch auf und sprang an ihrem Bruder vorbei auf Lupina zu.

Die Königin der Wölfe hatte aufgepaßt. Sie sah die zu allem entschlossene Gegnerin, das geöffnete Maul, und sie dachte gar nicht daran, auszuweichen.

Auch sie schnellte in die Höhe, und so prallten beide klatschend zusammen.

Jeder wollte beißen, jeder verfehlte den anderen. Zähne klackten aufeinander, ein schauriges Fauchen drang aus den Schnauzen der Wölfinnen. Sie rissen ihre Köpfe hoch und fanden abermals ihre Ziele. Die Schnauzen wühlten sich in das Fell der Gegnerin, suchten nach schwachen Punkten. Beide Wölfe schrien, heulten und fauchten, schlugen sich mit ihren Pranken und suchten nach einem schwachen Punkt beim Feind.

Über die Lichtung schallte das Schreien, Kreischen und Jaulen, während der runde Vollmond sein geisterhaft fahles Licht ausstrahlte und es über die beiden Wölfinnen ergoß. Er gab den beiden Bestien immer wieder neue Kraft, die sie unbedingt brauchten, um weiterkämpfen zu können.

Die Wölfinnen waren von einer erschreckenden Wildheit. Auch Silva merkte man nicht an, daß sie schwerer verletzt war als ihre Gegnerin. Sie hatte noch einmal sämtliche Kräfte mobilisiert. Ihr blutbesudelter Körper zuckte und drehte sich. Immer wieder wuchtete sie gegen Lupina, wobei ihre Zähne ein Ziel suchten. Wenn es ihr gelang, Lupina mit einem Biß den Hals aufzureißen, war sie die Siegerin.

Die Königin der Wölfe konnte kämpfen. Sie wich geschickt aus, blockte die Bisse der anderen ab und gab sich dabei kaum eine Blöße.

Silva wurde immer ungestümer. Sie ließ sogar von Lupina ab, um sie im nächsten Augenblick wieder anzuspringen.

Dabei dachte sie nicht mehr an ihr verletztes Bein und kam schlecht vom Boden weg. Der Sprung wurde zu flach, und so bot sich Lupina die große Chance, die sie eiskalt nützte.

Was hatte Silva gefordert?

Der Kampf sollte bis zum bitteren Ende durchgeführt werden. Und das sollte sie haben.

Jovanka schrie unwillkürlich auf, denn sie ahnte, was folgen würde. Ihr Bruder hatte sein Maul weit aufgerissen, ein verzweifeltes Stöhnen stieg aus seiner Kehle.

Lupina ließ sich die Chance nicht entgehen. Durch den zu flachen Sprung ihrer Rivalin lag deren Nacken ungeschützt vor ihr. Schnell wie ein Pfeil griff Lupina an.

So weit es ging, hatte sie ihr Maul aufgerissen. Ein wildes Fauchen drang daraus hervor.

Und dann biß sie zu.

Sämtliche Zähne gruben sich in das Fell der weißen

Wölfin, bissen durch und trafen die empfindlichen Stellen.

Plötzlich sackte Silva zusammen.

Sie selbst hatte ihr Maul ebenfalls aufgerissen. Ein klagender, fast menschlich zu nennender Schrei drang daraus hervor.

Die beiden Geschwister sahen ihre Augen, in denen sich plötzlich die Angst und das Entsetzen widerspiegelten, bis sie schließlich brachen und Silva blutüberströmt am Boden liegenblieb.

Ein letztes Mal zuckte ihr Körper noch. Reflexe irgendwelcher Muskeln, dann war die weiße Wölfin tot.

Schweigen breitete sich aus.

Lupina, die Königin der Wölfe, hatte auch diesmal bewiesen, daß sie den Titel zu recht führte. Sie hatte ihre Todfeindin besiegt. Lupina senkte den Kopf und schaute auf die tote Wölfin hinab. Dann schüttelte sie sich, öffnete noch einmal ihr Maul, und Siegesgeheul drang daraus hervor. Beide Vorderläufe legte sie auf den Körper der Toten, während sie den Kopf drehte und zum Mond hochschaute, dem sie das Geheul entgegenschleuderte.

Sie hatte gewonnen!

So mußte es sein.

Auch Lupina blutete. Aber ihre Wunden waren längst nicht so stark, als daß sie sich jetzt ausruhen müßte. Nein, sie war richtig in Fahrt gekommen. Der Kampf mit Silva war für sie nur der Auftakt gewesen, andere würden folgen.

Lupina verließ ihren Platz und kümmerte sich nicht mehr um die Besiegte. Sie ging zu den beiden Vaselys. Vor ihnen blieb sie stehen.

»Was ist?« fragte sie. »Steht ihr auf ihrer Seite?«

Menschliche Laute aus dem Maul der Bestie zu hören war mehr als seltsam.

»Nein, sonst hätten wir ihr geholfen«, erwiderte Marcel. »Du bist unsere Königin, so schreibt es die Familientradition der Vaselys vor. Jurina hat es uns mit auf den Weg gegeben.«

»Ich freue mich, daß ihr euch daran haltet. Ein Anfang ist gemacht, doch der längste Weg liegt noch vor uns. Wir werden alle Gegner ausschalten, und mit dem schlimmsten fangen wir an. Mit John Sinclair. Wo befindet er sich?«

»Hier bin ich!« gellte meine Stimme.

Auch Jane Collins und der Pfarrer Georges Frambon hatten den Kampf beobachtet. Noch nie in ihrem Leben hatten sie so etwas gesehen und waren dementsprechend fasziniert und abgestoßen zur selben Zeit.

Sie lagen in Deckung eines Erdhügels dicht am Eingang zum Burghof. Jane hatte die Hände zu Fäusten geballt, aus der rechten schaute das Kreuz hervor.

Sie hielt mit keiner Wölfin. Am liebsten wäre es ihr, wenn sich beide gegenseitig töteten.

Der Pfarrer murmelte ununterbrochen vor sich hin. Jane konnte nicht verstehen, was er sagte, sie glaubte aber, daß es Gebete waren. In der Rechten hielt er seine Axt mit der silbernen Schneide. Die Wangenmuskeln zuckten, die Augen leuchteten, denn sie waren weit aufgerissen.

»Mein Gott«, flüsterte er, als er den blutüberströmten Körper der weißen Wölfin sah. »Sie wird es nicht schaffen.«

Diesmal hörte Jane die Worte, doch sie reagierte nicht darauf. Sie beobachtete weiter.

Und auch die beiden anderen Bestien ließ sie nicht aus den Augen. Den Gesprächen hatte sie entnommen, daß es die Geschwister der weißen Wölfin waren.

Sie hatte also eine regelrechte Werwolf-Sippe vor sich.

Nur von John Sinclair sah sie nichts. Jane machte sich Sorgen. Wo steckte der Geisterjäger? Hielt man ihn irgendwo gefangen? Oder hatte man ihn schon getötet? Und was war mit Suko, dem Chinesen, geschehen? War er vielleicht auch schon ausgeschaltet worden?

Jane merkte, wie sie von einer wilden Wut überschwemmt wurde. Sie wollte diese Bestien töten, beide Wölfinnen sollten mit der Weißen Magie des Kreuzes zerstört werden.

Ihre Gedanken wurden unterbrochen, denn die weiße Wölfin, schon angeschlagen, startete ihren letzten verzweifelten Angriff. Und sie legte alles hinein, zu dem sie noch fähig war.

Trotzdem lief sie Lupina in die Falle.

Jane hatte Mühe, einen Schrei zu unterdrücken, als sie sah, wie die Königin der Wölfe zubiß. Ihre Zähne fanden genau die schwache Stelle der Gegnerin.

Tot sank die weiße Wölfin zu Boden.

»Das war's dann wohl«, sagte der Pfarrer und atmete schwer. Auch ihn hatte das Zuschauen erregt.

Jane nickte. Sie fragte: »Sollen wir jetzt eingreifen?«

»Nein, warten Sie. Ich will wissen, was die Siegerin jetzt vorhat.«

Zunächst heulte sie nur. Dieser klagende, schaurige und doch triumphierende Ton rief bei Jane Collins eine Gänsehaut hervor, und sie schüttelte sich.

Dann brach er ab.

Nur noch das Echo schwang zwischen den alten Mauern der unheimlichen Werwolf-Burg.

Jane und der Pfarrer vernahmen die nächsten Worte der Wölfin. Beide bekamen mit, wie sie von ihrem Todfeind, John Sinclair, sprach. Zuletzt rief sie: »Wo befindet er sich?«

»Hier bin ich!«

Nicht nur die Wölfe waren völlig überrascht, sondern

auch die Detektivin. Damit hätte sie nicht gerechnet, aber ein Lächeln huschte über ihre Lippen, als sie sich an den Pfarrer wandte und flüsterte: »Jetzt stehen unsere Chancen besser!«

Lupina hatte meine Antwort ebenfalls vernommen. Wie Jane Collins war auch sie überrascht worden. Doch für sie war es eine böse Überraschung.

Sie zuckte zusammen, als hätte ihr jemand einen Peitschenschlag versetzt, dann drehte sie sich langsam in die Richtung um, aus der die Stimme aufgeklungen war.

Suko und ich hatten unsere Plätze nicht verlassen. Noch immer standen wir im Schatten des Eingangs, und das änderte sich auch nach meiner Antwort nicht.

Wir konnten die Wölfe genau sehen. Besonders Lupina, denn auf die fiel das silbrige Mondlicht und traf sie wie ein Scheinwerfer. Deutlich waren die Wunden zu erkennen. Es gab in ihrem dichten Fell einige nasse Flecken.

Die Königin der Wölfe war geschwächt, und das war meine Chance.

Ich schaute zu Suko hin. Mein Partner stand ebenfalls auf dem Sprung.

»Jetzt hole ich sie mir!« versprach ich mit dumpfer Stimme.

»Sei vorsichtig, John. Ein angeschlagener Gegner ist oft gefährlicher als ein gesunder«

»Ich weiß. Deck du mir nur den Rücken. Und achte vor allen Dingen auf die beiden anderen.«

»Geht klar.«

Ich schritt die Treppe hinunter. Bewaffnet nur mit meinem silbernen Dolch und einem Stab, der elektrisch aufgeladen war. Konnte ich damit gewinnen?

Die zweifelnden Gedanken wischte ich weg. So sollte

man nicht in einen Kampf gehen. Als ich einen Blick nach links warf, wo die beiden anderen Werwölfe standen, zuckte ich zusammen.

Der Platz war leer.

Das Geschwisterpaar hatte es vorgezogen, das Weite zu suchen. Nur gut, daß Suko mir den Rücken deckte, denn die beiden wollte ich nicht gern hinter mir haben.

Zwei Gestalten lagen auf dem Hof. Die weiße Wölfin, die sich nicht mehr rührte, und ein Mann. Das mußte Paretti, der Dealer, sein, von dem Foucert gesprochen hatte.

Hochaufgerichtet schritt ich der Königin entgegen. Sie rührte sich nicht, stand neben der Leiche der Besiegten und hatte ihr Maul weit aufgerissen.

Erinnerungen überkamen mich. Erinnerungen an eine Zeit, wo ich selbst ein Werwolf gewesen war. Wo ich gehandelt und gefühlt hatte wie diese Bestien und wo ich mich in Lupina verliebt hatte.

Ja, sie war für mich das erstrebenswerteste Ziel gewesen. Damals hatte ich nur sie gesehen.

Ich war gerettet worden, und abermals standen wir uns gegenüber. Diesmal als Todfeinde.

Lupina gab sich so locker, weil sie genau wußte, daß ich mein Kreuz nicht bei mir trug. Sonst hätte sie aller Wahrscheinlichkeit nach die Flucht ergriffen, denn vor dem Kruzifix hatte sie eine nahezu panische Angst, wie ich zuletzt im Schwimmbad erlebt hatte. Wenn sie es berührte, war es um sie geschehen.

Fünf Schritte vor ihr blieb ich stehen. Wir starrten uns an. Wahrscheinlich dachten wir beide an die Vergangenheit, und wenn ich in Betracht zog, daß ich mich in diese Bestie einmal verliebt hatte, wurde mir jetzt noch schummrig. Lupina senkte den Blick und starrte auf den Stab in meiner rechten Hand. »Willst du mich damit besiegen, John Sinclair?«

»Nein.«

»Dann wirf ihn doch weg!«

Das tat ich, und Lupina stieß einen überraschten Laut aus.

»Jetzt bist du waffenlos«, sagte sie.

»Fast«, erwiderte ich, griff unter mein Jackett und holte den geweihten Silberdolch hervor. »Den hast du übersehen, Lupina!«

Sie zeigte sich irritiert. Ihr Blick irrte für einen Moment zur Seite, weil sie ihre Helfer suchte, und ich ahnte, welche Gedanken in ihrem Hirn abliefen.

»Ja, Marcel Vasely hat meine Beretta. Ich weiß nur nicht, ob er auch als Werwolf damit umgehen kann.« Zuletzt schwang in meiner Stimme ein spöttischer Unterton mit.

»Du gibst dich sehr siegessicher«, sagte Lupina.

»Das bin ich auch.«

Sie lachte. »Glaub nur nicht, daß du schon gewonnen hast, nur weil du mich als geschwächt einschätzt. Aus dem letzten Kampf bin ich sogar gestärkt hervorgegangen. Ich habe es ja laut und deutlich gesagt, ich werde dich töten, Geisterjäger.«

»Dann komm!« lockte ich sie und packte den geweihten Silberdolch fester. Werfen wollte ich ihn nicht. Mir war Lupinas Reaktionsschnelligkeit bekannt. Sie hätte dem Wurfgeschoß zu leicht ausweichen können, und das wollte ich auf keinen Fall.

Sie kam tatsächlich.

Einen Schritt, dann den nächsten. Da hörte ich Sukos Warnschrei.

»Vorsicht, John, hinter dir!«

Der Chinese war an der Treppe stehengeblieben und hatte sich sogar noch mehr zurückgezogen, weil er so von der Dunkelheit besser geschützt wurde.

Auch ihm war aufgefallen, daß sich die beiden Geschwister aus dem Staub gemacht hatten. Sie mußten sich in einen Teil des Hofes zurückgezogen haben, der nicht einsehbar war.

Das paßte Suko nicht.

Er beobachtete mich. Allerdings nur auf den ersten Metern, dann glitt sein Blick wieder ab. Links hatten die übrigen Werwölfe gestanden, dort in der Nähe mußten sie noch lauern.

Der Chinese glaubte auch, eine Bewegung erkannt zu haben, war jedoch nicht sicher.

Er stand wie ein Denkmal. Seine Augen brannten vom langen Starren in die Dunkelheit.

Ja, da war jemand.

Ein Schatten, der sich schemenhaft von der Dunkelheit abhob, näherte sich den beiden ungleichen Gegnern. Dieser Schatten bewegte sich lautlos, und Suko glaubte seinen Augen nicht zu trauen. Das war kein Wolf mehr, sondern ein Mensch!

Tatsächlich, er hatte sich nicht getäuscht. Für einen Moment war Suko irritiert. Mit einem erneuten Gegner hatte er nicht gerechnet, bis ihm einfiel, daß sich auch einer der Werwölfe in einen Menschen zurück verwandelt haben konnte.

Der Mann hielt etwas in der Hand.

Jetzt blieb er stehen, hob beide Arme, stützte den rechten mit dem linken ab, so daß Suko den Gegenstand erkennen konnte.

Eine Waffe!

Und die Mündung war auf John Sinclairs Rücken gerichtet, der voll im Mondlicht stand.

Da schrie Suko die Warnung.

Im selben Augenblick drückte der andere ab!

Am Klang erkannte ich die Beretta. Doch da befand ich mich bereits in der Luft und hechtete zu Boden. Ich rechnete mit einem Einschlag und spürte, wie etwas über meinen Nacken strich. Genau dort, wo der Hemdkragen aufhörte.

Es brannte feurig. Ich merkte, daß Blut aus der Wunde quoll und vom Hemdkragen aufgesaugt wurde. Dann prallte ich zu Boden rollte mich jedoch über die Schulter ab, so daß ich nicht die Übersicht verlor.

Ein zweiter Schuß peitschte.

Das war mein Glück.

Lupina hatte sich auf mich stürzen wollen. Durch die zweite Silberkugel allerdings war sie zurückgehalten worden, denn das Geschoß pfiff nur haarscharf an ihrer Brust vorbei, und dicht neben meiner Schulter stieß es in den Boden.

Ich wälzte mich herum.

Für einen Moment hatte ich freie Sicht und glaubte Suko zu erkennen, der mit einem Mann, wahrscheinlich dem Schützen, rang. Ich konzentrierte mich wieder auf Lupina.

Sie war zur Seite gezuckt und stand gebückt da, als würde sie die dritte Kugel erwarten.

Als dies nicht eintrat, wandte sie sich wieder um.

Ich kam soeben hoch. Stoßbereit hielt ich den Dolch und sprang auf die Königin der Wölfe zu.

Da vernahm ich die Schreie.

Für den Bruchteil einer Sekunde wurde ich abgelenkt, schaute an Lupinas Schulter vorbei und erkannte zwei Gestalten, die sich aus der Deckung der im Hof stehenden Wagen lösten. Blondes Haar flatterte. Die eine war Jane Collins, den Mann kannte ich nicht, aber er schwang etwas über dem Kopf, das aussah wie eine Axt.

Dann prallte ich mit Lupina zusammen ...

Suko hatte nichts mehr auf seinem Platz gehalten. Ob John getroffen worden war, wußte er nicht, und er konnte auch den zweiten Schuß nicht verhindern, doch zu einem dritten ließ er den Kerl nicht mehr kommen.

Ein Faustschlag riß den Schützen von den Beinen. Der fiel hin und gurgelte auf.

Suko hechtete auf ihn zu, kassierte einen Tritt und geriet aus dem Rhythmus. Dem anderen gelang es deshalb, auf die Füße zu gelangen. Und er verwandelte sich. Noch in der Bewegung wurde er wieder zum Werwolf.

Suko hieb ihm die Faust unter die Achselhöhle. Der rechte Arm des Kerls flog hoch. Wie von selbst rutschte ihm die Beretta mit den Silberkugeln aus den Fingern.

Suko trat sie weg, hechtete selbst hinterher, bekam sie zu fassen und rollte sich auf den Rücken.

Der Werwolf stieß ein schauriges Gebrüll aus. Und er stürzte sich auf Suko. Sein Maul hatte er aufgerissen, die Reißzähne waren gefletscht, dem Chinesen blieb nur noch eine Möglichkeit.

Er schoß.

Zweimal drückte er ab. Und beide Silberkugeln drangen in die breite Brust der Bestie.

Die Treffer stießen ihn zurück. Hoch warf er die Arme in die Luft. Er schleuderte seinen Körper herum und riß den Kopf in den Nacken, während aus seinem Maul ein schauriges Heulen drang, das mit dem Wind fortgetragen wurde.

Dann brach er in die Knie. Dicht vor Suko schlug er auf. Halb Mensch, halb Bestie. Er hatte den Körper eines Menschen und den Kopf einer Bestie.

Der Chinese stand auf.

Er wußte, daß er keine dritte Kugel mehr benötigte. Marcel Vasely existierte als Werwolf nicht mehr. Er war tot. Sein Fell löste sich vom Körper. Es verschwand einfach, als hätte der Wind ihn hinweggetragen.

Zurück blieb ein normaler Mensch.

Eine Pause durfte sich Suko nicht gönnen, denn noch gab es Lupina und das Werwolfmädchen.

Als sich Suko umdrehte, hörte er schon die Schreie ...

Ich hatte der Werwölfin den Dolch mitten in die Brust stoßen wollen, doch durch die Ablenkung war ich etwas aus dem Konzept geraten. Lupina konnte ausweichen und gleichzeitig zuschlagen. Der Prankenhieb traf mich zwischen Oberarm und Ellbogen. Er fetzte mir dort die Kleidung auf, und eine dicke Schramme grub sich in meine Haut.

Ich wurde herumgewirbelt, stolperte über einen kleinen Erdhügel, blieb jedoch auf den Füßen und hielt den geweihten Silberdolch fest.

Ich wartete auf Lupinas Attacke. Die kam nicht, denn die Königin der Wölfe war ebenfalls abgelenkt worden.

Sie sah den Mann und die Frau.

Der Mann wandte sich nach rechts, er rannte dorthin, wo soeben Jovanka erschien, aber die Frau, Jane Collins, lief genau auf Lupina zu.

Beide sahen wir, daß sie etwas in der rechten Hand hielt. Ein Gegenstand, der im Mondlicht aufblitzte und mir wie ein Fanal der Hoffnung erschien.

Das Kreuz!

Jane hatte es gefunden. Mich interessierten nicht die Gründe. Wichtig war nur, daß sie es bei sich trug.

»Jane!« brüllte ich. »Wirf es her!«

Die Detektivin reagierte automatisch. Sie schleuderte das Kreuz aus vollem Lauf. Es beschrieb einen hohen Bogen, einen zu hohen. Ich schnellte dem Kruzifix zwar entgegen, aber ich bekam es nicht zu fassen.

Jane hatte es zu weit geworfen.

Meine Hände griffen ins Leere, und ein paar Yards hinter mir fiel das Kreuz zu Boden. Bis ich mich umgedreht und es aufgehoben hatte, verging Zeit.

Eine Spanne, die die Werwölfin nutzte.

Lupina sah, daß ihr die Felle davonschwammen. Ausgelöst durch ein wichtiges Ereignis, das sie mit einem Auge sah.

Der Pfarrer war auf Jovanka zugerannt. Er lief in langen Sätzen und hielt dabei die Axt hoch erhoben. Ihre Schneide glänzte hell und silbrig im Licht des Mondes, es war wie ein Blitzstrahl, der das Ende der Werwolf-Sippe einläutete.

Jovanka rannte dem Pfarrer entgegen. Warum sie das tat, wußte keiner, vielleicht überschätzte sie auch ihre Kräfte. Oder sie dachte an ihre von dem Pfarrer getötete Großmutter Jurina. Auf jeden Fall wollte sie ein Opfer.

Eiskalt wartete der Pfarrer ab.

Und dann, als Jovanka genau in der richtigen Entfernung stand, da schlug er zu.

Die silberne Schneide pfiff schräg von oben nach unten durch die Luft, und sie traf genau.

Plötzlich löste sich der Kopf der Bestie vom Rumpf. Die Beine liefen noch in einem letzten Muskelzucken weiter, während der Werwolfkopf in der Luft stehenzubleiben schien.

Dann sackte er weg und schlug mit einem dumpfen Laut zu Boden. Der Pfarrer aber ließ den Arm mit der Axt sinken und starrte auf den Torso.

»Die letzte!« flüsterte er. »Die letzte aus der Sippe der Vaselys.« Dann schlug er das Kreuzzeichen.

Jane und ich hatten den Vorgang genau beobachtet. Ich hielt bereits mein Kreuz fest und hatte den Dolch in der anderen Hand. Jetzt würde es Lupina verdammt schwer haben.

Doch sie hatte die Zeit genutzt.

Wie ein Schatten war sie verschwunden. Als ich mich umsah, entdeckte ich nichts mehr von ihr.

»Wo ist sie?«

Die Frage galt Jane Collins. Die Detektivin deutete zu den Wagen. »Vielleicht da irgendwo.«

Ich lief hin.

Auch Suko war plötzlich da, und Jane gesellte sich ebenfalls zu uns. Nur der Geistliche kniete am Boden und betete.

Wir durchsuchten die Wagen.

Jeden nahmen wir uns gründlich vor. Nur Raubtiergestank drang uns entgegen.

Von Lupina keine Spur.

»Die kann sich doch nicht in Luft aufgelöst haben«, schimpfte Jane Collins.

Ich grinste. »Bisher konnte sie das nicht. Aber man weiß bei denen ja nie so recht.«

Dann standen wir wieder auf dem Hof und schauten uns dumm an. Lupina war uns entwischt. Jedenfalls schien es so.

»Hat denn niemand gesehen, wo sie hingelaufen ist?« fragte ich.

Der Pfarrer hatte meine Frage gehört. »Ja, ich sah sie rennen, glaube ich.«

Wir waren wie elektrisiert. »Und wohin?«

»In die Burg.«

Zu dritt jagten wir los. Suko und ich erreichten die Halle als erste. Dort taumelte uns Roland Foucert entgegen. Noch ziemlich wacklig auf den Beinen und mit glasigem Blick. Ich wies Jane an, sich später um ihn zu kümmern, und nahm mir den Rektor dann vor: »Wo steckt Lupina?« fauchte ich.

Er deutete nach hinten.

Wir ließen den Mann stehen und rannten. Suko machte

sich die bittersten Vorwürfe, daß er seinen Stab nicht eingesetzt hatte. Damit hätte er die Flucht der Werwölfin verhindern können.

Nicht einmal Spuren sahen wir von ihr. Sicherlich kannte sie die Burg wie ich meine Wohnung.

In einem verlassenen Teil stießen wir dann auf einen Geheimgang. Er befand sich in einer Nische.

Ich leuchtete mit der Bleistiftlampe.

Wie zum Hohn sahen wir die Fußspuren im dichten Staub. Jetzt wußten wir, wo Lupina verschwunden war.

Ohne zu zögern, drangen wir in den Gang ein.

Nach zehn Schritten – wir mußten gebückt gehen, weil die Decke niedrig war –, hörten wir das Donnern. Ich kannte das Geräusch. Es entsteht, wenn ein Gang einstürzt.

Wir, liefen zurück. Kaum hatten wir uns in Sicherheit gebracht, als eine Staubwolke aus der Öffnung quoll. Ein letztes Zeichen von Lupina.

Sie war uns endgültig entwischt.

»Die ist doch schlauer, als ich dachte«, sagte ich und machte meinem Ärger danach durch einen saftigen Fluch Luft.

»Jedenfalls haben wir die Werwolf-Sippe erledigt. Die Vaselys gibt es nicht mehr.« Suko sah die Sache etwas optimistischer, und damit hatte er recht.

Marcel und Jovanka waren wieder normal geworden. Ihre Leichen wurden vom Mondlicht angestrahlt und lagen auf dem Burghof. Das Mädchen bot einen schrecklichen Anblick. Wie auch die weiße Wölfin.

»Ich bete für sie«, sagte der Pfarrer.

Suko holte Al Astor. Auf ihn und auf den verbrecherischen Roland Foucert warteten schwere Strafen. Die Verteilung von Rauschgift ist kein Kavaliersdelikt. Und

Paretti hatte seinen schmutzigen Job mit dem Leben bezahlt.

Als ich das Kreuz an mich nahm, ging es mir wieder besser. Daß ich es bald wieder gebrauchen würde, war mir klar, denn der nächste Fall wartete bereits auf mich . . .

ENDE

Dieser Band enthält folgende JOHN-SINCLAIR-Romane:

Myxins Entführung
Wer mit Gedanken töten kann
Der Spiegel-Dämon
Der Sammler
Medusas Rache
Der Zombie-Bus
Flieh, wenn der Würger kommt
Die Bestien aus dem Geistersumpf

Myxin, der kleine Magier aus Atlantis, wird von Asmodina entführt. John und Suko machen Jagd auf Tokata, den Samurai des Satans. Eine Medusa hat John Sinclairs Kreuz und Sukos Dämonenpeitsche nichts entgegenzusetzen, und Lady Sarah Goldwyn, die Horror-Oma, gerät in einen Zombie-Bus. John muß Desteros Hand vernichten, die das Schwert des Dämonenhenkers zurückholen will, und mit Will Mallmann zusammen bringt er Moorleichen aus dem Emsland zur Strecke ...

ISBN 3-404-73921-3

BASTEI LÜBBE

Niemand in der Stadt sprach gern über ihn, denn er hatte durch sein blutiges Handwerk damals Zeichen gesetzt. Ludwig von Thann war ein Hexenjäger. Grausam wie selten jemand und auch machtgierig.
Zu machtgierig, denn der Klerus und auch die Oberen in der Stadt wollten ihn nicht mehr unter sich wissen. Sie jagten ihn davon. So zumindest dachten sie. Aber der Hexenjäger kehrte Jahrhunderte später nach Bamberg zurück. Als unheimlicher Sensenmann wollte er beweisen, daß er noch stärker als der Teufel war . . .

ISBN 3-304-73223-5

BASTEI LÜBBE

»Thomas Giffords bestes Buch.« (DAILY NEWS)

1940: Hitlers Armeen überrennen Europa und Nordafrika. Der britische Premierminister Winston Churchill setzt alles auf eine Karte. Er startet ein geheimes Kommandounternehmen und erteilt den möglicherweise kriegsentscheidenden Auftrag, den deutschen Generalfeldmarschall Erwin Rommel zu töten.
Max Hood, Mitarbeiter des britischen Nachrichtendienstes, soll die gefährliche Mission leiten. Unterstützung erfährt er vor allem von seinem langjährigen Freund Rodger Godwin, einem amerikanischen Journalisten, für den der Auftrag die Story des Lebens bedeutet. Zwischen den beiden steht Priscilla DewBrittain – Hoods Frau und Godwins Geliebte. Für die drei wird das Unternehmen zu einer Tour de force...

Thomas Gifford, Autor der Weltbestseller ASSASSINI und GOMORRHA, legt mit PROTECTOR einen Thriller vor, der Maßstäbe setzt.

ISBN 3-404-14249-7

BASTEI LÜBBE

Paul Graves ist ein erfolgreicher Schriftsteller, der von einem Kindheitstrauma geplagt wird: Als kleiner Junge mußte er mit ansehen, wie seine Schwester von einem sadistischen Killer gequält und ermordet wurde - ein Verbrechen, das nie aufgeklärt werden konnte. Graves versucht seitdem, dieses Trauma in einer Reihe von Kriminalromanen zu verarbeiten.
Eines Tages erhält er die Einladung einer Künstler-Kolonie, die Jahr für Jahr bekannte Schriftsteller zu sich gesellt. Doch der Leiterin dieser Kolonie, Allison Davies, geht es nicht nur um Graves Fähigkeiten als Autor: Graves soll mit Hilfe seiner Imaginationskraft den Mord an einer von Davies' Schulfreundinnen aufklären, ein Verbrechen, das über fünfzig Jahre zurückliegt. Den Krimininalschriftsteller wird diese Aufgabe an die Abgründe seiner eigenen Vergangenheit führen...

»Kein anderer Schriftsteller verrät dem Leser mehr über die Schattenseiten der menschlichen Seele.« (NEW YORK TIMES)

ISBN 3-404-14253-5

BASTEI LÜBBE